KB120214

나이언
羅以彦

퇴계 선생이 된
고교 일진

나남
nanam

이창훈 장편소설

羅以彦

퇴계 선생이 된 고교 일진

2015년 4월 16일 발행
2015년 9월 15일 4쇄

지은이_ 이창훈
발행자_ 趙相浩
발행처_ (주) 나남
주소_ 413-120 경기도 파주시 회동길 193
전화_ (031) 955-4601 (代)
FAX_ (031) 955-4555
등록_ 제 1-71호 (1979. 5. 12)
홈페이지_ http://www.nanam.net
전자우편_ post@nanam.net

ISBN_ 978-89-300-0627-9
ISBN_ 978-89-300-0572-2 (세트)

책값은 뒤표지에 있습니다.

이창훈 장편소설

라이언
羅以彦

퇴계 선생이 된
고교 일진

라이언
羅以彦

퇴계 선생이 된
고교 일진

차 례

전쟁 예감

프롤로그

PAUSE ▐▐

2015년 을미년 정월 선계 학술원 라운지

'꽃중년'이라 할 만했다. 여전히 뭇 여성들 가슴깨나 콩닥거리게 할 듯 해사하고 훤칠한 40대 장부가 바둑판 앞에 가부좌를 하고 있었다. 맞은편에 앉은 노(老) 학자는 꼿꼿한 자세와 준수한 콧날이 강렬한 카리스마를 뿜었다. 반짝이는 눈빛 아래 청년처럼 붉은 입술이 온화해 보였다.

창문 밖 눈 쌓인 정원을 홀로 지키고 선 설중매의 향기가 방 안까지 스며들어 은은하게 감돌았다.

노학자가 손을 뻗어 바둑알 놓을 자리를 찾다가 문득 입을 열었다.

"요즘 이승에서는 이 바둑을 소재로 한 드라마가 대단한 인기라지?"

꽃중년이 빙긋이 웃으며 대꾸했다.

"선생님, 아무래도 오늘은 포석이 잘 안 떠오르시나 봅니다. 돌 놓으시다 말고 웬 이승의 드라마 이야기를 다 꺼내시고. 하하하."

"허허, 무슨 소릴. 내 걱정 말고 자네나 집중하게. 근래 한 30년간은 내가 대국에서 자네에게 밀린 적이 거의 없었을 텐데."

"하하, 선생님도 참. 선생님을 바로 뒤따라 이곳 선계에 온 뒤로 443년 동안의 통산 승률을 따져보면 제가 월등히 높을 겁니다."

"거참, 고봉 자네는 이승에서나 여기서나 나한테 한 번이라도 지려고 드는 걸 못 봤구먼."

그 말에 두 사람은, 아니 두 신령은 바둑알을 손에 쥔 채 파안대소했다. 웃음을 멈춘 노학자가 말을 이었다.

"작년 봄 참혹한 여객선 침몰사고를 겪고도 여전히 정신 못 차리고 헤매는 우리 후손들이 정말 염려되네."

"저도 그 일을 생각하면 지금도 손발이 떨리고 가슴을 칼로 저미는 것만 같습니다."

"나를 포함한 몇몇 성현들에게 가까운 미래를 내다볼 권능이 주어졌어도 천기에 개입하지 않는 것이 선계의 불문율이긴 하지. 허나 후손들이 걱정돼 차마 견딜 수가 없었어. 그래서 이번 신정 새벽 청량산에 올라 몇 개월 뒤 속계에서 벌어질 일을 한번 내다보았네."

"선생님께서 요즘 이승 돌아가는 이야기를 꺼내신 것이 그런 연유였군요. 그러다 혹시 다른 신령들이 아시면…."

"쉿. 자네에게만 털어 놓는 이야기일세. 그동안 내가 준비해 온 계획도 언젠가 얘기했지?"

"주상, 아니 이제는 이승에서 부르는 대로 선조 임금이라고 해야겠군요. 《성학십도》(聖學十圖)를 지어 전하셨을 때의 선조 또래 아이 중에서 새로운 《성학십도》를 내려주실 아이를 찾고 계신다 하셨지요?"

"여객선 침몰사고 때 어른들 말만 듣고 가만히 앉아 있다가 죽은 아이들이 바로 열여섯에 왕위에 올라 열일곱에 친정을 시작한 선조 나이였잖은가."

"그러고 보니 정말 그렇군요."

"선조는 그 나이에 임금이 돼 나라를 호령했건만 어른들 말만 따르다가 죽게 된 착한 아이들이 너무 마음 아파 하루에도 몇 번씩 가슴이 미어지곤 한다네. 그러다 보니 선조를 위해 썼던 그 책을 그 또래 아이들에게도 전해주고 싶어졌다네."

"당시엔 《성학십도》를 주상에게 바칠 책으로만 여겼지 그게 10대 청소년을 위한 교육서이기도 하다는 생각은 미처 못했습니다."

"성학십도를 지금의 10대들, 미래의 임금이 이해할 수 있는 언어로 다시 쓰고 있다네. 시대가 필요로 하는 본연의 인성 회복과 인본주의의 부활은 바로 그 아이들이 주도할 수밖에 없네. 아직 순수한 아이들이 새로운 가치관으로 무장해서 어른들을 일깨워야 하네."

"하오나 선생님. 아이들이 어른들을 깨우치고 가르친다는 건 전통적인 가치관에 역행하지 않습니까? 기성세대들이 완고한 고정관념을 깨고 아이들을 따를 수 있을까요?"

"그 고정관념이야말로 우리 유림들이 후대에 드리운 그늘 아니겠나. 이번 일의 연원을 거슬러 올라가면 우리에게 책임이 전혀 없다고도 할 수 없을 거야. 자네도 내려다보고 있겠지만 세계는 이미 청년정치 시대일세. 다른 나라에서는 과거 주상 또래 아이들이 참정권을 행사하고 있네. 어른들과 동등한 자격으로 나라의 미래를 결정하고 있어. 이 땅의 10대들이 그렇게나 많이 희생된 작년에 외국에서는 10대가 노벨평화상까지 받지 않았나."

"그 말씀에 동의합니다. 선생님이나 저와 같은 16세기 유림들이 집대성한 성리학의 통치이념이 변질되더니 끝내 나라를 분열시키고 조선을 세계에서 가장 뒤처지게 만들었지요. 지금같이 권위주의적이고 경직된 사회구조도 어느 정도는 내 탓이겠구나 싶어 늘 마음이 무거웠습니다."

"아놀드 토인비라는 역사학자는 지구가 멸망해 다른 별로 가게 된다면 여러 세대가 화합하며 한집에 살아가는 한국의 가족문화를 꼭 챙겨가야 한다고 했다지만 지금 우리 현실을 보면 그 말을 취소할지도 몰라."

"무엇보다 어른들이 책무를 다하지 않고 일자리든 연금 문제든 다음 세대를 배려하지 않기 때문이겠지요. 이대로 간다면 미래세대가 기성세대에게 반감을 갖고 저항하게 될 것입니다. 전통적인 가족문화라는 건 남아나지도 않을 거구요."

"누구도 아닌 바로 자네와 내가 결자해지해야 하네. 가만히 앉아 있으라고 했다가 죽게 만든 아이들을 이제 우리가 일으켜 세워야 하네. 그 아이들이 참다운 인성을 갖추게 하는 것만이 침몰해 가는 이 나라 정신문명을 건져 올릴 수 있는 길이네."

"하오나 《성학십도》를 현대 감각에 맞게 새로 쓰신다 해도 요즘의 철부지들 중에 그 가르침을 온전히 이해하고 선생님의 사명을 맡아 수행할 만한 아이가 과연 있을지…."

노학자는 회심의 미소를 지었다.

"사람은 어떤 동기를 품느냐에 따라 어떤 존재든 될 수 있는 법이지. 그게 우리가 이승에서 8년간이나 벌였던 사단칠정 논변의 요체가 아니었나. 자네는 사람을 움직이는 가장 강력한 동기가 무엇이라고 생각하는가?"

꽃중년이 해맑게 웃더니 답했다.

"저도 이승을 떠날 무렵에야 확실히 깨닫게 됐습니다만 남녀 간의 연정, 바로 사랑이 아니겠습니까?

"하지만 이승의 노래대로 사랑은 아무나 하는 게 아니네. 열정이야, 열정. 뜨거운 가슴이 있어야 하지."

"그렇습니다. 아름답고도 위험한 바로 그 열정이죠. 하오면 선생님이 그동안 그토록 찾으시던 아이를 마침내 찾아내셨나 봅니다. 어떻게 생긴 녀석인지 궁금하군요."

"청년 시절의 자네처럼 보기 드문 미소년일세. 게다가 공교롭게도 '아름다운 선비'라는 이름을 갖고 있더군."

"정말입니까? 이름만 보고도 바로 이놈이구나 하셨겠습니다. 그러면 한자로는 아름다울 라(羅)에 선비 언(彦), '라언'이라고 씁니까?"

"비슷하네. 그러고 보니 자네의 자(字)와 같은 선비 언 자를 쓰는구먼. 하지만 라언은 아니고 아이 아버지가 한글로도 영어로도 통할 수 있는 이름을 짓는다면서 라와 언 사이에 어조사를 넣어 '라이언'(羅以彦)이라고 지었더군."

"어쩐지 녀석이 이름처럼 앉아 있는 아이들을 일으켜 세울 사자후를 토해줄 것 같습니다. 그런데 선생님께서 먼저 내다보고 걱정하시는 근미래의 일은 대체 어떤 것이옵니까?"

"지금으로부터 몇 개월 뒤 벌어질 이 사건이 지난해 여객선 사고로 희생됐던 아이들 세대와 기성세대 간의 전쟁을 촉발시키는 것을 보았네. 그대로 내버려 둔다면 희망이 사라지는 암울한 세상이 되고 말 거야.

세대전쟁을 막아낼 열쇠를 쥔 것도 그 아이, 라이언뿐일세. 곧 다가올 미래의 일을 이제부터 그 아이의 눈을 통해 함께 들여다보도록 하세."

FORWARD ▶▶ & PLAY ▶

2015년 5월 1일 금요일 아침 6시 30분 서울특별시 태산고 앞 '면사무소'

나는 전국적인 대형사고를 치고 근신 중이었다. 사고가 사고다 보니 어떤 벌이라도 달게 받아야 할 처지였다. 새벽부터 학교에 나와 일종의 체벌로 주어진 도서관 청소를 끝내고 정문 앞 24시간 라면집 '면사무소'에서 오늘의 라면인 고구마 깻잎라면을 기다리고 있었다. 짬을 이용해 스마트폰으로 뉴스를 검색하다가 '그 사건'의 첫 보도를 접했다.

그날 이후 모든 신문과 방송, 인터넷 매체의 메인뉴스는 그 사건으로 도배되기 시작했다. 그때 당시는 내 운명도 사건의 풍파에 휘말려든 끝에 골 때리는 변화를 맞게 되리라는 걸 꿈에도 몰랐다.

홍수처럼 쏟아진 보도내용과 수사결과 전해진 목격자들의 진술을 종합하면 사건의 얼개는 대략 이랬다.

일이 벌어진 시각은 근신 첫날인 어제 집에 돌아와 여동생 라일락과 함께 집 나간 부모 걱정에 한숨짓던 밤 10시 무렵이었다.

인천의 다세대주택 밀집지역의 한 편의점 앞.

고등학생 다섯 명이 교복을 입은 채 플라스틱 테이블에 둘러앉아 있었다. 그들은 맥주와 함께 인근 차이나타운에서 유행하는 값싼 고량주를 섞어 폭탄주를 만들어 마시고 있었다고 한다. 목격자들에 따르면 그들의 입에서 튀어 나오는 말의 절반 이상이 선생님들을 향한 쌍욕이었다.

"아오 씨발. 학주 새끼, 사람을 패도 이렇게 개 패듯이 패? 씨발, 조폭들도 이렇게 무식하게 패진 않을걸."

"학주랑 영어랑 사귀나 보지? 영어한테 좀 대들었다고 눈깔이 완전 뒤집혔더라, 야."

"그런 좆같은 새끼가 무슨 선생이야. 두고 봐. 나 졸업하는 날 바로 찾아가서 아작 내버릴 거야. 말리지 마."

"병신, 졸업할 때까지 왜 기다리냐? 하려면 지금 해야지. 떠밀어도 못할 거면서."

"야, 뭐해. 빨리 술이나 돌려. 오늘 누구든 걸리기만 해봐라. 우리 짜증나게 하는 새끼 우리 손에 다 뒤진다."

그들은 그날 점심시간에 같이 농구를 하고 놀다가 수업시간에 늦게 들어갔다. 여자 영어 선생님은 수업 도중에 미안해하는 기색도 없이 떠들어대며 교실에 들어오는 그들을 불러내 야단쳤다. 그러나 반성은커녕 건들거리며 지들끼리 농담을 주고받는 뻔뻔스러운 작태에 너무 열받은 끝에 몇 차례 따귀를 때렸다고 한다.

그들은 연약한 여자 선생님을 만만히 본 데다 혈기를 누르지 못한 나머지 의자와 책상을 걷어차며 대들었다. 겁에 질린 선생님은 교무실로 달려가 울고불고하면서 그들의 만행을 고발했다.

그 즉시 학생주임에게 불려간 녀석들은 지난주 내가 교생선생님한테 치근덕대다 우리 학교 학생주임에게 걸려 얻어터진 것과는 비교도 되지 않을 혹독한 구타를 당한 모양이었다. 학생인권조례상 체벌이 금지돼 있다 해도 선생님에게 덤벼든 놈들은 아무리 두들겨 맞아도 싸다는 인식에는 변함이 없었다. 나는 그로 인해 근신에 처해지게 됐지만 앞으로 그들이 받게 될 징벌은 절대 근신 정도로는 끝나지 않을 터였다.

아무튼 녀석들이 선생님에게 받은 체벌이 납득할 수 없을 정도로 가혹했던 모양이다. 목격자들은 멀리서 봐도 입술이 찢어져 부르트고 눈두덩에 시커먼 멍 자국이 남아 있었다고 했다. 나도 맞아봐서 아는데 얼굴이 그 정도면 정강이나 허벅지, 엉덩이 같은 데는 봐 줄 수 없을 것이었다.

나중에 그들의 경찰 진술과 기자들 앞에서 펼친 주장에 따르면 단순히 그날 학생주임에게 얻어맞은 것이 문제가 아니었다. 교사와 부모를 포함해 그들이 '꼰대'라고 부르는 모든 기성세대에 대한 혐오와 분노가 오랫동안 쌓여서 폭발할 지경이었다고 했다. 적어도 그들의 주장은 그랬다.

이제 잠자리에 들어야 할 시간에도 아랑곳없이 목청껏 지껄여대는 거친 욕지거리, 이따금씩 분을 못 참아 내지르는 괴성과 맥주병 깨지는 소리에 주민들이 불안해했다. 하지만 웬만한 성인보다 건장한 덩치에 증기기관차처럼 증오를 뿜어대는 그들 앞에 나서서 나무라는 사람은 없었다.

그때 50대 후반쯤 돼 보이는, 반쯤 벗어진 머리에 뿔테안경을 끼고 배가 홀쭉한 사내가 문제의 편의점에 들렀다가 그 난장판을 목격했다. 그전에 그들의 동태를 눈여겨봤더라면 그 역시 못 본 척 지나쳤을지 몰랐다. 그는 퇴근길에 시계추처럼 그곳에 들러 아이스크림 2개를 사서 귀가했다. 그날따라 약속이 있었는지 밤늦은 시간에 일용할 양식을 챙겨 나오다가 그들을 보고 의협심이 발동했다. 불행의 자초였다.

목격자들은 그가 어린 깡패들에게 이렇게 일갈했다고 전했다.

"어이, 너희들 이렇게 교복 차림으로 길가에서 술 마셔도 돼? 그리고 여긴 주택가야. 잠잘 시간에 이렇게 떠들어대면 주민들에게 피해가 되잖아."

녀석들은 눈치를 보거나 위축되기는커녕 피식 웃어대며 가소롭다는 반응을 보였다. 처음엔 어이없다는 듯 서로 얼굴을 쳐다보더니,

"어이, 꼰대. 술 처먹었어? 처먹었으면 들어가서 곱게 잠이나 자지 왜 우리한테 지랄이야?"
라는 험악한 욕설을 쏟아냈다.

어린 녀석들에게 귀싸대기 맞은 듯한 모욕을 당한 남자도 물러설 수 없었을 것이다.

"뭐, 이 자식들이. 어른한테 그게 무슨 말버릇이야? 너희들 요 옆 바다고등학교 애들이지? 거기 선생님들 내가 잘 알아. 오늘 딱 걸렸다. 이제 다 죽었어. 너 담임 누구야? 엉? 몇 학년 몇 반이야? 이놈들, 내가 그냥 두나 봐라."

채 아물지 않은 녀석들의 상처에 소금을 뿌리는 말이었다. 그들이 이토록 분을 못 참아 날뛰는 대상이 누구였던가.

그들 중 리더인 듯한 녀석이 자리에서 일어섰다.

친구들이 왁자하게 떠드는 와중에도 혼자 말없이 담배만 피워댔다는 그는 맥주병을 들고 남자에게 다가가더니 다짜고짜 그의 머리를 휘갈겼다. 병은 산산조각 났고 남자의 얼굴은 흘러내리는 피로 이내 붉게 물들었다.

남자는 휘청거리다 균형을 잡은 뒤 자신이 처한 상황이 어떤 것인지

를 비로소 깨달은 모양이었다. 한 손으로 피가 철철 흐르는 머리를 감싸 쥔 채 가방과 아이스크림이 든 비닐봉투를 가슴에 품고 냅다 뛰기 시작했다.

그쯤 했으면 그만 술이나 마시면서 회포를 마저 풀면 좋았을 텐데 녀석들은 일제히 "저 새끼 잡아!"라고 외치더니 뿔테안경을 낀, 배가 홀쭉한 장년의 남자를 뒤쫓기 시작했다. 그들은 달리다가 보도블록 경계석에 걸려 넘어진 그를 에워싸고 돌아가면서 발길로 걷어찼다.

그의 입에서 부러진 이와 핏덩어리와 신음이 터져 나왔지만 그들은 그의 얼굴과 가슴, 홀쭉한 배를 향해 무자비하고 거친 발길질을 멈추지 않았다. 이윽고 그의 사지가 힘이 풀린 듯 축 늘어졌다.

"야, 이 새끼 진짜루 뒤졌나 부다. 염라대왕 보러 가기 전에 술이나 실컷 먹게 해주자."

다섯 악마들은 시신의 머리를 발로 툭툭 차면서 이렇게 조롱하더니 마시던 병맥주를 가져와 시신의 머리 위에 쏟아 부었다. 악마들은 그 처참한 모습을 둘러싸고 뭐가 우스운지 연신 키득거리다가 어둠 속으로 사라졌다.

그들의 소행 전말은 가로등 옆에 설치된 주정차 단속용 CCTV에 고스란히 찍혔다. 그들이 쓰러진 남자에게 사정없는 발길질을 가하는 걸 창문 너머로 목격한 주민들이 다급히 경찰에 신고했다. 싸늘하게 식어버린 그를 먼저 발견한 것은 지구대 순찰차가 아니라 마침 근처 다세대 주택을 향해 달려가던 119 구급차였다.

후속 보도에 따르면 고교생들에게 폭행치사를 당한 남자의 딸은 뇌성마비 지체 부자유자로 휠체어에서 생활하고 있었다고 한다. 3년 전

고등학교를 졸업했지만 취업이 안 돼 줄곧 집에 머물고 있었다.

그날 밤 귀가 중 전화를 걸어 온 아버지가 집 근처 편의점이라더니 벌써 들어왔어야 할 시간이 지나도 오지 않고 전화도 받지 않자 딸은 걱정이 됐다. 부녀의 집은 만행이 저질러진 편의점에서 걸어서 5분 거리인 다세대주택 2층이었다.

딸은 연락두절인 아버지를 기다리다 뭔가 불길한 예감에 휩싸인 모양이었다. 몸도 잘 못 가누면서 무리하게 휠체어를 끌고 계단을 내려오려다 그만 중심을 잃고 굴렀다.

마침 쓰레기 분리배출을 하러 나오던 아래층 아줌마가 그 모습을 보고 놀라 119에 전화했고, 부상당한 딸을 실으러 오던 구급차가 먼저 길바닥에 누워 있는 그녀의 아버지를 발견했다. 뇌성마비 딸은 그 사고로 목뼈와 척추를 크게 다쳐 결국 식물인간 상태가 됐다고 한다.

귀가하지 않는 아버지가 걱정돼 찾아 나섰다가 사고로 의식을 잃은 딸, 그 딸을 위해 산 아이스크림이 비닐봉지 안에 흥건히 녹아내린 것도 모른 채 그걸 손에 꼭 쥐고 있는 아버지의 시신이 한 구급차에 실려 병원으로 향했다.

백혈병을 앓던 아내를 얼마 전에 여읜 그는 혼자 힘으로 성치 않은 딸을 돌보고 있었고 매일 퇴근할 때면 하루 종일 자신만 기다리고 있던 딸을 위해 아이스크림을 사 들고 가던 자상하고 외로운 아버지였다. 애처롭지만 단란했던 부녀 가정의 삶이 인간이기를 포기한 다섯 고교생의 발길질에 무참히 짓이겨졌다.

게다가 피해자가 인근 초등학교 교사였다는 사실이 대중의 분노를 가중시켰다. 범행 당시엔 선생님인 줄 몰랐다 해도 결과적으로 학생들이 선생님을 집단폭행해 숨지게 하고 시신의 머리에 술까지 부으며 능멸한 행위는 어떤 변명으로도 용서를 구할 수 없는 패륜이었다.

첫 보도는 "만취 고교생들 나무라던 50대 男 폭행치사"라는 한 줄이었으나 경찰의 수사 브리핑과 현장을 목격한 주민들의 증언이 더해지면서 속보에 속보가 꼬리를 물었다. 오래지 않아 그들이 저지른 일을 기록한 CCTV 영상이 공개되자 경악과 분노가 전국을 휩쓸었다.

이른바 '김혁준 만행'으로 불리게 되는 그 사건은 일견 단순한 폭행치사 사건이었지만 예상치 못했던 후폭풍을 일으키면서 세대 간 전쟁의 도화선이 됐다. 그리고 역설적이게도 그 전쟁은 새로운 세대의 출현을 알리는 서곡이었다.

라이딩녀

REWIND ◀◀ & PLAY ▶

2015년 3월 7일 토요일 경기도 양평 인근 국도

'자르르르륵… 쌔애애애액….' 기름 먹은 체인이 기어를 매끄럽게 감싸고 돌아가는 소리는 언제 들어도 짜릿하다.

시속 39킬로미터. 어지간한 라이더라면 공포를 느낄 만한 속도다. 난 디지털 속도계엔 신경 쓰지 않았다. 내 눈을 사로잡는 건 파란 봄 하늘과 눈부신 구름뿐.

시속 42킬로미터. "이히이이이~ 야호!"

자전거가 두둥실 창공으로 날아올랐다. 환호성을 내지르며 핸들을 잡고 있던 양팔을 쫙 펼쳤다. 부드러운 봄바람이 손바닥을 간질였다. 페달을 더 세차게 밟았다. 고삐 풀린 자전거가 텅 빈 도로를 질주했다.

시속 47킬로미터. '꽈장창' 굉음이 들렸다.

누구나 짐작할 만한 결과였으리라. 중앙선을 가로질러 가드레일을 들이받은 자전거는 안장이 껑충하게 높은 미니벨로였다. 난 안장을 지렛대 삼아 앞으로 튕겨져 나갔다.

추락지점을 향해 긴 포물선을 그리고 있는 내 뒤에서 자동차가 '빠아아아앙' 위태로운 비명을 내질렀다.

'아, 씨발. 좆 됐네.' 껌딱지처럼 달라붙은 말버릇이 튀어나오는 순간 10여 년 내 인생이 찰나처럼 스쳐 지나갔다. 많은 사람이 비슷한 상황에서 비슷한 체험을 한다고 했던가.

섬광 같은 기억의 파노라마 속에서 가장 또렷한 얼굴은 엄마였다. 난 엄마 얼굴을 전혀 기억 못했다. 생후 6개월 젖먹이 때 이별한 탓이었다. 하지만 이 순간 엄마는 사진 속 앳된 여고생이 아니라 내게 젖을 물려주던 성숙한 여인으로 다가왔다가 사라졌다.

와중에도 난 '격투기로 단련된 운동신경 따위는 이럴 때 아무 짝에도 쓸모없는 건가'라고 한탄하면서 아스팔트 바닥 위에서 그나마 덜 아플 만한 지점을 필사적으로 찾아 헤매고 있었다.

마침내 크고 작은 돌들과 사고 난 자동차 파편을 가까스로 피해 오른손이 아스팔트에 부딪혀 접질렸다. 동시에 왼쪽 무릎을 뾰족한 물체에 찧인 채 길게 슬라이딩했다.

아득해지는 정신을 추스르면서 다리를 당겼다. 허리가 뻐근하고 뼈 마디마디가 덜그럭댔다. 엉덩이를 치켜든 채 멈췄다. 꼴사나웠을 것이다.

'이 뻘짓을 누가 봤으면 어쩌지.' 아픈 건 둘째 치고 볼 만한 웃음거리였다는 자괴감에 움츠러들었다.

아뿔싸, 길 건너편에서 젊은 여자들의 낮은 비명소리가 일어났다가 잦아들더니 남녀의 작은 웅성거림이 들려왔다.

"저 사람, 누가 가봐야 되는 거 아냐?"

그 목소리가 까마득한 땅속에서 들려오는 듯했다.

뻐근한 허리를 돌려 오른팔을 180도로 젖히고 누웠다. 돌멩이에 척추 언저리가 배겼다. 또 한 대의 차가 클랙슨을 길게 울리고 지나갔다. 아스팔트 바닥이 진동하면서 작은 흙먼지들이 내 얼굴 위에 쏟아졌다.

'길에서 까불다 내 이럴 줄 알았지.'

이대로 죽는다면 여기에 이렇게 묘비명을 새겨야겠다고 생각했다. 언젠가 페이스북에서 본 극작가 조지 버나드 쇼의 묘비명이 떠올랐다.

'우물쭈물하다 내 이럴 줄 알았지.'

고교생이 봐도 간지 작렬하는 위트였다. 아니면 자기 묘비명을 '웃기고 자빠졌네'로 정했다는 개그우먼을 따라 '까불고 자빠졌네'로 쓸까.

대지엔 아직 동장군의 서슬이 퍼랬다. 경기도 양평 인근 국도에 큰대자로 뻗은 나는 그런 부질없는 상념에 빠져 있었다.

내 이름은 독고라이언. 서울 태산고 3학년이고 교내 친목모임인 범털클럽, 일명 범클의 회장이다. 사람들은 나를 폭력서클 일진으로 부른다. 사실 일진 중에서도 일진 짱이다.

라이언은 별명이 아니라 어엿이 호적에 기재된 본명이다. 한자로는 아름다울 라(羅), 써 이(以), 선비 언(彦). 우리말 뜻은 '선비로서 쓰이기에 아름답다'. 약간 돌려서 풀이하면 '아름다운 선비'라고나 할까. 아빠가 언젠가는 그게 유행이 될 거라며 영어와 한글, 한자 모두 의미가 통하도록 지어준 이름이다.

난 어려서부터 친숙하고 존재감 넘치는 내 이름이 좋았다. 그런 아이디어를 생각해낸 아빠도 한때는 좋아했다. 발음은 영어로 '사자'라는 뜻의 'lion'과 같지만 스펠링은 'Ryan'이다.

할리우드에는 유명한 'Ryan'들이 많다. 현재 50대 중반인 멕 라이언, 그리고 그녀보다 20년 늙은, 영화 〈러브스토리〉의 주인공 라이언 오닐, 멕보다 20년 젊은 액션배우 라이언 고슬링도 있다. 멕 라이언의 라이언은 성이지만 두 남자 라이언들은 이름까지 라이언이라 더 반가웠다.

현재 스코어, 불량기 있는 친구들과 술 담배에 빠져 살며 분별없이 주먹을 휘두르는 반항아다. 이런 내가 한때는 버나드 쇼처럼 지적 오르가즘을 주는 작가나 푸시킨처럼 위대한 시인이 되고 싶었다면 믿을 수 있겠는가.

하지만 사실이다. 공부하다 떠오르는 상념을 끄적거려서 자작시랍시고 친구들에게 카톡으로 보내는 게 취미였다. 반응이 대체로 썰렁했으나 세상에서 가장 좋아하는 음식인 라면을 소재로 지은 〈라면별곡〉은 제법 찬사를 받았다.

길바닥에 하릴없이 누워 있다가 문득 지금 몇 시쯤일까 궁금해졌다. 가드레일 너머에서 뒹굴고 있을 자전거 배낭에서 핸드폰을 꺼내야 하는데 몸을 가누기도 어려웠다. 시간을 가늠해 내려고 아침부터 있었던 일들을 돌아봤다.

3학년 1학기 개학 후 맞이한 첫 토요일. 경칩 바로 다음 날인 데다 예년보다 포근했다. 전날 밤 거실 소파에 누워 TV를 보다가 깜빡 잠들었는데 눈을 떠보니 아침 6시. 가슴에 납덩이를 얹은 듯했다. 모처럼 집에 들어온 아빠와 같이 있기도 싫었다.

오래전에 전의를 상실한 터라 입시전쟁도 내겐 그다지 긴박한 현실이 아니었지만 주변 전체가 받는 중압감에서 자유로울 수는 없었다. 엿 같은 기분을 떨치려고 오랜만에 라이딩이나 하자고 마음먹었다.

고1까지만 해도 반장을 하면서 전체 수석을 놓치지 않았다. 그대로만 가면 'SKY 대' 어떤 과라도 입맛대로 골라 갈 수 있을 거라고들 했다. 고3인 지금은 '인(in) 서울'도 언감생심이었다. 정신 자세부터 고쳐먹어야겠지만 그럴 동기도 여력도 없었다. 과거엔 그저 엄마 아빠와 선생님들의 기대에 부응하려고, 칭찬받으려고 맹목적으로 공부했다. 그러나 페이스를 잃고 다시 시작하려고 하니 왜 공부해야 하는지, 장래 어떤 직업을 택해야 하고, 그러기 위해 어느 대학 무슨 과를 목표 삼아야 할지 종잡을 수 없었다.

그 이전에 나는 누구이고 어떤 색깔의 삶을 살아야 할지 같은 문제가 짙은 안개처럼 내 시야를 모호하게 만들었다. 컴퓨터가 갑자기 다운되면서 기껏 써놓았던 메일이나 논술답안이 다 날아가 버렸을 때처럼 막막했다.

한 시간 남짓 비몽사몽에 빠졌다가 일어나서 커피포트 속에 우유를 팩 채로 넣고 데워서 마셨다. 현관 계단 옆의 자전거를 끌고 나가다 조간신문을 가지러 나온 아빠와 마주쳤다. 잠옷 위에 두툼한 버건디색 모직 카디건을 껴입고도 추운 듯 어깨를 움츠리고 있었다. 며칠 집에 안 들어오더니 헤어스타일이 완전 신세대로 바뀌었다. 나이 어린 동거녀의 취향인 듯했다.

"아직 자전거 타긴 추울 텐데 든든히 입고 가지. 오늘은 어디로 가니?"

"팔당대교 지나서 양평으로 가보려고요."

"마석역까지는 지하철로 가야겠구나."

"……."

"앞에 오는 차들도 차들이지만 뒤에서 들이받히지 않도록 조심하고."

"네."

오늘만 그런 것이 아니었다. "고3이니 공부에도 신경 써야 되지 않겠니?"라는, 모든 부모들이 입버릇처럼 하는 그 말을 아빠는 일절 내뱉지 않았다. 촉망받던 아들이 한순간에 무너져 헤매고 있는 건 전적으로 자기 잘못이라는 자책 탓인 듯했다.

가장 좋아하는 라이딩 코스는 마석역에서 출발하여 팔당대교를 찍고 양평을 거쳐 돌아오는 왕복 136킬로미터 코스다. 아침 9시 반부터 한 시간쯤 달렸더니 강물에서 반사되는 햇살이 눈부셔서 짙은 색깔의 스포츠 고글을 꺼내 껴야 했다.

바이크 헬멧은 얼핏 보면 에일리언의 대가리 같다. 거기다가 그에 못잖게 튀는 고글까지 끼면 내 얼굴인데도 볼 때마다 생소했다. 헬멧은 일단 쓰고 나면 헤어스타일이 망가져 버려 어지간해선 집에 갈 때까지 잘 안 벗게 된다. 출발할 땐 라이딩 재킷을 입고도 어깨를 움츠렸지만 리드미컬하게 해머링을 하다 보니 곧 등에서 땀이 흘렀다.

대충 정오가 조금 지났을 무렵 편의점에서 도시락으로 허기를 채웠다. 휴대폰에 저장된 음악을 들으며 뭉친 다리근육을 풀어준 뒤에 다시 달렸다.

오후 들어 기온이 올라가면서 찬바람에 시큰거리던 코가 개운해지고 뻐근했던 다리도 가뿐해졌다. 도로만은 여전히 텅 비어 있어 질주본능이 한층 고조됐다.

살짝 아래로 경사진 길을 활강하는 비행기처럼 미끄러져 내려오다가 인상 깊었던 영화의 한 장면이 떠올랐다. 같은 라이언이어서 좋아했던 멕 라이언의 전성기 영화 〈시티오브엔젤〉이었다.

멕 라이언이 그랬던 것처럼 나도 고개를 젖혀 하늘을 우러러보면서 이른 봄의 상쾌함을 음미했다. 양팔을 펼치자 출발할 때와 달리 따뜻해진 바람이 손가락 사이를 스친다. 그 포근하고 나른한 느낌이 좋았다. 자전거가 길 위를 달리는 게 아니라 사뿐히 날아올라 구름 사이를 떠다니는 것 같았다.

"그래, 바로 이거야. 이래서 라이딩에 중독되는 거라니까."

답답한 현실을 박차고 하늘로 날아오른 듯한 해방감에 도취돼 나도 모르게 함성을 질러대며 마구 페달을 밟았다. 그렇게 잠깐 속도감과 방향감각을 망각한 대가로 지금 이 꼴이 된 것이다.

영화에서도 멕 라이언이 이 짓 하다가 트레일러를 들이받고 죽었는데. 생각할수록 멍청한 내 행동이 한심하고 쪽팔렸다. 그때였다.

"여보세요. 괜찮아요? 눈 좀 떠보세요."

'이런 제길. 내가 얼마나 웃기게 생긴 놈인지 보러 왔나 보구나. 일행 중에 남자도 있는 것 같던데 왜 여자를 보내냐. 하필이면 여자한테 이렇게 스타일 구겨진 꼴을 보여야 하다니. 제발 못 본 척하고 가요, 언니. 사람 더 망가뜨리지 말고.'

'그녀'가 부르는데도 난 눈 감고 못 들은 척했다.

'어떤 직장이나 대학의 바이크 동호회 사람이겠지. 아마 간단한 응급처치 정도는 할 줄 알 테고. 그런데 왜 하나도 안 고맙고 뿔따구만 나냐고?'

계속 생 까고 누워 있던 나는 순간 '허걱' 소스라치면서 눈을 떴다. 모르는 새 가까이 다가온 여자가 내 상태를 살피기 위해 손을 뻗어 가슴을 어루만진 것이다.

"정신 들어요? 불러도 모르길래 기절한 줄 알았잖아요. 그래도 이만하길 다행이에요. 손 좀 줘보세요."

"아, 네, 뭐…. 괜찮아요. 고맙지만 그냥 가셔도 돼요."

"괜찮긴 뭐가 괜찮아요. 손바닥이 아스팔트에 많이 쓸렸나 봐요. 피가 흐르네."

여자가 내 쪽으로 허리를 숙이며 손을 내밀었다. 나도 왼손을 내밀어 그 손을 잡았다. 내 또래거나 두세 살쯤 연상일지도 몰랐다. 어깨까지 찰랑찰랑 내려오는 밝은 갈색의 머릿결에서 은은한 샴푸 냄새가 풍겨 나왔다.

일어나 앉는데 어깨와 허리가 뻐근했다. 여자는 침착하게 구급 키트를 열더니 거즈에 소독약을 적셔 피가 흐르는 오른손 바닥을 닦아줬다. 그리고 연고를 붕대에 묻혀 환부에 대고 손바닥을 둘러 감았다.

여자는 나와 눈이 마주치자 쿡 웃더니

"근데, 아까 왜 그랬어요?" 하고 물었다.

"꼭 영화 〈시티오브엔젤〉의 한 장면 같던 걸요."

대답을 기다리지 않고 이렇게 말하고는 한마디 덧붙였다.

"사고 난 사람이 이렇게 살아서 앉아 있는 건 영화하고 다르지만…."

그 말에 나도 그만 실소를 터뜨렸다. 그리고 입을 열었다.

"그 영화…. 어떻게 알아요? 보통 우리 아빠나 엄마 세대 아니면 잘 모르는데."

"니콜라스 케이지가 천사, 멕 라이언이 애인으로 나오잖아요. 〈엔젤〉이라는 OST 가끔 라디오에서 틀어주지 않나요?"

"케 서방이야 워낙 유명하지만…. 오래전에 은퇴한 멕 라이언도 알고 있네요?"

"하하, 멕 라이언 모르는 사람도 있어요? 하긴 지금 중고생들이라면 모를 수도 있겠다. 멕 라이언 나오는 영화를 하나도 못 봤을 테니까."

'어라, 나 지금 긴장하고 있는 거?'

그동안 느껴보지 못했던 설렘이 밀려들었다.

그녀의 얼굴은 라이딩 내내 나를 들뜨게 했던 초봄의 구름처럼 하얗고 투명했다. 애처롭도록 여려 보이는 피부, 미소 지을 때마다 눈부신 치아가 가지런히 드러났다. 좀 전에 여자가 손을 댔던 가슴이 뒤늦게 두근두근 방망이질 치고 있었다.

"어머, 바지가 찢긴 걸 보니 무릎도 많이 까였을 거 같아요. 바지 걷어보세요."

그녀의 말대로 왼쪽 바지 무릎 쪽에 구멍이 나 있었다. 떨어지면서 헤드라이트 파편 같은 것에 찔인 모양이다. 바짓단을 걷어 올리자 무릎 관절 바로 아래가 움푹 들어간 채 피가 흐르고 있었다. 그 아래에선 바지에 쓸려 나간 피부조직이 두루마리처럼 말려 있었다. 의식 못했는데 눈으로 상처를 보니까 엄청 쓰라려 왔다.

그녀는 소독약을 바르면서 말린 살갗을 재빠르고 능숙하게 떼어냈다. 대책 없이 날 설레게 하는 그녀의 손짓을 보면서 조금 전 왜 그랬냐는 질문에 답을 찾으려 머리를 굴렸다.

짐작대로 영화의 한 장면을 흉내 내다 그랬다고 자백해 버릴까. 그건 좀 싱겁겠지? 분별없는 데다 상상력마저 빈곤한 고삐리로 보일 거야.'

"아까 왜 그랬냐면요, 하하. 오랜만에 봄바람을 맞았더니 겨드랑이에서 근질근질 날개가 돋아 나오잖아요. 계속 팔 들어 올리고 있으면 정말 날개가 나나 안 나나 보려다가…. 아하하하."

젖 먹던 유머감각까지 짜냈는데 내뱉고 보니 대책 없이 썰렁했다. 잘 보이려는 욕심에 그만 오버해 버린 것 같다.

그녀는 개그에 실패하고 머쓱해하는 내게 눈웃음을 지어 보였다. '그렇다고 너무 좌절하진 말아요'라고 격려하는 듯했다. 표정에서 따뜻한 마음 씀씀이가 전해져 왔다. 살짝 아래로 처진 눈매와 웃음기를 머금고 초승달처럼 휘어진 입술이 꽃잎 같았다.

라이더들이 '쫄쫄이'라 부르는 라이딩 슈트는 몸매와 근육의 굴곡이 다 드러나 섹시함을 과시하기 좋은 옷이다. 하지만 난 여태까지 라이딩 슈트를 입은 여자에게서 여성미를 느껴본 적이 없다. 라이딩 슈트에다 바이크 헬멧까지 쓴 여자는 아무리 '쭉쭉빵빵'이라도 선머슴 같았다.

그런데, 그녀는 달랐다. 라이딩 슈트 속에서부터 발산되는 여성미가 물씬 느껴져 왔다. 와락 껴안으면 바스러질 듯 가녀린 몸매였다. 너무 높지도 낮지도 않게 봉긋 솟아오른 가슴의 굴곡과 잘록한 허리에서 균형 잡힌 허벅지로 이어지는 곡선이 섬세하고 우아했다. 라이딩 슈트조차 그녀의 여성미를 바래게 하지 못했다.

"어이, 그 친구 괜찮니? 이제 슬슬 출발하자."

여자의 일행 중 제일 키 큰 남자의 굵은 목소리가 들려왔다. 일행의 리더인 듯했다. 길바닥에 뻗어 있던 내가 일어나 앉고 대화 나누는 걸 주시하고 있었던 모양이다.

'지가 날 언제 봤다고 귀에 들릴 걸 뻔히 알면서 그 친구라고 하나….

싸가지하곤.' 살짝 비위가 상했지만 그렇다고 화를 낼 처지도 아니었다. '줄곧 신경을 곤두세우는 걸 보니 혹시 이 여자의 남자친구?' 속으로 그를 경계하는 내 자신에 놀랐다.

그녀는 내 왼쪽 무릎에도 날렵하게 붕대를 감아줬다.

"저, 혹시 병원에 다녀요? 아니면 의대생, 뭐 그런 거?"

"왜요?"

"지금 이 솜씨, 완전 프로잖아요."

그녀는 수줍은 듯 손으로 입을 가리며 웃었다.

"병원에 안 다니고 의대생도 아니지만 약간 인연이 있긴 해요."

한쪽 무릎을 땅에 댄 채 양 다리를 포개고 앉아 있는 자태가 야릇하게 성적 상상력을 자극했다.

순간 내 눈길에 묻은 애욕을 눈치 챘는지 그녀는 얼른 다리를 세우고 일어섰다.

"일어날 수 있겠어요? 손잡아 줄까요?"

"아, 네. 고마워요."

소독약을 바르고 붕대를 감아주던 그녀의 손은 도자기로 빚은 듯 하얗고 가늘고 매끈했다.

두 번째 잡아보는 백자 손의 감촉은 방금 얼음 속에서 나온 벨벳처럼 시원하고 보드라웠다.

"아깐 이대로 죽는 거 아닌가 싶었는데 지금은 완전 좋아졌어요. 친구들 기다릴 테니 어서 출발하세요."

그녀는 나를 일으켜 주었던 손을 흔들었다. 그리고 일행을 향해 걸어가다가 멈춰 서서 고개를 돌렸다.

“저기요. 상처는 별 문제 없을 거 같아요. 그래도 혹시 뼈에 이상이 생겼을지 모르니 병원에는 꼭 가보세요. 이젠 도로 위에서 영화 찍지 말고 조심해서 라이딩 하세요.”

그녀는 웃으면서 손을 흔들고는 돌아서서 달려갔다.

사고와 함께 홀연 나타난 그녀가 일으킨 설렘에서 깨어났다. 문득 그녀가 몇 살인지, 학생인지 회사원인지, 이름이 뭐고 어디 사는지 그녀에 대해 아는 게 하나도 없다는 사실을 깨달았다. 가드레일 건너편에서 뒹굴고 있을 자전거를 챙겨서 그녀의 일행을 뒤쫓아 나서기로 했다.

고1 때 아빠를 졸라 산 350만 원짜리 미니벨로는 제 값을 했다. 큰 키에 안 어울리는 미니벨로를 산 건 가볍게 접어서 들고 지하철을 탈 수 있다는 광고에 꽂혀버린 탓이었다. 바퀴가 작아 충격에 더 강한 건지 몰라도 림도 포크도 이상 없었다. 얼마 전에 5만 원 주고 교체한 LED 라이트의 유리만 깨져 있었다. 안장에 올라 페달을 밟으려 하자 다리가 후들거리고 어깨와 허리가 욱신거려 자세를 잡기 힘들었다.

“친절에 보답해 준다는 핑계로 번호부터 땄어야지…. 멍청한 놈, 그런 빤한 작업조차 못 걸어보고 그냥 보내다니. 이런 찌질이, 쪼다.”

스스로를 타박하면서 그녀의 일행을 좇아 페달을 밟았다. 하지만 그녀는 어디론가 연기처럼 사라지고 자취를 찾을 수 없었다.

까마득한 상실감이 엄습해 왔다. 길러준 엄마가 아닌 나를 낳은 엄마가 따로 있고 이젠 그녀의 흔적조차 찾을 수 없다는 사실을 깨달았을 때도 그랬다.

지푸라기라도 잡고 싶어 스스로에게 말했다.

‘같이 자전거 타는 사람들을 보니 대학생인 것 같고, 4학년이라 해도 나랑 겨우 서너 살 차이일 뿐일 텐데, 멕 라이언을 알고 〈시티오브엔젤〉을 봤다니. 그 또래 중엔 그런 여자 거의 없을 걸. 그걸로 한번 찾아보자.'

말이 약간 되는 것도 같고 영 안 되는 것도 같았다.

삐걱대는 팔다리를 움직여 힘들게 자전거를 끌고 돌아오는 지하철 안에서 타이거의 카톡 메시지를 받았다.

"7시 바람계곡, 콜?"

오전에 지하철 타고 마석역에 가면서 저녁때 만나자고 메시지를 보냈더니 답신이 온 것이다.

타이거는 친구 정태진의 별명이다. 뜬구름 잡는 인생 고민을 나누는 술 친구이자 범털클럽 일진 중 하나다. 태진이는 범털답게 고양잇과 동물의 이름이 있어야겠다며 스스로 별명을 지어 붙였다.

중학시절까지 태권도 선수였던 녀석은 선배들의 지나친 구타를 못 견디고 대들었다가 흠씬 두들겨 맞은 뒤 태권도부를 탈퇴했다. 그때부터 삐딱선을 탔고 고등학교에 와서는 노상 담배를 물고 다니며 불량한 친구들과 어울려 놀았다.

고1까지 전교 1등이었던 내가 고2 초반부터 급격히 성적이 떨어지면서 혼자 멍 때리고 앉아 있는 때가 많아지자 선생님도 친구들도 의아해했다.

그해 초여름 어느 날 점심시간에 학교 본관 뒷산 바위 위에 걸터앉아 그 무렵 즐겨 듣던 트웬티원파일럿츠의 '카 래디오'(Car Radio)를 듣고 있었다. 타일러 조셉이 랩으로 노래하는 낯선 세상과의 단절감이 당시의 내게 격한 공감을 일으켰다. "워어어어어오~ 워어어어어오~" 곡 중 코러스와 반주가 절정으로 치닫는 순간 불붙인 담배가 눈앞에 불쑥 나타났다. 고개를 들어 쳐다보니 옆 반 정태진이었다.

"야, 이거 한 대 빨아 봐. 알딸딸하다가 금방 뿅 갈 거야."

친형제 같은 친구 이청운을 빼고는 누구에게도 집안 사정과 속마음을 털어놓은 적이 없었건만 어쩐지 녀석은 내 속내를 다 들여다보는 듯한 표정이었다.

'이 녀석이 왜 이러지?'

난 약간 황당하다는 표정을 지으면서도 무심결에 담배를 받아들었다. 첫 모금을 빨자 목구멍이 타들어 가서 눈물까지 흘리며 콜록콜록 기침을 토해냈다.

태진이가 "꼭 옛날 나 같네"라며 빙긋 웃었다. 두 모금째도 다르지 않았다. 무슨 맛인지도 모르고 오기로 한 대를 다 태우자 한동안 어질어질하던 머릿속에서 안개가 걷히듯 개운한 청량감이 밀려들었다.

"이거, 짱인데. 진작 좀 가르쳐 주지?" 나도 태진에게 미소를 보냈다.

"라이언, 뭔 고민인지 몰라도 면상 좀 펴고 다녀라. 너답지 않게 그러지 말고."

같은 반도 아닌 친구가 나를 유심히 지켜보고 배려의 말을 건네는 것이 낯설긴 했지만 싫지 않았다.

"수업 끝나고 한잔할래?"

이번엔 내가 제안했다.

"어이, 범생이. 너 술도 할 줄 알아? 헐, 제법인데?"

"우리 집 꼰대가 와인 킬러라서 집에 와인이 박스로 쌓여 있고 위스키도 많아. 둘 다 별로면 소맥도 좋고. 꼰대하고 엄마는 안 들어올 거야. 괜찮으면 한잔하자."

우린 서로에게 담배와 술을 권하면서 친해졌고, 그렇게 시작된 우리의 우정은 안 그래도 빗나가는 길로 들어선 서로의 일탈을 부추겼다.

내가 꼰대라고 부르는 아빠 독고영준 변호사는 경북 상주의 산골마을 출신으로 이른바 '개천의 용'이었다. 아빠가 틈만 나면 늘어놓던 성장스토리는 대충 이랬다.

얼굴조차 못 본 우리 할아버지는 지게꾼이었다고 했다.

할아버지는 아빠가 초등학교 때 폐결핵으로 드러누웠고 할머니는 장터를 떠돌며 좌판 행상을 해서 장남인 우리 아빠를 포함한 세 남매를 키워냈다.

늘 끼니 해결조차 빠듯한 형편이다 보니 아빠는 중학 때부터 신문배달은 물론 건설현장에서 모래를 져 나르는 막노동까지 가리지 않으며 생활비와 학비를 조달해야 했다.

"니는 우째든동 꼭 사법고시에 붙어가 못 배워 평생 천대받던 이 애비 한을 풀어 주그라."

할아버지는 아빠가 고2 때 숨을 거두시면서 이런 유지를 남겼다고 했다. "그래, 결심했어." 아빠는 흐르는 눈물을 삼키면서 할아버지의 유지를 이루기 위해 반드시 사법고시에 합격하겠다고 다짐했다. 그리고 천신만고 주경야독 끝에 당시 연고대 부럽지 않다는 지방 국립대 법대에 4년 장학생으로 합격했다.

"그때는 말이야. 온 마을이 떠들썩하게 잔치가 벌어지고 읍내에 합격축하 플래카드까지 걸렸단다."

과거를 회상할 때마다 빼놓지 않는 아빠의 자랑이었다.

아빠는 어려운 법대 수업을 따라가는 와중에도 과외 아르바이트를 해서 생활비를 해결하고 동생들의 학비까지 보태줬다고 한다. 그때까지만 해도 그는 아들인 나와 비교도 안 되게 훌륭한 사람이었던 모양이다.

하지만 형편이 그렇다 보니 사법고시 1차에조차 번번이 낙방을 거듭하다가 대학을 졸업하고 입대했다.

"절벽같이 험난한 사시 공부에 계속 매달려야 하나, 가족들을 위해 아무 데라도 그냥 취직을 해야 하나."

제대 후 한동안 갈등하던 아빠는 결국 배수진의 각오로 충청북도 월악산 인근의 작은 고시원을 찾아 들어갔다.

그곳에서 외계인을 만난 건지 천사를 만난 건지 갑자기 불꽃처럼 공부에 미쳐버린 끝에 사시 1차에 2년 만에 합격하고 이듬해 2, 3차를 모두 통과해 마침내 할아버지의 유지를 이뤄냈다고 한다.

"에이 아빠, 또 그 얘기야?"

어릴 때는 멋모르고 감격하면서 들었는데 조금 머리가 크고 보니 이 너무나도 고지식하고 판에 박힌 이야기가 들을 때마다 지겨웠다.

거기 비해서 아빠와 엄마, 정확히는 '엄마 2'의 결혼 사연은 나름 재미있었다. 두 사람이 처음 만나던 시절의 이야기를 하도 자주 나눠서 나도 거의 드라마 보듯 생생히 기억하게 됐다. '독고영준 성공스토리 시즌 II'다.

당시 최고 신랑감인 사법연수원생이 된 아빠에겐 뚜쟁이들이 시도 때도 없이 찾아와 부잣집 딸과의 맞선을 권했다.

"사람보다 조건을 먼저 따지는 결혼엔 관심 없습니다."

그때마다 아빠는 이렇게 '쿨하게' 거절했다고 한다.

성격이 무던했던 아빠는 잘난 연수원 동기들의 궂은 일 처리를 도맡았다. 그런 아빠를 지도교수인 황 아무개 판사가 눈여겨봤던 모양이다. 아빠가 연수원 2년차에 올라가 법원과 검찰청을 돌며 시보로 일하던 어느 날 황 판사가 저녁자리에 불렀다.

그 자리엔 당시 신문 사이에 끼워서 배달되는 '찌라시' 바겐세일 광고에 종종 등장하던 중소 의류업체 한미패션의 주춘성 사장이 나와 있었다고 한다. 황 판사와 주 사장은 같은 고향 출신으로 향우회에서 만나 친해진 사이였단다.

"내 성이 붉을 주(朱) 자가 아니라 술 주(酒) 자요."

그는 자신을 이렇게 소개할 만큼 호주가였다고 한다.

저녁 자리가 파한 후 그가 아빠에게 자기 집 근처 포장마차에 가서 한 잔 더 하자고 졸랐다. 강권에 못 이겨 끌려간 그 포장마차가 아빠의 운명을 바꿨다.

주 사장은 자가용 기사까지 돌려보낸 뒤, 호기롭게 술을 마실 것 같더니 이내 곯아떨어져 버렸다고 한다. '대략 난감'이던 아빠가 사태를 어떻게 수습할지 고민하던 차에 당시만 해도 흔치 않았던 무전기 모양의 이동전화 벨이 울려 받아 보았더니 낭랑한 여자 목소리가 흘러나왔다.

"아빠? 지금 어디에요?"

"아, 지금 전화받는 저는 아버님과 우연히 저녁자리를 같이했다가 이곳까지 모시고 오게 된 독고영준이라고 합니다."

"어머, 죄송해요. 우리 아빠 또 주무시나 보죠? 저는 딸인데 잠깐 거기 기다리고 계시면 모시러 갈게요."

10여 분 후 주 사장의 외동딸 상희, 즉 나의 엄마 2가 포장마차에 들어섰다. 가난과 천대 속에 자라 눈치 빠르고 소심한 아빠로선 그렇게 자신감 넘치고 화통한 여자와의 만남은 실로 문화적 충격이었다고 했다.

"저희 아빠 때문에 이렇게 고생하시게 해서 정말 미안해요. 아빠는 한잠 주무시고 나면 언제 그랬냐는 듯이 일어나실 거예요. 뻘쭘하게 저 혼자 앉아 있기도 뭐하니 괜찮으시면 그때까지 우리 둘이 한잔할까요?"

엄마 2는 당시 서울의 한 사립대 경영학과를 나와, 가업인 한미패션의 마케팅 담당 상무로 경영수업을 받고 있었다.

"글래머러스한 몸매에 첨단을 걷는 패션 감각, 우아한 매너와 세련된 화술. 이 주상희 여왕님께 꽃을 바치려는 남자들을 일렬로 세우면 남대문부터 동대문까지 줄을 서야 했단다."

엄마 2는 처녀시절의 매력을 그렇게 자화자찬하곤 했다.

그 자리에서 엄마 2에게 꽂혀버린 아빠는 생애 두 번째 중대결단을 내렸다. 아빠의 닭살 돋는 프러포즈와 엄마 2의 이럴 줄 알았다는 듯한 수락, 그리고 '삐까번쩍' 웨딩마치까지 일사천리였다고 한다. 그리고 얼마 지나지 않아 나와 여동생 라일락이 태어났다.

중학교 때까지는 그런대로 재밌게 들었던 이 이야기도 언제부터인가 나사 하나가 빠진 듯 허술해 보이고 개연성이 의심스러워졌다. 하지만 엄마 2를 친엄마로 믿었던 고1 겨울방학 때까지는 그게 내가 알던 출생 스토리의 전부였다.

그 겨울의 어느 날 밤 엄마 2와 아빠는 전에 없이 소란스러운 부부 싸움을 벌였다. 아빠의 외도가 들통 난 것이었다. 부부싸움이 얼마나 격렬했던지 급기야 소음을 견디다 못한 이웃의 신고로 경찰이 출동한 뒤에야 진정됐을 정도였다.

"야, 독고영준, 그래, 넌 원래 인간말종이지. 언젠간 나한테도 배신 때릴 줄 몰랐던 내가 등신이다, 등신이야. 너 뒷바라지해준 여자 차버리고 조건 좋은 나를 택했다가, 이제 아쉬울 거 없어졌다고 딸처럼 어리디어린 계집 꽁무니 쫓아서 날 배신하니? 내 배 아파서 낳은 아들도 아닌 라이언 똥 기저귀 다 갈아대면서 애지중지 길러낸 날 배신해?"

손거울과 꽃병, 화장품 병을 닥치는 대로 집어던지는 와중에 내뱉은 엄마 2의 말은 가슴 졸이며 부부싸움을 엿듣고 있던 내 뒤통수를 강타했다. 나도 놀랐지만 옆에 있던 여동생 라일락의 헤 벌어진 입과 하얗게 질린 표정을 아직도 잊을 수 없다.

"당장 눈앞에서 사라져. 이 방에서 꺼지란 말이야!"

엄마 2의 앙칼진 목소리가 들리고 곧이어 안방 문이 열렸다. 힘없이 걸어 나온 아빠는 거실 소파에 앉아 머리를 쥐어뜯고 있었다.

"지금 그게 대체 무슨 소리에요? 내가 정말 엄마 아들이 아니야?"

내가 울먹이면서 다그치자 아빠는 한참동안 입을 열지 못하다가 그때까지 전혀 몰랐던 사연을 털어놨다.

나를 낳아준 엄마 1은 아빠가 오로지 육법전서와 법서만을 벗 삼아 청춘을 불태웠다던 충북 월악산의 고시원집 막내딸이라고 했다. 이름은 지연숙이었다.

"영준 씨는 눈빛이 너무 착해서 나중에 검사 되면 수사받으러 온 죄인들이 하나도 겁내지 않을 것 같아요."

청순한 미모로 고시원생들의 마음을 설레게 하던 연숙이 어느 날 아빠에게 수줍게 웃으며 정담을 건넸다고 한다.

둘은 몇 차례 통과의례적인 '밀당'을 거쳐 연인이 됐다.

학창시절 내내 고학하느라 한 번도 살뜰한 뒷바라지를 받지 못했던 아빠는 천사 같은 연숙의 헌신적인 보살핌에 힘입어 심기일전 새로운 각오로 공부에 집중했고, 사시의 험난한 관문을 통과할 수 있었다.

"너무 너무 고마워, 연숙. 당신은 내 필생의 은인이야. 이제 우리 하루빨리 식 올리고 보금자리를 꾸밉시다."

"영준 씨, 저도 정말 정말 그러고 싶어요. 하지만 아시다시피 우리 셋째 언니가 아직 시집을 못 간걸요. 곧 좋은 소식이 있을 것 같다니까 조금만 기다렸다가 언니 시집가는 대로 결혼해요. 사랑해요, 영준 씨."

두 사람은 손을 맞잡으며 그렇게 언약했고 아빠가 연수를 받으러 서울에 올라오면서 잠깐 떨어져 지내게 됐다.

사법연수원생 독고영준이 뚜쟁이들의 집요한 공세에도 부잣집 딸들과 맞선 한 차례 안 본 것은 조건 따지는 결혼 따위에 관심 없어서만은 아니었다. 바로 은인 연숙, 엄마 1의 존재 때문이었다.

그러다가 그날 밤 포장마차에서 우연인지 뭔지는 몰라도 여하튼 엄마 2를 만나게 됐다.

아빠는 한동안 운명의 두 여인 사이에서 양다리를 걸치며 고민을 거듭하다가 결국 자신의 오늘을 열어준 엄마 1이 아니라 자신이 갖지 못한 것을 모두 가진 엄마 2를 택했다.

두 사람이 결혼식을 올린 후에야 아빠는 엄마 1이 임신 중이고 출산이 임박했다는 청천벽력 같은 소리를 들었다.

엄마 1은 아빠가 자신을 떠난 후 비로소 뱃속에 내가 있다는 사실을 알게 됐다. 아빠를 너무 사랑했던 엄마 1은 나를 지우지 못하고 낳아서 기르기로 결심했다.

그러나 엄마 1은 아빠의 배신으로 깊고 깊은 마음의 병을 얻었다. 그 병은 나를 낳은 뒤 치명적인 산후우울증으로 이어졌다. 엄마 1은 결국 혼자 힘으로 나를 끝까지 잘 키우겠다는 결의를 접고 스스로 목숨을 끊었다.

엄마 2는 젖먹이였던 나를 집에 데려와 키우겠다는 아빠의 결정을 거부하지 않았다. 하지만 아빠가 무의식적으로라도 엄마 1을 그리워하는 눈치를 보이면 미친 듯 히스테리를 부렸다.

갈라서느냐 마느냐, 몇 차례 밥상을 뒤집어엎는 시끄러운 전쟁 끝에 아빠는 내가 초등학교 들어갈 무렵, 그때까지 간직했던 엄마 1의 사진과 편지 몇 장을 엄마 2가 보는 앞에서 모두 불태워 버렸다고 한다.

언젠가는 전했어야 할 친엄마의 흔적을 하나도 남기지 않은 것이 미안했던지, 은인을 배신한 것을 그런 식으로라도 속죄하고 싶었던지 아빠는 내게 엄마 1과의 소소한 일화들은 물론 둘만의 대화까지 낱낱이 털어놨다.

아빠는 3백 명의 사법연수원 동기 중 판사나 검사로 임용된 2백여 명에 끼지 못해 당시 벌이가 좋아 각광받던 이혼전문 변호사로 자리를 잡았다.

아빠가 선망받는 직업에 소탈하고 온화한 성격, 동안 외모로 지금도 뭇 여성들의 추파를 받는 반면, 엄마 2는 갈수록 성격과 말투가 걸걸해지고 몸집이 비대해지면서 매력을 상실해갔다.

한미패션 부사장으로 승진한 엄마 2는 IMF 직후 부도 위기에 처했던 회사를 재기시키느라 일에 빠져 살았다.

“김 상무, 당신 정말 이따위로 할래? 돼지같이 밥만 축내서 회사 거덜 내려면 당장 짐 싸서 집에 가버리라구.”

엄마 2는 거침없는 성격대로 실적이 부진한 임직원들에게 이렇게 막말을 퍼부어대기 일쑤였고, 그때마다 술로 회포를 풀다 보니 하루도 취하지 않는 날이 없었다. 그녀의 화통한 면에 매료됐던 아빠는 이제 그로 인해 주눅이 들고 마음까지 멀어지게 됐다.

그러다가 2년 전 클라이언트였던 당시 27살 이혼녀와 사랑에 빠졌다. 동거 상태까지 간 둘 사이가 들통 나지 않을 수 없었다. 엄마 2는 온 동네가 들썩거릴 정도로 격렬한 부부싸움을 하던 그날 밤 별거를 선언하고 다음 날 집을 나갔다. 회사 사옥의 펜트하우스가 워커홀릭이자 알코홀릭인 그녀의 라이프스타일엔 딱 어울리기도 했다.

이따금 내게 휴대폰으로 안부를 묻곤 했지만 원래 남이었던 데다 불편할 수밖에 없는 인연임을 알게 된 그날 이후 우리의 대화는 어색하고 썰렁했다.

그런 엄마 2의 돌변은 낳은 엄마가 따로 있다는 사실 못잖게 충격이었다. 하지만 나는 엄마 2를 새엄마라고는 부를 수 없었다. 새엄마가 있으려면 그전에 친엄마가 있어야 하는데 내겐 친엄마의 기억이 전혀 없는 데다, 엄마 2는 기억이 시작될 때부터 줄곧 그냥 엄마였기 때문이다. 내가 낳아준 엄마를 엄마 1, 키워준 엄마를 엄마 2로 부르게 된 사정이다.

난 그날 이후 얼굴조차 모르는 엄마 1의 흔적을 찾으려고 광분했다. 끝 모를 상실감과 외로움에 질식해 버릴 것만 같았다. 학교를 무단결석하고 엄마가 나왔다는 여고를 찾아가 졸업앨범을 뒤져보기도 했다.

달걀처럼 작고 하얀 얼굴, 짙고 긴 눈썹에 살짝 쌍꺼풀진 커다란 눈망울. 청순미 물씬한 시골 여고생 지연숙의 얼굴은 한눈에 봐도 거울 속의 나와 판박이였다.

공황상태에 빠진 내게 위안을 안겨준 이는 아빠도 아니고 시골에 있는 고모도 아니었으며 친구들도 아니었다. 내 또래들에게는 단테나 플라톤만큼이나 고색창연한 2세기 전 러시아 시인 알렉산드르 세르게예비치 푸시킨이었다.

"삶이 그대를 속일지라도 슬퍼하거나 노여워하지 말라."

초등학교 때 아빠를 따라간 동네 이발소 벽에 걸린 액자에서 그 시 구절을 처음 읽었다. 그때는 삶에 속는다는 게 뭔지 도통 감이 안 왔다.

갑자기 세상이 온통 낯설어지기 시작한 그날 이후 우연히 지하철역 스크린도어에서 그 시구를 다시 접하게 됐다.

순간 가슴 밑바닥에서부터 전율과도 같은 짠한 감격이 일어났다. 그 시를 쓴 시인의 이름이 푸시킨이라는 것도 그때 비로소 알게 됐다.

난 푸시킨의 조언을 충실히 따랐다.

슬퍼하지도 노여워하지도 않고 집을 비운 아빠가 잔뜩 사다놓은 고급 와인을 축내며 시름을 달랬다. 푸시킨의 시뿐만 아니라 천재적 재능과 자유분방한 영혼의 소유자였던 인간 푸시킨에게 완전히 매료돼 버렸다. 공부와는 자연스럽게 멀어져 갔다.

러시아 사람이라는 푸시킨의 얼굴이 어딘지 모르게 흑인 같아서 의아했는데 아닌 게 아니라 그의 외할아버지가 에티오피아 왕족의 피를 받은 흑인이었다는 사실을 알게 됐다.

내가 좋아하는 윌 스미스나 버락 오바마와 비슷한 인종이라서 더욱 친근하게 느껴졌다. 그의 모든 시와 소설을 탐독하고 그의 살아생전 일화들도 찾아 읽었다.

'네가 주인이다, 홀로 살아가라, 걸어가라 자유로운 길을. 자유로운 정신이 너를 이끄는 곳으로.' 그의 시구대로 자유롭게, 내 멋대로 살아가리라 마음먹었다.

수많은 사람들의 영혼을 위로하고 어루만진 위대한 문호 푸시킨은 불과 38세의 창창한 나이에 아내와 바람피운 남자에게 결투를 신청했다가 그 남자 손에 죽고 말았다. 그의 어처구니없도록 허망한 죽음에서 마치 친한 형이 요절한 듯 애통함을 느꼈다.

그는 자신의 최후를 통해 "남자는 스스로를 위해, 사랑을 위해 강해져야 한다"는 깨달음을 내게 안겼다.

난 그때부터 각종 격투기 중 실전에서 가장 세다는 권투를 배우기 시작했다.

고2 시절 내내 와인을 마시며 푸시킨을 읽거나, 단 한 방으로 상대를 헬렐레하게 만들어 버리는 강펀치를 길러 준다는 집 근처 권투도장 '헬렐레 펀치'에서 주먹 단련에 심취해 살았다.

"라이언, 너는 전체적으로 체격이 슬림한 데 비해 허벅지와 하체가 탄탄하니까 다리를 함께 쓰는 이종격투기가 낫겠다."

권투에 입문한 지 몇 달인가 지났을 때 헬렐레 펀치 도장에서 이종격투기 코스를 신설하자 선배들은 그렇게 조언해 줬다. 푸시킨 때문에 무조건 강해져야 한다는 강박관념을 가졌던 나는 그것도 나쁘지 않겠다고 생각했다.

난 권투와 이종격투기를 동시에 배우면서 그 격렬하고 야성적인 승부의 세계에 푹 빠져들었다. 그 대가로 공부짱의 자리를 내준 대신 싸움짱에 올랐다.

젊은 여자와 동거 중인 아빠는 그녀를 우리 남매에게 보이기가 민망했던지 집에 들이는 대신 이틀에 한 번꼴로 자신이 집을 비웠다. 집에서 숙식하는 필리핀 출신 가사도우미 아줌마가 옷가지와 끼니를 정성스럽게 챙겨줘서 생활에 불편은 없었지만 집은 이미 집이 아니었다.

엄마 2의 가업인 한미패션이 부도 위기를 겪으면서 한때 집을 팔아야 하니 마니 어수선한 시절이 있긴 했다.

그래도 대체로 다복하고 단란했던 가정이 폭격 맞은 듯 한순간에 폐허로 변했다. 집안 꼴과 더불어 내 마음도 황폐해져 갔다.

그 무렵 다가온 정태진, 그리고 태진과 절친이면서 나보다 먼저 권투에 입문해 헬렐레 펀치 도장에서 아르바이트로 코치를 맡고 있던 설재욱이 합류했다. 이로써 태산고 폭력서클 핵심 3인방이 뭉쳐졌다. 우리 셋에게는 모두 부모의 이혼이나 별거라는 공통분모가 있었다.

우린 주말마다 어울려 새벽까지 술을 마셔대고 고성방가를 하다 시비가 붙으면 또래든 어른이든 안 가리고 욕설과 주먹을 휘둘렀다. 매일 도장에 나가 피땀 흘려 익힌 싸움의 기술을 과시하고 싶은 충동을 억누르지 못했다.

모두 한주먹 하는 데다 늘 쌈박질로 말썽을 일으키는 셋이 뭉쳐 다니면 아이들은 슬금슬금 눈치를 보며 피했다. 먼저 군것질거리를 제공하거나 자기보다 약한 아이에게 빼앗은 물건을 상납하면서 친해지려는 아이들도 있었다.

우린 주먹의 먹이사슬 정점에 있는 일진만의 특권에 점점 더 깊이 탐닉하게 됐다. 때로는 약한 아이들을 불러 빵 같은 간식거리를 사오게 하거나 하찮은 심부름을 시키는 이른바 '빵셔틀'도 스스럼없이 저지르게 됐다.

그동안 지키려고 애써온 우등생, 모범생 이미지를 자의 반 타의 반 놓아버리고 나니 날아갈 듯한 해방감이 찾아왔다.

내 안에 잠자고 있던 야성을 일깨워 마음껏 발산시켰다.

교과서나 참고서는 쳐다보는 것조차 싫어졌다. 그래도 한동안은 성적을 관리해 보려고 벼락치기 시험공부라도 했지만 언제부터인가 귀찮아서 그마저도 포기했다.

고1 때까지 쌓아놓은 밑천 덕에 상위권을 유지하던 국어와 영어, 수학 점수도 고2 후반으로 가면서 아래로 미끄러지기 시작했다.

그런 나를 걱정어린 눈길로 쳐다보면서도 아무 말 못하는 아빠의 모습에서 묘한 쾌감을 느꼈다.

'공부를 못하는 게 아니라 안할 뿐이야. 마음만 먹으면 언제든지 만회할 수 있어.'

스스로를 그렇게 위로하면서 갈수록 더 오기를 부리고 빗나갔다. 시험기간만 되면 타이거, 재규어와 얌전히 공부하는 아이들까지 억지로 불러내 술을 마시고 돌아다니곤 했다. 시험 날도 시작종이 울리기 전까지 술 냄새 풍기며 책상위에 엎어져 자기 일쑤였다.

그러던 어느 날 고1 때 담임인 국어교사 오정태 선생님이 상담실로 나를 불렀다.

"라이언, 너 무슨 고민 있니? 왜 이렇게 변했어? 지금은 내가 네 담임도 아니다만 네 꼴이 걱정돼 도저히 그냥 두고 볼 수가 없구나."

"……."

"왜 말이 없어, 엉? 너 계속 그렇게 살 거야? 앞으로 정신 차릴래, 안 차릴래?"

"……."

그때까지만 해도 현실을 받아들이기 힘들었던 나는 아무에게도 집안 사정을 털어놓고 싶지 않았다.

"야, 라이언. 저기 가서 엎드려뻗쳐, 인마."

반항하듯 침묵으로 일관하는 내 태도에 부아가 치민 선생님은 대걸레 자루를 뽑아 들더니 이른바 '빠따'를 때리기 시작했다. 나는 맞으면서도 나를 진심으로 걱정해 주는 사람이 있다는 사실이 눈물 나도록 고마웠다.

타이거, 재규어와 함께 악동 3인방의 이미지를 확실히 굳히자 우리 주변에는 비슷한 색깔의 아이들 대여섯 명이 멀어졌다 가까워졌다 하면서 위성처럼 맴돌았다.

주말이면 열 명 가까운 아이들이 엄마는 별거 중이고 아빠는 이틀에 한 번꼴로 안 들어오는 우리 집에서 술파티를 벌였다. 아이들은 우리 집을 '라이언 별장'이라고 불렀다.

어느 날 모여서 술 마시다가 누군가 우리 조직에 이름을 붙이자고 했다. 나와 정태진, 설재욱 셋을 제외하면 이름까지 가진 조직이 되기엔 결속력이 약했지만 아이들은 어른 흉내를 내고 싶어 했다.

문득 변호사인 아빠가 친구들과 나누던 대화에서 귀동냥으로 들은 교도소 이야기가 떠올랐다. 아이들이 모르는 어둠의 세계를 들먹거려 그들보다 어른인 척하고 싶었다.

"너희들 우리나라 재벌과 정치인들이 한 번씩 다녀오는 학교 알지? 그 학교엔 두 가지 부류의 학생들이 있단다. 하나는 범털, 하나는 개털이야. 개털은 말 그대로 개털이지만 범털은 전부 한가락씩 하는 거물들이거든. 모든 죄수들이 떠받들고 간수들도 눈치 봐야 해. 범털이란 막장에서도 무너지지 않는 진정한 지존이란 뜻이지. 우리 모두 범털 같은 강자가 되자는 뜻에서 '범털클럽' 어때?"

범털이든 개털이든 교도소에 갇힌 신세일 뿐이고 일단 죄를 지어야 범털 아니라 개털이라도 될 수 있잖은가. 그런데도 아이들은 내가 술기운에 멋대로 내뱉은 궤변에 솔깃해했다.

모르긴 해도 영화와 드라마에 단골로 등장하는 '형님들의 세계'에 대한 동경 탓이었을 거다.

"오케이, 콜! 범털, 그거 짱인데? 우리 클럽 이름을 범털클럽이라고 하자. 우리 멤버들도 호랑이 털처럼 빽빽해지게 말이야." 늘 진지한 정태진과 달리 귀여운 얼굴에 우스갯소리도 곧 잘하는 설재욱이 맞장구를 쳐줬다.

"범털 대장은 이름도 마침 백수의 왕 '라이언'인 데다 주먹도 짱인 라이언으로 추대하고…. 그럼 우리 중에 타이거, 재규어, 치타, 퓨마도 하나씩 있어야 되는 거 아니냐?" 그래서 정태진은 타이거를, 설재욱은 재규어를 자신들의 별명으로 골랐다.

저녁 7시 10분 전쯤 바람계곡 앞에 도착했다.

바람계곡은 건물주의 부도로 공사가 2년째 중단된 공사현장 한 귀퉁이에 자리 잡은 간판 없는 아담한 포장마차였다. 우린 그곳의 'CEO이자 총 주방장'을 자처하는 나우식 아줌마의 별명이 '나우시카'여서 거길 바람계곡으로 불렀다.

우리들 사이에선 영화는 몰라도 상관없지만 미야자키 하야오 감독의 애니메이션들은 공통의 문화코드였다. 〈바람계곡의 나우시카〉는 우리가 태어나기 훨씬 전인 1984년에 나왔어도 〈이웃집 토토로〉나 〈센과 치히로의 행방불명〉만큼 친숙했다.

영화배우들은 늙어가면서 그들이 찍은 영화와 함께 대중의 관심에서 멀어진다. 하지만 판타지 애니메이션의 주인공들은 영원히 시들지 않는 만년 소년, 만년 소녀들이어서일까.

나우시카 아줌마는 누구에게도 신상과 나이를 밝히지 않았다. 소문에는 전라북도 어느 대학 철학과를 나와 노동운동을 했단다. 노동운동 동지였던 남편이 시위 중 크게 다쳐 지금도 거동을 못하는 상태라고 한다. 자식도 없고 포장마차 수입으로 근근이 생활비와 남편의 재활치료비를 대면서 어렵게 살아가고 있다고 했다.

그녀는 불우한 개인사와 달리 '우식'이란 이름만큼이나 씩씩한 외모와 거침없고 화통한 입담이 개성이었다. 대학에서 철학을 전공했다는 그녀가 상식에 해당하는 법을 모를 리 없겠으나 미성년자에게 술을 파는 건 코 묻은 돈을 탐내서가 아니라 그녀 나름의 철학이 있기 때문이었다.

바람계곡에서 나우시카와 우리는 종종 이런 대화를 주고받았다.

"이젠 옛날보다 발육과 성장이 빨라진 시대라 남자든 여자든 열여섯 살 넘으면 성인 대우를 해줘야 하는 거야."

"그렇죠? 나우시카 아줌마, 우린 열여섯 넘었으니까 이제 술 마셔도 되죠?"

"야, 새꺄. 조용히 하고 아줌마 말씀 들어. 이제부터가 중요하단 말이야."

"유럽에서는 열여섯 살짜리들한테 투표권도 준다잖아. 우리나라에서도 그 나이 또래가 역사를 바꾼 적이 있어. 너희들은 잘 모르겠지만 우리나라를 이만큼이라도 민주주의 세상으로 만든 4·19 혁명은 중학생과 고등학생들이 일으킨 거야."

"정말요? 에이, 설마?"

"하긴, 벌써 반세기 전 일이니까 너희들이 모르는 게 당연하지. 그때 마산에서 열일곱 살 고등학생 김주열이 3·15 부정선거 규탄시위를 벌이다 얼굴에 최루탄이 박힌 시체로 발견됐단다. 그걸 본 대학생 형님들이 뒤늦게 들고일어난 거야. 4·19 때는 어머니께 유서 써놓고 시위에 따라나선 중학생들도 많았어."

"맞아요. 생각나요. 나도 언젠가 인터넷 검색하다가 그런 기사인지 칼럼인지 본 적 있어요."

"얼마 전 스코틀랜드 독립선거도 열여섯 열일곱 아이들이 승부를 갈랐다잖아. 작년에 노벨평화상 받은 말랄라인가 훌랄라인가 하는 애도 열일곱 살이었고. 이젠 어른들이 오히려 아이들한테 배워야 하는 시대지, 암."

"아, 씨발. 근데 우리나라는 왜 이래? 맨날 우리한테 꼼짝 말고 앉아 있으라고만 하고."

"말이 나왔으니 말이지 요즘 아이들은 인터넷으로 세상 돌아가는 걸 어른보다 더 빠삭하게 알잖아. 게다가 곧 미래의 주인이 될 너희들인데, 나라의 앞날을 결정할 선거에도 참여시켜 줘야지. 그런데도 어른들이 아직 어리다고 찍어 누르면서 가만히 앉아 있으라고 호통만 치니까 세대 간의 갈등이 커질 수밖에 없지."

"완전 짜증 나, 정말."

"게다가 앞으로 공무원연금, 국민연금 적자는 너희 또래들이 평생 짊어져야 할 텐데, 너희들한테는 발언권도 투표권도 안 주고 그저 가만히 앉아 있으라고만 하면 되는 거냐구?"

"근데 정말 이대로 내버려 두면 우리는 평생 어른들 위해서 빚만 갚다가 죽을 거라던데 정말 그럴까?"

"우리 반 담탱이도 연금 개혁은 절대 못할 거라던데."

"다른 나라 아이들은 너희들 나이에 어른들과 같이 나라의 미래를 결정하고 있는데 너희들은 아무 생각 없이 앉아만 있다가 나중에 걔네들하고 리더십에서 경쟁이 되겠어?"

"맞아요. 미국하고 유럽 고딩들은 고딩 같지가 않더라니까요. 걔네들은 엄마 아빠 따라다니면서 시위도 참가하고 완전 난리도 아니에요. 얼마 전에 이스라엘에서는 고등학생 50만 명이 수학여행 안 보내준다고 등교거부 파업을 했대요."

"에이, 뻥까지 마. 고등학생들이 무슨 파업을 해?"

"아, 졸라 빡치네. 스마트폰으로 검색해 보면 다 나온다니까. 나랑 내기 할래?"

나우시카의 언성이 높아졌다.

"그래, 외국의 아이들은 모두 그렇게 일어서서 걷고 뛰다 못해 붕붕 날아다니는데 작년 4월 여객선 침몰사고 때 살릴 수 있는 아이들을 그냥 가만히 앉아 있으라고만 했다가 다 죽게 한 거 아니냐구."

"얘들아, 나우시카 아줌마 열 받으셨다. 빨리 한잔 따라드려라."

"두고 봐. 앞으로 좌니 우니, 보수니 진보니 하는 이념 대결보다도 어른들과 너희 세대 간의 전쟁이 더 큰 문제가 될 테니까, 암."

"세대 간 전쟁, 와우! 우리들이랑 어른들이랑 싸우는 거예요? 그런데 우리가 어른들을 이길 수 있을까?"

나우시카는 부모 몰래 술 마시러 온 아이들에게 술 마시는 법도를 가르치려고 했다. 어차피 포장마차나 술집이 아니라도 어딘가에 숨어서 술을 마실 바엔 어른에게 주도를 배워 제대로 버릇을 들여야 한다는 것이 그녀의 지론이었다.

아이들이 취해서 혀가 꼬이거나 비틀거리면 "이제 더 마시지 마. 꽃은 활짝 피었을 때보다 반만 피었을 때가 더 예쁘고 술도 반만 취했을 때가 제일 좋은 거야"라고 타이르며 술병을 빼앗았다.

교복 차림인 아이들은 바람계곡에 발을 들여놓을 수 없었고 열여섯 살이 안 된 중학생에게도 술을 팔지 않았다. 아이들은 신기하게도 그런 나우시카의 말을 잘 따랐다. 은근하면서도 단호한 나우시카 특유의 설득법은 놀라울 때가 많았다.

그런 그녀가 세상을 보는 눈과 철학은 은연중에 우리를 포함한 단골 주당들에게 스며들고 있었다.

비닐 문을 걷고 바람계곡 안에 들어서자 노란색 아디다스 추리닝 위에 검정색 노스페이스를 걸친 타이거가 애늙은이 같은 표정으로 담배를 물고 앉아 있었다.

"재욱이, 아니 재규어도 온대."

우리가 공유하고 있는 인생관은 열심히 공부하고 좋은 대학에 가서 어른들이 만들어 놓은 질서에 순응하며 살아봐야 별 볼 일 없다는 것이었다.

"좆또, 대가리 터지게 경쟁해서 좋은 대학 나오고 대기업 들어가면 뭐하냐. 싸가지 좆나 없는 재벌 3세 씹탱구리들한테 욕먹고 얻어맞고 굴욕당하고. 그건 그냥 노예생활 아니냐 이거야. 대학 이름 같은 거 아무려면 어때. 뭘 해서 벌어먹든 맘껏 여행 다니고 좋아하는 음악 실컷 들으며 사는 게 최고지. 안 그래?"

바람계곡에만 가면 나도 모르게 그런 개똥철학을 늘어놓게 됐다. 하루하루 입시전쟁에서 낙오돼 가고 있다는 불안감이 커질수록 같은 말을 더 자주 되풀이했다.

"그래도 대학은 가야 하는 거 아닐까."

우리들 중 그래도 온건한 편인 재규어가 근심스러운 표정으로 제동을 걸면 난 다시 장광설을 늘어놨다.

"설마 어디든 4년제 대학이야 못 가겠냐. 그러고 나서 창업을 하는 거야. 원래 스티브 잡스도 고등학교 때부터 와인과 마리화나에 취해 늘상 수업을 빼먹던 문제아였다잖냐. 빌 게이츠는 하버드대학을 가긴 갔지만 수업도 안 듣고 대머리 친구랑 영화만 보러 다니다가 결국 중퇴하지 않았냐고."

"그러게, 세상은 아이디어만 있으면 한 방인데 말이야."

늘 다람쥐 쳇바퀴 도는 대화에서 내 말에 탄력을 넣어주는 역할은 타이거의 몫이었다. 문제는 그 로또 같은 아이디어가 우리에겐 없었고, 아이디어를 얻기 위해 지금은 뭘 해야 할지 갈피조차 못 잡고 있다는 사실이었다.

"그렇게 술 마시고 밑도 끝도 없이 떠든다고 아이디어가 나오냐? 책 읽고 공부들을 해야 나오지."

나우시카는 우리의 대화를 못 들은 척 분주히 안주를 만들고 설거지를 하다가도 이따금 그렇게 '돌직구'를 날리곤 했다.

빨간색 노스페이스를 걸친 재규어가 들어왔다.

난 친구들에게 운명처럼 찾아온 그녀 이야기를 꺼내지 않고는 입이 근질거려 참을 수 없었다.

"얘들아. 내가 오늘에야 비로소 일생일대의 그녀를 만나지 않았겠니."

태진이가 놀라서 되물었다.

"뭐? 네가 웬일이냐. 여자 얘길 다 꺼내고. 라이언 너 평소 여자엔 별 관심 없었잖아."

재욱이도 거들었다.

"라이언은 아직도 '아다'라는 거 아냐. 타이거는 여자 애들 벌써 열 명도 넘게 따먹었는데."

"아, 조용히 해, 인마. 나우시카 아줌마 들어."

"아직 숫총각인 거보다야 그게 낫지, 암."

나우시카가 너스레를 떨었다.

태진이가 물었다.

"그 여자를 어디서 어떻게 만난 거야?"

"내가 라이딩 하다가 넘어져 다치면서 우리의 운명적 만남이 시작된 것이지."

뻘짓 하다 웃기는 꼴이 됐다는 건 쪽팔려서 차마 털어놓을 수 없었다.

"아, 그래서 그렇게 손에 붕대를 감고 있구나."

"마침 건너편 길에서 라이딩 하다 잠시 멈춰 서 있던 여자가 나를 발견하고 응급처치를 해줬는데 그 여자를 보는 순간 갑자기 하늘에 눈부신 쌍무지개가 걸리더라구. 그리고 가슴이 콩닥콩닥 뛰면서 얼굴이 화끈거리는데, 한눈에 뻥 간다는 게 바로 그런 거였어."

"그 여자의 어디가 그렇게 좋았는데?"

"글쎄, 향기 나는 머리카락부터 하얗고 가는 발목까지? 그냥 전부라고 해야 되나. 콕 집어서 어디라고 말할 수가 없네. 그냥 좋았어."

"얌마, 라이언, 너 지금 그 말하면서 얼굴 빨개졌다. 하하."

"아, 그건 술 탓이야, 술 탓. 너네들도 다 빨갛구만 뭘."

"그래서? 전화번호는 땄어?"

"아니, 그, 그게 말이야…. 사실 번호는 고사하고 사실은 대학생인지 회사원인지도 몰라. 고등학생은 확실히 아닌 것 같고."

"사진이라도 찍어놨어?"

"야, 얘가 그 상황에서 사진 찍을 정신이 어디 있었겠냐."

"그럼 그 여자를 어떻게 찾아?"

"멕 라이언을 알고 있고 〈시티오브엔젤〉을 봤대."

"멕 라이언? 미국에 사는 네 친척이냐? '시티오브엔젤'은 또 뭐냐? 그런 게임도 있었나. 아니면 웹툰?"

"이런 무식한 녀석들 같으니…. 멕 라이언이 우리 태어날 때만 해도 얼마나 대단한 스타였는데. 〈시티오브엔젤〉은 웹툰이 아니고 멕 라이언이 출연한 영화야. 아, 정말 수준 떨어져서 얘네랑 얘기 못하겠네."

"얌마, 그러니까 우리가 모르지. 갓난아기 때 영화를 어떻게 알아?"

"하긴 그러네. 처음엔 나랑 같은 '라이언'이라서 좋아했는데 그 여자 나오는 영화 보니까 요즘 애들하곤 비교도 안 되게 분위기 있고 귀여운 거야. 연기도 너무 잘하고."

말없이 웃고 있던 타이거가 신발 바닥에 담배를 비벼 끄며 말했다.

"그 여자도 멕 라이언 닮았어?"

"글쎄, 그러고 보니 웃는 모습이 약간 닮은 거 같긴 한데 전체적으로는 전혀 다른 느낌이야. 몸매가 슬림하고 얼굴도 하얗고 작은 게 제시카 대신 소녀시대 멤버로 뛰어도 손색이 없겠더라."

나우시카가 술안주인 어묵탕과 계란말이를 만들어 내놓은 뒤에 손가락으로 머리 옆에다 몇 바퀴 원을 그리면서 대화에 끼어들었다.

"얘, 라이언이 그 여자한테 완전 빽 갔나 보다."

"정말 그랬나 봐요. 나우시카, 얘가 이렇게 여자 땜에 맛이 간 건 처음 봐요."

"아유, 근데 어떡하냐, 하하하. 서울 인근에 사는 스무 살 언저리 여자들 다 모아놓고 '여기 멕 라이언을 알고 〈시티오브엔젤〉 본 사람 손 들어봐요' 해야 되나."

"서울 시내 자전거 동호회만 해도 몇백 개는 될 텐데."

서로 주거니 받거니 수다를 떨다가 자리가 파해갈 무렵 재규어가 던진 한마디가 내 가슴에 날아와 꽂혔다.

"근데 그거 알어? 일어날 일은 아무리 피하려 해도 일어나고, 만날 사람은 피하려 해도 결국 만나게 된다는 거."

"그래서, 그 여자 만나긴 만나는데 둘 다 결혼해서 애 낳고 다 늙어서 만나면?"

"늦었지만 그렇게라도 만나서 다행이라고 해야 하나, 비극이라고 해야 하나?"

"뭐 그래도 만나기만 할 수 있다면."

"아, 절대 그럼 안 되지. 무슨 수를 쓰더라도 청춘일 때 만나야지."

"그럼, 이제부터 우리 라이언의 라이딩녀 찾아주기 프로젝트에 나서는 거야."

"오케이, 라이언의 라이딩녀를 위하여 건배!"

"라이언의 라이딩녀를 위하여~!"

청운의 꿈

PLAY ▶

2015년 3월 9일 월요일 서울 태산고 등굣길

이틀 후인 월요일 아침 등교시간. 고3 입시생의 첫 학기도 두 번째 주로 접어들었다. 따뜻했던 토요일이 지나고 일요일 오전부터 날이 흐려지더니 저녁 무렵엔 진눈깨비가 날렸다.

가사도우미 비앙카 아줌마가 아침을 먹는 나와 라일락에게 "오늘 아침 날씨 엄청 추워졌대. 교복 위에 걸치고 가"라면서 두툼한 오리털 패딩을 갖다 주었다.

식탁 옆 벽면 TV에선 날씨에 안 어울리게 짧은 치마를 입은 기상캐스터가 보도에 열을 올리고 있었다.

"그러면 이번 주간 날씨 전해드릴게요. 한반도 중심부에 형성됐던 온난전선이 시베리아 대륙성 고기압에 밀리면서 한파가 찾아왔습니다. 봄을 시샘하는 꽃샘추위, 이 꽃샘추위는 주말까지 계속되겠습니다. 주말 나들이 계획 있으신 분들은 참고하셔야겠네요."

"어머, 저 언니는 춥지도 않은가 봐. 이번 주말에 친구들이랑 인피니트 콘서트 보러 가야 되는데 그때쯤이면 날씨 풀리겠지?"

라일락이 내게 묻는 건지 그냥 혼잣말인지 알 수 없게 중얼거렸다.

등굣길의 하늘은 추위를 몰고 온 고기압이 구름을 걷어낸 덕분에 청명했다. 태산고 정문으로 올라가는 언덕길 가장자리엔 밤새 얕게 쌓인 눈들이 칼바람에 날리면서 솜사탕을 이루려는 설탕가루들처럼 어지럽게 소용돌이쳤다.

삼삼오오 재잘재잘 떠들어 대며 등교하는 아이들도 우리 남매처럼 두꺼운 오리털 패딩 차림이었다. 패딩족 아이들의 옷에는 거의 예외 없이 마치 명찰 같은 영문로고가 큼직하고 선명하게 수놓아져 있었다.

'THE NORTH FACE'

로고만 보면 최근의 디자인 트렌드와 달리 투박한 느낌인데도 왜 저 브랜드가 이토록 열광적인 인기일까 의아했다.

한때는 '떡볶이 코트'라고 불리던 더플코트가 드라마 〈겨울연가〉 히트 이후 중고생들 사이에서 대 유행이었다. 제법 오래가던 더플코트 유행이 어느 날 오리털 패딩으로 바뀌더니 등산복 브랜드인 노스페이스가 다른 쟁쟁한 캐주얼 브랜드들을 제치고 압도적 대세로 떠버렸다.

우리 학교 아이들은 학교가 산꼭대기에 있는 데다 이름까지 '태산'이다보니 다들 등산복 입고 등교한다는 우스갯소리를 했다. 하지만 태산고가 아닌 다른 학교에선 왜 그럴까.

노스페이스 미스터리에 대해 인터넷에 글을 쓰는 한 작가가 나름 설득력 있는 해석을 내놨다. "우리나라 교육정책이 산으로 가고 있기 때문"이라는 것이었다.

강남3구에서는 캐나다구스와 몽클레어라는 브랜드가 떠서 '캐몽'이라는 조어가 생긴 지 오래라는데 우리 학교에선 그런 프리미엄급 패딩을 입은 아이는 눈에 띄지 않았다.

그 정도 여유 있는 집 아이들이 없어서가 아니라 괜히 혼자 비싼 옷 입고 다니다가 우리 범클 같은 폭력서클 일진들에게 뺏길지 몰라서라는 게 아이들의 해석이었다.

학교 교정은 언덕 7부 능선쯤부터 산 정상에 이르는 지역을 차지하고 있어 정문에 이르러서도 본관 교실까지는 꽤 걸어 올라가야 했다.

1층에 교무실이 자리 잡은 5층짜리 학교 본관은 대리석 건물 지붕 한가운데 12개의 석주가 받치고 있는 A자형 첨탑이 불쑥 솟아오른 로마네스크 양식이었다. 그 웅장한 위용에 위압감이 느껴질 정도였다.

우리 학교는 이제 개교 6년째인 신생 학교이고 서울 강북에서도 낙후된 지역에 위치한 일반고였지만, 적어도 본관 건물 하나만큼은 내로라하는 자사고나 특목고 부럽지 않았고 어지간한 대학과 견줘도 꿀리지 않았다.

주변 경관과의 조화에 신경 쓰지 않고 자기만의 존재감을 뽐내는 태산고 본관은 건설업으로 재벌이 됐으나 내세울 거라고는 단지 그것밖에 없는, 태산학원 재단이사장 겸 태산그룹 회장 성찬수의 자존심이었다.

"어, 저거 뭐야. 사람 아냐?"

"재 누구야? 왜 저기 올라가 저러고 있대?"

"와, 완전 발가벗었네. 졸라 춥겠다."

줄지어 오르막길을 오르던 아이들이 아우성쳤다.

나도 고개를 들어 본관 위를 올려다봤다. 국기 게양대보다 높은 본관의 A자형 첨탑 바로 아래로 사람 하나가 겨우 지나다닐 만한 좁고 긴 난간이 있는데, 그 난간 한가운데 정말 실오라기 하나 안 걸친 사내가 위태롭게 서 있었다.

학생인지 아닌지는 모르겠지만 아랫배 밑 거뭇거뭇한 털로 봐서 아이는 아닌 듯했다. 그는 두 다리를 한데 모으고 양손을 수평으로 펼치고 있었다. 예수 그리스도가 십자가에 못 박힌 모습을 연상케 하는 자세였다.

내 옆에서 같이 등교하던 같은 반 아이가 외쳤다.

"재 혹시 1반 청운이 아냐? 왜 저러지. 저 새끼 설마 저기서 뛰어내리려고 저러나?"

"야, 인마, 위험해. 빨리 내려와!"

등교하던 여자아이들은 그 모습을 보면서 벌써부터 "꺄아아악" 비명을 질러대고 발을 동동 구르면서 어쩔 줄 몰라 했다.

"어떡해, 어떡해…. 빨리 누가 좀 올라가 봐요."

나는 청운이라는 말에 가슴이 철렁해서 사내를 더 유심히 바라봤다. 멀긴 하지만 머리 모양과 어렴풋한 얼굴 윤곽이 친형제처럼 붙어 다니던 청운이라는 걸 알 수 있었다.

청운이와는 초등학교부터 지금까지 줄곧 같은 학교를 다닌 데다 집도 가까웠다. 단지 그래서만 아니라 그의 너그럽고 따뜻한 품성이 좋아서 그와 둘도 없이 친한 사이가 됐다.

교직원들은 그의 모습이 보이지 않는 본관 안에 있다 보니 등교하는 아이들보다 늦게 사태를 파악한 모양이었다. 아이들의 심상치 않은 술렁임을 듣고 뛰쳐나온 교직원들이 호루라기를 불면서 첨탑 바로 아래 곧 떨어질 듯 위태롭게 서 있는 청운이에게 "어서 내려오지 못해, 이게 뭐하는 짓이야?"라고 소리를 질러대고 있었다.

청운이는 한동안 십자가 자세를 유지하더니 이번에는 서서히 팔을 30도 정도 위로 들어 올리고 동시에 다리를 1미터쯤 벌렸다. 종교의식이나 제식훈련처럼 절도 있는 동작이었다. 한동안 그 자세를 유지하다가 허리를 천천히 90도로 꺾고 마치 자신의 심벌이 안녕한지 살피려는 사람처럼 고개를 숙였다. 두 발목 사이에 있는 무언가를 찾는 것처럼 보이기도 했다.

설마 했지만 그는 그대로 계속 머리를 아래로 숙이다가 마침내 바닥을 향해 몸을 내던졌다.

5층 건물인 본관은 로마네스크 양식의 장엄미를 살리기 위해 로텐더홀이 있는 1층의 층고를 2층 높이로 지었고 다른 층도 대체로 천장이 높은 편이어서 일반 건물로 치면 7층쯤 된다고 봐야 했다. 게다가 현관 입구부터 계단까지는 대리석 바닥이어서 머리부터 떨어진다면 청운이 머리가 제아무리 단단해도 여지없이 산산조각 깨지고 말 것이었다.

그 순간 난 과거에 청운이가 자기 머리가 남보다 단단하다는 자랑을 한 적이 있었던가 분주하게 기억을 더듬었다. 제발 그랬었기를 간절히 바라면서. 그러나 이내 그게 얼마나 바보 같고 부질없는 희망인지 깨달았다.

여자아이들의 찢어지는 듯한 비명소리가 차가운 공기 속을 물결치며 뒷산 등성이를 타고 흘러갔고 아직 잎이 돋지 않아 가지가 앙상한 겨울

나무들의 숲을 지났다. 비명은 이윽고 산 너머 아파트 단지 구석구석에까지 메아리쳤다.

청운이와는 고2 올라가면서부터 반이 달라진 데다 그 무렵 공부와 멀어지면서 가까워진 범털들과 어울려 노느라 한동안 만날 여유가 없었다.

현재를 기준으로 볼 때 가장 가깝다고 말하기는 어려울지 몰라도 가장 오랫동안 사귀어 왔을 뿐 아니라 진심으로 마음이 통하고 신뢰하는 친구를 꼽으라면 단연 청운이였다.

나는 패닉에 빠져 본관 계단까지 오르는 길을 한걸음에 내달렸다.

이미 경비실에 있던 수위 아저씨들과 내 1학년 때 담임인 국어교사 오정태 선생님, 학생주임인 체육교사 엄성호 선생님 등 10여 명이 그 주위를 둘러싸고 있었다.

국기 게양대와 본관 현관 사이에 쓰러져 누워 있는 청운이는 아직까지도 머리에서 꿀럭꿀럭 붉은 피를 쏟아내는 중이었고 의식이 없어 보였다.

그에게 가까이 다가갈 수 없는 상황이었지만 교직원과 선생님들을 비집고 청운이 곁에 가려고 몸부림쳤다.

"청운아, 이게 무슨 짓이야. 도대체 왜 그랬어, 인마…."

난 지금 목격하고 있는 장면이 부디 악몽이기만을 바랐다.

이청운은 천 원짜리 지폐에 나오는 할아버지와 얼굴이 판박이인 데다 이름까지도 천 원과 발음이 비슷해 '이천원'이라는 별명으로 불렸다.

몸이 허약해서 운동엔 젬병이고 사람이 좋다 못해 속없어 보이는 청운이를 만만히 보는 아이들이 많았다. 아이들끼리 군것질하러 가도 계산은 늘 청운이 몫으로 떠넘기기 일쑤였고, 청운이는 그걸 당연하다는 표정으로 받아들였다.

하지만 녀석이 결코 무르기만 한 건 아니었다. 나름대로 옳다고 여기는 것을 지키려는 결기가 있었다.

"교실에서만큼은 담배 피지 마. 싫어하는 애들도 있잖아."

"무단횡단은 하면 안 돼. 그러다 사고 나면 보험금도 못 받는대."

이런 잔소리들을 늘어놓곤 하는 청운이를 아이들은 꼰대 같다고 놀렸다. 반면 그의 그런 면을 높이 사는 아이들은 '퇴계 선생'이라고 부르기도 했다.

그는 내가 공부에서 멀어지더니 급기야 폭력서클 따위를 만들고 돌아다니며 뒤에서 손가락질 받는 것을 몹시 걱정했다. 지난 겨울방학이 막 시작될 무렵, 밤늦게 청운이가 우리 집을 찾아왔다. 꼭 해야 할 말이 있다는 것이었다. 그때 했던 말을 지금도 생생하게 기억하고 있다.

"라이언, 다른 친구들에겐 털어놓지 않던 고민을 나한테 이야기해 줘서 고마웠다. 진심이야. 내가 네 입장이라면 어땠을까. 난 너만큼 꿋꿋하게 견뎌내지 못했을 거야. 그런 일만 아니었으면 지금도 공부로 학교를 휘어잡고 있을 텐데. 네가 이렇게 맨날 술 마시고 쌈박질이나 하면서 사는 마음, 이해는 한다. 하지만 그게 네가 진짜 원해서 그러는 건지, 이건 아닌데 하면서도 자포자기하고 사는 건지 잘 생각해 봐. 나는 지금처럼 주먹짱으로 아이들 몰고 다니면서 폼 잡는 너보다 순진한 범생이였던 옛날의 네가 좋다. 우리 이제 고3이야. 마음잡고 옛날로 돌아가야 해. 이 기회를 놓치면 나중에 정말 후회하게 될지 몰라."

청운이가 나보다 한참 성숙한 어른처럼 이야기하는 것이 놀라웠다. 내가 생각 없이 사는 동안 훌쩍 커버린 녀석에게 왠지 열등감이 느껴졌고 아픈 데를 제대로 찔린 것에 울컥했다.

"니가 내 마음을 어떻게 알아? 같은 입장이 돼보기 전엔 그 사람에 대해 쉽게 말하면 안 돼. 걱정은 고맙지만 난 내가 살고 싶은 방식대로 살 테니까 신경 쓰지 마."

말하면서도 이건 아닌데 싶었지만 욱하는 마음에 그렇게 질러버렸다.

청운이는 한때 촉망받던 내가 갈수록 빗나가면서 점점 가망 없는 수렁에 빠져드는 것이 못내 안타까웠던가 보다. 청운이의 염려대로 지금 마음잡지 못하면 한때 내 차지라고 여겼던 명문대 진학의 영광은 끝내 물거품이 되고 말 것이었다.

내가 공부짱의 타이틀을 내던지고 싸움짱으로 변신한 것은 같은 무리인 타이거, 재규어에겐 쌍수를 들어 환영할 일이었고 공부로 나를 따라잡지 못하던 경쟁자들에게도 다행스러운 일이었다.

하지만 청운이만은 공부와 멀어져가는 나를 걱정한 나머지 밤늦게 우리 집까지 찾아와 진심어린 조언을 해주었다. 사실 마음속으론 그런 청운이가 고마웠지만 마음과는 반대로 까칠하게 대한 것이 생각할수록 미안했다.

청운이 아버지는 지금은 없어진 세무대학을 나와 세무공무원으로 사회생활을 시작했다고 한다. 그러다가 업무상 인연으로 가까워진 성찬수 회장의 권유로 태산그룹에 입사했고, 능력과 성실성을 인정받아 남들보다 빠른 나이에 그룹 계열사인 태산D&E 부사장이 됐다.

주력사인 태산건설이 아니라 매출규모가 작은 계열사 소속이었지만 성 회장이 그의 측근 중에서도 가장 신뢰하는 측근이라고들 했다.

청운이는 아버지를 닮아선지 숫자 감각이 뛰어났고 다른 과목은 그저 그랬어도 수학만큼은 남다른 재능을 보였다. 2학년 때는 한 대학이 주최한 고교 수학경시대회에 학교 대표로 나가 동상을 받아오기도 했다.

청운이네는 일찍 성공한 아버지 덕에 학교에서 멀지 않은 주택가에 예쁜 단독주택을 가지고 있었다. 그러나 이웃들의 부러움을 사던 집을 이제 곧 내놓아야 할 처지가 됐다. 얼마 전 태산D&E가 부도나는 바람에 등기이사였던 아버지가 거액의 채무부담을 지면서 집까지 차압당해 몇 개월 후엔 단칸 월세방으로 옮겨야 한다고 했다.

얼마 전 태산D&E의 모기업이자 일감을 몰아주는 주 거래처였던 태산건설이 비리 혐의로 검찰 수사를 받으면서 경영난에 빠져 어음결제 자금을 지원해 주지 못한 탓이었다. 실업자가 된 청운이 아버지는 일자리를 알아보겠다면서 중국인가 동남아인가 해외로 나가셨다고 했다.

설상가상 어머니마저 3년 전 수술한 유방암이 재발해 입원하시는 바람에 청운이가 사실상 가장 노릇을 해야 했다. 중학교 2학년이 된 쌍둥이 여동생 청라와 청미를 돌보는 것도 청운이 몫이었다.

그날 집에 찾아온 청운이에게 냉랭한 반응을 보이고 돌려보낸 후 한동안 소원하게 지내다 겨울방학이 끝나갈 무렵에야 비로소 청운이네의 절망적인 사정을 전해 듣게 됐다. 그 소식을 듣고 깜짝 놀라 청운이 집을 찾아갔다.

"청운아, 우리 '라면토크' 한 지 오래됐지? 오랜만에 라면 갖고 수다 한번 떨어볼까?"

일전엔 미안했다느니 어쩌니, 어색하게 속내를 꺼내지 않더라도 라면이라는 한마디면 우린 곧 바로 절친했던 시절로 돌아갈 수 있었다. 둘이 노상 붙어 다니던 중2부터 고1 때까지 우리의 공통 관심사가 라면

요리였다.

우린 그날 공동 개발한 '브로콜리 양배추 라면'을 끓여 먹었다. 청운이는 "만약에 라면대학이 있다면 우리의 라면공학, 라면철학, 라면사회학으로 박사학위를 대여섯 개는 받고도 남을 걸" 하며 능청스럽게 수다를 떨었다.

청운이는 그의 별명인 퇴계 선생처럼 세상을 바라보는 눈이 고등학생답지 않은 데가 있었다.

"내가 라면을 왜 좋아하는지 알아? 그건 라면이 세상에서 가장 평등한 음식이기 때문이지. 중국요리는 짜장면만 해도 서민들이 먹는 4천 원짜리부터, 재벌들이나 먹을 수 있는 20만 원짜리 특급호텔 정식까지 천차만별이잖아. 한정식이나 일식도 그렇고. 하지만 라면은 아무리 비싸도 1,200원짜리 신라면 블랙이 최고거든. 재벌 회장이라도 서민들과 같은 값을 주고 산 라면을 똑같은 조리법으로 끓여 먹는 거야. 비행기 퍼스트클래스에서 먹어봐야 뭐하냐. 제 맛이 안 난다는데. 누구에게나 똑같은 라면을 먹으면서 재벌인 성찬수나 그 밑에서 노예처럼 혹사당하는 서민들이나, 다 같은 입맛을 가진 인간이라는 걸 확인할 수 있잖냐? 난 그래서 라면을 먹을 때마다 삶의 위안을 얻어."

청운이는 자기 아버지가 가족들 앞에선 내색하지 않아도 주군으로 모시고 있는 성찬수 회장의 괴팍한 성미 때문에 늘 시달리고 고통받는 것을 눈치 채고 있었다. 그게 마음 아팠는지 틈만 나면 성찬수를 씹었다. 나도 그런 청운이 심정을 이해할 수 있었다.

"야, 성찬수 같은 개새끼야 말해서 뭐하겠냐. 라면을 먹을 때는 재벌 아니라 대통령이라도 그 앞에서 공손히 머리를 숙여야 하는 거야. 그리고 공들여서 정성껏 입김을 불어넣어야 해. 그런 정중한 의식을 치른 뒤에야 인류의 입맛을 주관하시는 라면님이 우리 입안과 뱃속으로 강림하시는 거지. 네 말대로 라면은 모든 사람을 평등하게 만들어 주기 때문에 우리가 아무리 찬양해도 지나치지 않은 음식이야."

남들이 뭐라고 하든 우리에게 라면은 완전식품이었고, 단순한 요깃거리를 넘어 '힐링푸드'이자 '소울푸드'였다.

한번 라면예찬을 시작했다 하면 우린 죽이 척척 맞아 들어가서 좀처럼 끝날 줄을 몰랐다. 같은 말을 하고 또 해도 질릴 줄을 몰랐다.

우린 서로가 '당대의 라면셰프'를 자처하면서 라면을 끓이지 않은 스낵 상태에서 가장 맛있게 먹는 방법부터, 기름기를 제거하고 담백한 맛을 내려면 어떻게 조리해야 하는지, 밤에 라면을 먹고 자도 아침에 얼굴이 붓지 않는 방법이 뭔지 등을 같이 연구했다.

또 과일라면, 녹차라면에 이어 라면만두, 라면케밥, 라면피자까지 다양한 시도를 함께 해보면서 우리의 기발한 창의성을 자화자찬했다.

우리가 오랫동안 논쟁을 벌이면서 연구한 과제 중의 하나는 라면의 정체성이었다. 즉, 어디까지를 라면으로 볼 수 있느냐, 또 라면을 정녕 라면답게 하는 것은 면인가 스프인가 등의 문제였다.

라면의 정체성은 특유의 노랗고 고불고불한 면발과 독특한 풍미의 스프에 있다. 그 두 가지를 유지한 상태에서 조리법에 어떻게 변화를 주느냐가 라면 레시피가 끝까지 지켜야 할 본질이었다.

예컨대 죽이나 수프가 돼 면발의 형태를 벗어났을 때 그것은 라면이 아니었다. 또 너구리 면발에 짜파게티 스프를 비빈 짜파구리도 업계에서는 '국물 없는 라면'으로 분류하고 있지만 우리의 관점에서는 라면이 아니라 볶음짜장일 뿐이었다. 한때 '라면 맛 캔디'나 '라면 맛 초콜릿' 같은 것도 생각해 보았으나 그것 역시 라면의 본질을 벗어난 것이라는 데 의견의 일치를 보았다.

라면을 끓여 먹으며 옛이야기를 나누다가 함께 영화를 보러 가려고 집을 나서는데, 청운이가 자신의 트레이드마크 같았던 초록색 노스페이스 패딩이 아니라 유행 지난 떡볶이 코트를 입고 나오는 것이었다.

"청운아. 그동안 줄기차게 입고 다니던 그 초록색 패딩은 어떡하고?"

"아, 그거 우리 반 전병호라고, 자칭 '시라소니'라고 부르는 애한테 줬어. 내 옷 색깔이랑 디자인이 너무 마음에 든다면서 그걸 내놓든지 아니면 그 녀석이랑 어울려 다니는 우리 반 범털클럽 애들이 군것질하는 거 일 년 동안 떠맡으래. 너네 집은 부자 아니냐면서. 그렇게 말도 안 되는 뗑깡을 부리는데 어떡하냐. 인간이 불쌍해서 그냥 옷 벗어줘 버렸다."

"뭐? 범클이 언제 그렇게 몰려다니면서 빵셔틀 짓을 시켰다는 거야? 시라소니는 언젠가 애들이랑 우리 집에 찾아와서 같이 논 기억이 있지만 너네 반에 걔랑 어울려 다니는 다른 범클 애들이 있다는 이야긴 처음 들어보는데."

"너, 몰랐어? 요즘 범클이라면서 삥 뜯는 애들이 얼마나 많은데. 우리 학교 공부짱이었다가 하루아침에 주먹짱으로 변신한 널 모르는 애들이 없잖냐. 그래서 다 범클과 라이언 이름을 팔고 다니는 거야."

"그러니까 나도 모르는 도둑고양이들이 나를 팔아서 삥을 뜯고 다녔고 내가 걔네들 몸통이 돼 있다는 거잖아. 미치겠다. 아무래도 그냥 두면 안 되겠네. 어쨌든 그 옷은 내가 찾아줄게. 조금만 기다려."

하지만 청운이는 나를 말렸다.

"라이언, 사실 난 그것 말고도 아버지가 사주신 좋은 옷이 많아. 사실 강남에서 떴다는 캐나다구스 패딩도 옷장 속에서 썩고 있어. 그냥 노스페이스 입는 게 유행이라서 입고 다닌 것뿐이지. 그 친구는 아버지도 안 계시고 집안도 어렵다는데 노스페이스가 얼마나 입고 싶으면 그랬겠냐. 사실 뺏겼다기보다는 그렇게까지 그 옷을 입고 싶어서 안달하는 그 친구가 안돼 보여서 벗어준 거야. 난 싫증날 만큼 입은 옷인데 그걸 꼭 입어야만 행복해지는 애가 있다면 나한테도 기쁜 일이지, 뭐."

"에라이, 속없는 녀석 같으니. 노상 그렇게 물렁물렁 착하게만 구니까 애들이 너를 쪼다 취급하고 괴롭히는 거야. 그걸 안 이상은 그냥 둘 수 없어. 꼭 찾아서 돌려줄게."

그리고 얼마 전 청운이 생각이 나서 범클 아이들 중 서열 7위쯤 되는 시라소니를 불렀다. 청운이는 내 '절친'이니까 괴롭히지 말라고 타이르면서 빼앗아 간 노스페이스를 돌려주라고 했다. 그는 아이들 보는 데서 청운이에게 옷을 반납하기 쪽팔렸던지 지난 금요일 밤 그 옷을 우리 집으로 가지고 왔다. 그걸 아직 청운이에게 전해주지도 못했는데….

흥건한 핏물 속에 의식 없이 쓰러져 있는 청운이를 바라보며 안타까워 어쩔 줄 몰라 하는 나에게 오정태 선생님이 다가와 등을 두드려 주었다.

교장선생님을 비롯해 모든 교사와 교직원들이 태산학원 재단의 상임이사이자 이사장 아들인 성하버드의 눈치만 보면서 굽실거렸지만 오로지 오 선생님만은 당당하게 처신했다.

콧수염과 나비넥타이가 트레이드마크인 성하버드는 노숙해 보이는 차림새와 달리 나이는 아직 스물아홉 살에 불과했다. 그는 성 회장의 막강한 위세를 등에 업고 거의 아버지뻘의 연세 드신 선생님들을 종 부리듯 했다. 자신의 온갖 잡무를 대신 처리하도록 시키는 건 물론이고 심지어 외출할 때 자신의 서류가방까지 들고 다니게 했다.

재단 상임이사 자격으로 경영상의 권능을 가졌다 해도, 선생님들의 교육활동을 간섭하거나 부하처럼 부릴 자격은 없다. 설사 교장이나 교감이라도 교과과정이나 수업방식 등 교육에 직접 관련된 업무 외에는 교사에게 함부로 이래라 저래라 하지 않는 것이 원칙이었다.

물론 현실에서 원칙은 그저 원칙일 뿐이어도 하버드의 행실은 도를 지나친 경우가 많았다. 오 선생님은 그런 안하무인 성하버드에 맞서서 바른 소리를 하며 종종 갈등을 빚었고, 당연히 재단 측에서는 그를 눈엣가시처럼 여기고 있었다.

동글동글하고 땅딸막한 체구에 미꾸라지라는 별명을 가진 학교법인 태산학원 성찬수 이사장, 성하버드의 아버지는 이미 언론 보도를 통해서도 인생역정이 널리 알려진 인물이었다.

건설재벌인 성찬수는 6년 전 태산고등학교를 설립한 데 이어 인근 초등학교와 중학교를 인수해 '태산초등학교', '태산중학교'로 명칭을 바꿨고, 최근에는 그의 고향인 부산의 한 전문대학까지 인수했다. 학원재단답게 풀 라인업을 갖춘 것이다.

이제 2년 후면 70줄에 들어서게 된 그는 6·25 때 고향인 흥남에서 혈혈단신 피란길에 오른 어머니 등에 업혀 부산으로 왔다. 아버지는 전쟁 통에 폭격을 맞아 사망했고, 홀어머니가 아무 연고도 없는 부산에 정착해야 했으니 형편이 찢어지게 어려울 수밖에 없었다.

초등학교도 채 못 마치고 집 근처 미군부대 '캠프 하야리아'에 하우스

보이로 취직했다. 거기서 그는 미군 PX 물품과 기름을 빼돌려 한몫 챙긴 뒤, 본격적인 수익사업에 뛰어들었다. 돈 되는 일이라면 도박장 개설과 밀수, 마약밀매까지 서슴지 않았다고 한다. 한때는 일본식 프랜차이즈형 파칭코 사업을 추진했다가 정부의 인가를 얻지 못해 포기한 것으로도 알려져 있었다.

보통 사람이 그런 짓을 저질렀다면 적어도 전과 5범쯤은 돼 있어야 정상이겠지만 마술 같은 요령을 부려 미꾸라지처럼 빠져나갔다. 주택건설 붐이 일 때 건설업계에 뛰어든 그는 수단 방법을 가리지 않는 과단성과 용의주도함을 무기로 주력기업인 태산건설 아래 30여 개 계열사를 거느린 재계 서열 14위의 태산그룹을 일궈냈다.

그는 업계 경쟁자들을 물리치고 각종 규제를 회피하기 위해 공무원과 각종 이권단체, 시민단체를 돈으로 구워삶았다. 불법 비리를 제보하는 투서가 청와대까지 쏟아져 들어갔지만 이미 그 분야에 쌓인 신공을 발휘해 법망을 교묘히 빠져나갔다.

이제는 경찰, 검찰도 감히 손대지 못할 정도로 정・관계 거물들 사이에 막강한 인맥을 구축해 두고 있었다.

집권여당인 정의평화당 최문기 대표가 동네 '깨복쟁이' 시절부터 함께 자란 절친이라는 게 그의 든든한 배경이 돼줬다.

"기본권? 통치권? 인권? 그런 권들은 말짱 다 헛거고 말장난이다 아이가. 세상의 모든 힘은 다 소유권에서 나오는 기라. 소유권과 재산권이 유일한 권력이고 제 1의 권력인 기라."

그는 틈만 나면 그렇게 개념 없이 주둥아리를 놀려대는 걸로 유명했다.

사실 그랬다. 그의 막강한 지위를 보장해 주는 건 그가 소유한 부동산과 그것을 기반으로 태산그룹이 벌어들이는 돈이었다. 자신의 영향력이 커지면 커질수록 그것을 지탱해 주는 돈에 대한 탐욕과 집착도 커졌다.

태산그룹 계열에는 대부업체와 채권추심업체, 보안경비업체도 있었다. 그리고 사업에 걸림돌이 되는 사람들은 주먹들을 동원해 폭행과 감금도 불사한다는 소문이 났다. 그의 밑에서 일하다가 너무 많은 비리를 알게 되면서 쥐도 새도 모르게 행방이 사라진 사람이 여럿이라는 소문도 있었다.

이제 성찬수라는 이름을 세상이 다 알게 됐지만 그의 음험한 이미지도 명성과 비례해서 나날이 두드러져 갔다.

그런 그가 세금을 조금 덜 내보려고 수년 전 장학재단을 세운 뒤 소년소녀가장 및 저소득층 자녀 학자금 수여 행사를 전 언론이 떠들썩하도록 몇 차례 벌였다. 그때 세상이 바치는 찬사에 맛을 들인 그는 급기야 태산고등학교 법인인 태산학원을 설립했다.

파렴치한 졸부 이미지를 탈색하고 그에게 더 큰 돈을 벌 기회를 가져다 줄 정치인들과의 교분에서 그럴듯한 명함을 내밀기 위해서였다.

그는 정치인들을 만나 대화할 때마다 "우리나라 백년대계를 책임진 교육자의 한 사람으로서…" 라며 뻔뻔스럽게 자가발전을 해댔다.

그의 슬하엔 아들만 둘이 있었다.

그는 주로 강남 테헤란로의 태산그룹 회장실에 머물면서 큰 아들 병준과 함께 그룹 경영에 주력했다. 그리고 태산학원은 둘째 아들 하버드에게 재단 상임이사를 맡겨 주무를 수 있게 해두고 있었다.

하버드의 원래 이름은 병균(炳均)이었다.

한자로 써놓으면 나름 훌륭한 의미를 담은 이름이지만 한글로 읽을 때는 병을 옮기는 세균과 같은 발음이었고, 그의 성과 이름이 결합되는 순간 누구나 실소를 금치 못했다. 성병균, '성병을 일으키는 세균'.

병균은 자라면서 이름 때문에 늘 친구들의 놀림을 받았다. 그래서 언젠가는 누구나 절로 고개가 수그러질 만큼 거룩한 이름으로 개명하고야 말리라는 각오를 다져왔다고 한다. 반드시 그동안 받은 수모를 한 방에 날려버릴 만한 이름이어야 했을 것이다.

그는 수도권 한 사립대학을 나와 시력을 이유로 병역을 면제받은 뒤, 6년 전 개교한 태산고의 초대 행정실장으로 사회생활을 시작했다. 근무 3년째 되던 해, 아버지의 재력 덕분에 미국 하버드대학에 기부금을 내고 1년짜리 연수를 다녀왔다.

미국에 가서 그는 하버드가 원래부터 학교 이름이 아니라 설립 초기에 책과 재산을 기부했던 성직자 존 하버드의 이름이라는 것을 비로소 알게 됐다고 한다.

친구들이 '스티브'니 '케빈'이니 '제임스'니 하는 이름들을 멋대로 지어서는 그럴듯하게 명함에 새기고 다니는 걸 보면서, 그는 이왕이면 세계 최고 명문대학의 이름이 된 '하버드'를 자신의 영어 이름으로 쓰자고 결심했다. 하버드대에서 연수한 이력을 자랑하기에도 안성맞춤이었다.

그는 고등학교 동창이라는 서울중앙지검 차광호 검사를 통해 돌쇠, 변태, 병균같이 인격적인 모멸감을 느끼게 하는 이름은 굳이 재판을 거치지 않아도 판사가 당사자의 사정만 받아들여 주면 개명이 가능하다는 것을 알게 됐다.

태산그룹 인맥을 동원해 담당 판사에게 선처를 부탁했고 급기야 호적상 이름까지 하버드로 바꿔버렸다. 나중에 그 사실을 알게 된 성 회장에게 재떨이로 얻어맞는 굴욕을 당했다지만 아무튼 자신의 아킬레스건인 이름을 바꾸는 문제에서만큼은 호랑이 같은 자기 아버지에게도 굽히지 않았다고 한다.

그는 이름 콤플렉스뿐 아니라 잘나가는 형 병준과 달리 규모도 작고 즐길 거리도 없는 태산학원의 경영을 맡게 된 처지에 대해 불만을 자주 토로했다.

하지만 성 회장의 장남 상속 신념이 워낙 투철한 데다 외도로 태어난 서자이다 보니 집안에서는 감히 불만을 내비칠 엄두조차 못 냈을 것이다. 형이 누리는 것에 비해 형편없이 보잘것없을지라도 감지덕지해야 할 팔자였다.

외모가 아버지와 판박이라 '리틀 성찬수'로 불리는 형 병준과 달리 병균은 호리호리한 데다 키도 제법 큰 편이었다. 그의 얼굴은 얼핏 보면 학구적인 것 같지만 조금만 자세히 봐도 그 집안의 야비한 유전자가 적나라하게 드러났다.

그날, 학교에 비극이 발생한 월요일 아침에도 성하버드는 애마인 벤틀리를 몰고 나타났다. 벤틀리의 컨티넨탈 컨버터블 모델로, 3억 원이 넘는다는 차였다.

대학생 때 상속받은 태산그룹 계열사 주식이 상장된 후 M&A 호재가 겹치면서 상속 당시 평가액보다 10배나 오르자 작년에 주식 일부를 팔아 그 차를 샀다고 한다.

그때 그의 아버지는 "나중에 서울시교육감 출마를 생각해서라도 돈

지랄 떨지 말고 자숙 하그래이" 라고 야단을 쳤다.

그러자 "어차피 교육감 출마는 20년쯤 후의 일이고 그때가 되면 벤틀리도 십중팔구 소나타나 그랜저처럼 대중적인 차가 돼 있을 겁니다"라고 둘러댔다고 한다. 황당하고 궤변에 능한 그의 캐릭터를 보여주는 일화다.

성하버드는 학교에 도착해 자살을 기도한 아이가 청운이라는 사실을 확인하더니 뭐가 불안한지 똥 마려운 강아지처럼 안절부절못했다고 한다.

"환자가 아직은 가늘게나마 숨이 붙어 있지만 다발성 두개골 골절로 뇌손상이 심각한 데다 과다출혈 상태여서 소생가능성이 희박합니다."

구급차와 함께 현장에 온 의사는 청운이의 상태를 살피더니 선생님들 앞에서 이렇게 말한 뒤 일단 병원으로 옮겨 수혈과 심폐소생 시도를 해보자며 구급차에 실어갔다.

1교시 수업이 끝날 때쯤 청운이가 응급치료 중에 숨지고 말았다는 소식이 전해졌다. 청운이의 사망 사실을 보고받은 하버드는 그의 비서실장으로 통하는 체육교사 엄성호를 불러 아직 경찰에는 알리지 말고 기다리라는 지시를 내렸다.

그리고는 상임이사실 문을 걸어 잠그고 그의 형인 태산그룹 미래전략실 성병준 사장과 한참 동안 통화한 후에 교사들과 행정실 직원들을 모아놓고 청운이 자살사건 대응수칙을 전달했다고 한다. 선생님들이 조회시간에 학생들에게 말한 하버드의 발언 요지는 이랬다.

"학교 명예와 직결된 문제이니 청운이 자살에 대해 쓸데없는 말이 나돌지 않게 해야 합니다. 곧 경찰이 조사하겠지만 그 아이가 고3에 올라오면서 갑자기 집안 사정이 어려워진 데다 입시 스트레스가 겹쳐 자살하게 된 걸로 우리 입장을 통일합니다. 다른 엉뚱한 말이 나오면 반드시 색출해 더 이상 학교에 몸담지 못하도록 할 겁니다. 아, 그리고 혹시 아이들이 자살 모습 같은 거 동영상으로 찍었을지 모르니까 인터넷에 유포되지 않도록 단단히 단속하세요. 만약에 동영상 올라오면 그 반 담임, 사표 받을 겁니다."

그의 안하무인격인 태도가 여실히 느껴지는 엄포였다. 머잖아 청운이의 자살 동영상이 떠돌 것이라는 예고 같기도 했다.

나는 청운이의 죽음을 전해 듣고 한동안 멍한 상태로 앉아 있었다. 너무 어이없어 떠나버린 청운이를 위해 울어야 할지, 한마디 작별의 말도 남기지 않고 떠나버린 것에 화를 내야 할지 알 수 없었다.

학교 전체가 패닉에 빠진 가운데 선생님들이 잇따라 회의를 열고 일부는 병원과 경찰서를 오가느라 오후 내내 자율학습이 이어졌다.

청운이가 있던 1반 창문 너머로 그의 빈자리를 보자 죽음이라는 현실이 한층 실감 있게 다가왔다. 슬프다는 감정 이전에 한 사람의 삶이 마감되는 것이 이토록 덧없을 수가 있나 싶어 허탈하고 쓸쓸했다.

"야속한 놈, 만약 내가 정말 세상 살기 힘들어 자살하겠다고 했으면 누구보다도 불같이 화를 내면서 말렸을 놈인데, 다른 놈도 아니고 청운이 네가 이렇게 어이없이 가버리다니…. 내가 정말 믿고 의지하는 친구는 너 하나뿐이었는데…."

충격을 가누지 못하는 와중에도 은근히 마음에 걸리는 부분이 있었다. 다름 아니라 내가 명실상부한 우두머리로 돼 있는 범클의 똘마니들이 그동안 청운이를 괴롭혀 온 사실이다. 경찰이 교내 왕따를 자살 원인으로 지목하게 되면 청운이의 죽음이 나와 전혀 무관하다고 할 수만도 없게 된다.

'가장 좋아하는 친구가 죽었는데 그게 내 탓이라는 혐의를 뒤집어쓰게 된다면?'

억울해서 돌아버릴 지경이었지만 정황상 그런 일이 안 일어난다는 보장도 없었다. 진실은 그와 정반대였다 해도 어쨌든 약한 아이들에게 이지메를 일삼아 온 범클 악동들의 대표인 만큼 법적인 책임까지는 아니라도 도덕적 비난이 돌아올 가능성이 있었다.

그렇다 해도 할 말이 없었다. 난 친구의 어려운 처지를 알면서도 그가 그로 인해 죽을 수도 있다는 걸 눈치 채지 못한 무심한 친구였다. 그가 처한 현실이 얼마나 힘들고 괴롭고 무서웠기에 자살까지 결심하게 된 걸까.

청운이의 입장을 돌이켜 생각해 보다가 문득 그가 집이나 교실이 아니라 왜 하필이면 아이들이 등교하는 시간에 모두의 시선이 집중되는 본관 첨탑을 자살 장소로 택했을까 하는 의문이 들었다.

충격으로 넋이 나가 처음엔 그런 생각도 못했었다. 그리고 죽기 직전에는 왜 그런 알 수 없는 동작을 취한 걸까.

그때였다. 휴대폰이 울려 화면을 보니 청운이 이름으로 문자메시지가 도착했다. 순간 소스라치게 놀랐지만 이내 청운이가 자살을 결심한 뒤 예약 전송한 메시지라는 걸 깨달았다.

"라이언, 쌍둥이를 잊지 말고 꼭 찾아줘. 못난 나지만 내 입장에 서서 내 시각으로 살펴봐 주길. 〈식스센스〉에서처럼 난 네 곁에 항상 있을 거야. 내가 못 이룬 일, 대신 잘해낼 거라 믿는다. 너와 함께했던 시간들 참 좋았다."

수신시각 오후 1시 47분. 나는 자꾸만 흐려지는 눈을 부릅뜨고 문자를 읽다가 힘겹게 참아온 눈물이 그만 북받쳐 올랐다. 책상 위에 엎드려서 하염없이 흐느꼈다.

죽기로 결심한 뒤 가장 먼저 나이 어린 쌍둥이 여동생들부터 챙기는 오빠의 마음이 애틋했다. 고1 때 VOD로 영화 〈식스센스〉를 함께 보고 결말의 충격적인 반전에 대해 나눴던 이야기들이 떠올랐다.

난 청운이에게 마음속으로 답했다.

'그래, 청운아. 네 어린 여동생 청라와 청미, 잊지 않고 돌봐줄게. 눈에 보이진 않더라도 넌 항상 내 곁을 지켜줄 거라 믿어. 난 너를 볼 수 있고 들을 수 있을 거야. 네가 못 이루고 남겨놓은 청운의 꿈, 내가 꼭 너 대신 이뤄낼게.'

성하버드가 청운이의 자살에 대해 학교 밖으로 다른 말이 새나가지 않도록 하라고 입단속을 거듭 당부했고, 현장 검증 나온 경찰도 몇 가지 형식적인 질문만 하고 갔다는 이야기가 들려왔다. 사안이 사안인지라 청운이의 자살을 둘러싼 각종 교내 동향들이 카톡이나 문자메시지를 통해 스포츠중계처럼 실시간으로 전달돼 왔다.

한편으로 안도가 되기도 했지만 아무리 학교의 명예가 걸린 일이라 해도 재단 측에서 마치 범죄 흔적이라도 지우듯 조바심 내며 덮어버리려는 게 미심쩍었다.

'혹시 청운이 아버지가 태산그룹 계열사에 다닌 것과 무슨 관련이 있는 건 아닐까.'

막연히 그런 생각도 들었지만 고3이라는 환경은 그런 의혹들을 마음속에 담아두고 파고들기 어렵게 했다.

자살한 청운이의 장례식장은 쓸쓸하고 황량했다. 부모를 앞서간 불효자의 상이었기 때문에 장례다운 장례일 수 없었다. 일자리를 알아보러 해외로 나갔다는 청운이의 아버지는 연락이 닿지 않았는지 모습을 볼 수 없었다.

재발한 암과 싸우고 있던 청운이의 어머니는 한눈에도 병색이 완연했다. 도저히 살아 있는 사람으로 보이지 않을 정도로 얼굴이 흙빛인 청운이 어머니가 초췌한 상복을 입고 넋 나간 듯 죽은 아들의 영정 앞에 앉아 있는 모습은 너무도 처참해 얼굴을 돌리고 싶을 정도였다.

"청운아. 이 속없는 녀석아…. 이렇게 가버리면 네가 남기고 간 돈으로 우리가 연명한다 해도 그게 다 무슨 소용이야. 이 녀석아…."

청운이 엄마의 애끊는 하소연이 너무도 처연했다. 이웃 다산중학교에 다니는 청운이의 쌍둥이 여동생 청라와 청미도 오빠의 영정 앞에서 수돗물 틀어놓은 듯 펑펑 흘러내리는 눈물을 주먹으로 훔치고 있었다.

청운이 아버지는 부도난 태산D&E의 등기이사이자 연대채무자로서, 샐러리맨으로서는 도저히 갚을 수 없는 회사 채무 60억 원을 고스란히 떠안아야 할 상황이었다. 그러나 실질 채무자인 모기업 태산건설에서는 아직 이렇다 할 조치가 없다고 했다.

빚 때문에 단칸 월세방에 내몰리게 된 청운이네는 청운이가 자살하면서 받게 된 얼마 안 되는 보험금으로 어머니 치료비를 보태면서 당분간 생계를 이어나가야 했다.

청운이가 피보험자인 생명보험은 계약 당시 약관상 자살한 경우엔 일반사망의 2배인 재해사망보상금을 지급하게 돼 있었으나 약관을 무시하고 일반보험금만 지급한다고 했다. 대부분의 생명보험사들이 똑같이 '배 째라'로 나와서 보험계약자들과 보험사 간 법적 분쟁까지 번진 상황이었다.

나는 청운이 어머니에게 다가가 손을 붙잡았다.

"어머니, 제가 잘못했어요. 제일 친한 친구였는데 청운이의 고통을 옆에서 눈치 채지도 못했고 힘이 돼주지도 못했어요. 어머니에게도 청운이에게도 너무 미안해요. 용서해 주세요…."

말을 하다가 울컥 목이 메어 눈물을 쏟았다. 타이거 태진과 재규어 재욱도 내 옆에 와서 머리를 푹 숙이고 있었다.

그녀에게 말 걸기

PLAY ▶

2015년 4월 20일 월요일 서울 태산고 본관 안팎

고3의 시간은 쏜 화살 같아서 어느덧 4월도 하순으로 접어들었다. 지난 한 달 열흘간이 내겐 마치 1년과도 같았다. 청운이의 자살도 큰 충격이었지만 이틀 전 토요일 양평에서 라이딩 할 때 천사처럼 나타나 부상당한 나를 치료해 주고 사라진 '그녀'의 아련한 여운에서 좀처럼 놓여날 수 없었다.

그때의 설렘이 내게 식지 않는 열병으로 남았다. 그녀의 얼굴이 항상 눈에 어른거렸고 마음은 항상 들떠 있었다.

누구인지, 어디 있는지 모르는 그녀를 찾아낼 방법이 없었다. 어찌해볼 도리도 없고 가라앉을 줄도 모르는 흥분 상태는 어디다 하소연할 길 없는 고통이었다.

'이런 걸 뭐라더라, 상사병이라고 하던가. 병으로 치면 아마 그쯤 되겠지? 상사병으로 죽는 사람들도 있다던데, 나도 이러다 그녀를 한번 만나보지도 못하고 허망하게 죽는 거 아냐?'

그녀를 만난 그날 저녁 타이거와 재규어는 '라이언의 라이딩녀 찾기 프로젝트'니 뭐니 너스레를 떨었었다. 하지만 불과 이틀 뒤 청운이의 자살로 모두 '멘붕'에 빠지고 학교 전체가 뒤숭숭해지다 보니 언제 그랬냐는 듯 흐지부지 잊어버린 듯했다.

입시공부를 열렬히 하든 건성건성 하든 고3 스트레스는 누구에게나 생각보다 컸다. 나처럼 대책 없이 사는 줄만 알았던 타이거와 재규어도 이젠 뭔가 살 길을 찾아 나서야겠다는 위기의식에 시달리는 모양이었다.

"1학기까지만 입시학원을 다녀보려고 해. 난 필요 없다고 했는데 엄마가 워낙 고집이 세서 말이야."

그날도 바람계곡에서 보자고 했더니 타이거가 멋쩍어하며 그렇게 말했다. 재규어 역시 일주일에 이틀씩 서울대에 다니는 고종사촌 형한테 영어와 수학 개인교습을 받기로 했다며 난색을 표했다.

내겐 그렇게 채근하는 부모도, 과외지도를 해줄 만한 공부 잘하는 친척도 없었다. 왕년의 공부짱이라는 자존심만큼은 마음 한구석에 고이 접어두고 있었지만, 입시전쟁에서는 오로지 시험결과에 따라 냉정하게 매겨지는 현재의 등수가 중요할 뿐 과거에 어땠는지는 아무 의미가 없었다.

4월 하순이 시작되는 월요일이었다. 어느덧 나른한 봄기운이 졸음 마귀를 부르는 계절이 시작됐다. 수업시간 내내 졸거나 멍하니 딴생각에 빠지는 때가 많았다.

'이럴 때일수록 틈나는 대로 담배를 한 대 태워서 머리에 숨구멍을 열

어줘야만 졸음을 견딜 수 있단 말이지.'

난 어느덧 담배 맛을 가르쳐 준 타이거를 뛰어넘는 체인 스모커가 돼 있었다.

2교시 쉬는 시간에 본관 뒤 창고와 뒷동산 사이 호젓한 공터에서 담배를 피워 물었다. 뒷동산엔 녹음이 우거지기 시작했다. 이제부터 약 한 달 남짓이 1년 중 가장 좋은 계절일 것이다. 하지만 내겐 친구도 떠나고 희망도 찾아오지 않는 암울한 시간이 될 것 같았다.

얼마 전까지도 인생 별거냐며 호기 부리던 놈들이 저마다 살아보겠다고 꽁무니 빼는 것에 자극받아 이제부터라도 맘 잡고 한번 열심히 공부해볼까 하는 생각도 들었다.

그러나 딱히 장래에 되고 싶은 무엇이 없었고, 그걸 찾기 위해 지금 뭘 해야 할지도 모른다는 게 결정적인 문제였다.

앉아 있던 바위 옆에 담배를 비벼 끄고 교실로 올라가기 위해 본관을 돌아 운동장 쪽으로 돌아섰다. 순간 과장 없이 내 안구를 1.5센티미터쯤 튀어나오게 할 만한 매혹적인 실루엣을 발견했다. 운동장에서 본관을 향해 걸어가는 여자의 뒷모습이었다.

'저런 걸 탄제린브라운 색상이라고 하던가.' 비단처럼 매끈하고 화사한 머릿결이 어깨를 살짝 덮을 정도로 흘러내렸고, 단정한 허리선이 잘록한 굴곡을 그리고 있었다. 우아한 연보라색 플레어원피스 아래로 하얗고 균형 잡힌 다리가 날씬하게 뻗어 내렸다. 바이올렛 계열로 '깔맞춤'한 듯한 보라색 단화가 애교스러웠다.

걸 그룹 뮤직비디오에서 막 튀어나온 것 같은 그녀의 뒷모습에 꽂혀 낚싯바늘에 걸린 잉어처럼 속절없이 끌려갔다. 본관 앞에서 잠시 갸우

뚱하더니 사뿐사뿐 로비를 지나 1층 교무실에 들어가는 그녀. 교무실 안에서 2학년 7반 담임인 영어교사 최영만 선생님이 그녀를 맞이했다.

그녀는 예정보다 도착이 약간 늦었는지 일렬로 서 있는 젊은 남녀들에게 멋쩍어하면서 손을 흔들어 인사한 뒤 그들과 나란히 섰다. 교감 선생님이 뭐라고 선생님들에게 인사를 하자 교생들은 일제히 고개 숙여 인사했고, 선생님들이 환영한다는 듯 박수를 보냈다. 설마하면서 교무실 창문 너머로 그녀의 얼굴을 확인하는 순간 나의 막연한 예감이 적중했음을 깨달았다.

바로 나의 '상사병 그녀'였다. 그녀는 그녀를 맞이했던 최 선생님의 안내를 받으며 2학년 교실로 올라갔고 나도 무심결에 뒤를 따라갔다. 그녀는 뒤에서 몰래 내가 쫓아가는 줄도 모르고 무엇이 재밌는지 연신 웃음을 터뜨리면서 계단을 오르고 있었다. 양평 국도변에 길게 뻗은 채 그녀와 처음 조우한 그날도 웃는 얼굴이 참 맑고 여리다고 느꼈다.

그녀가 2학년 7반 교실에 들어서자마자 남학생들의 우레 같은 환호가 터졌다. 여성의 미모에는 1초도 지체 없이 즉각 반응하는 것이 어리나 늙으나 남자들의 본색이었다. 그녀는 손으로 입을 가리고 웃으면서 쑥스러워했다.

난 교실 뒷문에 귀를 대고 그녀의 자기소개를 엿들었다.

"잘 부탁합니다. 여러분. 연세대학교 영어영문학과 4학년 채민들레라고 해요. 교생실습 동안 담임이신 최 선생님을 도와서 여러분들의 학업이 일취월장할 수 있도록 최선을 다할게요."

마치 방송 아나운서처럼 자연스러우면서도 명확한 발음과 똑떨어지는 멘트, 여성성이 물씬 풍기는 맑은 목소리에 또 한 번 떠나갈 듯 갈채가 터졌다.

저토록 목소리가 예쁜 줄 양평에서 처음 만났을 때는 몰랐다. 난 그동안 기억 속의 그녀를 그리워하면서 내 멋대로 미화시켜 왔다. 그런데 현실 속에서 다시 만나게 된 그녀는 내가 상상을 보태서 부풀려 온 모습보다도 훨씬 아름다웠다.

내 입에서 절로 한숨이 나왔다. 그런데 하필이면 왜, 같은 학교의 교생선생님과 학생이라는 관계로 해후하게 된 걸까. 처음 보는 순간 그녀의 자태와 눈매는 내 마음을 완전히 사로잡아 버렸다. 하지만 어디 사는 누구인지도 몰랐고 찾아낼 방법도 없었다.

그러면서도 틀림없이 또 만나게 되리라는 확신에 가까운 예감이 있었다. 그런데 그저 먼발치서 바라보는 것에 만족해야 하는 입장으로 재회하게 될 줄은 꿈에도 몰랐다.

요즘 연애풍속도에서 여자가 연상이라는 건 대수로운 문제가 아니다. 오히려 여자들이 연하남을 사귈수록 능력을 인정받는다지만, 아무리 그래도 선생님과 학생 관계는 다른 차원의 문제다. 그 정도는 나도 알고 있다. 운명의 장난치고도 얄궂은 장난이었다.

'양평의 첫 만남에서 그녀는 나한테 꼬박꼬박 존댓말을 쓰면서 나를 한 사람의 성숙한 남자로 인정하고 대우해 주지 않았던가. 그녀가 다시 그날을 떠올리기만 한다면, 그렇게만 된다면 교생과 학생이 아니라 한 사람의 남자와 여자로서 자연스러운 관계를 맺어볼 수 있지 않을까.'

처음엔 희망 섞인 가정일 뿐이었지만, 차츰 그것이 충분히 이루어질 수 있는 현실이라고 믿기 시작했다.

'그래, 분명히 그녀도 나한테 호감을 가진 것 같았어. 서로의 몸에 전류가 흐르는 것 같던 그 느낌, 그걸 지금까지 한순간도 잊을 수 없었잖아. 그런데 그 운명적인 느낌은 다 없던 걸로 하고 사제지간이라는 넘을 수 없는 사차원의 벽 앞에 서야 되는 거야? 그건 말도 안 돼. 그날 첫 만남의 그 느낌, 그리고 우리가 나눴던 대화를 그녀가 기억해 내기만 한다면 우린 사제지간이 아니라 얼마든지 연인 사이로 발전할 수 있을 거야.'

5층 3학년 5반 교실로 뛰어 올라오는 동안 가슴이 두방망이질 쳤다. 그녀가 우리 학교를 찾아왔고 지금 나와 같은 건물 안에 있다. 그것만으로도 날아오를 듯이 기뻤다.

점심시간에 아이들이 웅성거리는 소리가 들렸다.

"야, 너 그 교생 봤냐. 완전 죽이더라. 몸매랑 얼굴이랑 완전 걸 그룹 저리 가라야. 이름이 민들레래, 민들레. 이름도 귀엽지 않냐?"

'역시 수컷들이 여자 보는 눈은 하나같구나. 이것들이 정말….'

평소 잘 나대지 않는 타이거도 점심시간에 일부러 우리 반 교실로 찾아와 말을 꺼냈다.

"야 라이언, 그 교생 딱 네가 좋아할 만한 스타일이던데. 몸매 슬림하고 얼굴은 청순하면서 지적인 여자가 이상형이라고 했잖아. 그 교생은 청순미, 지성미에 귀티까지 완전 짱이던데."

"아, 그래? 넌 그 교생 언제 봤냐?"

"애들이 벌써 휴대폰으로 사진 찍어서 돌리고 난리잖아. 볼래? 아, 이건 아까 운동장에서 걸어올 때 찍은 걸 우리 반 애가 보내준 거야. 얼굴은 잘 안 보이지만 멀리서 찍었는데도 분위기가 벌써 다르잖냐?"

타이거의 휴대폰에 담긴 사진은 역시 연보라색 원피스 차림의 채민들레였다. 한 달 넘게 나를 상사병에 빠지게 만들었던 바로 그녀.

"정말…. 죽인다. 완전 이뻐."

"얼굴도 잘 안 보이는데 이쁘다는 걸 어떻게 알아?"

"안 봐도 몸 전체에서 풍기는 아우라 같은 게 있잖아."

"애들이 교생들 퇴근할 때 얼굴 보러 간다고 난린데 같이 가자."

"어디 가서 보면 되는데?"

"하버드가 방과 후에 교생들 불러서 티타임 한대. 하버드 방 앞에서 기다리면 나오겠지, 뭐."

찜찜했다. 그 잘난 척의 화신인 데다 짐승처럼 여자 밝히는 걸로 소문난 하버드가 티타임을 갖는다면 분명히 그녀의 미모에 꽂혀서 물불 안 가리고 들이댈 텐데.

어찌됐든 애들을 따라가 보지 않을 수 없었다.

"그래 같이 가보자."

아이들은 본관 1층 상임이사실 창문 아래 모여서 돌아가며 목마를 타고 안에서 벌어지는 상황을 엿보고 있었다.

그런데 티타임이 좀처럼 끝나지 않았다. 창문을 넘어 들여다보고 있던 아이가 뒤를 돌아보면서 낮게 소곤대는 소리가 들렸다.

"야, 민들레 치마가 짧아서 빤스 다 보인다, 다 보여."

순간, 난 열이 확 받아서 소리를 지르고 말았다.

"야, 인마. 그러다가 안에서 보면 어쩌려구 그래. 빨리 내려와, 이 새끼야."

"야, 라이언. 너 때문에 다 뽀록나겠다. 조용히 해, 인마."

"야, 이 새끼 너 빨리 안 내려와?"

내년이면 대학에 갈 만큼 클 대로 큰 녀석들이 초등학생들처럼 유치한 난리를 치는 와중에 티타임이 끝났다.

하나둘씩 상임이사실에서 나오는 교생들을 헤아려 보니 여자 4명과 남자 2명이었다. 여자들 가운데 나의 그녀 채민들레는 단연 돋보였다.

내 눈에만 그렇게 보이는지 몰라도 그녀의 머리 뒤에는 천사의 후광이 떠 있었다. 얼굴이 보이지 않는 한밤중일지라도 그녀를 찾아낼 수 있을 것 같았다.

하버드는 정문이 아니라 집까지라도 기꺼이 배웅해 줄 듯한 태세였다. 예상대로 그의 눈길은 민들레에게만 꽂혀 있었다. 하버드는 다행히 멀리 가지 않고 그들에게 작별을 고했다.

"아, 저는 다른 일정이 있어서, 이만. 조만간 선생님들 모두 저녁 한번 모실게요. 조심해서 들어가요. 민들레 선생님, 아까도 말했지만 여성의 미모는 인류 행복의 원천이고 사회의 보이지 않는 자산이기도 해요. 알았죠? 제가 하버드대 옌칭도서관에서 공부하다가 읽은 이야기랍니다."

천박하고 유치한 멘트를 부끄러운 줄도 모르고 내뱉으며 노골적으로 들이대는 하버드. 그 꼴을 보면서 나도 모르게 구시렁댔다.

"이런 씨발. 여성의 미모가 무슨 행복의 원천에다가 사회적 자산? 하버드대 도서관에서 읽은 이야기? 역겨운 새끼. 싸구려 약장수 같은 구라를 꼭 하버드대까지 가야만 읽을 수 있냐. 설마 영어로 읽었을 리는 없고 하버드대 도서관에선 한국어 책도 대출해 주나 보지?"

집에 가서 옷을 갈아입고 집 근처 독서실에 갔지만 싱숭생숭해서 책이 손에 잡히지 않았다. 마침 오늘은 개인과외가 없다며 뭐하느냐고 전화를 걸어온 재규어를 바람계곡으로 불러냈다.

"재욱아. 넌 인연이라는 거 믿냐?"

"갑자기 웬 뚱딴지같은 소리?"

"내가 얼마 전 양평에 라이딩 가서 만났다는 여자 있잖아. 기억나?"

"그래, 그 여자가 그렇게 둘도 없는 네 스타일이었다면서? 네가 먼저 여자한테 꽂혔다는 이야기를 꺼낸 적이 한 번도 없었는데. 근데 너 기껏 썸씽 잘 만들어 놓고 전화번호도 못 땄다고 우리가 놀렸잖아. 영화배우 누구더라, 그 영화배우 알고 있다는 사실밖에 모른다면서 도대체 무슨 수로 찾을 거냐고. 그렇게 우리가 그 여자 찾아준다고 라이딩녀 찾기 프로젝트 어쩌고 해놓고 까맣게 잊어버리고 있었네."

"그날 저녁에 네가 왜, 만나게 될 인연이면 피하려고 해도 결국 만나는 거라고 했잖아. 그 말에 위로 많이 받았다, 짜식."

"하하, 그랬었지. 맞아."

"근데 말이야. 네 말대로 그 여자를 만났어."

"뭐? 어떻게, 어디서, 무슨 수로?"

"자기 발로 우리 학교에 찾아왔어."

"무슨 소리야. 그게?"

"교생 채민들레."

"진짜?"

"민들레가 그때 그 여자야."

"와, 대박. 이건 정말 인연이다, 인연. 근데 그 교생도 너 알아봐?"

"몰라. 아직 그 앞에 가보지도 못했는데 알아볼지 못 알아볼지 어떻게 알겠냐."

"야, 근데 하버드가 벌써부터 발정 나서 들이댄다고 난리더라. 민들레 보고 한눈에 뿅 간 바람에 오후 회의일정도 취소하고 교생들이랑 한 시간이나 티타임 가졌다잖아."

하버드가 그 정도까지 민들레에게 빠져버렸다니. 우리 대화를 듣고 있던 나우시카가 끼어들었다.

"그토록 꿈에 그리던 그녀가 하필이면 같은 학교 교생선생님이라니. 라이언, 이를 어째. 그래도 남녀 사이가 어떻게 될지는 아무도 모르는 거니까 정말 좋아한다면 단념해선 안 되지, 암."

"고마워요, 나우시카. 나 절대 포기 안 해요. 나름대로 작전도 다 세워놨어요."

"그래, 꼭 잘되길 빈다."

기분이 들떠선지 술을 마셔도 취하지 않았다. 집에 돌아왔더니 마침 라일락이 라면을 끓이고 있었다.

"오빠, 고3이 이렇게 일찍 집에 들어와도 돼? 독서실에서 공부 좀더 하고 들어와야 되는 거 아냐?"

"야, 공부는 무슨, 출출하던 참에 잘됐다. 내 것도 끓여주라. 파프리카 썬 거랑 밤 한 개, 아침에 얼굴 붓지 않도록 우유 한 팩 넣어서."

"알았어. 라면에 물 반, 우유 반 넣고 끓이면 다음 날 얼굴 안 붓는다는 거 청운이 오빠가 발견한 거지? 참 좋은 오빠였는데…. 근데 오빠 뭐 좋은 일 있어? 얼굴에서 요즘 통 보지 못했던 광채가 나는데. 한동안 얼빠진 사람처럼 기운이 하나도 없어 보이던 오빠가 웬일이래?"

"어. 뭐 별건 아니고. 그냥 오랜만에 어떤 친구를 우연히 만나서."

"오빠한테 오랜만에 우연히 만날 친구도 다 있어? 오빠 친구라면 범털클럽인지 뭔지 노상 우리 집 화장실에 빈대떡 부쳐놓는 껄렁한 오빠들, 말이 나왔으니 말인데 정말 역겨워 죽겠어. 아니면 중학교 동창이나 초등학교 동창처럼 알 만한 친구는 다 같은 학교 다니는데 무슨 전설의 고향 같은 인연이 있어서 오랜만에 친구를 다 만나? 어딘가 좀 이상하네."

"아, 아무튼 그런 줄 알아. 라면이나 맛있게 끓여봐."

"아무래도 평소 같지 않아. 이상해. 분명히 저건 남자가 좋아하는 여자를 만났을 때나 지을 수 있는 표정인데."

"야, 그런 거 아니라니까."

그날 밤 나는 영화 〈13일의 금요일〉 시리즈의 제이슨으로 변신한 하버드가 전기톱을 들고 쫓아오고, 난 그녀의 손을 잡은 채 동네 골목길을 요리조리 돌면서 도망치는 꿈을 꿨다. 쫓기다가 막다른 골목에 몰려 어쩔 줄 몰라 하던 순간에 잠에서 깼다. 현실이 아니고 꿈이어서 정말 다행이라는 안도감이 몰려왔다.

다음 날부터 내 신경은 온통 나의 그녀, 민들레 선생님의 일거수일투족에 집중돼 있었다. 어떻게 하면 민들레 선생님과 자연스럽게 마주치는 상황을 만들어 볼까, 어떻게 하면 민들레 선생님이 나를 여느 아이들과 달리 한 사람의 어엿한 남성으로 대해줬던 그 순간으로 돌아갈 수 있게 해줄까 궁리하고 궁리했다.

교실 뒤에서 삼삼오오 몰려 수다를 떠는 아이들은 '민들레가 오늘은 무슨 옷을 입고 왔더라. 치마가 오늘은 무릎 위에서 몇 센티미터더라.

팬티 색깔은 원피스랑 같은 하늘색이더라. 정말 네가 그걸 봤냐, 뻥 까지 마라' 등 온통 민들레 이야기였다.

그렇게 말로는 그녀를 제 멋대로 희롱하고 주무르던 아이들이 정작 그녀와 마주치면 "와, 교생선생님이다. 안녕하세요"라며 환호성만 지를 뿐 감히 다가가서 말을 붙이지도 못했다.

성숙하지 않은 남자들이란 원래 그렇게 실없는 걸까. 하버드가 눈독들이고 있다는 소문에 위축된 걸까.

내가 어쩌다 그런 아이들 틈에 끼어 뻘쭘하게 인사하면 그녀는 그저 모두를 향해 미소 지으며 손을 흔들어 줄 뿐이었다. 그때만 해도 똑같은 교복에 엇비슷한 외모를 가진 아이들 여러 명이 한꺼번에 인사하니 나를 못 알아보는 것도 무리가 아닐 거라고 생각했다.

입이 싼 재규어가 소문을 내버렸다. 녀석에게 말해준 것이 후회가 됐지만 이제 와서 어쩔 도리도 없었다.

나의 '라이딩녀'가 교생 채민들레라는 것을 알게 된 범클 아이들은 빨리 민들레에게 작업을 걸어서 내 여자로 만들어 버리든지, 그렇게까진 못하더라도 범클의 짱답게 과감하게 들이대 보라고 채근해대기 시작했다.

'하지만 섣불리 접근했다가 우리 사이가 어쩔 수 없는 선생님과 학생 사이로 굳어져 버리면 안 되지. 무엇보다 첫 단추를 잘 끼우는 게 중요해. 한적한 곳에서 단둘이서만 마주칠 때를 골라 양평의 첫 만남에서 그랬듯이 나를 학생이 아닌 남자로 대할 수 있도록 유도해 봐야지.'

다음 날 수업이 끝나고 귀가하는 길에 계획에 없던, 계획과는 전혀 다른 그녀와의 전격 대면이 찾아왔다. 나와 함께 걸어가던 아이들이 본관에서 정문으로 이어지는 길을 걸어 내려가는 그녀를 발견하고 일제히 성화를 해댔다.

"야, 라이언, 너의 그녀인 민들레 선생님이시다. 빨리 가서 아는 체 좀 해봐."

아이들은 성적 환상과 동경의 대상이면서도 감히 앞에 나서지 못하고 기껏 뒤에서 추잡한 수다나 떨 수밖에 없었던 민들레 선생님에게 나를 앞세워 다가가고 싶었던 것이다.

'이건 정말 아닌데…' 라고 생각했지만 아이들의 들끓는 욕구를 잠재울 수 없었다. 난 아이들의 성화에 떠밀려 한발 한발 그녀 가까이 다가갔다.

내 뒤에선 장난기 가득한 녀석들이 우우 하며 응원인지 야유인지 알 수 없는 함성을 지르고 있었다.

'아, 이렇게 아이들이 모두 지켜보는 상황에서라면 나를 알아본다 해도, 선생님인 그녀가 나를 학생이 아닌 남자로 느낀다 해도 그때처럼 존댓말을 쓰긴 곤란할 텐데 어쩌지. 하지만 여기까지 와서 꽁무니를 빼자니 그 꼴도 우습고….'

난 그녀의 2미터 뒤까지 다가가서 머뭇머뭇 말을 걸었다.

"저기요, 저…."

걸음을 멈춰 선 그녀가 나를 향해 천천히 얼굴을 돌리더니 입을 열었다.

"응, 나 말이니? 왜?"

그 순간 나의 시간은 멎어버렸다.

그녀의 얼굴은 그날 양평에서처럼 눈부셨고 해맑았지만 그녀와 재회하는 순간 확인하게 될 것으로 오매불망 기대했던 놀라움이나 반가움 같은 감정은 찾아볼 수 없었다.

'나 말이니 왜'라니. 이건 아니잖아. 눈이 동그래지면서 '어머, 혹시 지난번 양평에서 만났던 그분?'이라는 답변이 돌아오기를 간절히 기대하고 있었는데….

'왜 이제야 나타나셨어요? 제가 얼마나 애타게 찾았는데, 당신 때문에 그동안 너무 힘들었단 말이에요. 나빠, 흑….'

그녀도 나만큼이나 다시 만나게 되기를 간절하게 기다리다가 이렇게 나를 원망하며 기쁨의 눈물이라도 한 방울 떨어뜨려 주길 바랐는데….

그녀의 무심한 표정과 어리둥절해하는 반응에 맥이 탁 풀리면서 그만 주저앉고 싶어졌다. 게다가 아이들도 다 보고 있는데…. 머릿속이 온통 하얘지는 느낌이었다. 이제 뭐라고 말을 건네야 하지? 부르기는 뭐라고 불러야 하나?

"저, 민들레 누나? 아니 참, 교생…. 아니, 서, 선생님."

순간 아이들의 폭소가 터졌다.

"와, 선생님더러 민들레 누나래."

별로 웃기지도 않았건만 아이들로서는 그녀와 나를 엮어서 자기들끼리 공유할 에피소드를 만들고 싶었던 모양이다.

그녀의 표정이 문득 굳어졌다.

이제 와 생각해보면 그녀는 아직 교생실습이라는 낯선 환경이 익숙지 않았을 터였다. 웬만한 아저씨들보다도 덩치 크고 시커먼 남자 고교생들이 지나갈 때마다 왁자지껄 자신을 화제 삼아 웃어대거나 외설적인 뒷말을 나누는 것이 무척 부담스러웠을 것이다.

그날도 한 무리의 남학생들이 뒤에서 자신을 가리키며 장난스러운 대화를 나누는 것 같았다. 그러더니 웬 멀대 같은 녀석이 느닷없이 다가와서는 학생의 본분을 무시하고 선생님인 자신을 누나라고 했다가 교생이라고 했다가, 무슨 개그 프로그램 같은 흉내를 내면서 아이들의 폭소를 유발하고 있지 않은가. 십중팔구 그녀는 상황을 그렇게 받아들였을 것이고 내가 다른 아이들을 웃기려고 자기를 놀려대는 거라고 결론내린 모양이었다.

그녀는 잠시 싸늘한 시선으로 나를 바라보다가,

"학생이 선생님한테 그러면 못써"라고 쏘아붙이더니 고개를 돌리고 교문을 향해 총총히 걸어갔다.

마침 그때 자동차 클랙슨이 울렸다. 성하버드가 그의 벤틀리 컨버터블을 몰고 교문 앞을 지나는 중이었다. 그날따라 콧수염을 매끈하게 손질한 하버드는 "미인드을레에 서언새앵니임~"이라면서, 평소엔 한 번도 들어보지 못한 하이톤의 리드미컬한 목소리로 그녀의 이름을 부르며 손을 흔들었다. 그 장면을 본 몇몇 아이들이 '우웩' 하면서 토하는 시늉을 했다.

"퇴근하시는 거죠? 저도 강남으로 가는 길인데 태워다 드릴게요."

조금 전 당혹스러웠던 상황에서 막 빠져나온 그녀는 뛰듯이 달려가 벤틀리 조수석에 올랐다. 이번에도 아이들은 또 우우 하고 소리쳤다.

닭 쫓던 개 지붕 쳐다본다는 것이 딱 지금의 내 신세였다.

'나를 못 알아보는 것도 그렇지만 하필이면 내 앞에서 그 재수 없는 하버드의 차를 보란 듯이 얻어 타고 간단 말인가.'

망연자실 서 있는데 재규어와 타이거가 다가가 동시에 어깨동무를 하면서 "야, 여자란 다 그런 거야. 잊어라, 잊어. 억울하면 너도 빨리 커서 돈 벌고 출세해"라고 말했다.

지들 딴에는 그게 위로랍시고 해준 말이었겠지만 위로가 되기는커녕 굴욕감만 치밀어 올라서 짜증이 났다.

그때였다. 옆에서 '프로이트' 윤석정이 지나가듯이 한마디 했다. 알이 두꺼운 검정색 뿔테안경에 고등학생들은 제목도 처음 보는 어려운 책을 항상 옆에 끼고 다니는 친구였다.

그는 학기 초 자기소개 시간에 지그문트 프로이트 같은 위대한 정신분석학자가 되는 것이 장래 희망이라고 했다. 그 후부터 친구들은 윤석정이 말한 프로이트가 누군지는 잘 모르지만 여하간 그를 프로이트라고 부르고 있었다.

"역시 저렇게 청순가련형인 여자들에게는 마조히즘적 성향이 있단 말이야. 대체로 하버드 같은 나쁜 남자 스타일에 끌리게 돼 있지."

갑자기 귀가 솔깃해져서 "뭐? 너 지금 뭐라고 했어?"라고 다그치듯이 말하자 프로이트는 겁먹은 듯 주춤 물러섰다.

"아, 그거? 여성성이 두드러지는 여자일수록 모성애와 보호본능도 강해서 이기적이고 못된 남자를 보면 오히려 구원해 주고 싶다는 욕구를 느끼게 돼. 얼굴에 나타나는 성격을 볼 때 민들레 선생님도 아마 그럴 것 같다는 거야."

"아니, 그 전에 한 말. 마조, 뭐라고?"

"아, 마조히즘. 남에게 고통을 가하는 것에서 성적 희열을 느끼는 것을 사디즘이라고 하는데 마조히즘은 사디스트에게 학대받는 것에서 쾌감을 느끼는 성욕의 한 형태지. 나쁜 남자들에게 끌리는 여자들의 심리적 기제는 보호본능과 함께 잠재된 마조히즘적 욕구가 요인이라고도 볼 수 있어. 뭐, 민들레 선생님이 변태성욕자라는 뜻은 아니고 정상적인 사람들도 약간씩은 사디즘이나 마조히즘적 성향들을 갖고 있어."

아이들은 프로이트의 말을 완전히 이해하지는 못한 것 같았지만 "우와, 역시 우리 프로이트는 아는 것도 많지"라며 경탄과 질시가 섞인 찬사를 보냈다.

옆에서 듣고 있던 타이거가 조언했다.

"야, 라이언. 그러면 너도 민들레 선생님한테 섹시한 나쁜 남자 콘셉트로 한번 대시해 봐라. 일단 너라는 존재를 알고는 있어야 그 다음 스텝으로 나갈 거 아니냐."

"야, 나쁜 남자는 무슨. 나의 이 훈남 외모에 나쁜 남자가 어울리겠냐."

그러면서도 내 머리는 복잡해졌다.

짧은 순간이었지만 그래도 숨결이 느껴질 만큼 가까운 곳에서 대화를 나눴고 엉겁결에 손도 잡아봤다. 심지어 그녀가 누워 있는 내 가슴을 어루만지기까지 하지 않았던가. 그런데 나를 기억조차 못하다니.

그녀와의 만남이 극적인 화젯거리가 되길 기대하며 일제히 성화를 해대던 아이들 앞에서 나를 생 까서 개망신을 줬다. 그거로도 모자라 우리가 그토록 경멸하는 하버드 차에 꼬리치면서 올라타는 꼴이라니. 생각하면 할수록 서운했고 부아가 치밀었다.

'어쩌면 프로이트 말대로 민들레는 나쁜 남자한테 끌리는 스타일이라서 그런 걸까?'

이제 와서 냉정하게 돌이켜 보면 난 정말이지 개념이 없었다. 학교에 교생으로 온 그녀와의 관계가 사제지간으로 못 박히는 걸 어떻게든 피해보려고 한 것까지는 좋았다. 양평에서의 첫 만남, 그때 우리가 나눈 대화, 서로 간에 오갔던 설레는 감정을 그녀가 기억하기만 한다면 모든 일이 기대대로 풀릴 거라고 믿었다.

하지만 이러저러한 상황이 닥치면 이러저러하게 대응한다는 계획도 없이 막연히 잘될 거라는 희망만 품고 있었다. 그러다가 느닷없이 그녀 앞에 내몰려 어리바리 실없이 굴어버린 바람에 감격적인 재회는 고사하고 불량학생으로 낙인만 찍혀버리고 말았다.

'애초에 우리가 사제지간이 아닌 대등한 남녀관계가 될 수 있을 거란 기대 자체가 말도 안 되는 착각이었을까. 과거에 어떤 입장에서 만났든 현실에서 그녀와 나는 선생님과 학생일 뿐이라는 걸 이제 체념하고 받아들여야 하는 건가. 그저 먼발치에서나마 그녀를 바라볼 수 있게 된 것에 만족해야 하는 건가. 아, 내 인생은 왜 이렇게 희망대로 되는 일 없이 꼬여만 간단 말인가.'

그렇게 한탄하던 와중에 또 한 번 뜻하지 않은 터닝포인트가 찾아왔다. 이틀 후 금요일은 태산고 개교기념일이었다. 오전 수업을 마치자 학교 운동장에는 곳곳에 천막으로 만든 간이매점이 설치되고 학부모회 주최 바자회가 열렸다.

본관 바로 아래에는 빈대떡과 녹두전 따위를 파는 포장마차가 세워져 대낮부터 학부형들과 선생님들이 막걸리 병을 기울이는 모습도 보였다. 저녁엔 강당에서 연극공연과 합창대회가 열릴 예정이라 교사, 학생 가릴 것 없이 학교가 전반적으로 들뜬 분위기에서 술렁였다.

난 타이거, 재규어와 어울려 학교 근처 놀이터 벤치에서 따뜻한 봄

햇살을 만끽하며 소주를 마시다 들어왔다.

날마다 운동으로 땀을 흘린 덕분인지 평소엔 소주 두 병쯤 마셔도 끄떡없었고 다음 날 숙취도 못 느꼈다. 그런데 이날은 한 병도 채 안 마셨는데 낮술이라 그랬는지 빨리 달아올랐다.

얼굴이 약간 상기됐고 입에선 내가 느끼기에도 술 냄새가 풀풀 났다. 미술반 아이들의 그림 전시회가 열리고 있는 학교 강당으로 들어서는데 오정태 선생님과 마주쳤다. 오 선생님은 내가 술 마신 것을 단번에 눈치 챘다.

"야 인마, 라이언아. 언제까지 그러고 다닐래? 학교 밖에서 술 마시는 건 안 보이니 뭐라고 할 수 없겠다만 그래도 학교 안에서 학생이 술 취해 돌아다녀선 안 돼. 알 간? 그것만으로도 근신감이다. 학교에서 얼쩡거리지 말고 집에 일찍 들어가."

"네 선생님. 그림 전시회만 좀 보고 들어갈게요."

미술품 수집에 관심이 많은 엄마 2 덕분에 어려서부터 갤러리 구경을 자주 다녔었다. 그저 습관 탓인지 정말 미술에 관심이 생긴 건지 몰라도 난 학교 강당 2층 태산갤러리에서 전시회가 열릴 때마다 한 번씩 들러보곤 했다.

갤러리는 한산했는데 우리 셋이 들어서자마자 한 무리의 여학생들이 뒤따라서 줄지어 들어왔다. 여학생들 틈에 섞여 함께 갤러리에 들어서는 그녀가 보였다.

재규어가 내 옆구리를 찌르면서 "민들레다, 민들레"라고 속삭였다.

잠깐 어떻게 할까 갈등하다가 이참에 지난번의 굴욕을 만회하고 말겠다는 오기가 발동했다. 술기운에 대담해진 나는 그녀에게 다가갔다.

열중해서 그림을 들여다보고 있던 그녀가 성큼성큼 자신을 향해 다가서는 내 그림자를 보고 고개를 돌렸다.

"저, 할 말이 있는데요."

그러자 그녀는 희미한 미소를 지었다.

'아, 이제야 나를 알아보는 구나.'

난 속으로 쾌재를 불렀다.

"아, 엊그저께, 다른 아이들을 대신해서 나한테 장난 걸던 아이구나. 그래 무슨 말인데?"

'뭐. 아이? 날 알아보기는 고사하고 여느 아이들과 똑같이 애 취급하고 있단 말이지? 그렇다면 적어도 이제 더 이상은 아이로 볼 수 없도록 해주마. 프로이트의 말대로 나쁜 남자에게 끌리는 스타일이라면 나쁜 남자의 진면모를 제대로 보여주겠어.'

불끈한 감정이 행동으로 이어지는 데는 2초도 걸리지 않았다. 먼저 그녀의 가냘픈 어깨를 오른손으로 감싸 쥐었다. 그리고 즉흥적인 대사가 튀어나왔다.

"나 아이 아니거든, 누나. 그리고 난 누나가 무지하게 좋은데, 우리 한번 사귀지 않을래?"

남들이 보기엔 어이없는 도발이었을 것이다. 하지만 나로선 그동안 그녀에게 너무도 하고 싶었던 말이고 에누리 없는 진심이었다. 충동적으로 저질러 버리긴 했어도 늘 마음속에서 이글거리고 솟구치던 감정을 말로 토해냈더니 속이 다 후련했다.

'어떤 후환이 닥칠지 몰라도 나를 한 사람의 남자로 느끼게 해주기 위해선 역시 이 방법밖에 없어'라고 스스로를 설득했다.

옆에서 나의 '진심어린' 프러포즈를 지켜보고 있던 여학생들이 우우 하면서 절반은 야유, 절반은 응원의 함성을 보냈다. 몇몇 여학생들은 휴대폰을 들고 그 모습을 촬영하기도 했다.

그러나 그녀는 나의 도발에 당황해하지도 화를 내지도 않았다. 처음 만났을 때의 모습 그대로 해맑은 얼굴에 옅은 미소를 띠운 채 내 얼굴과 가슴에 붙은 명찰을 차분히 응시했다.

어떤 브랜드의 향수인지 몰라도 그녀의 향기가 너무 감미로워 정신이 몽롱해질 지경이었다.

그녀가 입을 열었다.

"독고라이언? 얼굴 보니까 술 마신 모양이네. 그렇게 나를 좋아한다면 한번 생각은 해볼게. 근데 일단 이 손은 좀 치우고 이야기하면 안 되겠니?"

즉각 내 빰을 때릴지도 모른다는 예상과 달리 그녀는 너무나 어른스럽고 위트 있게 대응했다. 난 갑자기 만화 〈짱구는 못 말려〉의 조숙한 악동 짱구처럼 작아져 버린 기분이었다. 그러면서도 그녀의 자태에 홀려버린 채 그녀 어깨를 감싸 쥔 손을 내려놓지 못하고 있었다.

그 순간 벼락같은 고성이 들렸다.

"라이언, 너 이 새끼 지금 뭐하는 짓이야?"

나도 모르게 얼른 손을 내리고 뒤를 돌아봤다.

성하버드보다 여덟 살이나 많으면서도 그의 똘마니 역할을 개처럼 충실히 수행하고 있는 학생주임 엄성호가 마침 갤러리에 들어서다가 이 장면을 보고 광분한 것이었다.

엄성호가 어떤 인간인지 잘 아는 타이거와 재규어도 움찔했다. 그는 말을 채 마치기도 전에 비호처럼 달려왔다.

"괜찮으세요, 민들레 선생님?"

"아니에요, 선생님. 이 아이가 저한테 별 뜻 없이 조금 장난친 것뿐이에요."

그녀는 나를 때리거나 나무라지 않았을 뿐 아니라 오히려 감싸주려고 했다. 그런 그녀에게 뭐라 말할 수 없이 미안한 마음이 드는 동시에 누가 보든 말든 확 껴안아 버리고 싶은 욕구가 복잡하게 요동쳤다.

그녀는 웃으면서 우리 일행에게 어서 나가라는 손짓을 했다. 상황이 상황인지라 일단 나가지 않을 수 없었다.

"너 이 새끼. 거기 서, 인마."

실업 배구선수 출신인 엄성호는 손버릇이 나쁜 걸로 악명 높았다. 아이들이 사소한 잘못을 저질러도 사정없이 구타했고, 딱히 잘못한 것이 없어도 구타의 충동을 못 이겨 습관처럼 구타하는 경우가 있었다. 작년에도 그에게 맞은 학생 하나가 고막이 터지는 사고가 있었다. 하지만 태산고등학교에서 절대자에 가까운 성하버드의 비호에 힘입어 위로금 1,800만 원을 주고 합의한 뒤 3개월 감봉 처분으로 유야무야 넘어갔다.

뒤따라 나온 엄성호 앞에 서는 순간 내 눈에선 번쩍 불꽃이 튀었다. 선수시절 가공할 강 스파이크를 날리던 두터운 손으로 내 왼쪽 뺨을 갈긴 것이다. 어지간한 아이들은 그의 스파이크를 맞으면 배구공처럼 저만치 나가떨어지곤 했다.

엄성호보다 5센티미터쯤 더 큰 나도 한 대 맞고 나니 눈앞에서 별이 마구 날아다니는 바람에 비틀거리다가 겨우 균형을 잡고 섰다. 이번엔 오른쪽 뺨에서 불이 났다. 곧 바로 그의 구둣발이 내 정강이를 사정없이 걷어찼다. 이른바 '조인트 까기'였다.

"어디 학교에서 술을 처먹고 돌아다녀, 인마! 그리고 좀 전에 선생님한테 그게 뭐하는 짓이야?"

그렇게 말하는 그의 입에서도 술 냄새가 진동했다.

그가 또 손을 들어 올려 때리려는 순간 누군가 그의 손을 잡아 만류했다. 오정태 선생님이었다.

"엄 선생님, 날이 날이니만큼 오늘은 한번 봐줍시다."

엄성호는 그의 주군인 성하버드와 갈등관계인 오 선생님과도 당연히 견원지간이었지만 모든 선생님들의 지지를 받는 그를 대놓고 무시할 수는 없었다.

"오 선생님, 이 자식이 조금 전에 무슨 짓을 한지 알아요? 내가 술 마신 것만 가지고는 이러지 않아요. 글쎄 교생 채민들레 선생님 어깨를 감싸 안고서 성희롱을 했다니까요."

"뭐? 라이언, 정말이야?"

"서, 성희롱이라뇨? 제가 오늘 분위기에 들떠서 선생님께 조금 장난을 치긴 했어요. 하지만 선생님도 그냥 장난으로 받아주셨어요."

오 선생님이 내 역성을 들어줬다.

"민들레 선생님도 신경 쓰지 않던걸요. 지금도 웃으면서 아이들과 재밌게 이야기하고 있던데요."

엄성호도 작년에 자신을 곤경에 빠뜨린 고막 파열 사건이 떠올랐는지 슬그머니 꼬리를 내렸다. "내가 오 선생님 봐서 오늘 한 번만 참는다. 인마, 너 조심해."

어떤 후환이 닥쳐도 좋다고 각오는 했지만 내가 그녀에게 섹시한 나쁜 남자로 보이고 싶어 치근덕댄 대가는 빰따귀를 불나게 얻어터진 것으로 끝이 아니었다.

태산갤러리에서 벌어진 그 장면을 휴대폰으로 찍은 여자아이들 중 하나가 자신의 페이스북에 동영상을 올린 것이다.

그리고 금세 교내에 떠들썩한 화제가 돼서 내 귀에까지 들어왔다. 덕분에 나도 내가 주인공으로 출연한 동영상을 통해 내가 벌인 짓을 객관적인 관점에서 볼 수 있게 됐다.

동영상은 내 뒤편에서 비스듬한 각도로 찍은 것이었다. 내 키는 187센티미터에 가까운데 그녀의 머리가 나의 턱 정도에 올라오는 것을 보니 그녀의 키는 아마 167센티미터 정도인가 보다. 휴대폰 렌즈의 과장된 원근감 탓에 나는 덩치가 고릴라처럼 커 보였고 내 앞의 그녀는 너무 가냘프고 연약해 보였다. 그런 그녀를 짐승 같은 내가 우악스럽게 껴안으며 희롱하려는 것으로 보였다. 당시엔 의식 못했지만 그녀의 어깨를 감싸 쥐고 있던 시간이 제법 길었다.

의도적이고 명백한 신체접촉이 있었으니 엄성호의 주장대로 성희롱이라 해도 할 말이 없었다.

여학생들이 수다 떠는 소리가 시끄러워 그 전의 대화 내용은 잘 들리지 않았지만 유독 "나랑 사귀지 않을래?"라는 소리만 또렷하게 들렸다.

동영상은 곧이어 엄성호가 벼락처럼 소리를 지르고 달려오는 데서 끝났다. 촬영하던 아이도 그의 기세에 놀라 서둘러 휴대폰을 꺼버린 것 같았다.

그 여학생에게 당장 내리라고 말하기도 전에 유튜브에까지 오른 동영상은 금세 20만 건 넘는 조회 수를 기록하면서 일파만파를 일으켰다.

인터넷 언론들이 "막장 교육현장…. 선생님을 성희롱하는 고교생"이라는 제목으로 기사화하기 시작했다. TV 뉴스채널도 메인뉴스 끝 부분에 같은 내용을 보도했다. 과장까지 섞인 선정적 보도였다.

"최근 서울의 한 고등학교에서 있었던 일입니다. 고등학생이 교생선생님에게 '나랑 사귀지 않을래' 라며 강제로 껴안으려 하자 놀란 선생님은 이를 뿌리칩니다. 그러나 이 학생은 아랑곳하지 않습니다. 계속 선생님의 어깨를 놓지 않고 짓궂게 희롱하다가 남자 선생님이 급히 다가와 제지하자 그제야 물러섭니다. 이 학생은 당시 술에 만취해 있었다고 합니다. 믿기 어려운 막장 교육 현실, 태산고 현장에서 취재기자가 보도합니다."

당연한 일이겠지만 뉴스에서 동영상이 보도되자 태산고 재단과 교무실에는 학부모들의 항의와 비난 전화가 빗발쳤다. 교장선생님과 교감선생님이 하루 종일 업무를 볼 수 없을 지경이었다고 했다. 한 매체는 누구를 어떻게 취재했는지 항의 전화 내용까지 자세히 보도했다.

"태산고는 정신이 있는 학교요, 없는 학교요? 대체 애들 교육을 어떻게 시키는 거요?"

"선생님을 성희롱하다니, 다른 아이들이 물들지 않도록 그 녀석은 아예 퇴학시키거나 전학시켜 버려요."

"어디 가서 우리 애가 태산고등학교 다닌다고 말이나 하겠어요? 그 아이 퇴학시키지 않으면 우리 아이를 전학시킬 거예요."

다음 주 화요일 태산고를 '선생님 성희롱 패륜 학교'로 전국에 널리 알린 나를 단죄하기 위한 교내 선도위원회가 소집됐다. 중세시대 종교회의처럼 엄청난 질문 공세가 쏟아질 줄 알았는데 추궁과 소명은 간단히 끝났다.

"그날 술을 마셨다고 하는데 맞나?"

"네…. 조금."

"어떻게 학교에서 술을 마시고 돌아다닐 수 있나."

"개교기념일이고 들뜬 분위기이다 보니…."

"교생선생님인 건 알고 있었겠지?"

"네. 알고 있었습니다."

"자신이 저지른 행위를 반성하고 있나."

"네. 깊이 반성합니다."

누구보다도 격하게 화를 낸 것은 학부모도 교사도 아니고 재단 상임이사 성하버드였다.

하버드는 교칙상 선도위원이 될 수 없었다. 그러나 그가 교칙을 무시하고 선도위원회에 들어와도 제지하는 사람이 없었다. 오정태 선생님 한 사람만 하버드의 선도위 참여에 이의를 제기했다. 그 결과 오 선생님은 하버드에게 더욱 찍힌 신세가 됐다.

아빠는 동거녀와 함께 있다가 내 뉴스를 본 듯했다.

어두운 데다 화질이 좋지 않은 동영상을 보고 처음엔 눈을 의심했지만 옆모습과 목소리가 틀림없는 나인 것을 확인하고 정신이 번쩍 들어 집에 달려왔다고 했다.

왜 그랬는지 물어보는 아빠에게 난 그저 실수였다고만 말했다. 보호자로 선도위에 불려간 아빠는 선처를 호소했다.

"우리 라이언이 원래 이런 아이가 아니었습니다. 어릴 때부터 워낙 착하고 성실해서 부모 속 썩이는 일이라곤 없었는데. 애가 지난해부터 공부에 의욕을 잃고 힘들어하는 걸 알면서도 먹고사는 데 바빠 신경 써주지 못했더니…. 전적으로 부모들의 잘못이고 앞으로는 이런 실수 저지르지 않도록 잘 가르치겠습니다."

그러나 그는 자신의 사시 공부를 헌신적으로 뒷바라지해 준 엄마 1을 차버리고 부잣집 딸과 결혼함으로써 씻지 못할 상처를 주어 자살하게 한 것, 이제는 엄마 2마저 배신하고 딸뻘인 여자와 동거하다가 들켜서 별거에 들어갔다는 민망한 사생활은 실토하지 않았다.

누구나 '아, 라이언이라는 아이가 막 나가는 아버지 때문에 정말 힘들었겠구나. 저렇게 삐딱해질 만도 했네' 라고 납득하고 동정할 만한 결정적 단서를 내놓지 않은 것이다.

그는 자신의 소극적인 변호에 대해 '아빠의 떳떳하지 못한 여자관계가 알려지는 건 네 이미지에도 안 좋을 것 같았다'고 핑계를 댔다.

선생님들은 나의 처벌에 있어 대체로 온정적이었다. 오정태 선생님을 비롯한 여러 선생님들이 내가 고1 때까지 전교 1등을 놓치지 않았고 학급에서도 반장을 맡은 모범생이었던 만큼 한 번쯤은 실수를 만회할 기회를 주는 게 좋겠다며 두둔했다고 한다.

그러나 성하버드는 요지부동이었다.

선도위 공동위원장인 교장선생님은 황태자 하버드의 눈치를 보지 않을 수 없었다.

나를 학교에서 방출하는 쪽으로 기울던 분위기를 반전시킨 건 나의 그녀, 민들레 누나였다. 그녀는 재단 상임이사실로 하버드를 찾아가서 당시 상황을 자세히 설명했다고 한다.

"라이언이라는 아이가 축제 분위기에 들떠서 버릇없이 굴긴 했지만 이제는 잘못을 충분히 뉘우치고 있는 것 같아요. 그리고 동영상이 어둡고 소란스러운 배경에서 찍히다 보니 과장되게 비치는데, 실제로 그렇게까지 무례하고 거칠게 행동한 건 아니었어요."

"아니, 민들레 선생님, 어떻게…. 그런 아이들은 일벌백계로 따끔하게 혼내줘야 다른 아이들이 물들지 않는다는 거 모르세요?"

"저도 그래서 상임이사님을 찾아오기 전에 많이 고민했어요. 하지만 태산고 아이들이 다른 학교에 비해서 전체적으로 얌전한 편인 데다 그 아이가 원래부터 그런 아이는 아니라고 들었어요. 그런 일로 한 아이가 전학이나 퇴학을 당하게 된다면 저 역시 마음이 편치 않을 거 같아요."

그녀의 이런 간곡한 요청 덕분에 결국 하버드가 고집을 꺾게 됐다고 선도위에 참여한 선생님들이 귀띔해 줬다.

선도위원들은 의견을 모아서 일주일 근신과 반성문, 독후감 5개를 제시했으나 하버드는 그걸로는 너무 약하고 수위를 올려야 한다고 주장했다.

그래서 결국 내게 떨어진 징계처분은 수업일수 열흘, 즉 2주간 근신하면서 시교육청 지정도서를 읽고 독후감 10개를 써낼 것, 매일 새벽 도서관 자습실을 청소할 것 등이었다.

십대와 꼰대, 맞붙다

PLAY ▶

2015년 4월 30일 목요일 서울 태산고 도서관

계절의 여왕 5월을 코앞에 두고 있었다. 주택가에선 새벽 공기 속에서도 따사로운 봄기운이 완연했지만 해발고도가 높은 우리 학교 교정은 아이들이 등교하는 시간까지도 구석구석 냉기가 감돌았다.

2주 동안의 근신 첫날, 첫 일과는 도서관 청소였다.

아침에 학교에 일찍 나와 자습하는 아이들을 위해 새벽 5시부터 청소를 시작해 한 시간 내에 완료해야만 했다. 학교 시설물 청소는 아웃소싱을 하고 있는데, 이 기간 내가 대신 청소를 하면 학교재단으로서는 청소직원 한 명의 한 달 치 임금 절반 정도는 절감할 수 있게 된다. 기업에서 운영하는 학교답게 원가절감에 악착같은 노하우가 있었다.

아침에 학교에 나올 때는 긴팔 셔츠 위에 교복 재킷을 걸쳐도 쌀쌀했지만 일단 청소를 시작하니 안 쓰던 근육을 움직여서인지 금세 땀이 흘렸다.

나의 근신을 감독하는 엄성호의 지시대로 도서관 입구에 있는 청소 도구함에서 대형 진공청소기를 꺼내 1층 도서대출 데스크와 도서열람실을 샅샅이 밀고 지나갔다.

자습실이 있는 도서관 2층까지 올라가는 엘리베이터가 없어서 무거운 청소기를 낑낑거리면서 계단으로 끌고 올라가야 했다.

자습실에선 청소기를 돌리기 전에 칸막이 좌석 50개, 일반 좌석 1백개의 의자를 책상 위에 올려놓아야 해서 품이 많이 들었다. 도저히 혼자서 한 시간 내에 해낼 수 있는 작업이 아니었다. 오늘은 첫날이니까 봐준다 쳐도 앞으로 정해진 시간까지 일을 마치려면 더 일찍 나오는 수밖에 없었다.

"이건 완전히 미성년자 학대에다 노동착취야. 세상에 이런 식으로 학생 등골을 빨아먹는 학교는 없을 거야."

부아가 치밀어 나도 모르게 구시렁댔다.

도서관 청소를 마치고 나면 6시부터 여는 교내 편의점에서 컵라면이나 빵 같은 걸 사 먹을 수 있었다.

아니면 학교 앞 24시간 라면전문점 '면사무소'에 가서 계란과 양파는 물론 깻잎, 브로콜리, 알밤, 양배추 등 내가 원하는 각종 토핑을 넣어주는 라면에, 김이 모락모락 피어오르는 하얀 쌀밥을 말아 먹을 수도 있었다. 도서관에서 정문까지는 제법 많이 걸어야 하지만 그래도 컵라면보다는 정성이 들어간 라면을 먹고 싶어서 걷는 쪽을 택했다.

집에서 라면을 먹을 때는 면발을 끓는 물에 살짝 데쳐서 기름기를 씻어낸 다음에 올리브유를 조금 뿌리고 삶기에 들어간다. 라면집에서 그런 것까지 요구하는 건 무리겠지만 우리가 '면장님'으로 부르는 '면사무소' 주인아저씨는 '당대의 라면셰프'를 자처하는 나나 청운이와 워낙 라면을 놓고 많은 대화를 나누다 보니 삼촌처럼 친해져서 우리들의 온갖 황당하고 기발한 요구를 너그럽게 받아줬다.

아침을 먹고 도서관에 돌아오니 공부하려고 자리 잡고 앉은 아이들이 보였다. 주로 연말에 수능을 치러야 할 고3들이다. 동급생인 그들을 위해 청소해야 하는 처지라 더 쪽팔렸다.

물론 학교에서 손꼽는 폭력서클의 일진인 나를 감히 비웃는 아이들은 없었다. 오히려 어떤 아이들은 일찍 학교에 나왔다가 내가 청소하는 모습을 보고 어쩔 줄 몰라 하면서 거들어 주려고 했다. 그러다가 "야, 네가 이러는 거 나 돕는 게 아니라 '디스'하는 거다. 그거 알지?"라는 까칠한 한마디를 듣고 돌아섰다.

난 수업에 들어가지 못하고 도서관에 앉아 하루 종일 책을 읽고 독후감을 써내야 했다. 책은 선도위원회 지정도서 중 10권을 고르도록 돼 있었다. 하루에 한 권씩 읽고 써내자니 빨리 못 읽으면 집에 가서까지 독후감 쓰기로 날밤을 새워야 할 판이었다.

하나같이 따분해 보이는 책들이라 선택이라는 게 별 의미가 없었다. 마르쿠스 아우렐리우스의《명상록》,《소학》,《명심보감》,《논어》 등이었다. 인성 순화가 아니라 독서를 통한 인내심 강화가 목적인 듯했다.

그나마 눈길이 가는 소설류로는 독일작가 헤르만 헤세의《데미안》과《유리알 유희》, 일본작가 아사다 지로의《철도원》과《칼에 지다》, 위화라는 처음 들어보는 중국작가의《허삼관 매혈기》 따위가 있었다.

대출실에서 목록을 보고 지정도서를 찾아 펼쳐보다가 일단 소설류 중에서 한 권을 고르기로 했다. 한 번에 세 권까지 대출이 가능해서 추가로 책을 한 권 더 선택했다. 김병일의 《퇴계처럼》이었다.

저자는 경북 안동에 있는 도산서원 선비문화수련원 이사장이라고 소개돼 있었다. 제목만 봐서는 전혀 끌리지 않았지만 여느 책보다 두께가 얇은 점이 맘에 들었다.

무엇보다 자살한 죽마고우 청운이의 별명이 천 원이고, 천 원짜리 지폐에 그려진 할아버지가 바로 퇴계라는 것에 생각이 미쳤다. 어쩐지 죽은 청운이가 어지간하면 그 책도 한번 가져가서 읽어보라고 특유의 나직한 말투로 속삭이는 듯했다.

대충 훑어보니 글보다는 사진이 많아 금방 읽을 수 있을 것 같았다. 원가를 아끼지 않고 좋은 종이를 썼는지 사진이 유달리 선명했다. 마치 실물을 보는 느낌이 들었다.

대출해온 책 두 권 중에서 연초에 개봉된 영화의 원작이어서 제목부터 친숙했던 《허삼관 매혈기》를 먼저 집어 들었다. 일단 내용이 익살스럽고 전개도 스피디했다. 그러면서 짠한 여운도 있었다. 푹 빠져 읽다보니 오전 중에 다 읽어 치울 수 있었다. 앞으로 위화의 소설은 추천 목록에 없는 것도 다 찾아서 읽으리라 마음먹었다.

점심때도 면사무소에 갔다. 내 처지를 아는 면장님이 기운 내라며 특별 메뉴인 오므라이스를 곱빼기로 만들어 줬다. 평소보다 일찍 일어나서 중노동에 시달렸더니 너무 배가 고파 허겁지겁 다 먹었다. 도서관에 돌아와서는 오전에 한 권을 독파해 낸 여세를 몰아 인내심 강화용 책에도 도전해 보기로 했다.

짐작은 했지만, 그래서 집어든 《퇴계처럼》은 전혀 코믹하지도 감동적이지도 않았다. 게다가 점심을 잔뜩 배부르게 먹고 온 터라 식곤증이 몰려와 영 집중이 되지 않았다.

종이가 매끄럽다보니 뒷장과 딱 붙어 있는 경우가 많아 한 번에 한 장씩 잘 넘어가 주질 않았다. 어쩔 수 없이 손가락에 침을 묻혀 가며 넘겨야 했다. 책의 제 1장은 '퇴계가 받든 여인들'이었다.

"조선시대라면서 무슨 남자가 여자를 받들어? 이거 순 선비질 아냐? 내 이름에도 선비 언 자가 들어가지만 선비라는 족속들 위선 떠는 건 정말 싫다, 싫어."

왠지 모르게 심통이 일어 혼잣말로 툴툴거리면서 글은 안 읽고 그림만 보면서 넘어갔다. 글과는 달리 조선시대의 책상이나 가마, 기와집 같은 생활상을 보여주는 사진들에는 왜 그런지 눈길이 가서 요모조모 자세히 뜯어보게 됐다.

49쪽을 열자 양쪽으로 탁 펼쳐진 조선시대 서책의 사진이 나왔다. 책 아래 '매화시첩, 이황'이라고 쓰인 것으로 봐서 이 책의 주인공인 퇴계 선생이 직접 쓰신 책인 모양이다.

이번에도 책장이 잘 넘어가지 않아 침을 발라서 넘기려는데 책 위에 얼룩이 보였다. 원래 사진 속 퇴계 선생 책에 묻어 있는 얼룩인지 내 침 때문에 금방 생긴 얼룩인지 헷갈렸다. 다시 손으로 문질러 보니 원래 사진 속에 있는 조선시대 서책의 얼룩이 맞는 것 같았다.

나는 책장을 넘기기 위해 책을 문지르던 손가락을 다시 혀에 가져다 대고 침을 발랐다. 그리고 다음 장을 넘겼다.

그렇게 생각 없이 책장을 넘기다가 10여 분쯤 지났을 무렵 갑자기 펄

쳐놓은 책이 출렁이면서 현기증이 일었다. 사진 속의 그림이며 사진들이 3D 영화 화면처럼 앞으로 튀어나오려고 하는 것이 아닌가. 깜짝 놀라 뒤로 멈칫 물러나 앉았다. 꿈은 분명 아니었다. 마약이나 본드를 하면 맛보게 된다는 일종의 환각 상태가 이런 걸까 싶었다.

너무 일찍 나오느라 잠 설치고 청소한다고 무리하게 움직였더니 몸에 이상이 생긴 모양이었다. 일단 화장실에 다녀온 뒤에 책을 베개 삼아 낮잠을 청하리라 마음먹었다. 일어나자마자 휘청했다. 하마터면 쓰러질 뻔했으나 가까스로 책상을 잡고 버텼다. 갑자기 구토가 일어났다.

화장실로 달려가 구토를 하는데 헛구역질만 나왔다. 입을 씻고 자리로 돌아왔다. 언제부터인가 두개골 안쪽에 무수히 많은 개미들이 떼를 지어 몰려다니는 듯한 가려움증이 밀려들었다.

책 몇 권을 쌓아 놓고 그 위에 엎드렸다. 거의 기절하듯이 잠에 빠져들었다. 수업이 끝나서 자습하러 온 아이들이 의자를 달그락거리며 왔다 갔다 하는 소리에 깼다.

잠든 건 오후 두 시쯤이었는데 눈을 떠보니 오후 다섯 시 반이었다. 이런 자세로 이렇게 오래 죽은 듯이 자보긴 처음이었다.

생각해 보니 엄성호에게 근신일지를 제출할 시간이 지나 있었다. 그의 성격으로 볼 때 벌써 찾아와서 내 뒤통수를 한 대 갈겼을 법한데 이상했다.

새벽에 나와 청소하고 아침 먹고 책 읽고 다시 점심 먹고 책 읽고. 책 읽다가 잔 것까지는 쓰지 않았지만 단조로웠던 일과를 시간대별로 정리하고 근신 첫날의 개고생에 대한 소감, 통렬한 반성과 함께 새 사람으로 거듭나겠다는 다짐을 정리한 근신일지를 써서 부랴부랴 교무실로 갔더니 엄성호는 자리에 없었다.

옆에 있던 선생님이 "성 이사님이 벤틀리를 고쳐오라고 해서 오전에 나가셨는데"라고 했다.

'아니 그럼, 차 몰고 길 막히는 강남까지 가야 했을 텐데…. 엄성호도 자기보다 한참 어린 하버드 시다바리 하느라 힘들게 사는 구나.' 내심 안됐다는 생각이 들 정도였다.

마침 엄성호로부터 문자가 왔다. '학교로 돌아가는 중인데 길이 꽉 막혀서 꼼짝을 못하고 있다. 일지는 내 책상에 두고 가라. 밤 9시에 제출하는 독후감은 마침 오정태 선생이 당직이니까 오 선생한테 제출하고 가고.'

밤늦게까지 버틸 생각을 하니 갑갑했지만 그래도 엄성호의 가증스러운 꼴을 안 봐도 된다는 사실에서 위안을 얻었다.

집에 들어갈 때 한잔하면서 회포를 풀고 싶었는데 타이거는 학원에 갔다가 할머니 제사 때문에 집에 들어가야 한다고 했고, 재규어는 헬렐레 펀치 도장 회식에 가야 한다고 했다. 나도 도장으로부터 전갈은 받았으나 근신 때문에 갈 수 없다고 했던 것이 기억났다.

갑자기 또 머릿속에서 개미들이 한꺼번에 몰려다니는 것 같은 가려움증이 몰려왔다.

'이건 도대체 무슨 증상이야? 왜 이러는 거지. 뭘 먹긴 먹어야 할 것 같은데 영 입맛이 없네. 좀 걸으면 나아질까?'

학교 주변을 산책하기로 마음먹고 도서관을 나와 학교 정문을 향해 걸어갔다.

라일락이 모두 같은 학년으로 보이는 네다섯 명의 친구들과 깔깔대며 어깨동무를 한 채 걸어가고 있었다.

아빠와 엄마 1의 아들인 나는 갸름하고 군살 없는 체격인 반면 라일락은 엄마 2의 피를 받아 그런지 벌써부터 얼굴과 몸 전체에 맞춤하게 살이 올라 있었다. 작고 귀여운 얼굴에 거침없는 입담, 그 또래 치고는 육감적인 분위기로 1학년 남학생들 사이에서 인기가 높았다.

"야, 독고라일락. 너 집에 가냐?"

라일락의 뒷모습을 향해 말을 건네자 친구들까지 일제히 뒤를 돌아봤다.

"어머, 라이언 오빠네. 안녕하세요."

라일락의 친구들이 중창이라도 하듯 한목소리로 내게 인사를 하더니 뭐라고 저희들끼리 귀엣말을 주고받으며 서로 꼬집고 웃고 난리도 아니다.

라일락이 언젠가 자기 친구 중에 누군가가 날 좋아한다고 귀띔해 줬는데 일행 중에 그 아이가 있는 모양이었다.

근데 얼굴은 한 명 예외 없이 '아니올시다'였다.

"오빠는 다시 도서관에 가서 9시까지 있다가 와야겠네. 아유, 우리 오빠 불쌍해서 어떡하니. 그런데 오빠, 아까 낮에 교실에서 보니까 도서관에 안 있고 혼자 운동장에서 뒷짐 지고 돌아다니면서 뭐라고 중얼대는 것 같더라? 또 어디 가서 술 마시고 취해서 돌아다니나 했네. 요령 안 피우고 근신 잘하고 있는 거지?"

"뭐, 언제? 난 도서관과 교무실, 면사무소만 왔다 갔다 했어. 운동장엔 발도 안 들여놨는데."

"아냐 틀림없이 오빠였어. 오빤 키가 커서 멀리서도 잘 보인다구. 난 동현이 생일이라 파티 하러 가. 어쩌면 오빠보다 늦게 들어올지 몰라.

열심히 독후감 쓰고 오늘은 술 같은 거 마시지 말고 들어오셔. 알았지?"

꼭 남편한테 잔소리하는 마누라 같았다.

아빠와 엄마 2의 별거 이후 라일락은 오빠인 나를 부쩍 더 챙겨주려고 했다. 그럴 때마다 그만큼 나한테 정서적으로 의존하고 있다는 게 느껴져서 안쓰러웠다. 부모로부터 같이 버림받았다는 동병상련 탓일까.

"알았어. 너나 조심하고 너무 늦지 않게 들어와라. 요즘 화산고 애들 중에 못된 놈들 많다는데 그런 놈들이랑 괜히 엮이지 말고."

라일락에게 그 말을 해놓고 곰곰 생각해 보니 나도 화산고 아이들한테는 기피대상이었다. 공부 대신 전력을 쏟아붓는 격투기의 스파링 파트너 삼아 두들겨 팬 상대는 대부분 화산고 아이들이었다.

길을 걷다보니 피로감이 밀려오고 다시 구토가 날 것 같은 느낌이 들었다. 머릿속을 어지럽게 몰려다니던 개미떼들이 어딘가 한곳에 모여 회의를 하는지 몰라도 일제히 잠잠해졌다.

대신 검은색과 흰색의 영상들이 무슨 문자 같은 문양을 그리며 눈앞에 오락가락했다. 아까 《퇴계처럼》이란 책에서 본 사진과 그림들이 머릿속을 맴돌며 마치 그림으로 그려내라고 해도 그릴 수 있을 만큼 생생하게 떠올랐다.

'이런 게 헛걸 본다는 건가 보지. 그리고 낮에 난 내내 잠만 잤는데 운동장을 왔다 갔다 했다니, 또 뭘 중얼거렸다니 그게 무슨 소리야. 다시 라일락한테 전화를 걸어서 물어볼까. 에이, 아마 내가 아닌 다른 애를 보고 착각한 거겠지, 뭐.'

걷다보니 기분이 조금 진정됐다.

그런데 어느 순간 귀에 익은 유행가 멜로디에 맞춰서 "독서인설유산

사요, 금견유산사독서라"라는 알 수 없는 말을 반복해 흥얼거리고 있는 나를 발견했다.

내 자신도 무슨 말인지 알 수 없었다.

"그런데 이건 뭐지? 어디서 내가 이런 듣도 보도 못한 이상한 소리를 지껄이고 있는 거야. 아마도 한글이 아닌 한자로 지은 시 같은데 어디서 본 거더라."

한때는 시를 즐겨 외웠고 심지어 짓기까지 했다. 과거에도 한동안 열심히 외우던 시어들이 어느 날 잔잔한 수면 위로 튀어 오르는 물고기들처럼 노래 멜로디에 맞춰 무의식적으로 튀어나오는 때가 있긴 했다.

하지만 그전에도 한시 따위에는 전혀 관심이 없었다. 푸시킨에 열광하는 내 취향을 10대 취향이라고 하긴 어렵겠지만 적어도 두보나 이백, 도연명 같은 분들에게는 눈길조차 던져본 적이 없었다.

'그런데 이 현상은 뭔지 도무지 알 수가 없다.'

도서관에 돌아왔는데 아까 덮어 놓고 나간 《퇴계처럼》이란 책이 놓여 있었다. 왠지 오싹하고 께름칙한 느낌이 들어 반납함에 던져놓고 왔다. 《허삼관 매혈기》의 독후감을 쓴 뒤에 뭐든 소설책이나 좀더 읽다가 집에 가리라 마음먹었다.

독후감만 써내면 영어나 수학공부를 해도 상관없었는데 여전히 시험공부엔 영 마음이 가지 않았다. 저녁 8시쯤 오정태 선생님이 찾아오셨다.

"라이언. 근신 잘하고 있니? 독후감 너무 신경 안 써도 돼. 고3인데 시험공부에 더 힘을 쏟아야지. 부모님들 사정으로 네가 힘들어 한다는 이야기, 나도 들었다. 나한테 미리 좀 귀띔해주지 않고. 요즘은 너희 집만 아니라 그런 가정들이 워낙 많잖니. 라이언 부모님들도 말 못할 사정이 있으신 거겠지. 학교생활하면서 어려운 일 생기면 나한테 이야기하고."

"네. 선생님. 걱정해 주셔서 고마워요."

항상 나를 걱정하고 의지가 돼주려는 오 선생님이 친형처럼 든든했다.

집에 귀가해 보니 뜻밖에 라일락이 먼저 돌아와 있었다.

"야, 생일파티 간다면서 어쩐 일로 이렇게 일찍 들어왔어?"

"오빠 근신 첫날인데 집에 혼자 있으면 우울할 거 같아서 일찍 들어왔지."

"그래도 동생은 역시 동생이구나."

"그래도 동생이라니, 어감이 어째 이상하네. 오라버니, 내가 배 다른 동생이라서 '그래도'라고 하는 거유?"

역시 그 엄마에 그 딸인가. 도무지 거리낌이라곤 없는 화끈하고 솔직한 성격이다.

"그런 거 아니야. 말이 헛 나온 것뿐이지 내가 정말 그런 뜻으로 말했겠냐, 섭하게시리. 요새 엄마랑은 자주 연락해?"

"아니 가끔, 통화 안 한 지 일주일도 넘었을걸. 오빠는?"

"나도 가끔."

"엄만 친딸이라고 날 오빠보다 더 챙기는 거 같지도 않아. 어쩐지 느낌에 엄마도 아빠처럼 바람난 거 같단 말이야. 안 그래도 찌질하고 소심한 아빠한테서 정떨어진 차에 아빠 바람나니까 울고 싶은데 뺨맞은 격이랄까. 그러지 않고야 생때같은 우릴 팽개쳐 두고 기다렸다는 듯이 별거에 들어가겠어?"

"사실 나도 그런 생각은 좀 들었어. 아빠가 바람피우기 시작하면서부터 우리한테 관심 안 갖고 소홀해졌는데 엄마도 아마 우리보다 더 마음 가는 누군가가 있어서 저러는 거 아닐까 라는 생각."

"오빠, 결국 엄마랑 아빠는 이혼하게 되는 거야? 별거하다가 재결합하는 부부도 있잖아."

"물론 이혼까지 해놓고도 재결합하는 경우가 있긴 하지. 라일락, 그래도 너무 비관적으로 생각하진 말자. 언젠가는 우리 가족도 한때 그럴 때가 있었다고 말하는 날이 올 거야."

"글쎄, 오빠는 그렇게 보는지 몰라도 내가 볼 때는 아무래도 이혼하게 될 거 같은데. 정말 이혼해 버리면 나도 가만 안 있을 거야."

이런저런 이야기를 나누다보니 신세가 처량했다. 부모가 별거중인 콩가루 집안에서 자식 노릇한다는 것이 이렇게 기막힌 줄 몰랐다.

수다 떨다보니 어느덧 자정이 넘었다. 가사도우미 비앙카 아줌마가 "라이언, 내일도 일찍 나가야 하는데 이제 자야 하는 거 아니야?" 라고 걱정해 줬다.

고마운 아줌마였다. 그리고 기구한 사연을 가진 여인이었다. 비앙카는 고향인 필리핀 마닐라에 유학 온 한국남자와 사랑에 빠져 동거하다가 아이를 가졌는데 출산을 앞두고 남자가 야반도주해 버리는 바람에 미혼모 신세가 됐다고 한다.

2년여 천신만고 끝에 아이가 조금 사람 꼴이 되자 아이 아버지가 보고 싶었고, 아이 교육을 위해서도 필리핀보다는 돈벌이에 유리한 한국으로 가는 게 낫다고 생각했다.

한국에 건너 와서 어렵게 수소문해 서울 대치동에 살고 있던 아이 아버지를 찾아내긴 했지만 이미 다른 여자와 결혼해 버린 그에게는 아무

것도 기대할 게 없었다.

아이를 안고 나타난 비앙카를 보더니 저승사자 만난 듯 기겁하던 그는 자기 아이가 아니라고 잡아뗐다. 물론 그 남자 처지에선 그럴 수밖에 없었을 것이었다.

비앙카는 상심하지 않고 한국에서 시간제에 박봉이나마 일자리를 얻어 열심히 일했다. 그 일터가 바로 엄마 2가 부사장인 한미패션 안산공장이었다. 하지만 체류 허가기간이 어느덧 지나버려 불법체류자 신세가 돼 있었다.

그런데 어느 날 뜻하지 않게 아이 아버지가 제 발로 찾아왔다고 한다. 언제 그랬냐는 듯이 이번엔 자기 아이가 맞으니 데려다 키우겠다는 것이었다. 아닌 밤중에 홍두깨였다. 그는 부인이 선천적 불임이어서 아이를 낳을 수 없다는 사실을 뒤늦게 알게 됐다. 하지만 경제력을 가진 부인에게 빌붙어 사는 신세인 그가 헤어지고 다른 여자와 결혼할 수도 없었다.

그는 그녀가 불법체류자라는 사실을 이용해 협박했다. 폭력배를 동원해 생명의 위협도 가했다. 한국남자와 필리핀 여자 사이에서 태어난 '코피노' 사내아이는 유달리 귀엽고 영리했다. 그 아이를 보고 한눈에 반해버린 그의 부인까지 가세해 아이를 상대로 회유작전을 폈다.

결국 아이를 빼앗긴 그녀는 자살을 기도했다. 딱한 사연을 들은 엄마 2가 그녀를 집안의 가사도우미로 고용했다.

잠자려고 씻고 누웠는데 '아까 운동장에서 뭔가 중얼거리며 혼자 왔다 갔다 하더라' 라는 라일락의 말이 생각났다. 그게 대체 무슨 이야기인지 물어보려고 방 앞에 갔더니 친구하고 전화통화가 길어지는 거 같다. “재는 이 시간에 무슨 전화람…” 그러다가 돌아와서 누워 곧바로 잠이 들고 말았다.

REPLAY ▶

2015년 5월 1일 금요일 서울 태산고 앞 '면사무소'

다음 날 아침 인터넷 뉴스와 일부 조간신문은 전날 밤 인천의 한 편의점 앞에서 발생한 ‘그 사건’을 보도했다.

“근로자의 날에 학교는 왜 안 쉬는 거야” 라고 툴툴거리면서 도서관 청소를 마친 나는 학교 앞 면사무소에서 주문한 ‘오늘의 라면’이 나오기를 기다리다가 스마트폰으로 그 사건의 첫 보도를 접했다.

나로서도 깜짝 놀랄 만한 엽기적 사건이었을 뿐 아니라 결코 강 건너에서 일어난 불이 아니었다. 바로 내가 교생선생님을 성희롱한 패륜아로 전국적 주목을 받은 지 얼마 안 됐기 때문이다. 사건이 대대적으로 보도되면 전 국민에게 내 악행을 다시금 환기시켜 줄 가능성이 높았다.

아니나 다를까. 그날 오후부터 각종 매체가 패륜 살인사건을 보도하면서 꼭 서두에 “얼마 전 서울에서 일어난 교생선생님 성희롱사건의 여파가 채 가라앉기도 전에…” 라는 멘트를 날렸다.

그런 보도를 보면서 ‘이 새끼들, 아주 그냥 내 시체를 꺼내서 난도질을 해라, 난도질을 해…’ 라는 한탄이 튀어나왔다.

안 그래도 그녀에게 섹시한 나쁜 남자로 보이려던 계획이 물거품 되고 인생에 먹구름이 드리웠는데 이번엔 생각지도 못했던 엉뚱한 자식들이 내 운명에 흙탕물을 튀기고 있었다.

그나마 불행 중 다행이라면 과거 나와 그녀가 주연으로 등장한 동영상을 다시 보여주거나 태산고라는 특정 학교 명칭을 들먹이지 않는다는 거였다. 아마 언론계에까지 광고주로서 영향력을 가진 성찬수 태산그룹 회장이 손을 쓴 결과인 것 같았다.

이 사건은 단순히 패륜적인 폭행치사 사건에 그치지 않고 2차, 3차 핵분열을 일으키면서 사회 전체를 전쟁상황으로 몰아갔다. 그 뇌관이 된 것은 이틀 뒤 이들이 모두 검거돼 경찰에서 수사를 받고 나오는 과정에서 보여준 상상 밖의 언행이었다.

일요일 저녁이어서 나는 헬렐레 펀치 도장에 나가 샌드백을 두드리다가 TV를 보던 대학생 선배들이 웅성거리는 소리에 브라운관으로 눈을 돌렸다.

화면에 등장한 그들 다섯 명은 모두 야구 모자를 쓰고 마스크로 얼굴을 가리고 있었다. 그런데 그들을 연행하던 호송관들이 예기치 못했던 상황이 벌어졌다.

생중계 중인 카메라 앞에서 그들을 향해 삿대질하고 욕을 퍼붓던 전국학부모연합회 회원 하나가 느닷없이 달려들더니 경찰이 미처 제지하기도 전에 가장 앞에 선 아이의 모자와 마스크를 벗겨버린 것이다.

"너희 같은 짐승들이 인권이 뭐야, 인권이. 금수들은 사람이 아니니까 인권 따위 보호받을 자격도 없는 거야!"

그런데 녀석이 보인 반응은 상식의 범주를 벗어난 것이었다. 그런 상황에서라면 어떤 피의자라도 고개를 숙여 얼굴을 가리거나 카메라를 피하려 드는 것이 정상일 것이다. 하지만 그는 일부러 카메라를 향해 얼굴을 돌리고는 정면으로 응시했다. 피해자를 제일 처음 맥주병으로 가격했다는 그들의 리더인 듯했다.

그는 기자회견을 여는 정치인이라도 된 듯 무게를 잡더니 또박또박 말을 쏟아냈다. 현장 취재를 나온 모든 방송 카메라가 일제히 그를 향해 앵글을 돌렸다.

"나는 꼰대들이 싫어요. 왜 우리가 꼰대들을 위해 희생하면서 살아야 해요? 작년 4월 여객선 침몰사고 때 우리 친구들을 대책 없이 250명이나 죽게 만들고도 잘못을 반성하기는커녕 유가족들을 정치적으로 이용하려 들고 서로 책임을 미루면서 쌈박질만 하는 꼰대들은 모두 좀비 같아요."

호송관들이 비로소 정신을 차리고 녀석을 제지하려고 하자 카메라 든 기자, 볼펜 든 기자 할 것 없이 한목소리로 아우성쳤다.

"가만둬요. 무슨 소리하는지 좀 들어봅시다."

상황을 장악하고 있다는 자신감을 얻게 된 그는 잠시 뜸을 들였다가 계속 말을 이어나갔다.

"갈수록 커져가는 공무원연금, 국민연금 적자는 우리가 다 떠안아야 할 텐데 꼰대들은 그걸 해결할 방법도 모르고 해결할 생각도 없잖아요. 청년실업 문제도 나 몰라라 하면서 우리한테는 빚을 떠안으라고 하고, 결국 우리가 평생 갚아야 할 빚 덕분에 꼰대들은 죽을 때까지 편하게 살 거잖아요. 이런 사회가 정말 싫고 우리 등골 빨아먹으려는 꼰대들이 싫어요."

반성의 빛이라곤 눈곱만큼도 없었다. 자신은 술에 취해 우발적으로 선생님을 폭행치사 하고 시신을 능멸한 게 아니라 자신의 세대를 대변해서 기성세대들에게 경고의 메시지를 던지려는 확신범이라는 주장이었다. 같은 고교생인 나로선 상상조차 못했던 연금 문제, 청년실업 문제까지 들고 나와 자기 죄를 합리화시키는 영악함이라니.

발랑 까진 것도 저 정도 경지면 금메달감이었다.

"저거 골 때리는 새끼네, 정말. 저 태연스러운 낯짝 좀 봐라."

같이 TV를 보던 대학생 형이 어이없다는 듯이 혀를 찼다.

녀석은 이목구비가 남자답게 뚜렷하고 눈빛이 날카로웠다.

그리고 도저히 고등학생이라고 보기 어려울 정도로 늙수그레했다. 얼핏 보기에 영화배우 류승룡을 연상시키는 표정이었다. 대체 얼마나 모진 마음고생을 하며 컸길래 저렇게 겉늙어 버렸나 싶을 정도였다. 저 나이에 얼굴이 저 지경이라면 사회에 불만을 가질 만도 하다 싶었다.

그는 더욱이 고등학생답지 않게 국가재정 문제, 고용 문제에 대해 기성세대와 미래세대 간의 이해타산을 따져가면서 청산유수로 떠들어댔다. 기성세대를 향해 어른이면 어른답게 어른의 책무를 이행하라고 일갈했다.

거기서 그치지 않고 지금의 10대들에게 절대적으로 불리하게 돌아가는 세대 간 책임부담 문제를 근본적으로 해결하려면 선거연령을 16세까지 낮춰야 한다고 주장했다.

그가 많은 시청자들이 생중계로 지켜보는 TV카메라 앞에서 떨지도 않고 지껄여대는 장광설이 놀라웠다. 고등학생이란 녀석이 하라는 공부는 안 하고 언제 저런 논리를 개발했을까. 옆에서 마이크를 들고 있던 기자도 기가 차서 말도 안 나온다는 듯 입을 벌린 채 그를 쳐다보고 있었다.

그 순간 많은 사람들이 그가 천인공노할 패륜의 주인공이라는 사실은 깜빡 잊은 채 '스타 탄생'이라는 낱말을 떠올렸으리라고 난 확신했다.

그를 지켜보던 다른 녀석들도 녀석의 카리스마에 홀린 듯 그에게 동조하기 시작했다. 뒤에 서 있던 네 놈 중 한 놈이 마스크와 모자를 벗어 던지며 "나는 꼰대가 싫어요" 라고 외치자 나머지 셋도 일제히 따라서 마스크와 모자를 벗고 입을 모아 외쳤다. "나는 꼰대가 싫어요."

마치 그들이 꼰대라 부르는 기성세대가 모든 사회악의 근원이며 수갑을 차고 구속된 자신들은 청소년의 희생과 불만을 대변하는 순교자라도 되는 듯 비장한 태도였다.

인성과 상식, 기성질서에 정면 도발하는 그들의 언행에 사회 전체가 불의의 일격을 당한 채 할 말을 잊었다.

보도 즉시 인터넷 실시간 검색어 1위로 떠오른 낱말은 '나는 꼰대가 싫어요'를 줄인 '나꼰싫'이었다. 그리고 수없이 많은 댓글이 올라왔다.

"지들이 무슨 짓을 저지른지도 모르고 설쳐대는 놈들은 사람도 아니에요. 사형시켜 버리거나 최소한 죽을 때까지 감옥에 처넣어야 해요." (밥은먹고다니니)

"미친놈들 아주 생 지랄을 해라, 지랄을. 저런 것들은 재판할 필요도 없이 거세시켜 버려야 돼."(딸딸이특공대)

"다른 사람도 아니고 죽은 사람이 선생님이었다니 그것만으로도 용서받을 수 없을 거라고 봐요."(계수나무옥토끼) 같은 댓글이 다수였다.

간혹 "우리가 앞으로 꼰대들을 다 먹여 살려야 한다는데 생각해 보니 열 받네."(아으다롱디리)

"우리 피 빨아먹고 살 거면서 맨날 우리한테 잔소리만 하는 꼰대들 나도 싫다."(외모지상렬주의) 라는 댓글이 올라오기도 했다.

그들의 민낯과 발언이 TV에 생중계된 것은 워낙 느닷없이 벌어진 일을 수습하지 못해 빚어진 일종의 방송 사고였다.

그날 밤 방송 메인뉴스와 다음 날 아침 신문들은 그들의 얼굴을 모자이크 처리하고 그들의 발언도 일부만 발췌 보도했으나, 이를 비웃기라도 하듯 인터넷 매체들이 현장 취재영상 풀 버전을 올리자 이내 폭발적인 조회 수를 올렸고 그걸 본 청소년들이 들썩이기 시작했다.

보수 언론의 반응은 경악 그 자체였다.

한 보수 일간지의 1면 톱 제목은 "이 아이들을 어떻게…" 였다. 할 말을 잊었음을 보여주는 편집 레이아웃이었다.

반면 대표적 진보성향 일간지의 제목은 "누가 이 아이들을…" 이었다. 그 아이들의 패륜은 개별적인 일탈이 아니라 어른들이 애써 외면해온 세대 간의 이해 충돌이 잉태한 사회심리적 병폐가 기형적으로 표출된 현상이라고 그 신문의 사설은 진단했다.

그동안 유사한 엽기 살인이나 패륜사건이 터질 때마다 어김없이 범인들의 팬 카페가 생겨 건전한 상식을 가진 대중으로부터 '무슨 이런 미친 또라이들이 다 있을까' 라는 한탄을 불러왔지만, 아니나 다를까 이번에도 인터넷상에 나꼰싫 팬 카페가 생겼다.

처음엔 'B고 3학년 K군'이었던 살인 패륜대장의 실명도 공개됐다. 김혁준의 성장과정과 사소한 신상정보까지 모두 까발려졌다.

자동차 수리공으로 여러 지역의 카센터를 전전하며 근근이 생계를 이어가던 그의 아버지는 만성적인 알코올 의존증이 있었고 술만 마시면 폭행을 일삼는 이른바 '주폭'이었다.

혁준은 어린 시절부터 술 취한 아버지에게 노상 구타당하면서 살아왔다. 술에 취해 사정없이 엄마와 자신을 때리다가도 술이 깨고 나면 미안한 마음에 과도한 애정공세를 퍼붓는 아버지에게 갈수록 혐오감이 깊어가고 있었다.

아직 주먹이 여물지 않았던 중학교 2학년 어느 바람 불던 날 그의 아버지가 또 술에 취해 들어와 술심부름을 시켰다. 혁준은 "아버지, 이제 제발 그만 마셔요. 그러다 또 엄마 때릴 거잖아" 라며 대들었고 거기에 격분한 그의 아버지가 야구방망이를 휘두르기 시작했다. 한때는 부자가 체육공원에서 다정하게 야구놀이를 하곤 했던 그 야구방망이였다.

근처 슈퍼마켓 점원으로 일하던 혁준의 엄마가 마침 귀가해 그 광경을 보고 식겁했다. 그녀는 혁준을 온몸으로 감싸 안고 울부짖었다.

"이 나쁜 놈아. 이 착한 애한테 어떻게 시도 때도 없이 이럴 수가 있어. 때리려면 차라리 나를 때려. 짐승 같은 놈."

"뭐, 이년아. 짐승? 이년이 이게…."

이미 만취돼 이성을 잃은 혁준의 아버지는 자신의 아내이자 혁준의 엄마를 무자비하게 구타한 끝에 죽음에 이르게 하고 말았다.

범행의 잔혹한 정황과 그전의 상습적인 폭행 전과가 감안돼 혁준 아버지에게 무기징역형이 내려졌다. 한순간에 보호자를 모두 잃게 된 혁준을 외할머니가 거둬서 뒷바라지하고 있었다.

그는 아버지를 뼛속 깊이 증오했다.

그러면서 자기도 모르는 사이에 아버지의 폭력성을 닮아갔다. 세상은 그를 경멸할 수도 있고 동정할 수도 있었다.

동정 쪽으로 여론을 기울게 한 것은 일견 늙수그레하고 거칠게 보이지만 카리스마 넘치는 그의 외모와 함께 죽은 엄마를 그리는 애틋한 마음이었다. 친구들에 따르면 그는 항상 엄마의 사진을 가슴에 품고 다녔고 어쩌다 엄마 이야기를 할 때면 빨갛게 충혈된 눈으로 생각에 잠겨서 주변을 어색하게 만들곤 했다. 주말이면 비가 오나 눈이 오나 한 주도 거르지 않고 납골당을 찾았다고 했다.

혁준의 엄마는 남편의 무자비한 폭행으로 처참하게 숨져가는 순간에도 "나를 죽여도 좋으니 제발 우리 혁준이는 손대지 마"라고 절규했었다.

그리고 자신의 죽음을 통해 주폭인 아버지의 상습적이고 무자비한 폭행으로부터 혁준을 영원히 떼어냈다. 자신을 위해 엄마가 희생을 자초했을지 모른다는 생각이 들 때마다 혁준은 찢어질듯 가슴이 아팠다. 엄마에 대한 그리움만큼 아버지에 대한 증오심이 사무쳤으나 해소할 방법도 없었다.

그의 불우한 성장과정과 인간적인 면모가 드러날수록 동정론이 확산되면서 10대들이 김혁준에 대한 온정적 처분을 요구하고 나섰다. 나꼰싫 팬 카페에서 시작된 서명운동이 갈수록 확산돼 갔다.

그러나 기성세대들로서는 인간적으로 분명 가여운 면이 있긴 해도 그가 저지른 천인공노할 만행과 어른들 전체를 적으로 돌리는 태도를 도저히 용납할 수 없었다.

김혁준 선처론을 놓고 기성세대와 청소년 간의 반목이 점점 커지기 시작했다. 그를 동정하는 10대들의 심벌은 김혁준의 죽은 엄마 사진이었고, 인류의 수호를 외치는 어른들의 심벌은 김혁준 일당 때문에 아버지를 여의고 식물인간이 돼 누워 있는 피해자의 딸 사진이었다. 집집마다 부모와 자식들이 언쟁을 벌였고 그 갈등의 골은 더 넓고 더 깊어져 갔다.

김혁준 선처를 요구하는 서명 인구가 30만 명을 넘어서더니 급기야 산발적인 촛불시위까지 벌어지기 시작했다.

그들에게 김혁준은 단순한 동정의 대상이 아니었다. 10대들의 미래 권익을 대변하는 순교자이자 혁명 열사였다. 청소년들은 김혁준의 주장을 인용하면서, 지금 같은 식으로 나가다 보면 10대는 모두 꼰대들을 위해 희생될 수밖에 없고 미래의 권익을 보장받기 위해서는 선거연령 16세 인하를 포함한 근본적인 개혁이 필요하다고 인터넷상에서, SNS 상에서 와글와글 떠들어대기 시작했다.

기성세대들로서는 전혀 예상치 못했던 상황의 반전이었다.

"세계 각국이 예외 없이 선거권과 피선거권을 18세로 내렸고 유럽은 16세로 낮추는 추세다. 보수적이라는 일본마저도 18세로 선거연령을 낮춘다는데 유일하게 우리나라만 선거권 19세, 피선거권 25세라니 이게 도대체 말이나 되는 소린가."

아무리 청소년들이 이렇게 떠들어도 어른들의 입장은 완강했다.

"김혁준이 같은 패륜아들이 나오는 것만 봐도 우리나라 10대들이 얼마나 막돼먹었는지 알 수 있잖아. 그런 애들에게 뭘 믿고 투표권을 준단 말이야? 이 나라가 어찌되려고…."

지하철이나 버스 안, 삼겹살집 같은 곳에서는 항상 격노한 어른들의 탄식이 들려왔다.

특히 기성세대가 주축인 보수진영이 볼 때 그것은 꼭 지켜야 할 사회적 가치와 인륜에 대한 도전이고 능멸이었다.

어른들은 SNS상에서 똘똘 뭉쳐 한목소리를 내며 서명운동에 촛불시위를 벌이는가 하면 시내 곳곳에 스티커를 붙이면서 집단적인 세 과시에 나서는 10대들에게 위협을 느꼈다.

여당인 정의평화당 최문기 대표는 성찬수 이사장과는 6·25 때 흥남에서부터 같이 부산으로 피난 내려와 이웃집에서 자란 형제 같은 사이였다.

최 대표는 동사무소 주사로 출발해 구청장을 거쳐 5선 의원이 된 입지전적 인물로, 훤칠한 풍채만큼이나 성격이 느긋하고 유들유들했다. 천부적이라 할 만한 친화력 덕분에 여야를 막론하고 적이 없었다.

공교롭게도 제 1야당인 상생공영당과 야권 전체에 이렇다 할 카리스마를 갖춘 지도자가 없다보니 여야관계는 이래도 되나 싶을 정도로 상호 협조적이었다. 여야 국회의원들은 기업활동과 서민경제 위축을 초래하더라도 자신들의 권익에 유리한 법안에는 찰떡궁합으로 이해가 착착 맞아떨어졌다. 국민들은 그런 여야를 싸잡아 비웃으며 '양심 상실시대, 야당 실종시대'라고 손가락질했다.

그런대로 무난히 정국을 주도해 오던 정의평화당은 작년 봄에 발생한 여객선 침몰사태를 수습하는 과정과 공적연금 개혁과정에서 지리멸렬 우왕좌왕하는 바람에 국민들의 신뢰를 잃고 말았다.

기성 정치권을 싸잡아 비판하는 진보정치세력은 "단순히 같은 사고를 재발하지 않도록 하는 것이 전부가 아니다. 그래서는 그 아이들이 치른 희생이 너무 허망해진다. 어른들이 죽게 만든 아이들이 만약 살았더라면 펼치고 싶었을 꿈을 이루어 줘야 한다. 그 아이들이 만들고 싶었던 나라를 만들어야 한다. 그것이 그 아이들에 대한 진정한 사죄이고 어른들의 책임이다" 라고 주장했다.

그들의 선동은 여객선 침몰사고를 단순히 안전대책의 문제로 평가절하 하거나, 심지어 교통사고에 빗대 의미를 축소시키려던 기성 정치권에 대한 반감과 저항을 확산시켰다. 10대들이 SNS상에서 열렬한 지지를 보내자 진보정치세력은 고무돼 한발 더 나갔다.

"미국과 유럽에서는 그 나이 아이들이 정치적 의사결정 과정에 동참하고 있다. 그런데 우리는 그 또래 아이들을 가만히 앉아 있으라고만 하고 자율성을 억압했다가 2백 명도 넘게 죽게 만들었잖은가. 여객선 침몰사고를 계기로 이제 우리나라도 세계적인 흐름에 맞춰 선거연령을 낮춰야 한다."

그들은 기성세대의 의무를 의미하는 '시니어 오블리주'(Senior Oblige)를 기치로 내걸었고 그것은 선거연령 인하의 당위성을 인정하고 받아들이라는 압박의 메시지였다.

물론 거기엔 정치적 전략과 셈법이 깔려 있었다. 선거연령 인하로 투표권을 행사하게 될 10대 후반에서 20대 초반 유권자들의 지지를 얻기 위한 포석이었다.

당장 올해 18세로 내년 총선부터 투표권을 행사할 연령대가 압도적으로 그들을 지지했다. 만약 선거법을 개정해 선거연령을 18세로 낮출 수만 있다면 그들이 얻을 표는 정치지형에 대변혁을 가져올 수도 있었다. 설사 그렇게까지는 안 된다 해도 그들의 열렬한 지지층인 올해 18세 연령층의 상당수가 투표권을 얻게 된다는 것은 정치적 도약의 강력한 지렛대가 될 수 있었다.

정평당의 지지기반인 보수층은 그들의 속셈을 환히 헤아리고 있었다. 기성세대의 기득권 양보를 명분으로 정치기반 확대와 정권 획득을 노리는 진보세력의 주장을 극도로 경계하기 시작했다.

이런 상황에서 터진 김혁준 사건은 수면 아래 잠복됐던 갈등을 끌어내 본격적인 세대전쟁을 점화시켰다.

갈수록 악화돼 가는 국가의 재정 건전성을 하루빨리 회복시키고 미래세대의 부담을 완화하기 위해서는 공적연금 개혁이 시급했다. 하지만 정평당과 상생공영당은 이러지도 저러지도 못한 채 어영부영 시간만 보내고 있었다. 유권자들도 무기력하게 세비만 축내는 여당과, 왜 존재하는지 알 수 없는 야당의 모습에 실망을 느끼고 있었다.

10%대를 벗어나지 못하는 현재의 여당 지지도를 볼 때 이대로 가다가는 내년 총선에서 참패가 불 보듯 뻔했다.

그리고 여당 몫의 의석을 상생공영당 등 기성 야당이 아니라 미래세대 권익보호를 모토로 내건 좌파 진보정당들이 대거 잠식할 것이라는 전망이 갈수록 설득력을 얻어가고 있었다.

나의 근신 첫날 밤 터진 김혁준 만행으로 정국이 격랑에 빠져들고 있는 가운데 수업일수 8일째 근신을 마쳤다. 휴일을 포함하면 거의 2주 가까이 지난 시점이었다.

나는 그날도 밤 9시까지 도서관에서 독후감을 쓰다가 교문을 나섰다. 사람이란 역시 어떤 환경에도 적응하게 돼 있는 모양인지 이 생활도 하다 보니 제법 견딜 만했다. 무엇보다 수업을 안 들어가도 된다는 게 홀가분했다. 하지만 이제 이틀이면 수업 열외의 자유도 끝이었다.

생활필수품이 된 담배와 캔 맥주를 사기 위해선 안면 있는 아이가 알바 뛰는 편의점에 들러야 했다. 김혁준 사태로 단속이 강화돼 교복 입은 학생에게 술 담배를 판매했다가는 즉시 영업정지를 당하는 분위기였다. 그 편의점은 화산고 뒤편으로 걸어서 15분 거리에 있었다.

그 길은 아주 이따금 강남 가는 버스를 탈 때나 지나갈 뿐 평소엔 근처에 얼씬거릴 마음조차 들지 않았다. 가동을 멈춘 공장지대라 낮에도 을씨년스러웠고 밤엔 거의 공포영화 수준이었다. 아이들끼리는 그 지역을 영화 〈배트맨〉의 배경인 세기말 도시 '고담시티'라고 불렀다.

편의점에 들러 담배 한 갑, 캔 맥주 2개, 삼양라면 2개를 사서 공장지대를 가로질러 가는데 어두운 골목 안쪽에서 젊은 여자의 날카로운 비명소리가 들렸다.

두리번거리다가 지나쳐 온 골목을 되돌아 가보니 덩치 큰 아이들 서너 명이 한 여자를 둘러싸고 거칠게 희롱하고 있었다. 그중 다른 아이들보다 머리 하나쯤 클 것 같은 놈이 여자의 손을 붙잡고 있고 한 아이는 치마를 들치며 낄낄거렸다.

누가 누군지 식별되지 않는 어둠 속에 새하얗게 드러난 여자의 다리를 보고 덩달아 성적 충동을 느끼는 나의 몰지각한 본능이 당혹스러웠다.

어렴풋이 드러난 치한들의 옷이 화산고 교복이었다. 아직 근신 중인데 괜히 나대지 말고 못 본 척 그냥 가야 하나, 가서 말려야 하나 고민하는 찰나였다.

"너희들 지금 누구한테 이러는지 알아? 난 태산고등학교 교생선생님이라구."

다름 아닌 그녀, 민들레 누나의 목소리였다.

이미 흥분상태인 아이들은 그녀가 신분을 밝혔음에도 아랑곳없었다.

키 큰 놈이 능글맞게 지껄여댔다.

"난 교생이 좋더란 말이지. 교생 한번 따먹어 보는 게 소원인데 우리 학교에는 이런 야리야리한 교생선생님 좀 안 오시나."

나도 모르는 사이에 그들에게 다가가고 있었다.

"어이, 화산고 씹쉐들. 뒈지기 싫으면 그만하고 조용히 꺼져라."

"뭐야? 이 새끼. 너 태산고 씹탱이냐?"

"그래, 이 씹쉐들아."

"어쭈, 너 우리 학교 나와바리에서 죽으려고 환장했냐?"

"두 번 말 안 한다. 나중에 후회하지 말고 기회줄 때 사라져라."

"야, 저 새끼 제쳐."

그 외침을 신호로 아이들은 한꺼번에 나를 향해 달려들었다. 나는 허리를 숙이고 맨 앞에서 덤벼드는 녀석의 정강이를 걷어차 넘어뜨린 뒤 허공으로 뛰어올라 두 번째 녀석의 가슴을 향해 니킥을 날렸다.

내 무릎을 제대로 맞고 나동그라진 놈을 밟고 뛰어 올라 세 번째 녀석의 얼굴에 하이킥을 날렸다. 덩치들만 컸지 실제로 싸워본 경험은 별로 없는지 싱겁게 자빠졌다.

그러나 네 번째 상대는 간단치 않았다. 단연 키가 크고 육중한 몸집을 가진 그 녀석이었다. 나도 제대로 못 잡아본 민들레 누나의 손을 잡고 멋대로 주무르던 가증스러운 놈.

놈은 몸집과 달리 날렵한 동작으로 자세를 낮추더니 순식간에 뒤로 한 바퀴 돌아서서 나를 등 뒤에서 껴안고 조르기를 시도했다. 범상치 않은 몸놀림을 보니 레슬링이나 유도 같은 격투기로 단련된 녀석인 듯했다. 나를 번쩍 들어 올려 한쪽 다리를 걸고 넘어뜨리는 바람에 중심을 잃고 앞으로 쓰러졌다.

외모만큼이나 내공이 간단치 않은 놈이었다.

재빨리 일어나 균형을 잡으려는 순간 배에 주먹이 날아와 꽂혔다. 훅

하고 숨이 막히면서 눈앞이 아찔해지고 현기증이 일었다. 굉장한 파괴력이었다. 평소 열심히 스파링을 한 덕에 주먹으로 맞는 데 단련된 것이 다행이었다. 그러지 않았더라면 나도 한 방에 고꾸라졌을 것이다.

주먹을 길게 뻗은 녀석의 옆구리를 발길로 힘껏 걷어찼지만 녀석도 간단히 무너지지 않았다.

잠깐 흔들리는 듯하더니 일어서서 자세를 잡았다. 그제야 녀석의 얼굴을 정면에서 볼 수 있었다.

키가 나보다 최소한 5~6센티미터는 더 큰 데다 체중도 30~40킬로그램쯤 더 나갈 것 같았다. 나보다 확실히 한 체급 우월했다. 우락부락한 인상에 눈매가 날카로웠다.

'늘 나한테 얻어터지던 화산고 애들 중에서 저런 놈이 다 있었나.'

녀석이 레슬링이나 유도를 했다면 몸놀림은 나만큼 가볍지 못할 터였다. 스피드에선 내가 앞서겠지만 조금 전처럼 녀석에게 붙잡혔다가는 꼼짝없이 당할 수밖에 없다.

기회는 한 번뿐이다. 일격에 제압하는 수밖에 없다. 실패하면 그 후엔 승산 없는 싸움이 될 것이다. 그녀를 지키겠다고 나섰는데 악당들을 제압하기는 고사하고 맞아 쓰러지면 스타일 확 구겨진다. 하지만 잘하면 그녀에게 찍힌 걸 만회할 수 있을지도 모른다.

나는 호흡을 가다듬으며 전의를 다졌다.

'지금 그녀가 지켜보고 있어.'

녀석은 생긴 대로 겁이 없었다. 긴장하거나 주저하는 기색이 전혀 없이 주먹을 길게 휘두르면서 선제공격을 해왔다.

방심하는 놈에겐 반드시 빈 구석이 있게 마련이다. 난 한 대 맞아줄 듯하다가 상체를 재빨리 뒤로 젖혔다.

동시에 허리 반동을 이용해 녀석의 코와 입 사이의 급소인 인중을 노리고 온 힘을 실어 라이트훅을 날렸다.

느낌이 왔다. 카운터블로 적중타였다.

불곰처럼 가쁜 숨을 몰아쉬며 식식거리던 녀석이 중심을 잃고 비틀거리더니 엉덩방아를 찧었다.

코를 감싸 쥐고 다시 일어서려는 녀석을 향해 뛰어오르면서 녀석의 턱에 필살기인 발꿈치킥을 찔러 넣었다. 녀석은 목이 확 꺾이면서 뒤로 나가떨어졌다. 어떻게 할까, 가서 밟아버릴까 고민하고 있는데 녀석이 전의를 상실했는지 주춤주춤 일어나더니 달아나 버렸다.

가슴을 쓸어내렸다. 이번엔 다행히 내가 이겼어도 다음에 제대로 붙는다면 쉽지 않을 거란 생각이 들었다. 그녀 앞에서 약한 모습 보일 수 없다는 필사적 결의가 가져다 준 승리였다.

한숨 돌리고 나서 주변을 살펴보니 그녀는 어디론가 사라지고 없었다. 허탈하긴 했지만 그래도 다행이었다. 그걸로 어느 정도 마음의 빚을 갚은 듯해 뿌듯했다.

골목길을 나와 집으로 가기 위해 버스정류장과 반대방향으로 걸어가는데 뒤에서 '저기요' 라는 여자 목소리가 들렸다. 배트맨이나 스파이더맨처럼 위기에 빠진 여자를 구한 뒤 쿨 하게 손만 흔들고 사라지는 게 더 멋지지 않을까 라고 잠깐 생각했다. 하지만 도저히 돌아보지 않을 수 없었다. 그녀는 어느 틈엔가 가까이 다가와 있었다.

"너, 라이언 맞지? 독고라이언."

그녀는 눈부시게 환한 미소를 지으며 손을 내밀었다.

"민들레 누나…."

"너, 선생님이라고 안 하고 자꾸 누나라고 할래?" 라면서 눈을 흘기는 그녀의 귀여운 표정은 네 살 연상의 선생님이 아니라 진짜 다정하고 허물없는 누나 같아 보였다.

"많이 놀랐죠? 누나…."

"너무 놀랐어. 정말 무서웠어. 너 아니었으면 큰일 날 뻔했다, 얘. 어디 다친 데는 없니? 어떻게 혼자서 그 덩치 큰 애들 네 명을 다 때려눕힐 수 있니? 뒤에 숨어서 조마조마하게 지켜보고 있었는데 정말 대단하더라, 너."

"괜찮아요. 이 정도 갖고 뭘, 하하. 화산고 아이들 중엔 거칠고 난폭한 애들이 많아요. 그래서 우리 학교 여자애들은 낮에도 고담시티 근처엔 절대 안 오는데. 왜 이렇게 밤늦게 집에 가세요?"

"내일 교육감 학교방문이 있어서 발표자료를 만들다 보니 늦었지 뭐니."

"누나가 그런 일까지 하세요? 교생이…."

"어허, 선생님이래두…."

"에이, 거리감 느껴지잖아요. 나중에 진짜 선생님 되면 그때는 선생님이라고 할게요."

그것만은 양보할 수 없었다. 그녀를 부르는 호칭이 선생님으로 굳어지는 순간 우리 사이를 가로막는 벽을 뛰어넘는다는 건 맨손으로 안나푸르나를 정복하기만큼이나 힘들 것이다.

"에이, 학교 안도 아니고 누가 보는 것도 아니니까. 그래, 너랑 나랑 둘만 있을 때는 그냥 누나라고 해라, 까짓 거."

그녀는 한없이 여려 보이는 생김새와 달리 소탈하고 시원시원한 면모를 가진 듯했다.

내 고집에 깔린 속셈을 눈치 채면서도 허락한 걸까. 아니면 위기에서 구해준 데 보답하려다 보니 어쩔 수 없이? 뭐, 어느 쪽이든 좋다. 내 승부수가 이번에는 적중한 셈이다.

"라이언, 너 라면 좋아하지?"

"네, 어떻게 알았어요?"

"어떻게 알긴. 라면, 라볶이, 라이언 이렇게 셋이 사이좋은 삼형제 아니었어?"

"에이, 누나도 싱겁긴…. 너무 썰렁해서 지나가던 펭귄이 꽁꽁 얼어버리겠어요."

이번에 날린 멘트는 양평에서 처음 만났을 때보다는 한결 여유 있어 보여 스스로 대견했다. 그때는 쪽팔려서 위축돼 있었고 그녀를 위기에서 구해낸 지금은 자신감이 붙은 덕분일 거다.

"하하, 실은 네 손에 든 봉지 안에 라면이 있어서 물어본 거야. 시간 괜찮으면 나랑 라면 먹으러 갈래?"

"좋죠. 집에서 끓이는 것만큼은 못하지만 학교 앞 면사무소도 맛있어요. 24시간 열고…."

"그래? 안 그래도 이름이 재밌어서 한번 가보고 싶었어."

"그럼 더 늦기 전에 어서 가요. 우리…."

개교기념일 사태 이후 그녀의 연인이 되는 것은 영영 포기해야 하는 줄 알았다. 나로 인해 전국적인 스캔들의 피해자가 된 그녀를 볼 낯조차 없어서 그녀가 다니는 길을 일부러 피해 다녔다.

그런데 불과 10여 분 전까지만 해도 상상조차 못했던 반전이 이뤄졌고 지금은 그녀와 함께 좋아하는 라면을 먹기 위해 걷고 있지 않은가. 라이딩 하다가 사고를 낸 그 순간처럼 공중에 날아올라 구름 사이를 거니는 기분이었다.

평소 연보라나 아이보리, 네이비블루 같은 단정한 색상의 옷을 즐겨 입는 그녀지만 오늘은 레이스가 달린 핑크색 체크 원피스 차림이어서 한결 여성스러운 느낌이 들었다.

"저, 지난번 술김에 큰 무례를 범했는데도 일부러 성하버드 이사를 찾아가 선처를 부탁했다고 들었어요. 정말 고마워요. 찾아가서 고맙다고 인사할 염치도 없었어요."

"뭘. 그날 너희 아빠가 오셔서 고맙다고 하셨는걸. 네 덕분에 나도 전국적인 유명인사가 됐잖니. 하하하."

"저, 누나. 사실 나도 누나한테 엄청 서운한 게 있었다구요."

"뭐가 서운했는데?"

"누나가 우리 학교에 오기 전에 혼자 양평으로 라이딩 나갔다가 우연히 한 번 만난 적이 있었어요. 누나도 분명히 날 기억할 거라고 믿었는데 전혀 알아보지 못하는 바람에 울컥했어요."

"어머 어머, 그럼, 혹시 네가 3월 초에 양평에서 멕 라이언 흉내 내다가 다친 그 사람?"

"어, 누나, 이제야 기억나나 보네."

"아하하, 하하하하."

그녀는 갑자기 배를 잡고 웃었다.

"세상에, 어쩌면…. 그 후에 나도 멕 라이언을 보면 그때 생각이 나곤 했어. 네 이름이 라이언인 걸 알고 나서 얘가 혹시 그때 그 남자 아닐까라는 생각이 들기도 했었어."

"그런데요? 나를 보고도 몰랐어요? 난 누나 보자마자 알아봤는데. 멀리서 보고도 한눈에 알아봤단 말이에요."

"네가 그때 사고로 충격을 받아서 정신이 없었나 보구나."

"네?"

"생각 안 나니? 너 그때 눈동자도 잘 안 보이는 짙은 고글에 바이크 헬멧까지 쓰고 있었던 거."

'가만, 내가 정말 그랬었던가.'

그날 사고 후 집에 도착해서까지도 멍한 상태였다. 바이크 헬멧을 쓰고 있다가 벗었을 때의 짓눌린 머리 모양이 신경 쓰여 지하철 안에서도 헬멧을 벗지 않았다. 그리고 평소 버릇대로 집에 와서 자전거를 현관 계단 앞에 세워놓으면서 헬멧과 고글을 같이 벗었던 것 같다.

"그땐 원래의 네 생김새가 어떤지 알아볼 수가 없었어. 학교에서 만났을 때는 헬멧도 고글도 안 쓴 맨 얼굴이었으니까 더더욱 알아볼 수 없었던 거야. 게다가 그때 네가 말하는 걸 보고 영락없이 대학생인 줄만 알았잖아. 요즘 고등학생 중에 몇 년 뒤면 환갑인 멕 라이언을 그렇게 좋아할 애가 어디 있겠어?"

"아, 이런…."

나도 '풋' 실소가 터졌다.

이런 황당한…. 난 그때 그녀가 멕 라이언을 알고 있다는 단서 하나만 갖고 그녀를 찾아 나서려고 했었는데, 그녀는 내가 멕 라이언을 알고 있는 데다 그녀가 출연한 〈시티오브엔젤〉의 한 장면을 흉내 내기까지 했다는 것 때문에 오히려 알아볼 수가 없었다니….

만약 내가 사고 당시 고글과 헬멧을 안 쓰고 있어서 그녀가 내 얼굴을 기억했더라면 교생으로서 우리 학교에 온 뒤의 상황이 어떻게 바뀌었을까. 근신할 일은 없었을지 모르지만 그녀를 위기에서 건져낸 걸 계기로 지금처럼 누나라는, 다양한 가능성을 열어 놓은 호칭으로 부를 수는 없었을 것이다.

그녀와 웃으며 걷다보니 금세 면사무소 앞이었다.

더 거슬러 올라가 내가 자전거를 타다가 가드레일을 들이받고 뻗지 않았다면, 한 사람의 남자와 한 사람의 여자로서 조우할 일도 없었겠지. 우리 학교에 온 그녀는 그저 교생선생님일 뿐 언감생심 그녀를 연인으로 삼으려는 시도는 엄두조차 못 냈을 거다.

이제 '누나'가 된 그녀와 이 한갓진 밤에 나에겐 지상 최고의 성찬인 라면을 앞에 놓고 정담을 나누게 된 건 멕 라이언 덕분이었고, 멕이 내 인생에 들어온 것은 내 이름이 라이언이기 때문이었다. 영어로도 한글로도 한자로도 다 뜻이 통하는, '아름다운 선비'라는 뜻의 라이언.

문득 지금 이 순간이 있게 한 인과관계의 사슬을 거슬러 올라가면 무엇과 맞닥뜨리게 될까. 오늘 이후에는 또 어떤 예기치 못한 행로가 기다리고 있을까 궁금했다. 내 상상력으로는 예측할 길 없는 복잡한 인과관계의 종착점은 어디일까.

"누나는 라면으로 만들 수 있는 요리가 몇 가지나 돼요?"

"글쎄. 떡라면, 만두라면, 떡만두라면 그리고 라볶이 정도?"

"에이, 그런 거 말고 더 창조적이고 개성 있는 요리 없어요?"

"예를 들어 어떤 걸 말하는 거야?"

“라면샌드위치, 라면만두, 라면피자 같은 거요.”

“뭐? 하하. 어떻게 그런 기발한 생각을 다 했어?”

“내가 정말 좋아하던 친구와 몇 년에 걸쳐 라면 요리를 연구했거든요. 그때 둘이 실제로 만들어 봤는데 생각보다 훨씬 먹을 만해요. 그 친구랑 같이 특허를 내서 상품화하는 것까지 생각했어요.”

“세상에 라면 마니아는 많지만 그 정도까지 라면에 푹 빠진 애들은 처음 본다, 얘.”

“난 라면을 먹으면서 인간애를 느껴요. 모든 인간은 누구나 몇백 원이면 끓여 먹을 수 있는 라면 앞에 앉은 순간만큼은 빈부와 귀천을 초월해 평등해진다고 보거든요.”

“헐. 너 고딩, 아니 참, 선생님이 이런 표현 쓰면 안 되지, 고등학생답지 않게 철학자 같은 면모도 있구나.”

“철학자는 모르겠지만 시인이 되고 싶었던 때는 있었어요. 라면을 소재로 시를 짓기도 했었죠.”

“정말? 라면을 가지고 시를 썼다구? 어떤 시인지 나한테도 좀 보여줄래?”

“햐, 이거 쑥스러운데…. 괜히 보여줬다가 지난번 양평에서처럼 웃음거리나 되는 거 아닌지 몰라.”

“너, 그렇게 말만 해놓고 뺑치는 거 아니지?”

“헐. 그럴 리가….”

오래전 페이스북 타임라인에 올렸던 내 작품을 찾아서 누나에게 보였다.

〈라면별곡〉

울긋불긋 봉지 속 단정한 모순
인생사 빼닮아 꼬불꼬불 얽혔어도
네모 반듯 네 지조 꼿꼿하구나
인스턴트 요리의 조급함 달래주듯
밝은 노란색 작렬하는 낙천주의
나날의 애환 널 보며 위로받는다

가스불 난롯불 연탄불 안 가린다
냄비뚜껑 파르르 탭댄스 추면
너울너울 신명나는 면발의 춤사위
자, 우리 한바탕 어우러져 보자꾸나
분분한 고추, 마늘, 양파 알갱이가
향긋한 초록 대지의 바람 머금었다
어릴 적 뛰놀던 동산의 햇살 품었다

아삭바삭 면, 매콤짭짤 스프
끓이면 찰떡궁합, 날로 먹어도 오케이
라면땅 뽀빠이의 전설 아직 정겹구나
면 부스러기 어찌 그냥 내칠쏘냐
오독오독 감칠맛 나는 애피타이저인데
속살 투명한 계란 탁 깨지고
파 송송 썰리면 침샘은 벌써 오르가즘

벼락치기 하는 수험생의 초조함
보초서고 돌아온 사병의 출출함
애인에게 차인 자취생의 쓸쓸함
과음한 귀가길 회사원의 속 쓰림
밤새 미싱 돌린 여공들의 팔 저림
파도와 싸우던 어부들의 손 시림
보글보글 정다운 속삭임에 녹아난다

김 오르는 라면 앞 우리 모두 예절준수
높든 낮든, 가졌든 못 가졌든
고개 숙여 정성껏 숨결 불어 넣을지라
추르릅 길고 긴 면발이 자취 감춘 입
후우욱 훅훅 하얀 입김, 긴장 토한다
고단한 삶에 굳어진 목 절로 풀어진다

뱃살 까짓 거 오늘만은 무시하자
영원과도 맞바꿀 입맛의 절정인데
쌀밥 말아진 국물은 행복 제 2막
빨간 김치 없으면 혓바닥은 전율하고
라면, 네가 있어 우리 마음 따뜻해지네
면발 함께 길어 올리며 명랑해지네

그녀는 한동안 말이 없었다.
"왜요? 어때요?"

"세상에, 어쩌면…."

"어쩌면?"

"어쩌면 이렇게 운율과 형식을 무시하고 지 멋대로 쓸 수 있니?"

"에이 그럴 줄 알았어. 시라기보다 그냥 친구랑 매일 늘어놓던 라면 예찬을 내 방식대로 정리해 본 거예요."

"내가 그보다 놀란 건 뭔지 아니?"

"글쎄, 뭘까? 또 악담?"

"너무 너무 재밌다는 거야. 누구나 다 한 다발씩 안고 있는 라면의 느낌과 추억을 어쩜 이렇게 한눈에 알뜰하게 모아놓을 수 있니?"

"정말요? 이건 칭찬 맞죠? 흑…. 누나한테 칭찬받으니까 너무 기뻐서 눈물이 나려고 해요. 진짜루."

"하하. 근데 라면땅과 뽀빠이는 또 어떻게 알았어? 네 또래 아이들은 본 적도 없었을 텐데."

"라면의 역사도 공부하고 파생상품도 공부 많이 했거든요. 당대의 라면 셰프가 되려면 그 정도는 알아야죠. 근데 라면땅 하고 뽀빠이는 누나도 못 먹어봤을 텐데. 나보다 엄청 어른인 척하기는…."

"하하. 라이언 너 보기보다 되게 재밌는 구석이 많구나."

"누나도 완벽한 외모와 달리 웃기는 면이 많은 것 같아요."

"뭐? 하하. 너 아부도 할 줄 아니?"

우린 그렇게 시간가는 줄 모르고 다정하게 이야기를 나눴다. 자정이 다 돼서야 내가 누나로 부르게 된 그녀는 택시를 타고 귀가했다.

PLAY ▶

2015년 5월 13일 수요일 서울 여의도 정의평화당 당사

다음 날 아침. 한 신문에서는 단독보도 기사가 1면 톱을 장식했다.

"여당, 청소년인성순화특별법 제정 추진"

기사의 요지는 다음과 같았다.

여당인 정의평화당은 최근 인천에서 발생한 교사 집단 폭행치사사건으로 인한 사회적 우려를 해소하기 위해 10대 청소년들의 일탈과 집단행동을 방지하기 위한 청소년인성순화특별법(가칭)을 제정키로 했다.

본지가 정치권 복수 관계자를 통해 확인한 바에 따르면 여당은 최근 교육현장의 인성파괴 현상과 교권추락 사태를 막기 위한 특별법 제정을 추진 중이다.

주요 내용은 중고교 재학생들이 편의점 앞이나 포장마차 등 공개장소에서 음주행위를 하다 적발될 경우 즉결심판을 통해 청소년 치료감호시설에 감치토록 한다는 것이다.

또 교사나 어른들이 청소년들의 고성방가 등 풍기문란 행위를 목격하고 이를 계도하려 할 때 이에 대항해 위협적 언행으로 맞설 경우에도 즉심에 회부토록 할 방침이다. 아울러 선거권이 없는 고교생들이 정치적인 목적으로 집회나 시위를 벌이는 것도 금지한다는 내용이 포함될 것으로 알려졌다.

이와 함께 여학생들의 지나친 노출 복장이 교내 면학분위기는 물론 원조교제 성행 등 미풍양속을 저해하고 청소년 성범죄를 촉발하는 요인이라고 보고 무릎 위로 올라오는 교복 치마를 입지 못하도록 법규화한다는 방안도 고려 중인 것으로 전해졌다.

정평당은 이 같은 요지의 법률 제정안을 각 시도 교육위와 협의해 다음 달 중 수립하고 공청회와 여론조사를 통해 각계각층의 의견을 수렴한 뒤 공포절차를 거쳐 이르면 오는 10월 정기국회에 상정할 계획이다. 그러나 법안의 내용에 대해 지나치게 청소년의 자유를 억압할 뿐 아니라 아직 자율적 의사결정능력을 갖추지 못한 청소년기에 저지른 행위를 형사처벌 하는 것은 책임능력에 따른 형벌 부과의 원칙에 위배된다는 반론이 대두에 따른 논란이 예상된다.

청소년 인성순화 특별법, 줄여서 청순법 제정 추진 보도는 이날 정평당 고위당직자회의에서 최문기 대표의 멘트를 통해 사실로 확인됐다.

그는 보도의 진위를 묻는 기자들의 질문에 "미풍양속과 윤리규범 등 보수적 가치를 수호하고 진작시켜야 할 집권여당으로서 지금 청소년들이 벌이는 사회반란 수준의 사태에 대해 더 이상 무기력한 모습을 보여서는 안 된다는 데 당내 공감대가 모아졌습니다. 이르면 이번 주 내로 법안의 구체적인 명칭과 세부규정을 확정해 발표할 예정입니다"라고 답했다.

그 즉시 인터넷과 TV뉴스에는 속보가 뜨기 시작했고 모든 매체의 기자들이 정평당 당사로 몰려들었다.

몇 시간 뒤 야당인 상공당 대변인의 논평이 나왔다.

"패륜적 교사폭행 치사사건은 모두가 마음 아파하고 분노하는 일이다. 그러나 거기엔 세대 간의 이해충돌과 갈등이라는 사회구조적 요인을 간과할 수 없는 측면이 있기 때문에 좀더 다양한 의견을 모아서 신중히 대처해야 한다고 본다.

여당이 추진하는 가칭 청소년인성순화특별법은 오히려 청소년들의 반발과 집단행동을 자극할 수 있는 비교육적 방향이다. 우리는 청소년들의 인권과 함께 미래를 걱정하는 건전한 기성세대들의 의견을 대신해 청소년인성순화특별법 제정을 반대키로 했다."

청순법은 그 즉시 정국의 뇌관으로 떠올랐다. 정치세력뿐 아니라 세대 간에도 갈등과 대립을 유발했다.

집집마다 부모들이 중고등학교에 재학 중인 자녀들과 청순법을 놓고 언쟁을 벌이다가 끓어오르는 분노를 못 참고 손찌검을 벌이곤 했다. 거기서만 그치면 다행이겠는데 예전과 달리 손찌검 당한 아이들이 부모들을 폭행으로 경찰에 신고하거나 가출해 버려서 가족관계가 파탄에 직면하는 사례가 잇따랐다. 김혁준 사건이 아이들의 의식구조에 커다란 영향을 미쳤다는 것이 청순법 사태로 입증되고 있었다.

그러나 청소년들은 유권자가 아니라는 게 문제였다. 16~17세에 해당되는 아이들은 내년 총선의 승부를 좌우할 법적인 지위가 없었다. 심지어 공청회조차도 40~50대 자칭 타칭 교육전문가들만 나와서 갑론을박할 뿐 청소년들의 목소리는 여당과 야당 어느 쪽에서도 존중하고 귀 기울이지 않았다.

청순법의 찬반을 묻는 여론조사 역시 여야 모두 투표권을 가진 기성세대 유권자들만 대상으로 실시하다보니 양쪽 다 찬성이 우세했다. 청순법 제정에 즉시 반대하고 나섰던 야당으로서는 당혹스러운 결과였다. 당내에서도 성급한 입장 표명이었다는 자성론이 나왔다.

야당이 실시한 여론조사에서는 미혼이거나 출산 전인 부부, 아이들이 유아기 혹은 초등학교에 재학 중인 20~30대는 반대가 우세했지만,

40대에선 찬성과 반대가 비슷하게 나왔고 50~60대 이상에선 절대다수가 청순법 제정을 지지했다. 여당의 여론조사 결과는 30대부터 지지가 우세해지기 시작해 전체적으로는 70% 이상의 압도적 지지를 받는 것으로 나왔다.

나는 근신이 끝나 이제 다시 수업을 들을 수 있게 됐지만 세대 간 갈등이 시시각각 벼랑으로 치닫는 꼴을 지켜보노라면 나도 모르게 한숨이 나왔다.

요즘 청소년들 중에서도 유난히 자유분방하고 진보적인 성향을 가진 라일락의 분개는 하늘을 찔렀다. 끓어오르는 울화를 못 참겠는지 툭하면 내 앞에서 비분강개했다.

“뭐? 무릎 위로 올라오는 치마를 입지 못한다고? 그냥 한복 치마저고리 입고 다니라고 하시지. 왜 한국에 표준 미인이 세계에서 제일 많은지 알아? 학창시절부터 외모 무한경쟁을 장려하기 때문이라고. 여기가 지금 아랍이야? 응? 이제 조금 있으면 차도르나 히잡을 쓰고 다니라고 하겠네. 그런 걸 다 떠나서 우리 10대들을 모두 잠재적 범죄자나 잠재적 패륜아로 취급하는 거, 정말 기분 엿 같다.”

“야, 라일락. 외모 무한경쟁이라는 게 정말인지 몰라도 그렇게 바람직한 것처럼 말하는 건 좀 아닌 거 같다.”

나로서도 그 이상은 할 말이 없었다. 우리 세대에선 청순법을 조금이라도 두둔하는 입장에 섰다간 바로 왕따 당하는 분위기였다.

“그건 그렇고 오빠 그 소문 들었어? 아무래도 또 오빠가 구설에 오를 거 같아서 걱정되네.”

“무슨 소문?”

"1학년에 그 완전 날라리같이 야하게 하고 다니는 애 있지? 모른다고? 에이, 모를 리가 있나? 치마를 거의 팬티 보일 정도로 초미니로 입고 다니는 애. 별명이 하의실종이잖아, 왜. 남자애들은 걔 지나갈 때마다 침 흘리면서 휘파람 불고 난리던데. 사실 그런 애들이 좀 문제이기는 해."

"아. 나도 본 것 같다. 그래, 근데 왜?"

"걔가 엊그저께 밤에 고담시티에 끌려가서 화산고 애들한테 성폭행 당했대."

"그건 또 무슨 소리야?"

"그런데 걔네들이 하의실종한테 이건 태산고 놈한테 당한 걸 돌려주는 거니까 이제 피장파장이라고 했다나 뭐라나. 그랬다는 거야, 글쎄. 아무래도 민들레 선생님 추행하려다가 오빠한테 죽도록 얻어터진 애들인 것 같아."

"걔 경찰에는 신고했대? 붙잡아서 벌을 줘야 할 거 아냐."

"아니, 신고 안 했대. 그리고 안 할 거래."

"왜 안 해?"

"성폭행 당한 거 아는 사람은 다 알지만 그래도 여기저기 모르는 사람들한테까지 소문나는 게 쪽 팔리기도 하고 경찰에 조사받는다고 불려다니다가 인터넷에 한 줄 나기라도 하면 바로 신상 다 털려. 열 받아도 그냥 참는 게 나아."

"성폭행 당하고도 신고 안 하는 경우가 더 많다는 말은 들은 적이 있지만, 어디 그게 열 받고 말고의 문제냐. 그러다가 걔네들이 만만히 보고 계속 그런 짓하면 어떻게 해?"

"에이, 걔가 차림새는 헤퍼 보여도 절대 호락호락한 애 아냐. 어쩌다가 재수가 없어서 당한 거지."

무당을 찾아서

PLAY ▶

2015년 5월 20일 수요일 서울 태산고 3학년 5반 교실

타이거와 재규어도 하의실종이 성폭행 당한 소문을 들은 모양이었다. 다음 날 둘은 우리 교실을 찾아와서 열을 올렸다.

"그때 너한테 졸라 얻어터진 애들인가 보다."

"화산고에 조털클럽이라고 있는데 걔네들 짓이란다. 조클 짱인 강희포는 중1 때 소년체전 나가서 레슬링 은메달 땄다는데 지금은 키가 192센티에 몸무게가 110킬로래. 나중에 프로 격투기 선수가 되는 게 꿈이란다."

"그래? 그때 나하고 마지막에 붙었던 놈인가. 그때는 운이 좋아서 겨우 재꼈는데, 걔 덩치 보니까 정말 후덜덜 하더라구."

"역시, 우리 라이언이 짱이라니까. 강희포가 너한테 맞고 뻗은 뒤로 조클 놈들은 우리 학교 근처에 얼씬도 못하잖아."

"근데 그놈들은 왜 복수하겠다고 나서지 않는 거지?"

"처음엔 걔들도 몰랐겠지만 다른 사람도 아니고 얼마 전 라이언 사건 때문에 유명해진 민들레 선생님을 추행하려고 했다는 게 소문나면 엄청 시끄러워질 거 아냐. 그래서 너한테 얻어맞고도 모른 척한 대신 졸라 찌질하고 악랄한 방법으로 복수한 거겠지."

"그래서, 지금 결론인즉 하의실종 성폭행 사태의 원인을 따져보면 나한테 책임이 있다, 이거? 참나…. 졸라 빡 치긴 하는데 뭐라고 할 말이 없네."

내 말에 다들 그렇다고도, 아니라고도 하지 않은 채 어색한 표정만 짓고 있었다.

분위기를 바꾸려고 내가 물었다.

"근데, 조털클럽은 뭐다냐? 거기 털이라는 뜻이냐?"

재규어가 답했다.

"아니, 좆이 아니고 조란다, 조. 강희포란 놈이 무슨 소설책 읽고 필 받아서 지은 이름이래. 아무래도 우리 범클을 베낀 거 같지만 말이야."

"강희포 걔, 얼마 전에 근신했지?"

"야. 말해서 뭐하겠냐. 얼마 전에만 했겠냐. 밥 먹듯이 했겠지. 근데 그건 왜?"

뭔지 감이 잡혀서 나도 모르게 피식 웃음이 나왔다.

녀석과는 한바탕 붙어봐서 알지만 그 덩치에 그 주먹이 다소곳이 앉아서 소설이나 읽는 문학소년일 리는 없고 사고 치고 근신하던 기간에 본의 아니게 그 소설을 읽게 됐을 것이다. 학교마다 선도위의 구성 멤버는 달라도 지정도서는 대충 거기서 거기라고 했다. 십중팔구 녀석도 근신기간 지정도서 중 유일하게 읽을 만한 책인 《허삼관 매혈기》를 골라 읽었을 것이다.

그 책에는 군데군데 배꼽 빠지는 대목이 많았다. 그중 제일 기억에 남는 건 소설 맨 마지막에 나오는 주인공 허삼관의 독백이었다. 가난 때문에 피를 팔아 인생의 우여곡절과 위태로운 고비 고비를 넘어온 그가 늘그막에 나름 만족스럽게 마무리돼 가는 인생을 반추하며 뇌까리던 말.

"그러니까 이런 걸 일컬어 좆털이 눈썹보다 나기는 늦게 나도 자라기는 길게 자란다고 한단 말이지."

고교생의 눈으로 봐도 그건 작가가 그냥 독자들을 웃기려고 써놓은 말은 아니었다. 가난 속에서도 인간미와 낙천성을 잃지 않았던 주인공의 삶을 한마디로 압축한 대사였다.

나처럼 그런 생각까지 했을 것 같진 않지만 강희포 역시 그 대목에 꽂혔던 모양이다. 그는 나중에 다시 만나 나의 협력자가 되고 난 후 이렇게 털어놨다.

"내가 나중에 격투기 선수로 성공한다 해도 남들이 눈썹처럼 우러러볼 것 같진 않았단 말이지. 나랑 어울려 다니는 애들도 꿈이 영화 스턴트맨이거나 사설 경호원같이 뒤에 숨어서 몸을 써야 하는 직업이었거든.

학교에서 근신할 때 《허삼관 매혈기》를 읽고 감이 팍 오더란 말이지. '그래, 맞아. 바로 이거야, 이거. 우리들의 인생 목표는 눈썹이 아니라 좆털이라구.'

좆털이야말로 우리에게 최고의 기쁨을 주는 신체기관과 떼려야 뗄 수 없는 콤비 아니냐구. 제아무리 잘난 사람이라도 거울 없이는 자기 눈썹을 절대 볼 수 없지만 좆털은 언제든지 몰래 꺼내볼 수도 있고 만질 수도 있는, 뭐라더라, 그렇지. 은밀하고 다정한 존재란 말이지.
길고 짧은 건 대봐야 안다는 게 더도 덜도 아니고 딱 눈썹과 좆털 관계 아니냔 말이야. 서로에게 좆털 같은 존재가 되는 걸 목표로 삼는 것도 괜찮지 않겠냐, 내가 그렇게 말했더니 애들이 엄청 감동을 먹더란 말이지. 오줌 눌 때나 딸딸이 칠 때 노상 만지작거리던 좆털에 그토록 심오한 의미가 있는지는 미처 몰랐다는 거야.
그런데 우리 아이들 중 하나가 태클을 걸더란 말이지.
'아무리 의미가 좋다 해도 좆털은 좀 남사스럽지 않냐.'
'남사스럽다는 게 뭔데?'
'아, 그런 거 있어. 그럼 어떻게 바꾸면 좋을까.'
'그러니까 좆 대신 '조'로 하면 어떨까. 몇년 전에 좆을 '조'라고 불러서 스타로 뜬 사람들도 있잖아, 왜. 그걸로 방송도 출연하고 책 써서 돈 많이 벌었대.'
'야, 근데 어차피 발음은 조털이나 좆털이나 똑같잖아.'
'결과적으로 조라고 쓰고 좆이라고 읽는 거네.'
아무튼 그렇게 우리끼리 옥신각신하던 끝에 '조털클럽'이라는 기가 막힌 이름이 나왔단 말이지."

타이거도 하의실종 얘기를 꺼내면서 진지하게 말했다.
"당한 아이가 경찰에 신고도 안 하고 넘어갔다는데 우리 학교 애들 물렁하게 보고 계속 그러는 거 아닐까. 눈에는 눈, 이에는 이. 뭔가 화끈하게 질러줘야 화산고 애들도 앗 뜨거워라 할 텐데."
재규어도 거들었다.

"안 그래도 화산고 놈들 중엔 유난히 밝히는 놈들이 많잖아. 화산은 틈만 나면 사정을 하는 산이라서 그렇다나. 대가리에 피도 안 마른 씹탱이들이."

"우리도 똑같이 한번 짓밟아 줘야 하지 않을까."

자꾸 흥분하는 아이들에게 나도 모르게 제동을 걸었다.

"그럼 다시 복수가 복수를 부르고 악순환이 계속되는 거야."

"헐, 라이언. 너 말하는 게 꼭 무슨 꼰대 같다?"

재규어의 말에 타이거가 맞장구를 쳤다.

"얘, 얼마 전부터 좀 다른 사람이 된 거 같지 않냐?"

왜 그랬는지는 나도 알 수 없었다. 언제부터인가 내가 모르는 사이에 기억도 못하는 이상한 행동을 하는가 하면, 말하는 것도 누군가 내 안의 다른 사람이 내는 목소리를 따라 떠드는 것 같은 느낌이 들 때가 많았다.

"이번 일은 라이언이 원인을 제공한 건데 모른 척한다고 해도 애들이 우릴 씹지 않을까."

시라소니가 가장 적극적으로 일을 벌이려는 눈치였다.

"그래, 그건 그래."

타이거와 재규어 역시 구미가 당기는 표정이었다. 그들을 말려야 한다는 생각이 들었다.

"나도 상황이 이렇게 된 데 책임을 느껴. 하지만 아무리 그렇더라도 똑같은 방식으로 갚아야 하는 건 아니잖아. 성폭행은 우리끼리 주먹질하고 싸우는 것과는 차원이 다른 범죄행위라고."

또 다시 시라소니가 끼어들었다.

"하지만 이대로 못 본 척, 못 들은 척할 수 없다는 것만은 너도 동의할 거야. 더구나 화산고 애들이 민들레 선생님이 우리 학교 교생이라고 밝혔는데도 덤벼들었다면서. 그러니까 우린 두 배로 갚아주지 않으면 안 돼."

나의 간곡한 만류에도 불구하고 흥분한 아이들은 뭔가 일을 저지르고야 말 것 같은 태세였다. 밤낮 성적 충동으로 들끓고 있는 사춘기 아이들이 성적인 일탈을 합리화할 나름의 명분을 찾더니 짐승처럼 발정이 나서 날뛰는 꼴이었다.

그건 그렇고 나도 모르게 이상한 소리를 지껄여대는 증상이 갈수록 잦아졌다. 점심시간에 다들 춘곤증과 식곤증을 못 이겨 정신없이 자고 있을 때 같이 잠들었던 내가 벌떡 일어나서는 운동장으로 나가 할아버지처럼 뒷짐을 지고 돌아다닌다고 했다. 게다가 걸으면서 알 수 없는 말들을 중얼거리곤 한다는 것이었다.

하지만 당사자인 나는 내가 자던 중에 일어나서 한 행동을 전혀 기억하지 못했다. 일종의 몽유병 증세 같았다. 근신 첫날도 라일락이 나 혼자 운동장을 뒷짐 지고 다니면서 뭘 중얼거리더라는 이야기를 했던 게 기억났다.

'도대체 이건 뭐야. 갑자기 왜 몽유병이 생긴 거지.'

하지만 집에서 잠잘 때는 그러지 않는다는 것이 몽유병의 일반적인 증세와는 달랐다.

나의 그녀, 민들레 누나와 나는 면사무소 심야 데이트 이후 완전 친해졌다. 그녀는 어쩌다 학교에서 마주치면 먼저 반가운 척 말을 걸어왔다. '살다 보니 이런 일이….' 그때마다 난 황홀했다. 다른 사람들이 볼 때도 놀라운 반전이었다.

인기 절정의 아름다운 교생선생님이 악행을 저지른 나를 자칫 퇴학당할 뻔한 위기에서 건져주었고, 나는 거기에 보답이라도 하듯 그녀를 추행당할 뻔한 위기에서 구해냈다. 그리고 이제 우리가 다정한 사이가 된 스토리는 특히 여학생들 사이에 떠들썩한 화제였다.

학교에서 이따금 반갑게 인사를 나누는 것 외에도 우린 종종 문자메시지로 서로의 안부를 물었다. 이 정도로 사이가 좋아질 줄은 나도 예상치 못했다.

"주말 잘 보냈니? 주말에 뭐했어?"

"고3이 할 일이라는 게 도서관에 죽치고 앉아 '열공'하는 것밖에 더 있겠어요."

"그래, 평범하고 정상적인 고3이라면 그랬겠지. 난 네가 뭘 했는지 묻는데 왜 남 얘기를 하면서 얼버무려?"

"하하, 누나도 참. 사실은 간만에 헬렐레 펀치 도장에 나갔어요. 다음 달 이종격투기 아마추어 타이틀전 출전해 보려구요."

사실 그건 꼭 도전해 보고 싶은 목표 중의 하나였지만 신분이 고3이다 보니 어떻게 해야 하나 갈등하던 중이었다.

"뭐? 헬렐레 펀치라구? 그게 네가 다닌다는 권투도장 이름이야? 하하하하. 아유, 배 아파라. 무슨 만화도 아니고. 아무튼 라이언, 너. 격투기 타이틀전이라니 아무리 나이롱 고3이라도 그건 아니지. 그런 건 대학 들어가서 해도 늦지 않아. 누나가 좋은 말로 할 때 들어라, 응?"

민들레 누나의 그 말을 듣고 난 마음을 잡았다. 누나의 말을 따르기로.

내가 그녀를 스스럼없이 누나라 부르고 그녀 또한 나를 동생처럼 다정하게 대해줬지만 그녀는 어디까지나 내가 다니는 학교의 교생선생님이라는 본분을 잊지 않았다.

어떻게든 그녀와 조금이라도 가까워지고 싶어 늘 짱구를 굴리며 들이대는 건 나뿐만이 아니었다. 그런 의미에서 성하버드는 나의 연적이었다.

연적 사이의 승부는 이미 끝났다. 그녀는 항상 과도한 관심을 보이며 치근덕대는 하버드에게 눈곱만큼이라도 호감을 느끼긴커녕 커다란 스트레스를 받고 있었기 때문이다.

하버드는 내가 민들레 누나를 구해준 이야기를 듣고서는 "라이언 그놈이 지난번 사고 쳤을 때 내가 뭐라고 했냐, 그놈은 폭력서클 같은 거나 만들어서 껄렁거리고 다니는 놈이라 분명히 또 사고 칠 거라고 하지 않았냐"며 현실을 거꾸로 해석하고 엉뚱한 반응을 보였다고 한다.

그건 민들레 누나로부터 들은 이야기다. 하버드가 사건 후인 어느 날 여자 교생들만 따로 불러 점심을 사주면서 "망나니 같은 그놈 때문에 민들레 선생님이 또 곤욕을 치렀으니 학교 상임이사로서 뭐라고 사죄해야 할지 모르겠다"고 말했다는 것이다.

그는 일의 앞뒤나 옳고 그름을 무시한 채, 태산고든 화산고든 어쨌든 아이들이 못된 짓을 했고, 누구와 무엇 때문에 싸웠든 내가 주먹을 휘둘렀다는 사실만 앞세워 화산고 아이들과 똑같은 망나니로 몰았다. 어떻게든 나를 깎아내리려는 의도인 건지, 선악과 피아의 분별이 없기 때문인 건지 파악이 안 됐다. 전자든 후자든 하버드의 지능은 원숭이 수준일 것이다.

짜릿하고 황홀한 순간은 왜 그리 쏜살같이 지나가는지 어느덧 다음 주면 그녀가 교생실습을 끝내고 학교로 돌아가야 했다. 난 점점 초조해졌다.

'그동안엔 학교라는 공간에 같이 있어서 조금씩이나마 친밀감을 키워 갈 수 있었는데 이제 실습이 끝나고 돌아가 버리면 이대로 나를 잊게 되지 않을까. 선생님과 제자라는 관계가 남자 대 여자라는 관계로 발전하긴 점점 더 어려워질 거야.'

몇 번을 망설이다 그녀에게 문자를 보냈다.

"누나, 이번 토요일 날 같이 라이딩 가지 않을래요? 우리 처음 만난 양평으로."

'그녀가 과연 같이 가줄까? 내가 왜 너랑 단둘이 라이딩을 가냐고 하거나 바빠서 못 간다고 핑계를 대면 그 다음엔 뭐라고 꼬셔야 하지?'

초조해하며 기다리고 있는데 그녀로부터 전화가 왔다.

"아, 샤워하고 나와서 이제 문자 봤네. 그러지 뭐. 마침 토요일 날 봉사활동도 없고 다른 약속도 안 잡았거든. 근데 교생실습 결산하는 리포트를 써야 해서 마음이 급하네. 빨리 다녀와서 저녁때는 도서관에 가려고 해."

그녀와 가까워진 뒤부터 내겐 고민이 하나 생겼다. 범털클럽이라는 개념 상실한 이름을 내걸고 떼 지어 다니며 불량한 짓을 일삼던 나의 '흑역사'를 지워야 한다는 것이었다.

그녀는 아직 범클의 존재와 같이 어울리는 아이들의 면면, 그동안 내가 직접 저질렀거나 방조해 온 악행에 대해선 모르는 것 같았다. 갈수록 갈등이 커져갔다.

이제 그만 범클을 해체하자고 말하자니 친구들에게 의리 없는 놈이 될 것 같았고, 계속 그들과 어울리면서 폭력서클 일진이라는 타이틀을 달고 살자니 앞으로 그녀와 함께 해야 할 내 인생계획에 걸림돌이 될 것 같았다.

처음으로 학교 밖에서 그녀를 만나 공통의 취미인 자전거를 타면서 하루 종일 함께 시간을 보낼 수 있다고 생각하니 전날 밤부터 설레서 잠이 오지 않았다.

그녀는 처음 만났던 그날보다 한결 화사한 느낌의 민트블루색 라이딩 슈트를 입고 나왔다. 그녀의 하얀 자전거는 내 빨간 미니벨로보다 바퀴가 훨씬 컸다. 서로의 체격과는 언밸런스였다. 그녀가 제안했다.

"그때 사고 난 자전거구나. 망가지진 않았어? 그런데 자전거가 주인들과 안 어울리는 거 같지 않니? 아무래도 서로 바꿔 타야 보기 좋을 것 같다. 하하."

"좋아요. 안 그래도 3년 내리 타온 이놈에 질리던 참이었는데."

우린 자전거를 서로 바꿔 타고 앞서거니 뒤서거니 호흡을 나누면서 달렸다. 정오 무렵이 되자 그녀가 점심 먹고 가자고 신호를 보냈다. 가까운 해장국집에 들렀더니 이미 만원이어서 구석 자리밖에 없었다.

국밥을 차려온 아줌마는 우리를 구석에 앉게 한 것이 미안했는지 유난히 살갑게 말을 붙였다.

"아유, 둘이 꼭 오빠와 누이동생 같네. 둘 다 몸매들이 늘씬한 데다 얼굴까지 딱 오누이야."

그 말을 들은 그녀는 배를 잡고 웃으면서 너무 좋아했다.

"어머, 라이언 오라버니. 양이 적어서 어떡해요. 제 것까지 좀 드시겠어요?"

"어, 그래 민들레야. 고맙다. 너도 많이 먹어. 하하."

"아주머니가 그러시는 건 어디까지나 내가 워낙 어리게 보여서야. 알지?"

"에이 참, 누나두 자뻑은…."

"야, 근데 니가 태산고 폭력서클 일진 중에서도 짱이라면서…. 하긴 지난번 화산고 애들 4명을 한주먹에 때려눕힐 때 알아봤다."

내심 속을 끓이고 있던 문제를 그녀가 느닷없이 꺼내는 바람에 하마터면 씹던 밥알이 튀어나올 뻔했다.

그녀의 표정을 살피니 그 사실을 그리 대수롭지 않게 여기는 듯했다. 안도감이 느껴졌다. 범클의 존재를 들킬까 봐 전전긍긍했던 것이 오히려 우습게 됐다.

"사실 같이 어울려 다니는 아이들이 좀 짓궂긴 해요. 하지만 그건 고2 때까지 얘기고 고3 되니까 그렇게 같이 술 마시고 몰려다니며 놀던 놈들이 제 살 길 찾아서 다 흩어지던걸요. 요즘은 다들 자기 앞가림하기 바빠서 잘 어울리지도 못해요."

그녀는 무척이나 맛있게 해장국을 먹으면서 이야기했다.

입에 한가득 밥을 물고 있어서 발음이 잘 안 됐지만 개의치 않았다.

"괘안아. 남자드은 자아면서 그언 가정도 다 겼는거지 머(괜찮아. 남자들은 자라면서 그런 과정도 다 겪는 거지, 뭐)."

"정말요? 야, 누나가 그렇게 말해주니 한시름 놓여요. 사실 그것 때문에 고민 많이 했어요. 나 이제부터 정말 공부 열심히 해서 누나가 다니는 학교 가고 싶어요."

"야, 꿈이 연대밖에 안 되면 어떡하니. 서울대를 가야지."
"에이, 난 연대만 갈 수 있어도 '황송무지로소이다'예요."
"서울대를 목표로 해야 겨우 고대나 연대를 가게 되는 거랍니다. 목표를 높게 세우세요, 라이언님. 그런데 너 1학년 때는 전교 1등이었다면서 왜 그렇게 성적이 떨어진 거야?"
언젠가 물어볼 줄 알았지만 그 질문에 정직하게 대답하려면 콩가루 집안 얘기와 출생 비하인드 스토리도 털어놔야 한다. 그런 이야기를 해장국집 구석에서 구차하게 늘어놓기는 영 내키지 않았다. 나중에 적당한 분위기를 만들어서 하고 싶었다.
그녀는 그런 내 마음을 읽기라도 한 듯이,
"뭐, 말하기 힘든 사정이 있었겠지. 나중에 네가 하고 싶을 때 얘기해 줘."
"글쎄, 그냥 격투기랑 자전거에 빠져서 놀다보니…. 자업자득이죠, 뭐. 하하."
절반의 진실이긴 했다. 그녀는 말없이 나를 바라보며 웃음 지었다. 첫 만남에서 날 매료시켰던 따뜻한 미소였다. 난 그때처럼 가슴이 뛰면서 얼굴이 달아올랐다.
점심을 먹고 계속 달리다가 처음 우리가 만나게 된 사고지점에 이르렀다.
"그때 네가 길게 뻗어서 누워 있던 지점이 저기쯤이었을걸, 아마."
"헐, 당사자인 나보다 누나가 어떻게 더 잘 알지?"
"넌 그때 길이 아니라 하늘을 바라보고 달리는 중이어서 들이받은 지점을 못 봤을 거 아니니?"

"그럼, 내가 하던 짓 처음부터 다 본 거예요?"

"그때 우리 일행 중에 뒤처진 사람이 있어서 잠깐 서서 쉬고 있었거든. 멀쩡해 보이는 남자가 혼자 소리까지 지르면서 신나게 달려오는 걸 보고 '어머, 쟤 뭐야?' 하면서 전부 쳐다봤잖겠니. '어어, 저러다….' 하는데 급기야 가드레일을 들이받더니 그 너머로 손발을 퍼덕거리면서 붕 날아가는데, 완전 "퍼니스트 비디오"의 한 장면이더라구. 너무 웃겼지만 사람이 상했을 텐데 대놓고 웃기는 그렇고…. 하하하하."

"에이, 너무했다. 나는 그때 이대로 죽나보다 했는데 누나는 그걸 보고 빵 터지다니. 근데 누나가 나 치료해 주고 있을 때 이제 그만 출발하자고 소리치던 키 큰 남자는 누구예요?"

내가 묻자 그녀는 장난스러운 표정으로 답했다.

"아, 그 친구? 왜, 신경 쓰였어? 우리 동아리 리더고 옛날 내 남자친구."

"남자친구? 옛날?"

"한때 애인 사이가 될까 말까 잠깐 밀고 당기고 하다가 이젠 그런 감정 정리했고, 그 친구, 지금 군대 가려고 휴학했어."

'휴우' 안도하긴 했지만 그래도 마음에 걸렸다. 남녀 관계라는 건 원래 가까워졌다가 하루아침에 멀어지기도 하고 멀어졌다가도 금세 가까워지고 하는 거 아닌가.

"누나랑 같은 학교예요?"

"아니, 우리 모임은 원래 자원봉사 연합동아리인데 취미가 같은 사람들끼리 모여서 자전거를 타기도 해. 그 친구는 고대."

'그 친구와는 어떻게 해서 애인이 될 뻔했고 왜 헤어지게 됐어요?'라고 물어보려다가 애써 참았다.

'혹시 민들레 누나는 청순한 외모와 달리 사실은 바람둥이가 아닐까.'

머릿속에서 복잡한 생각들이 오고 갔다.

그러다가 맥락 없는 엉뚱한 질문을 던졌다.

"누나 아버지는 무슨 일 하세요?"

그녀는 나를 빤히 쳐다보더니 아무렇지 않은 듯이 말했다.

"우리 아빠 학교에서 학생들 가르치셔. 책도 쓰시고."

"아 그래요? 누나가 선생님 되면 대를 이어 교육자 집안 되는 거네요."

"그런 셈이지. 라이언 아빠는 뭐하는 분이시니? 그때 잠깐 뵈었는데 인상 참 좋으시더라."

"변호사예요. 근데 그게 참…."

"어머, 좋은 직업이신데 왜?"

난 이야기가 다시 집안 문제로 옮겨오는 것이 부담스러워 화제를 돌리기로 했다.

"그건 그렇고 옛날 영화인 〈시티오브엔젤〉을 어떻게 보게 된 거예요? 나는 나와 이름이 같은 멕 라이언을 좋아하다 보니 그 영화를 알게 됐지만. 멕 라이언이 나온 〈시애틀의 잠 못 이루는 밤〉, 〈해리가 샐리를 만났을 때〉도 봤어요."

"하하. 그럼 〈라이언 일병구하기〉도 봤겠구나. 라이언이 주인공인 영화니까."

"당연히 봤죠. 하하."

"내가 〈시티오브엔젤〉을 보게 된 건 대학 들어와서 작가 김훈의 수필

《자전거 여행》을 너무 재밌게 읽은 게 계기였어. 자전거가 달리는 속도로 세상을 바라볼 때만 보이는 풍경이잖아. 그때부터 자전거를 소재로 한 소설이나 영화를 다 찾아서 보게 됐지. 그런 영화들을 보고 나면 자전거가 더 좋아지는 거 있지? 〈시티오브엔젤〉에서도 처음부터 끝까지 자전거가 나오잖아. 우리나라 영화 중에서는 한효주 나오는 〈달려라 자전거〉, 이문식 나오는 〈고래를 찾는 자전거〉, 그리 유명한 배우들의 영화는 아니지만 〈파란 자전거〉도 있어."

"헐, 나도 자전거를 좋아하지만 그런 생각까지는 못해봤네. 그런데 누나가 생각하는 자전거의 매력은 어떤 거예요?"

"글쎄, 제일 처음 자전거에 끌리게 된 건 어느 시집에선가 '모든 아름다운 것은 둥글다'라는 구절을 접하고부터라고 할까. 자전거는 동그라미와 인간의 호흡이잖아. 페달도 원을 그리면서 돌아가고. 물론 자동차 바퀴도 둥글지만 차는 브랜드나 모델, 배기량 같은 게 먼저 보이잖니, 왜.

동그라미로 상징되는 자전거를 타면서 길이라는 공간의 아름다움을 발견할 수 있다는 것도 매력이야. 자동차 타고 다닐 때는 맡아보지 못한 풀냄새, 흙냄새들도 맡을 수 있고."

그녀는 소탈하면서도 섬세하고, 쾌활하면서도 감성적이었다.

"와, 누나는 정말 시인 같아요."

"뭘, 너야말로 진짜 시인이잖아. 지난번에 보여준 라면별곡 정말 재밌더라. 앞으로도 그런 시 계속 지어보지 그래?"

"흠, 누나 말 듣고 보니 옛날에 혼자 시인놀이 하던 시절이 그리워지네. 하하."

그녀와 함께 하는 시간은 어떻게 가는지 모르게 지나갔다. 그녀는 리포트 준비 때문에 집에 자전거를 놓고 학교에 가야 한다고 했다.

그녀를 보내고 집에 들어왔는데도 그녀와 나눈 대화, 그녀가 짓던 표정이 새록새록 떠올라 혼자 빙그레 미소를 짓게 됐다.

라일락이 또 감을 잡았다.

"오빠, 오늘 무슨 좋은 일 있었나봐. 얼굴에서 웃음기가 떠나질 않네. 혹시 그 민들레 선생님 만나고 온 거 아냐?"

"야, 무슨…. 선생님이고 누난데. 그리고 내가 그 선생님을 토, 토요일 날 왜 만나. 학교 가는 날도 아닌데."

버벅거리며 둘러대면서도 내심 입이 근질근질했지만 사실대로 털어놨다간 바로 온 학교에 소문이 퍼질 게 뻔했다.

"어, 이거 봐라. 급 당황하는데. 내가 뒷조사하면 다 나오는 거 몰라?"

"야, 뒷조사 같은 거 하지 마. 너답지 않게시리. 그건 그렇고 이제 기억났는데 그때 내가 근신하던 첫날 운동장에서 뒷짐 지고 다니면서 뭐라고 중얼거렸다는 거, 그거 정말 네가 본 거야?"

"오빠 정말 기억 안 나는 거야? 농담인 줄 알았는데. 어이구, 우리 오빠 정말 몽유병 걸린 거 아니니? 그런데 몽유병 증세가 낮잠 잘 때도 나타나던가?"

"몽유병 환자들은 보통 밤에 돌아다니지 잠깐씩 낮잠 잘 때는 그러지 않는 것 같은데."

"그럼 치매인가. 벌써 이럼 어떡하우. 민들레 선생님이랑 파란만장 우여곡절 끝에 겨우 잘 풀리기 시작했는데…. 연상녀인 민들레 선생님보다 더 빨리 늙어버리면?"

"야, 너 정말 너무하는 거 아냐? 몽유병 얘기하다가 갑자기 왜 또 민들레 선생님 이야기야?"

아무래도 라일락의 기억이 틀렸을 것 같지는 않았다.

'최근에 나도 모르는 사이에 벌이는 짓을 볼 때 그날이라고 예외가 아니었을지도 몰라. 대체 이건 뭐지.'

중간고사가 끝난 날 밤이었다. 모처럼 삼총사가 바람계곡에서 뭉쳤다.

"나우시카 아줌마. 이제 청순법이 통과되면 우리 여기서 술 못 마시겠죠? 마시다가 걸리면 잡혀 들어갈 테니까."

"야, 너희들도 그 법이 문제 있다고 생각하지? 미성년자에게 술을 파는 우리만 처벌하면 되는 거지. 미성년자인 너희들에게 벌금을 물리는 것도 아니고 교정시설에 보낸다는 게 말이 돼? 그건 너희 세대가 패륜살인마들하고 짝짜꿍이 맞아서 나꼰싫이 어쩌고 떠들어대니까 화풀이하려는 것밖에 안 되지, 암."

재규어가 웃으며 말했다.

"우리가 벌금 낼 돈도 없고 몸으로 때울 수 있으면 때우는 게 차라리 낫죠, 뭐."

"그러면 네 인생은 뭐가 되고, 너희들이 안 가봐서 모르겠지만 교도소나 치료감호소 같은 데 가서 개과천선은 고사하고 범죄에 물들어 오는 애들이 훨씬 많아."

"걱정 마세요, 아줌마. 청순법 통과돼도 우린 날마다 바람계곡에 올 거예요."

“얘들아. 마음은 고맙지만 그 법 통과되면 우린 바로 교도소야. 술 절대 안 판다, 안 팔지. 암.”

“에이, 너무 걱정 마세요. 이제 내년이면 우리도 대학생 되는데요, 뭐. 한 번 고객은 영원한 고객이잖아요.”

그렇게 이야기를 주고받고 있는데 시라소니가 불쑥 들어왔다.

“야, 준비 다 됐어. 가자.”

“무슨 준비?”

“가보면 알아.”

타이거와 재규어도 은밀한 눈빛을 교환하더니 나에게 같이 가자고 했다. 화산고 아이들을 손봐주러 가자는 것이었다.

최근 두 학교 간의 한층 험악해진 분위기가 나로부터 비롯됐다는 자책감 때문에 모른 척 발을 빼기도 어려웠다.

정말 큰 문제를 일으킬지도 모르는 아이들을 말리지 않으면 안 된다는 책임감도 떨칠 수 없었다.

그곳은 다름 아닌 고담시티였다. 바로 그녀가 화산고 아이들에게 추행당할 뻔했던 우범지대.

벌써 몇 년째 가동이 중단돼 잡초가 무성하고, 망가진 냉장고와 TV에다가 고철이 된 자동차까지 곳곳에 버려져서 세기말 분위기인 공장부지의 빈 건물 2층으로 올라갔다.

전기가 들어오지 않아 드럼통에 구겨 넣은 나무 조각들을 태워 어둠을 밝히고 있었다. 그야말로 쥐도 새도 모르게 사람을 죽이고 토막 내어서 갖다 버려도 모를 것 같은 장소다.

안쪽 깊은 곳에서 여자의 신음소리가 들렸다. 아이들과 함께 다가가 보니 철제 침대에 손수건으로 재갈이 물려진 여자아이가 머리 위로 양손을 묶인 채 누워 있었다. 단추가 반쯤 풀어진 교복 상의에 수놓아진 화산고 마크가 희미하게 보였다.

그때 말한 복수를 위한 준비를 시라소니가 해왔음을 알 수 있었다. 침대 옆 바닥에는 우리와 비슷한 또래의 남자아이가 쓰러진 채 정신을 잃고 있었다.

시라소니는 의기양양한 표정으로 자신의 쾌거를 자랑했다.

"어떻게 했냐구? 내가 이 새끼를 여기 끌고 와서 졸라 팬 다음에 여자친구를 전화로 불러내라고 협박했지. 야, 라이언, 타이거, 재규어. 너희들이 먼저 할래? 아니면 내가 먼저 할까?"

그의 얼굴에는 야비한 욕망이 번들거리고 있었다.

"기브앤드테이크. 피차 똑같이 갚아주는 건데 뭐 어때?"

그의 말 속에는 애초에 이 상황의 단초를 만든 것이 나이고 우린 모두 공범이란 주장이 깔려 있었다.

청운이의 노스페이스를 뺏어 입었던 찌질하고 야비한 놈. 이놈을 왜 진작 범클 일진들 사이에서 쫓아내지 않았는지 후회가 됐다.

타이거와 재규어도 날고기 앞에서 침 흘리는 맹수처럼 잔뜩 흥분한 눈빛이었다.

침대에 묶인 여자아이가 우릴 보더니 얼굴이 하얗게 질린 채 신음소리를 더 크게 토해 내면서 길고 하얀 다리를 뒤틀었다. 그럴수록 치마가 말려 올라가면서 팬티가 다 드러나 보였다.

그 모습에 자극받은 시라소니가 허리띠를 풀고 여자아이를 덮치려고 덤벼들었다.

순간 내 머릿속에서 헤아릴 수 없는 개미떼가 일제히 돌격을 개시하는 듯 가려움증과 현기증이 몰려왔다. 그리고는 깜빡 정신을 잃었다.

나중에 성대모사 재주가 뛰어난 재규어로부터 내가 어떻게 말했는지를 전해 듣고 소름이 쭈뼛 돋았다.

"느그들, 이기 어찌 인간이 할 짓이란 말이가!"

내가 이렇게 느닷없는 경상도 사투리로 고함을 치는 바람에 깜짝 놀란 시라소니가 바지를 벗다가 중심을 잃고 앞으로 고꾸라졌다고 한다.

"아무리 요즘 인륜이 무너졌다 캐도 장개를 들어도 될 만큼 장성한 느그들이 철딱서니가 없어도 유만부동이재!"

실제 그랬는지 과장이 섞였는지 내 눈으로 직접 보지 못했어도 재규어의 성대모사만 들으면 영락없는 할아버지였다.

"이래 짐승만도 모한 짓을 저지른다 카믄 느그 조상들이 하늘에서 보고 피눈물을 흘릴 끼라. 느그 자손들도 대대로 업보를 져야 하는 기라. 나중에 그 죗값을 우예 치를라 카노. 어여 몬 그만두나?"

그게 정말 내가 한 말이라고 믿고 싶지 않을 만큼 고리타분했지만 구구절절 양심을 파고드는 말이었다.

갑자기 할아버지로 변해버린 내 모습에 놀라 흥이 깨진 타이거와 재규어, 시라소니가 '재수 없는데 그만두자', '여기까지 온 거 그냥 해버리자' 서로 옥신각신하다가 정신을 차려 보니 쓰러져 있던 남자아이가 보이지 않았다고 했다. 나도 그 순간에 가서야 정신이 들었다.

여자아이는 공포에 사로잡혀서 더 울부짖으며 발버둥을 쳤다.

그때 갑자기 건물 앞에서 '삐유웅 삑삑' 하며 순찰차의 사이렌 소리가 들렸다.

타이거, 재규어, 시라소니는 뒤도 안 돌아보고 창문을 넘어 번개처럼 달아났지만 나는 잠에서 막 깨어난 듯 몽롱해진 정신을 추스르느라 도망칠 생각을 하지 못했다. 그때가 도망쳐야 하는 상황인 건지 뭔지 판단이 서질 않았다.

난 교복을 벗어서 여자아이의 하반신을 가려주고 손을 묶어 놓은 줄도 풀어주었다. 그 순간 경찰이 들이닥쳤다.

순경들이 웃옷을 벗고 있는 나를 발견하고 달려들어 제압하려 하자 경찰을 따라 들어온 남자아이와 침대 위의 여자아이가 "아녜요. 걔는 우릴 도와줬어요"라고 한목소리로 옹호해 줬다.

경찰이 볼 때 여러 명이 했는지 혼자 했는지 몰라도 한 남자아이를 폭행하고 한 여자아이를 감금한 정황이 있었다. 하지만 그들의 목적이었던 것으로 추정되는 성폭행에는 착수조차 못하고 미수에 그쳤다.

경찰은 피해자들마저 일이 시끄러워지는 걸 원치 않는다며 함구하자 참고인 자격으로 데려갔던 나도 두 아이와 함께 돌려보냈다.

하지만 내게 있어서 그 사건은 그걸로 끝이 아니었다. 나한테 어떤 할아버지 귀신이 씌었다는 소문이 돌기 시작했고 친구들을 곤경에 빠뜨린 배신자라는 수군거림도 귀에 들려왔다.

정작 현장에서 내 모습을 본 타이거나 재규어는 그러지 않았지만 떠도는 소문만 들은 다른 범클 아이들은 상상을 보태서 괴기영화의 한 장면 같은 걸 연상한 탓인지 나를 바라보는 눈빛이 확실히 달라졌다.

대체 내가 왜 이럴까. 인터넷을 검색해 보니 같은 사람이 전혀 다른 목소리를 내는 다른 사람으로 바뀌는 증세는 정신분열증 중에서 다중인격 증세에 가까운 것 같았다. 대체 왜 나에게 이런 병이 생겼을까.

그렇다고 바로 정신병원을 찾아가는 건 내키지 않았다. 같은 반 친구인 프로이트가 떠올랐다.

'그래, 그놈이라면 뭔가 알지도 몰라.'

소심한 프로이트는 내가 본관 뒤 공터로 불러내자 어쩔 줄 몰라 하며 불안한 표정을 지었다.

"야, 너 왜 그래, 인마. 평소에 내가 널 팼냐, 갈궜냐."

"아니, 그게 아니고 요즘 네가 사이코가 됐다는 소문이 돌아서 그러지."

"그래서 널 부른 거야, 인마. 프로이트 너한테 자문 좀 구하려고. 우리 면사무소 가서 라면이나 한 그릇 때릴까?"

"아냐, 됐어. 라면은 건강에 안 좋은 음식이잖아. 그냥 여기 서서 얘기해."

"야, 만물박사, 너 혹시 라면의 면발이 왜 노란지 아냐?"

"왜 그렇지? 그건 한 번도 생각 안 해봐서…."

"잘 들어. 라면의 노란색은 면발을 만들 때 들어가는 카로틴과 리보플래빈 때문이야. 카로틴은 당근의 주황색을 내는 성분인데 우리 몸에 들어가서 비타민 A로 바뀌거든. 그리고 리보플래빈은 비타민 B2를 말하는 거고. 라면엔 그런 보약처럼 유익한 성분이 들어 있기 때문에 하루에 한 번 정도 라면을 먹어 주는 건 인삼 녹용보다도 건강에 좋아."

프로이트는 내가 수년 동안 청운이와 함께 탐구하며 쌓아온 해박한 라면 지식을 쏟아내자 눈이 휘둥그레졌다. 녀석이 방심하는 사이 재빨리 어깨동무를 하고 끌고 갔다. 그러자 녀석도 체념한 듯 "알았어. 이 팔 놔. 같이 갈게" 라면서 순순히 따라왔다.

거의 우리 집 주방이나 다름없는 면사무소에서 특별히 나만 주문할 수 있는 '브로콜리 양배추 라면'을 시켜줬다.

프로이트는 라면을 보고 또 한 번 눈이 휘둥그레져서 "라면에다가 머리에 좋은 브로콜리를 넣어서 먹을 수 있다는 걸 왜 그동안 생각 못했지?" 라며 탄성을 질렀다.

그러면서 나보다 한층 게걸스럽게 후루룩 쩝쩝 소리를 내면서 한 그릇을 비우더니 밥까지 말아서 싹싹 긁어 먹었다.

내 상태를 다 듣고 난 프로이트는 특유의 논리정연한 진단을 내놨다.

"다중인격인 것 같아 보이기도 하지만 네 증상은 특정한 상황에서 일관된 패턴을 보인다는 점이 다중인격과 달라. 이야기 들어보니까 아무 때나 그런 증세가 튀어나오는 게 아니라 뭔가 해선 안 될, 나쁜 짓을 볼 때만 그런 거 같아.

보통 다중인격의 원인은 어린 시절에 생긴 트라우마인 경우가 많고 내면의 동기에 의해 이중적인 자아가 나타나는데, 그게 아니라 넌 외부적 조건에 의해서 변화가 찾아와. 이건 네 안에 서로 다른 두 개의 영혼이 들어와 있다는 거야. 쉽게 말하면 빙의지."

"야, 쉽게 말한다면서 왜 더 어렵게 말하고 그래. 빙의가 뭔데?"

"어떤 영혼이 너한테 씌었다는 말이야."

"뭐? 뭔 소리야 그게?"

"이유는 모르겠지만 그걸 해결하려면 정신과 의사가 아니라 무당이나 영매를 찾아가야 돼."

"영매? 영매는 누군데?"

"영혼과 대화할 수 있는 능력을 가진 사람. 보통 그런 사람들이 무당을 겸하고 있지."

"어디 가야 그런 영매 겸 무당을 만나냐?"

"직업 무당은 서울에도 많이 있지만 대부분 엉터리라고 봐야 돼. 내가 아는 진짜 무당은 경북 안동의 청량산 근처에 있는 방통장군이야."

"근데 무당 찾아가면 TV에서 보던 굿 같은 걸 해야 되는 거 아냐?"

"그래야 되는 경우도 있고 안 해도 되는 경우도 있어."

"만약에 해야 되면 돈은 얼마나 드냐?"

"우리 외삼촌이 옛날에 충무공 남이 장군 영혼에 빙의됐다고 굿을 했는데 한 2백만 원 들어간 거 같아. 시간이 지났으니까 요즘은 더 올랐을지 모르겠네."

"잠깐, 잠깐, 이 대목에서 질문. 충무공 남이 장군이라니? 충무공은 이순신이지. 무슨 소리야?"

"충무공은 뛰어난 무공을 세운 사람이 죽은 후에 내리는 시호 중에 하나야. 조선시대에 충무공 시호를 받은 사람은 9명이나 있었어. 남이 장군과 이순신 장군도 그중 일부고."

"와, 이 새끼. 아는 건 정말 많다니까. 그건 그렇고 방통장군 연락처 좀 알 수 있냐?"

"삼촌도 오래전 일이라 지금까지 갖고 있을지 모르겠네. 아마 인터넷으로 검색해 봐도 나올걸."

집에 돌아와 인터넷을 검색해 보니 아닌 게 아니라 수많은 무당들 중 방통장군 홈페이지도 있었다. 하지만 프로이트의 말과 달리 방통장군이 있는 청량산은 경북 안동시가 아니라 바로 위인 경북 봉화군에 있었다. 서울에서 오려면 고속버스로 안동까지 와서 시외버스를 갈아타고 오라고 안내돼 있었다.

'아, 요즘은 무당들도 인터넷으로 자기 PR을 해야 하는 시대구나….'

홈페이지의 CEO 소개 코너에 방통장군이란 이름은 삼국지에 나오는 유명한 책사 방통이 그에게 신 내림해서 붙게 된 이름이라고 했다.

그의 PR 브랜드는 '신통방통 방통장군'이었다. 그는 인사말을 통해 "신 내림을 받은 사람들이 하는 일은 영혼의 세계와 인간의 세계를 이어주는 일로서, 아무나 할 수 없는 일인 만큼 보람이 크지만 한편으론 일반인들은 상상할 수도 없을 만큼 피곤한 일"이라고 소개했다. 정말 그럴 것 같다는 생각이 들었다.

Q&A 코너도 있었는데 대부분 가격 문의였다.

그중 "빙의를 물리치는 굿은 얼마나 들어요?"라는 질문에 대해 "접신의 난이도와 귀신을 떼기 위해서 벌여야 하는 굿의 규모에 따라 천차만별인데 평균적으로 한 2백만 원 정도 잡으면 됩니다"라는 답이 붙어 있다. 그게 재작년 글이었으니 한동안은 굿하는 고객이 없었던 모양이다.

일단 돈이 필요했다. 아빠와 대화를 시도했다. 아빠는 요 몇주 출장간다는 핑계로 집에 계속 안 들어와서 휴대폰으로 전화를 걸었더니 기어들어가는 목소리로 "방금 법정에서 공판이 시작됐으니 집에 들어가서 이야기하자"고 대답했다.

나는 오랜만에 집에 들어온 아빠에게 대뜸 요구했다.

"아빠, 묻지도 따지지도 말고 2백만 원만 주세요."

"그거 고등학생한테는 큰돈인데…. 또 무슨 사고라도 친 거니?"

무책임하고 우유부단하지만 좀처럼 화낼 줄 모르는 온화한 성격은 아빠의 미덕 중 하나였다. 그래서 나의 엄마 1은 미치도록 좋아했고 엄마 2는 지루해했던 것 같다. 20대 동거녀와는 어떨지 모르겠다.

"에이 뭐, 내가 맨날 사고만 치고 다녀요? 그냥 좀 그런 일이 있어요."

"그래 알았다. 그런데 2백만 원이 지금 당장은 곤란하구나. 평소 같으면 그 정도는 문제도 아니겠지만 요즘 사무실 사정이 좀 어렵다. 개업하는 변호사들이 워낙 많아지면서 업계가 전체적으로 경쟁이 심해지기도 했고. 이혼이나 소액 민사소송은 신출내기들도 쉽게 뛰어들다 보니…. 창피한 얘기다만 솔직히 말해 후배 변호사들 월급 주고 나면 사무실 임대료 내기도 빠듯한 상황이야. 그 돈이 왜 필요한지는 묻지 않으마. 일단 50만 원 먼저 줄 테니 그걸로 어떻게 안 되겠니?"

변호사들의 수입과 사회적 지위가 예전 같지 않다는 말을 듣긴 했다. 아빠가 사법고시에 붙을 때만 해도 직업 중에서 지존이 변호사였는데. 평소 허세도 안 부리지만 궁색을 떨지도 않는 아빠의 성격상 엄살인 것 같진 않았다.

일단 아빠로부터 50만 원을 받아서 방통장군과 협상해 보기로 했다. 그동안 다달이 아빠로부터 받아온 용돈 중 쓰고 남은 20만 원이 있었다. 안동까지의 왕복 차비를 제외하고 60만 원으로 '쇼부'를 봐야겠다고 생각하고 방통장군 홈페이지를 통해 1 대 1 상담 메시지를 보냈다.

"저는 서울에 사는 고3 학생입니다. 주변에서 아무래도 저한테 다른 영혼이 들어와 있는 것 같다고 해서 장군님을 뵙고 상담하고 싶어요. 그런데 굿을 해야 한다면 제가 드릴 수 있는 돈은 60만 원뿐이거든요. 혹시 중고생 할인 같은 건 없나요?"

밤 11시 12분에 메시지를 보냈는데 아침에 일어나서 메일을 확인해 보니 그로부터 답신이 온 것은 11시 15분이었다. 거의 실시간 응답을 보낸 걸 보니 방통장군은 아무래도 인터넷 중독인 것 같았다.

"일단 내려와 봐. 굿을 벌여야 할지, 그냥 영혼과 접신만으로 해결될지 직접 만나봐야 알 거 아냐. 이번 토요일도 좋으니까 올 수 있으면 와."

고등학생이라고 했더니 다짜고짜 말을 턱 놓고 편안하게 대하는 것이었다. 기분 나쁘기보다는 어쩐지 중고생 할인 요구를 들어줄 것 같은 예감이 들어 마음이 놓였다.

"그럼 이번 토요일 날 내려가겠습니다"라고 답변을 보냈다.

PLAY ▶

2015년 5월 30일 토요일 대한민국 경상북도 봉화군 청량산 일대

토요일 아침 일찍 출발했는데도 안동까지는 고속버스로 3시간이 조금 넘게 걸렸다. 안동시로 들어가는 입구에는 웅장한 기와지붕을 얹은 커다란 문 위에 '한국 정신문화의 수도 안동'이라는 현판이 걸려 있었다. 영국 엘리자베스 여왕과 미국의 아버지 부시, 아들 부시 대통령이 모두 찾은 곳이라는 이야기는 들었지만 그 표현이 생소해서 속으로 중얼거렸다.

"정신문화든 소비문화든 음주문화든 우리나라의 유일한 수도는 서울이지 무슨…. 근데 정신문화의 수도가 되면 뭐 좋은 거라도 있나."

정신문화의 중심지가 되면 좋은 점이 아주 많다는 것을 한참 뒤에야 알았다.

터미널에서 내려 방통장군의 집이 있는 청량산 도립공원 쪽을 향하는 버스를 타고 가는 동안 차창 밖으로 보이는 거리 풍경은 한가로웠다. 조금 더 시외로 들어서자 무슨 서원이라는 안내판이 붙은 오래된 한옥들이 곳곳에 보였고 경사가 가파른 언덕이 많았다. 처음 보는 풍경인데도 이상한 기시감이 들었다.

'왜 이렇게 낯익은 느낌이 드는 걸까. 언젠가 영화에서 보니 이런 걸 데자뷔 현상인가 뭔가라고 부르는 것 같던데.'

방통장군의 집은 버스정류장에서도 꽤 걸어가야 한다고 안내돼 있어서 네이버에서 출력한 지도를 꺼내 펼쳐들었다. 지도상에서는 번지수만 표시돼 있고 눈에 띄는 건물이나 지형지물이 없어서 얼마나 걸어야 하는지 측량이 안 됐다.

가도 가도 비슷한 풍경이었고 어디쯤 왔는지 가늠하기 힘들었다. 전화를 걸어서 물어보려고 했는데 LTE도 3G도 안 터지는 지역이어선지, 휴대폰 기능에 이상이 생겨선지 연결이 안 됐다. 아무래도 같은 곳을 뺑뺑 돌고 있다는 느낌이 들어 한낮인데도 오싹했다.

다시 버스정류장으로 돌아가야 하나 고민하던 차에 마침 밭을 매러 가는 듯 호미와 바구니를 안고 꾸부정한 자세로 걸어가는 동네 할머니가 보였다.

"저 할머니, 말씀 좀 묻겠습니다. 방통장군이라는 무당집이 어디에요?"

이가 빠져서 합죽이가 다 된 할머니는 졸린 눈으로 나를 물끄러미 쳐다봤다.

"방통, 글마 말이가? 글마 집은 저 산 밑에 소나무 숲 보이재? 그 숲 뒤로 돌아가면 우물이 있는데 우물 앞 골목으로 들어가서 오른쪽 세 번째 집이레이."

"네, 감사합니다. 할머니."

'근데 왜 글마라고 부를까. 그건 경상도 말로 그놈이란 뜻의 낮춤말 아닌가. 홈페이지에선 자기가 지역사회에 엄청 공헌을 많이 해서 존경을 한 몸에 받는다고 소개했던데….'

방통이 어떤 사람이길래 그러는지 물어보고 싶었지만 할머니가 분주히 발걸음을 옮기는 것을 보고 그냥 두기로 했다. 뒤돌아서서 소나무 숲을 향하려는 찰나, 할머니가 나를 불러 세웠다.

"봐라, 야야. 글마 보면 내한테 지난 설에 꿔간 대추하고 밤 두 상자, 북어 한 쾌 빨리 갚으라 캐라. 그 전에 빌리간 건 그냥 치아뿌고. 내도 이번 제사에 써야 된단 말이다. 글마 그기 그동안 내한테 떼 묵은 게 얼마라야 말이지, 당췌. 에이, 카르르륵 퉤."

"아, 네 알겠습니다."

순간 여기까지 공연히 헛걸음한 것 아닐까 걱정이 들었다.

'거참, 굿 한 차례에 2백만 원 넘게 받는 사람이 몇만 원어치도 안 될 제사음식을 떼먹고 그러나. 이렇게 신용 없는 무당을 믿어도 되는 걸까?'

할머니 말대로 소나무 숲을 돌아가니 신기하게도 멀리에서는 안 보이던 작은 마을 풍경이 펼쳐졌다. 우물을 중심으로 산 옆으로 난 길에 십여 채의 집들이 있고 할머니가 알려준 오른쪽 셋째 집의 문은 열려 있었다. 하지만 보통 무슨무슨 보살이니 장군이니 하는 간판이 붙은 점집마다 걸려 있던 하얀색과 빨간색의 폴란드 국기 같은 깃발이 없는 게 이상했다.

문 안에 들어서니 나이 든 아줌마들이나 입는 펑퍼짐한 몸빼 바지에 하얀 러닝셔츠 차림을 한 아저씨가 마당을 가득 채우고 있는 화초들에 물을 뿌리고 있었다.

홈페이지에서 보여주던 카리스마는 온데간데없이 촌스럽고 궁색한 차림새였다.

제대로 찾아온 건가 싶어 “저, 혹시 여기가 방통장군님 댁 맞아요?” 했더니 그는 고개를 돌려 내 위아래를 살폈다. 찬찬히 올려다보는 그의 눈길이 뭔가 눈부신 존재를 쳐다보는 사람처럼 황홀해 보였다. 한참동안이나 넋 나간 듯이 나를 쳐다보더니 천천히 입을 열었다.

“와? 내가 방통인데, 하모, 니가 오늘 온다 캤던 가가?”

남의 시선이나 체면 따위는 안중에도 없는 할아버지 행색이었지만 얼굴만 봐서는 우리 아빠보다 그리 많아 보이진 않았다. 이제 한 50대 중반쯤 됐을까.

방통은 물 묻은 손을 몸빼 바지에 쓱쓱 닦으면서 내게 툇마루에 앉을 것을 권했다.

툇마루 턱에 걸터앉자 방통은 디딤돌 아래 마당에서 나를 마주 보고 차렷 자세로 섰다.

난 속으로 갑자기 왜 저러나 의아했다. 그런데 방통이 이번에는 정중하게 두 손을 한데 모으더니 머리 위로 들어 올려서는 무릎을 꿇고 바닥에 엎드려 나를 향해 큰절을 하는 것이 아닌가.

“아니 왜 이러세요. 장군님.”

“니한테 절하는 기 아이다.”

“예?”

“니 말고 니 몸에 왕림해 계신 퇴계 선생님에게 절을 하는 기지.”

"누, 누구요? 퇴계 선생님이라구요?"

"와? 니는 여태 그기도 몰랐나. 퇴계 선생님께서 이따금 너의 육신을 빌려 쓰시고 말씀을 하셨다 카몬 분명히 범상치 않은 기운이 느껴졌을 낀데. 하기사 요즘 것들이 퇴계 선생님의 말씀을 이해할 근보이 안 돼 있으이께네. 지금 여기까지 너를 인도하신 것은 나를 통해서 하실 말씀이 있으신 기다. 본래 한 육신에는 두 개의 영혼이 동시에 깃들지는 모한다. 여러 영혼이 시간을 달리해서 같은 육신을 빌릴 수는 있재. 그래서 네 육신에 때로는 네 영혼이 들기도 하고 때로는 선생님이 드시기도 한 기라. 선생님은 이제 내 육신을 빌려서 너와 대화를 하고 싶으신 기라.

니는 우리 민족, 아니 우리 인류의 스승이신 퇴계 선생님이 깃드신 네 몸뚱이를 소중히 여기고 항상 자중하그래이. 나는 선생님의 영을 맞이할 준비를 해가 나올 끼구마."

방통은 부랴부랴 방으로 들어가더니 홈페이지에 올린 조선시대 포도대장 같은 옷을 입고 나왔다.

그는 툇마루에 앉아 있던 나를 신위를 모셔놓은 큰방으로 이끌더니 한가운데 정좌하고 앉았다. 그리고 나더러 앞에 앉으라고 손짓했다.

"이제부터 네 안에 깃든 퇴계 선생님의 영이 나 방통에게로 처소를 옮기시게 될 끼다. 그러니까 이제부터 내가 퇴계 선생님이 돼서 너와 대화를 나누게 될 끼라 이 말이다.

선생님이 보시기에 지금 후손들이 하는 꼴이 얼마나 한심하고 걱정이 되셨으면 이렇게 현세로 다시 내려오셨을까. 참말로 요즘이 말세는 말세인 기라."

방통은 눈을 감고 중얼중얼 알 수 없는 주문을 외우는 것 같기도 하고 뜻 모를 시조 같은 걸 읊조리는 것 같기도 했다. 한참을 중얼거리다가 잠깐 조는 것처럼 고개를 숙이고 있던 방통이 서서히 고개를 들었다.

이윽고 눈앞에 마주한 방통의 표정에서 난 찬물을 뒤집어쓴 듯 전율을 느꼈다. 똑같은 사람의 얼굴이 이토록 표정이 완전히 바뀌어 알아볼 수 없을 정도로 달라진단 말인가.

하지만 그 표정에는 뭐라고 말할 수가 없을 정도로 사람을 편하게 해주는 너그러움과 애정이 깃들어 있었다. 그러면서도 범접하기 어려운 위엄이 있었다.

스마트폰으로 찍어서 '비포 애프터'를 비교하는 사진을 인터넷에 올리면 세계적으로 난리가 날 것 같았다. 유럽이나 중국에서 일어난 일도 유튜브에 올리면 금방 우리나라에서도 화제가 되는 세상 아닌가. 그러다 보니 내가 한 짓도 금방 세상에 알려져 전국적인 문제아로 낙인찍히긴 했지만.

그가 천천히 말문을 열었다.

"라이언아. 나는 바로 얼마 전까지 네 머릿속에 드가 있던 퇴계 이황이라 카는 사람이다."

"아니…. 이게 도대체 어찌된 거예요? 방통장군은 그럼 어디로 간 거예요?"

"내가 너와 이야기를 나누려고 잠시 방통의 육신을 빌려서 들어온 기재."

"아하, 빙의라고 하는 게 이런 거군요. 그런데 저한테 빙의가 되셨던 것 하고는 다른 방식인 것 같네요."

"방통은 영혼과 대화를 나누고 영혼에게 몸을 빌려줄 수 있는 영매의 능력이 있어가 지금처럼 바로 들어올 수 있는 기고, 너 같은 보통 사람들은 빙의를 일으키는 바이러스가 머릿속에 자리를 잡아야 해서 시간이 걸리는 기라."
"바이러스라뇨? 도대체 그런 바이러스가 언제 제 머리에…?"
"네가 학교에서 근신기간에 《퇴계처럼》이라 카는 책을 보다가 깜빡 잠이 들었던 거 기억나재? 450여 년 전 내가 쓴 책에 묻어 있던 빙의 바이러스가 현대에 와서 카메라의 프리즘을 통해, 그리고 사진으로 인화된 잉크를 거쳐 네가 읽던 책갈피 속에 숨어들었던 기라. 그리고 네가 책장을 넘길 때 네 손가락에 묻어서 혀를 타고 들어간 기재."
"설마 어떻게 그런 일이…. 정말 그런 황당한 바이러스가 다 있어요?"
"네 몸을 이루고 있는 세포가 모두 몇 개인지 아나?"
"글쎄요, 뭐 한 5천억 개? 많이 잡으면 1조 개 정도?"
"하하하. 앞으로 큰일을 해야 될 아가 이래 스케일이 작아서야…. 대략 60조 개다, 60조 개. 그러면 네 몸에 붙어 있는 바이러스나 박테리아는 몇 개인지 아나?"
"몰라요…. 전, 그런 데는 통 관심을 가져보지 않아서."
"그거의 10배다. 6백 조라는 숫자가 얼마나 많은 건지 상상이 되나?"
"정말요?"
"인간으로 살다가 육신이 자연으로 돌아가고 영만 남아 선계에 올라와 보니, 이 지구별의 주인이 인간이라 카는 거는 말짱 착각이었다 아이가. 바이러스와 박테리아가 사실상의 주인인 기라. 인류가 번성하기 전에 우리 지구라는 별을 호령하던 공룡이나 우리 인간들이나 모두 그들의 숙주로서 존재하는 기라. 우리의 생로병사를 사실은 다 세균이 주관

한다 아이가. 에볼라를 포함해서 아직 인간들의 과학으로는 규명할 수 없는 바이러스, 변종 바이러스가 밤하늘의 별맨치로 부지기수다."

"저, 제가 아직 어려서 그런데요, 할아버지는 원래 유학자 아니셨어요? 뭐라더라, 성리학인가 하는. 그런데 어떻게 그리 미생물의 세계까지 빠삭하게…."

"선계에서 올해까지 꼭 445년 동안 인류의 역사가 흘러오는 거를 다 지켜봤다 아이가. 내는 역사뿐 아니라 과학이고 철학이고 모르는 것이 없다고 봐도 된다.

살아생전에 그렇게 온 힘을 기울여서 우리 인간 모두가 행복하게 살아갈 철학의 체계를 만들려고 신명을 다했건만. 그 성리학이라 카는 것도 지금에사 보이 인간이 만든 수만 가지 철학 중 하나일 뿐인 기라. 하지만 그 성리학의 가르침 중엔 시대를 초월해서 가치를 가진 부분이 있는 기라. 예를 들어…."

"그런데, 할아버지. 돌아가신 이후에도 그렇게 세상을 다 관찰하시고 공부도 하실 수 있던가요?

"하하, 그래 궁금하노? 라이언, 니도 언젠간 선계에 올 수밖에 없을 낀데, 여가 우예 돌아가는지 미리 다 알아버리면 무슨 재미로 살겠노. 사후 세계가 있을까, 없을까, 있다면 어떤 모습일까, 궁금한 게 있어야지 너무 많이 알아버리면 재미 없재. 이승에서는 이승의 삶에 충실해야 하는 기라.

내가 좀 전에 하려던 말을 마저 해도 되겠노?"

"아, 예. 죄송해요. 제가 중간에 말씀을 잘라서…."

"괘안타. 하하. 그 정도 분별과 예의가 있는 거 보이 역시 내 말을 이해할 만한 심성을 가졌다 카는 생각이 든다. 내가 하려던 말은 성리학이 영 쓸모없는 학문만은 아이라 카는 기다."

"예를 들어 어떤 면에서요?"

"성리학이라 카는 건 본래 우주와 인간의 본성을 알아 거기에 따라 사는 길, 즉 순리를 찾는 학문인 기라. 우주 자연과 인간을 한 덩어리로 이해하고 함께 조화를 찾아가는 학문이 성리학이라 카믄 쪼매 이해가 되겠나. 사람 간에도 할아버지 세대, 아버지 세대, 손자 세대가 각자 지켜야 할 도리를 다하면서 영원히 평화롭게 살아가기 위한 길을 찾는 학문이다, 이 말이다. '그기 뭐 대수라꼬 그 카노' 할 수 있겠지만 그동안 서양의 물리학, 화학, 생물학, 공학은 좁은 시야로 자기 분야만 탐구해 왔고 그것이 지금의 물질적인 풍요를 가져다주긴 했지만, 봐라, 이제 자연이 훼손될 대로 훼손돼 이대로 가다간 인류의 생존까지 위협받게 되지 않았나 말이다. 이제는 자연과 인간, 세대와 세대 간 조화를 추구하는 성리학적인 관점이 필요할 때가 됐다 이 말이다."

"무슨 말씀인지 조금 이해가 될 것 같긴 해요. 그런데 할아버지, 정말 궁금해서 그런데, 왜 저를 택해서 빙의가 되신 거예요?"

"선계에서 가만히 살펴보다가 지금 후손들이 정말로 큰 위기에 처했다 카는 걸 깨닫게 됐다. 인륜이 무너지고 부모와 자식 간의 질서와 기강이 무너진다는 것은 보통 심각한 일이 아인 기라. 물론 여태까지도 전쟁과 전염병, 경제공황 같은 숱한 위기가 있었지만 그것과는 차원이 다른 위기다. 내는 이래 생각하고 있다.

그 문제를 과연 누가 해결할 수 있겠노. 지금 너희들에게 존경받지 못하는 기성세대들이 인간의 도리가 어쩌고, 선비정신이 저쩌고 하면 너희들은 또 고리타분한 헛소리나 찍찍 하고 자빠졌다 카면서 고개를 흔들지 않겠노.

우리는 성리학의 가르침을 온전히 이해하고 그 이치대로 실천하고 살아가는 사람을 선비라꼬 불렀다. 조선시대에 태어난 선비는 이제 죽었다. 더 이상 존재가치가 없어졌다 이 말이다. 얼마 전에 너도 《퇴계처럼》을 읽으면서 선비처럼 사는 걸 선비질이라 카드만. 선비가 이제 존경은 고사하고 천덕꾸러기 위선자 취급을 받는 세상 아이가.

하지만 만약에 어른들이 너희를 가르치려 하기 전에 거꾸로 너희 세대가 먼저 나서서 예의와 도덕이 바로 선 사회를 만들자고 주장하면 어떻겠노.

어른들은 눈이 휘둥그레가 '우째 우리 아이들이 그런 소리를 다 하노' 하면서 놀라지 않겠나. 그러면서도 꼼짝 못하고 너희들 말을 따르게 될기라. 아이들이 뭘 해달라 카는 것도 아니고 '조상들의 가르침을 따라 서로 배려하고 존중하면서 선하게 살자' 카는데 '고마 됐다. 치아라' 할 수 있겠노.

이제 곧 이 세상의 주역이 될 너희 세대가 어른들보다 앞장서서 도덕과 양심을 갖춘 선비, 새로운 감각으로 새롭게 일어서는 선비가 돼야 이 나라에 희망이 생기는 기라."

"오케이, 할아버지. 그러니까 저더러 할아버지가 말씀하시는 그 성리학의 가르침과 선비사상을 우리 세대 친구들에게 전파하고, 그래서 그들이 선비가 되도록 만들고 어른들도 달라진 우릴 보고 깜짝 놀라서 깨닫게 하라는 말씀이신 거죠?"

"그래, 바로 그기라. 원래가 영특한 니는 내 뜻을 금방 이해할 줄 알았다."

"그런데요, 왜 하필 저예요? 그런 일을 맡기에 저는 문제가 많아요. 한때는 공부 좀 했지만 이젠 성적이 형편없이 떨어져서 4년제 대학이나 들어갈 수 있을지 모르겠어요. 집안에도 문제가 생겼고. 제가 선비정신 어쩌고 하면 친구들이 모두 배를 잡고 웃을 거예요. 아무래도 번지수를 잘못 찾으신 것 같은데…."

"라이언아. 니는 인연이라 카는 걸 우예 생각하노?"

"예?"

"꼭 불교에서 말하는 업이니 전생이니 하는 그런 심오한 인연을 말하는 기 아이다. 그냥 지금 네가 처하게 된 현실이 어떤 원인에서 시작됐고 또 다른 인과관계를 거쳐 어디로 흘러가게 될지 궁금해 해본 적 없드나?"

갑자기 민들레 누나와의 면사무소 데이트 때 그녀와 이 순간을 함께 하게 만든 인과관계란 어디서부터 시작된 걸까 궁금해 했던 기억이 났다.

"내가 너를 택한 이유를 지금은 모두 설명할 수 없다만, 언젠가는 아, 그랬구나. 그래서 나를 택했구나 라고 깨닫게 될 기다. 지금 전쟁 같은 상황으로 치닫고 있는 세대 간의 갈등을 끝내게 할 사람이 너밖에 없기 때문인 기라.

지금은 그 이유들이 제각각 아무 관련도 없는 것맨치로 흩어져 있어가 그림이 그려지지 않겠지만 언젠가 모든 것이 명확하게 연결되면서 그 그림의 한가운데 서 있는 네 모습을 발견하게 될 날이 올 기다.

그 일을 해내는 순간 지금 네가 안고 있는 고민이 모두 사라지고 인생의 목표도 찾아지게 될 기다. 한 가지만 미리 얘기해 준다면 너는 지금 극단으로 치닫고 있는 세대 간 갈등을 해결하는 영웅이 되고 그 후로는 전 인류를 위한 새로운 사명을 수행하게 될 기라 카는 기다."

"헐, 믿기지 않아요. 제가 정말 그럴 수 있을까요…. 그럼 어떻게 해야 그 일을 할 수 있는 건가요?"

"먼저 선비가 어떤 사람들인지, 그들이 하는 공부가 지금 너희들이 공부라고 부르는 것과 어떻게 다른지를 분명히 알아야 한다. 그러기 위해선 그들을 직접 만나 그들의 세계 속에 머물다 와야 한다."

"네? 무슨 말씀이신가요? 그러면 저더러 타임머신 타고 조선시대로 갔다 오란 말씀이세요?"

"하하. 시간여행을 하는 방법이 꼭 타임머신만 있는 건 아이제. 와, 요즘 영화에도 나오는 '웜홀'이라 카는 거 모르나? 아무튼 그 길은 네가 결심이 서면 알려줄 기라. 하지만 그 결심이 쉽지 않을 기라 카는 건 알고 있다.

미안하게도 네 의사를 묻지 않고 너한테 빙의가 됐다만 시간여행은 반드시 네 의지가 필요한 일이다. 싫다는 너를 억지로 데려간다 캐도 그 시대에 적응하면서 선비수련에 정신을 집중할 리 없을 기니까."

"제가 끝까지 안 가겠다고 하면요? 솔직히 호기심이 생기기도 하지만 며칠도 아니고 몇 달이나 몇 년씩 가는 거라면 저도 좀 생각해 봐야 할 거 같은데요."

"그래, 난 네가 자연스럽게 그런 결심이 설 때까지 기다릴 기다. 그 전까지 우리는 많은 대화를 나눠야 할 기다. 방통이 중간에 있으면 방통의 몸을 빌려가 이렇게 대화를 할 수 있겠지만 이제 다시 서울로 가면 다른 방법이 필요할 긴데. 내 가만히 생각해 보이 이래 하면 어떻겠나 싶다.

네가 자는 동안 내가 네 몸에 들어가서 내가 할 말을 휴대폰에 동영상으로 냄겨 노께. 너는 자고 일어나서 활동하는 동안 내 말을 들어보고, 물어보고 싶은 말은 내맨치로 자기 전에 휴대폰으로 녹화해 두는 기라."

"하하, 할아버지는 바이러스만 아니라 IT 기술에도 빠삭하신가 봐요. 휴대폰으로 그런 기발한 대화방법을 생각해 내시다니. 그러면 그렇게 하기로 해요."

대화를 마치자 방통에게 강림해 있던 퇴계 할아버지의 영혼이 물러났고 방통은 마치 술에 취해 졸다가 깨어난 것처럼 원래의 찌든 표정으로 돌아왔다.

"장군님, 지금 기분이 어떠세요?"

"한 번 접신할 때마다 몇 년씩 폭삭 늙어 삐는 기분이다 아이가. 무당이나 영매들이 얼매나 피곤한지 사람들은 모른다. 그래, 선생님 말씀은 잘 들었나?"

"네, 덕분에 고민하던 문제가 해결된 것 같아요. 장군님, 너무 고생하셨는데. 제가 준비한 돈이 얼마 안 돼서 죄송해요."

봉투에 넣어서 가져온 60만 원을 내밀자 방통은 손사래를 치면서 펄쩍 뛰었다.

"아이다. 퇴계 선생님을 돕는 일인데 도리어 내가 영광이재, 무슨 돈을 받는다 카겠노. 우리 조상들이 아시면 경을 칠 끼다."

방통의 태도가 워낙 완강해서 더 이상 권하지 못했다. 서울로 돌아오는 버스 안에서도 이게 꿈인지 생시인지 도무지 분간할 수 없었다.

'445년 전이라구? 그렇게 오래전에 돌아가신 퇴계 할아버지와 대화를 나누다니. 어떻게 이런 일이 있을 수 있지? 그나저나 내가 시간여행을 하길 바라시는 것 같은데 어떻게 해야 하나?"

일단 퇴계 할아버지에게 시간여행에 관련된 것부터 물어보기로 했다.

"할아버지, 제가 지금 가장 관심 있는 건 말씀하신 시간여행이에요. 원하시는 기간은 얼마 동안이고 거길 가기 위해 어떤 준비를 해야 하는지 구체적으로 말씀해 주세요."

집에 돌아와 휴대폰 동영상 셀프촬영으로 내 질문을 녹화한 뒤 책상 위 충전단자와 연결해 두고 잠이 들었다.

다음 날 일어나자마자 휴대폰을 열어봤더니 어제 녹화한 동영상 파일 아래에 내 모습이 담긴 파일이 하나 추가돼 있었다.

'설마 했는데 정말이구나.'

순간 가벼운 전율이 일었다.

재생시킨 동영상 속의 나는 분명히 나인데도 그 느낌이 거울에서 매일 보는 나나 어젯밤 녹화한 동영상 속의 나와는 판이하게 달랐다.

방통장군에게 퇴계 할아버지의 영이 들어왔을 때처럼 전혀 다른 사람이 된 듯했다. 항상 어딘가 불만에 차 있고 초조한 내 표정이 완전히 사라졌고 차분하고 편안하면서도 이지적인 느낌을 주는 표정으로 바뀌어 있었다.

동영상 속의 나는 '하하하' 큰 소리로 웃음을 터뜨렸다.

"평소 보던 네 모습과 많이 달라진 것에 놀라고 있겠구나. 사람은 같은 육신을 가지고 있더라도 그 안에 어떤 영혼이 깃드느냐에 따라 천차만별의 느낌을 줄 수 있느니라.

그래, 시간여행이 아무래도 궁금하겠지. 먼저 기간에 대해 말해주마. 사람이 어떤 분야든 흔한 말로 도가 트이는 경지에 이르기 위해 필요한 조건이 있느니라. 그것은 1만 시간 동안의 집중적인 훈련이다.

요즘은 너희 세대에도 '1만 시간의 법칙'이라는 말이 유행어가 돼 있더구나. 1만 시간을 채우려고 한다면 하루 10시간씩 할애할 때 대략 3년이 걸리겠지.

뭐, 눈 딱 감고 군대를 한 번 갔다 오는 셈 치면 되지 않겠느냐, 하하. 군대 가는 것과 마찬가지로 다른 준비는 필요 없다. 군대와 다른 점이 있다면 군대에서의 시간은 밖에서도 똑같이 흘러가지만 네가 시간여행을 떠나면 이곳의 시간이 정지된다는 것이다.

그만큼의 시간을 벌게 되는 것이지. 그 시간 동안 너는 공부의 신이 돼서 돌아올 수 있다.

올해 연말 수능에서 너는 어느 학교든 원하는 대로 골라 갈 수 있는 성적을 거두게 될 것이야. 그게 너의 고생에 대해 줄 수 있는 보상이다. 어떠냐. 그것만으로도 한번 다녀올 만하지 않겠느냐."

퇴계 할아버지는 방통장군 집에서 첫 대면했을 때 같은 경상도 사투리가 아니라 알아듣기 편한 서울 말씨로 말씀하고 계셨다. 나는 하루 종일 고민했다.

이제 뭔가 서로 간에 애틋한 감정이 싹틀까 말까 하는 민들레 누나를 3년씩이나 볼 수 없다는 것도 아쉽지만 조금만 머리를 돌려봐도 고생이 막심할 게 뻔했다.

당연히 누리다가 갑자기 사라질 경우 '멘붕'에 빠지게 되는 생활필수품들이 그 시대엔 당연히 없을 것이었다. 좋아하는 자전거는 구경도 못할 거고 라면도 당연히 없을 거다. 거의 하루도 빼놓지 않고 손과 발로 두들겨 온 샌드백 정도는 잘 궁리하면 얼추 비슷한 걸 하나 만들 수도 있겠지만 양반 체면에 그걸 두들기기는 어려울 것이다.

무엇보다 화장실에 양변기도 비데도 없고 '푸세식' 뒷간을 이용해야 할 것이 끔찍했다. 하얀 두루마리 화장지는 고사하고 종이 자체가 귀할 테니 용변 후에는 십중팔구 새끼줄이나 볏짚 같은 걸로 닦아내야 할 것이다. 상상만 해도 항문이 쓰라렸다.

겨울에 추운 거야 이를 악물고 견뎌본다 해도 여름이 문제일 것 같았다. 선풍기와 에어컨 없이 인내심만으로 한여름의 무더위를 고스란히 견뎌야 할 것이다. 모기약도 없을 테니 모기에 뜯겨도 그냥 참는 수밖에 없을 것이다.

다치거나 아프더라도 지금처럼 병원에서 치료받지도 못할 거고 어쩌면 여기선 질병 축에도 못 드는 허접한 전염병에 걸려 대책 없이 죽게 될지도 모른다. 이런저런 걱정거리들을 한데 모아보니 결론이 분명해졌다.

"난 절대 못 가."

게다가 3년 동안 해야 될 일이 사서삼경 같은 걸 주구장창 붙들고 살아야 하는 선비수련이라는데 영어나 수학 같은 입시과목이라면 모를까. 몰라도 사는 데 아무 지장 없는 한자공부만 열나게 하다가 와야 한다는 것도 영 내키지 않았다.

《논어》니 《맹자》니 《명심보감》 같은 책들을 줄줄 외워온들 지금 세상에서 어디다 쓴단 말인가. 할아버지는 공부의 신이 될 거라고 하셨지만 그런 걸 공부해서 무슨 수로 '공신'이 된단 말인가. 나를 꼬시려고 그냥 하는 소리일 테지.

할아버지 얘기대로 차라리 그 시간에 진짜 군대를 갔다 온다면 모를까. 조선시대를 간다는 건 너무 고생스럽고 위험한 도박이었다.

그런 내 생각을 휴대폰 앞에서 조목조목 털어놓고 잤다.

다음 날 휴대폰을 열어보니 밤사이 추가로 녹화된 동영상 속에서 퇴계 할아버지의 영혼이 강림한 나, 독고라이언이 말했다.

"네 사정은 이해하고도 남는다. 그 시대를 살아봤기 때문에 네가 얼마나 불편해 할지 충분히 짐작이 된다. 네 마음이 내키지 않는다면 어쩔 수 없는 일이다. 다만 나는 하루라도 빨리 너에게 세상을 바꿀 의지와 능력을 심어주고 싶다. 나날이 인성이 황폐해지고 인간이 지켜야 할 최소한의 도리마저 외면하고 있는 세상을 구해내기 위해서는 너의 사명이 크고 중요하기 때문이야. 일단은 이렇게 동영상으로 서로 대화를 나누도록 하자. 많은 시간이 걸릴 테고 또 얼마나 네가 집중할 수 있을지도 모르겠다만 그러다 보면 언젠가는 네 생각도 바뀔 수 있지 않겠느냐."

시간여행을 가지 않는 대신 할아버지와 거의 매일 휴대폰 동영상으로 대화를 나누게 됐다.

나는 퇴계 할아버지에게 각종 시사 뉴스와 관련해서 궁금한 점을 물어보기도 하고 살아 계시던 때의 환경과 일화 등에 대해서도 이런저런 대화를 나누게 됐다. 스무 살 때 절에 들어가 공부를 너무 열심히 하다가 몸을 상하신 일, 제자들을 가르치던 계상서당에서의 추억, 제자들이 늘어나 계상서당이 좁아지면서 새로 도산서당을 짓던 일, 그리고 거처하시던 한서암에 대해서도 알게 됐다.

그리고 150번이나 벼슬자리를 제안받았고 그중 80번을 물리치셨다는 얘기도 들었다. 벼슬보다 더 큰 뜻이 있었기 때문이라고 했지만 그게 어떤 뜻인지, 왜 그래야만 했는지는 설명을 들으면서도 명쾌하게 이해가 되지 않았다.

'임금을 모시고 나랏일 하는 것보다 고향에 내려와 제자들을 가르치는 게 더 중요했다구? 이런 걸 제멋에 산다고 하는 거 아닌가….'

천 원짜리에 그려진 이미지만 볼 때는 고지식하고 답답해 우리 세대와 전혀 말이 안 통할 것 같은 할아버지였지만 워낙 모든 분야에 해박한데다 자상하게 설명을 잘해주셔서 지루한 줄 모르고 대화를 나눌 수 있었다.

할아버지와 대화가 시작된 뒤로 내 몸에 이상한 변화가 찾아왔다. 우선 잠에서 상쾌하게 깨어났다. 점심을 먹어도 소화가 잘 돼서 식곤증도 거의 느낄 수 없었고 몸이 날아갈 듯 가벼웠다.

헬렐레 펀치에서 스파링할 때도 스텝이나 잽이 한결 빨라진 걸 느낄 수 있었다. 그러다보니 기분까지 덩달아 좋아져서 짜증을 내는 일도 줄어들었다.

얼마 후 할아버지로부터 이유를 들을 수 있었다.

"라이언아. 요즘 컨디션이 많이 좋아졌재? 왜 그럴까 궁금했을 기다. 사실은 그동안 내가 네 몸에 들어가 동영상 녹화를 한 뒤에 간단한 양생법을 실시했었다. 내가 이승에서 만든 '활인심방'(活人心方) 이라 카는 긴데 요즘의 요가맨치로 앉아서 몸을 이리저리 돌려 움직이고 안 쓰던 근육을 풀어 주는 기다. 거기에 단전호흡으로 기를 순환시켜 주는 기재. 내가 네 몸을 빌려 쓰고 있으이 이 정도는 보답으로 돌려줘야 안 되겠나, 하하하."

'활인, 뭐라고? 조선시대에도 요가가 다 있었나, 헐. 아무튼 할아버지한테 그것만큼은 꼭 배워야겠구나.'

그 놀라운 체험을 하는 와중에도 내 관심은 할아버지의 기대와는 달리 그녀, 채민들레에게 온통 기울어 있었다. 사실 이 정도 가까운 사이가 된 것도 그녀가 처음 우리 학교에 왔을 때 가슴 졸이며 안달하던 때와 비교하면 거의 기적이었다.

하지만 내가 원한 건 드라마나 영화에서 보았던 알콩달콩 연인 사이였다. 우여곡절 밀당 끝에 어느 순간 선을 삐끗 넘어버리면서 어쩔 수 없이 서로를 남자와 여자로 받아들이게 되는 드라마 같은 그런 전개 말이다. 하지만 내 열망과 달리 흔들림 없이 꿋꿋이 평행선을 지키는 그녀 때문에 난 항상 속앓이를 하고 있었다.

함께 양평으로 라이딩을 다녀온 후 제법 친해졌다고 생각했는데 여전히 사제지간이라는 틀 속에 갇혀 있었다. 연상녀 연하남의 짜릿한 사랑싸움 같은 쪽으로는 한 발짝이라도 진전될 기미가 보이지 않았다.

과거에 연애라는 것을 한 번도 해본 경험이 없는 나로서는 연상인 그녀를 내 페이스대로 리드한다는 게 무엇인지, 어떻게 해야 하는 건지 감을 잡을 수 없었다.

타이거나 재규어는 먼저 그녀의 입술을 과감하게 빼앗으라고 했다. 서로 입속에서 혀를 밀어 넣기도 하고 빨아 당기기도 하는 깊고도 열정적인 키스를 나누라는 것이다. 강제로라도 그렇게 해버리고 나면 같이 모텔에 가는 것까지도 식은 죽 먹기라는 것이었다.

'이놈들이 나도 모르는 새 여자애들과 그런 짓까지 벌이고 다녔나.'

내심 놀라면서도 내 순진함을 새삼 드러내고 싶지 않아 잠자코 있었다.

하지만 그건 내게 턱도 없는 황당한 목표였다. 그런 진한 키스가 아니라 그냥 볼에 살짝 입을 갖다 대는 것조차 어림없었다. 강제로 그녀의 입술을 범했다가 영영 나를 안보겠다고 하면 돌아버리고 말 것이다. 무모한 도박에 일생을 걸고 싶지 않았다.

내가 정한 1단계 목표는 먼저 그녀의 손을 잡는 것이었다. 처음 만났을 때, 그리고 고담시티에서 그녀를 구해주었을 때 엉겁결에 잡아보긴 했다. 하지만 서로의 감정을 주고받는 그런 접촉이 아니었다. 그 하얗고 가늘고 매끈한 손을 다시 잡아볼 수 있다면. 그 손을 마음껏 매만질 수 있고 그 손에 내 입술을 갖다 댈 수 있다면. 그런 상상만으로도 온몸에 짜릿한 흥분이 몰려왔다.

현실에선 서로가 한 사람의 남자와 여자로서 교제하고 있음을 인정하는, 손 정도는 만져도 되는 그런 관계조차 언감생심 꿈꾸지 못했다. 손을 잡기는 고사하고 얼굴도 볼 수가 없었으니까.

교생실습을 마치고 학교를 떠난 이후 눈에 띄게 냉담해진 그녀가 야속했다. 주말에 한번 만나자고 해도 봉사활동이니 어학실습이니 리포트 작성이니 하는 이유를 대면서 만나주지 않았다. 그렇다고 문자나 전화까지 씹는 건 아니었다. 그래서 미련과 기대를 계속 갖게 됐지만 그 이상 가까이 다가가는 건 허용하지 않았기 때문에 더 괴로웠다.

'할아버지께 한번 상담을 드려볼까.'

퇴계 할아버지도 이미 나와의 대화를 통해 민들레 누나를 어느 정도 알고 있었다. 물론 그동안 할아버지가 보여준 능력을 볼 때 말하지 않아도 다 꿰뚫고 있을지 모르지만.

혹시 미래에 우리 사이가 어떻게 될지, 연인으로서, 그다음엔 결혼에까지 골인해서 평생 함께할 수 있을지, 이렇게 지지부진하다가 그녀에게 내가 아닌 진짜 애인이 생겨버려 흐지부지 끝나게 될 것인지까지

다 알고 있는 건 아닐까.

"할아버지, 꽉 막힌 제 연애사업을 어떻게 풀면 좋을까요?"

자기 전 휴대폰 동영상으로 이렇게 질문을 녹화해 놨다.

다음 날 아침 휴대폰을 열어보았더니 동영상 파일 속의 내가 활짝 웃고 있었다.

"하하하, 하하하하."

할아버지의 영혼이 깃든 휴대폰 속의 나는 해맑은 표정으로 한참을 웃었다.

'대체 뭐가 그리 우스운 거지?'

나는, 아니 퇴계 할아버지는 잘 알아듣긴 힘들어도 친근한 경상도 사투리로 말씀하셨다.

"라이언아, 그 처자가 그래 좋드나? 하긴 열여덟 살이면 조선시대에선 장개도 들었을 만한 나이재. 공부를 일찍 시작했으면 초시에도 합격했을 기라. 율곡 선생은 약관 스무 살에 대과에 장원급제를 했으니께네.

네 이야기 들어보고 위에서도 살펴보이 민들레 처자도 네가 싫지는 않은 것이 확실하데이. 그 말만은 믿어도 좋을 끼다. 그 처자도 몸과 마음이 모두 건강한 여자인데 너맨치로 훤칠하고 잘생긴 장부를 보고도 설레는 감정이 안 일어난다 카면 이상한 기재. 하지만 아무래도 지금은 때가 아니라고 생각하는 것 같더라. 더구나 자기 때문에 고3인 네가 시간을 뺏기고 그래서 대학 가는 데 지장을 받는다면 한때 선생이었던 그 처자로서도 도리가 아이니께네.

입장을 바꿔 네가 여자가 돼서 생각해 본다 캐도 너와 일생의 동반자가 될 남자를 사귄다 카믄 제일 먼저 그 남자가 믿을 수 있고 분별이 있는 사람인가 아닌가를 먼저 보지 않겠나? 일단은 학업에 정진하면서 적어도 민들레 처자가 다니는 거 못지않은 명문대학을 들어가야만 신뢰를 얻을 수 있을 기라."

할아버지 말씀을 듣고 보니 그녀의 마음이 슬쩍 엿보이는 것도 같고 나한테 왜 그렇게 대하는지 어렴풋이 이해할 수 있을 듯했다.

그러나 '해야 한다, 해야 한다' 라는 강박관념을 가질수록 공부가 더 하기 싫고 손에 잡히지 않았다. 한 번 떨어진 성적은 과거의 영예와는 점점 멀어져서 학년 전체 석차가 중간을 기준으로 약간 위 또는 아래에서 맴돌았다. 태산고의 학력 수준을 감안할 때 그 정도 성적으로는 서울에 있는 대학은 감히 쳐다볼 수도 없었다.

퇴계 할아버지는 나의 교육 멘토뿐 아니라 연애 멘토까지 맡게 되시면서 부쩍 허물없고 다정한 사이로 다가왔다.

그와 나의 세대 차이, 아니, 시대 차이를 감안한다면 놀랄 만한 일이었다. 다만 그가 가진 철학이나 세계관은 동영상을 통해 나누는 정도의 짧은 대화로는 이해하기 힘든 부분이 여전히 많았다. 그의 시대에 가서 3년간 공부를 하고 돌아오면 달라질 수 있을까. 지금처럼 공부하기가 싫어서는 그 시대로 간다 해도 갑자기 공부를 열심히 하게 될 것 같지 않았다.

"할아버지, 어떻게 하면 다시 공부에 흥미를 붙일 수 있을까요?"

"오호, 라이언아. 이제 공부에 마음을 두기로 작심한 것이냐? 그것만으로도 큰 진전이다. 무엇보다 공부를 수단으로만 여기면 숙제가 되기 때문에 자연히 지겨울 수밖에 없어지는 것이다. 하지만 마음먹기에 따라서는 공부가 모바일 게임을 하듯이, 자전거를 타듯이 즐거운 일이 될 수도 있어. 즐기다 가드레일을 들이받아도 모를 정도로 말이다. 하하하.

그런 것보다는 공부에 더 가까운 예술을 예로 들어보자. 만약에 말이다, 네가 그림을 그리는 화가가 됐다고 가정해 보자. 내가 이 정도 멋진 그림을 그려 놓았으니 됐다. 이젠 그만 그려야겠다 하면서 붓을 놓을 수가 있겠노.

예술이란 창작행위 자체에 열정과 희열을 느끼기 때문에 할 수 있는 것이야. 어떤 결과를 만들어 내기 이전에 그 과정이 즐겁기 때문에 미친 듯이 몰입하게 되는 것이다.

옛 선비들은 공부하면서 반드시 서예를 같이 했다. 예술 하는 마음으로 공부를 하기 위해서였지. 공부도 마치 서예처럼 공부 자체에서 희열을 느끼다 보면 만족을 모르고 한없이 더 높은 경지를 추구하게 되는 것이다."

'거참, 이해가 안 되네. 공부는 공부고 예술은 예술이지, 도대체 시험공부 같은 걸 하면서 희열을 느낀다는 게 말이 되나.'

내 생각에 아랑곳없이 동영상 속 할아버지 말씀이 계속 이어졌다.

"너는 공부라는 게 뭐라고 생각하느냐? 아마도 지금 서로 마주 보면서 대화한다면 공부란 시험을 잘 치기 위한 것이고 책에 나온 내용을 달달 외워 어떤 문제든 척척 풀어내는 거라고 답하겠지?"

동영상 속에서 웃고 있는 할아버지는 내 마음을 족집게처럼 정확히 읽어냈다.

"너뿐 아니라 네 또래 아이들이 모두가 공부를 그렇게 이해하고 있을 것이다. 하지만 내가 이승에 살던 시절에 해왔던 공부는 목표가 시험이 아니었다. 너 또한 시험공부를 벗어나 그 시대로 가서 진짜 공부라는 것을 해보길 권하는 이유가 바로 그것이야.

우리는 마음을 다스리는 것을 공부의 목표로 삼았다. 자기 자신의 마음을 하나의 그림으로, 아름다운 글씨로 만들기 위한 것이 공부였다.

그래서 공부에 심취하게 되면 일부러 그러려고 하지 않아도 항상 정중하고 반듯한 자세를 지킬 수 있었던 것이야. 남들을 대할 때도 마찬가지가 된다.

우리는 그런 마음의 상태를 일컬어 '경'(敬)이라고 하고 '신독'(愼獨)이라고도 했다. 늘 경건한 마음으로 이치를 탐구한다고 해서 '거경궁리'(居敬窮理)라 말하기도 했지.

경과 신독을 좌우명 삼아 마음을 그런 경지에 끌어올리는 공부에서 우리는 지금 너희들이 게임을 하는 것 이상으로 희열을 느낄 수 있었다."

알 듯 말 듯한 말씀이지만 동영상 속 할아버지 표정을 보니 공부가 즐거웠다는 말이 뻥은 아닌 듯했다.

그런 경지에 내가 도달할 수 있을지는 몰라도, 사람이 공부를 게임처럼 미친 듯이 좋아할 수 있다면 그야말로 '꿩 먹고 알 먹고'일 거라는 생각은 들었다. 공부라는 건 아무리 밤새워 신나게 해도 말릴 사람이 없잖은가. 사고 날 일도 없고.

"네. 아무튼 그렇다고 쳐요. 제가 지금 당장은 어떤 공부를 해야 할까요? 먼저 목표를 정해야 할 텐데 무슨 대학 어느 과를 가야 할지 도무지 갈피를 잡을 수가 없어요."

투정부리는 듯한 내 질문에 다음 날 퇴계 할아버지가 달래듯이 답해주셨다.

"라이언아. 너무 조급하게는 생각하지 말거라. 무엇보다도 우리 시대가 당면한 현실의 문제를 해결할 수 있는 공부를 목표로 해야 한다.

그 답은 지금 당장 내가 던져주기보다 네가 해야 할 일을 찾아내면 자연히 함께 발견하게 될 것이야. 먼저 우리 시대의 가장 큰 문제가 무엇이라고 생각하느냐? 아마도 뉴스에 나오는 빈부격차, 편 가르기, 고령화시대 같은 문제를 떠올릴 테지.

그런 문제들이 왜 생길까. 너도 어렴풋이는 이해하고 있겠지만 이 나라와 사회가 디디고 서 있는 자본주의 시스템이 제대로 굴러가지 못하게 됐기 때문이다. 자본주의 체제에서는 기업과 국가경제 모두 끊임없이 성장하지 않으면 무너지게 돼 있다. 세계가 하나의 시장이 되다 보니 어느 한 나라의 경제라도 성장을 멈추거나 고장 나버리면 도미노처럼 세계경제가 다 휘청거리는 구조가 돼버렸다.

그런데 이제는 인구가 예전처럼 증가하지 않고 시장도 과거처럼 계속 커나갈 수 없는 상황이 됐다. 성장이라는 엔진으로 굴러가던 자본주의가 한계를 만난 것이야.

게다가 의학의 발전으로 수명이 늘면서 노인들이 많아지다 보니 젊은 사람의 부담이 갈수록 커지고 있지 않느냐. 엎친 데 덮친 격으로 어느 나라나 출산율이 떨어지면서 노인을 부양해야 할 젊은 사람들은 갈수록 줄어들고 있다. 아이 낳아봐야 고생만 시킬 것이라고 생각하다 보니 아이 낳기를 더 꺼리게 되는 악순환이 이어지고 있어. 이렇게 나가다가는 너희들이 생각하는 것보다 훨씬 더 끔찍한 일이 벌어지게 된다. 이 문제를 치유할 길은 자본주의가 아닌 인본주의에 있다.

자본주의 시스템은 오로지 성장, 성장만을 외치다가 따뜻한 인간애를 잃어버렸다. 지금도 수많은 사람들이 가난 때문에, 빚 때문에 자살하고 있지만 이 사회는 그들을 위해 무엇을 하고 있느냐. 잠깐 안타까워하다가도 결국 어쩔 수 없는 일이라고 외면하고 있지 않느냐. 지금은 사람보다 돈이 중요한 세상인 것이다. 이 물질만능주의를 인간중심주의로 바꾸지 않으면 안 된다.

인간 서로 간의 예의와 염치, 약자에 대한 연민, 자신을 낮추는 겸양을 성리학에서는 '사단'(四端)이라고 한다. 이런 마음을 얼마간이라도 부활시킬 수 있다면 세상은 지금보다 훨씬 살 만해질 것이다.

지금 기성세대와 청소년세대가 벌이고 있는 전쟁도 양보와 배려를 잊은 데서 시작된 것이다. 물론 그 책임은 기성세대에게 있지. 하지만 이 싸움에서 너희는 어른들을 이길 수가 없다. 투표를 통해 사회의 의사결정에 참여하지 못하는 청소년들은 약자이고 어른들은 강자이기 때문이지.

하지만 너희들도 어른들 때문에 갈수록 커지는 부양의무 속에서 암울한 미래를 맞아야 한다는 사실을 깨닫게 됐으니 가만히 앉아서 당하려고만 하진 않겠지.

파국을 향해 달리는 세상을 구할 길은 인간 본연의 심성을 회복하고 사람답게 살아가는 데서 찾아야 한다.

그러기 위해서는 가망 없는 어른들이 아니라 아직 순수하고 열정을 간직한 너희 세대가 인본주의적 가치관과 선비정신으로 거듭나야 한다. 난 네가 그 일을 맡아서 해주기를 바라는 것이야."

얼굴과 목소리는 분명히 나인데 어투나 말하는 내용을 듣다 보면 확실히 나와 다른 사람이었다. 나는 해본 적도 없고 할 수도 없는 생각이었다. 도대체 내 안에 들어가 있는 저 할아버지는 어떤 사람일까. 하루는 이런 질문을 남겼다.

"그런데 할아버지는 실제 모습이 어떻게 생기셨어요? 천 원짜리에 그려진 모습과 같은가요?"

다음 날 할아버지는 재미있다는 듯이 말씀하셨다.

"허허. 녀석, 그게 그렇게 궁금하더냐? 지폐에 그려진 초상화와 이승에서의 내 모습은 전혀 다르다고 봐도 된다. 우리나라 후손들보다는 일본인들이 나의 가르침을 더 많이 따랐다. 천 원 지폐의 초상화는 어떤 일본사람이 나를 꿈에서 봤다며 그린 모습을 현초라는 우리나라 화백이 옮겨 그린 것이야. 내가 보니 딱 그 일본사람 비슷하게 그려놨더구나. 라이언아, 내 본래 모습이 궁금하다면 한번 우리 시대로 와서 날 만나보면 될 것 아니냐?"

되게 할아버지와 대화하다 보면 결론은 항상 내가 시간여행을 하고 돌아와서 뭔지 몰라도 내게 주어진 사명을 수행해야 한다는 쪽으로 흘러갔다. 할아버지는 김혁준 사건 이후 한발 한발 벼랑으로 치닫는 세대 간 전쟁이 무엇보다 걱정이신 듯했다.

청순법은 10대들의 촛불시위와 등교거부 투쟁 등 거센 반발에도 불구하고 법안 심의와 공청회를 거쳐 소관 상임위인 문화체육관광위를 통과했다. 세대 갈등의 격랑이 갈수록 거세지는 가운데 시간은 어느덧 7월 초순으로 넘어가서 기말고사와 방학이 다가오고 있었다.

그녀가 학교로 돌아간 뒤로 지금까지 딱 한 번 만났을 뿐이었다. 이번 주말엔 자원봉사 동아리에서 자전거를 타고 1박 2일 MT를 간다고 했다. 그녀가 MT를 떠난다고 말한 금요일 날은 오전부터 심란하고 공부도 안 됐다. 학교에서도 독서실에서도 책이 눈에 들어오지 않았다.

진로 문제를 상담한 이후 며칠간 퇴계 할아버지와 대화를 나누지 못했다. 일찌감치 집에 돌아와 한동안 입에 대지 않던 캔 맥주를 마셨다. 청순법은 아직 통과되기 전인데도 팍팍해진 사회 분위기 탓에 청소년 음주에 대해서는 나날이 규제가 엄격해졌다. 옛날처럼 맥주를 편의점에서 낱개로 구매하기 힘들어서 비앙카 아줌마에게 부탁해 마트에 갈 때마다 여섯 개들이 팩을 한두 개씩 사다달라고 했다.

마시다 보니 맥주 한 팩을 다 비우고 또 다른 팩을 열어서 마시고 있었다. 하지 말아야지, 말아야지 하다가 결국 그녀에게 문자를 보냈다.

"누나, 진짜 진짜 보고 싶어. ㅠㅠ"

이렇게 응석부리듯이 말하면 그녀는 나를 안쓰러워하면서 '라이언, 나두 너 정말 보고 싶단 말이야' 라는 메시지를 보내줄 것인가. 어린애처럼 유치하게 군다고 면박을 줄 것인가. 그런데 여느 때 같으면 답신이 올 시간이 지났지만 아무런 반응이 없었다. 이런 거야말로 가장 열받고 답답한 상황이다.

일행 중엔 남자들도 있을 텐데 1박 2일 MT라면 무슨 일이 생길지 어떻게 아는가. 헤어졌다는 남자친구는 군대를 갔을까. 아니면 갔다가 잠시 휴가라도 나와서 MT에 합류한 걸까. 기다리지 말고 그냥 그녀에게 전화해 볼까. 망설이고 망설이던 끝에 결국 충동을 못 누르고 전화 버튼을 눌렀다. 신호음이 오랫동안 울리다가 "지금 전화를 받을 수 없습니다" 라는 야속한 기계음이 흘러나왔다. 두 번 세 번 걸어도 마찬가지였다.

일이 뭔가 원하는 방향으로 가지 않고 그녀의 마음이 나로부터 멀어지고 있는 것만 같아서 초조하고 불안했다.

밤늦게 타이거와 재규어를 바람계곡으로 불러내 술을 마셨다. 난 말없이 술잔을 기울이다가 이따금 주머니에서 휴대폰을 꺼내 아무런 메시지도 오지 않은 것을 거듭 확인하고 확인했다.

그때마다 실망해서 풀이 죽는 내 모습을 보고 두 친구들은 "네 마음 심란한 거 다 이해한다"며 토닥거려줬다.

"그런 게 다 성장통인 것이지, 암."

나우시카 아줌마도 내 고민을 눈치 챘는지 위로의 말을 건넸다.

'꽐라'가 돼 집에 돌아와 씻지도 않은 채 소파에서 뻗었다. 다음 날 아침 9시가 조금 지나 전화 벨소리에 잠이 깼다.

발신인이 '일편단심 민들레'였다. 잠이 확 달아났다. 너무 반가워서 눈물이 날 정도였다.

"어제 내 메시지랑 전화 다 씹었는데도 벨이 울리자마자 쪼르르 달려가 받아야 하나. 나도 똑같이 씹어줘야 하나."

망설임은 3초도 가지 못했다. 전화를 받으려고 터치패널을 밀었는데 낡아서 감도가 떨어졌는지 한 번에 인식을 못했다. 혹시라도 먼저 끊어버릴까 봐 조바심이 났다. 네 번 만에야 겨우 연결이 됐다. 후덜덜 손가락이 떨렸다.

"누나 어쩐 일이야? MT 간다고 하지 않았어요? 어제 전화도 안 되고 메시지에 답도 없어서 무슨 일 생겼나 걱정했단 말이에요."

"깜빡하고 휴대폰을 집에 두고 갔지 뭐니. 안 그래도 네가 분명히 문자나 전화를 했을 거 같은데 응답도 없고 전화도 못 받으면 걱정할 것 같아 친구 전화를 빌려서 전화를 해주려고 했어. 네가 양력 생일이라던

뒷번호 네 자리는 기억났는데 가운데 네 자리가 아무리 떠올려도 기억이 안 나는 거야. 생각나는 대로 걸어봤는데 다 아니더라구. 넌 나한테 혹시 무슨 일 있나 궁금해 할 텐데 고3인 네가 괜히 나 때문에 신경 쓰느라 공부 못 하면 어떡하니? 그래서 친구들한테는 집에 일이 좀 생겼다고 둘러대고 아침 일찍 혼자 돌아온 거지, 뭐."

"누나…."

난 그녀의 세심하고 다정한 마음 씀씀이에 갑자기 코끝이 찡해져 왔다.

아빠로부터도, 엄마 2로부터도 이런 배려를 받아보지 못했다. 자신들의 사정이 얼마나 절박한지 몰라도 언제부터인가 고3 수험생에 대한 배려는커녕 관심조차 없어진 듯했다. '어떻게든 지 앞가림은 지가 해내겠지, 뭐' 라는 생각인 듯했다.

하긴, 나를 '멘붕'에 빠뜨린 아빠나 엄마 2가 공부하라고 잔소리까지 해댔다면 반항심에서 더 빗나가게 됐을지도 모를 일이었다.

"곧 기말고사 시작되지? 끝나고 방학되면 지난번처럼 같이 라이딩 한 번 가자."

"그래요, 누나. 고마워요. 그날을 손꼽아 기다리면서 시험공부 열심히 할게요."

일주일 전 끝내 이혼수속을 밟기로 한 아빠와 엄마에 대한 항의 표시로 집을 나갔던 라일락이 전화를 걸어왔다.

"너, 어디야?"

며칠 전 가출한 10대들이 한집에 모여 기거하면서 생활비 조달을 위해 약하고 어린 여중생 아이들에게 매춘을 강요하고 가혹행위를 일삼다가 심하게 구타해 죽게 한 이른바 '가출 팸' 사건이 터졌다.

안 그래도 김혁준 사건에서부터 불붙기 시작한 10대들의 일탈에 대한 우려가 그 사건으로 인해 증폭되면서 청순법 제정 목소리에도 한층 힘이 실렸다.

라일락은 천연덕스러웠다.

"오빠 걱정하지 마. 동현이네 집에서 잘 지내. 근데 돈 있으면 좀 빌려줄래? 동현이한테 빌린 돈 갚아야 하고 참고서도 사야 하거든."

"그래 알았어. 남매간에 빌리기는 뭘 빌리니. 엄마도 그렇겠지만 아빠가 많이 걱정하시니까 이제 그만 돌아와."

"그 인간들이 걱정은 무슨 걱정."

"아무튼 좀 있다가 학교 앞 면사무소에서 보자."

지난번 방통장군을 찾아갔을 때 한사코 안 받겠다고 해서 그냥 가지고 온 60만 원을 안 쓰고 보관해 두고 있었다. 라일락을 만나기로 한 면사무소에 조금 일찍 도착한 나는 휴대폰으로 뉴스를 검색하다 특별히 눈길 가는 이야기가 없어서 누군가 읽다가 식탁에 놓고 간 신문을 펼쳤다.

생각 없이 펄럭펄럭 지면을 넘기던 중 어떤 사진에 시선이 꽂혔다. 가슴이 쿵 내려앉는 기분이었다.

바로 그녀, 채민들레의 가족사진이었다. 지면의 절반을 차지하는 큰 사진이어서 눈에 확 들어왔다. 어느 신문에나 이따금 실리는 전면 인터뷰 기사인데, 요즘 언론의 스포트라이트를 한 몸에 받고 있는 채영성 교수가 주인공이었다. 그 채 교수가 바로 민들레 누나의 아버지였다.

평소 신문은 거들떠도 안 보고 TV 뉴스도 어지간해선 잘 안 보지만 채 교수의 이름은 알고 있었다.

기사에 따르면 채 교수의 할아버지, 즉 그녀의 증조할아버지는 일제 시대 무장항일투쟁을 이끌던 독립운동가였다. 독립운동가의 아들인 채 교수의 아버지, 그녀의 할아버지는 대법관까지 지낸 고위 법조인 출신으로 유명 사립대학의 총장을 역임했다. 그는 은퇴한 뒤에도 사회적으로 큰 이슈가 터질 때마다 언론에서 찾아가 인터뷰를 요청하는 존경받는 사회 원로다.

인터뷰이인 채 교수 자신은 영국 케임브리지대학을 나온 저명한 경제학자다. 얼마 전 발간한 채 교수의 저서가 세계적인 반향을 일으키면서 한국인 최초의 노벨경제학상 후보로 거론되기 시작했다. 본인은 정치에 뜻이 없다고 못 박았지만 여야 정치권은 그를 어떻게든 자기 진영에 끌어들이려고 혈안이 돼 있었다.

그가 쓴 책의 내용은 자본주의의 미래와 경제적 정의에 관한 것이었다. 퇴계 선생님이 늘 나에게 하시던 말씀과 같은 주제였다. 그는 거시경제학의 관점에서 성장론과 분배론을 아우르면서, 보다 사람답게 살 수 있는 세상을 만들 수 있는 제 3의 길을 제시했다. 지금 세계는 그의 문제제기와 그가 제시한 대안에 열광적 지지를 보내고 있었다.

그는 현실참여적인 학자여서 '미래를 여는 시민연대' 라는 중립적 노선의 시민단체 사무총장을 맡고 있었다. 만약 국내 정치 현실에서 어느 진영이든 그의 지지를 이끌어 낼 수만 있다면 많은 유권자들의 표를 확보할 수 있었다.

채 교수의 부인, 즉 그녀의 어머니는 '365일 36.5도' 라는 재미있는 이름을 가진 종합병원의 원장인데, 나환자들과 무의촌의 어려운 사람들을 헌신적으로 돕는 분이었다.

'아, 누나가 그런 엄마 덕분에 그렇게 능숙하게 응급처치를 해줄 수 있었던 거구나. 첫 만남에서 병원과 약간 인연이 있다고 한 것도 그런 뜻이었고….'

기사를 보니 실제로 민들레 누나는 어머니가 무의촌 의료봉사를 떠날 때마다 봉사서클의 회원들을 이끌고 따라가서 헌신적으로 도와주었다고 한다.

지면 윗단에는 채 교수가 외동딸 민들레 양을 너무 예뻐해 '딸 바보'라는 말을 자주 듣는다는 기사와 함께 그녀가 엄마와 아빠, 프랑스에 유학 중이라는 오빠 사이에서 환하게 웃고 있는 가족사진이 실려 있었다. 그녀는 아빠나 오빠와는 별로 닮지 않은 듯한데 엄마와는 마치 친자매처럼 보였다.

집에도 잘 안 들어오는 아빠가 신문을 워낙 좋아해 지금 읽고 있는 이 신문까지 세 개나 구독하고 있지만 난 집에 오는 신문을 거들떠도 안 봤다. 가끔 분리배출 할 때 쌓아놓은 신문뭉치를 한꺼번에 들고 갖다 버리긴 해도 이렇게 한장 한장 들춰서 읽어보는 건 몇 달 만인 것 같다.

그런데 왜 민들레 누나는 이런 놀랄 만큼 자랑스러운 가족사를 나한테 얘기 안 해줬지? 나 같으면 벌써부터 떠벌리고 싶어서 안달이 났을 텐데. 아버지가 뭐하는 분이냐니까 학교에서 학생들을 가르치신다길래 어느 중학교나 고등학교 선생님인 줄만 알았잖은가.

난 또 눈치 없고 싱겁게 '누나도 선생님이 되면 대를 이어 교육자 집안이 되는 거네' 하고 말았는데. 민들레 누나가 바로 그 유명한 채영성 교수의 딸일 줄이야. 채 씨가 그리 흔한 성도 아닌데 한 번쯤 왜 그런 생각을 못해봤을까. 솔직히 말해 그때 더 자세히 물어보고 싶었어도 그렇게 할 수 없었던 건 그녀가 역으로 내 집안 형편을 물어보면 어쩌나 하는 걱정이 앞섰기 때문이다.

그녀가 우리나라에서 손꼽히는 명문가의 딸인 걸 알고 나서 마음이 더 복잡해졌다.

'내 존재를 별로 진지하게 여기지 않아서였을까. 자기 집의 화려한 배경을 알면 내가 너무 위축될까 봐 배려해 준 걸까.'

나름대로는 재벌 2세라면 재벌 2세랄 수 있는 태산고 재단 상임이사 성하버드가 아직 교생에 불과한 민들레 누나를 왜 그토록 극진히 모시면서 마음을 얻으려고 아등바등 애썼는지 비로소 이해가 됐다.

내가 누나에게 저지른 실수 때문에 한때 전국적인 문제아로 지탄받기도 했지만 우여곡절 끝에 서로 호감을 느끼는 사이로 발전했으니 과거는 그냥 넘어갈 수 있다 쳐도, 드러내기 민망한 사생활을 가진 2류 변호사 아빠와 그의 구린 과거, 콩가루가 돼버린 집안이 문제였다.

그녀는 단지 연상의 선생님이어서만이 아니라 내 처지에선 감히 넘볼 수 없는 과분한 존재라는 생각에 위축감이 들었다.

그때 라일락이 들어왔다.

학교와 주변인물 돌아가는 정보에 빠삭한 라일락도 우리나라 명문가 동향에는 어두웠는지 민들레 누나의 아버지가 누구인지 몰랐던 것 같다. 내가 건넨 신문을 넋 빠진 듯 열심히 읽더니 눈이 휘둥그레졌다. 채 교수에 대해서도 몰랐던 듯 "우리나라에 이렇게 훌륭한 사람도 다 있었어?" 라고 했다.

"연상녀인 데다 사제지간인 것보다도 집안을 비교해 보니 오빠한테 벅찬 상대네. 지금 우리 집안 돌아가는 꼴 보면 누가 사돈 삼자고 하겠어."

늘 그렇듯 에둘러 말하는 법 없이 정곡을 찌르는 라일락.

"야, 민들레 누나는 나한테 선생님이라니까. 그리고 내 나이에 결혼은 무슨 결혼이야?"

"그러셔? 그런데 갑자기 뭔가 낭패를 본 듯 허탈한 그 표정은 뭐지?"

"헐, 더 이상 너랑 이야기하다간 나까지 이상해지겠다. 아무튼 이제 가출 시위는 그만 중단하고 집에 들어와라."

난 가지고 나온 돈 중 20만 원만 라일락에게 전해줬다.

오후에 헬렐레 펀치에 나가 숨이 턱에 찰 때까지 주먹과 발길질로 샌드백을 두드리면서 상념에 빠졌다. 그녀의 눈부신 집안 배경을 알고 나서 내 처지가 너무 초라하고 한심하게 느껴졌다.

'한때는 주변의 촉망을 한 몸에 받던 나였는데 이젠 구제불능의 루저가 돼버린 건가. 지금 상태 그대로 간다면 민들레 누나가 다니는 연대는 고사하고 수도권 대학조차 원서내기 어려울 텐데. 뭔가 변화가 필요해. 나를 확 바꿀 수만 있다면 어떤 대가를 치러도 좋아. 퇴계 할아버지 말씀대로 3년 동안 내가 완전히 다른 사람이 될 수 있고, 그래서 그녀와 견줘서 부끄럽지 않은 존재가 될 수만 있다면…. 그래, 그녀를 한동안 못 보는 건 힘들겠지만 그렇게 해서 그녀에게 어울리는 사람으로 다시 태어날 수 있다면, 그녀와 함께 하는 미래를 꿈꿀 수 있다면 어떤 불편이나 위험이라도 눈 딱 감고 이겨낼 수 있을 것 같아.'

막상 마음을 그렇게 먹고 나니까 그동안 휴대폰 동영상 속에서 나에게 빙의된 모습, 방통장군에게 빙의된 모습만 보았던 퇴계 할아버지의 진짜 모습도 보고 싶어졌다.

그날 밤 모처럼 할아버지께 동영상을 남겼다.

“권유하신 시간여행을 갔다 오면 제가 정말 막장으로 치닫고 있는 세상의 갈등을 해결해 낼 수 있을까요? 그녀에게 어울릴 만한 남자로 거듭날 수 있을까요? 그럴 수 있다면 3년간 죽은 셈 치고 선비수련을 해보겠습니다.”

다음 날 녹화된 동영상 속의 ‘퇴계 라이언’은 담담한 표정으로 이렇게 말씀하셨다.

“난 네가 언젠가는 그렇게 마음먹을 줄 알았다. 천변만화하는 자연처럼 사람의 마음도 항상 변하게 돼 있는 법이제. 언젠가 새로운 세상이 오고 네가 그 세상을 이끌어 갈 지도자가 되면 독립운동가, 노벨상 수상자 못지않은 존재가 될 수 있는 기라. 네가 정말 좋아하는 여인을 품에 안기 위해서는 먼저 네 자신에게 자부심을 가질 수 있어야 하는 기라.”

할아버지는 내가 시간여행을 떠나기로 결심한 것에 무척 고무되신 듯했다.

동영상 속의 내 얼굴을 볼 때마다 ‘사람은 어떤 영혼이 깃드느냐에 따라 전혀 다른 표정이 될 수 있다’는 할아버지 말씀을 떠올리곤 했지만 그날의 내 얼굴은 놀랄 만큼 환한 광채가 났다.

“네가 많은 선비들을 만나 깨우침을 얻을 수 있을 무렵을 골랐다. 후대에서 말하는 명종 임금 재위 12년부터 15년 사이, 그러니까 서기 1557년부터 1560년까지다. 그 당시 연대는 지금처럼 서기 몇 년으로 표기하는 게 아니었다. 그리고 당시의 임금은 그저 주상이나 금상으로 불렸지 ‘명종’이나 ‘선조’는 죽은 후에 받게 된 묘호니라. 명심해서 말실수가 없도록 해야 한다. 그 시대의 연도 표기는 명나라 황제의 연호를 썼다. 그 무렵은 명나라 가정제(嘉靖帝) 재위기간이어서 가정 34년부터 가정 37년까지가 된다."

나는 메모를 하려고 펜을 꺼내 들었다. 어제 녹화된 동영상 속의 할아버지는 내가 그럴 줄 어떻게 알았는지 이렇게 말씀하셨다.

"적지 않아도 거기 가면 다 알게 돼 있다. 내가 제자들을 가르치던 계상서당이 비좁아 도산서당을 새로 지었다는 건 이야기했었지? 도산서당 터를 잡고 난 뒤부터 서당 짓는 일을 돕겠다고 각지에서 사람들이 몰려들어 늘 어수선했다. 계상서당 문도라고 불리는 내 제자들만 아니라 많은 사람들이 도떼기시장처럼 어울려 지냈지. 네가 그 가운데 섞여 있는 것이 지내기에 편할 것이야. 율곡 선생도 그 무렵에 계상서당을 다녀가셨고, 다른 시기라면 만나기 힘든 사람들을 많이 만날 수 있을 것이다."

천 원짜리에 그려진 퇴계 할아버지가 5천 원짜리에 그려진 율곡 이이를 만나기도 했단 말인가. 하긴 지갑 속에서도 둘은 자주 붙어 있곤 했지.

"계당에 도착하면 정일스님이라는 분이 너를 맞아서 그곳에서 지낼 수 있도록 도울 것이다. 정일스님에게는 한양 사는 이 진사의 자식 언이라고 소개해라. 독고 씨는 지금도 그렇지만 희귀한 성이어서 너무 눈에 띌 수 있기 때문에 가장 흔한 성 중의 하나인 이씨 성을 잠깐 사용하도록 해라. 이름이 외자로 언이니 말 그대로 선비가 되는 것이구나. 항상 명심해야 할 것은 네 스스로 미래의 일을 발설하는 천기누설의 중대한 실수를 범해선 안 된다는 것이다. 그것만 지킨다면 너를 이상하게 볼 사람이 없도록 모든 상황이 설정돼 있다. 여름방학이 시작되는 대로 봉화로 내려가거라. 방통장군에게는 너를 위해 몇 가지 준비할 것을 일러두었다. 시간여행의 요령과 그 시대에 가서 살아가는 데 필요한 최소한의 지식, 사람을 대하는 예절도 방통이 알려줄 것이다."

내 몸을 빌려서 말씀하시는 할아버지는 동영상으로 봐도 약간 들뜨신 듯했다. 내가 뭔가 신나는 일이 있을 때 저런 표정이 되는구나 싶었다.

"내가 이승에 있을 때 16세 어린 나이에 보위에 오른 선조 임금을 위해 《성학십도》라는 책을 지었다. 혼신의 힘을 다 바쳐 성리학의 핵심과 나의 철학을 한데 모은 가르침이었다. 그 《성학십도》를 네 또래들이 이해하기 쉽도록 풀이해 놓았다. 《신 성학십도》라는 제목으로 써놓은 그 책은 시간여행을 마치고 오면 방통이 네게 전해줄 것이야. 지금은 읽더라도 무슨 말인지 와 닿지 않을 테고 3년간의 공부를 마친 후엔 자연스럽게 이해할 수 있을 것이다.

네가 앞으로 해야 할 일은 돌아와서 네 마음속에서 서서히 동기가 우러나면서 자연히 알게 될 것이다. 내가 말하지 않아도 너는 그 일을 하고 싶은 욕망을 품게 될 것이야.

그때 《신 성학십도》를 꺼내거라. 사람들이 《신 성학십도》를 누가 썼는지 묻거든 방통장군이 썼다고 하면 된다. 속이고자 함이 아니라 실제로 그 책은 그의 손을 빌려서 쓴 것이니까. 하하하."

할아버지 말씀을 다 듣고 나서 동영상으로 이런 질문을 남겼다.

"그런데요. 여전히 내키지 않는 점이 있어요. 그곳에 가면 한글도 아닌 한자로 공부를 해야 하지 않나요? 제가 한자를 잘 모르고, 더구나 배워 와도 쓸데가 별로 없을 것 같아서 공부할 마음이 안 드는데 어쩌면 좋을까요? 시간여행을 가라고 하셨을 때 내키지 않았던 이유 중 하나이기도 해요. 한글만 알아도 충분한데 우리말도 아닌 한자를 꼭 배워야 해요? 그것도 3년 내내."

"라이언아. 어찌해서 한자는 우리글이 아니라고 생각하느냐. 그러면 한자는 어느 민족이 만든 것이라고 생각하느냐?"

그 대목에서 난 '글쎄. 중국의 문자니까 한족? 아니면 만주족? 몽골족? 아무튼 중국 땅에 살던 민족 중 하나가 만들었겠지, 뭐' 라고 생각했다.

"너희들이 배우는 영어의 알파벳부터 이야기해 보자. 알파벳은 하루아침에 어디서 떨어진 것이 아니라 고대 페니키아인들이 만든 문자를 토대로 그리스인들이 알파벳의 원형을 만들고 라틴족과 로마인들이 변형시키면서 아주 오랜 기간에 걸쳐 만든 것이야. 그래서 유럽인들은 알파벳을 특정 민족의 문자로 보지 않고 공동의 문화적 자산으로 여기고 있다.

한자도 알파벳과 마찬가지다. 유럽과 달리 중원의 지배자는 여러 번 바뀌었다. 요순시대를 거쳐 은나라 때 우리 선조들인 동이족도 중원을 지배한 적이 있다. 한자는 한민족이나 혹은 거란, 여진족의 문자가 아니고 우리의 선조 동이족이 세운 은나라 갑골문자에서 유래된 것이야."

갑골문자는 어디선가 들어봤어도 은나라가 동이족의 나라고 동이족이 우리 조상인 줄은 몰랐다. 정말 그랬었나.

"우리 선조들이 지구가 생기면서부터 줄곧 좁은 한반도에만 살았던 것 같으냐. 우리 선조 동이족들은 일찌감치 중국 대륙을 호령했다. 나중에 몽골족과도 섞이고 한족과도 섞이면서 한반도에 내려와 정착하게 된 것이야.

한자도 알파벳이 생성된 것처럼 갑골문자 이래로 여러 민족이 힘을 보태 만들어진 것이다. 그리고 그 뼈대는 우리 선조들이 세운 것이야.

그런데 우리 선조들이 창조한 위대한 유산인 한자를 왜 우리 문화로 인정하지 않으려는 것이냐. 세종대왕께서 천지인(天地人)의 원리로 한글을 창제할 수 있었던 것은 갑골문자를 만들어 낸 선조들의 문자창안 능력이 DNA를 타고 전해내려 온 덕분이야. 어느 날 갑자기 뚝 떨어진 것이 아니다."

'헐, 진짜? 처음 듣는 이야긴데. 한글을 만든 건 세종대왕이 아니라 한자를 만들어 낸 한민족의 문자창안 DNA다? 대박 그럴듯한데. 이거 페이스북에 올리면 뜨겠다.'

할아버지는 마치 그런 내 생각을 읽고 있기라도 하듯이 말씀하셨다.

"이미 알 만한 학자들은 다 알고 있는 사실이다. 그리고 지금 세대들이 갖고 있는 한자에 대한 반감은 너희 선조의 한 사람으로서 지나간 역사를 돌아볼 때 무척 마음 아픈 일이야. 일제는 오래전부터 자기들이 가나문자와 함께 사용하는 한자를 한민족의 조상이 만들었다는 데 심한 열등감을 느끼고 있었다. 한민족 고유의 문자창안 능력이 꽃을 피운 한글의 우수성에 경탄하면서 한글을 말살하려고 들었지. 한글말살정책은 일본인들의 열등감에서 비롯된 것이야."

'그러니까 없어질 뻔했던 한글을 더 소중히 여기고 발전시켜야 하는 거 아닌가요. 되게 할아버지.'

직접 대화한다면 이 대목에서 나는 이런 질문을 던지고 싶었다. 일단 말씀을 더 들어보기로 했다.

"일제의 한글말살정책은 한글에 대한 애착과 함께 피해의식을 낳았다. 독립운동가들은 우리말을 잠식해가고 있는 일본어가 대부분 한자를 일본식으로 발음한 것이라는 점에서 한자에 더욱 반감을 갖게 됐지.

일본어가 절반 이상 한자라는 점 때문에 한자와 일본어를 동일시하게 됐고 더더욱 한자에 대한 적대감이 커지게 됐다. 그게 광복 후 순우리말 사용 정책으로 이어진 것이야. 결국 일제가 우리에게 남긴 피해의식이 우리 선조들의 문자인 한자를 스스로 배격하는 어이없는 현실을 만들고 말았다.

이 안타까운 피해의식을 버리는 것이 진정 일제의 잔재를 청산하는 길이다. 그리고 우리 민족의 자존심을 제대로 회복하는 길이야. 이제는 우리 선조들이 만든 한자를 일본이 자기 나라 말로 받아들여 쓰는 것을 보며 자부심을 가져도 좋지 않겠느냐."

한편으론 이해도 되지만 한편으로는 반발심이 일어서 이런 질문을 녹화했다.

"하지만 할아버지, 중국이나 일본이나 다 쓰고 있는 한자보다는 세종대왕께서 백성들을 위해 심혈을 기울여 만든 우리만의 한글을 발전시키는 노력이 더 중요하지 않을까요?"

다음 날 동영상에서 퇴계 할아버지는 특유의 너그러운 웃음을 지으면서 이야기하셨다.

"라이언아. 그건 정말 기특한 생각이긴 하다. 하지만 잘 들어보거라. 세종께서 훈민정음을 만드실 때 '나랏말씀이 중국과 다르다'고 하신 것은 중국과 우리가 한자를 읽는 발음이 서로 다르다는 뜻이었다. 우리와 달리 사성이 있는 중국에서 한자를 읽는 발음과 우리나라에서 한자를 읽는 발음이 다르다 보니 양반 평민 할 것 없이 언어소통에서 혼란을 겪었고 한자의 발음을 하나로 통일할 필요가 있었다. 훈민정음에서 바를 정(正), 소리 음(音). '정음'이라는 것은 바로 그런 뜻이야. 원래는 한자를 우리말로 정확히 발음하기 위한 목적이었다. 하지만 누구나 쉽게 배워 의사소통을 할 수 있다는 장점이 워낙 크다 보니 한자를 배울 기회가 없었던 평민이나 여성들의 문자로도 각광받게 된 것이지."

난 속으로 '그러니까 의사소통 수단으로서 한자보다 월등히 편리한 한글을 더 아끼고 사랑해야 한단 말이죠' 라고 반박했다.

"훈민정음의 애민정신과 실용주의가 깃든 한글을 아끼고 사랑하는 것은 분명 소중한 노력이야. 또 한자가 아닌 순우리말을 찾아서 가꾸고 발전시키는 것도 반드시 해야 할 일이다. 하지만 그렇다고 우리 선조들의 영혼이 담긴 한자를 중국이 쓰고 일본도 쓴다고 해서 그까짓 거 우리는 쓰지 말자고 배척하는 것은 너무도 편협한 생각이다. 우리 단어의 70% 이상이 뿌리를 두고 있는 한자를 오히려 중국보다 더 창의적으로 활용하는 방법을 찾아야 한다. 그것이 한자를 만든 우리 선조 동이족의 영광을 되찾고 아시아의 문화적 주인이 되는 길이다. 그렇다고 시간여행을 위해 미리 한자를 공부할 필요는 없다. 거기서 네가 천자문부터 하나하나 재미있고 즐겁게 공부해 나갈 수 있도록 상황을 설정해 놓았다."

결국 할아버지의 설득에 넘어간 건가. 말씀을 듣다 보니 점차 일리가 있다는 생각이 들기 시작했다. 할아버지는 특별히 준비할 것이 없다고 하셨지만 내게는 시간여행이라는, 내가 알고 있는 한 어느 누구도 해보지 못한 미지의 모험에 나선다는 것 자체가 큰 두려움이고 부담이었다.

괜히 만용을 부린 건 아닐까 후회도 됐다. 하지만 이제 와서 저토록 고무돼 있는 할아버지를 배신하고 결정을 번복한다는 건 더 큰 부담이었다.

앞으로 겪게 될 일을 놓고 심란해하다 보니 기말고사는 어떻게 치르는지도 모르게 지나가 버렸다. 기말고사 후 민들레 누나와 같이 라이딩을 가기로 약속했지만 이왕이면 시간여행을 다녀와서 멋지게 변신한 내 모습을 보여줘 그녀를 깜짝 놀라게 하고 싶었다.

7월 21일, 방학이 시작되자마자 세 달 남짓 만에 봉화로 내려갔다. 방통장군은 무슨 좋은 일이 있는지 어린아이처럼 들뜬 표정이었다.

"장군님, 지난 5월에 뵈었을 때보다 훨씬 젊어지신 것 같아요."

"하모, 젊어지다마다. 퇴계 선생님을 모시고 그분 일을 거들어 드리게 됐는데 이기 얼마나 꿈같은 일이가."

"하하, 그래도 그렇지. 원래 이렇게 미남이신 줄은 몰랐는걸요."

"애비뻘인 사람 놀리면 못쓴데이. 하하. 퇴계 선생님이 현몽하셔서 일러주신 대로 조선시대 초기에 양반댁 자제들이 입는 옷 두 벌을 짓고 가죽신 두 켤레와 짚신 세 켤레, 지필묵을 담은 봇짐을 마련해 놨다.

그리고 이건 그 당시에 아직 결혼하지 않은 양반 자제들의 머리모양인 쌍상투 가발이라 카는데, 이걸 뒤집어쓰면 그 시대 사람들이 이상하게 여길 네 머리를 가릴 수 있을 기다. 이거 구한다꼬 내가 방송국까지 갔다 오지 않았나.

그리고 3년을 지낼라 카믄 노잣돈도 충분히 있어야 할 낀데 알아보이께네 그 당시에는 세종 때 발행된 조선통보가 유통되고 있었다 카대. 그란데 구할라 캐도 한꺼번에 여러 개는 구할 길이 없고 설사 구한다 캐도 상태 좋고 쓸 만한 진품은 한 닢에 20만 원이 넘는다 카더라.

거기서 바로 돈으로 바꿀 수 있는 금붙이 몇 개를 준비했다. 오늘은 내랑 같이 자면서 조선시대로 가 어떻게 적응할지 같이 고민해 보고 내일 아침 해 뜨면 퇴계 선생님이 알려주신 동굴을 찾으러 같이 가자."

그날 밤에는 도무지 잠을 이룰 수 없었다. 방통도 심란해하며 뒤척이길래 함께 툇마루로 나와 모기향을 피워 놓고 앞으로 겪게 될 일을 놓고 이런 근심 저런 걱정을 하며 새벽까지 대화를 나눴다.

"옷과 신발을 짓고 금붙이까지 마련하셨으면 돈이 꽤 많이 드셨을 텐데 제가 어떻게 갚아드려야 할까요? 5월 말에 처음 찾아왔을 때도 사례비 한 푼 안 받으시고…."

"씰데없는 소리 고마 치아라. 오히려 퇴계 선생님의 뜻에 따라 어려운 결정을 내려준 니가 더 고맙데이. 내 같아도 다른 시대로 가서 몇 년씩 있어야 한다 카믄 불편하기도 하고 불안하기도 해서 많이 망설여졌을 기다. 이렇게 니가 퇴계 선생님의 뜻을 따라 세상을 구하기 위한 일을 하겠다고 나서고, 내가 그걸 도울 수 있으이 그게 보람이제. 그것만으로도 난 충분히 보상을 받은 기라."

"장군님은 나중에 분명히 큰 복을 받으실 거 같아요. 하하. 그나저나 그 시대에 가서 이상한 놈으로 찍혀서 왕따 당할까 봐 걱정인데 말투나 행동거지는 어떻게 해야 할까요?"

"나도 잘은 모르겠다만 와 임기응변이라 카는 기 있잖나. 눈치 빠른 놈은 절에 가서도 고깃국 먹는다 안 하나. 니는 아직 젊으이께네 눈치껏 잘 적응하게 될 끼다. 한 가지만 내가 당부한다 카몬…."

"뭔데요? 장군님."

"거 가서도 퇴계 할아버지 카믄 안 된다. 선생님이라 캐야제."

"하하하하, 아이고, 당연하지예. 저도 그 정도 눈치는 있다 아잉교."

"하하, 그 정도면 됐다. 넌 분명히 잘해낼 끼다."

다음 날 아침 식사를 마치고 출발했다. 방통장군의 집이 있는 봉화 청량산 인근에서 퇴계 할아버지가 알려주신 안동 건지산 자락까지는 지도상에서 보니 10킬로미터가 넘었다.

그런데도 방통은 조선시대엔 그 정도 거리는 걸어 다니는 것이 보통이었다면서 걸어가자고 했다.

방통도 무슨 한자로 적힌 쪽지와 나침반을 들고 행선지를 찾고 있는데 좀 헷갈리는 모양이었다.

"나무에 오르는 다람쥐 형세를 한 지형과 쥐를 잡으려는 솔개가 내려와 꽂히는 지형이 만나는 곳이라…" 방통이 뭐라고 중얼거리는데 도무지 알아들을 수 없었다.

내심 저런 암호 같은 정보를 가지고 제대로 찾아갈 수 있을까 걱정스러웠다. 나보다 한참을 앞서서 길도 없는 산을 올라가던 방통이 문득 소리를 높여 "아하, 여가 바로 거구나" 하더니 빨리 오라고 손짓했다.

건지산 중턱에 있는, 눈으로 봐선 있는지 없는지 식별이 잘 안 되는 작은 동굴이었다.

입구는 여우굴같이 작아서 겨우 들어갔는데 들어서니 깊은 곳에서부터 올라오는 듯한 서늘한 기운이 느껴졌다. 지금이 한여름이라는 것이 믿기지 않을 정도였다. 10미터 가까이 고개를 숙이고 걸어 들어갔더니 점점 굴이 커지면서 내 키 두 배는 될 만큼 천장이 높아졌다.

어디서부터 빛이 들어오는 건지 동굴 내부는 책을 읽어도 될 만큼 환했다. 동그란 광장이 보이고 바닥엔 대리석이 깔려 있는데 마치 석공이 일부러 공들여서 잘 닦아 놓은 듯했다. 그 가운데 높은 석벽에는 높이가 3미터쯤 돼 보이는 검은 석판과 같은 모양의 하얀 석판이 자리 잡고 있었다. 석판에는 이집트 상형문자인지 라틴어인지 잘 구별이 안 되는 문자들과 기호들이 새겨져 있었다.

"장군님, 이건 뭐죠?"

"맞다. 퇴계 선생님이 말씀하신 그대로네. 너는 이 까만 석판으로 들어가자마자 그 옆의 하얀 석판으로 나오게 될 끼다. 여기 있는 내한테는 그게 한순간이겠지만 너는 그 사이 조선시대에서 3년을 보내고 오는 기지."

시간여행을 위해 그 당시 선비들이 입던 옷으로 갈아입고 가발을 쓰고 그 위에 복건을 쓴 뒤 가죽신까지 신고 나니 벌써 조선시대로 이동한 느낌이었다.

방통장군이 시킨 대로 그곳에서 필요한 지필묵과 여분의 옷, 신발 등을 차곡차곡 챙겨 넣은 봇짐을 짊어진 채 까만 석판 앞에 한쪽 다리를 땅에 붙인 자세로 쪼그려 앉았다. 내가 입었던 옷과 휴대폰, 손목시계, 기타 소지품들은 동굴 한편에 차곡차곡 쌓아서 정리해 두었다.

"무릎 꿇고 앉아가 눈 감고 주문 세 번 외면 까만 석판이 열리믄서 거로 들어간다. 바닥을 만져봐서 암거도 없이 허공에 뜨면 그때부터 마흔다섯 바퀴 구르고 인나서 여덟 걸음 걸어라. 그 카면 458년 전인 명종 12년, 서기 1557년으로 이동하게 되는 기다. 그 시대에 가선 명종 몇 년이라 카면 안 되고 가정 34년으로 말해야 칸다는 것도 잊지 말그래이.

동작 하나를 마칠 때마다 네 귀에 종소리가 들린다 캤으니 정신만 똑바로 차리면 헷갈리지는 않을 끼라. 다 마치고 앉으면 하얀색의 방에 들어가게 되고, 그곳에서 다시 주문을 세 번 외우면 된다. 주문은 여기 써 놨으이께네 잘 간수해서 돌아올 때도 같은 주문을 외우면 된다.

참, 그리고 돌아올 때는 구를 때마다 종소리가 아니라 북소리가 들린다 카더라. 만약에 갈 때맨치로 또 종소리가 들린다 카면 너는 지금 우리 시대로 돌아오는 게 아니라 거꾸로 더 먼 과거로 가게 되는 기라. 명심하그래이. 몇 바퀴를 더 구르거나 덜 구르거나 몇 걸음을 더 떼거나 덜 떼거나 해도 낭패래이. 그리고 구르고 걷는 동안에 꼭 눈을 감고 있어야 한다. 그것도 명심하그라. 천천히 침착하게만 하면 아무 문제없을 끼다."

말을 듣고 보니 정말로 아무 문제가 없어야지 약간이라도 문제가 생기는 날엔 측량할 길 없는 5차원 미로에서 실종돼 말로 형언할 수 없는 공포 속에 끔찍한 최후를 맞게 될 것 같았다. 순간 다리가 후들후들 떨려 왔지만 약한 모습을 보이기 싫어서 크게 심호흡을 했다.

방통의 근심스러운 얼굴을 뒤로 한 채 어젯밤 그가 주문을 적어놓았다며 건넨 종이를 꺼내서 폈다.

거기엔 '進烏門先轉車後步車 達定時座停車脫鶴門'이라고 붓글씨로 쓰인 한자 밑에 방통이 삐뚤삐뚤한 볼펜 글씨로 '진오문선전차후보차 달정시좌정차탈학문'이라고 한글 발음을 달아놓았다.

한자가 무슨 뜻인지는 도무지 알 수가 없었고 그냥 한글로 써놓은 주문을 세 번 읽었다.

그 순간 까만 석판은 까만색의 텅 빈 허공으로 변해버렸다. 그리고 마치 바닥이 미끄러진 것 같기도 하고 허공이 내게 다가온 듯하기도 했다. 방통이 시킨 대로 눈을 감았다.

어느 틈엔가 바닥이 만져지지 않고 공중에 떠 있는 기분이었다. 아마도 무중력상태가 이럴까. 그때부터 한 바퀴씩 천천히 굴렀다. 공중제비를 도는 느낌이었다.

정말 한 바퀴 구를 때마다 희미하게 종소리가 들렸다. 매 열 바퀴째마다 종소리의 톤이 높아져서 헷갈림을 방지하는 데 큰 도움이 됐다. 마흔다섯 바퀴를 다 돌고 일어서서 걷기 시작했다. 한 걸음, 두 걸음, 세 걸음….

일어서서 한 걸음을 떼는데 마치 구름 위를 걷는 듯한 느낌이었다. 궁금증을 이길 수 없어서 살짝 눈을 떴다가 깜짝 놀라 앞으로 쓰러질 뻔했다. 빛의 터널이었다. 아래는 까마득한 심연이었고 내 옆으로는 형태를 알 수 없는 어지러운 섬광들이 무서운 속도로 지나가고 있었다.

눈을 찌를 듯 강렬한 섬광이 폭포수처럼 쏟아졌다가 사라지는 광경은 온몸에 전율을 일으켰다. 계속 눈을 뜨고 있다가는 곧 정신을 잃게 될 것 같았다. 다시 눈을 감고 나니 그 전에 두 걸음을 걸었는지 세 걸음을 걸었는지 헷갈렸다. 일단 멈춰 서서 기억을 더듬었다. 세 걸음을 걷고 나도 모르는 사이에 한 걸음을 내딛은 것 같다. 그럼 앞으로 네 걸음. 이번엔 절대 눈을 뜨지 말자. 여덟 걸음을 걷고 멈춰 섰다.

무릎을 꿇고 앉아 눈을 뜨자 빛의 터널은 사라지고 주변이 온통 하얀 방 같은 공간에 있었다. 종이를 꺼내 들고 주문을 외웠다.

이번에도 미끄러지듯이 앞으로 나가더니 갑자기 손바닥에 차가운 감촉이 느껴졌다. 눈을 떠보니 동굴이었다. 주변은 출발할 때의 풍경과 같은데 방통장군은 없었다. 같은 공간이지만 공간이 존재하는 시간이 달라진 것이다. 돌아보니 바로 뒤에 하얀 석판이 서 있었다.

웜홀 너머

FAST REWIND ◀◀◀ & PLAY ▶

1557년 7월 22일 조선국 경상도 안동도호부 계상서당

"웜홀을 통한 시간여행이란 게 이런 거였어?"

나의 추리가 맞는다면 시간의 통로인 웜홀을 따라 X자 형태로 엇갈린 사선(斜線) 중 하나를 따라 건너온 것이다. 현대로 돌아갈 때는 지금 이동한 통로와 교차하는 다른 사선을 따라가게 될 것이었다.

내가 있던 시대의 동굴과 조선시대의 동굴은 서로 다른 시간에 존재하는 같은 공간이고 나는 내가 살던 시대에 있는 블랙홀로 들어와 조선시대의 화이트홀로 빠져나온 것이다.

동굴 밖을 나서자 들어올 때보다 훨씬 강한 풀내음이 코를 찔렀다. 여름인데도 공기가 제법 선선하게 느껴졌다.

동굴을 나가 풀숲을 헤치고 산 아래로 내려갔더니 들어올 때의 큰길은 아스팔트가 아니라 황톳길로 바뀌어 있었다.

하지만 나무와 산과 구름은 다를 것이 하나도 없어 보였다.

진짜 이게 458년 전 세상이란 말인가. 실감이 되지 않았다. 꿈을 꾸고 있는 건 아닐까. 꿈이 아니라면 짐 캐리가 주인공으로 나온 영화 〈트루먼쇼〉에서처럼 나만 모르게 짜인 각본에 따라 거대한 세트장이 만들어지고, 지금 난 영문도 모른 채 출연해서 연기 아닌 연기를 펼치고 있는 것이 아닐까.

만약 그렇다면 내 연기는 연기가 아니기 때문에 훨씬 더 리얼할 것이다. 어딘가에 모여 있는 관객들이 어리둥절해하는 내 모습을 보면서 박장대소하고 있지 않을까. 이런 생각을 하면서 걸었다.

중학교 때 봤던 〈인셉션〉과 타이거가 꼭 보라고 권유해 VOD로 다운받아 본 〈매트릭스〉에선 현실과 똑같은 꿈을 꾸면서 현실의 세계와 몽상의 세계를 넘나드는 스토리 전개로 어떤 게 꿈이고 현실인지 헷갈리게 된다. 그 영화에서처럼 꿈의 세계에 발을 들여 놓고 나서 어느 순간부터 현실에서의 기억이 단절돼 버린 것 아닐까.

그게 아닌 이상 지금의 이런 상황이 납득되지 않는다. 하지만 여기까지 오게 된 진짜 배경이 무엇이든 이젠 어쩔 도리가 없다.

아직도 안 믿기지만 정말 시간여행을 왔다고 치자. 만약 여기서 이조백자 항아리나 조선통보를 잔뜩 챙겨 가지고 현대로 돌아간다면 큰돈을 벌 수 있을까. 상태 좋은 엽전 한 닢이 20만 원이 넘는다고 했으니 1천 닢만 들고 와서 팔면 2억 원이네, 헐.

그런데 내가 늙지 않고 그대로 현대로 돌아가게 예정돼 있듯이 그런 물건들도 낡지 않고 막 만들어진 상태 그대로 이동하게 된다면? 아마도 연식 측정에서 몇백 년 전이 아닌 최근에 만들어진 걸로 드러날 거고 진품이 아니라 감쪽같은 모조품으로 판정받을 테지.

이런저런 잡념에 빠져 꽤 먼 길을 걸어왔는데도 사람 그림자조차 안 보였다. 인구밀도가 낮아서 그런 걸까. 지금 이 시대에 이 땅에는 얼마나 많은 사람들이 살고 있을까. 그런 것쯤은 미리 알아가지고 왔어야 하지 않았을까.

중3 겨울방학 때 가족끼리 유럽여행을 갔던 기억이 났다. 단란했던 시절의 행복한 추억이다. 생애 첫 해외여행을 떠난다는 사실이 얼마나 설레던지, 온갖 여행 책들을 다 찾아 읽고 인터넷 검색을 해서 독일과 프랑스, 이탈리아, 체코, 폴란드의 인구와 역사, 지리, 특산물까지 모든 정보를 달달 외다시피 하고 떠났었다.

그런데 정작 그것과는 비교조차 되지 않을 만큼, 말 그대로 기적적인 여행을 떠나면서도 왜 조선시대 명종 12년부터 15년까지 어떤 일이 있었는지 알아볼 생각조차 하지 않았을까.

고3의 중압감도 원인이었지만 어쨌든 해외여행이 아니라 국내여행이라는 점에서 설렘이 적었고, 무엇보다 정말 시간여행을 하게 되는 건지 뭐에 홀린 건 아닌지 실감이 나지 않았기 때문이었다.

걷다 보니 저만치 한복 치마저고리 차림으로 물이 찰랑찰랑 차 있는 듯한 항아리를 머리에 이고 종종걸음을 걷는 여인이 보였다. 신발이 멀리서 봐도 짚신인 듯했다.

지난봄 방통장군 집을 찾느라 안동과 봉화 거리를 꽤나 헤매고 다녔지만 저렇게 한복과 짚신 차림으로 항아리를 머리에 이고 걸어가는 사람은 한 번도 본 일이 없다.

'저 여자를 보니 조선시대가 맞긴 맞는 모양이구나.'

그녀를 따라잡기 위해 발걸음을 빨리 했다.

'일단 말을 걸어보자. 퇴계 선생이 말씀하신 시대에 제대로 도착했다면 계상서당이 이 근처 어디인가에 있을 테고 아니라면 그게 뭔 소리냐고 되묻겠지.'

물동이 인 여인을 2~3미터 뒤까지 바짝 따라잡았다. 앞모습을 보지 못해 나이는 가늠할 수는 없었으나 쪽진 머리 아래 왼쪽 목 뒷덜미에 호두만 한 점이 보였다.

그 점이 태어나면서부터 있었다면 필시 '점례'나 '점순이'라는 이름으로 불렸으리라. 내가 조선시대 풍속을 알아서가 아니라 바로 우리 할머니 이름이 점례였기 때문이다. 왼쪽 어깨에 큰 점이 있다는 이유로 그렇게 이름이 붙여졌다고 했다. 할머니는 폐병으로 몸져누운 할아버지 병수발을 하면서 아빠까지 모두 세 남매를 키우시느라 이루 말할 수 없는 고생을 하셨다고 들었다.

어린 시절 할머니가 계시던 상주로 찾아가면 정성껏 만들어 꼬치에 꽂아 놓은 곶감을 하나씩 빼서 입에 넣어주시곤 했다. 마을 입구까지 나와 기다리시다가 내 얼굴을 쓰다듬으며 "아이구, 우리 손주, 사자새끼 왔네" 라면서 그토록 예뻐하셨는데 초등학교 2학년 때 돌아가시고 말았다.

"저, 아주머니" 라고 말을 건네자 '십중팔구 점례'는 화들짝 놀란 듯 어깨를 들썩이더니 나를 돌아봤다.

"저, 혹시 계상서당 가는 길 아세요?"

"계당이라 했니껴? 거는 여서 그래 안 머니더. 두 식경이면 충분하니더."

아, 계상서당을 줄여서 계당이라고도 부르는구나. 그런데 두 식경이라니 그럼 얼마나 걸린다는 건지 알 수가 없었다. 한 식경은 대체 얼마나 되는 시간인가.

"그럼 몇 킬로, 아니 참 몇 리나 가야 할까요?"

"두 식경 거리면 정확치는 안 해도 대강 십 리 정도지, 얼마겠니껴?"

점례는 당연하단 듯이 되물었다.

자전거 취미 덕분에 알게 된 속도에 관한 상식을 적용해서 추리해 봤다. 보통 성인들의 걷는 속도가 시간당 십 리, 즉 4킬로미터다. 그렇다면 두 식경은 약 한 시간이고 한 식경은 약 30분 정도를 말하는 거구나…. 만약 성인의 평균 보행속도가 시속 몇 킬로인지 몰랐다면 이 말의 의미도 이해할 수 없었을 것이다. 갑자기 지진아가 된 기분이었다. 이렇게 여기서는 상식으로 통하는 것을 완전히 습득하려면 얼마나 걸릴까. 3년 내내 바보 취급만 당하다가 돌아오면 어쩌지.

"계상서당에 공부하러 온 선빈갑재요?"

"아, 네. 하하."

"한양 말씨 쓰는 걸 보이 한양에서 온 도령님인가 보재요? 하이고 마, 인물이 훤하고 키도 훤칠하이 어느 대감댁 자제인지 참말로 잘났네."

점례의 나이는 차림새나 얼굴로 봐선 잘 가늠이 안 되지만 아마도 서른 중반은 됐을 것 같다. 본래 쾌활하고 붙임성이 좋은 성격인 듯했다.

"좋게 봐주셔서 감사합니다."

"퇴계 어르신하고는 우예 되는겨?"

"아, 예, 같은 이씨긴 해도 본관이 달라서 피붙이나 친척 뭐 그런 거는 아닙니다."

"뭐라카노? 그런 거라이. 호호호. 지체 높은 선비가 자기를 무슨 빗자루나 곡괭이맨치로 그런 거라고 해도 되니껴?"

'난 우리 시대에서 통상 쓰던 표현을 아무 생각 없이 쓴 건데…. 아하, 이런 식의 표현은 이 시대에 없었나 보구나. 거라는 대명사 대신 그런 사람이라고 하거나 그런 관계라고 해야 하나. 앞으로는 주의해야겠다.'

"저 아주머니, 근데 퇴계 할아버지, 아니 참, 퇴계 선생님을 혹시 보신 적 있으세요?"

"하모, 자주 봤니더. 아침저녁으로 한서암과 계상서당을 늘 걸어서 댕기시니더."

"어떤 분이신가요?"

"선비님은 아직 한 번도 안 봤니껴?"

"예 저는 말씀만 많이 듣고 아직 뵙지는 못했네요."

그렇게 말해 놓고 생각해보니 남들이 퇴계 할아버지에 대해 하는 이야기가 아닌 실제 그로부터 말씀을 많이 들었다. 그게 그의 육성이 아니라 내 목소리거나 방통의 목소리였을 뿐이지.

"퇴계 어르신은 여기선 임금님 못지않은 분이시니더. 늘 남루하게 차리고 다니셔도 모두 그 앞에 가면 왜 그런지 누구나 마음이 편안해지고 착해지게 되니더. 퇴계 어르신이 계시기 때문에 여기 안동이 사람 살기 좋은 고장이 됐다 아잉겨."

점례의 말을 듣다 갑자기 후드득하는 소리에 주변을 돌아보니 빗방울이 떨어지기 시작했다.

"하이고, 소나기가 오능갑네. 선비님, 이제 이짝으로 가시면 되니더. 어여 살펴 가이소예."

이름이 점례일 것으로 추정되는 여인은 그렇게 길을 알려주더니 물동이를 인 채 냅다 뛰기 시작했다.

나도 봇짐을 품에 안은 채 달렸다.

시간여행을 간 그 시대 건지산에서 계당 가는 길은 나중에 돌이켜 보니 그리 멀지는 않았지만 길이 좁고 나무가 많아 앞이 잘 안 보였다. 비를 피하려고 잠깐 나무 아래 서서 행색을 보니 이미 젖을 만큼 충분히 젖어서 비를 피하는 게 별 의미가 없어 보였다. 그래도 봇짐 안에 지필묵과 여벌의 옷 등 젖어서는 곤란한 물건들이 있기에 잠시 기다리고 서 있다가 빗줄기가 잦아들 때쯤 터덜터덜 발걸음을 옮기기 시작했다.

소나기가 그치고 햇살이 비추는 것과 동시에 마을이 나타났고 몇 채의 기와집과 초가집이 보였다. 그중에 야트막한 언덕 위로 아담한 기와집 서너 채가 모여 있는 것이 보였다.

'아무래도 저것이 계상서당인가 보구나.'

계상서당은 크지는 않았어도 그 근처의 비슷한 집들과는 대문부터 풍겨져 나오는 포스가 달랐다. 기둥도 조금 두꺼운 것을 쓴 것 같고 기와도 좀더 추어올라간 듯했다. 깐깐한 자부심 같은 것이 느껴지는 집이었다.

대문이 열려 있어서 들어갔더니 문간방에 내가 살던 시대와 똑같은 스님 복장을 한 사내가 앉아 있는 것이 아닌가.

순간 또 한 번 조선시대 맞나 하는 의심이 들었으나, 이내 '스님들의 옷은 옛날이나 현대나 똑같구나' 라는 쪽으로 생각을 고쳐먹었다.

난 믿기지 않는 현실 속에 내던져진 충격으로 시간을 가늠하기 어려웠다. 시간여행을 오면서 연대는 바뀌었어도 낮밤이 바뀌지 않았다면 대강 짐작건대 정오가 조금 지나 오후 한두 시쯤일 것이다.

그런데도 스님은 옻칠이 된 작은 밥상 위에 나물 몇 가지, 술병과 잔을 제법 구색 갖춰 차려놓고 앉아 있었다. 낮술을 마시고 있는 모양이었다.

'이분이 아마도 퇴계 선생님이 말씀하신 정일스님이신가 보구나.'

내 기척을 못 느낀 듯 술병을 들고 입맛을 다시고 있는 스님에게 인사를 했다.

"계십니까. 저는 한양 사는 진사 이, 영 자, 준 자의 자식, 이언이라고 합니다. 퇴계 선생님의 가르침을 받고 서당을 새로 짓는 일을 도와드리려고 찾아왔습니다." 이렇게 방통장군 앞에서 연습한 대로 말했다.

그제야 스님은 두터운 목을 천천히 돌려 나를 돌아봤다.

게슴츠레한 눈을 치켜뜨고 위아래로 훑어보더니 "아, 선비님이 한양이 도령이시구랴. 반갑소, 반가워. 소승은 정일이라고 하오" 라면서 큰 소리로 환영의 말을 건넸다.

이윽고 그는 점례가 이고 가던 물 항아리만큼이나 거무튀튀하고 둥글넓적한 얼굴 한가득 미소를 지으면서 맨발로 뛰어나와 내 손을 잡고 흔들어댔다. 입에서 풍기는 술 냄새가 역하지 않고 향긋했다.

어떻게 알고 있었는지 내가 올 줄 미리 알고 있었다는 소릴 듣고 일단 마음이 놓였다. 정일스님은 내 등을 떠밀면서 방에 들기를 권했다.

들어가 보니 밖에서 보던 것보다도 훨씬 비좁고 어두웠다. 방이 워낙 작아서 키를 감안할 때 나는 발 뻗고 눕기 힘들 것 같았다. 사실 계상서당에 있는 방들은 대부분 비슷한 크기였다.

스님은 나를 앉혀 놓고 부엌으로 가더니 잔을 가져와서는 찰찰 넘치도록 술을 따라줬다. 소나무 향이 코를 찔렀다.

"이기 바로 송진으로 만든 송료주라 카는 기라. 원래 전라도 지방에서 만들어 먹기 시작했는데 요즘은 안동서도 집집마다 이 술을 빚는 기 유행이라. 선생님도 무척 좋아하셔서 술 창고에 한 스무 동이쯤 만들어 놨재. 오늘 시음을 해보는 긴데. 음, 아주 잘 익었네, 잘 익었어."

"아, 그렇군요. 시음하는 영광을 안게 돼서 기쁩니다."

나는 하마터면 "458년 전 조선시대에까지 와서…" 라는 말을 할 뻔했으나 얼른 입을 다물었다.

"한양에서 먼 길 오느라 힘들었을 텐데 한잔 쭈욱 드이소. 그리고 한 이틀 시름 걱정 다 내려놓고 푹 쉬어야 기운 차려서 공부도 하고 서당도 짓고 하는 기지. 안 그렇소?"

정일스님은 무슨 말인가를 하려다가 갑자기 문밖으로 목을 내밀어 사위를 살펴본 뒤에 마치 '이건 너만 알고 있어야 한다'는 듯이 한쪽 손으로 입을 가리더니 "선생님은 오늘 안 들어오시네. 여기서 묵지 않으시거든. 여기서 오 리쯤 떨어진 한서암에 기거하고 계시지" 라고 귀띔해 줬다.

퇴계 선생님이 계상서당 인근에 따로 거처를 마련해 두고 계신다는 것은 나도 동영상 대화를 통해서 알고 있었다.

'그게 무슨 대단한 비밀은 아니지 않은가. 이미 점례도 알고 있었고 누구나 다 아는 사실을 왜 나한테만 몰래 알려준다는 듯이 속삭이지?' 싶어 의아했다. 나중에 알고 보니 그건 정일스님 특유의 말버릇이었다.

삶이 나를 속였음을 어느 날 갑자기 알아버린 이팔청춘의 나이에 일찌감치 주도에 입문해 술과는 꽤 친숙해졌지만 조선시대로 시간여행을 오자마자 술잔과 함께 여정을 시작하게 될 줄은 몰랐다. 다른 사람도 아니고 스님과 더불어, 그것도 대낮부터.

몇 도쯤 될까. 송료주는 바람계곡에서 즐겨 마시던 처음처럼이나 참이슬과 알코올 함량이 비슷한 듯했다.

몇백 년이라는 시간을 거슬러 온 시간여행의 여독 때문인지 한 잔 들이켰을 뿐인데 명치 아래에서부터 화끈한 기운이 올라왔다.

몇 잔 더 마셨다간 취해서 곯아떨어져 버릴 것 같았다. 앞으로 어떤 일이 있을지 모르는데 이러다간 큰일 나겠다 싶어 정신이 번쩍 들었다. 더군다나 여기는 예절을 목숨보다 소중히 여긴다는 선비들의 나라 조선이 아닌가.

"스님, 오다가 비를 맞아 옷도 젖었고 일단 여장부터 풀어놓아야겠습니다."

"아, 그러시겠는가. 가만 있자. 선비님들이 기거하는 방 중에 우리 이 도령이 다리 뻗고 누울 만한 큰 방이 있어야 할 낀데…."

"아무려면 어떻겠습니까. 저야 객인데 방을 내주시는 것만으로도 감사하죠."

"계상서당이 쫍아가 두세 사람이 한방에 묵지 않으면 안 된다 아이가. 앞으로 도산에 서당을 지으면 여유가 생길까 모르겠지만 서당을 지을 때까지만 있다가 한양으로 돌아가 뿐다 캤재? 고생만 하다 가야 하니 우야노. 이리 와보게. 얼핏 봐도 비슷한 또래인 데다 체구도 비슷해 보이는 대장장이 배순과 함께 묵으면 어떻겠는가. 상민이긴 하지만 선생님이 제자로 삼겠다고 한 마당이니 동문수학하는 처지에 신분의 고하를 따지는 건 선생님의 가르침과는 어긋나는 일이재. 암."

정일스님은 배순이라는 사람과 나를 처음부터 친구 맺어주기로 작정한 모양이었다.

"자, 여기 이 방인데 방 주인이 잠깐 해우소를 갔는지 출타 중인 모양일세. 아, 마침 저기 오는구먼."

스님은 달려가더니 오른손으로 배순의 손을 잡아끌고 왼손으로는 내 손을 잡아 둘을 마주 보고 나란히 서게 했다.

"자 인사들 나누게. 여기 산적 놈처럼 험상궂고 시커멓게 생긴 이 친구가 배순이고, 여기 이 장다리같이 커다랗고 멀쑥한 양반은 한양 이, 뭐라 캤재? 아무튼 이진사댁 자제인 이언 도령이야."

배순은 원래 퇴계 선생님이 풍기군수를 지내던 시절 그 고장에 살던 대장간집 아들로, 선생님을 존경한 그의 아버지를 대신해 도산서당 공사를 거들겠다고 온 사람이었다.

당시 예닐곱 살 꼬마였던 배순은 퇴계 선생이 가시는 곳마다 따라다니면서 선비들이 글 읽는 소리를 흉내 내곤 해서 귀여움을 받았다고 했다. 선생은 배순에게 네가 좀더 크면 제자로 받아들이겠다고 약속했다. 비록 정식 문도가 아니라 나처럼 도산서당 건축 일을 돕는 기간 한시적으로 가르침을 받는 것이긴 했으나 과거의 약속을 지킨 셈이다.

처음 그 말을 듣고는 '뭐, 그럴 수도 있겠네' 라고 예사롭게 여겼지만 나중에 알고 보니 퇴계 선생님이 제자로 인정해서 정식으로 계상서당의 문도가 된다는 것은 성균관 유생이 되는 것 못지않게 드물고 어려운 일이었다.

퇴계 문하에서 공부했다는 것은 인품과 학식의 보증수표였다. 또 그런 만큼 선생님이 제자를 받아들이는 기준은 엄격했고 그 가르침은 어떤 사람이라도 품성을 근본부터 바꿔놓을 만큼 철저하고 자상했다.

배순은 쇠를 만지는 사람답게 굵고 검은 눈썹에 쌀 두세 가마니는 가볍게 짊어질 듯한 듬직한 체구를 가졌지만 같이 지내보니 의외로 수다스러운 데다 소심한 면도 있었다.

"어여 들어오소. 계상서당이 좁다보이 따로 방을 드리지 못하고 한양의 귀한 도령님이 나 같은 대장장이 하고 같은 방을 쓰시게 됐다 아잉교. 어여 도산서당이 지어져가 공부하는 선비님들을 편하게 모셔야 될낀데. 일단 짐부터 풀고 내캉 같이 서당 뒤 계곡에 가서 시원하게 등목이나 한번 하입시더. 그래야 여독이 싸악 풀린다 아잉교."

"아, 예. 그리하겠습니다."

"도령님은 올해 몇이시오?"

"열… 여덟인데요."

"아, 그럼 내하고 동갑이네요. 하이고, 마, 반갑습니더."

"아, 저도 반갑습니다. 하하."

"그럼, 우리 방도 같이 쓰고 공부도 같이 해야 할 처지인데 서로 말 놓고 마, 편하게 지냅시더."

"차차 그리 하도록 하겠습니다."

그가 나와 동갑이라면 딱 458살이 더 많은 것 아닌가. 그걸 생각하면 도저히 말을 놓을 수가 없을 것 같았다.

배순은 나를 계상서당 뒤 계곡으로 안내했다. 계곡에 흐르는 냇물 이름이 '토계'(兎溪) 인데 퇴계 선생님이 바로 이 냇가의 이름을 따서 호를 지었다고 했다.

풍수지리가 뭔지 전혀 모르는 내가 보기에도 물이 맑고 주변 풍광이 따뜻하게 사람을 감싸 안는 것 같아 상서로운 기운이 느껴졌다. 퇴계 선생님이 이 계곡을 사랑해서 호를 삼을 만하다는 생각이 들었다. 하지만 아늑한 풍광과 달리 계곡물은 얼음장같이 찼다. 그 물로 등목을 하자 잔등이가 시려오면서 이가 덜덜 떨릴 정도였다.

"웬 물이 이렇게 차갑죠?"

"계곡물이라 카는 기 원래 저 우에 차가운 산꼭대기에서 내려오는 긴데 찹지 그럼 안 찹겠능교. 하하하."

배순은 웃기도 잘 웃지만 웃을 때마다 고개를 뒤로 젖히는 습관이 있었다. 사람이 너그럽고 호탕해 보이는 일면 너무 경계심이 없어 보이기도 했다.

저녁때가 되자 정일스님이 딸랑딸랑 종을 치고 다니면서 "선비님들 어여 와서 밥들 드소"라고 외쳤다. 각자 방에 들어가 글을 읽던 열 명 남짓한 선비들이 툇마루로 모였다.

저 사람들이 말로만 듣던 선비라는 사람들이구나. 다들 옷차림은 하얀색이나 옥색 도포 차림이어서 두드러진 특징이 없어 보였지만 얼굴들이 해맑고 영민해 보였다.

정일스님이 선비들 앞에서 나를 가리키며 "퇴계 선생님이 새로 도산서당을 짓는다는 소문이 한양까지 나서 이 아무개 진사댁 자제가 공사를 돕겠다고 내려왔다"고 소개했다.

방통장군에게 가르침을 받은 대로 최대한 공손한 자세로 예를 갖춰 무릎을 꿇고 고개를 숙이며 인사를 올렸다. 그러자 선비들 중에서 이미 장가를 간 듯 상투를 튼 사람들은 제 자리에 앉은 채 목례를 했고 아직 미혼으로 보이는 사람들은 일제히 같은 자세로 내 절을 받았다.

그중 가장 어려 보이는 선비 한 사람이 인사를 건넸다.

"여기까지 먼 길 오느라고 고생이 많았습니다. 당분간 여독을 풀면서 편하게 지내시지요."

"네, 배려해 주시는 말씀 감사합니다."

다른 선비들도 저마다 어디서 온 누구라고 자기소개를 하면서 한마디씩 내 신상에 대해 질문을 던졌다.

올해 나이가 몇이냐, 정해놓은 혼처는 있는가. 초시에 응시해 본 적은 있는가, 사서삼경은 다 뗐는가, 본관은 어디고 집은 한양 어디쯤인가, 술도 좀 즐길 줄 아는가 등이었다. 그 정도는 방통과 미리 각본을 짜서 대비해 둔 질문이라 별로 어렵지 않게 넘어갈 수 있었다.

정일스님이 앳돼 보이는 여종과 함께 차려 내온 저녁상은 온통 풀밭이었다. 가지, 깻잎, 절인 무와 배추, 된장 등이 보였다. 밥도 절반은 보리여서 엄마 2가 살을 빼야겠다며 이따금 가족들을 데리고 가던 '웰빙 한식당'이 생각났다.

그런데 한국음식의 상징적 존재인 김치가 안 보였다. 빨간색 고추가 들어간 음식이 아예 없었다.

김치는 왜 없냐고 물어보기도 그랬다. 그냥 속으로 '김치가 있다면 안 내놨을 리 없고 현대에 와서 김치로 알려진 음식은 아마도 이 시대가 지난 이후에 만들어진 모양'이라고 속으로 짐작했다. 나중에 알고 보니 내 짐작이 반만 옳고 반은 틀렸다. 그때도 절인 무나 배추를 김치라고 부르긴 했다. 다만 임진왜란 이후에야 고추라는 식물이 남아메리카에서 들어왔고 김치가 지금의 김치 형태를 갖추게 된 것은 그 이후의 일이었다.

처음엔 경황이 없었지만 저녁 식사가 거의 끝날 때쯤 선비들의 얼굴을 하나하나 뜯어볼 여유가 생겼다.

가까이서 자세히 보니 얼굴이 곰보인 사람들이 몇 명 있었다. 우리 시대엔 매우 보기 드물었는데 왜 그럴까 싶었다.

며칠 후에 생각이 나서 배순에게 물어보니 "마마도 모르시오, 마마?"라며 답답하단 듯이 되물었다. 보통 열 살 이전 아이들 다섯 명 중 두 명꼴로 마마를 앓게 되고, 심하면 죽지만 살아도 얼굴이 곰보가 된다고 했다. 실제로 3년 동안 만나본 선비들 10명에 2~3명꼴은 곰보였다.

모여 앉은 선비들 중에서 나도 모르게 눈길이 자꾸 머물게 되는 선비가 있었다. 나이는 20대 중후반쯤이나 됐을까. 나보다 그리 많지 않아 보였다. 하지만 하얗고 갸름한 얼굴에 날카로운 눈매, 앉아 있어도 훤칠해 보이는 키가 예사롭지 않은 기운을 느끼게 했다. 우리 시대에 태어났더라면 꽃미남 아이돌로 떴을 법한 외모였다.

다른 선비들은 웃으면서 내게 말을 건네는데 그 선비만은 자기소개도 하지 않고 질문도 하지 않은 채 이따금 내가 말을 할 때마다 갸우뚱한 표정으로 응시하곤 했다.

다른 선비들까지도 그의 꿔다 논 보릿자루마냥 멀뚱한 태도를 불편해하는 눈치가 역력해 보이자 개성에서 온 윤 생원이라는 선비가 총대를 멨다.

"이 도령, 여기 이분은 얼마 전 광주에서 퇴계 선생님의 초청을 받고 온 기 진사시네" 라고 소개했다.

기 진사라는 선비는 "기명언일세" 라고 간단히 소개하더니 "나도 이 도령에게 하나 궁금한 게 있네" 라고 말했다.

침묵을 지키던 기명언이 과연 무슨 말을 하려는지 다들 그를 일제히 쳐다봤다.

"자네, 한양에 살면서 기생은 몇이나 데리고 자보았는가?"

뜬금없는 질문에 왁자한 웃음보가 터져 나왔고 다들 내가 어떤 대답을 하는지 귀가 솔깃한 표정이었다.

난 잠시 당황해 하다가 "하하, 일찍이 혼처를 정해놓은 몸이라 기생과 몸을 섞는 일은 꿈도 꾸어보지 못했나이다" 라고 얼버무렸다.

순간 마음속에서는 '만약 여기서 안 죽고 살아 돌아가면 이 고생이 헛되지 않아 민들레 누나와 결혼할 수 있을까' 라는 의문이 떠올랐다.

하지만 그런 상념은 이내 흩어지고 말았다. 기명언이 계속 나의 심사를 긁기 시작한 것이다.

"허허. 이 도령도 참 순진한 사람일세. 부부 사이의 정분과 정절은 그것대로 소중한 것이고, 남아로서의 풍류는 풍류대로 즐길 줄 알아야지. 자넨 퇴계 선생님과 기생 두향이의 애틋한 사랑 얘기도 못 들어봤는가?"

그러자 갑자기 찬물을 끼얹은 듯 선비들이 술렁였다. 한 선비가 "아니 기 진사, 그런 소리는 스승님의 존안을 욕되게 하는 것 아닌가. 그런 망측한 이야기까지 들먹여서야…" 라며 제동을 걸었다.

'아니, 이건 또 뭐지. 그동안 퇴계 선생님으로부터 제법 많은 말씀을 들었다고 생각했는데. 내가 전혀 모르는 '시크릿 스토리'도 있었단 말인가.'

"예, 아직 미처 듣지 못한 이야기입니다."

"자네, 선생님에게 가르침을 받으러 왔다면서 스승이 걸어온 발자취를 제대로 모르고서야 어떻게 온전한 제자가 될 수 있겠는가?"

그의 말을 듣고 있는 선비들의 반응은 확연하게 엇갈렸다. 한 부류는 기명언의 이야기마다 박장대소하며 즐거워하는가 하면 또 다른 부류는 시종 혀를 끌끌 차며 못마땅한 표정을 짓더니 급기야 방을 박차고 나가 버렸다. 기 진사라는 선비에 대해 계상서당 선비들 사이에서 호불호가 뚜렷이 나뉜다는 것을 알 수 있었다.

다른 선비들이 어떻게 생각하든 자꾸만 나를 웃음거리로 만들려는 기명언에게 와락 부아가 치밀었으나 마땅한 대꾸가 떠오르지 않았다. 저렇게 혼자 잘난 척 튀어 보려고 환장한 놈은 시대를 막론하고 어디에나 있었구나 하는 조소를 속으로 보내면서 울화를 달랠 수밖에 없었다.

갑자기 '아하하하' 하는 내 또래 청소년 같은 웃음소리가 들렸다. 고개를 들어 쳐다보니 나의 분노 유발자인 기명언이었다.

"아따 이 도령 귀밑까지 빨개진 걸 봉께 내 맴이 짠하네, 잉. 나도 저 나이 때는 여자 이야기만 나오면 부끄러워 어쩔 줄 몰랐응께. 하하하."

능청스러운 전라도 사투리를 쓰는 기명언은 해맑은 표정으로 웃고 있었다. 조금 전 시니컬한 눈빛으로 짓궂은 질문을 던지던 사람이라고는 믿기지 않았다.

기명언은 "내가 장난 좀 쳤응께 너무 괘념치 말게. 퇴계라는 큰 그릇을 어떻게 한 번에 다 담을 수 있겠는가. 우리 같은 범인들은 평생을 정진해도 그분의 발끝에 미치지 못할 것이야. 열심히 공부하도록 하게. 나는 먼저 일어나겠네. 다들 편히 쉬시게" 라더니 바람처럼 방을 나섰다.

다른 선비들도 서로에게 예를 갖춰 인사하고는 각자의 방으로 돌아갔다.

기 진사라는 선비는 그날 저녁 이후 어디론가 홀연히 사라져서 볼 수가 없었다. 나중에 듣기로는 다음 날 고향인 광주로 돌아갔다고 했다.

해가 길어서 식사를 마칠 때까지도 어둡지는 않았으나 벌써부터 모기가 앵앵대는 소리가 여간 신경 쓰이지 않았다. 집에서라면 전자 모기향을 피우는 걸로 간단히 해결했겠지만 여기선 대책이 없을 것이었다. 오늘 밤 십중팔구 생태계 순환을 위해 상당한 양의 헌혈을 하게 되는 것은 물론이거니와 잠도 설치게 될 게 뻔했다.

배순은 비록 퇴계 선생 문하에서 같이 수학하는 동기라고 해도 공식적인 문도는 아니었기 때문에 신분상 선비들과 겸상할 수가 없어서 정일스님과 먹었다고 했다. 방으로 돌아와 호롱불 아래서 배순과 이런저런 이야기를 나눴다.

배순은 자신을 그냥 편하게 배 대장이라고 부르라고 했다. 양반들이 대장장이를 낮춤말로 대장이라고 부르는데, 서로 친구하기로 한 사이니 격의 없이 대장이라고 불러도 좋다는 것이었다.

그런데 배 대장이라고 부르려 하니 친구 사이의 허물없는 호칭이 아니라 어쩐지 그의 부하가 돼버린 듯한 기분이 들었다.

그런데 갑자기 이게 무슨 소리인가. 웅성웅성 여러 사람이 떠드는 소리가 들려왔다. 자세히 들어보니 대화하는 소리가 아니고 각자가 제 나름대로 뭔가를 말하는 것 같았다.

"저건, 대체 무슨 소리인가요?"

"아, 책 읽는 소리지요."

"책을 조용히 안 읽고 꼭 저렇게 소리 내서 읽어야 하나?"

"선비들이 늘 입버릇처럼 하는 말이 있잖능교. 책을 왜 본다고 하지 않고 읽는다고 하느냐. 소리 내서 낭독을 해야만 책 속의 의미가 완전해지기 때문이지예.

그건 왜냐? 원래 문자보다 소리가 먼저였고 문자는 소리를 담는 그릇이었다. 문자는 읽어줄 때에만 본래의 뜻이 피어나서 읽는 사람의 뼈에 새겨지고 머리에 들어가서 이와 기가 된다. 그리고 소리를 내려고 하면 몸 안의 폐와 심장과 신장이 모두 건강하게 작동해야 하기 때문에 글을 읽는 것을 통해 자신의 건강을 돌아볼 수 있게 된다 아입니꺼.

그리고 낭독으로 그쳐선 안 되고 손을 움직여서 사경(寫經)을 해야만, 즉 책 속의 글씨를 베껴서 써야만 글의 의미가 머릿속에 단단히 붙들어 매져가 생각과 감정이 풍부해지게 된다. 나도 그것쯤은 주워들어서 아는구만. 그것도 모르능교?"

그랬던가. 나는 선비들이 그렇게 항상 낭독을 해가며 책을 읽는 줄 몰랐고, 낭독을 그렇게 중요시하는 줄도 몰랐다. 퇴계 선생님으로부터 선비들은 공부와 서예를 항상 함께 했다는 것은 들었지만 낭독까지는 말씀해 주시지 않아서 몰랐다.

'선비들이란 생김새는 별난 데가 없어도 그들이 속해 있는 세계란 우리 세계와 많이 다르구나.'

그런 생각을 하면서 새삼 놀랐다.

배순은 호롱불 기름을 아껴야 한다며 불을 끄자고 했다.

그리고 이부자릴 펼 테니 그동안 바람 좀 쐬고 오라고 해서 마당으로 나가서 섰다. 보름달도 아닌 반달인데도 마치 낮처럼 환했다. 달빛만 아니라 별빛도 함께 쏟아져 내리는 듯 영롱했다.

'밤하늘에 별이 저토록 많고 저토록 눈부시게 반짝인다는 사실을 조선시대에 와서야 알게 되다니. 자라오면서 왜 한 번도 맑은 밤하늘을 올려다보면서 별을 자세히 관찰해 보지 못한 걸까. 아, 별들이 어쩌면 저렇게 노란색, 파란색, 빨간색 형형색색일 수가 있단 말인가. 저 달빛과 별빛은 아빠와 라일락, 그리고 엄마 2가 우리 시대에서 보는 것과는 다른 것일 테지.'

그런 상념에 사로잡혀 있는데,

"야, 달님 참 곱게도 생겼다. 내 꿈이 대장간에서 길고 긴 사다리를 만들어가 그걸 타고 저 달에 한번 가보는 거 아이가. 하하하."

어느 틈엔가 배순이 다가와서 너스레를 떨었다. 은근슬쩍 말도 놓고 있었다.

"계수나무 아래 옥토끼가 찧은 방아로 떡을 만들어 먹으면 불로장생한다 캤는데. 보자, 저까지 사다리를 놓을라 카믄 쇠가 얼마나 있어야 할까? 조선에 있는 쇠란 쇠를 다 갖다 녹이면 만들 수 있을까. 명나라에 있는 쇠까지 모조리 긁어모아야 할까."

'이보게. 아무리 그래 봤자 사다리로는 거기까지 못 갈 걸세. 지구가 자전하고 있어서….' 무지를 깨우쳐 주고 싶은 충동이 일어났으나 괜한 소리를 해서 정체를 들킬까 봐 참았다.

난 다음 날 아침 마당이 환하게 밝을 때까지 잠에 빠져 있었다. 생각보다 덥지는 않았으나 밤새 모기에 뜯기느라 숙면을 취할 수 없었다. 배순이 흔들어 깨우는 바람에 눈을 뜬 순간 낯선 방에 누워 있는 나를 발견하고 깜짝 놀랐다.

'여기가 어디지? 이 사람은 또 누구지?'

잠시 어리둥절해 하다가 어제의 기억이 떠올랐다.

'앗 참, 내가 조선시대로 시간여행을 왔지.'

“이 도령, 같이 총명수 마시러 같이 안 가겠나?”

“총명수?”

“한 식경 거리에 약수가 나오는 샘이 있는데 그걸 마시면 머리가 맑아져서 공부가 잘 된다고 총명수라고 부른다네.”

“그렇게 하세. 지금 몇 시나 됐나?”

나도 모르게 시계를 보려고 손목을 들어 올렸다가 아차 싶었다.

“벌써 오래전에 닭 우는 소리가 들렸으니 지금은 묘시가 다 지나가고 있을 걸세.”

배순과 함께 약수를 마시러 가는 길에 마주친 선비들은 저마다 누구의 작품인지 몰라도 한시를 읊조리고 있었다.

한순간도 멍 때리면서 헛되이 흘려보내지 않으려는 선비들의 부지런함을 목격할 수 있었다.

오고가는 선비들 중에 어제 저녁 유별나게 굴었던 그놈은 왜 안보일까 하는 생각을 하다가 그에게서 들은 두향이라는 기생의 이야기가 떠올랐다.

“배 대장, 혹시 퇴계 선생님과 두향이라는 기생의 이야기를 알고 있는가?”

그러자 배순은 “어흠, 흠” 하면서 헛기침을 해댔다. 그의 표정을 보니 ‘그런 얘기를 어떻게 공짜로 해주길 바라나’라는 듯했다.

나는 “아, 알겠네. 알아도 별로 쓸데가 없는 시시한 이야긴가 보구만. 더 관심 안 갖기로 하겠네” 라고 짐짓 무관심을 가장했다.

예상대로 배순은 갑자기 입이 간지러워진 듯 “그게 아니라 두향이 이야기는 말일세…” 라면서 말을 꺼내기 시작했다.

"퇴계 선생님이 내가 살던 풍기에 군수로 오시기 직전인 단양군수 시절이라 내가 누구보다도 잘 안다 아이가. 선비들도 워낙 고결하신 선생님이 한참 딸내미뻘인 열일곱 살 기생과 정분을 나누셨다는 사실에 당혹해하는 사람이 많다 카드만. 뭐 여느 사람 같으면 그게 무슨 흉이 되겠는가만 워낙 퇴계 선생님은 성인으로 추앙하는 사람이 많다 보이까 괜히 그 카는 기재.

하지만 선생님은 풍기군수로 옮기시면서 사사로운 감정을 한칼로 내리치시고 떠나올 때 배웅조차 못하게 했다 아이가. 실제로 두향과는 지금까지 10년 가까이 서로 간에 왕래 한 번 없었다 카는데 세간에서 더 회자되는 건 그동안 선생님만 바라보면서 수절하고 있는 두향의 일편단심인 기라.

선생님이 단양군수로 부임하실 당시 두 번째 부인이셨던 권씨 부인이 돌아가신 데다 둘째 아드님마저 사고로 잃고 나서 마음 둘 곳 없던 처지였거든.

그렇다고 선생님이 아무 기생이나 곁에 두고 수청을 들게 할 분이시겠나. 두향이가 선생님을 모실 수 있었던 것은 여느 평범한 관기가 아니기 때문이었던 기라.

두향이는 워낙 단양뿐만 아니라 충청도 전체에 소문난 미색인 데다 비파나 해금 같은 악기도 잘하고 시문을 짓는 데 능했다 카드만. 퇴계 선생님과 시를 논하고 시로써 대화를 나눌 수 있는 보기 드문 재원이었다 아이가.

그렇게 선생님이 단양군수로 계시던 아홉 달 동안 곁에서 모시다가 선생님이 풍기군수로 옮기시게 되자 두향이는 새로 부임한 군수를 찾아가 퇴계 선생님을 모시던 몸을 더럽힐 수 없다며 기적에서 빼달라고 요청했다 카대. 그 말을 듣고 군수도 일리가 있다면서 그것을 받아들였다 카고. 그 후로 두향이는 퇴계 선생님과 노상 같이 거닐던 강선대 인근에 집을 지어 놓고 혼자 살고 있다 아이가."

난 선생님의 그런 태도가 잘 이해되지 않았다.

"아니, 그렇게 재색 겸비한 여인인 데다 정신적으로 힘드실 때 의지까지 돼주었는데 기생 신분이라고 해서 그렇게까지 매정하게 내치실 게 뭐 있는가. 지금도 홀로 지내시는데 이따금 왕래라도 하면 좋지 않겠는가."

"내는 잘 모르긴 하네만 선비들이 하는 말 들어보이, 선생님은 여색을 탐하지 않는 것이 선비가 지켜야 할 첫째 계율이라고 늘 말씀하셨는데 스스로 모범을 보이지 않으면서 후학들에게 그런 가르침을 내리실 수가 없기 때문이 아니겠나 카드만. 그렇다 캐도 그렇게 특별한 기생이라 카면 제자들도 이해할 거 같구마. 선생님과 선비들의 일을 내가 우예 다 헤아리겠노."

두향의 이야기는 알 듯 모를 듯 묘한 여운으로 남았다.

조선시대로 이동한 다음 날 시작한 총명수 산책은 이후 한서암으로 거처를 옮기기 전까지 2년여간 나와 배순의 일과가 돼버렸다.

두 식경 만에 돌아와 계당 대문 안에 들어서자 정일스님이 나를 불렀다.

그의 버릇대로 일단 경계하는 눈초리로 사방을 살피더니 귓속말로 속삭였다. 예의 '이건 비밀이니 자네만 알고 있으라'는 듯한 말투였다.

"이 도령, 선생님은 새벽 일찍 계당에 오셔서 글을 읽고 계시네. 그 어른은 항상 인시부터 의관정제하고 독서를 하시지. 일단 가서 인사를 드리는 게 좋지 않겠나."

나도 장난기가 발동해서 그의 귀에 대고 음모를 꾸미듯이 조용히 속삭였다.

"여부가 있겠습니까, 스님. 당연히 그렇게 해야 합죠. 이렇게 아무도 모르는 귀한 정보를 알려주셔서 감사합니다요."

정일스님이 퇴계 선생님의 서재로 나를 안내했다. 서재의 문이 활짝 열려 있고 중년으로 보이는 선비가 책상 앞에 앉아 고개를 숙이고 책 읽는 모습이 보였다. 방 앞으로 다가가자 은은한 향냄새가 감돌았다.

'저분이 퇴계 선생님? 과연 어떤 모습일까?'

스님이 "선생님" 하고 불렀다.

책에 얼굴을 묻고 있던 퇴계 선생님이 서서히 고개를 드셨다. 그의 얼굴이 천 원짜리 지폐에 그려진 모습과 다르다는 건 들어서 알고 있었지만 내가 머릿속으로 막연히 그려온 모습과도 전혀 다르다는 걸 발견하고 깜짝 놀랐다. 아직 환갑이 되기 전임을 감안해도 그동안 상상하던 모습보다 훨씬 젊어 보였다.

턱이 뾰족하고 쌍꺼풀이 짙어 병약해 보이는 모습이 아니라 강인함과 기상이 느껴지는 남자다운 이목구비였다. 천 원짜리에 그려진 이상한 두건이 아니라 오천 원짜리의 율곡이 쓰고 있는 것과 같은 정자관을 쓰고 계셨다. 온화하되 온순하지 않고 엄숙하되 엄격해 보이지 않는, 한 치의 흐트러짐도 없는 꼿꼿한 자세와 준수한 콧날에서 조선팔도가 우러러보는 대학자의 카리스마가 느껴졌다.

그동안 나와 그토록 많은 대화를 나눴다는 걸 알고 계실까. 설사 알더라도 모르는 척하시는 게 시나리오에 맞겠지.

"한양에 사는 진사 이 영 자, 준 자의 자식 언입니다. 도산서당 짓는 일을 돕기 위해 왔습니다."

선생님은 자리에서 일어나시더니 내가 서 있는 마당까지 걸어 내려와서 내 손을 잡아주셨다.

"그래. 자네가 이언이로구나. 안 그래도 기다리고 있었네. 한양에서부터 여기 안동까지 먼 길을 걸어오느라 고생했겠구먼. 자네 아버님으로부터 이야기 많이 들었네."

"앞으로 도산서당 짓는 일에 미력이나마 최선을 다해 보태겠습니다."

"서당을 짓고 선비를 가르치는 일은 나의 업(業)일세. 또 언제 끝날지 모를 일이고. 중요한 것은 서당을 짓는 일보다는 사람이 되기 위한 공부일세. 일단은 공부에 전념하도록 하게. 어린 시절 오랫동안 병을 앓는 바람에 아직 학문에 들지 못했다고 들었네. 천자문은 익혔는가?"

"부끄럽습니다만 아직 천자문도 떼지 못했습니다."

"가만 있자, 철공 일을 돕기로 한 우리 배순과는 비슷한 연배 아닌가. 둘 다 이제 막 학문의 길에 들어선 처지이니 서로 의지 삼아서 함께 배우도록 하게. 여독이 채 안 풀렸을 테니 오늘까지 푹 쉬면서 원기회복하고."

다음 날 아침 식사 후에 선생님이 배순과 나를 부르셨다.

"자네들 두 사람은 어차피 독서와 강독에 참여해도 따라오지 못할 터이니 당분간 천자문과 《소학》을 익히는 데만 전념하도록 하게. 공부를 안내해 줄 선생 한 사람을 정해줄 터이니 열심히 배워서 《소학》까지 뗀 후에 《명심보감》이나 사서삼경은 자네들이 노력해서 쫓아오도록 하게. 나도 필요하다고 생각할 때 가르침을 주겠네."

"네, 알겠사옵니다."

"학덕이 거기 있느냐."

퇴계 선생님이 문밖을 향해 조용히 묻자,

"네, 여기 있사옵니다."

낭랑한 젊은 여자의 목소리가 답했다. 스르륵 문을 열고 들어온 것은 그동안 정일스님을 도와 밥상을 차려오던 여종이었다.

우리는 한 대 맞은 듯한 표정으로 멀뚱히 퇴계 선생님을 쳐다봤다.

"아니 왜 그리 놀란 표정을 짓는 것인가. 어린 여종에게 글을 배우라고 하니 자존심이 상해서 그러는 건가.

인간은 본디 귀천을 가지고 태어난 존재가 아닐세. 단지 이 세상의 질서와 인륜을 지켜가고 저마다 주어진 직분을 따라 살다보니 해야 할 역할이 다른 것뿐이지. 아내가 여자라고 업신여겨서는 부부생활이 원만하게 돌아갈 수 없고, 종노릇을 한다고 저 아래로 내려다봐서는 누구에게도 공경받지 못하는 법이야. 학문에서는 나이의 고하와 신분의 귀천, 남녀의 유별이 있을 수 없음을 명심하게나.

여기 학덕이도 올해 열다섯 살에 불과하지만 어린 시절부터 명민한데다 글을 익히는 데 누구도 따라가지 못할 열정을 보여서 내가 직접 천자문을 가르쳤네. 학덕이라는 아명도 내가 지어주었고. 누구보다도 자네들을 요령 있게, 그리고 자상하게 잘 가르칠 것이야. 그리고 자네들도 어린 여동생뻘인 학덕이에게 글을 배우면 자존심이 상해서라도 더 분발하지 않겠는가."

라고 말하면서 선생님은 너털웃음을 웃으셨다. 다소곳이 고개를 숙이고 있던 학덕도 고개를 들고 조용히 웃음을 지었다.

며칠 동안 상 차려오는 모습을 보면서도 항상 고개를 숙이고 사뿐사

뿐 들어왔다가 금방 나가버려서 얼굴을 자세히 보지 못했다. 그런데 이렇게 마주 앉아서 찬찬히 살펴보니 학덕은 종의 신분이라기엔 믿기지 않을 만큼 얼굴이 하얗고 깨끗했다.

키가 작은 편이고 빼어난 미인이랄 수는 없지만 총기 있어 보이는 희고 단정한 이마, 작고 도톰하면서 윤기 있는 붉은 입술은 자꾸 보면 빠져들 것 같은 느낌을 주기에 충분했다.

"자, 선비님들. 이제 저를 따라가실까요?"

다소곳한 태도와 다르게 말투가 거리낌 없고 단호해서 또 한 번 놀랐다. 평소 상을 차려올 때 늘 수줍은 듯 조심스러워 하던 모습과 달리 배순과 나를 어려워하는 기색이 전혀 없었다.

우리 방으로 옮겨 각자 책상위에 천자문 책을 펼친 배순과 나는 학덕 스승님의 선창에 따라 하늘 천, 따 지, 검을 현, 누르 황을 낭독하기 시작했다.

밖에선 매미 소리가 점점 더 요란해지고 있었다. 공부의 신으로 통했던 고1 때조차 한자공부에 별 관심이 없었던 데다 그나마 공부에서 손을 놓다보니 천자문은 거의 대부분 모르는 글자였다.

두 식경쯤 꼼짝 않고 앉아서 공부했는데도 진도가 별로 나가지 않았다. 내가 볼 때 명색이 조선시대 사람인 배순의 한자 실력도 나보다 나을 것 없어 보였다.

'하긴 조선시대에 살았어도 문자를 배우고 익힌 건 양반들뿐이었을 테니 배순이 까막눈인 건 당연하지.'

내 생각을 아는지 모르는지 한 차례 입이 늘어지게 하품을 하고 난 배순이 학덕을 향해 "조금 쉬었다 하면 안 되겠능교?"라고 물었다.

학덕은 물끄러미 배순을 보더니,

"지금 저만치 가 있는 다른 선비들을 따라잡으려면 부지런히 공부하셔야 해요. 적어도 한 시진은 더 진득하니 공부하신 뒤에 쉬세요."

"맙소사. 한 시진이면 앞으로도 두 식경이나 더 앉아 있으란 말이오."

"정 그렇게 힘드시면 일각만 시간을 드릴 테니 뒷간이라도 한번 들렀다 오시든지요."

"아이고 살았다. 내 좀 나갔다 오리다."

"이언 도령님은 괜찮으세요?"

"네, 괜찮습니다."

배순이 나가고 둘만 남자 학덕에게 궁금했던 것을 물어봤다.

"왜 정일스님이나 배 대장 같은 이곳 안동 사람들과 달리 경상도 사투리를 쓰지 않으시는지요."

"어머, 그렇게까지 저한테 존대하지 않으셔도 돼요."

"에이, 그래도 글을 가르쳐 주시는 스승인데 어떻게 반말을 합니까."

"호호. 사제 간의 도리를 따르자면 마땅히 그래야겠지만 다른 선비들이 보면 화내십니다. 그냥 여동생처럼 편하게 대해주세요. 그래야 저도 쫓겨나지 않고 여기서 이 한 몸 부지할 수 있답니다."

"그러면 이렇게 하기로 하죠. 글공부할 때만 존대하고 밖에서는 여동생처럼 말 놓는 걸로."

"정 그러고 싶으시다면 그렇게 하세요, 호호호."

학덕은 자신의 이야기를 털어놓았다.

"제 할아버지와 할머니는 경기도 양주 사람들로 원래는 천출이 아니었으나 뜻하지 않게 역모죄에 연루돼 국가의 형벌을 받고 옥살이를 하다가 죽었습니다. 그 일로 저는 다섯 살 때부터 아비어미와 함께 이곳으로 내려와 종노릇을 하게 된 거랍니다. 저도 원래 한양 말씨를 쓰던 어미한테 말을 배우다 보니 그게 입에 익게 됐고, 지금처럼 글을 가르치거나 어른들을 모셔야 하는 자리에서는 한양 말씨를 쓰고 친구들과 어울려 놀 때는 경상도 사투리를 쓴다 아입니꺼. 호호호" 라면서 손으로 입을 가리고 웃었다.

비극적인 가정사를 마치 역사책에 나오는 먼 조상들의 이야기처럼 담담하게 늘어놓더니 그 나이답게 장난스러운 말투로 돌변하는 학덕의 천연스러움에 나도 그만 파안대소했다.

5세기를 거슬러 16세기 낯선 세상에 홀로 내던져진 데다 여전히 이게 꿈인지 생시인지 어리둥절한 채로 며칠을 보냈다. 그런데 어린 학덕이 보여주는 희로애락의 감정을 초월한 듯한 여유로움에 나까지도 모처럼 긴장을 풀고 웃어볼 수 있었다.

'이 여자아이, 아니 여기선 퇴계 선생님이 민들레 누나를 부르던 대로 처자라고 해야겠구나, 아무튼 열다섯이면 라일락보다도 한 살 어린데 딱 부러지는 말투나 언행에서 풍기는 어른스러움은 나보다 네 살 많은 그녀, 민들레 선생님 못지않네.'

원래부터 천출이었던 것도 아니고 양반 신분에서 종으로 떨어졌다면 자라오면서 감내해야 했을 설움과 절망감이 이루 말할 수 없을 만큼 컸을 텐데 어린 나이에 그런 감정들을 어떻게 다스려 왔길래 저토록 담담할 수 있는지 놀라웠다.

고1 때 출생의 비밀을 알게 된 후 마치 내가 세상에서 가장 비극적인 인물이 된 양 스스로를 비탄에 몰아넣고 자포자기해 왔다. 학덕의 처지와 비교하니 세상이 어떻게 돌아가는 건지 모르고, 나와는 비교할 수 없이 고통스러운 삶을 살아가는 사람들이 얼마든지 있다는 것도 모른 채 철부지로 살아온 내가 부끄러워졌다.

학덕이 한양 경기지역의 표준말과 경상도 사투리를 때와 장소에 따라 적절히 섞어서 구사하는 것처럼 전국 곳곳에서 모여든 다른 선비들도 그랬다.

한두 사람이 편안히 식사하고 술 마시는 자리에선 각자 자기고장 말씨를 쓰다가도 퇴계 선생님 앞에서 가르침을 받을 때나 경전에 대해 강론할 때는 표준 말씨로 바뀌었다.

이 시대로 오기 전 퇴계 선생님께 들어서 알고 있던 대로 선비들은 과거에 급제하거나 사림 몫의 추천을 받아 조정 일을 보게 될 때를 대비해 발성과 말씨를 다듬고 있는 듯했다. 날마다 경전을 낭송하는 공부 자체가 발성 훈련이었다. 그래서인지 선비들의 발음과 목소리는 하나같이 방송 아나운서처럼 명확하고 또렷했다.

조선시대의 표준말이란 한양과 경기지역에 국한된 말씨가 아니라 조정에서 나랏일을 맡고 있는 양반계층의 공식 언어를 말하는 것이었다.

나중에 다른 선비들로부터 또 한 번 놀랄 만한 이야기를 들었다. 한양에서도 조정이 있는 사대문 안의 말씨와 사대문 밖의 말씨가 다르고 양반계층은 출신지역을 떠나 사대문 안의 표준 말씨를 구사해야 대접받을 수 있다는 것이었다.

점심을 먹은 후 저녁을 먹기 전까지 공부는 계속됐다. 저녁식사 후에는 배순과 함께 더위를 식히러 계곡으로 갔다. 여름 해가 길어서 아직도 사워 분간이 가능할 정도였다.

"이 도령, 그거 느꼈는가. 학덕이가 이 도령을 바라보는 눈빛이 예사롭지 않던데…."

"또 무슨 실없는 소릴. 나이가 어리긴 해도 글공부를 지도해 주는 선생님인데 면전에 없다고 학덕이, 학덕이 하면서 마음대로 희롱해도 되겠는가."

"아니야, 내가 생긴 건 이래 봬도 남녀상열지사에는 귀신같은 눈썰미를 갖고 있다카이. 학덕이는 야무지고 분별 있는 처자니 애써 자제하고 있겠지만 이 도령한테 어쩔 수 없이 끌리는 게 분명해. 학덕이가 아니라도 이 도령같이 훤칠한 미남자에게 끌리지 않을 처자가 별로 없겠지만 말이야."

"허허, 그만하게나. 공부만 하기에도 갈 길이 까마득히 먼데 공연한 억측으로 심사 어지럽히지 말게."

"왜? 이 도령도 역시 그 소리 들으니까 심사가 어지러운가? 자네도 역시 사내는 사내인가 보네. 허허."

우리는 오랜 친구처럼 다정하게 웃으면서 거처로 돌아왔다.

명나라 연호로 가정 34년이자 후대에 명종 12년으로 기록된 그해 여름은 붓글씨와 천자문을 익히느라 학덕, 배순과 어울려 부대끼면서 언제 갔는지 모르게 지나갔고, 어느덧 가을이 깊어갔다.

계당에서 공부하는 선비들 중 절반 정도는 안동 인근이 아니라 전국 각지에서 모여든 타향 사람들이었다. 이들은 곧 다가오는 추석을 맞아 고향에 다니러 오겠다고 떠났다. 비좁은 공간에 늘 스무 명 넘는 선비들로 북적대던 계당이 한산해졌다.

호젓한 계당도 나름대로 운치가 있어 좋았다. 마음의 여유가 생기니까 집 생각이 나기 시작했다.

'과연 그곳의 시간은 내가 떠나온 시점에서 정지돼 있는 걸까. 만약 그게 아니라면 벌써 집도 학교도 난리가 났을 텐데. 민들레 누나도 애타게 나를 찾았을 테고. 하지만 그러다 1년이 지나고 2년이 지나고 시간이 흐르다보면 서서히 잊혀가겠지.'

젊은 여자와 사는 재미에 시간 가는 줄 모르는 아빠가 갑자기 실종된 아들로 인해 비통에 빠져 '우리 아들 독고라이언을 찾아주세요'라고 쓰인 전단지를 뿌리고 다니는 모습을 상상해 보기도 했다.

아무래도 그렇게까지 열심히 찾을 것 같지는 않다는 생각을 하면서 비누거품처럼 일어나는 상념을 떨쳐냈다.

매일 학업에 정진한 덕에 천자문은 거의 외울 정도가 됐다. 이제 《소학》으로 넘어갈 차례였다.

학덕은 "제가 두 분 선비님께 가르칠 수 있는 마지막 책이 《소학》입니다. 이걸 떼고 나면 그 다음은 두 선비님들이 스스로 공부를 해나가셔야 해요" 라고 말했다.

왜 공부를 《소학》까지만 하다 그만두었느냐고 물었다.

"종의 신분으로 할 수 있는 학문에는 한계가 있거든요. 신분에 따라서, 시대에 따라서 공부해야 할 책, 가려야 할 책이 있는 것입니다. 사실은 《소학》도 선비들에게 금서인 시절이 있었답니다."

학덕의 말 속에는 계속 정진하고 싶었지만 신분 때문에 중단해야 했던 학업에 대한 회한이 배어 있었다.

"맞다. 그랬다 카대."

배순이 속없이 맞장구를 쳤다.

“조광조의 스승으로 갑자사화 때 처형당한 김굉필 별명이 ‘소학동자’였다 아이가. 한동안은 《소학》을 공부하기만 해도 김굉필이랑 친해가 그 카는 줄 의심받았다 카더라. 여가 퇴계 선생님 문하라서 《소학》을 배워도 머라 안 카는 게지, 아직도 사화 때 끔찍했던 기억이 남아 있는 한양에서는 《소학》을 무슨 귀신 붙은 책으로 여기는 사람들이 있다 안 하드나.”

난 눈이 휘둥그레져서 물었다.

“아니, 배 대장이 그런 것도 다 아는가. 난 소학, 소학 이야기는 많이 들었어도 그런 사연이 있는 책인 줄 전혀 몰랐네.”

“이 도령도 참, 그기 뭐 대단한 기라꼬. 그냥 어디서 주워듣고 떠드는 긴데.”

손으로 입을 가리며 연신 웃고 있던 학덕이 우리 대화에 끼어들었다.

“그건 그렇고 두 분 다 글씨가 정말 많이 좋아지셨어요. 계속 이렇게 해나가시면 머잖아 왕희지도 울고 갈 정도가 되겠어요.”

“하이고 스승님도 우릴 놀려도 그래 놀리지 마이소. 이제 붓 잡은 지 몇 달도 안 됐는데 참말로 그렇다 카면 왕희지가 하늘에서 듣고 통곡을 할 끼라.

학덕 스승님, 그런데 천자문도 다 떼고 《소학》으로 넘어갈라 카는데 책거리 한번 해야 안 되겠능교. 추수할 때가 되니까네 장터가 매일 북적북적한다 카드만. 우리 셋이 장터 가서 탁배기나 한 사발씩 하고 오면 어떻겠능교? 선비님들도 한양으로, 고향으로 떠나서 별로 없으니 학덕 스승님도 일손이 좀 한가하지 않능교? 게다가 마침 내일이 초하루

휴일이니 마음도 여유롭고."

조선시대에 와서 알게 된 일이지만 월, 화, 수, 목, 금, 토, 일 같은 일주일 단위의 구분이 없는 대신 매달 초하루와 10일, 17일, 23일을 휴일로 정해두고 있었다. 서양의 요일제를 몰랐을 텐데도 대략 일주일 간격으로 쉬는 것이 무척 신기했다.

나도 거들었다.

"그러면 정일스님한테 말씀드리고 같이 나가볼까요?"

배순이 떨떠름한 표정을 지었다.

"그 카면 스님도 같이 간다 칼 낀데."

그때 밖에서 "어흠, 흠" 하는 정일스님의 헛기침 소리가 들렸다. 이어서 방문이 활짝 열리면서 "이 사람들이 나만 빼놓고 어딜 가려고 모의들이고, 예끼" 하는 호통이 들려왔다.

나는 학덕과 함께 죄를 지은 듯 고개를 돌리고 안절부절못했다.

그러자 정일스님은 껄껄 웃으면서,

"계당은 내가 잘 지키고 있을 끼니까네 내 걱정 말고 젊은 사람들끼리 가서들 잘 놀다가 오게. 장터까지 족히 한 시진은 걸릴 끼니까 지금 서둘러 출발해야 잘 시간 전에 돌아올 수 있을 기라."

제일 미안해 할 줄 알았던 배순은 넉살 좋게 큰절을 올리면서 "하이고, 스님 고오~맙십니더. 마." 라고 소리쳤다.

그렇게 우리 셋은 모처럼 계당을 벗어나 장터 나들이에 나섰다. 배순과 학덕에겐 일상적인 나들이였겠지만 나로선 조선시대에 와서 처음 해보는 장터 구경이었다.

내 얼굴에 들뜬 기색이 역력했는지 배순은 "이 도령이 이렇게 신명 난 모습은 처음 본데이. 학덕스승님도 내랑 마찬가지재?" 라면서 희색 만연이었다.

들판에서 농부들이 추수하는 모습과 곳곳에서 꽹과리를 치며 사물놀이 하는 모습, 혼례를 올리러 가는 신랑신부의 모습이 흥겹기 그지없었다. 조선시대에도 사람 살아가는 모습은 내가 살던 시대와 똑같다는 걸 이제야 새삼 느낄 수 있었다.

한 시진이 어떻게 지나는지 모르게 지나서 어느덧 장이 열린 시장통에 도달했다.

떠들썩한 장터 구경에 넋이 나가 이리 기웃 저리 기웃하다가 배순과 학덕이 안 보여 두리번거리며 찾아보았더니 사람들이 빙 둘러 몰려 있는 곳에 나란히 서 있었다. 둘은 나에게 어서 이쪽으로 오라는 듯 손짓을 했다.

"이 도령, 우리 투호놀이 한번 해보세. 저기 저 청동항아리에 앞에 그어 놓은 선 있재? 거기서 전주(錢主) 한테 엽전 한 닢을 내면 화살 열두 개를 준다네. 그걸 여덟 개 이상 넣으면 엽전을 돌려받고 열한 개를 넣으면 한 닢, 열두 개를 다 넣으면 두 닢을 상금으로 받는 걸세. 여덟 개도 안 들어가면 낸 돈 그냥 잃는 거고."

금가락지를 가지고 나오긴 했으나 아직 엽전으로 바꾸지 못해 배순의 돈 세 닢을 빌려서 해보니 쉽지 않았다.

세 닢을 고스란히 잃은 뒤 바지춤에서 금가락지 하나를 꺼내 "이걸 어디 가야 엽전으로 바꿀 수 있겠는가" 라고 물었다.

학덕은 "금가락지 한 돈이면 엽전 일백 닢인데 이건 두 돈도 넘게 나갈 거 같네요. 장터에서 그렇게 많은 엽전을 소지하고 다니다가 잃어버릴 수도 있어요. 제가 빌려드릴 테니 나중에 돈 생기면 돌려주세요" 라면서 치마춤의 주머니를 열더니 열 닢을 내게 내밀었다.

배순은 눈이 휘둥그레지면서 "아따. 학덕 스승님은 돈도 많소" 라고 웃었다.

학덕은 "종살이하면서 나중에 의지할 건 돈밖에 없다고 어머니가 항상 말씀하셔서 부지런히 모으고 있어요" 라고 말했다.

'아, 조선의 종들이 힘들게 살긴 해도 사유재산이 인정됐구나' 싶었다. 약간 의외였지만 이것 역시 이 시대에선 상식일 테니 놀라운 사실을 알게 됐다는 듯 호들갑스러운 반응은 보이지 않기로 했다.

학덕은 돈을 빌려주면서 나에게 잠깐 이쪽으로 오라고 하더니 투호놀이의 요령을 알려주었다.

"먼저 화살을 잡을 때 중간보다 약간 뒤를 잡으셔야 해요. 그리고 화살의 뒤를 수평보다 살짝 들어 올리셔야 하구요. 무엇보다 던지는 순간 양 어깨의 수평을 유지하는 게 제일 중요하답니다."

학덕이 일러준 요령을 따라 던졌더니 정말 신기하게 잘 들어갔고 그 덕에 잃은 돈을 조금은 만회할 수 있었다.

배순은 투호놀이를 원래 잘하는지 혼자 하는 놀이가 아니라 둘이 겨루는 내기놀이에도 끼어서 모두 여덟 닢이나 땄다고 우쭐해했다.

학덕은 나와 배순이 투호놀이에서 좋은 성적을 거둘 때마다 뒤에서 손뼉을 치면서 좋아라했다. 왜 같이 하지 않느냐고 했더니 "투호는 원래 궁중과 양반 댁에서 하던 놀이여서 사람들이 다 보는 저잣거리에서 종의 신분으로는 할 수 없답니다" 라고 했다. 요령을 잘 알고 있는 걸로 봐서 같은 종들끼리 안 보이는 곳에서 몰래 투호를 즐기는 듯했다. 서

글픈 일이었다.

학덕과 이런저런 대화를 나누는 사이에 배순이 어디론가 사라져서 찾으러 나섰다. 배순은 장터에 나오더니 물 만난 고기처럼 생기가 돌았다. 얼마나 에너지가 넘치는지 동에 번쩍 서에 번쩍이었다.

둘이 한참 헤매고 다닌 끝에 배순을 찾아냈다. 그는 내기꾼들이 돈을 걸고 벌이는 씨름판에 출전하려는 듯 웃통을 벗어던진 채 '영차, 영차' 하면서 몸을 풀고 있는 중이었다.

배순은 나보다 키는 7~8센티미터쯤 작았으나 조선시대 사람 치고는 상당히 큰 편에 속했고, 뼈가 굵고 살집이 두둑해서 기골이 장대하다는 말이 딱 어울리는 장사스타일이었다.

그는 과연 생긴 대로 놀라운 힘을 보여줬다. 세 명을 내리 물리쳐서 한 명만 더 이기면 상금 오십 닢을 받을 수 있었다. 하지만 네 번째 대결에서 임자를 제대로 만났다.

차림새는 농사꾼처럼 평범해 보이고 체구가 배순보다 훨씬 작았다. 내기꾼들은 대부분 배순의 승리에 거는 듯했다. 하지만 막상 둘이 붙어 보니 판세가 예상과는 전혀 달랐다. 상대는 몸놀림이 전광석화 같은 데다, 보기와 달리 대단한 완력을 가지고 있었다. 어디서 익힌 건지 한 번도 보지 못했던 씨름 기술을 구사하면서 덩치가 거의 두 배쯤 되는 배순을 세 번이나 가볍게 모래판에 메다꽂았다. 작은 힘으로 큰 힘을 제압한다는 것이 바로 저런 경지구나 싶었다.

씨름판을 둘러싼 내기꾼들은 덩치 큰 배순이 싱겁게 나가떨어지는 모습을 보고 왁자하게 웃음을 터뜨렸다.

"저 친구 덩치는 황소인데 힘은 염소로구만."

대놓고 조롱하는 소리도 들렸다.

배순은 굴욕을 당하자 얼굴이 붉으락푸르락해지면서 딱 한 번만 더 하자고 덤볐으나 심판 역할을 겸하고 있던 내기 씨름판의 전주가 고개를 내저으면서 손을 들어 제지했다.

체구가 학덕만큼이나 자그마하고 깡마른 전주의 얼굴에는 왼쪽 눈 한가운데를 가로지르는 칼자국이 나 있었고 누구에게나 있는 눈동자의 검은자위가 없이 흰자위뿐이었다. 그가 어떻게 살아왔는지, 어떤 사람인지 한눈에 알 수 있게 해주는 상처였다.

배순도 그의 얼굴을 보고 당연히 주눅이 들 줄 알았는데 워낙 체면을 구긴 나머지 약이 오를 대로 올랐는지 전주에게 "이것들, 지들끼리 짜고서 전문 씨름꾼을 내보내고, 이거 순 사기꾼들 아니야?" 라고 고함을 치면서 삿대질을 해댔다. 이성을 잃은 듯한 배순의 모습이 아무래도 불안불안했다.

아니나 다를까, 사기 운운하는 소리를 들은 전주의 눈꼬리가 추켜 올라가더니 어딘가를 향해서 손바닥을 딱딱 쳤다. 그러자 내기꾼들 틈에 섞여 있던 장정들이 한달음에 전주 앞으로 달려왔다. 한눈에도 싸움질깨나 해봤을 것처럼 보이는 왈패들이었다.

전주는 턱짓으로 배순을 가리켰다. 그들은 일제히 달려들어 배순의 허리춤과 목덜미를 잡아채더니 바닥에 패대기쳐 놓고는 사정없이 발길질을 퍼붓기 시작했다.

배순은 조금 전의 그 등등한 기세는 어디다 팽개쳤는지 "아이구 사람 살류, 사람 살류" 라면서 체면도 잊은 채 애처롭게 비명을 질러댔다. 맨살을 드러내고 길바닥에 엎드려 발길질 세례를 받으며 살려달라고 애원하는 그의 몰골이 초라하고 비참하기 그지없었다. 학덕도 덩달아 비명을 지르면서 "어떡해요. 어떡해" 하며 울먹였다.

더 이상 팔짱 끼고 구경할 상황이 아니었다.

난 달려가서 그들 중 한 명을 붙잡아 돌려 세운 뒤 턱을 겨냥해 스트레이트 펀치를 날렸다. 몇 달간 트레이닝을 안 했지만 그래도 파괴력이 살아 있어서 나에게 맞은 왈패는 땅바닥에 저만치 나가떨어져 뒹굴더니 피가 흐르는 입술을 감싸 쥐고 비명을 질렀다. 글러브도 마우스피스도 없었기 때문에 이가 한두 개쯤 부러졌을지도 몰랐다.

그들의 시선이 일제히 나를 향했다.

모두 여섯 명이나 됐다. 그중 서넛은 제법 눈매가 날카로웠고 근육도 단단해 보였다. 그들은 내 주위를 빙 둘러싸고는 배순에게 했던 것처럼 일제히 내게 달려들어 패대기치려는 듯했다.

'잡히면 안 된다.'

권투로 익힌 방어 자세를 취하며 상체를 숙이고 가볍게 뛰면서 이동했다. 그들도 나를 중심으로 원을 그리며 함께 움직였다. 그중 스텝이 엉성한 한 사내의 복부를 걷어찬 뒤 앞으로 고꾸라지는 그의 등을 밟고 뛰어올랐다. 포위망을 빠져나온 나는 다시 그 사내의 등짝을 발로 차서 가운데로 밀어 넣었다.

나의 전광석화 같은 반격에 그들도 당황한 듯 협공작전을 버리고 마구잡이로 달려들기 시작했다. 일단 대오가 흐트러진 뒤에 그들은 내 적수가 되지 못했다. 니킥과 하이킥, 급소를 정확히 가격하는 스트레이트 펀치 한 방에 하나씩 나가떨어졌다.

씨름판 내기꾼들은 씨름보다 더 재밌는 싸움 구경을 하느라 일제히 우리 주변을 둘러쌌고 내가 왈패들을 하나씩 제압하고 거꾸러뜨릴 때마다 환호성을 터뜨렸다.

아낙네들이 웅성거리는 소리가 내 귀에도 들렸다.

"저리 아녀자처럼 곱상한 선비가 어떻게 싸움을 저렇게 잘한데?"

어느덧 나는 장터에 나온 군중들의 각광을 한 몸에 받는 영웅이 돼버렸다. 배순도 어느 샌가 그들에게 얻어맞느라 온몸에 묻었던 흙을 털어내면서 얼굴 가득 웃음을 머금은 채 나에게 다가왔다. 학덕은 얼굴이 발갛게 상기되어 깡충깡충 뛰고 있었다.

배순은 어쩔 줄 몰라 하고 있는 전주에게 다가가 세 판을 내리 이긴 사람에게 주기로 했던 상금 서른 닢을 어서 내놓으라고 을렀고, 전주는 내 눈치를 살피더니 왈패 중 한 명을 시켜 돈을 내줬다.

자칫 큰 봉변을 당할 뻔했던 배순은 "아이고, 우리 이언 도령이 백면서생인 줄만 알았는데 싸움도 이렇게 기가 막히게 잘하는 줄 몰랐네. 내가 이 도령 아니었으면 어쩔 뻔했나. 내가 보답으로 한잔 거하게 사겠네. 어서 주막에 가서 목이나 축이세" 라며 앞장을 섰다.

TV 사극에서는 임금님이 변장을 하고 궁궐에서 나와 아무 주막에나 찾아들어서는 민초들과 어울려 술 마시는 장면이 종종 나온다. 하지만 진짜 조선시대에서는 양반들만 받아주는 주막과 평민이나 종들이 이용하는 주막이 확실하게 구분돼 있었다.

배순은 "학덕이도 있으니 내가 잘 아는 곳으로 가세" 라면서 우리를 장터 골목 끄트머리에 있는 왁자지껄한 주막으로 안내했다. 그리고 나에게 눈을 찡긋하며 학덕이 듣지 못하게 귓속말을 했다.

"이 집 주모가 육덕이 좋은 걸로 장터에 소문이 짜하게 났으니 이 도령 오늘 밤 회포 한번 풀어보게나."

우리 일행을 맞아주는 주모는 조선시대에선 좀처럼 보기 드문 글래머 스타일이었다.

주막은 신분의 차별을 두지 않아서인지 남녀노소 불문하고 손님들로 바글바글했다. 앉을 자리가 있을까 싶었는데 주모가 먼저 배순을 보고 반색했다.

"아유, 우리 변강쇠. 왜 이렇게 오랜만에 온 거야."

라더니 배순의 볼을 꼬집으면서 친한 척을 했다.

주모는 다른 자리는 다 차버려서 없고 안방을 치워줄 테니까 기다리라고 하더니 금세 다시 돌아왔다.

"근데, 여기 키가 훤칠한 미남 도령님은 누구셔?"

"한양에서 계상서당에 내려와 퇴계 선생님의 가르침을 받고 있는 이언 도령님 아이겠나. 좀 있으면 과거를 치르거나 퇴계 선생님 추천으로 궐에서 높은 벼슬을 하실 귀한 도령님이시재."

주모는 배순이 하는 말을 듣는지 마는지 눈웃음을 치면서 "하이고, 우리 한양 도령님 얼굴이 꽃마냥 곱기도 하지"라더니 물 묻은 손을 뻗쳐 내 손을 슬며시 잡았다.

우리 일행은 주모의 특별대우로 안방을 차지하고 들어앉아서 주안상을 기다렸다. 이윽고 주모가 들여온 상에는 계상서당에서 한 번도 구경하지 못한 찜닭과 족발, 수육이 푸짐하게 차려져 있었다. 색깔이 하얗고 걸쭉해 보기만 해도 감칠맛 도는 막걸리도 동이째 들어왔다.

계당에서는 송료주와 함께 이름은 똑같이 소주지만 범털들과 늘 마시던 소주가 아니라 훨씬 더 독하고 향이 강한 술밖에 맛보지 못했다. 나중에 알고 보니 그것이 바로 안동지방의 전통 특산품인 안동소주였다.

갑자기 술맛이 동해서 배순이 따라주는 대로 한 사발을 시원하게 들이켰다. 주모는 일손이 분주할 텐데도 나가지 않고 배순과 농을 주거니 받거니 하더니 수육 한 점을 정성스럽게 배추에 싸서 내 입에 넣어주는 것이었다.

배순은 껄껄 웃으며 "아따, 주모가 이 도령을 보더니 회가 동하는 갑네. 안동 땅에서는 보기 드문 미남자재? 미남자일 뿐만 아니라 싸움을 했다 카면 일당백의 비호같은 솜씨를 가진 상남자여. 남자가 보기에도 잘났으니 여자 눈에는 오죽 하겠능가. 오늘 주모가 아주 주저앉혀 놓고 이 도령 사내로 한번 만들어 줘야 쓰겄네" 라고 농을 던졌다.

배순은 쉬지 않고 음식을 입에 주워 넣으면서 "이 도령이 한양에 정혼자가 있는데 아직 운우지정도 모르는 숫총각이라 카드만. 맞재?"

주모는 "하이고, 그래서 이렇게 사내가 손도 색시처럼 고운가 보네" 라면서 내 손을 연신 만지작거렸다.

술이 서너 잔 더 돌았는데도 주모는 일어날 줄 모르고 배순과 걸쭉한 농담을 주고받고 있었다. 그러면서 내 옆에 점점 더 바짝 다가와 앉는 주모의 눈이 이글거렸다.

아까부터 계속 우리에게서 시선을 떼지 않고 있던 학덕이 갑자기 젓가락으로 상을 가볍게 탕탕 쳤다. 그녀의 표정을 보니 눈꼬리가 살짝 올라간 것이 떨떠름한 표정이 역력했다.

"지금 시각이 이미 술시가 지나가고 있어요. 계당에서 정일스님이 눈이 빠지게 기다리실 것 같아요. 내일이 초하루여서 공부를 쉬는 날이라 아침 일찍 퇴계 선생님 모시고 청량사를 가신다네요. 밤부터 준비할 것도 많고 어서 가서 도와드려야 할 것 같아요. 그리고 이언 도령님은 틀림없이 같이 가자고 하실 거예요. 한 번도 청량사에 안 가보신 선비님들은 꼭 챙겨서 데리고 가시거든요" 라고 말했다.

학덕의 얘기를 듣고는 일어서지 않을 수 없었다. 배순더러 "배 대장은 청량사에 다녀왔다고 했으니 안 찾으실 것 아닌가. 내일이 휴일이기도 하니 여기서 좀더 놀다가 천천히 일어서게" 라고 말하고 일어섰다.

배순도 눈치가 보이는지 웃음을 거두고 "그럼 아쉽지만 여기서 파하고 일어서야겠네" 라며 따라나섰다.

학덕은 주막 대문을 나서면서 "흥, 무슨 주모가 그렇게 염치도 없고 예의도 없담. 내버려뒀다간 아예 이부자리까지 펼 기세네" 라며 흉을 봤다.

배순은 뭔가 감을 잡았다는 듯 나한테 눈을 찡긋했다.

"학덕스승님이 오늘 심기가 영 불편하신갑네. 고마 기분 푸소. 우리 여기서 다 못 마신 술, 싸 짊어지고 계당에 가서 정일스님이랑 같이하면 어떻겠는가."

"그거 좋은 생각이네."

"그러면 다시 주막으로 가서 술을 받아오세."

그래서 우린 각자 양 손에 커다란 술 호리병을 하나씩 들고 학덕은 작은 술동이를 머리에 인 채로 돌아왔다.

우리는 그날 밤 정일스님과 넷이 계당 툇마루에 모여 깊어가는 가을밤 정겨운 귀뚜라미 울음소리를 들으면서 장터에서 펼쳐진 우리들의 무용담과 정담을 나눴다.

괴짜 선비

PLAY ▶

1557년 11월 1일 조선국 경상도 안동도호부 계상서당

이튿날인 초하루 아침 학덕의 이야기대로 퇴계 선생님이 나를 찾으셨다.

"언이 자네, 청량사는 아직 한 번도 안 가보았지?"

"그러하옵니다."

"내가 자네 나이 무렵일 때 들어가 공부하던 곳일세. 이따금씩 들러서 그 시절을 돌아보곤 한다네. 자네도 한번 같이 가보면 어떻겠나?"

"그리하겠습니다."

아침식사를 마치자마자 정일스님과 함께 청량사로 향했다. 산길을 걷는 퇴계 선생님은 평지에서 걸을 때보다 걸음이 무척 빠르셨다. 아직 10대 후반이고 날마다 운동으로 체력을 다져온 내가 따라가기 벅찰 정도였다.

스스로를 '청량산인'이라고 부르실 정도로 청량산에서 젊은 시절을 보내시면서 애정을 많이 가지고 계시다는 것은 들어서 알고 있었지만 갑자기 청년으로 돌아가신 듯했다.

"선생님, 어떻게 저보다 더 빨리 걸으실 수 있으세요?"

"허허. 어린 시절에 많이 아팠다고 하더니 아직 회복이 안 된 모양이구나. 아직 약관도 안 된 나이에 내일 모레면 환갑인 나를 따라오기가 힘들다고 해서야 쓰겠느냐. 너도 앞으로 나와 함께 활인심방을 수련하도록 해야겠다. 내가 청량사에 머물 때 주역 공부에 빠졌다가 몸이 상한 이후로 고생을 많이 했느니라. 그래서 신체의 기운을 조절해 몸도 다스리고 마음도 다스리는 방법을 연구하게 됐지. 농사짓거나 창칼을 휘둘러야 할 일은 없으니까 그렇게까지 체력을 키울 필요는 없어도 공부에 집중할 수 있을 정도는 돼야겠기에 중국 비서를 토대로 나의 경험을 응용해서 만든 체력단련법이자 정신집중법이 바로 활인심방이다."

활인심방, 이미 나는 선생님께 들었을 뿐만 아니라 나도 모르는 사이에 그를 통해 몸이 한결 가벼워지는 경험까지 해보지 않았던가. 그렇다고 선생님 앞에서 아는 척을 할 수는 없고….

"아, 선생님께서 체력단련법까지 직접 만드셨을 줄은 몰랐습니다."

내 말을 무심코 들으시는 듯하던 선생님은 청량사에 도착해 감회에 젖은 듯 절 곳곳을 둘러보시다가 "저곳이 내가 자네 나이 때 거처하던 방일세" 라면서 손가락으로 작은 방문을 가리키셨다.

방에 드신 선생님은 정좌하고 앉아 눈을 감으시더니 무엇인가 책의 내용을 더듬으며 낭송을 시작하셨다.

정일스님은 나에게 이리 와보라고 손짓하더니 내 귀에 대고 속삭였다.

"지금 역경을 외우고 계시는 거야. 선생님은 사서삼경을 거의 다 외우시지만 이곳에선 꼭 역경을 저렇게 암송하시곤 한다네.”

우리가 주고받는 귓속말을 못 들으시는 줄 알았던 선생님이 입을 여셨다.

“주역은 우주의 이치를 탐구하는 학문일세. 나는 청년시절부터 모든 공부의 기본이 우주 운행의 이치를 아는 데서 시작돼야 한다고 생각해왔네. 음과 양, 그리고 오행의 작용은 부부관계, 사제관계, 군신관계에 모두 적용될 수 있는 이치야. 스무 살 때 바로 이 방에 들어앉아 주역의 깊은 뜻을 깨치려 애를 쓰다가 천문의 운행을 살피기 위해 혼자 몇 날 몇 밤 산천을 돌아다니기도 했고, 때로는 먹고 자는 것조차 잊은 채 생각에 빠져들기도 했네. 그때의 열정이 오늘날까지 쉼 없는 공부로 이어지고 있는 것이지. 내가 틈만 나면 이곳 청량사를 찾는 것도 초심을 되새기기 위해서일세.”

말씀을 들으면서 스무 살 청년 때의 선생님은 과연 어떤 모습이었을까 궁금해졌다.

청량산을 다녀온 이튿날 학덕이 어디론가 사라지고 보이지 않았다. 어제 하루 공부를 쉬게 되자 집에 다니러 가서 계당으로 돌아오지 않은 것이었다.

배순과 둘이 하릴없이 스승을 기다리다가 오후가 돼서야 돌아온 학덕 스승의 안색을 살피니 심기가 영 좋지 않았다. 우리를 보고서도 반가운 체를 하지 않고 시무룩한 표정을 거두지 못했다.

하지만 자제력이 뛰어난 학덕은 이내 침착한 태도로 돌아와서 《소학》 공부를 시작했다.

이런 상황을 파악하는 데는 배순이 역시 빨랐다.

마침 퇴계 선생님이 거처하고 계신 한서암을 다녀온 정일스님에게 달려가서 묻더니 돌아와서 학덕의 사연을 전했다.

"부모들이 혼사를 추진한다 카대. 신랑감은 돌석이라고 하는 김 진사댁 남자 종인데 사람이 아주 듬직하고 사내답게 생긴 데다 워낙 솜씨 있게 일을 잘해서 일가친척들이 일손이 아쉬울 때면 서로 자기 집에 불러가려고 하는 소문난 일꾼이라 카드만."

"학덕이가 이제 겨우 열다섯인데 벌써 무슨 혼사를 추진한단 말인가…."

"그 남자종 나이가 스물이 넘어 혼기가 찼고 학덕이를 너무 좋아해서 일단 언약이라도 맺어놓자고 졸라대는 모양이야. 오늘 아침 계당에 돌아오려는데 또 자기 부모들이 채근을 해대니 심사가 뒤틀린 거지. 학덕이 부모는 부모들대로 계집년 글을 가르쳐 놓았더니 눈만 높아져서 그런다고 화를 내고."

학덕이의 처지가 너무 안타까웠다. 총명하고 이지적인 학덕이 사람만 좋고 글 못 읽는 남자 종과 대화가 통할 리 없었다. 그것도 불과 열다섯에 한 남자에게 매인다는 것은 학덕에게 더없이 갑갑한 족쇄가 될 것이었다.

아무래도 퇴계 선생님께 말씀드려 봐야겠다 싶어 숙소로 돌아가시는 선생님의 뒤를 따라가면서 학덕의 딱한 사정을 혹시 아시는지 물었다.

"허허. 네가 학덕이에게 측은지심을 갖고 있는 게로구나. 나도 학덕이 심정을 이해하고 남는다. 아직은 때가 아닌 것 같다고 그 부모들을 설득해 보마."

퇴계 선생님은 말씀대로 그날 밤 학덕의 부모들을 불러서 말씀을 하신 듯했다. 학덕은 다음 날부터 다시 예전의 웃음을 되찾았다.

계당의 겨울은 추웠지만 그래도 무더위와 싸우고 모기에 뜯겨야 하는 여름보다는 견딜 만했다.

어느덧 해가 바뀌어 명종 13년, 가정 35년이 됐다. 겨울이 얼추 지나 봄기운이 돌기 시작할 무렵인 어느 날 계당의 선비들이 술렁거렸다.

"율곡이 우리 스승님을 뵈러 온다는군."

"아, 약관의 나이로 얼마 전 한성시에서 장원을 한 천재 율곡 이이가 이곳 계당에 온단 말인가."

"워낙 어린 시절부터 조선 팔도에 소문난 율곡이 대체 어떻게 생긴 인물일지 궁금하네, 그려."

"듣기로는 워낙 재주가 뛰어나다 보니 도도하고 차갑기가 기명언이보다 더하다던데 우리 스승님한테 깍듯하게 예를 갖출까. 나는 그게 염려되네."

"에이 설마, 그래도 제 발로 인사드리러 찾아오는 사람이 무례하게 굴 리야 있겠는가?"

율곡 일행은 당도하기로 예정된 날 신시 무렵 도착했다.

계상 서당 선비들이 율곡을 맞으러 대문에서 1백 보 앞에까지 나가 도열하고 섰다. 드디어 마을 입구에 들어선 율곡의 행렬은 화려하지는 않았어도 조선을 떠들썩하게 만든 인물답게 범접하기 힘든 위용이 느껴졌다.

나이 일곱 살 때 파주 화석정에 올라 지은 시가 인구에 회자될 만큼 시적 재능이 뛰어났던 데다, 그 나이에 벌써 이웃에 살던 선비를 비판

하는 평전을 썼는데 그게 예언처럼 딱 들어맞아 세상을 놀라게 한 천재 율곡이었다.

특출한 명민함으로 숱한 일화를 남기더니 급기야 약관의 나이에 한성시 장원급제를 해서 장차 정승판서로 중용이 예정된 그에게 줄을 서려는 선비들이 호위무사처럼 그를 옹위하고 다녔다.

계상서당 앞에 도착한 율곡은 교과서에 나오는 초상화 그대로 단정한 외모를 가진 귀공자였다. 누가 봐도 두드러진 미남자였지만 눈가에는 어딘지 모르게 우수가 깃들어 보였다. 상당한 거리가 있는데도 그의 주변에서부터 은은한 향기가 풍기는 듯했다. 율곡이 주변에 발산하는 광휘에 계당의 선비들 모두가 약간씩 주눅 든 표정이었다.

정일스님이 말했다.

"나이 열여섯에 어머니인 사임당 신씨를 여읜 슬픔이 너무 컸다고 하네. 얼마나 상심하고 삶이 무상하게 느껴졌으면 스무 살 무렵 금강산에 들어가서 나처럼 머리 깎고 승려가 되려고 했을까. 물론 율곡이 워낙 특출한 재주를 가졌다 보니 시기하는 사람들이 지어낸 말이라고도 하지만 나는 금강산에 계신 우리 큰스님에게 들어서 알고 있지. 불가에 귀의하려고 했다는 건 틀림없는 사실이야."

'그랬구나. 율곡 선생에게도 어머니에 대한 깊은 상실감이 있었구나. 그래도 친엄마 얼굴을 기억조차 못하는 나보다는 처지가 나은 것 아닌가.'

율곡이 대문 가까이 당도하자 퇴계 선생님이 직접 나오셔서 그를 영접했다. 지위나 나이를 막론하고 누구든 툇마루 아래까지 내려와 인사하시는 것이 선생님이 손님을 맞는 예법이었지만 그래도 대문 밖까지

나오시는 경우는 보지 못했다. 그만큼 율곡을 높이 사고 인정해 준다는 뜻이었다.

두 사람의 인사는 참으로 기품과 격조가 있었다.

율곡은 "존경하는 선생님을 뵙고 가르침을 받고자 왔사오니 시간을 빼앗았다고 탓하지 마시옵소서" 라고 인사했다.

선생님은 그런 율곡에게 "학문의 길은 멀고도 험하니 한순간도 늦추지 말고 정진해 조선이 기대하는 인재가 되기 바라네" 라고 답했다.

퇴계와 율곡, 하늘이 낸 두 석학의 만남을 먼발치에서라도 지켜보기 위해서 안동뿐 아니라 한양에서까지 선비들이 몰려와 있었다.

"퇴계 선생은 춘수만사택(春水滿四澤)이요, 율곡 선생은 하운다기봉(夏雲多奇峰)이로다."

두 사람의 인사를 지켜보던 선비들 속에서 누군가가 이렇게 말하는 것이었다.

처음 보는 선비였다. 나보다도 두어 살 어려보이는 앳된 용모였다. 어찌 보면 고집스러워 보이기도 하고 어찌 보면 장난기 많아 보이기도 하지만 총기가 남다르다는 걸 한눈에 알 수 있었다. 차림새를 보니 고관댁 자제인 듯 귀티가 흘렀다.

지켜보던 선비들이 그게 무슨 뜻이냐고 물었다. 아무도 하대하지 않는 것에서도 그의 지체를 짐작할 만했다.

그는 "도연명의 시 〈사시〉(四時)에서 인용한 말입니다. 퇴계는 온화한 봄날 사방에 가득한 연못의 물처럼 따듯하고 포용력 있는 분이지요. 반면 율곡은 일기가 천변만화하는 여름날 기묘한 봉우리에 걸려 있는 구름처럼 그 재주가 기상천외한 분이라는 뜻입니다" 라고 자신이 인용한 한시를 풀어서 설명해 줬다.

그의 말을 들은 선비들이 “허허, 정말 근사하게 들어맞는 비유구만” 이라고 찬탄했다.

대체 저 어린 선비가 누구길래 도연명의 시구를 자유자재로 끌어다 세 치 혀끝에 놀리면서 저 대단한 석학들을 요리한단 말인가.

배순을 돌아보았더니 그는 잘 모르겠다는 듯 고개를 저었다. 정일스님이 나에게 손짓을 하더니 예의 너만 알고 있으라는 말투로 내 귀에다 대고 속삭였다.

“저 선비가 바로 안동이 자랑하는 신동 류성룡 아이가. 네 살 때 천자문을 전부 외워버린 걸로 유명하지. 그 후로도 책을 읽는 족족 단번에 통달해 버려 이젠 대과급제자들과 학문을 겨뤄도 밀리지 않을 실력이라카대. 지금은 벼슬하시는 부친을 따라 한양에 살고 있는데 마침 병환중이신 할머니 문안을 드리러 왔다가 율곡이 계당에 온다는 이야기를 듣고 찾아온 모양이네.”

그는 우리가 수군대면서 자기 이야기를 하는 걸 눈치 챘는지 불현듯 고개를 돌려 나를 쳐다봤다. 나는 가볍게 그에게 목례를 보냈고, 그도 싱긋 웃으며 인사하더니 나에게 다가왔다.

“하하, 하도 키가 커서 멀리서도 눈에 확 띄더군요. 이곳에 이렇게 훤칠한 미남 선비가 다 있었던가요. 원래 이곳 안동사람이지만 부친을 따라 한양에 잠깐 머물고 있는 류성룡이라 합니다. 계당에서 공부하시는 선비님이신가 보지요?”

“네. 소생 한양에서 내려온 이언이라고 합니다. 선비님의 명성을 익히 들어서 알고 있습니다.”

"저도 부친이 관직을 마치시는 대로 돌아와 퇴계 선생님의 문하에 들어가는 것이 꿈입니다. 학식이 일천한 저를 제자로 받아주실지는 모르겠습니다만. 하하."

"저도 이렇게 비슷한 연배의 선비님을 뵈니까 참 반갑습니다. 이미 안동 땅에 명성이 자자한 수재이시니 선생님께서 마다하실 리가 있겠습니까."

"그러면 좋겠습니다만…."

나는 류성룡이 아까 퇴계와 율곡을 절묘하게 비교하는 것을 보고 불현듯 물어보고 싶은 것이 떠올랐다.

"그런데 선비님, 아까 도연명의 시를 말씀하시는 것을 어깨 너머로 들었습니다만."

"하하, 어린 제가 주제넘게도 존귀한 두 석학을 언급한 것이 계당문도로서 혹시 언짢으셨는지요? 그렇다면 부디 너그럽게 용서해 주시기를…."

"아니, 아닙니다. 정말 탁견이라는 생각이 들었습니다. 그래서 한 가지 여쭤보려고 합니다."

"어떤 말씀이시온지?"

"선비님은 두 분 중에서 장차 어느 분의 명성이 더 크고 높아질 거라고 보십니까?"

약간 에둘러 말했지만 내 질문은 누가 더 잘났냐는 것이었다. 율곡이 도착하기 전 계당의 선비들이 목소리를 죽여가면서 주고받던 이야기였다. 물론 모두 퇴계의 제자들인지라 결론은 매번 같았지만 근거들이 모두 아전인수 격이어서 말하면서도 맥없고 허전했다.

"하하, 제가 어찌 감히 두 분의 우열을 논할 수가 있겠습니까. 아까 도연명의 시를 인용해서 두 분을 비유한 것보다 더 큰 불경일 텐데요."

류성룡은 그렇게 말하면서도 뭔가 남다른 생각이 있다는 듯 의미심장한 미소를 지었다. 한 번 더 그의 옆구리를 찔러보기로 했다. 그러나 말을 건네기도 전에 그가 먼저 입을 열었다.

"선비님께서 지금 제 말을 듣고 이 자리에서 그냥 흘려버리시기로 약조하신다면 한번 말씀드려 보겠습니다만…."

"그럼요. 약조하지요."

그러자 그도 정일스님처럼 경계하는 눈초리로 사방을 살피더니 속삭이듯 목소리를 낮췄다.

"선비님도 아시겠지만 사실 많은 사람들이 어지간한 아버지와 아들보다도 더 나이 차이가 나는데도 불구하고 퇴계와 율곡 두 어른 중 누가 더 대단한가를 놓고 입방아를 찧곤 하지요. 지금 당장의 학문적 깊이에 있어서는 율곡이 퇴계에 미칠 수 없지만 두 분 다 약관일 때를 놓고 비교한다면 율곡의 재주가 퇴계를 월등히 뛰어넘기 때문입니다."

"네, 저도 그래서 여쭤봤습니다."

"저는 이런 생각을 하고 있습니다. 우선 퇴계의 계(溪), 율곡의 곡(谷)을 합치면 물이 흐르는 골짜기, 즉 계곡(溪谷)이 됩니다."

"허허, 그렇군요. 그건 미처 생각 못했습니다."

"두 분은 계와 곡이 만나 하나의 풍경을 이루는 계곡처럼 서로 떼려야 뗄 수 없이 함께 가게 될 운명입니다. 훗날 많은 사람들이 퇴계하면 율곡을 떠올리고 율곡하면 퇴계를 떠올리게 될 겁니다."

"선비님의 생각이 그게 전부는 아니지요?"

류성룡은 빙긋이 웃으며 말했다.

"그럴 리가요. 지금 물어보신 것도 두 어르신의 명성 중 어느 쪽이 더 크고 멀리 뻗치게 될까 아닙니까. 현세는 물론 후대에서도 저마다 비교하는 기준에 따라 달라지겠습니다만 저는 주역의 음양오행에 입각해서 해석해 봤습니다."

"주역이라고요?"

"오행상 계는 물이요, 수(水)에 해당됩니다. 곡은 흙이요, 토(土)에 해당되지요. 물은 흙을 파고들거나 허물어뜨리는 힘을 가지고 있습니다. 수극토(水克土), 즉 상생과 상극의 이치상 수는 토를 극하게 되지요. 현세엔 어떨지 몰라도 시간이 흐르고 흐르면 결국 퇴계 선생의 명성이 율곡 선생을 넘어 더 멀리, 더 넓게 퍼지게 될 거라고 생각합니다."

난 주역을 공부하지 않아서 잘은 모르겠지만 얼핏 들어도 기발한 해석이었다.

"하하, 그동안 들어보지 못한 의견이지만 선뜻 반박할 만한 이치가 떠오르지 않는군요."

'나보다도 어린 나이에 주역을 꿰뚫고 있는 데다 이런 남다른 통찰력을 지니고 있다니. 크게 될 재목이구나.'

놀랍기도 하면서 약간은 열등감도 느껴져서 묘한 기분이 들었다.

그때 일행 중 그를 찾는 소리가 들렸다.

"만나서 반가웠습니다. 다음에 계당에 제가 오게 되면 선배로서 잘 이끌어 주십시오."

그는 내게 작별을 고하고 성큼성큼 사람들 쪽으로 걸어갔다. 그 후로 계당을 떠날 때까지 그를 보지는 못했지만 류성룡이 남긴 인상은 꽤 오랫동안 눈에 아른거릴 만큼 강렬했다.

율곡은 원래 계당에서 하루만 머물고 떠날 예정이었으나 그날 밤부터 시작된 장대비가 그치지 않는 바람에 사흘간 계당에 머물 수밖에 없었다.

율곡은 빈틈을 허용하지 않을 것 같은 단정한 외모와 달리 저녁 자리에서 선비들과 대화를 나눌 때는 투박한 강원도 말씨를 써서 정감을 느끼게 했다.

율곡은 계당의 많은 선비들과 일일이 인사와 대화를 나누고 그들이 던지는 어떤 질문에도 자상하게 답변했다.

'역시 율곡의 머리 회전은 조선이 알아주는 천재답게 여간 빠른 게 아니구나' 라는 생각이 들었다.

따지고 보면 나보다 겨우 세 살 더 많은 것 아닌가. 민들레 누나보다는 한 살이 적을 것이다. 그런데도 빙의가 되는 바람에 엉겁결에 만나 뵙게 된 퇴계 선생님과는 다르게 율곡 선생 앞에 서니 긴장이 됐다.

나는 "한양에 사는 진사 이 아무개의 자식이옵니다" 라고 인사했다. 율곡은 한 점 잡티 없이 투명하고 단아한 얼굴에 미소를 지으며, "그렇습니까. 한양에서 일부러 이렇게 퇴계 선생님의 가르침을 받으러 내려오신 게로군요" 라고 인사했다.

"아, 네. 도산서당 짓는 일도 도와드릴 겸 퇴계 선생님을 모시고 있습니다. 이 사람 배순 대장과 함께요" 라면서 긴장한 탓인지 뻘쭘하게 말없이 서 있는 배순을 인사시켰다.

율곡은 "우리 시대의 성현을 이렇게 늘 곁에서 스승으로 모시고 계시니 부럽기 그지없습니다. 퇴계 선생님의 가르침이 안동을 넘어 영남으로 그리고 전국으로 널리 울려 퍼질 수 있도록 잘 보필해 드리십시오. 아마 그 영광은 후대에도 영원토록 계승되고 기억될 것입니다" 라고 당부했다.

퇴계만 율곡을 높이 사고 인정한 것이 아니라 율곡 역시 퇴계가 시대를 넘어 영원한 명성을 날릴 것이라는 걸 예감하고 있는 듯했다.

율곡이 떠난 후 한동안 계당 곳곳에 그의 향기가 남아서 감도는 것 같은 착각에 빠졌다. 그만큼 율곡과의 만남은 여운이 깊었다. 그렇게 다시 몇 달이 흘러 여름이 됐다.

배순의 길 안내를 받아 산책로를 걷는데 저만치 앞서가는 선비 한 사람이 보였다. 보기 드물게 키가 훤칠했다.

배순은 내 옆구리를 찌르면서 "저 선비가 바로 기명어이요, 기명언. 며칠 전에 계당에 도착했다 카더만" 이라며 말을 건넸다.

어디서 들어본 이름 같은데 누구더라. 잠깐 기억을 더듬다가 이내 떠올릴 수 있었다.

처음 여기 온 날 나한테 짓궂은 질문을 하던 그 꽃미남 선비구나. 그 다음 날 고향인 광주로 떠나버렸다고 했는데 거의 반년 만에 갑자기 나타난 것이다.

"기명어이는 올해 서른둘인데 아홉 해 전인 스물세 살에 사마양시에 합격해서 진사가 됐고, 이미 그해에 대과에도 급제했는데 대왕대비마마의 동생이라는 위세를 업고 나라를 좌지우지하는 윤원형이가 행주 기씨 일가들을 적대시하는 바람에 궁 앞에 붙은 급제자 명단에서는 빠져뿟다 아이가. 그런데 오히려 그 때문에 같이 대과에 붙어 벼슬길까지 오른 사람들보다 더 유명해졌다 카는 기라. 근데 머리가 너무 좋아가 그 카는 긴지, 성격이 괴팍하고 종잡을 수 없어가 어지간한 선비들은 기명어이한테 말도 못 붙인다 카대. 괜히 아는 척 문자 좀 썼다가 잘못 걸리면 대놓고 망신당하기 십상이라 아예 피하는 기재.

지난번에는 퇴계 선생님이 호남과 영남의 선비들이 서로 교류해 가면서 향약을 전파하고 인재를 키워야 한다고 기명언을 특별히 불러가 대접을 해 보냈는데 이번엔 과거를 보러 한양에 가는 길에 퇴계 선생님을 뵙고 제자가 되기를 청하러 왔다 카대.

그런데 타지 사람인데도 이곳 영남에서도 제일 대가 세다는 계상서당에 한참 형님뻘인 선비들에게 눈치 안 보고 제 할 말 또박또박 다 하이께네 선비들이 모두 언제 저 기명어이 한번 따끔하게 콧대 죽여놓는다고 벼르고 있다, 안 하나."

순간 기명언의 발걸음이 멎었다. 그러더니 뒤를 돌아봤다. 제법 멀리 떨어졌는데도 배순의 목소리가 너무 컸는지 그 말이 다 들렸던 모양이다.

배순은 갑자기 시선을 옆으로 돌리면서 "아, 덥다. 아침부터 와 이래 덥노"라면서 딴전을 부렸다.

기명언이 환하게 웃으면서 다가왔다.

"아따, 자네는 왜 갑자기 딴청을 부려쌓고 그런다냐. 자네 목소리가 하도 쩌렁쩌렁해서 쩌그서도 다 들려뿟는디 이제 으쩐다냐" 라면서 소리 높여 웃는 것이었다.

아침 햇살을 받고 서 있는 기명언은 지난해 처음 만났을 때 잔뜩 날이 서 있던 까칠한 모습과 달리 투명하고 해사한 얼굴이 아무리 봐도 서른두 살 같지 않고 나보다 그저 2~3살 정도 많은 형님 같이만 보였다.

"자네, 날 기억하는가?"

"기억나다마다요. 초면인 저에게 그토록 심술궂은 질문을 던지셨던 분인데 어찌 잊을 수 있겠습니까."

누가 들어도 가시 돋친 대꾸였다. 기명언은 멋쩍은 표정을 감추려는 듯 "하하하" 고개를 젖혀 가면서 큰 소리로 웃었다.

"자네도 이름이 언이라 했당가. 언 자는 혹시 선비 언 자를 쓰는가?"

"아, 네 맞습니다."

"반갑구먼. 나도 마찬가지로 선비 언 자를 쓰네. 부친께서 꼭 훌륭한 선비가 되라는 뜻에서 그런 이름을 지어준 것인갑네. 그때는 천자문도 못 뗐다고 들었는데 그 사이 글 실력은 많이 늘었는가."

오랜만에 만났는데도 기명언이 의외로 나에 대해 많은 걸 기억하는 것에 놀랐다.

"소학과 명심보감을 떼고 이제 《대학》 공부에 들어가려 하고 있습니다."

"선생님은 어린 시절에 아파서 그랬다고 말씀하시던데 자네의 장대한 기골과 광채 나는 혈색을 보니 아무래도 오랫동안 병치레한 상은 아니여. 오히려 비범하고 강인한 기운이 느껴지네. 전주 이씨는 아니라고 들었네만 풍기는 기상이 예사롭지 않은 것을 보니 상당한 세도가의 자제일 것 같은디. 내 말이 맞는가?"

"저, 전혀 그렇지 않습니다. 조상들의 관직이 한미하여 내세울 것이 없는 집안이옵니다."

"아니여, 다른 사람은 속여도 내 눈은 속일 수 읎제. 자네 눈빛을 보니 뭔가 몰라도 생각이 많고 남과는 다른 시련을 한고비 겪은 것 같아

보여. 그라지 않고 그런 눈을 갖기는 힘든 법이제. 자넨 공부를 하기 전에 마음부터 비우고 생각을 정결하게 가다듬는 것이 먼저일 것 같네."

기명언에게 아무래도 비밀을 들키게 될까 봐 조심스러웠다.

'앞으로 저 기명언이라는 선비는 피해 다녀야겠다.'

또 "하하하" 기명언 특유의 낭랑한 웃음소리가 들렸다.

"배순이 자네는 왜 그렇게 똥 마려운 강아지맨치로 안절부절못하는가. 자네 말대로 내가 괴팍하다고 소문이 짜하게 나긴 난 모양이제. 내가 좀 제멋대로고 술을 좋아하긴 혀도 설마 술안주로 자네들을 잡아먹기야 하겠는가. 너무 긴장들 하덜 말더라고."

기명언은 목청껏 소리 높여 웃더니 성큼성큼 발걸음을 옮겼다.

배순은 그로부터 놀림을 받았다고 생각했는지 얼굴이 벌레 씹은 표정이었다.

기명언이 멀어지자 "똥 마려운 강아지라니. 강아지가 뭐야, 강아지가" 라면서 눈을 부라렸다. "절마 저거…. 언제 한번 제대로 망신을 줘야 되는데" 하면서 분을 삭이지 못했다.

그러면서 배순은 기명언에 대한 이야기를 계속 늘어놨다. 다른 선비들도 기명언의 존재를 많이 의식하는 듯했지만 그들보다도 배순이 그를 더 의식하는 게 아닐까 싶었다.

"저 기명언이가 요 며칠 전에 찾아와가 퇴계 선생님을 뵙고 한 일이 뭔지 아나? 자기가 주자의 가르침을 풀이한 《주자문록》이란 책을 지었다 카면서 퇴계 선생님께 바친 기라. 그 카면서 의기양양하게 제자로 받아달라고 청한 기라."

"아, 그랬었나. 퇴계 선생님은 뭐라고 하셨는가?"

"호남에서는 워낙 이름이 짜하게 난 천재라서 다른 선비들도 퇴계 문하에 이름을 올릴 자격은 된다고 생각했던 모양이라. 그런데 선생님이 세 권이나 되는 《주자문록》 첫 권을 펼치시더니 아무 말씀도 없이 한식경이나 꼼짝 않고 책을 들여다보시는 기라."

"아니, 배 대장은 나하고 늘 같이 붙어 다닌 줄만 알았는데 어느새 또 그 자리에 가 있었는가."

"아, 아니…. 내도 정일스님한테 들은 이야길세. 정일스님은 다른 선비들한테 들었고…."

"하하. 알겠네. 그래서 선생님이 그 다음엔 어떻게 하셨는가?"

"'내가 기 진사를 제자로 받아들일 것인지 좀더 생각해 보고 결정하겠네' 라고 말씀하셨다 카대. 그런데 그 이후로 며칠이 지나도록 아무 말씀이 없으신 기라."

기명언과는 처음 대면하는 순간부터 묘하게 얽혔다는 생각이 들었다. 어쩐지 모두가 껄끄러워 피하려고 하는 기명언이나 학문을 뒤늦게 시작하는 바람에, 아니 본의 아니게 조선시대로 시간여행을 오는 바람에 다른 선비들과 같이 어울리지 못하고 지진아 취급받는 나는 서로 동병상련지정을 느낄 만한 처지였다.

그래서 오히려 더 깊은 마음속 이야기를 나눌 수 있겠다는 생각도 들었다. 기명언 역시 무슨 이유에서인지 내게 각별한 관심과 친근감을 가지고 있는 것이 느껴졌다.

다음 날 아침 산책길에선 기명언이 뒤에서 우리를 불렀다.

"아따, 참 부지런들도 하시네, 잉. 이리 새벽부터 요령 소리 요란하게 울리면서 산새들의 잠을 다 깨워놓는당가."

배순은 못 들은 척 앞만 보고 걸어갔지만 나는 돌아보지 않을 수 없었다.

“진사 어른, 편히 주무셨습니까. 어제도 책을 읽으시는지 방에 늦게까지 불이 켜진 것을 봤는데 이렇게 아침 일찍 일어나셨네요.”

“어허, 이 사람아. 진사 어른이라니. 퇴계 선생님을 모시고 있는 이곳에서 진사니, 생원이니 그런 하찮은 신분이 무슨 의미가 있겠나. 난 진사라는 호칭이 달갑지 않으니 서로 이름으로 부르세, 나이 차이 신경 쓰지 말고 그냥 형님이라고 부르게. 우린 같은 언 자 돌림 아닌가. 그리고 난 알고 보면 나이만 들었지 정신연령에 있어서는 자네 같은 젊은이와 다를 게 없는 사람이야. 하하하.”

깎아놓은 조각 같은 그의 외모와 달리 격의 없는 성품을 발견하게 돼 반갑긴 했지만 나이가 열네 살이나 위인 그를 형님이라고 불러도 좋을지 망설여졌다.

하지만 어차피 앞으로 길어야 2년밖에는 볼 수 없는 사이인데 허물없이 가까워지길 기다리고 어쩌고 할 여유도 없으리라는 생각이 들었다.

안 그래도 어쩐지 같이 왕따를 당하는 처지라 될 수 있는 한 서로 의지하며 친하게 지내고 싶었다. 반갑다고 손 내미는데 뒤로 빼는 것도 도리가 아니지 않나.

“하하, 그러면 외람되지만 소인이 명언 형님이라 불러도 좋겠습니까?”

“그래, 그거 좋다. 언아. 앞으로 그렇게 부르려무나.”

“명언 형님, 저에게 이런 관계를 허락해 주셔서 정말 감사합니다.”

“이제야 명심보감을 뗐다니 앞으로 소과와 대과를 치르기 위한 공부를 하려면 갈 길이 멀겠구나. 전설적인 신동들 중에선 천자문을 다섯

번 읽고 다 외웠다는 이야기도 왕왕 전해져 오지. 또 마음먹으면 그게 불가능한 것도 아니야. 다만 그것은 참된 공부가 아니기에 굳이 그런 비기(秘技)를 알려고 할 필요는 없겠다만."

나로선 귀가 번쩍 뜨이는 소리였다.

"형님, 제게 공부의 비기를 전수해 주실 수 있으신지요? 저도 이곳에 있는 다른 선비들에 비해 나이가 적지 않은데 이제 걸음마를 겨우 뗀 형편이다 보니 초조한 마음뿐입니다."

"허허 아무래도 내가 괜한 말을 해서 네 심사를 어지럽히고 조급증을 일게 한 모양이다. 내 너한테 비기를 전수해 줄 의사는 없지 않으나 일단은 공부의 참맛을 아는 게 중요하다. 공부의 맛에 취하다 보면 비기라는 게 그렇게 중요하지 않다는 생각이 들 수도 있어. 내가 머잖아 대과를 치르러 한양에 올라갈 예정이니 떠날 때쯤 다시 이야기해 보자꾸나."

그로부터 이틀이 지난 날이었다. 정일스님이 종을 딸랑딸랑 흔들면서 선생님의 말씀을 전달했다. 전하실 말씀이 있으니 점심식사가 끝나는 미시에 계당의 선비들은 모두 앞마당에 모여 달라는 것이었다.

선생님은 제자들의 학문의 깊이와 성품, 관심 있는 분야에 대해 세세하게 파악하고 계시면서 맞춤형 지도를 해주셨다. 선비들의 인간됨과 성장배경, 학문의 수준을 어쩌면 그토록 정확하게 알고 계시는지 놀라울 정도였다. 이렇게 전체를 모아놓고 말씀하시는 일은 흔치 않다고 했다.

계당 마당에 넓은 돗자리가 깔렸고 스물대여섯 명의 선비들이 모두 모여 정좌했다. 선생님은 툇마루에 앉아서 말씀을 시작하셨다.

"내가 여러분들을 다 모이라고 한 이유는 오늘 공개적으로 밝혀야 할 일이 있기 때문입니다."

그러면서 기명언 진사를 호명하셨다.

"기 진사, 작년에 내가 초청해서 잠깐 들렀다가 이번에 다시 왔는데 그동안 우리 계당에서 지내기에 불편함이 없었는가. 대과까지 이제 얼마 남았나?"

"두 달 정도 남았사옵니다."

"벌써 대과에 급제하고도 남을 실력이었는데 조정 막후에서 그릇된 권력을 행사하는 이의 농간으로 분루를 삼킨 사실을 잘 알고 있네. 하지만 인생사 새옹지마인 것이지. 그로부터 벌써 몇 년 동안이나 쉬지 않고 학문에 정진해 왔으니 조선팔도에 실력을 겨룰 만한 자를 찾기 어려울 터. 내 짐작건대 올 가을 대과에서는 장원급제 소식을 기대해도 좋을 듯하네."

"부끄럽사옵니다. 어찌 소인같이 아둔한 자가 어사화의 영광이나마 꿈꾸어 볼 수 있겠습니까."

"허허. 겸손도 지나치면 예가 아닐세. 기 진사는 이미 오래전부터 장원을 하고도 남을 실력을 갖추고 있네. 오늘 이렇게 계당의 문도들을 모두 모이라고 한 것은 다름이 아니라 지난번 기 진사가 나의 문도가 되기를 청한 것에 답을 하기 위함일세."

순간 모든 사람들의 이목이 선생님이 이어갈 다음 말씀에 집중됐다. 선생님은 제자 한 사람을 상대할 때는 몰라도 모두에게 말씀하실 때는 항상 존칭을 사용하셨다.

"여러분에게 결론을 먼저 말하자면 나는 기 진사를 제자로서는 받아들일 수 없습니다."

모든 선비들의 표정에서 아연 긴장하는 빛이 흘렀다. 평소 명언 형님을 껄끄러워 하던 선비들은 그것 참 고소하게 됐다는 듯 회심의 미소를 지었다.

명언 형님 역시 실망하는 표정이 역력했다. 그의 낙담하는 얼굴을 보면서 나도 마음이 아팠다.

퇴계 선생님이 제자를 받아들이시는 기준이 까다롭다는 말은 들었지만 그래도 기명언 정도면 충분히 받아줄 만하다고 믿어 의심치 않았기에 놀라웠다. 더욱이 대과에 장원급제할 것이라는 덕담까지 건네놓고 나서 이건 또 무슨 소리인가. 병 주고 약 준다는 시쳇말이 있는데 그렇다면 거꾸로 미리 약을 주고 나서 병을 준 것인가.

그런데 그 다음에 이어지는 퇴계의 말은 모두를 경악하게 할 만한 것이었다.

"나는 기 진사를 제자로 받아들이는 대신 학문적 동지로 삼으려고 합니다."

선비들은 무슨 영문인지 몰라서 어리둥절한 표정으로 웅성거렸다. 그 다음 말씀은 한층 더 충격적이었다.

"그동안 기 진사가 지어온 《주자문록》 세 권을 읽고 또 읽으면서 혹시라도 허술한 해석이나 학문적 오류가 있을지 찾아보려고 했습니다. 하지만 이 책은 그동안 주자에 대해 쓰인 어떤 책보다도 학문적으로 큰 성취를 이룬 책이었습니다. 그것은 내가 기 진사에게 가르침을 줄 만한 것이 없다는 뜻입니다. 그래서 나는 기 진사를 제자로 삼는 것이 아니라 함께 학문을 논할 동지이자 서로에게 자극을 주어 분발할 수 있는 벗으로 삼고자 합니다. 앞으로 계상서당의 문도들은 모두 나에게 하는 것과 같이 기 진사에게도 스승을 모시는 예를 갖추도록 하십시오."

미운 오리새끼 백조 된다는 게 이런 걸까.

계상서당의 선비들이 앞에서는 어려워하면서도 뒤에서 끊임없이 쑥덕쑥덕 뒷담화를 벌여온 이방인 기명언이었다. 그런데 그런 기명언이 하늘처럼 우러르는 퇴계 선생님과 같은 반열로 한순간에 올라서다니.

더군다나 기명언의 나이는 불과 서른두 살이니 올해 쉰여덟 세, 내일모레 환갑이 되는 퇴계 선생님의 작고한 둘째 아들뻘이지 않은가. 계상서당 문도들의 태반은 기명언보다 나이가 많은 선비들이었다.

눈을 지그시 감은 채 "우째 이런 일이"라며 통탄하는 선비들도 있었다. 마루 아래에서 이 모습을 지켜보던 정일스님이 '나무관세음보살, 나무관세음보살'을 읊어대는 소리도 들렸다.

당사자인 명언 형님은 넋이 나간 듯 어찌할 바를 모르고 황망해했다.

"선생님, 어떻게 소인이 감히…."

그러자 퇴계는 자리에서 일어나 그에게 다가가 손을 내밀고 일으켜 세웠다.

"자네는 앞으로 내가 더 분발할 수 있도록 자극을 주고 평생 쌓아온 학문을 논의하고 정리하는 일을 도와주길 바라네. 그동안은 내가 생각에 몰두하느라 자네와 회포를 풀 여유가 없었네. 오늘은 학문의 벗이 된 나와 함께 술잔을 기울이며 주자에 대해, 우주에 대해, 그리고 혹시 관심이 있다면 여색과 풍류에 대해서도 이야기해 보도록 하세, 하하하."

"허나, 소인 너무도 황망하여 몸 둘 바를 모르겠나이다."

명언 형님은 울상이다시피 했으나 퇴계 선생님의 뜻은 확고부동해 보였다.

"학덕이 게 있느냐. 아직 날이 밝긴 하다만 내 오늘 이처럼 귀한 학문의 벗을 얻게 되었는데 어찌 술 한잔 주고받는 정이 없을 수 있겠느냐. 어서 주안상을 가져오너라."

문도들은 자리에서 일어서고 퇴계 선생님과 명언 형님만 남아 술상을 가운데 놓고 대작했다.

낮부터 시작된 술자리는 그날 해시가 되어서야 파했다.

명언 형님은 술까지 들어가서 그런지 몹시 상기된 표정이었다.

"형님, 퇴계 선생님과 무슨 이야기를 그토록 오래 나누셨습니까?"

"허허, 어찌 이야기를 나눴다고 말하는 것이냐. 선생님께 가르침을 받은 게지. 아니 축복을 받은 것이라 해야겠다. 평소 퇴계 선생님이 주자에 못지않은 큰 인물이라고 생각해 오긴 했지만 오늘 난 퇴계가 주자를 능가한다는 생각까지 갖게 되었어. 다만…."

"다만 무엇이옵니까?"

"이와 기, 그리고 사단과 칠정에 대한 선생님의 생각에는 잘 이해되지 않는 부분이 있어. 그 점은 나중에 차차 여쭤보려고 한다. 선생님께서도 성리학의 모든 문제를 우리가 말로 대화하기보다는 편지로 주고받아서 후대의 학자들이 학문을 탐구하는 데 자료가 되도록 하자고 하셨어. 모르긴 해도 선생님과 나는 앞으로 일생에 걸쳐 엄청나게 많은 편지를 서로 주고받게 될 것 같네."

들어도 무슨 말인지 잘 납득이 되지 않는 소리였다.

다음 날 아침 명언 형님이 나를 방으로 불러서 일렀다.

"오늘 저녁 내가 노잣돈을 풀어서 이곳 선비들과 모여 술도 한잔하면서 시회(詩會)를 열려고 한다. 객으로 묵으며 신세 지고 있으니 한번쯤 대접하는 것이 예의이기도 해서 말이다.

아마 너의 현재 문자 실력으로 시를 짓는 것은 어려울 테지만 문자를 가지고 어떻게 멋진 풍경화를 그려내고, 희로애락의 감회를 솟게 하는지 봐두면 공부에 많은 자극이 될 게야."

퇴계 선생님이 한서암으로 퇴청하시고 나자 선비들이 하나둘 툇마루로 모여들기 시작했다.

항아리의 술을 표주박으로 떠서 호리병에 담고 있던 정일스님은 들뜬 얼굴로 연신 "술 참 자알 익었다" 면서 벌써부터 홀짝홀짝 술을 들이켜고 있었다.

시회에 참석한 선비들은 명언 형님과 나를 제외하면 일곱 명이었다. 기명언이라는 존재를 탐탁잖아 했는데 퇴계 선생님과 같은 반열로 올라서면서 대하기가 영 께름해진 선비들이 대거 불참했다. 그의 탁월한 재주를 흠모하는 선비들만 모인 셈이었다.

선비들에겐 저마다 주안상이 하나씩 주어졌다. 주안상에서 단연 눈길을 끄는 음식은 그동안 계당에서 거의 먹어보지 못한 국수였다. 언젠가 제사상에 올라온 것을 보고 조선시대에는 제사상에 국수를 올리기도 했구나 하고 놀라긴 했지만 맛을 볼 수는 없었다. 한두 그릇 분량만 정성껏 만들어 올릴 정도로 귀한 음식이었기 때문이다. 주안상에 올라와 자세히 살펴볼 수 있게 된 국수는 흔히 보던 칼국수와 별반 다를 것 없어 보였지만 면은 밀이 아니라 메밀이나 녹두로 반죽한 것 같아 보였다. 각종 나물과 꿩고기, 버섯, 은행, 들깨 같은 고명들이 듬뿍 얹어져서 한눈에도 입맛을 돋우는 차림새였다.

"와, 귀한 국수가 나왔네. 오늘 진짜 잔치 기분 나는데."

선비들은 국수를 보고 일제히 반색했다.

다들 국수가 드물게 먹어보는 별미인 듯 요란하게 후루룩 쩝쩝 소리를 내면서 무척 맛있게들 먹었다. 평소 밥 먹을 때 일절 소리를 내지 않고 점잔을 빼던 선비들이어서 그 모습이 흉거웠다.

선비들은 음식을 먹고 술을 마시면서 요즘 주상 전하의 안위에 대해 저마다 들은 이야기를 전하거나, 노략질을 일삼다가 국교가 단절된 왜국의 화친요구를 받아주어야 할지 말아야 할지를 놓고 갑론을박했다. 난 그저 구석에 앉아 꿀 먹은 벙어리처럼 그들의 대화를 듣기만 할 뿐이었다. 어느덧 술이 제법 돌고 분위기가 무르익자 한 선비가 명언 형님에게 물었다.

"오늘 시제(詩題)는 무엇으로 할까요?"

"무엇으로 하면 좋을지 각자 의견들을 한번 내보시게. 오늘 시회의 장원 상금은 서른 전을 내놓겠네."

선비들 사이에 환호가 일었다.

"저마다 자기에게 유리한 주제를 정하겠다고 나서면 공평치 못한 경쟁이 될 수 있으니 각자 글자 하나씩을 종이에 써낸 뒤 제비를 뽑아 결정하시면 어떻겠습니까?"

개성 윤 생원의 제언에 선비들이 대체로 동의했다.

"그렇게 하는 것이 시비도 적을뿐더러 한층 더 흥미로울 듯합니다."

좌장으로서 심판의 역할을 맡은 명언 형님과 관객으로 참여한 나를 제외한 일곱 명이 각자 글자 하나씩을 써냈다. 곁눈으로 보니 뫼 산(山), 술 주(酒), 빛깔 색(色) 등을 써내는 것 같았다. 여색을 의미하는 색이 뽑히면 무척 재밌는 시회가 될 것 같아 기대 됐다.

나는 그 자리의 막내로서 시제가 적힌 종이를 모은 대나무 광주리를 명언 형님께 가져갔다.

"제비는 언이 네가 뽑아보거라. 그래야 자기에게 불리한 시제가 뽑혔다는 불만도 적을 것이 아니겠느냐."

다들 동의해서 난 고개를 돌린 채 광주리에 손을 넣어 종이들을 휘젓다가 하나를 뽑아들었다.

모두의 시선이 내 손에 집중됐다.

"펼쳐서 보이거라."

종이 위에 쓰인 시제는 뜻밖에도 면(麵), 즉 국수였다.

누군가 주안상에 오른 국수를 보고 떠올린 모양이었다.

선비들은 허허 웃으면서도 고개를 갸우뚱했다.

쉽지 않은 주제가 걸렸다고 난감해하는 표정이었다.

"자, 이제 일각 동안 각자 한 줄씩 글을 지어서 발표하도록 하겠습니다."

선비들은 저마다 붓을 든 채 허공에 글자를 써보기도 하고, 붓의 머리 부분을 입에 물고 미간을 찌푸리기도 하면서 창작을 위해 고심했다.

대략 뒷간에 한 번 다녀올 시간이 흘렀을 때 명언 형님이 손바닥을 마주치면서 "이제 좌정하신 두보와 이백들께서는 소생에게 명문장들을 제출해 주시게" 라고 했다.

하나둘씩 문장이 적힌 종이를 명언 형님의 책상에 가져다 놓았다.

"들판과 산중, 바다와 하늘의 산물
삼라만상이 이 한 그릇에 담겼도다"
"손으로 빚어낸 길고 긴 실

건강과 장생의 염원 이보다 간절할까"
"생일, 혼례, 환갑 모든 잔치의 동반자
인생의 희열, 바로 한 가닥 국수로다"
"사람과 사람, 나와 이웃을 이어주니
많을수록 정답고 푸짐할수록 복 되도다"
"선비가 밥 먹을 때 지켜야 할 정숙함
잊어도 좋으니 호연지기의 음식이로다"
"몰래 먹다 들킨 국수 코로 나오니
다시 삼킬 때는 반드시 코 막고 먹으리라"
"각자 한 그릇, 들여다보면 다 같은 그릇
개인과 집단의 조화 국수 안에 들었도다"

명언 형님이 낭랑한 목소리로 한 편씩 시를 낭독할 때마다 박장대소하기도 하고 오오 하는 경탄의 소리가 나오기도 했다.

나도 한때 자유시라는 핑계로 운율, 형식 무시하고 멋대로 시를 지어 보았지만 한글로 써도 하루 이틀은 끙끙 앓으면서 산고를 거쳐야 했다.

그것도 어느 날 운 좋게 영감이 찾아와야 써지는 것이지 억지로 쓰려고 해서 되는 일이 아니었다. 천부적 재능이 있다면 모를까, 남이 정해주는 주제로 즉흥시를 써내긴 정말 어려운 일이었다.

그런데 선비들은 그 짧은 시간에 한글도 아닌 한자로 운율을 맞춰서 시를 지어낸 것이다. 과거에 이런 선비들의 이야기를 책에서 읽었더라면 그저 그런가 보다 하고 지나쳤을지 모른다. 그런데 직접 선비들이 여는 시회를 목격해 보니 신선하면서도 경이로웠다.

과거에 라면을 소재로 제법 그럴듯한 시를 짓기도 했지만 라면만 아니라 세상의 모든 면에 관심을 가져보리라 생각했다. 면의 유래와 의미를 탐구하면 인생의 희로애락을 한 줄기 면발에 담아낸 멋진 시를 지어낼 수 있을 것 같았다. 오늘 목격한 선비들의 기발한 착상을 응용하면 라면 하나만 가지고도 다양한 시상이 떠오를 것 같았다.

'라면으로 한 30~40편쯤 시를 지어 한 권의 시집으로 내볼까?'

명언 형님은 그중 누가 봐도 가장 많은 환호를 이끌어 낸 일곱 번째 시가 가장 훌륭하다고 치하하고 상금을 내렸다.

그는 공손하게 두 손으로 상금을 받더니 입을 맞추고 손을 번쩍 들어 올리며 기쁨을 감추지 못했다. 다른 선비들은 장원을 한 선비에게 돌아가면서 각자 술잔 가득 술을 채워서 권했다.

한바탕 운동경기를 치른 사람들 같았다.

그렇게 문자를 가지고 게임처럼 운동처럼 즐기다가 취흥이 한껏 오르자 누군가가 학덕이의 비파 연주를 들어보고 싶다고 말했다.

"아, 그래. 오랜만에 학덕이 비파소리 좀 들어보자꾸나."

선비들이 일제히 그 아이디어에 지지를 보냈다.

시회를 열면 으레 마지막 순서가 그랬던 듯 학덕은 그 말이 떨어지자마자 비파와 함께 방에 들어섰다.

평소 보던 여종의 복색이 아니라 여염집 규수와 같이 깔끔하고 화사하게 단장하고 나왔다. 흔한 말로 옷이 날개라더니 몰라보게 여성스럽고 아름다웠다. 비파는 꼭 기타처럼 생긴 악기여서 깜짝 놀랐다. 조선시대에 기타가 다 있었나.

연주하는 모습도 기타와 비슷했다. 처음 들어보는 조선시대의 곡조는 애잔하고 구슬픈 가락도 있었고, 절로 어깨가 들썩일 정도로 경쾌한 가락도 있었다.

젊은 선비들은 일어서서 춤을 추기도 했다. 그런데 내가 짐작하던 할아버지들의 덩실덩실 핫바지 춤이 아니라 동작이 빠르고 유연한 데다 마치 우리 시대 아이돌처럼 안무가 과감하고 창의적이어서 놀라웠다.

'늘 책만 읽는 줄 알았던 선비들이 언제 저렇게 춤 솜씨를 갈고 닦았을까.'

무아지경에서 연주에 몰입하는 듯하던 학덕은 나와 눈이 마주치자 얼굴을 붉히면서 수줍게 웃어 보였다. 그 모습에서 나도 어쩔 수 없이 설렘과 같은 감정을 느꼈다.

시회는 자시가 지나서야 파했다.

명언 형님은 일어서려는 나를 자신의 방으로 불렀다. 술상을 가운데 놓고 마주 앉자 오늘 시회에서 무엇을 느꼈느냐고 물었다.

나는 대답했다.

"글공부가 어느 정도 경지에 이르러야 문자를 가지고 놀이를 할 수 있을까 라는 생각을 했습니다."

명언 형님은 무릎을 탁 치더니 고개를 끄덕이며 예의 그 해사한 웃음을 소리 높여 웃었다.

"공부가 놀이처럼 즐길 수 있는 것이라는 걸 깨달았다면 오늘 너를 시회에 참석하게 한 목적을 이루었다. 내가 왜 퇴계 선생님을 그토록 흠모해서 호남 사는 선비가 이곳 안동 땅까지 와서 제자로 받아들여 주기를 청했는지 그 진짜 이유를 아느냐?"

"말씀해 주십시오, 형님."

"그가 주자에 필적할 위대한 학자이거나 인품이 훌륭한 사람이어서만이 아니다."

"그렇다면 어떤 이유이옵니까?"

"그것은 그가 세상에서 가장 행복한 사람이기 때문이야. 학문을 통해 최고의 희열을 얻는 경지에 이르렀다는 뜻이다. 학문하기를 진실로 즐길 수 있기 때문에 그렇게 하지 못하는 사람들이 보는 것과는 다른 것을 볼 수 있고 생각할 수 있는 것이다.

그가 늘 강조하는 경(敬)과 신독(愼獨)은 학문의 목적이 아니야. 학문에 몰입하기 위한 방법이고 수단인 게야. 선생님과 나의 학문, 우리의 학문은 실천하는 데 목적을 두고 있기 때문에 학문이 깊어질수록 자연스럽게 단정하고 경건해지게 된다.

더 깊어지면 사사로움과 번뇌가 사라지면서 공부에 더욱 더 몰입하게 되는 것이고. 나는 선생님이 느낀 희열의 깊이와 크기를 알고 싶었다. 그 어른이 갖고 있는 행복의 능력이 나에게도 전달돼 오길 바라면서 말이다."

퇴계 할아버지, 아니 선생님이 동영상 강의를 통해 늘 내게 강조하시던 말씀과 같은 맥락이었다.

"그건 요즘 너희들이 탐닉하는 인터넷 게임, 모바일 게임만큼이나 짜릿한 게임이다. 다른 점이 있다면 게임은 끝나고 나면 공허해지지만 선비들의 공부는 하면 할수록 충족감이 커진다는 것이다."

그때는 뜬구름 잡는 소리로만 들렸지만 명언 형님의 이야기는 좀더 실감 있게 다가왔다.

"학문으로 얻을 수 있는 정신적 희열을 추구하지 않고 그저 출세의 수단으로만 생각하는 사람들은 그 목적이 달성됐을 때 학문을 향한 노력을 멈추게 된다. 그리고 부와 명예 권세와 같이 세속적인 기쁨만 좇다 보면 공부를 통해 얻을 수 있는 내면의 행복은 사라지고 만다. 나 또한 사마시를 봐서 진사가 되었고 이제 9년 전에 치렀던 대과를 다시 치르러 한양으로 가려고 한다만, 궁극에는 선생님처럼 고향으로 돌아가서 학문하는 즐거움을 후학들에게 전하는 일을 하고자 한다."

선생님이 걸은 길을 따라가겠다는 그를 보면서 불현듯 한 가지 의문이 들었다. 그가 제일 처음 나한테 던진 질문이 생각났기 때문이다. 그도 선생님이 그랬듯이 일편단심 자기만 흠모하며 수절하는 어여쁜 기생을 멀리할 수 있을 것인가.

"제가 계당에 온 첫날 형님이 말씀하시기를 부부간의 정분과 남아의 풍류는 다른 것이라 하셨습니다. 부인과 사별하고 정절을 지켜야 할 의무도 없는 선생님이 당신을 그토록 연모한 기생 두향을 곁에 오지도 못하게 내치시는 것을 어떻게 생각하시는지요?"

"하하하, 그때는 모르고 있던 이야기를 이제 알게 된 모양이구나. 사실 나도 작년에 선생님이 영남과 호남의 선비들이 서로 교류가 있어야 한다면서 나를 초청하셨을 때 비로소 퇴계라는 인물에 관심을 갖게 되었다.

나는 사람이든 책이든 한번 빠지면 끝장을 보아야 하는 성미야. 영호남의 교류라니, 이런 생각을 할 수 있는 퇴계는 과연 어떤 인물인가 알아보고 싶었다.

하지만 이곳 계당의 선비들은 스승의 지나간 발자취와 가정사에 대해 언급하는 것이 불경이기라도 한 듯 입을 다무는 경향이 있었다. 그래서 나는 계당선비들이 아닌 다른 사람들에게 이야기를 듣기로 하고 계당에서 수학하다가 나와서 벼슬을 하거나 낙향한 사람들, 여기서 일했던 하인들을 만나보고 저잣거리의 풍문들을 수집하고 다녔지.

두향은 기생의 신분에서 벗어나게 된 후에도 평생 수절하겠다며 독거 중이었다. 그 두향을 찾아가 직접 만나보기도 했다."

"네? 정말입니까?"

"그래. 먼저 두향을 만난 이야기부터 해줘야겠구나. 충청도 단양 구담봉과 옥순봉 근처 강선대에 초가를 짓고 살아가는 두향은 외간 남자와의 독대를 한사코 거부해서 몇날 며칠을 찾아가 간청한 끝에 어렵게 만날 수 있었다.

선생님이 단양군수로 오시게 된 것은 을사사화로 삭탈관직을 당한 뒤인 마흔 여덟의 나이였다. 그때 두향의 나이 열여덟. 서른 살이나 나이 차가 나는데도 두향은 퇴계라는 인물을 흠모해 먼저 매화를 선물로 보내 마음을 표시했다는구나.

선생님이 이유 없는 선물을 받지 않겠다고 돌려보내시자, 두향은 '엄동설한에도 강인하고 향기로운 매화처럼 우리 고장을 다스려달라는 뜻'이라는 편지를 보냈고 선생님도 두향의 깊은 사려와 갸륵한 마음에 감복하셨는지 편지와 함께 다시 보낸 매화를 받으셨다고 한다.

그때부터 두향의 남다른 심성과 재주를 주목하시게 된 것이지. 나는 대체 왜 두향이 그전에 만나본 적도 없던 선생님에게 연정을 품게 됐는지 궁금했다. 두향이 답하기를 선생님이 둘째 부인이신 권씨 부인을 어떻게 대하셨는지 전해 듣고 크게 감동을 하게 됐다고 하더구나. 이런 이야기조차도 계당에서는 불경이라 여기고 말해주지 않은 탓에 두향의 입을 통해 비로소 듣게 됐다.

선생님이 첫 부인과 사별하고 삼 년째 혼자 지내시는 것을 알고 훗날 장인이 되시는 사락정 권질 어른이 부르셨다고 한다. 당시 선생님의 장인댁은 사화에 연루돼 형제들이 매를 맞아 죽거나 노비로 팔려가는 참화를 겪은 뒤라 그것을 목격한 따님이 실성을 하게 됐다는군.

정신이 온전치 못한 채 혼기를 넘기고 있는 딸을 걱정하던 사락정이 선생님에게 딸을 맡아 달라고 부탁했고 선생님은 흔쾌히 수락하셨다. 사전에 각오는 하셨겠지만 권씨 부인은 상상을 초월하는 언행으로 선생님을 난처하게 하기 일쑤였다. 궐에 입고 들어가야 하는 도포의 소매가 해어져서 기워달라고 맡겼더니 빨간색 천으로 기워놓는 바람에 모든 사람들의 웃음거리가 되게 한 일이나, 제자들 앞에서 연적에 물을 부어달라고 하니까 항아리에 담아 와서 쏟아부은 일…."

"하하하, 어떻게 그러실 수가…. 정말 난감하셨겠네요."

"나도 처음에 그 이야기를 들으면서 믿을 수가 없었다. 쉬쉬하며 입에서 입으로 전해지는 동안 과장된 건 아닐까 싶었다. 사실이라면 퇴계 선생님이 얼마나 체면이 깎이고 곤란하셨겠느냐. 계당의 선비들이 그 이야기를 입 밖에 꺼내지 않으려는 것도 자칫 선생님의 평판에 누가 될까 염려해서인 듯하다. 선생님은 그럼에도 단 한 번 부인을 나무라거나 역정을 내지 않으셨다고 한다. 항상 어린아이처럼 구는 부인을 어디나 앞세우고 다니시면서 그토록 다정하게 대해 주셨다는구나. 한번은 부인이 증조부 제사상에 올려놓은 사과를 혼자서 먼저 먹겠다고 주섬주섬 치마에 감추다가 들키고 말았다고 한다. 치마에서 떨어져 뒹구는 사과를 보고 집안 어른들이 크게 역정을 내자, 선생님은 앞에 나서서 '제 처가 예법에 어긋난 짓을 한 것에 대해서는 저를 탓해주십시오. 하지만 돌아가신 증조부님도 귀여운 며느리가 이런 일을 저질렀다고 하면 며늘아가, 어서 먼저 들어라 하며 오히려 웃으셨을 겁니다' 라고 하시면서 분위기를 풀어준 뒤에 떨어진 사과를 직접 깎아서 권씨 부인의 입에 넣어주셨다고 한다."

"그런 이야기들을 두향이 다 알고 있었단 말입니까?"

"관기의 신분이다 보니 벼슬아치들이 술자리에서 나누는 대화를 엿들을 수 있었던 것이다. 두향은 권씨 부인 이야기 말고도 선생님의 인품을 보여주는 많은 일화들을 들었다는구나. 그러면서 자연스럽게 선생님을 흠모하는 마음을 키워왔다고 하더군.

그 무렵 많은 심적 고초를 겪으면서 힘들어하셨던 선생님은 말로나 글로나 두루 대화가 통했던 두향으로부터 큰 위로를 받으셨던 듯싶다.

얼마 전 선생님과 술자리를 하면서 두향을 만나보았다고 말씀드렸더니 웃으시면서 '그 아이 소식을 전해주어 고맙다'고 하시더구나."

"단지 그뿐이셨습니까. 그분의 건강이나 생활형편 같은 것도 안 물어보시구요?"

"묻지 않으셔도 어떤 마음이신지 알 수 있었고, 내 눈빛에서 잘 있다는 걸 느끼실 수 있었을 거라고 생각한다.

난 두향과 선생님 두 연인에게 정말 궁금한 것이 있었다. 네가 계당에 도착한 첫날, 기생은 몇이나 데리고 자보았느냐고 물었다. 난 선생님이 두향과 육체적인 사랑까지도 나누셨을까, 단지 정신적인 사랑이었을까 궁금해하고 있던 무렵이었다.

선생님을 연모하면서 수절하고 있는 두향, 선비의 본분이 어떤 것인지 보이시기 위해 냉정하게 거리를 지키시면서도 마음속으로는 두향을 그리워하는 선생님. 두 분은 함께 시간을 보냈던 단양에서의 아홉 달 동안 자주 강선대를 거닐면서 많은 대화를 나누었다고 하더라. 하지만 두 연인은 마음으로 서로를 깊이 흠모했을 뿐 살을 섞는 운우의 정을 나눈 사이는 아니었다고 나는 믿고 있다.

선생님이 지금도 두향에게 '관기의 신분을 면했으니 이제 배필을 찾아 새 인생을 살라'시면서 곁에 얼씬조차 하지 못하게 하시는 이유가 나는 거기에 있다고 생각한다.

세상에선 두향이 기적에서 빠지게 된 연유를 두향의 청을 군수가 받아준 것으로만 알고 있는데 사실은 그게 아닌 게야. 당시의 단양군수가 내 선친과도 친분이 있어서 만나 물어보니 선생님이 군수에게 편지를 보내 두향의 청이 이뤄지도록 말씀해 주셨다더구나. 관기의 신분을 면하는 일이 본인의 희망만으로 그리 쉽게 이뤄질 일이겠느냐.

선생님은 두향이 자유로운 신분이 되어 누구든 천생의 배필을 만나 행복하게 살기를 바라신 게지.

신분이 관기라 해도 딸도 아주 어린 딸에 해당하는 그 아이와 넘어선 안 될 선이 있다는 것이 선생님의 생각이셨어. 두향이 자신에게 어울리는 짝을 찾도록 해주기 위해서는 선생님에 대한 마음을 거두게 해야 했고 그래서 풍기로 떠나면서 배웅조차 못하게 하신 것이지."

"하지만 세상 사람들은 다 선생님과 두향이 고을 군수와 관기 간에 당연히 허용되던 남녀 간의 정을 나누었다고 생각하고 있지 않습니까."

"세상이 뭐라고 하든 선생님 입장에서는 당연히 지켜야 할 것을 지킨 것인데, '나는 두향이와 고상하게 정신적인 정만 나눴을 뿐 한 이불 덮고 잠잔 일은 없소'라고 해명하고 다니실 수 있겠느냐. 그 어른의 성품에 비춰볼 때 그건 한낱 평판을 관리하기 위한 졸렬한 언행인 거지."

"형님 말씀을 듣고 보니 선생님은 평범한 사람들이 마음에 다 담을 수 없는 분이란 생각이 듭니다."

"하하하, 여태까지 네가 글로 익힌 공부보다도 선생님이 살아오신 길을 듣고 느낀 것이 훨씬 더 깊은 공부가 될 것이야."

이야기를 나누다 보니 어느덧 닭이 우는 소리가 들렸다.

명언 형님도 "이제 그만 눈을 좀 붙여야 할 때가 된 것 같다"고 하셔서 인사를 하고 나섰다.

그런데 문밖에 어른거리는 작은 그림자가 보였다. 학덕이었다. 학덕은 수줍은 듯 미소를 지으면서 나에게 다가와 보자기에 싼 작은 병을 내밀었다.

"어젯밤 시회에서 술 많이 드셨지요? 오늘도 공부를 하셔야 하는데 숙취로 머리 아프실까 봐 두충차를 달여 왔어요. 오늘은 정오까지 주무시고 점심 드신 후에 공부하도록 해요."

"아, 이렇게까지 신경을 써주다니, 뭐로 보답을 해야 할지."

"보답은요. 그만큼 공부를 더 열심히 하시면 되는 거죠. 호호."

"아까 비파 연주 정말 감동이었어. 언제 그렇게 비파를 익힌 거지?"

"저와 비슷한 처지인 친구 중에 기생이 되려는 수련을 쌓는 아이가 있어서 그 애에게 연주법을 배웠어요. 나중엔 제가 더 잘하게 되니까 저더러 관기가 되지 않겠냐고 해서 사양한다고 했어요."

"그랬구나. 학덕이는 속이 깊고 글도 잘하는 데다 비파까지 능숙하게 다루니 이렇게 종으로만 지내기엔 너무 아깝다는 생각이 들어."

“그래도 이게 주어진 신분이고 운명인 걸 어쩌겠어요.”

순간 늘 똑 부러지고 밝기만 했던 학덕의 얼굴에 서글픈 그림자가 깃드는 것을 보았다.

‘이렇게 똑똑한 아이가 현대에 태어났더라면 좋은 교육을 받아 촉망받는 학자나 음악가가 돼서 남부러울 것 없이 살았을 텐데.’

그런 생각을 하니 학덕의 처지가 너무 안타까웠다.

‘이 아이도 시간여행을 하게 해서 현대로 데려갈 수 있다면 얼마나 좋을까. 무슨 말로도 이 아이의 불행한 삶을 위로할 수 없으리라.’

학덕을 보내고 방에 들어와 보니 배순이 코를 골며 자고 있었다. 방 안 가득 솔향이 섞인 술 냄새가 진동했다. 시회에 참석하진 못했어도 배순에게 술을 보내준 모양이었다. 아마도 정일스님과 대작했겠지.

나이로는 아버지와 아들뻘이지만 비슷한 체구와 비슷한 분위기의 두 남자가 걸쭉한 입담을 주고받으며 권커니 자시거니 하는 모습이 떠올라 웃음이 나왔다.

그날 오후에야 느지막이 시작한 공부를 마치고 저녁에 한서암으로 돌아가시던 선생님을 배웅하면서 인사를 드리자, 뜻밖에도 “언아, 오늘은 우리 집에 가서 자자꾸나” 하셨다.

분주히 행장을 갖춰 선생님을 따라나섰다.

“그래 이곳에 와서 공부를 해보니 어떻더냐, 좀 배우고 느끼는 것이 있더냐?”

과연 지금 이 순간의 선생님은 나와 동영상으로 대화를 나누던 그분과 전혀 다른 분일까. 내가 지금 이렇게 당신과 나란히 걷게 되기까지 어떤 사연을 안고 있는지 전혀 모르시는 걸까. 그냥 단도직입적으로 한

번 물어볼까.

하지만 그건 이곳으로 오기 전 선생님과 했던 약속을 어기는 일이라는 생각이 들었다. 그 대신 나는 명언 형님이 연 시회에서 느낀 것과 형님의 말들을 선생님에게 전했다.

"허허, 그 친구 참, 역시 보기 드문 재능을 가지고 있어. 앞으로 기 진사에게 많은 가르침을 받도록 해라. 기 진사도 너를 마치 친동생처럼 여기고 있더구나. 총기가 하늘을 찌르는 기명언 진사가 너를 그렇게 여긴다는 것은 네가 비록 아직은 학문이 깊지 않아도 크게 될 자질을 인정한다는 뜻일 게다. 기 진사는 너무 재능이 출중하다 보니 오만하다는 소리를 듣기도 하지만 사실은 네가 느끼는 대로 마음이 따뜻한 사람이야."

선생님이 거처하시는 한서암은 계상서당과 비교할 수 없을 정도로 초라했다. 이름이 그럴듯해서 번듯한 한옥을 생각했는데 와보니 그냥 초가집이었다.

"자, 우리 집에 모시고 온 손님이니 저녁을 대접해야 하는데 찬이 부실해서 어쩔꼬. 그냥 이렇게 살아가는 사람도 있다 생각하고 내가 늘 먹는 것을 달갑게 먹어주면 고맙겠네."

선생님은 서당에서 입던 옷이 아니라 평상복으로 갈아입고 나왔는데 한결 더 누추해 보였다. 평상복 차림이지만 머리에는 계상서당에서처럼 여전히 정자관을 쓰고 있었다.

천 원짜리에는 복건이라고 하는 두건을 쓴 모습이지만 선생님은 복건이 절에서 쓰는 두건과 비슷하다는 이유로 쓰지 않으신다고 했다.

선생님 못지않게 남루한 행색인 남자 종이 상을 차려 왔다. 선생님은 종이 나간 뒤에 문득 생각이 났다는 듯 "저 사람이 바로 학덕의 아비 되는 사람일세"라고 귀띔해 줬다.

선생님과 내가 가운데 두고 마주 앉은 저녁상은 잡곡밥과 무절임, 가짓잎, 된장이 전부였다. 계당에서 늘 먹던 찬보다도 못했다.

밥을 먹으면서 여쭤보았다.

"왜 이렇게 고생을 자처하고 사시는지 여쭈어도 되겠습니까."

"허허, 너는 이것이 고생으로 보이느냐. 나는 비단옷을 입은 채로 기름진 음식을 먹으면 속이 편치 않아서 반드시 탈이 나느니라. 간소하게 차린 적은 음식을 먹어야 소화가 잘되고 머리도 맑아지는 체질이야.

너도 알겠지만 난 처가로부터 물려받은 기름진 전답도 있고 번듯한 가옥도 있다. 그런데도 그것을 외면하고 가난을 낙으로 삼는 이유가 무엇이라고 생각하느냐?"

"저로서는 도무지 짐작이 되지 않사옵니다."

"기 진사가 나를 제대로 본 것이야. 과연 내가 세상에서 제일 행복한지는 모르겠다만, 학문을 하면서 인간이 도달할 수 있는 최고의 행복을 추구하고 있다는 것만은 그의 말이 맞다.

공부에 집중하기 위해서는 모든 방해되는 것들을 버리고 마음을 비워야 한다. 값비싼 재물로 치장해서 품위를 유지하려는 욕심, 좀더 편안하고 안락해지려는 욕심, 맛있는 것을 찾으려는 욕심은 원래 채워지지 않는 허상을 좇는 일이다. 취하고 나면 더 좋은 것, 더 탐나는 것들이 보이고 끝없이 그걸 추구하면서 집중과 희열에서 멀어지게 된다. 점점 공허해지고 점점 나태해지게 되는 것이야.

하지만 어지간한 불편을 참고 가난에 적응하는 훈련을 쌓고 나면 마음이 평화로워지고 공부에 집중하려는 욕구가 절로 샘솟게 된다.

눈에 보이는 신기루 같은 것, 밖에 있는 것을 좇는 대신 마음속 깊은 곳의 행복을 찾게 되는 거지. 그것을 통해 보상을 얻으려는 욕구가 생겨나는 것이야.

또 하나의 이유가 있다. 이 나라의 지배계층인 우리 선비들이 검약하고 청빈하게 살아가야만 권세도 지위도 갖지 못한 많은 평민들이 박탈감에 빠지지 않을 수 있기 때문이기도 하다.

우리가 추구하는 학문이 조화로운 세상을 이루기 위한 것인데 권력과 명예를 가진 선비들이 부까지 모두 누리려고 한다면 반항심과 시기심이 사회에 만연하게 돼 있어. 그것을 경계하기 위함이야."

선생님의 말씀을 듣고 보니 과거 동영상으로 말씀하실 때 흘려들었던 이야기들이 다시 새록새록 떠올랐다.

다음 날 계당으로 돌아오자 명언 형님과의 작별이 기다리고 있었다.

퇴계의 제자가 되기를 청했다가 학문적 동반자가 된 명언 형님은 대과를 치르기 위해 한양을 향한 행차에 나섰다.

떠나는 그를 배웅하면서 이런저런 대화를 나눴다.

"아직도 공부의 비기가 필요하다고 생각하느냐?"

"이제 조금씩 공부의 맛을 느끼게 되었습니다. 누군가에게 보이기 위해 공부를 서두르는 것이 어리석다는 생각이 듭니다."

"그런 경지에 올랐다면 이제 비로소 공부에 눈을 뜨게 된 것이다. 내 너를 위해 한 가지만 비기를 알려주마."

나는 귀가 번쩍 뜨였다.

"무엇이옵니까?"

"어떤 책을 보더라도 한시도 그치지 말고 질문을 던지는 습관을 가지라는 것이다."

"질문이라구요?"

"'공자께서 가라사대'라는 말만 듣고 무조건 옳은 말이겠거니 해서는 단언컨대 공자와 같은 경지, 그에 버금가는 경지까지는 오를 수 없다. 《논어》 안연 편에 극기복례(克己復禮)를 설명하는 말이 나온다. 예가 아니면 듣지 말고, 보지 말고, 말하지 말고, 행동하지 말라는 구절이다. 이 말에서 어떤 생각을 하게 되느냐?"

"너무도 지당한 데다 운율까지 조화로워 노래를 듣는 듯하옵니다."

"허허, 너도 그럴듯한 표현을 지어내는 솜씨가 늘었구나. 미안한 말이지만 겨우 그것밖에 느끼지 못한다면 대과는 포기하는 게 좋을 것이야."

"네? 하오면…."

"예라고 하는 것이 과연 마음의 상태인 것인지, 겉으로 드러나는 것인지, 예와 예가 아닌 것을 판단하는 기준은 무엇인지 궁금하지 않은 것이냐?"

"……."

난 그 말을 듣고 나서야 그토록 경전에 자주 등장하는 예가 무엇인지 머릿속에서 막연하게 받아들이고 있을 뿐 그 실체를 구체적인 단어로 정의할 수가 없다는 것을 깨달았다.

"학문에 진전이 없는 사람들, 책을 열심히 읽어 달달 외울 정도가 됐지만 그 요지를 한마디로 정리해 보라고 하면 말문이 막히는 사람들은 그 책 자체를 숭배하기 때문에 그런 것이야.

그것을 훈고(訓詁)와 숙독(熟讀)이라고 한다. 거기에 매달리다 보면 배움이 앞으로 나가지 못하고 한자리에 머물게 되는 것이다. 공자가 하신 말씀이기 때문에 무조건 배우고 익히면 된다는 타성에 젖어서는 평생 생원이나 진사에 그치는 것이다."

"그 수준을 넘어서기 위해서는 어찌해야 하는 것이옵니까?"

"야수가 돼야 한다."

"네?"

"짐승이 되라는 것이다. 야수와 같은 마음을 가지라는 뜻이야."

"그게 대체 무슨 말씀이시온지?"

"공자는 왜 위대한 인물인가, 그의 말은 무조건 다 옳기만 한 건가, 그도 잘못 생각하고 잘못 표현한 것이 있지 않을까 라는 의문을 던지기 위해서는 야수의 마음, 야성이 필요하다. 끊임없이 권위를 부정하고 깨부숴야 한다. 그리하여 항상 물어뜯는 힘, 묻는 힘을 키우는 것이 공부의 원동력이야."

명언 형님의 말씀을 확실히 이해하지는 못했지만 머리 한구석이 밝아오면서, 스스로의 힘으로 뱅글뱅글 돌아가는 나사가 하나 들어와 박힌 듯한 느낌이 들었다.

"야수와 같은 마음으로 끊임없이 고정관념을 물어뜯고 질문을 던져야 한다. 사서삼경을 그저 훈고하고 숙독하는 데 머물러서는 아이들에게 천자문이나 가르치는 훈장밖에 할 수 없어. 사서삼경의 뜻을 풀이하고 그걸 반복해 읽고 해석하는 기계적인 공부는 버려야 한다."

명언 형님의 말씀을 듣고 문득 범털을 자처하면서 망나니짓을 하고 다니던 시절이 떠올랐다. 어쩌면 그때의 그런 시간들이 지금 여기서 명언 형님과 이런 대화를 나누게 되는 운명의 전조였던가.

'그래, 모든 권위와 구속을 거부하겠다며 멋대로 세상을 활보하던 그때처럼 거칠 것 없는 마음으로 책을 펼쳐보자. 짐승이 먹이를 찾아 물어뜯는 자세로 책을 파고들 수만 있다면….'

"하하, 녀석. 뭘 그리 놀란 표정으로 넋이 나가 있는 게냐?"

"형님, 이제야 제가 어떻게 공부에 도전해야 할지 어렴풋이나마 방법이 보이는 것 같습니다."

"그렇다면 되었다. 다시 만나는 날엔 한층 높은 경지에 올라 있을 것 같구나."

그 말을 남기고 명언 형님은 한양으로 떠났다.

그로부터 두 달이 지난 11월 중순 계상서당이 술렁였다. 한양에서 대과 합격자 명단이 왔다는 것이다.

계당 선비들에게 들은 바로는 당시의 대과란 임금을 보필하는 국가의 운영자를 뽑는 시험이어서 합격자들의 신상과 집안 배경, 합격하기까지의 사연이 입에서 입으로 전달되며 몇 달간 온 나라의 화제가 된다고 했다.

경복궁 광화문 앞에 대과 합격자의 명단을 알리는 방이 붙으면 그것을 베껴 목판으로 인쇄한 사본이 전국으로 뿌려졌다. 지금의 경상북도 안동시가 아니라 당시 행정 지명으로 경상도 안동도호부의 계상서당에도 그 사본이 막 도착한 것이다.

"허, 선생님 말씀하신 대로 기 진사가 정말 장원일세, 장원."

정일스님이 사본을 들고 학덕과 함께 우리가 공부하는 방을 찾아왔다. 그런데 펼쳐놓은 명단의 맨 위를 보니 '기명언'이라는 이름 대신 '기대승'(奇大升) 이란 이름이 있었다.

"기 진사 어른의 이름은 기명언 아닌가요. 내가 노상 명언 형님이라고 부르던….”

“아, 우리 이 도령이 그걸 몰랐구먼, 명언은 기 진사의 자야. 기 진사가 대승이라는 이름보다는 자를 좋아해서 자신을 그렇게 소개했고 나도 나중에야 이름이 대승인 걸 알았네. 그분의 호는 고봉(高峯)이지. 원래 행주 기씨인 기대승 집안은 대대로 경기도 행주산성 근처인 고봉산 일대와 덕양지역에 살아오다가 어이없이 사화에 연루되면서 호남으로 귀양을 내려와 광주에 정착했지. 기 진사는 그래서 가문의 뿌리인 고봉산의 이름을 호로 삼았다고 하더구만.”

기명언, 아니 고봉 기대승이 장원급제했다는 소식에 퇴계 선생님은 자기 일처럼 기뻐하시면서 축하연을 열라고 하셨다. 기명언은 대과에 장원급제하다 보니 임금님도 알현해야 하고 여러 가지 행정적인 절차를 밟아야 해서 당분간 한양에 머물러야 한다고 했다.

내가 오던 날 정일스님이 시음하던 송료주는 그날로 모두 동이 나고 말았다.

그로부터 보름 후 명언 형님으로부터 편지가 왔다. 퇴계 선생님께 한 통, 나에게 한 통이었다. 장원급제 이후의 여러 가지 절차와 행사로 정신없이 바쁠 텐데, 대단한 선비도 아닌 나에게까지 편지를 보내온 것에 감격했다.

언아, 그동안 잘 지냈느냐. 처음 보는 순간부터 남다른 분위기를 가지고 있어서 네게 마음이 갔다. 어쩐지 이 세상에 속한 사람이 아닌 것 같기도 했어. 선생님도 너의 정신세계에 대해, 그리고 앞날에 대해 무슨 이유에선지 깊은 관심을 가지고 계시더구나.

네가 해야 하는 공부가 무엇이든 너의 역할이 무엇이든 지난번 계당을 떠나오면서 당부한 대로 항상 깨어서 질문을 던지겠다는 자세를 잊지 말거라. 그리고 모든 학문의 경계를 넘어 네 마음이 인도하는 대로 자유롭게 학문에 매진해 보길 바란다. 한순간만이라도 학문에 도취해 미친 듯한 열정을 가질 수만 있다면 기대하지 않았던 깊은 깨달음에 도달할 수 있을 것이야.

그리고 앞으로 또 기회가 올지 몰라 지금 편지로 전하마. 처음 너를 만났을 때 이야기했던, 단번에 모든 글을 기억하게 하는 비법에 대해서다. 첫째, 책을 읽은 후에 그 내용을 단 하나의 문장으로 압축해 보거라. 쉽지 않겠지만 그런 훈련을 쌓아두면 책 속의 다양한 내용들을 구슬처럼 하나의 실로 꿰어놓을 수 있다.

둘째, 책의 모든 내용을 하나의 그림으로 기억해 두어라. 조선의 많은 사람들이 중국의 문자인 걸로 알고 있는 한자는 사실 우리 조상들의 문자다. 중국 지식인들 사이에서 비밀로 전해 내려오는 갑골문자라는 것이 있다. 한자의 기원이 갑골문자이고, 그것을 한민족의 조상이 만들었다는 걸 아는 사람은 다 알지만 대국의 권위를 손상시킨다고 해서 알아도 쉬쉬하고 있을 뿐이야.

한자가 본래 사물의 형상과 의미를 조합해 문자의 형태로 만들어진 것처럼 세종께서 만드신 언문 역시 하늘과 땅, 인간의 모습을 기호로 만든 것이야.

글자의 기원이 그렇듯이 모든 관념과 지식도 반드시 하나의 그림으로 바꿔 그릴 수 있는 것이니라.

한 줄 요약과 형상화의 훈련이 나날이 쌓이고 깊어지면 어떤 내용도 단번에 선명하게 기억하게 되는 경지에 이른다. 지금쯤은 너도 공부라는 것이 무엇인지, 왜 해야 하는지 깨닫게 되었을 테니 이 방법을 그저 잔기술이 아니라 공부에 응용할 수 있을 것이라 믿는다.

그 무렵의 나는 한자로 쓰인 책들을 혼자서 불편 없이 해독할 만큼 공부가 진전돼 있었다. 한자공부에 한창 흥미를 느끼게 된 나는 명언 형님이 말한 기억의 비법이라는 것이 어떻게 작용되는 것인지 막연하게나마 이해할 수 있었다.

명언 형님은 편지의 마지막에 퇴계 선생님에게 보내신 편지의 내용을 알려주었다. "내가 일전에 선생님과 사단칠정에 대해 서로 의견이 다른 부분이 있다고 말했던 걸 기억하느냐. 이번에 편지로 문안을 여쭈면서 내 생각을 말씀드렸다. 선생님이야 그걸 문제 삼으실 분이 아니지만 계당 문도들은 감히 선생님의 견해를 반박하는 것을 어떻게 생각할지 살짝 염려가 되는구나."

그로부터 며칠 후 계상서당이 또 한 번 술렁였다.

한양에서 어명을 가지고 도승지가 내려온 것이다. 임금께서 선생님을 성균관 대사성에 임명하셨다는 것이다.

성균관 대사성이라면 잘 모르긴 해도 막연한 감에 교육부 총리와 국립대 총장을 겸임한 영광스러운 자리일 것이다.

어명을 받은 선생님은 난감해했다.

"늙은 몸을 기억하고 불러주시는 주상전하의 은혜가 하해와 같으나 나의 자질과 천성이 벼슬에 어울리지 않는다고 그토록 사양했는데도 또 다시 벼슬을 내리시는구나. 하지만 어명이 왔는데도 움직이지 않고 앉아 있는 것은 불충일 터이니 일단 전하를 뵙고 내 사정을 말씀드려야겠다."

선생님은 한양으로 올라가시기 전 정일스님과 배순, 나를 포함한 몇 사람의 선비들을 모아놓고 도산서당 건축에 대해 여러 가지를 당부하셨다. 터를 닦을 때 어느 정도 깊이로 땅을 파고, 어떤 흙을 사용할 것이며, 건축재료가 될 나무와 기와는 어떤 것을 어느 지방에서 조달할지 등이었다.

선생님은 떠나기 전 우리에게 말씀하셨다.

"과거 전례를 볼 때 주상께서도 그렇게 오랫동안 나를 붙잡아 두지는 않을 것이야. 그리고 이왕 한양으로 가게 됐으니 그곳에서 서원을 많이 지어본 건축 명장들을 만나 도산서당의 설계도를 그려서 보내겠네."

선생님의 의학지식이 의원 못지않을 정도여서 직접 조제한 소화제가 명약으로 소문나 전국에서 구하려는 이가 몰려드는 것을 봐왔다. 또 활인심방을 설명하기 위해 직접 책에 그리신 사람의 신체와 동작 묘사를 보니 현대의 여느 만화가 빰치는 수준인 것을 알았다. 그런데 이제는 건축도면까지 직접 그리신단 말인가. 어떻게 보면 레오나르도 다빈치와 같은 르네상스 형 인간이 아닌가. 지식의 거의 모든 분야에서 왕성하게 분출하는 창조적 에너지는 대체 어디서 나오는 걸까.

어느덧 해는 가정 36년(명종 14년)으로 넘어갔고 계상서당에는 도산서당 건축을 위해 전국에서 선비들이 몰려들어 한층 어수선한 분위기가 되었다. 퇴계 선생님이 보내신 설계도도 도착하면서 건축작업은 본격적인 궤도에 올라섰다.

초여름에 계상을 떠나시고 여섯 달여 만인 이듬해 정월, 퇴계 선생님이 돌아오셨다. 나와 배순은 선생님의 제안에 따라 그를 모시고 한서암에 기거하면서 계상서당 오가는 길을 수행하는 역할을 맡게 됐다. 선생님을 좀더 가까이에서 모시고 가르침을 들을 수 있게 된 것이다.

결코 나에게 뒤지지 않는 학습능력을 가진 대장장이 배순과의 경쟁의식을 원동력으로 사서와 삼경을 모두 독파하면서 학문적으로 다른 선비들과 논쟁을 벌일 수 있을 만한 경지에 이르렀다.

그와 보조를 맞춰 어느덧 도산서당도 위용을 갖춰가기 시작했다. 선비들이 거처하는 학당이자 기숙사인 농운정사가 지어진 데 이어 선생님이 거처하실 완락재와 서고인 광명실이 준공됐다.

도산서당 공사가 계획대로 착착 진행된 것은 공사감독인 정일스님의 뚝심이 큰 기여를 했다.

가정 37년, 내년이면 퇴계 선생님이 만 육십 세로 환갑을 맞으시는데 마치 환갑을 기념한 선물인 양 도산서당이 완공됐다.

선비들은 이제 빨리 영주의 소수서원처럼 도산서당도 임금님으로부터 편액을 사사받은 사액서원이 돼야 한다고 입을 모았다.

선비들과 일꾼들이 하나둘 고향으로 떠나기 시작했다. 나 또한 더 이상 머무를 명분이 없어졌다. 대장장이로서 가업을 이어야 하는 배순 역시 고향인 풍기로 떠날 채비를 했다.

새로 지어진 도산서당에 계속 남아 공부를 하는 사람들은 선생님과 향토인재 육성에 뜻을 같이하는 사람들이었고, 떠나는 사람들은 대개 과거에 뜻을 둔 사람들이었다. 선비들은 내가 한양으로 올라가야 한다고 하자 본격적인 과거 준비를 하려는 것으로 생각했다.

배순은 "내가 계당에서 배운 학문을 가업에 쓰지는 못하겠지만 공부하는 동안 느낀 희열은 세상 무엇과도 바꿀 수가 없을 걸세. 이 도령과 함께 공부하면서 세상과 인간을 보는 눈을 열게 된 것은 무엇에 비할 데

없이 감사하고 소중한 경험이었네" 라고 말했다.

학덕과 정일스님도 우리가 떠나게 된 것을 못내 아쉬워했다. 내가 계당에 도착하던 지지난해 어느 가을밤 툇마루에 모여 장터에서 사온 술을 마시며 밤새워 이야기하던 추억을 못 잊어했다.

정일스님은 "우리 3년 후 계당 툇마루에 다시 한 번 모여 술잔을 기울이세" 라고 제안했다. 정든 계당의 사람들과 작별을 고해야 하는 순간이 왔다. 마을 어귀까지 따라 나오며 나를 배웅하던 학덕의 눈가에 그렁그렁한 눈물을 보고 나도 무척 마음이 아팠다.

나를 이곳으로 오게 해준 건지산의 '다람쥐 솔개 도킹지점'을 향해 출발했다. 과연 그곳에는 3년 전과 같은 작은 동굴이 있었고 웜홀로 이어지는 흑과 백의 석판도 그대로였다. 감회가 새로웠다.

'진오문선전차후보차 달정시좌정차탈학문'

방통에게서 받은 쪽지를 꺼내 주문을 읽어보았다. 모두 열여덟 글자의 주문이 그때는 복잡한 암호 같아 무슨 뜻인지 도무지 종잡을 수 없었는데 이제는 그 의미가 환히 보였다.

검은 석판은 '까마귀의 문'(烏門), 하얀 석판은 '학의 문'(鶴門) 이라고 썼구나. 흑과 백을 까마귀와 학에 비유했다는 것을 알 수 있었다.

'진오문'은 까마귀의 문으로 들어선다는 뜻, '탈학문'은 학의 문을 나선다는 뜻이렷다. '선전차'는 먼저 몸을 굴려서 이동하라는 뜻이었고, '후보차'는 그 후 걸어서 이동하라는 뜻, '달정시'와 '좌정차'는 정해진 시간에 도착했을 때 앉아서 멈춘다는 뜻이구나.

한자를 알고 보니 내가 취해야 할 동작들을 순서대로 설명한 것이었다. 떠나올 때 긴장했던 것과 달리 여유 있게 주문을 외우자 무중력 상태에 도달했고 가볍게 공중제비 돌듯 몸을 굴렸다.

한 바퀴를 돌자 가늘고 청아한 종소리가 들려왔다. 두 번째도 종소리. 세 번째 종소리를 듣고 나서야 문득 방통의 당부가 기억났다.

'아차, 돌아올 때는 종소리가 아니라 북소리가 들리도록 돼 있다고 했지? 만약 종소리가 들리면 그건 시간을 더 거슬러 올라가는 것이라는 걸 명심하라고 하지 않았던가.'

그 사이 나는 벌써 네 번째 공중제비를 돌고 있었다. 멈출 수가 없어서 그냥 굴렀다. 급히 동작을 멈추고 쪼그려 앉았더니 하얀 방이 나타났다.

이러다가 웜홀 속에서 우주 미아가 돼버리는 건가. 갈피를 잡을 수 없었다. 너무 먼 곳으로 가버리면 대책이 없다. 적어도 퇴계 선생님의 시대에는 머물러 있어야 한다. 앉아서 다시 주문을 외웠다. 하얀 석판 밖으로 튀어나왔다.

FAST REWIND ◀◀◀ & PLAY ▶

1520년 7월 22일 조선국 경상도 안동도호부 건지산 일대

네 바퀴를 구르고 말았으니 만약 1560년에서 40년 전으로 더 거슬러 올라왔을 테고, 그렇다면 퇴계 선생님이 나와 비슷한 연배인 스무 살 청년시절이다. 일단 퇴계 선생님을 찾아야 한다.

'스무 살이면 소과에 급제하기도 전이니 뭐라고 불러야 하나. 그냥 도령님이라고 불러야겠지?'

다람쥐 솔개 동굴을 빠져나와 방금 왔던 길을 다시 걸어서 돌아갔다. 나에겐 불과 몇십 분 전이었을 뿐인데 계당이 있던 토계 근처를 찾아갔더니 풍경이 완전히 달라져 있었다.

분명히 내가 3년간이나 머물던 계상서당 터에는 서당이고 뭐고 아무것도 없었다. 1520년은 계당이 지어지기 전인 모양이었다.

선생님이 거처하시던 한서암도 그냥 계곡일 뿐이어서 그 근처를 속절없이 헤매다가 물어물어 도령댁을 마침내 찾아냈고, 대문 앞에서 그를 부르자 그의 형인 듯한 분이 나와서 나를 맞이했다.

"황? 경호 말인가? 우린 그 아이 이마가 넓어서 광상이라고 부른다네, 허허. 내 동생 광상은 지금 여기 없고 청량사로 공부하러 떠났네. 여기서 멀지 않은 곳이니까 그를 찾으려거든 한번 들러보시게."

'경호라는 것은 선생님의 자인가 보구나. 어린 시절 이마가 넓다고 해서 광상이라는 별명으로 불렸다고 하시더니 정말이었구나, 헐.'

계당과 한서암은 없었지만 과거에 선생님을 모시고 들렀던 청량사는 40년 전을 거슬러 왔어도 그대로였다. 언젠가 선생님을 모시고 함께 들렀을 때, 젊은 시절 공부하던 방이라고 하셨던 작은 방을 찾을 수 있었다. 어쩐지 그 방에 계실 것 같은 느낌이 들었다. 대웅전에서 독경하시던 스님들에게 이 도령님을 만나러 왔다고 했더니 그 소리를 듣고 나를 맞이하러 사람이 나왔다. 그를 모시는 하인인 듯했다.

"도령님은 이곳에 주역공부를 하러 오셨는데 때로 밤새 혼잣말을 중얼거리기도 하고 식음을 전폐한 채 책에만 매달려 계십니다. 과도하게 공부에 몰두하시다 보니 몸도 많이 여위셔서 제대로 돌봐드리지 않으면 건강을 크게 상하실 것 같습니다. 며칠 전에는 천문의 운행을 살피러

간다면서 산으로 들어가셔서 아직도 돌아오지 않고 계십니다. 우리도 아침저녁 찾아다니고 있지만 혹시 도령님을 찾게 되시면 부디 빨리 돌아오라고 말씀해 주십시오."

마음이 급한 나는 어디로 가야 할지도 모르면서 그 길로 청량산 일대를 헤매고 다니기 시작했다. 사실 선생님을 찾는다 해도 우주 미아가 될 위기에서 구해 주실지는 알 수 없었다. 다만 도리 없이 여기에 계속 머물게 된다 해도 우선 그를 찾아 나서는 것이 순서라는 생각이었다.

'제길, 3년간의 수련을 마치고 진짜 선비가 되기만 하면 세대전쟁을 해결하는 시대의 영웅으로 떠오를 수 있다더니 이 꼴이 뭡니까'라고 하소연이라도 하고 싶었다.

'선생님과 서로 엇비슷한 나이니까 이젠 내가 큰소리 좀 쳐도 괜찮겠지?'

과거에도 느꼈던 바지만 청량산의 산세는 놀라울 만큼 수려했다. 비가 와서 그런지 곳곳에 운무가 일어나는 풍경이 마치 현실세계 아닌 선계에 와 있는 것만 같았다.

'이 넓은 산 어디에 가서 뭘 하고 돌아다니시는지 모르는데 어떻게 찾는단 말인가.' 나는 답답한 마음에 "광상 도령님! 어디 계세요!" 라고 큰소리로 불러보기도 했다.

하루 종일 그를 찾아 헤매다가 청량사로 돌아와 하인에게 잠자리를 알아봐 달라고 해서 방을 얻어 잠을 청했다. 계당에 머무르는 동안 소지하고 있던 금붙이를 엽전으로 바꿔서 보관하고 있었는데 그걸 다 쓰지 않고 남겨둔 게 다행이었다. 조선통보가 현대로 돌아가면 상태 좋은 것은 한 닢에 20만 원도 넘는다기에 아끼고 아껴서 열 닢쯤 챙겨놨는데

절에 와서 숙박비로 야금야금 다 써버리게 될 줄 몰랐다.

그렇게 청년 퇴계를 찾아 헤맨 지 어느덧 엿새가 됐다. 여름이어서 춥지 않고 울창한 산중이라 덥지 않다는 것이 그나마 다행이었다. 중간에 장맛비가 쏟아지는 바람에 중간에 사흘간은 어쩔 수 없이 청량사에 앉아 시간을 죽여야 했다.

퇴계 선생님은 시간여행을 떠나온 3년간 시간이 정지돼 있을 것이라고 하셨는데 예기치 못하고 시대를 거슬러 올라와 헤매게 된 이 상황까지 다 포함해서 정지된 것일까. 아니면 예정돼 있던 3년간만일까. 그렇다면 방통장군은 벌써 엿새째 다람쥐 솔개 동굴 속에서 내가 돌아오기만을 눈이 빠지게 기다리고 있을지 모른다. 아빠나 라일락도 내가 거의 일주일씩이나 행방불명이 돼버렸으니 난리가 났을 것이다.

그를 만나기 위해 산사람이 된 지 일곱 날째 저녁 무렵 터덜터덜 청량사로 돌아왔다. 절밥을 얻어먹고 소화시키려고 마당에 나와 서 있는데 한 청년이 절 마당에 들어서고 있었다.

얼굴을 보는 순간 한눈에 그가 누군지 알아볼 수 있었다. 40년 시간을 거슬러 왔지만 남자다운 이목구비와 반듯하고 꼿꼿한 체격이 그대로였다. 퇴계 선생님, 아니, 이제 막 20대로 접어든 나와 비슷한 나이의 청년 광상이었다. 여러 날 풍찬노숙에 시달려 몰골은 초췌했어도 귀티가 흐르는 하얀 얼굴과 형형한 눈빛이 그의 비범한 정신을 말해주고 있었다.

나란히 약관의 나이로 해후한 광상과 나는 청량사 앞마당에 선 채 마주 보면서 서로를 말없이 응시하고 있었다.

"당신은…."

광상이 먼저 입을 열었다.

"아무래도 나와 다른 시공간에 속해 있는 사람 같습니다."

"어떻게 그걸…. 알아보실 수 있습니까?"

"그저 막연한 감이지요."

"이곳과 다른 시공간이라 하심은 무슨 뜻이옵니까?"

"이 우주는 우리 인간이 알 수 없는 천지간의 오묘한 조화로 운행되고 있습니다. 시간과 공간이라는 것도 우리가 눈으로 보고 체감하는 것과 또 다른 차원이 존재할 수 있지요. 문자로서는 이치를 다 설명하지 못해도 난 그걸 직관을 통해 느끼고 있습니다."

"도령님의 미래도 짐작하고 계십니까?"

"그것까진 모르겠습니다만. 오늘 청량사로 들어서는 순간 특별한 인연과 마주치게 될 것이란 예감이 들었습니다."

"그렇다면 미래의 일을 어디까지 짐작하고 계십니까?"

"그 질문에 답을 드리기 전에 일단 몸을 좀 뉘어야겠군요. 벌써 열흘 가까이 밤이면 천체의 운행을 관찰하고 낮에는 천체의 다른 시공간으로 이동할 통로가 존재하는지 찾아보려고 헤매었습니다. 이제 체력이 한계에 다다랐습니다."

청년 퇴계는 자리를 펴고 눕더니 이틀간 죽은 듯이 잠들었다. 난 저러다 아주 잠들어 버리는 것 아닐까 걱정하면서도, 그를 찾아냈고 그의 곁에 있을 수 있다는 것에 안도감을 느꼈다.

이윽고 이튿날 이른 저녁에 일어난 그는 하인을 보내 나를 찾았다. 우리는 청량사 인근 넓은 바위 위에 마주 보고 앉았고 뒤따라온 하인이 우리 앞에 주안상을 차려놓았다.

여름이었지만 산의 공기가 얼음처럼 맑고 서늘했다.

"주역을 처음부터 끝까지 암기해 수도 없이 되새기고 되새겼습니다. 태극이라는 개념은 이해가 될 듯하다가도 어느 순간 미궁에 빠져들게 되지요. 마치 아름다운 나신을 보여줄 듯 말 듯하다 홀연히 자취를 감추는 꿈속의 여인처럼 말이에요. 태극의 관점에서 세상을 해석하자면 우주는 둥글어야 합니다. 원이거나 공의 형태여야 해요. 직선이어서는 안돼요. 허나 아무리 봐도 세상은 평지이고 가도 가도 끝이 없는 직선으로 이어집니다.

난 주역을 통해서 시간과 공간, 현재와 미래의 이치를 알아내고자 했습니다. 아무리 애를 써도 나의 머리로는 이해가 되지 않았습니다. 내가 추구하는 깨달음에 도달하지 않고는 다른 어떤 공부도, 가족을 이루기 위한 남녀 간의 정에도, 출세와 벼슬에도 마음을 쓸 수가 없을 것 같았습니다. 집에서는 나이가 찼으니 어서 결혼을 하라고 성화지만 난 거기엔 뜻이 없어요. 그래서 집에 머물지 못하고 청량사로 나오고 말았습니다."

그는 우주의 조화를 온전히 이해하려 했고 마음속에 우주를 품으려고 하고 있었다. 모르긴 해도 뉴턴이나 갈릴레이, 아인슈타인 같은 위대한 물리학자들도 퇴계와 같이 질풍노도의 열정에 휩싸인 젊은 시절을 보냈을 것이다. 그 뜨거운 열정으로 우주 운행의 법칙 하나를 발견해냈을 것이다.

나는 청년 퇴계의 원대한 고뇌 앞에서 마치 웅장한 산맥을 마주 대한 등반가가 느꼈을 법한 감동에 빠졌다.

퇴계와 같은 고민을 하지 않아도 되는 나는 행복한 건가. 만약 퇴계가 이런 열정으로 현대의 자연과학을 탐구했다면 어떤 위대한 발견을 이뤄냈을까.

미친 듯이 산천을 헤매면서 우주의 이치를 알아내기 위해 몸부림치는 열정의 청년 광상과 나는 청량산 자락에 나란히 앉아 있었다. 그와 함께 우주의 오묘한 조화가 숨 쉬고 있는 밤하늘을 바라보고 있자니 내 자신이 너무도 왜소하게 느껴졌다.

내 또래였지만 광상은 이미 마음속에 우주를 품고 있는 사람이었다. 용암처럼 깊고 뜨거운 열정으로 자신의 사고와 인식의 한계를 뛰어넘으려 몸부림치고 있는 것이다.

그는 계속 말을 이어갔다.

"이 우주는 결국 마음속에 있다는 것을 깨달았습니다. 설사 우주 운행의 이치를 완전히 알게 됐다고 하더라도 내가 우주의 일부이고 우주 또한 내 안에 있다는 것을 새기지 못한다면 소용없는 것이지요. 그것을 알고부터 마음이 편안해졌습니다. 그래서 엊그제 청량사로 돌아왔지요. 모든 것이 마음속의 조화라면 이는 기를 품을 수 있고 스스로 발화하는 것일지 모릅니다."

알 듯 말 듯한 소리였다.

청년 퇴계가 주역을 통해 자연의 이치를 탐구하면서 다른 시공간으로 이동하는 통로를 찾으려 했다는 말을 듣고 문득 그런 생각이 떠올랐다. 그는 나름대로의 감으로 웜홀의 존재를 막연하게나마 알고 있는지도 몰랐다. 혹시 다람쥐 솔개 동굴을 찾아낸 것은 아닐까. 그러나 주문을 모르는 한 찾아냈다 해도 다른 시공간으로 이동할 도리가 없었을 테지….

우리는 밤이슬을 맞으며 방으로 돌아왔고 나는 그에게 주문을 적어놓은 쪽지를 보여주었다.

“혹시 이 문자들을 보신 적이 있습니까. 문자가 말하는 뜻을 어떻게 생각하시는지요?”

그는 그것을 한참 동안 뚫어져라 쳐다보고 반복해서 되뇌었다.

“이 문장은 저도 무슨 뜻인지 도무지 이해할 수가 없군요. 하지만 밑에 써놓은 언문은 한자의 발음과 다를 수도 있겠습니다. 수레를 의미하는 ‘車’를 ‘차’라고 읽기도 하고 ‘거’라고 읽기도 하지요. 같은 수레라도 소나 말의 힘에 의지하는 경우엔 ‘마차’, ‘우차’라고 하고, 사람이 직접 끌고 갈 경우엔 ‘인력거’라고 말하지 않습니까. ‘車’를 어떻게 발음할지는 수레를 사용하는 사람의 의지와 그것의 용도에 따라 달라지는 것 아닐까요?”

청년 퇴계의 말을 듣는 순간 머릿속에서 섬광처럼 한 줄기 깨달음이 스치고 지나갔다.

‘수레를 사용하는 사람의 의지라구? 거기에 따라 ‘車’를 부르는 발음이 달라진다구? 웜홀 속에서 내가 살던 시대와 다른 조선시대로 이동하는 것, 그리고 조선시대에서 내가 살던 시대로 이동하는 것은 서로 반대방향으로의 진행이다. 방향만 다른 것이 아니라 어쩌면 서로 다른 의지에 의한 움직임일 수도 있겠구나.

퇴계 선생님의 뜻에 따라 조선시대로 이동할 때는 나의 의지가 아닌 선생님의 의지가 동력이었다면 조선시대에서 다시 나의 시대로 돌아올 때는 나의 의지가 동력이 된다는 건가?

내가 자전거의 페달을 굴리듯이? 자전거, 그래 내 의지에 따라 내 다리의 힘으로 움직이는 두 바퀴 수레는 ‘자전차’가 아닌 자전거라고 불렀지. 휘발유나 디젤의 힘으로 달리는 수레는 자동차였고. 주문에 나오는 세 개의 '차'를 '거'로 바꿔서 불러보면 내가 원하는 우리 시대로의 시간이동이 가능할지 모르겠다.'

청년 퇴계는 골똘히 생각에 빠진 내 표정에서 무엇을 읽었는지 "결국 우주도 시공간도 모두 사람의 마음 안에서 작용하는 것이지요" 라면서 빙긋 웃었다.

그 다음 날, 1520년으로 온 지 꼭 열흘째 되던 날 아침이었다. 청년 퇴계와 그의 하인, 그리고 나는 함께 귀갓길에 올랐다.

청량사 스님들에게 작별을 고하고 그와 함께 걷다가 갈림길에 섰다. 길도 나 있지 않은 건지산 숲속을 향해 발길을 옮겨야 하는 순간이었다. 뭐라고 설명해야 할까 고민하고 있는 내게 그는 왜 그쪽으로 가려 하는지 묻는 대신 내 어깨를 가볍게 토닥거렸다.

"원하시는 곳으로 무사히 잘 돌아갈 수 있길 빕니다."

퇴계의 인사에 나는 뭐라고 할 말을 찾지 못해 머뭇거리다 돌아섰다. 어색한 작별이었다. 하지만 말하지 않아도 그는 내 마음을 읽고 있을 거라는 안도감이 있었고, 그래서 그런 어색함이 불편하지 않았다.

그나저나 주문이 이번에는 통해야 할 텐데…. 다시 건지산의 다람쥐 솔개 동굴을 찾아 들어갔다. 주문에서 '차'를 '거'로 바꿔 불렀다.

'진오문선전거후보거, 달정시좌정거탈학문.'

까마귀의 문이 열렸고 무중력 상태에서 굴렀다. 빙고. 이번에는 북소리였다. 매 열 바퀴째 북소리는 한층 커졌다.

마흔아홉 바퀴를 구른 뒤 다섯 걸음을 걷고 하얀 방에 도착해 다시 주문을 외웠다. 학의 문이 열렸고 그 문으로 나왔다.

공신들의 새벽

FAST FORWARD ▶▶▶

2015년 8월 1일 토요일 대한민국 경상북도 안동시 건지산 일대

웜홀을 빠져나오자마자 누군가 내 어깨를 힘껏 잡아끌었다. 방통장군이었다. 맙소사. 짐작했던 대로 동굴 속에서 열흘 동안이나 꼼짝 않고 나를 기다리고 있었던 것이다. 기다리는 사이 얼마나 마음고생을 심하게 했는지 얼굴이 새까맣게 타버려 마치 흑인처럼 변해 있었다. 코에서는 누런 콧물까지 흘러내렸다.

"야야, 이기 우예 된 일이고?"

우리 시대로 돌아오기 위한 웜홀 여행에서 시간을 40년이나 거슬러 올라가는 바람에 청년시절의 퇴계 선생님을 만나게 된 이야기와 그에게 힌트를 얻어 주문에 숨겨져 있던 비밀을 알아낸 이야기도 전했다.

"지난 열흘간이 백 년보다도 길었다, 아이가. 퇴계 선생님이 계획하신 일을 이뤄야 할 네가 잘못되기라도 하면 이 세상은 어떻게 되는 것인가, 너는 또 어디서 말 못할 고생을 하면서 헤매고 있을까 하는 생각에 한잠도 제대로 못 자고 한 끼도 맘 편히 먹을 수가 없었다, 야야."

"그런데 돌아올 때는 주문을 다르게 발음해야 한다는 것은 혹시 모르셨나요?"

"퇴계 선생님께서도 그래 말씀하신 적은 없으셨는데."

모든 일에 그토록 정확하고 치밀하신 선생님이 그런 중요한 말씀을 안 해주시다니. 하지만 이것도 뭔가 처음부터 예정하신 뜻이 있으리라는 생각이 들었다.

방통으로부터 선생님이 시간여행 전에 말씀하신 《신 성학십도》를 전해 받았다.

"서울로 올라가기 전에 먼저 머리부터 깎아야겠어요. 그리고 계상서당이 있던 곳을 한번 가보고 싶어요."

"계당이 한동안 흔적도 찾을 수 없었는데 몇년 전에야 서당 터를 고증해서 복원했다 카드라. 그 자리에 그대로 살려 놨다 카이께네 같이 함 가보자."

"계당이 거기 그대로 있다면 저는 눈 감고도 찾아갈 수 있을 거예요."

하지만 막상 현장에 가보니 과거 3년간의 추억이 담긴 많은 건물들은 흔적이 없고 이곳이 계당터였다는 정도만 알 수 있는 수준으로 허술하게 복원돼 있었다. 비감했다.

길 맞은편에는 퇴계 선생님의 종손이 거처하는 종택과 도산서원 선비문화수련원의 간판이 보였다.

"아. 선비문화수련원이 계상서당 바로 앞이었어요? 온 김에 한번 들렀다가 갈게요. 장군님, 너무 감사했어요."

방통과 작별인사를 나누고 수련원에 들어서자 입구에 선생님의 철제 조상이 있었다. 천 원짜리에 그려진 모습보다는 실제 모습과 훨씬 가까워서 너무나 반가웠다.

수련원 건물 2층 행정실에 들어가서 직원들에게 인사하고 김병일 이사장님을 뵈러왔다고 했다.

'별유사'라는 직함을 가진 학자풍의 나이 지긋하신 분이 대답했다. 그 분은 어딘지 모르게 퇴계 선생님을 닮은 듯했다.

"이사장님은 곧 강의하러 나가실 텐데…. 만나서 이야기 나눌 시간이 되실까. 아, 마침 저기 나오시네요."

나를 조선시대로 보내준 책 《퇴계처럼》의 저자인 김병일 이사장님은 경제부처 장관을 지낸 분답게 외모에서부터 고상한 기품이 느껴졌다.

저분의 책 때문에 내 자신이 퇴계처럼 행동하도록 빙의가 됐고, 급기야 퇴계의 시대로 날아가 그의 곁에서 3년 열흘의 시간을 보내고 지금 막 돌아온 것이다. 초면이지만 마치 오랫동안 깊은 인연을 가지고 가까이서 뵌 듯한 느낌이었다.

나도 모르게 "조금 전까지 퇴계 선생님을 곁에서 모시고 있던 독고라 이언입니다" 라고 인사했다.

김 이사장은 그게 무슨 뚱딴지같은 소리냐고 의아해하지 않고 "젊은 사람이 그 정도로 퇴계에 심취해 있다니 참 고맙고 든든한 일이구먼" 하고 답하셨다.

아마 내 말을 일종의 은유로 받아들이신 것이리라. 그렇다면 그 말에 이어서 열심히 공부하라는 덕담을 해주실 것이고 나는 잘 알겠습니다 하고 마무리하면 될 것 같았다.

그런데 이사장님의 반응은 그게 아니었다. 말씀이 계속 이어졌다.

"퇴계야말로 우리가 세종대왕이나 충무공 이순신 장군처럼 항상 돌아보고 되새기면서 롤 모델로 삼아야 할 분이시지. 그런데 국민들에게 너무 알려져 있지 않아서 안타까워. 그래, 실제 퇴계 선생님을 뵈니까 인상이 어떠시던가?" 라고 물었다. 계속 농담 따먹기를 하자는 뜻이신지, 내 말을 액면 그대로 믿으시는 건지 알 수 없었다.

"퇴계 선생님을 우리가 좀더 가까운 분으로 느끼고 귀감으로 삼으려고 한다면 우선 천 원짜리에 그려진 표준 영정을 바꿔야 한다고 생각합니다. 실제 그분의 이미지와 너무 다르니까요. 현대인들이 퇴계에 좀 더 호감을 갖도록 하기 위해서는 일본사람이 꿈에서 뵈었다며 그려놓은 모습을 바탕으로 만든 현재의 표준 영정대신, 기품 있고 강인한 정신이 느껴지는 진면모를 되살려야 합니다" 라고 말했다.

이사장님은 "그 말뜻 이해하네. 나도 항상 고민해 오고 있는 문제지만 쉽지 않은 일이지. 앞길이 창창한 자네가 해야 할 일이 많겠구먼. 더 이야기 나누고 싶어도 수강생들이 기다리고 있어서 이만 강의를 하러 가야겠네. 또 들르게" 라며 손을 흔들었다.

'어쩌면 저분은 모든 걸 다 알고 계실지 모르겠다'는 생각이 들었다.

내가 시간여행을 떠나게 만든 동기이자 내 인생의 목표인 그녀, 민들레 누나에게 서울로 올라가는 고속버스 안에서 전화를 걸었다.

그녀는 어이가 없다는 듯 한동안 말을 잇지 못했다.

"야, 라이언…. 너 왜 그렇게 사람을 놀라게 하니. 정말 못됐다."

"공부의 신이 돼보고 싶어서 경북 안동에 내려가 선비수련을 쌓고 왔어요. 지금 집으로 올라가고 있어요."

"그래서 정말 공부의 신이 된 거니? 겨우 열흘 만에? 그리고 말없이 사라져 버리면 다른 사람들은 어떻게 해. 라일락이며 아버지며 친구들이며 모두 얼마나 걱정했는지 알아?"

"미안해요, 누나. 사실은 나도 안동에 갈 때까지만 해도 열흘씩이나 머물게 될 줄 꿈에도 몰랐어요. 혹시 내일 시간 되면 만나요. 그동안의 사정을 얘기해 줄게요."

연락두절 상태에 빠진 열흘 사이 생긴 놀랄 만한 변화 중 하나는 민들레 누나와 라일락이 여러 차례 통화를 하면서 어느덧 가까운 사이가 돼 버린 사실이었다.

그녀는 하루가 멀다 하고 문자를 보내던 나로부터 나흘 동안이나 연락이 안 오자 무슨 일인가 싶어 먼저 문자를 보냈다고 했다. 그런데 답신도 없고 전화도 받지 않으니까 궁금한 나머지 우리 학교에 문의해 집으로 전화를 걸었다. 그 바람에 라일락과 연결됐다. 내가 연락두절 된 지 엿새째 되던 날이었다.

나중에 그녀에게 들은 얘기로 내 걱정에 애태우던 라일락은 생각지도 못했던 '민들레 샘'의 전화를 받고서는 너무 반갑고 감격스러운 나머지 울먹이면서 '오빠가 평소에 노상 쌈박질만 하고 돌아다니더니 그동안 얻어맞고 앙심 품은 아이들이 어디로 끌고 가서 해친 건 아닐까'라는 걱정을 늘어놓았다고 한다.

'이런 제길. 동생이라는 게 오빠의 연애가 잘 풀리게 도와주지는 못할망정 평소의 불량한 행실을 고자질이나 하다니….'

사실인즉 그녀와 나 사이의 미묘한 감정을 어느 정도 눈치 채고 있던 라일락도 그녀가 나를 걱정해 일부러 자신에게까지 전화를 걸어온 사실이 적잖이 놀라웠던 모양이다.

라일락에게도 전화를 걸어 무사하다고 알렸다. 라일락은 옛날 TV 프로그램에서 본 이산가족 상봉 장면처럼 "정말 우리 오빠 맞아? 엉엉엉, 오빠, 그동안 어디 가서 뭘 하고 살았던 거야?" 라고 흐느끼면서 말을 잇지 못했다.

민들레와 라일락 두 여인은 나를 진심으로 걱정해 주고 있었구나 하는 생각에 뭉클한 감정이 솟구쳤다. 아빠와 엄마 2에게도 차례대로 전화를 걸었다.

집에 돌아왔더니 비앙카 아줌마가 안 그래도 커다란 눈을 더 크게 뜨더니 "라이언, 얼마나 걱정했는지 알아?" 라면서 눈물을 글썽거렸다.

웜홀 너머의 세계에서 5세기를 왕래하는 3년 열흘간의 시간여행을 마치고 집에 돌아온 나는 제일 먼저 욕조에 뜨거운 물을 받아 몸을 푹 담갔다. 3년 내내 가장 아쉬웠던 것이 바로 아늑한 욕조와 샤워시설이었다.

돌이켜 보면 가장 힘들었던 것 두 가지가 여름철 대책 없이 달려드는 사나운 모기, 그리고 몸을 씻는 일이었다. 더운 물이 좍좍 쏟아지는 샤워기는 고사하고 비누도 없다 보니 씻는 것이 여의치 않고 씻고 나도 영 개운치가 않았다. 하지만 비누라는 것을 써보지 않은 그 시대 사람들은 불편함도 느낄 일이 없었을 것이다. 나에게 인류 문명을 발전시킨 위대한 발명품을 꼽으라면 그 목록에 비누를 꼭 포함시켜야겠다고 생각했다.

그래도 그것만 빼고 다른 불편함은 그런대로 견딜 만했다. 용변 후 처리문제는 시간여행 가기 전 가장 큰 걱정거리였다. 그러나 화장실이란 가기 전과 후가 다르다는 말대로 배설의 급박함에 쫓기다 보면 그 다음에 닥쳐올 고민은 뒷전이었고, 일을 저지른 후엔 어떻게든 해결방법을 찾아내기 마련이었다. 물론 여기서만큼 위생적인 처리는 힘들었지만 오히려 적당히 위생관념을 포기하고 나니 살아가기 편한 면도 있었다.

나는 욕실 거울 앞에 서서 내 외모에서 어떤 부분이 달라졌을까. 찬찬히 뜯어봤다. 만약 3년간의 시간여행으로 남들이 한눈에 알아볼 만큼 외모가 달라졌다면 뭐라고 설명해야 하나.

'퇴계 선생님과 약속한 대로 시간여행의 비밀을 누구에게도 들키지 않아야 할 텐데. 그 사이에 얼굴이나 체격이 다른 사람처럼 변해버렸다면 뭐라고 둘러대야 할까. 방통장군은 달라진 게 전혀 없다지만 그의 말을 백 프로 믿기는 어렵고.'

하지만 다시 곰곰이 생각해 보니 그렇게까지 걱정할 일이 아닌 것 같기도 했다.

'과거로 돌아가서 앞으로 일어날 일을 발설하는 건 천기누설이겠지만, 이미 기정사실이 돼버린 과거의 일을 얘기하는 건 그렇게까지 큰 잘못이 아니지 않을까? 더군다나 사람들이 모르고 있던 깜짝 놀랄 만한 역사적 사실을 알게 된 것도 아닌데.'

서기 1557년부터 1560년까지 3년간 조선국 경상도 안동도호부에서, 그것도 계상서당에 모인 선비 열댓 명이 함께 힘을 합쳐 새로운 서당을 짓는 일이 그렇게 주목받을 만한 이벤트는 아닐 것이다. 물론 나에게는 시간여행 가기 전 17년 반의 생애보다 그 3년이 훨씬 중요하고 인상적이었지만.

'퇴계 선생님도 현재로 돌아온 후에 어떻게 해야 할지에 대해선 그렇게 엄하게 당부하시지 않았잖아.'

어차피 시간여행을 다녀왔다고 말하고 다닌들 그걸 곧이곧대로 믿어줄 사람도 없을 것이다. 문제는 천기누설보다도 오히려 그 점이었다.

'지난봄 퇴계 선생님의 영혼이 빙의되는 바람에 나도 모르는 사이에 이상한 행동을 하고 다녀서 혹시 미친 거 아니냐는 의심을 받았는데, 이번엔 뜬금없이 시간여행을 다녀왔다고 떠벌리고 다닌다면 영락없이 또라이로 찍힐 거야. 허락이 되든 안 되든 시간여행 다녀온 사실에 대해선 입을 다물어야겠다.'

계당에서 조선시대 선비들이 쓰던 동경, 즉 청동거울은 유리거울만큼 선명하진 않아도 생각보다는 볼 만했고 거기 비친 내 모습은 그다지 달라진 데가 없어 보였다.

하지만 밝은 조명 아래 선명한 유리거울에서 자세히 비춰보니 3년의 세월만큼 늙어버린 흔적이 속일 수 없이 드러났다. 급격한 내면의 변화를 겪은 탓인지 눈매는 깊어졌고 볼살도 약간 빠졌다.

'제길, 전엔 없었는데 눈가에 잔주름까지 생겼네. 이거 남들이 알아보고 이상하게 여기면 어쩌지?'

키를 재보니 표시가 날 정도는 아니라도 약간 더 컸다. 지난봄에 쟀을 때는 186.5센티미터였는데 5밀리미터 더 커서 딱 187센티가 돼 있었다.

돌이켜 보니 3년 내내 고기는 설날과 추석 차례 때 한두 점씩 맛봤을 뿐 주식은 나물이었다. 담배는 그 시대엔 없었으니 애당초 구경조차 할 수 없었고, 술은 이따금 마시곤 했으나 맘껏 취해본 적이 손에 꼽을 정도였다.

배 대장이나 명언 형님이 아니었더라면 그나마 회포를 풀 길도 없었을 것이다. 내게 유난히 다정하게 대해줬던 두 사람을 이제 살아생전에는 볼 수 없다고 생각하니 갑자기 그리움이 사무쳤다.

특히 배순은 3년 동안 한방에서 같이 먹고 자고 공부하면서 남자끼리 허용되는 한도 내에서는 그 이상 친해질 수 없을 만큼 친해졌다.

떠나던 날 배순이 서운해 하면서 굵은 눈물을 떨구던 모습은 지금 생각해도 가슴이 먹먹해 왔다. 3년 뒤 계당 툇마루에서 꼭 다시 모이자던 배순과 학덕, 정일스님과의 약속은 지킬 수 없게 됐다.

'그들도 나를 이렇게까지 그리워하려나. 나중에 과연 나의 실체를 짐작하게 됐을까?'

시간여행 이후 남겨놓고 온 사람들을 생각하면 할수록 미궁의 심연으로 빠져드는 것 같았다.

고기와 술을 거의 못 먹은 대신 여기선 먹기 힘든 유기농 야채와 윤기 흐르는 쌀로 지은 밥을 규칙적으로 먹었다. 그만큼 신선하고 속이 꽉 차 있는 데다 씹을수록 감칠맛 나는 야채를 어디서 다시 먹어볼 수 있을까. 그리고 새벽 일찍 일어나 활인심방으로 몸을 관리했다. 그 덕분에 약간이나마 더 큰 걸까. 아니면 더 클 수도 있었는데 영향 불균형으로 이것밖에 못 큰 걸까.

타이거로부터 전화가 왔다. 받아보니 재규어가 타이거의 전화로 건 것이었다. 수화기에서 그의 빠르고 약간 새된 소리가 귀 따가울 정도로 쏟아져 들어왔다.

"라이언, 너 이 새끼 그동안 어디 갔었냐? 괜찮아? 무사한 거야? 지금 너네 집 앞인데 놀러가도 되지?"

열흘 동안 행방이 묘연했던 나를 걱정하던 타이거와 재규어, 시라소니까지 집으로 찾아왔다.

"얌마, 너 어떻게 된 거야. 문자도 카톡도 안 되고 전화도 안 받고, 열흘 동안이나 집에도 안 들어왔다고 해서 놀랐잖아. 우리가 얼마나 걱정했는지 알아?"

사실대로 말할 수는 없고 친구들에게 뭐라고 둘러대야 할까. 엉겁결에 민들레 누나에게 말한 대로 선비문화수련원을 팔아먹을까. 그래, 김 이사장님은 모든 걸 다 알고 이해해 주실 것 같았어.

"미리 말했으면 걱정 안 했을 텐데 미안해. 그동안 우리 아빠 고향 근처인 경북 안동시에 좀 다녀왔어. 그곳에 있는 도산서원 선비문화수련원이란 곳에서 선비수련을 받느라고. 그곳 이사장님이 공부의 신이 되기 위한 열흘간의 특별 수련코스를 만들어 주시겠다고 해서 잠깐 고민하다가 갑자기 그렇게 결정하게 됐어."

"정말 공신이 되는 비법이란 게 있는 거냐? 우리한테도 귀띔 좀 해주지. 치사하게 좋은 걸 너만 하고. 그런 게 있는 줄 알았으면 당장 달려 내려갔을 텐데."

"너희들은 다 학원도 다녀야 하고 개인과외도 받아야 하고 열흘씩이나 수련을 받을 만큼 자유롭지 못하잖아."

"카톡이나 문자라도 보내주지. 갑자기 연기처럼 사라져서 난 또 혹시 화산고 조털클럽 애들한테 끌려가서 당한 거 아닌가 걱정했잖아. 그래서 개네 중 한 명을 잡아다가 조졌는데 정말 네 행방을 전혀 모르는 것 같더라구."

“수련기간 중엔 휴대폰도 인터넷도 쓸 수가 없었어. 드라마에서나 보던 조선시대 서당 같은 곳에서 책을 낭독하고 베껴 쓰고 토론하고 명상하는 것만 할 수 있거든.”

“선비수련이라는 걸 어디서 듣긴 들은 것 같아. 하지만 그 정도로 빡센 줄은 몰랐네. 그건 그렇고 정말 공신이 되긴 된 거냐? 네가 앞으로 하는 거 봐서 진짜면 나도 가서 받고 올래.”

“특별히 라이언만을 위해서 만들어 준 프로그램이라잖냐. 난 그렇게 해준다고 해도 열흘씩이나 말만 들어도 하품 나오는 선비처럼은 도저히 못 살겠다.”

내가 시간을 넘나들며 조선시대를 헤매고 있던 열흘 사이에도 세상엔 기막힌 일들이 쉴 새 없이 터졌다. 한시도 바람 잘 날 없는 나라인데 열흘씩이면 오죽했겠나 싶었다.

가장 큰 문제는 청순법 제정을 둘러싼 논란이었다. 인터넷 포털에 들어가 보니 뉴스사이트에 아예 청순법 관련 뉴스 코너를 따로 만들어 두고 있었다.

내가 떠나기 직전 청순법은 격렬한 찬반 논란에도 불구하고 국회 문체위에 이어 법사위까지 통과했다. 열흘 사이에 여야는 9월 초 개원하는 정기국회에서 청순법의 본회의 상정과 표결을 위해 여야 원내대표간 의사일정 협의에 들어갔다.

지난 뉴스를 보니 여의도 국회의사당 앞과 광화문 광장은 “청소년 인권 유린하는 청순법 제정 철회하라”라는 피켓을 든 인권단체와 진보정치세력, 전교조 교사들의 반대 시위로 하루도 조용할 날이 없었다.

내가 청량산을 헤매고 있던 지난주 토요일 날 광화문 광장에서 열린 촛불시위에는 전국 중고등학생 4만여 명이 참석했다고 한다. 그동안 시키는 대로 앉아만 있던 아이들의 집단행동을 처음 겪어보는 어른들은 커다란 불안을 느꼈다.

집단행동이 거세질수록 여야 정치권에서는 청소년들을 자숙하게 하고 사회가 안정을 찾기 위해서도 청순법을 통과시켜야 한다는 기류가 확고해졌다.

청순법 논란 외에도 군대 내에서 후임병을 무자비하게 구타해 사망케 한 사건, 일본 자위대의 징병제 전환 결정 등이 시끄러운 이슈로 떠올랐다.

우리 또래의 아이들에게는 청순법 못지않게 뜨겁고 흥미로운 화젯거리도 하나 생겼다. 50대 고위공무원이 서울의 학원 근처에서 '바바리맨' 짓을 하다가 CCTV에 찍혀 공연음란죄로 처벌을 받게 된 것이다.

그가 평범한 사람이었으면 얼굴은 물론 이름조차 공개되지 않았겠지만 고위공무원인 데다 자신의 행위를 극구 부인하는 바람에 진실공방으로 비화된 것이 화근이었다.

CCTV 영상 속의 인물이 과연 문제의 고위공무원인지 아닌지를 가리기 위해 당사자의 얼굴은 물론 사건의 전말이 연일 대서특필되고 있었다. 사회적으로도 개탄할 만한 사건이었고 당사자의 입장에서는 참담하기 그지없는 사회적, 인격적 몰락이었다.

우리 집을 찾아온 친구들은 그가 어디서 무슨 짓을 했는지 상상을 보태 왁자지껄 떠들어댔다. 그리고 그 사람은 이제 쪽팔려서 어떻게 살 것이냐며 깔깔댔다.

웃기엔 안타깝지만 웃지 않을 수도 없는 희대의 촌극을 놓고 마냥 희희

낙락하는 친구들을 보며 나는 이상하게도 화가 치밀어 오르기 시작했다.

"조선시대로 치면 사헌부 장령에 해당되는 청요직에 있는 자가 어찌 사람들이 오고가는 길 한가운데서 그런 망측한 짓을 할 수 있나. 청순법으로 10대 청소년들을 강압적으로 통제하려는 기성세대가, 그것도 나라 일을 맡고 있는 공직자의 수준이 이 정도까지 떨어져 버렸단 말인가. 국록을 먹는 자가 어떻게 그런 지경으로 타락할 수 있단 말인가. 만약 퇴계 선생님이 아셨다면 탄식하면서 잠도 이루지 못하셨을 텐데. 우리가 이런 정신 나간 어른들을 믿고 어떻게 우리와 나라의 장래를 맡길 수 있을까. 이젠 우리 청소년들이 선비정신을 깨우치고 실천해서 어른들에게 바른 길을 제시하지 않으면 안 돼. 결국 이 나라의 미래는 우리 손에 달려 있는 거야."

아이들의 표정이 어리둥절해졌다. 아닌 게 아니라 이런 말을 하고 있다는 것이 나로서도 믿어지지 않을 지경이었다.

"야, 라이언. 열흘 동안 선비수련을 쌓은 게 아니라 뇌수술 받고 온 거 아냐? 말투나 분위기가 달라져도 너무 달라졌어. 뚱딴지같이 갑자기 조선시대는 뭐고 퇴계 선생님은 뭐야. 선비정신은 또 무슨 선비정신?"

"조선시대로 치면 대과에 합격할 만큼의 공부를 한 사람일 텐데, 그 공무원은 공부의 즐거움을 몰랐던 거야. 단지 출세를 위한 기술적인 공부가 아니라 진정한 공부가 무엇인지 알았다면 그런 말초적인 성욕을 채우려고 해괴한 짓을 벌이지 않아도 됐을 거야. 그 시간에 공부를 하는 게 그에게 훨씬 깊고도 강렬한 쾌락을 주었을 테니까. 한 사람의 사내로서 가장으로서 공직자로서 쌓아온 모든 것을 한순간에 잃고 만 건 공부의 즐거움을 몰랐기 때문이야. 너희들도 그걸 보고 마냥 웃기만 할

게 아니라 아차하면 누구나 얼마든지 비슷한 실수를 저지를 수 있다는 것을 되새기는 타산지석으로 삼아야 해."

"야, 재미없다, 라이언. 지난번 고담시티에서처럼 무슨 할아버지가 된 것 같아…. 정말 너답지 않게 왜 그래?"

말해놓고 보니 아이들이 이해하기엔 너무 뜬금없는 소리였다. 지난 3년간 선비수련을 쌓지 않았더라면 나도 이 사건을 그저 흥밋거리로만 받아들였을 것이다. 오랜 시간 지루함과 막막함을 이겨낸 끝에, 공부란 무엇이고 공부의 희열이 무엇인지 깨닫게 된 건데 한 번의 일장 훈시로 나와 똑같은 생각을 갖게 해줄 수는 없는 일이었다. 이제부터 내가 고민해야 할 과제가 바로 그것이었다. 나처럼 이 아이들에게도 공부의 즐거움을 알게 해주는 것. 막연하게나마 앞으로 내가 걸어야 할 길이 보이는 것 같았다.

"아, 미안하다. 내가 그동안 수련을 너무 열심히 쌓았나 봐. 우리 오랜만에 바람계곡에나 갈까? 열흘씩이나 술을 굶었더니 많이 땡기네."

내 말에 타이거가 놀란 표정으로 대답했다.

"아, 참. 그러고 보니 정작 중요한 사건을 아직 얘기 안 했구나?"

재규어가 말을 가로채며 고자질하듯이 지껄였다.

"나우시카 아줌마가 미성년자들에게 술을 팔아왔다는 것을 근처에 새로 생긴 호프집에서 찌르는 바람에 경찰에 끌려갔어. 이틀 동안 꼬박 조사받느라 고생 많이 했대. 포장마차는 엊그제 철거됐고."

"아, 그랬구나. 그걸로 나우시카 아줌마가 아저씨 병수발을 해왔는데 이제 어쩐다냐."

"아줌마랑 아저씨도 문제지만 우린 이제 어디 가서 한잔하고 회포를 풀어야 하나."

"요즘 분위기 때문에 미성년자들한테는 절대 술 담배 안 팔려고 해. 편의점 알바 뛰는 애들도 걸리면 바로 영업정지 되고 블랙리스트에 올라 알바인생 끝장이라고 잔뜩 몸 사리면서 안 내놓더라."

"그렇다고 청순법 파동 때문에 사이도 안 좋은 엄마 아빠한테 사다 달랠 수도 없는 노릇이고."

"자, 그럼 벗님들이 이렇게들 찾아오셨으니 내가 주안상 봐올게. 우리 집에서 한잔씩들 하고 가시게."

"야, 너 말투가 자꾸 왜 그래? 무슨 조선시대 사극에 출연하는 사람같이. 선비교육을 너무 세게 받은 거 아니냐."

"하하, 장난이야. 장난. 너희들 재밌으라고 한번 해본 거야."

이튿날인 일요일 신촌 스타벅스에서 만난 민들레 누나는 나의 내면적 변화를 보자마자 간파했다.

타이거나 재규어와는 달랐다. 그만큼 여성의 직감이 뛰어난 걸까. 그렇다면 라일락도 눈치 채야 하는데 그 아이의 반응은 이렇지 않았다. 역시 민들레야말로 나를 제대로 알고 이해해 줄 수 있는 사람이기 때문일까.

"라이언 너, 어쩐지 이젠 동생이 아니라 오빠나 아저씨 같은 느낌이 들어. 열흘 동안 도대체 어디 가서 뭘 하고 왔길래 사람이 이렇게 몰라볼 정도로 달라진 거니?"

"그동안 너무 강도 높고 집중적인 훈련을 받고 왔나 봐요. 보는 사람마다 하나같이 너무 달라졌다고 그러네."

"아무리 그렇더라도 열흘 사이에 사람의 느낌이 이렇게까지 달라질 수 있을까. 못 본 사이에 한 10년쯤 성숙해진 거 같아. 너, 나한테 뭐 숨기는 거 있지? 그렇지?"

"난 왜 항상 누나 앞에서 꼼짝을 못하나 몰라. 하지만 내가 그동안 겪은 걸 지금 말해도 믿지 못할 거예요. 말도 안 되는 소리나 하면서 사람 놀린다고 더 화낼 수도 있어요. 나중에 기회가 될 때 말하면 안 될까?"

"얘, 그러니까 더 궁금해지잖니. 화 안 낼 테니까 나한테만 살짝 얘기해 봐, 응?"

"아, 안 되는데 정말…. 하지만 그동안 내 연애상담, 아니 참, 인생 고민을 상담해 주셨던 퇴계 선생님은 다른 사람한테는 몰라도 누나한테 이야기하는 건 이해해 주실지 몰라."

"퇴계 선생님이라니?"

"천 원권 지폐인 주인공인 퇴계 할아버지를 모르는 건 아니죠? 안 믿어지겠지만 사실 3년 동안 선생님이 계시던 조선시대 명종 임금 때로 시간여행을 다녀왔어요. 돌아오면서 웜홀을 역주행하는 바람에 예정보다 열흘이 더 지났지만."

"어머 그랬어? 그랬구나. 너 지금 그 말을 내가 믿어줄 거라고 생각하면서 하는 거니?"

"거봐, 내가 그럴 줄 알았다니까요."

"영화에나 나올 법한 이야기를 실제로 듣고 보니까 황당하긴 한데 네가 이렇게 달라진 이유를 설명하려면 시간여행 정도는 들고 나와야 할 거 같긴 하다. 그래, 그 시대로 가보니까 어떻든?"

"생활하기엔 정말 많이 불편했지만 느끼고 깨달은 것도 많았어요. 가장 큰 건 우리가 사람답게 사는 게 뭔가에 대해 고민을 너무 안 한다는 것, 끝없이 물질적 풍요를 추구하는 데만 매달려 사람과 사람이 함께 더불어 살아가는 즐거움이 무엇인지를 잊고 있다는 것, 공부를 출세의 도구로만 생각해서 공부가 줄 수 있는 희열을 잊고 살아간다는 거예요."

"헐…. 구구절절 옳은 말씀이긴 한데 그 정도는 굳이 시간여행씩이나 안 갔다 와도 생각할 수 있는 거잖아. 그것보다 좀더 뭐랄까, 그럴듯하고 구체적인 증거를 좀 내놔 볼래?"

순간 계상서당에서 3년 동안 외우다시피 익힌 유교경전을 한번 암송해볼까 하는 생각이 들었다. 그래도 안 믿으면 지필묵을 가져다가 붓글씨 솜씨를 보여줄까. 하지만 그건 개그에 다큐멘터리로 답하는 고지식함이리라. 그리고 그마저도 '솔직히 말해봐. 너, 어릴 때 지리산 청학동에서 자랐었지?' 하고 의심하기 시작한다면 내 복장만 터질 거다.

"흠, 그렇게 믿지 못하는 것도 무리가 아니라고 봐요. 그래서 나도 또라이가 되기 싫어서 아무에게도 이야기 안 하려는 거고. 근데 이렇게 사실대로 말했는데도 누나가 안 믿어주니까 약이 올라서 믿게 만들고 싶어지네. 무슨 얘길 해야 믿어줄까. 퇴계 선생님의 진짜 얼굴은 천 원짜리에 그려진 모습과는 딴판이었다, 이건 어때요?"

"야, 그건 고민 안 하고도 얼마든지 지어낼 수 있는 이야기인데 더더욱 증거로 채택하기 힘들지. 아무튼 그렇다 치고 어떻게 달랐는데?"

"천 원짜리에 그려진 모습은 창백하고 병약해 보이잖아요. 그건 퇴계를 너무 좋아하고 존경하던 일본사람이 꿈에서 본 모습을 그린 초상화를 기초로 우리나라 화가가 그린 거래요. 그래선지 어떻게 보면 평균적인 일본사람 모습에 더 가까운 편이잖아요. 내가 실제로 만나본 퇴계 선생님은 그렇게 건강한 편은 아니었지만 외모는 전혀 약해 보이지 않았어요. 온화하고 기품 있으면서도 카리스마 넘치는 모습이었어요. 한창때의 탤런트 이순재 할아버지와 비슷하다면 정확할 거예요. 조선시대 분이지만 키는 지금 어른들 평균 키보다도 커보였어요.

서울 올라오는 길에 잠깐 뵀던 도산서원 선비문화수련원 김병일 이사장님이 퇴계를 세종대왕이나 충무공처럼 민족의 사표로 되살려야만 한다고 하시길래, 그러려면 우선 천 원짜리에 그려진 표준 영정부터 바꿔야 할 거라고 말씀드렸어요."

"하하, 너 지금 누가 들으면 진짜 시간여행 갔다 온 사람처럼 이야기하고 있는 거 아니?"

"이제야 내가 하는 말이 좀 그럴듯해 보여요? 사실은 나도 긴 꿈을 꾸고 온 것 아닐까, 아니면 누군가 나를 납치해서 머릿속에 전기 플러그 같은 걸 꽂고 기억을 조작해 놓은 건 아닐까 의심스러워질 때가 있어요. 하지만 내가 누나한테 일부러 그런 거짓말을 해서 뭘 얻을 게 있겠어. 그런다고 밥이 생겨, 라면이 생겨. 앗, 그러고 보니 3년 동안 그 좋아하던 라면을 구경조차 못해봤네."

"시간여행은 어떻게 가는 건데? 또 한 번 갈 수는 없는 거야?"

"나도 그게 어떻게 가능한 건지 이론적으로는 몰라요. 선생님도 넌지시 말씀하셨지만 물리학자들이 말하는 웜홀을 통한 이동 같았어요. 선생님으로부터 계시를 받고 있는 무당이 있어요. 방통장군이라고 하는데, 그분 말에 따르면 그 웜홀이 발생하는 위치가 그때그때 달라진대요. 지금도 지구상 어딘가에 있을지 모르겠지만 내가 다녀온 그 장소에선 이제 사라졌을 거야."

"방통장군이라고? '신통방통' 할 때 그 방통? 아하하, 정말 웃긴다. 여전히 믿기 어렵지만 어쨌든 네 말을 믿는다고 치면…. 어머!"

"왜요?"

"여기선 시간이 정지된 사이에 3년간을 조선시대에서 보내고 왔다고 했으니까 열홀 전보다 나이를 세 살 더 먹은 셈이고, 그러면 스물한 살이잖아. 이제 너랑 나랑 동갑이 된 거네."

"그건 무슨 소리예요?"

"내가 1994년생 1월생이어서 초등학교를 일곱 살에 들어간 바람에 같은 해 입학한 애들보다 호적상으론 한 살 어리거든. 그래서 너와 나는 학년으로는 4년 차이지만 나이로는 3년 차이인 거야."

"헐, 그럼 진짜 나랑 동갑인 거네. 이제 누나라고 안 하고 그냥 '민들레'라고 불러도 되겠구나. 하하하."

"아직까지 네 말이 사실인지 뻥인지 모르겠어서 그건 안 되겠다. 하하."

그녀와 헤어진 후 광화문 교보문고로 달려갔다.

시간여행에서 돌아오자마자 계속 나를 열병과도 같은 흥분에 몰아넣은 것은 궁금증이었다.

내가 머무르다 돌아온 이후 선생님과 명언 형님, 계상서당에서 공부하던 선비들은 다 어떻게 됐을까. 한시라도 빨리 알고 싶어서 견딜 수가 없었다.

아니, 돌이켜 보면 그 궁금증은 오히려 시간여행 중이던 그때가 더했다. 퇴계 선생의 일생이나 그 주변 인물들의 이야기를 확실히 조사해서 알고 갔더라면 얼마나 좋았을까 후회막급이었다. 거기선 도저히 알 길이 없었다. 1560년 이후 조선의 사정이 어떻게 돌아가는지는 고사하고 당장 내일 비가 올지 해가 날지도 알 수 없었으니까.

시간여행 가기 전까지 우리나라 역사, 특히 사화니 당쟁이니 하는 지겨운 일들이 많았던 조선시대 역사엔 환멸을 느껴왔다. 그 짜증나는 역사를 굳이 자세히 알고 싶지 않았고, 그래서 퇴계 시대 직후 임진왜란이 터진다는 것 말고는 거의 백지인 상태에서 시간여행길에 올랐다.

이왕지사 그때로 돌아간 거, 같이 그 시대를 살았던 민족의 영웅 이순신 장군도 만나보고 왔더라면 좋았을 텐데 그때는 전혀 그런 생각을 못했다. 하긴 내가 머물렀던 시간대에 이순신 장군은 열두세 살 꼬마에 불과했으니 만났더라도 그의 영웅성을 알아보기는 어려웠을 것이다.

일요일 광화문 거리에는 뉴스에서 보던 대로 청순법 제정을 반대하는 피켓을 든 시위대와 방패를 든 전경들, 바리케이드 역할을 하는 전경버스로 삼엄한 긴장이 감돌았다.

인파를 헤집고 교보문고에 들어가 조선시대를 다룬 역사서와 시간여행 가기 전 나에게 빙의 바이러스를 감염시킨 책 《퇴계처럼》을 포함해 퇴계에 관한 책들을 10여 권 골라 사들고 왔다.

내가 직접 보고 온 명종 12년부터 15년 사이 퇴계 시대의 일이 어떻게 쓰였는지, 그리고 1560년 이후 선생님에겐 어떤 일이 있었는지, 떠나기 직전 명언 형님이 편지를 보내면서 두 분 사이에 논쟁이 시작된 것 같았는데 어떻게 전개됐고 어떻게 승부가 났는지 너무 궁금했다.

두 분이 한두 해도 아니고 무려 8년에 걸쳐 사단칠정론을 가지고 편지를 주고받으며 논쟁을 벌인 것도 책을 보고 나서 알게 됐다. 혹시나 해서 인터넷으로 검색해 보았더니 책만큼 상세한 내용들이 많았다.

이럴 줄 알았으면 굳이 책을 사러 나오기 전에 당장 어젯밤부터 검색해서 알아보면 되는 것이었는데. 그 생각을 못한 건 3년 열흘 동안 전혀 다른 사회에 속해 있다 보니 인터넷이라는 존재조차 까맣게 잊게 된 탓이었다.

성리학이나 역사에 관심 있는 사람들에겐 잘 알려진 이야기겠지만 나로서는 만약 그 시절로 돌아가 그들을 만나보고 돌아온 기막힌 인연이 아니었더라면 평생 기대승이란 인물에는 관심 한번 안 가져보고 살았을 것이다.

조선 성리학사의 일대 사건이자 '조선 최대의 사상 로맨스'로 불리게 된 퇴계와 고봉의 사단칠정 논쟁은 당시 두 사람을 직접 만나 본 나로서는 그리 놀라운 일이 아니었다. 충분히 그럴 수 있으리라 짐작할 만했다. 그건 선생님이 명언 형님을 제자가 아니라 학문적 동지라고 공언한 순간부터 예견된 일이었다.

그날 선생님과 오랫동안 술잔을 기울이며 대화하던 명언 형님, 아니 고봉 선생이 앞으로 오랜 세월에 걸쳐 선생님과 수없이 많은 편지를 주고받게 될 거라고 예견하지 않았던가. 그때는 그게 뭘 의미하는지 감조차 잡을 수 없었는데….

학문에 있어 신분의 귀천과 나이의 고하를 따지지 않는 퇴계의 철두철미한 학자적 겸양, 고봉의 도전적이고 자유분방한 기질로 볼 때 예측 가능한 일이었다.

퇴계 사후 선조 임금이 도산서당에 옥호를 내려 사액서원인 도산서원이 됐다는 사실을 알고, 난 비로소 '감개가 무량하다'라는 것이 어떤 느낌인지 알았다. 그렇게 반갑고 기쁠 수 없었다. '그때도 선비들이 소

수서원처럼 사액서원이 돼야 한다는 말들을 하곤 했는데 퇴계 사후에 정말 그렇게 됐구나.'

선생님이 돌아가시는 모습을 기록한 임종기도 보았다.

퇴계 선생님은 내가 3년씩이나 가까이서 지켜보았던 성품 그대로 가족이나 제자들에게 병 수발하는 부담을 끼치지 않으셨다. 활인심방으로 새벽마다 건강을 철저히 관리하신 덕분이었을 것이다. 임종하시기 전 매화를 잘 돌보라는 말씀을 하시고는 엄동설한 속의 설중매처럼 흐트러지지 않는 꼿꼿한 자세로 숨을 거두셨다고 했다.

아, 어떻게 앉은 자세에서 돌아가실 수가 있을까. 매화를 '매형'(梅兄)이라고 부르시면서 그토록 좋아하시더니 돌아가시기 직전까지 매화를 돌보셨구나. 명언 형님이 그토록 궁금해하시던 대로 두향과의 사랑이 정신적인 것일 수도 있고 아닐 수도 있겠지만, 매화를 두향의 분신으로 여겼다면 그 앞에서 남자의 초라한 모습을 보이지 않으려 한 사랑의 힘이었을 것이다.

선생님의 서거 소식을 들은 명언 형님이 "내가 지금 죽었는지 살았는지조차 모를 만큼 비통하다"고 말한 대목은 그의 가식 없는 진심이었을 것이다. 난 그것을 문자 그대로 느낄 수 있었다.

그로부터 2년 뒤인 46살의 나이에 명언 형님은 선생님이 걸으신 길을 따라 걷겠다며 벼슬을 내려놓고 고향인 광주로 낙향하다가 길에서 병을 얻어 별세했다. 퇴계와 고봉은 서로를 진심으로 인정하고 배려하는 사제지간인 동시에 둘도 없는 학문의 동지, 인생의 동반자였다. 조선사를 통틀어, 어쩌면 세계 학문사를 통틀어도 유례가 없을 만한 특별한 관계였다.

선생님에게 한 사람의 여성으로서 애틋한 연정을 불태웠던 두향의 마지막도 궁금했다. 두향은 선생님의 장례식을 먼발치에서 지켜본 뒤 돌아와 둘의 추억이 깃든 단양 강선대에서 몸을 던져 자결했다고 했다. 세상이 말하는 그런 사랑이었든, 명언 형님이 굳게 믿었던 대로 플라토닉한 사랑이었든 퇴계와 두향의 사연만큼 지고지순한 러브스토리가 또 있을까.

총명하고 매력적이었던 여종 학덕이는 어떻게 됐을까. 학덕이는 나를 좋아하는 감정을 애써 숨기려 하지 않았고, 이런 얘기하긴 그렇지만 솔직히 말해 나 역시 내심 끌리지 않았다고는 할 수 없었다.

'결국 학덕이를 따라다니던 그 남종 돌석이랑 결혼할 수밖에 없었겠지?'

퇴계의 여러 일화를 탐독하던 중 뜻밖에 학덕이란 이름을 발견하고 깜짝 놀랐다. 학덕은 결혼해서 아이를 낳았다고 했다. 그 남편이 학덕을 그토록 연모하던 성실하고 믿음직한 돌석이었는지 아닌지는 파악할 수 없었다.

학덕의 이야기는 한양에 살던 퇴계의 손자 이야기와 함께 실렸다. 손자 안도가 그의 아들, 즉 퇴계의 증손자 창양을 낳았는데 태어나자마자 아이 어머니가 병을 얻어 젖을 먹일 수 없는 처지가 됐다고 한다.

아이가 시름시름 앓게 되자 안도는 마침 결혼해서 막 아이를 낳은 학덕을 유모로 올려 보내달라고 할아버지에게 간청했다. 그러자 퇴계는 "그러면 학덕의 아이는 어쩌란 말이냐. 내 혈육을 살리겠다고 다른 사람의 아이를 희생시키는 것은 인간의 도리가 아니다"라며 단호하게 거절했다.

결국 퇴계의 증손자 창양은 얼마 뒤 숨을 거뒀지만 퇴계는 어린 증손자의 죽음을 한없이 비통해 하면서도 자신의 결정에 대해서는 후회하지 않았다고 했다.

'그랬구나, 그랬어….' 말씀은 담담하게 하셨어도 속으로는 피눈물을 삼키지 않으실 수 없었을 것이다. 난 선생님의 그런 고뇌보다도 어쩔 줄 몰라 난처해했을 학덕의 마음고생이 먼저 떠올랐다.

'선생님도 학덕이 여종이라는 신분 때문에 너무나 아까운 자질을 썩히면서 살아가는 것을 나만큼 안타까워하셨을 거야. 여느 종이라면 선생님도 그 상황에서 눈 딱 감고 한양으로 올려 보내셨을지 모르지. 하지만 터무니없는 신분제도의 굴레 속에서 통한의 눈물을 삼켜야 했던 학덕이 너무 안쓰러우셨던 거야. 그래서 학덕에게 더 이상 상처를 안기지 않으려고 더 배려하신 것일지도 몰라.'

자신의 가족만 아니라 모든 사람들, 당시의 신분제도상 인격적인 대우를 받지 못하던 여종의 아이까지도 똑같은 무게로 존중하셨던 선생님의 인간적 온기가 가슴 뭉클하게 전해져 왔다. 그리고 학덕과 배순, 명언 형님과 시간여행에서 쌓고 돌아온 여러 가지 추억들이 사진을 한장 한장 넘기듯 생생하게 떠올랐다.

선생님의 살아생전 여러 일화들은 《퇴계처럼》에 대부분 잘 정리돼 있었다. 그때 도서관에 책을 반납하고는 께름칙하고 오싹해서 그 후 두 번 다시 책을 열어보지 않았다. 이제는 이 책의 제목대로 이제 내 스스로의 의지로 퇴계처럼 살아갈 뿐 아니라 다른 사람들도 퇴계처럼 살아가도록 도와야겠다고 생각했다. 점점 더 내가 가야 할 길이 뚜렷하게 다가오고 있었다.

시간여행을 갔다 오지 않았더라면 설사 시험공부를 위해 책을 팠더라도 아무런 감흥 없이 지나쳤을 여러 기록들이 하나하나 마치 나의 일인 듯 실감 있게 와 닿았다. 만약 450년 후로 시간여행을 가서 우리 시대의 기록들을 읽는다면 또 어떤 기분이 들까.

선생님의 영혼이 내게 임하도록 했던 빙의 바이러스는 시간여행과 함께 소멸됐다. 이제는 선생님을 가까이서 뵐 수도 없고 휴대폰 동영상으로 대화를 나눌 수도 없었다. 그전까지는 몰랐는데 그를 더 이상 볼 수 없다는 사실이 이토록 마음 한구석이 텅 비어버린 듯 깊은 상실감을 안겨줄 줄 몰랐다.

선생님의 활동연대를 포함한 조선시대의 역사를 탐독하느라 밤이 꼬박 새는 줄도 몰랐다. 비록 3년뿐이었지만 실제 조선시대를 체험하고 돌아온 나로서는 '기록이란 과연 얼마만큼의 진실을 반영하고 있을까'라는 의심을 품지 않을 수 없었다. 명언 형님이 알려주신 '질문하는 힘'이었다. 그때 이후로 책을 대할 때마다 끊임없이 질문을 던지며 나 자신과 대화하는 습관이 생겼다. 역사서도 마치 추리소설 같았다. 허구가 아닌 현실의 무게감 때문에 소설보다 더 깊이 몰입하게 됐다.

조선시대 이야기에 푹 빠졌다가 나오니 조선시대를 열게 한 고려왕조의 역사, 그리고 다시 고려의 기틀이 된 삼국시대 정황에도 관심이 갔다. 미스터리를 추적하듯 역사서를 읽어 내려가다가 한국사 교과서를 들춰 보았더니 그전까지 그렇게 복잡하고 지루하게 느껴지던 내용들이 너무 간단하고 쉬워서 싱거울 지경이었다. 이틀 사이 한국사를 마스터한 셈이었다.

역사뿐 아니라 어떤 분야든 지식을 받아들여 체계화하는 사고회로가 그 전과 확 달라진 것을 깨달았다. 십여 년 전 초등학교 때 처음 접했던 486 컴퓨터를 쿼드코어로, 애니콜을 갤노트4로 기기 변경한 것 같았다. 3년, 1만 시간의 선비수련이 나의 두뇌회로를 바꿔놓은 것을 발견했다.

그동안 등한히 하다 보니 흥미와 자신 모두 잃어버린 학교 공부에 명언 형님이 알려준 선비들의 공부법을 대입해 보기로 했다.

시험 때문에 할 수 없이 봐야 한다는 생각을 버리고 교과서를 질문하는 힘으로 요리해 보겠다는 생각으로 집어 들었다. 단순히 눈으로 보기만 하지 않고 노래하듯 소리 내 낭독하고 손으로 베껴 쓰기도 하면서 다양한 감각으로 받아들이려 했다. 또 명언 형님이 알려준 대로 책의 내용을 단 한 줄로 요약하면서 시각적 이미지로 바꾸는 훈련도 적용해 봤다.

무조건 반복과 숙달이 필요한 영어는 어떻게 할 도리가 없었다. 게다가 3년 동안 알파벳이라고는 구경조차 못하다 보니 그나마 알던 것마저 많이 잊어버렸다.

하지만 수학은 영어와 정반대였다. '공부짱'으로 통하던 고1 때도 그다지 흥미를 느낄 수 없던 수학이었다. 그런데 내가 의식하지 못하는 사이에 내 머릿속에서 수학적 사고에 혁명이 일어난 것을 알게 됐다.

3년간 유교경전의 추상적 관념들을 이미지화해서 기억 속에 저장하는 방법, 거기에 질문이라는 자양분을 쏟아부어 나무가 자라게 하듯 생각의 가지를 뻗쳐나가는 훈련, 나와 생각이 다른 사람들을 만나 마치 격투기에서 대련을 하듯, 복싱 스파링을 하듯 대화와 토론으로 생각의 경쟁력을 다투는 것이 나날의 일과였다.

수학의 추상적인 개념과 정리에 대한 이해가 엄청나게 빨라진 것을 깨달았다. 문제풀이도 거의 직관적으로 이뤄졌다. 수학적 사고와 전혀 무관할 것 같았던 성리학적 사고가 서로 일맥상통하고 있었다니. 너무도 경이로웠다.

국어는 말할 것도 없었다. 무엇보다 한자에 통달하게 됐다는 것이 큰 힘이었다. 3년 동안 고교 교과서는 들여다보지도 않았지만 모든 내용들이 친숙하고 수월하게 느껴졌다. 일주일 넘게 친구들과 연락을 끊고 책에 파묻혀서 정신없이 보냈다.

3년 열흘간의 체험에서 가장 강렬한 인상으로 남은 것은 우주를 품에 안으려고 몸부림치던 청년 퇴계의 용광로 같은 열정이었다.

'선생님은 그런 질풍노도 같은 열정이 있었기에 먹고 자는 일조차 잊고 자연 속에 뛰어들어 우주의 이치를 파악하는 공부에 몰두할 수 있었던 거겠지? 선생님이 시간여행을 떠나기 전에 하신 말씀대로 공부의 신이 될 수 있을지는 모르겠지만 내가 청년 퇴계의 열정적 삶을 동경하게 된 건 틀림없어.'

함께한 시간은 불과 사흘뿐이었지만 청년 퇴계, 광상의 열정에서 받은 감동은 시간여행 중 가장 큰 여운으로 남아 있었다.

'그를 한순간만이라도 다시 만나 볼 수 있다면 얼마나 좋을까.' 하지만 그건 이뤄질 수 없는 소망이었다.

친구들이 계속 카톡 메시지를 보내와도 응답하지 않자 "열흘 동안 연락두절로 우리를 걱정하게 하더니 또 잠수 타는 거냐"고 아우성이었다. 하지만 난 신경 쓰지 않았다.

이따금 밥을 차려서 방으로 가지고 오는 라일락과 비앙카는 씻지도 않고 자지도 않고 노숙자 같은 꼴을 하고서 미친 듯이 책 속에 파묻혀 사는 나를 이상하게 여기면서도 어쩐지 방해하기 어려운 기운 같은 것을 느꼈다고 했다. 아마도 내가 청량사에서 광상과 조우한 순간 받은 것과 비슷한 느낌이었으리라.

방에서 두문불출하면서 자고 먹는 것조차 잊은 채 공부에 몰두하다가 문득 정신이 들었다. 선생님이 예견하신 대로 내 안에서 이제부터 뭘 해야 할지에 대한 자각과 욕구가 솟구쳐 올랐다.

'우리가 잊어버린 선비들의 공부법, 궁극적인 영혼의 희열과 만족을 추구하는 선비들의 정신을 위기에 처한 청소년 세대, 그리고 세대 간의 전쟁으로 파국에 처한 세상에 전해줘야겠다. 이 어지러운 세상이 조금 더 살 만한 곳이 될 거야.'

그것은 지하철에서 보는 전도사들처럼 혼자 떠들어댄다고 될 일이 아니었다. 함께 낭독하고 호흡하고 공유해야 하는 일이다. 그것을 할 수 있는 시간은 모든 선비들이 가장 중요하게 여기던 새벽시간이다. 현실적으로도 그 시간밖에는 선택의 여지가 없었다.

하지만 태산고 아이들에게 이제부터 선비사상과 공부법, 건강수련법 같은 것을 강의해 줄 테니 새벽 일찍 학교에 나오라고 하면 단 한 명도 나올 리 없다.

모두가 "라이언 저놈, 정말 맛이 갔다"고 손가락질할 것이 분명했다. 수능시험을 잘 쳐서 좋은 대학 갈 수 있는 요령을 알려주겠다는 미끼를 걸어야 통할 것이다.

단순히 지식을 쌓기 위한 공부가 아니라 야수의 질문력을 지렛대 삼아 사고력의 도약을 일으켜서 절정의 희열을 느끼게 하는 선비들의 마약 같은 공부법은 제아무리 말로 설명해 봐야 소용없고 직접 체험을 공유해 봐야 이해할 수 있는 것이다.

오정태 선생님께 전화를 걸었다.

"라이언, 너 이 녀석. 어디 갔는지 열흘 동안이나 사라졌다가 얼마 전에 집에 돌아왔다면서? 나도 중국여행 갔다가 엊그제 들어오는 바람에 뒤늦게 알았다, 인마. 안 그래도 막 전화해 보려던 참이었는데…. 그래, 별일은 없는 거지?"

"네, 선생님. 저 이제 걱정 안 하시도록 옛날의 저로 돌아가서 착실하게 살겠습니다. 조용하고 집중이 잘되는 새벽에 학교에 나가 아이들과 같이 공부를 하고 싶은데 세미나실 좀 쓸 수 있을까요?"

"그래? 그렇다고 방학 중인데 꼭 새벽에 학교 나가 유난을 떨어야겠냐? 아무튼 그렇게라도 하겠다니 말릴 수 없지. 내가 수위 아저씨한테 이야기해 놓을 테니 열쇠 받아서 들어가거라."

먼저 타이거와 재규어에게 전화했다.

"있잖아, 왜, 내가 선비수련원에서 열흘 동안 피땀 흘려 쌓은 비장의 공부신공을 너희들한테 전수해 줄게. 내일 새벽에 학교 세미나실에서 볼래?"

예상대로 둘 다 난색을 표했다.

"아, 그거? 하하. 나도 관심은 가는데 아침잠이 많아서 도저히 그 시간에 학교에 나갈 자신이 없네. 더군다나 방학 중이다 보니 말이야."

'청운이가 살아 있었다면 틀림없이 군말 안 하고 나와줬을 텐데. 퇴계 선생님의 품성을 닮은 청운이라면 누구보다도 내가 하려는 일을 적극적으로 나서서 도와주려고 했을 거야.'

새삼 청운이의 부재가 아쉬웠다. 작전을 바꿔 라일락을 구워삶았다.

"너희 학년에 너 좋아하는 남자애들 되게 많지? 내가 걔네들한테 공부의 신이 되는 법을 알려줄 테니 내일 새벽 5시까지 공신수련 하러 학교 세미나실로 나오라고 할 수 있어?"

"글쎄, 아무래도 그건 무리일 것 같은데. 공신이 그렇게 며칠 만에 뚝딱 만들어진다는 말을 순진하게 믿고 나와줄 애들이 있을까. 그리고…. 정말 미안한 얘기지만 지금 오빠의 성적과 등수를 감안할 때 그런 말을 해서 통할까 싶기도 하고 말이야."

언제나 핵심을 비켜가는 법이 없는 내 동생.

"어이, 동생. 죽은 줄 알았던 오빠가 살아 돌아왔는데 그 정도 부탁도 못 들어주냐? 한번 해봐라. 더도 덜도 말고 세 명만 모아봐."

라일락은 입을 삐죽 내밀더니 그래도 카톡을 보내기도 하고 전화를 돌리기도 하면서 한참 동안 부산을 떨다가 난감한 표정을 지었다.

"다들 오빠가 이상해졌다는 이야기 들었는데 이젠 제대로 맛 간 거 아니냐는데? 딱 한 명은 꼬셨어. 하지만 나한테 같이 하자고 그러진 마. 공부한답시고 새벽부터 설치는 거 내 스타일 아닌 거 알지?"

다음 날 새벽 세미나실에 나온 기특한 아이는 1학년 최석이라는 녀석이었다. 이제부터 이 녀석을 첫 번째 제자로 삼아서 예수 그리스도가 12명의 제자를 모았듯이 선비사상을 전파할 제자들을 모아야 한다고 생각하니 설레면서도 앞이 까마득했다.

녀석은 과연 내가 하자는 대로 나를 믿고 따라줄 것인가. 내 안에서 일어난 기적적인 변화가 이 녀석에게도 바이러스에 감염되듯이 일어나고, 그래서 다른 아이들이 자발적으로 새벽 수련에 찾아오도록 소문내

줄 것인가.

3년 동안 나름 공부를 한다고 했으나 중간 중간에 농땡이 치고 허비했던 시간들이 갑자기 아쉬웠다.

'무대에 서는 순간이 이렇게 빨리 올 줄 알았더라면 그때 촌음을 아껴서 열심히 공부했을 텐데. 진정한 공부의 신이었던 명언 형님과 좀더 많은 시간을 보낼 수 있었더라면 더 충실히 내공을 쌓아왔을 텐데. 아, 퇴계 선생님까지 모실 수는 없다 해도 명언 형님을 멘토로서, 아니 힘들 때 의지하고 하소연할 형으로서 곁에 모실 수 있다면 얼마나 좋을까.'

첫 제자인 최석에게 제일 먼저 몸과 마음의 스트레칭인 활인심방부터 가르쳤다. 빙의된 후 내가 제일 처음 선생님에게 호감을 느끼게 만들었던 그 활인심방이었다.

"이거 지금 요가 하는 거 맞죠? 근데 왜 이렇게 동작이 싱거워요? 〈올드보이〉인가 하는 유명한 영화에서 보니까 손을 짚고 다리를 들어 올려서 거꾸로 서기도 하고 막 그러던데."

"이건 요가 중에서도 동작은 최소화시키고 효과는 극대화한 고차원의 요가라서 그래."

처음엔 영 미심쩍다는 표정을 짓다가 동작을 몇 가지 따라 하고 나서는 "와, 정말 신기하다. 몸이 가뿐해진 것 같아요" 라고 고1짜리 아이다운 호들갑을 떨었다.

그 다음엔 방통장군에게 받아서 따로 복사하고 제본한 《신 성학십도》를 펴서 강독했다. 퇴계 선생님이 17세 선조임금을 위해서 지으신 《성학십도》를, 퇴계를 너무나도 흠모하는 학자가 미래 세상의 임금이 돼야 할 우리 10대들을 위해 현대적으로 쉽게 풀이한 책이라고 소개했다.

《신 성학십도》는 수첩 크기의 소책자여서 마음잡고 보면 한 시간 안에 다 읽을 수 있었다. 원래 열 개의 복잡한 그림으로 이뤄진 《성학십도》는 그냥 봐서는 무슨 뜻인지 알 수 없었다. 《신 성학십도》의 '도'는 그림 도(圖)가 아니라 길 도(道)였다. 요즘 아이들이 이해할 수 있는 쉬운 말로 풀이해 사람답게 살 수 있는 열 가지 길을 제시한 것이었다.

녀석은 '헐, 공부 가르쳐 준다더니 그런 열라 재미없는 책을 공부하는 거였어? 이거 엿 됐네' 라는 뜨악한 표정이었다. 녀석이 그러든 말든 《신 성학십도》 제 1장 태극도(太極道)의 가르침인 '마음속에 우주를 품어라'부터 강의했다.

스무 살 청년 퇴계의 열정이 전류처럼 찌릿하게 전해져 오는 가르침이었다. 그때의 그를 직접 만나보지 않은 이상 누구도 나와 같은 감동을 느끼지는 못할 것이었다.

과연 이 녀석에게 그 감동을 조금이라도 전할 수 있을까.

"음양과 오행이라는 것이 현대 물리학으로는 설명되지 않지만 우리 조상들은 우주와 만물이 조화롭게 공존하기 위한 이치로서 음양과 오행을 중심으로 세상을 이해했다.

아직도 과학이 이론적으로 풀지 못하는 현상들 중에서 음양오행을 대입하면 설명이 되는 일들이 있다. 조화롭게 운행되는 우주를 항상 머릿속에 그리면서, 내가 우주의 일부로서 어떻게 사람과 자연이 서로 조화를 이뤄야 하는지를 탐구하며 살아야 한다. 자연의 훼손과 환경파괴, 국가와 국가, 계층과 계층 간의 대립 갈등은 태극의 조화정신을 잊고 살기 때문에 벌어지는 현상이다. 인간 각자가 우주의 조화, 즉 태극도의 가르침을 항상 마음속에 품고 산다면 이 세상은 달라질 수 있다."

예상대로 최석은 내 얘기가 전혀 귀에 들어오지 않는 표정이었다. 내가 뭐라고 떠들든 말든 연신 입이 찢어지게 하품을 하더니 눈꺼풀이 내려앉으면서 고개를 계속 앞뒤로 흔들어댔다.

나는 최석의 이마를 향해 검지를 튕겨 딱 소리가 나게 때렸다. 깜짝 놀라 일어난 그에게 '낭독의 힘'에 대해 설명했다.

조선시대에 가서 깨우친 것 중 가장 생생한 것이 바로 낭독이 가져다주는 몸과 마음의 변화였다. 문자라는 것은 원래 소리를 기록하기 위한 수단으로 만들어진 것이었고 문자를 소리 내어 읽을 때에만 원래의 의미가 내 몸 안에 전달돼 온다는 것이었다. 낭독을 해보니까 그냥 눈으로만 읽을 때와는 완전히 다른 차원에서 문자의 뜻을 느끼게 됐다. 또 혼자 읽을 때보다는 여럿이 함께 소리 내어 읽을 때 시너지가 일어나면서 훨씬 그 맛과 멋이 살아나는 것을 체험했다. 지금도 성당이나 교회에서 그 비슷한 장면을 볼 수 있지 않은가.

지금은 최석 하나뿐이지만 조금씩 수련생이 늘어나 수백 명이 함께 《신 성학십도》를 외워 한목소리로 낭송하게 된다면 얼마나 가슴 벅찬 광경이 될까.

또 명언 형님을 통해 깨닫게 된 '한 줄 요약과 시각화의 비기'를 공부에 응용해 여러 공식들과 핵심 내용을 정리한 뒤 그것들도 입을 모아 함께 낭송한다면 공부가 하나의 공연예술처럼 짜릿한 감동을 줄 수 있으리라.

최석은 혼자 상상에 빠져 감격스러운 표정을 짓고 있는 나를 의아하다는 듯이 쳐다봤다.

난 현실로 돌아와서 녀석에게 소리를 일으켜서 몸 안의 심장과 폐와 신장을 깨우고 뇌를 활성화시키기 위해서는 낭독을 해야 한다며 태극도의 가르침을 따라서 읽게 했다. 그리고 손으로 글씨를 써야만 뇌 기능이 한층 활발해지고 그 의미들이 확실히 새겨진다고 설명하고 초서 학습을 시켰다.

녀석의 얼굴엔 '이런 제길, 잠이나 더 잘걸. 여우같은 라일락한테 멍청하게 넘어간 내가 바보지' 하는 후회의 빛이 역력했다.

난 베드로만큼이나 사랑스러운 첫 제자 최석이 실망에 빠져 내일부터 안 나오겠다고 말하기 전에 그를 구워삶을 당근을 내놨다. 1학년 과정의 영어와 수학, 그리고 한문 교습이었다. 상급생의 공짜 개인과외인 셈이다. 지금은 아니어도 고1까지는 공부짱이었던 나다. 게다가 3년간의 수련으로 그때와는 차원이 다른 내공까지 생겼다.

녀석은 라일락에게 잘 보이고 싶어선지, 아니면 나의 공짜 과외가 나름 유용하다고 판단했는지 《신 성학십도》 강독 때마다 졸려 죽겠다며 세차게 앞뒤로 고갯짓을 하면서도 3일간 빠지지 않고 공신수련에 나왔다.

《신 성학십도》는 2장과 3장까지 진도가 나갔다.

2장 서명도(西銘道)의 가르침은 '사람과 만물의 감정을 내 것처럼 받아들여라'였다. 사람과 자연, 생물은 물론 무생물까지도 하나의 뿌리에서 나온 것이니 태극도의 연장선상에서 너와 나, 적과 동지라는 구분 없이 바라보려고 노력하라는 뜻이었다.

3장 소학도(小學道)는 '일상의 행동 하나하나를 소중히 여기고 충실히 행하라'였다. 부모와 자식 간의 다정한 대화, 형제끼리의 사랑과 우애, 친구 사이의 우정과 배려, 스승에 대한 예의와 공경을 습관처럼 자연스럽게 몸에 배도록 하는 일의 소중함이었다.

1장 태극도에서는 뭔 뜬구름 잡는 소리인가 하는 황당한 표정을 짓던 최석도 소학도에 이르러서는 무엇을 보고 그리 생각했는지 나름 일리가 있다는 듯 고개를 끄덕이기도 했다. 순간 뭉클한 느낌이 솟구쳐 하마터면 녀석의 볼에 뽀뽀를 할 뻔했다.

다음 주엔 전혀 기대도 하지 않았건만 녀석이 친구 두 명을 더 데리고 왔다. 최석은 내가 해주는 수학과 영어, 한자 과외가 기가 막히게 머리에 쏙쏙 들어온다고 했다. 그리고 새벽 공신수련을 하면서부터 컨디션과 집중력이 좋아져서 다른 공부도 다 잘된다고 했다.

"잠도 잘 오고 밥도 잘 들어가고 똥도 더 잘 나오는 거 있지?"

최석은 친구들을 데려오기 위해 그렇게 꼬셨다고 했다. 참 고마운 녀석이었다.

그렇게 제자 3명을 모으는 데 성공했고 여름방학이 지나갔다.

3명의 제자 앞에서 《신 성학십도》의 1장부터 3장을 다시 강의하고 다음 장으로 넘어갔다.

4장은 대학도(大學道)였다. '이 세상의 모든 일은 자기를 다스리는 데서 시작한다'는 가르침이었다. 나라와 가정과 세상을 다스리는 출발은 자기 자신을 다스리는 데 있고, 그것이 가능해지기 위해서는 사물의 이치를 탐구해서 마음을 한군데 집중시킬 수 있어야 한다는 것이다. 공부야말로 인간이 되기 위한 첫걸음이라는 이야기다. 사실 고1짜리 아이들에겐 《신 성학십도》의 모든 내용이 공허하고 뜬구름 잡는 이야기일 수 있다.

그런데 새벽이라는 시간은 그런 이야기도 잔잔히 마음에 스며들게 해주는 마법 같은 힘이 있었다. 그래서 선비들은 항상 새벽에 책을 펼쳐 소리 내어 읽는 것으로 하루를 시작했던 것이다.

5장은 백록동규도(白鹿洞規道) 였다. '공부의 목표와 즐거움을 인격과 지성이 성숙해지는 데서 찾으라'고 하는 가르침이었다. 공부를 통해서 세상 이치를 분별하고, 중요한 것과 하찮은 것, 무거운 것과 가벼운 것, 힘을 써야 할 때와 빼야 할 때를 분별해 주변의 사람들이 자신에게 지혜를 구하게 하는 것이야말로 무엇보다 큰 희열이라는 것이다.

매번 되새길 때마다 느껴지는 것이 있었다. 내가 조선시대로 시간여행을 가서 만났던 퇴계 선생님과 명언 형님, 그리고 율곡 선생에게서 풍겨 나오던 향취와 매력은 바로 그들에게서 백록동규도가 지향하는 경지가 깊어진 데서 비롯된 것이라는 깨달음이었다.

《신 성학십도》의 한장 한장을 되새길 때마다 3년간 느끼고 배운 것들이 생생한 그림이 되어 다가왔다.

어느덧 개학을 맞게 됐고 곧 바로 실시된 모의고사 결과는 학교 전체를 깜짝 놀라게 했다. 시간여행을 떠나기 직전 3학년 1학기 기말고사에서 문과 전체 315명 중 석차 140등 안팎이었던 나, 독고라이언이 단숨에 전체 2등으로 뛰어오른 것이다. 다른 과목은 거의 만점이었지만 3년간 보지도 듣지도 못해 손 놓고 있던 영어가 약점이었다. 하지만 그건 시간문제일 뿐이었다.

오 선생님이 내 석차를 미리 귀띔해 주면서 뛸 듯이 기뻐하셨다. 제일 먼저 민들레 누나에게 그 사실을 문자로 보내자 "어머, 넘 멋지다. 라이언. 추카추카. 너 정말 시간여행 갔다 온 모양이구나. ㅎㅎ" 라는 문자가 돌아왔다.

아빠는 그날 저녁 내가 전화로 그 소식을 전하자 "고맙다. 라이언, 그동안 너한테 진 마음의 빚이 무거워서…. 너무 미안했다" 라면서 울먹이기까지 했다.

라일락이 알려줬는지 오랫동안 소원했던 엄마 2도 "라이언, 마음고생이 정말 컸을 텐데 내가 도움이 못 돼줬구나. 그래도 잘 이겨내 줘서 고마워. 사랑한다" 라고 문자를 보내왔다.

내가 시험에서 보여준 기적적 성과와 함께 새벽 수련은 1학년생들 사이에서 입에서 입을 타고 화제가 됐다.

개학 후 일주일이 지나자 새벽 수련에 참여하는 아이들이 11명으로 늘었다. 그중엔 3학년 동급생들도 있었다. 이젠 더 이상 세미나실에서는 수련을 할 수 없었다. 수련에 동참하는 아이의 삼촌이 학교 행정실장이어서 그를 통해 시설관리과로부터 강당 사용 협조를 얻었다.

공신수련 장소를 강당으로 옮긴 첫날 모두 15명의 아이들이 모였다. 그 사이 공신수련의 프로그램도 다듬어지고 체계가 잡혀갔다.

먼저 활인심방으로 30분간 심신 스트레칭을 한 뒤, 10분간 《신 성학십도》를 낭독하고 10분간은 《신 성학십도》를 베껴 쓰는 초서 훈련을 했다. 노트에다 볼펜으로 쓰는 아이들이 대부분이었지만 붓펜을 가져와서 나름 서예 흉내를 내는 친구도 있었다.

처음엔 어설펐던 《신 성학십도》의 강의에도 어느 정도 자신이 붙어갔다. 제 6장 심통성정도(心統性情道)는 '이성으로 감정을 통제할 줄 알라'는 가르침이었다. 불행한 사람을 불쌍히 여기는 마음, 양보할 줄 아는 마음, 부끄러움을 아는 마음, 선악과 시비를 분별하는 마음, 이네 가지, 즉 사단을 항상 새기면서 희로애락과 사랑, 증오, 욕망의 칠정(七情)을 조절하라는 가르침이었다. 열 가지의 길 중에서 가장 어려우면서도 가장 중요한 가르침이었다.

사단과 칠정이 서로 영향을 미치면서 사람의 마음을 운행하고 세상의 조화를 이루어 나가는 원리가 퇴계 선생과 고봉 선생이 8년간 편지로 논쟁을 벌인 주제였다.

제7장 인설도(仁說道)는 '너그럽고 어진 마음을 모든 가치 있는 것 중에 으뜸으로 여기라'는 가르침이었다. 그것은 먼저 자신의 욕망을 통제하고 극복하는 데서 시작된다. 그 후에 의로움과 예의와 지혜로움이 따라오게 된다는 것이다.

제8장 심학도(心學道)는 '보는 곳에서나 보이지 않는 곳에서나 한결같은 마음을 가지라'는 가르침이었다. 이른바 '신독'(愼獨)이라고 하는 경구를 실천하는 것이다. 사람의 마음은 방심하는 순간 언제든지 어리석은 짓을 할 수 있다는 가르침이다.

《신 성학십도》의 가르침을 되풀이해 낭독하고 필사하면서 머릿속에 되새긴 뒤에 30분간은 내가 간추린 수학과 국어, 영어 등 전략과목에서 꼭 암기해야 할 핵심 요약노트를 심상으로 이미지화하는 훈련을 한 뒤, 이것 또한 모두 입을 모아서 낭송했다. 이를 통해 시험공부의 요점들을 그림처럼 선명하게 머릿속에 인화해 두는 것이다. 바로 명언 형님이 알려준 공부의 비기였다.

강당 앞에는 "퇴계처럼"이라는 휘장을 걸었다. 선비사상이란 게 뭔지, 사서삼경의 가르침이 뭔지 같은 거창하고 추상적인 말은 꺼내지 않았다. 그냥 우리도 퇴계 선생님이 살았던 모습대로 살자는 것이면 충분하기 때문이었다.

나를 퇴계처럼 행동하게 만들고 급기야 진짜 퇴계 선생님을 만나게 해준 책 《퇴계처럼》을 여러 권 구입해서 한 권씩 나눠주었다. 그리고 퇴계 선생님의 살아생전 일화들을 소개했다. 직접 만나 뵙고 늘 가까이에서 뵈어온 퇴계였기에 누구보다 실감 나게 말할 수 있었다. 늘 자기를 낮추고 남을 배려하면서 한순간도 마음을 다스리는 수양을 게을리하지 않은 퇴계의 삶 자체가 사람을 감동시킬 수 있는 에너지였다.

처음엔 '쟤, 지금 뭐라는 거야. 뜬금없이 지루한 할아버지 이야기나 하고' 라는 듯 멀뚱한 표정으로 내 말을 듣는 둥 마는 둥 하던 아이들이 수련이 진행되면서 차츰 책을 스스로 읽기 시작했다. 그리고 퇴계의 일화를 먼저 화제에 올리기도 했다.

새벽에 나와 수련을 하다 보니 하루가 엄청 길어지더라는 것이 아이들의 한결같은 소감이었다. 정서적으로도 안정을 얻었고 공부뿐 아니라 테니스나 수영, 피아노 같은 취미생활도 한층 집중해서 잘할 수 있게 됐다고 말하는 아이들이 늘었다. 공부 자체가 시험준비를 위해 억지로 하던 것에서 벗어나 놀이나 게임처럼 재밌어졌다고들 했다.

청순법이 일파만파를 일으키면서 세상의 청소년들이 어른들에게 집단행동으로 맞서고 있는 상황에서 자기 아이들은 새벽같이 학교에 나가 스스로 심신수양과 공부를 한다고 하니 태산고 학부모들은 대견해 했다. 게다가 아이들이 암송하고 다니는 《신 성학십도》의 가르침은 어른들이 볼 때 충격에 가까운 것이었다. "어떻게 요즘 아이들의 입에서 이런 소리가 나올까." 학부모들이 모일 때마다 화제가 됐다.

아이들이 어른들에게 사람답게 사는 길 운운하는 건 놀라운 일이었다. 평소 같으면 별난 놈들 다 보겠다고 웃고 말 일이었겠지만 지금은 상황이 달랐다. 아이들이 앞장서고 부모가 호응해 주는 새로운 변화의 물결이 잔잔히 퍼져 나가고 있었다.

자사고도 특목고도 아닌 서울 변두리의 평범한 일반고, 태산고의 미러클이었다. 물론 그것은 나 자신의 미러클이기도 했다. 연초까지만 해도 내가 이런 변화를 주도하는 인물이 될 줄은 상상조차 못했으니까.

조용한 혁명의 물결이 번져가고 있는 태산고와는 반대로 세상의 청소년들은 어른들과 맞서서 시시각각 극단적인 대결과 갈등의 벼랑 끝으로 몰려가고 있었다.

광화문 광장에서는 고교생들이 주도하는 촛불시위 참여 인파가 나날이 늘어나고 갈등은 격화돼 갔다. 선거연령을 16세로 인하하고 공적연금을 개혁하라는 10대들의 주장이 조직적으로 전개되고 확산되자 처음엔 코웃음 치던 어른들도 이젠 계급장 떼놓고 그들과 진지한 논쟁을 벌이고 있었다.

말씨름을 벌이던 부모에게 소리 지르며 대드는 아이들. 폭력이 빈발하고 긴장이 고조돼 가는 교육현장. 충돌이 심한 일부 중고교 인근에는 1980년대 대학가처럼 전경버스가 배치되기까지 했다. 세대 간의 갈등은 이제 단순한 갈등을 넘어 전쟁이라고 불러야 할 정도가 됐다.

퇴계 선생님은 내가 스스로 깨닫게 된 사명을 수행해 나가다 보면 세대갈등도 해결하게 될 것이라고 말씀하셨는데, 전쟁을 방불케 하는 지금의 상황을 보면 과연 그게 무슨 수로 가능할까 라는 의문이 커져갔다.

도대체 내게 갑자기 무슨 신통력이 생겨서 이 엄청난 상황을 해결해 낼 수 있을까. 하지만 그런 의구심보다는 지금 주어진 소명을 충실히 이행해 나가는 것이 내게 더 중요했다. 그 일을 할 수 있다는 것이 더할 나위 없이 행복했다.

많은 태산고 아이들이 혼란에 동요하지 않고 나를 따라서 매일 공신 수련에 동참했다. 개중에는 간혹 기대하고 나왔는데 별로 나아지는 것이 없다며 중단하는 아이들도 있었지만 그보다 많은 수가 새로 참여했다. 어느덧 《신 성학십도》의 열 가지 가르침을 줄줄 외우는 아이들도 늘어났다.

제 9장 경재잠도(敬齋箴道)는 '마음을 다스리는 경구를 항상 보이는 곳에 두고 되새기라'라는 구체적인 가르침이었다. 사람의 마음은 잠깐만 방심해도 경(敬)이라는 궤도에서 벗어나게 되므로 그것을 잊지 않도록 항상 스스로를 각성해야 한다는 뜻이다.

아이들 중 몇몇이 경재잠도에서 아이디어를 떠올려 《신 성학십도》의 가르침을 항상 되새길 문구를 하나 정하자고 했다. 그리고 그걸 배지로 만들어 가슴에 달고 다니면 어떠냐고 제안했다. 배지는 사람에 따라 거부감을 느낄 수도 있으니 가방 같은 데 달고 다닐 열쇠고리 같은 걸로 만들자는 제안도 나왔다.

하지만 어떤 문구냐에 대해서는 이론이 없었다. 만장일치로 "퇴계처럼"이었다. 한 수련생이 미대에 다니는 누나의 도움을 얻어 '퇴계처럼'이라는 네 글자를 멋지게 도안해 와서 배지와 열쇠고리로 제작했다.

아이들은 토요일에도 수련을 마친 뒤 바로 집에 가지 않고 삼삼오오 모여서 농구를 하거나 면사무소에 모여 아침을 함께 먹기도 했다. 그들 사이에서도 청순법을 둘러싸고 종종 논란이 벌어졌다.

그날은 오늘 열리는 광화문 촛불시위에 나갈 것인가가 화제였다. 대부분의 아이들은 자신들이 참여하든 안 하든 세대 간의 문제를 해결하고 나라의 미래를 바로 세우려는 의식 있는 중고생이라면 가는 것이 맞다고 했다.

'헐, 언제부터 중고생들이 이 정도로 의식 있는 집단이었나….' 나는 속으로 놀랐지만 잠자코 있었다.

각 시도 교육청에서는 아이들의 집단행동을 자제시켜 달라는 공문을 학교에 발송했고, 학교는 같은 내용의 협조문을 학부모들에게도 전달했다. 하지만 아이들은 마치 혁명전사와도 같은 격정에 휩싸여 있어서 부모들도 통제할 방법이 없었다. 나가지 말라고 막는 부모와 나가야겠다는 아이들 사이에서 몸싸움이 벌어지기 일쑤였다. 아이들은 내 의사를 물었다.

"물론 청순법이 그 취지부터 잘못된 거라는 의견에 전적으로 동의해. 미래의 주역이 될 우리들이 기득권을 지키는 데만 혈안이 된 어른들의 부당한 억압에 잠자코 있어서만은 안 된다고 생각해. 하지만 김혁준 만행을 비롯해서 청소년들이 저지른 패륜과 일탈이 어른들에게 청순법 추진의 빌미를 준 것도 사실이잖아. 이 상황에서 우리가 집단행동과 물리적인 저항으로 맞서려고 하면 악순환이 계속될 뿐이야. 어른들이 우리를 억누르고 통제하는 법을 만들지 않더라도 우리 스스로 변화할 수 있다는 걸 입증하고, 어른들이 까맣게 잊고 살던 인간적, 정신적 가치들을 우리가 앞서서 실천으로 보여준다면 청순법 제정 명분도 자연스럽게 약해질 거야.

어른들이 우리를 깜짝 놀란 눈으로 다시 보게 될 때, 이제 마냥 어리게만 볼 수 없다는 걸 깨닫게 될 때 우리가 요구하는 선거연령 인하 문제도 풀릴 거라고 봐.

진보를 자처하는 정치인들은 어른들에게 '시니어 오블리주'(Senior oblige)를 이행하라고 요구하고 있는데 그 전에 우리가 먼저 '주니어 오블리주'(Junior oblige)를 먼저 실천해 보이는 거야. 그러다 보면 청순법 문제도 파국으로 가기 전에 해결될 수 있을 거야."

그전까지 고개를 끄덕이며 듣던 아이들도 청순법 파동에 대한 내 관측에는 의문을 제기했다.

"다음 달이면 국회가 청순법을 의결한다는데? 갑자기 무슨 뾰족한 수가 생길 수 있을까?"

그건 사실 나도 몰랐다. 스스로 반신반의하면서도 지금까지의 내 체험을 토대로 퇴계 선생님이 하신 말씀이 이뤄질 것이라는 믿음이 있었다. 하지만 생각대로 이야기할 수는 없었다.

"어른들이 걱정하는 것과 전혀 다른 모습을 가진 우리 같은 아이들이 늘어나면 청순법 제정 명분도 약해질 거야. 진인사 대천명. 우리가 할 수 있는 일에 끝까지 최선을 다하면서 하늘의 뜻을 기다려 보자."

처음엔 공신수련에도 관심 없고 청순법이 어떻게 돌아가는지도 관심 없다던 타이거와 재규어도 어느 사이엔가 가담해서 열성 수련생이 됐다.

재욱이가 내 말을 거들어 줬다.

"그래, 라이언 말이 일리 있다. 청순법의 의결을 막을 수 없을지는 몰라도 우리는 어른들이 생각하는 그런 존재가 아니라는 것을 보여줘야 할 필요가 있다고. 점점 더 권위주의적이 돼가고 청소년을 찍어 누르려 드는 어른들이 옳지 않다는 걸 알게 해줘야 해. 계속 이렇게 엄마 아빠, 선생님들과도 매일 싸우고 난동 부릴 수만은 없잖아."

"오. 재규어, 너 이제 고양잇과에서 사람이 된 거 같다."

타이거는 그러면서도 맞장구를 쳤다.

"단순히 청순법을 저지시키는 것뿐 아니라 갈수록 탐욕스러워지면서 우리 세대의 미래는 나 몰라라 하는 어른들에게 예의라는 것을 되찾게 해줘야 해."

"그래, 우리가 매일 《신 성학십도》의 가르침을 마음에 새기면서 삶이 달라지고 있듯이 그걸 어른들과 사회 전체에 전파시킬 수만 있다면 세상의 갈등도 진정될 수 있어."

여러 아이들이 처음 퇴계 선생님이 말씀하셨던, 10대들이 선비사상으로 세상을 바꿔야 한다는 생각을 누가 시키지 않아도 스스로 하면서 자기들의 입으로 그런 말을 하고 있었다. 믿기지 않는 변화였다.

"그리고 그건 우리들이 할 수밖에 없어. 어른들이 만약 우리에게 선비사상을 교육시키려고 든다면 우린 틀림없이 강요하는 걸로 받아들여서 거부했을 거야. 이제 먼저 깨닫게 된 우리가 어른들을 변화시켜야 해."

아이들이 내 말에 호응해 주는 분위기를 틈타 그동안 구상했던 앞으로의 진로와 계획을 아이들에게 펼쳐놓았다.

"이제 우리 스스로에게 이름을 붙여볼까?"

"무슨 소리야?"

아이들은 뜻밖의 제안에 일제히 귀를 곤두세웠다.

"선비라고 하면 다들 고루하게 느끼고 있잖아. 선비이되 위선적이고 퇴물 느낌을 주는 과거의 선비가 아니라, 현대적이고 새로운 감각으로 왕성하게 일어서는 선비라는 뜻에서 '신성(新盛) 선비'라고 부르면 어때?

우리가 스스로 갖게 된 생각을 묶어서 신성선비정신이라고 하자. 그동안 범죄자를 롤 모델로 삼고 대책 없이 노닥거리던 야수들의 모임 범털클럽도 '신성선비클럽'으로 이름을 바꾸는 거야. 그래서 우리와 뜻을 같이하는 아이들을 범털처럼 무성하게 늘려나가는 거지."

"오, 그럴듯하다. 신성선비클럽, 뭔가 있어 보이네. 줄이면 '신클'인가? 어감도 상큼한 게 아주 좋아."

타이거와 재규어가 바람을 잡아줬다.

그렇게 범털클럽은 멤버들의 전폭적인 지지 속에서 이름을 '신성선비클럽'으로 바꾸었고 단순히 공부의 신이 되는 것을 목표로 삼던 새벽 공신수련의 명칭도 신성선비수련으로 바뀌었다.

《신 성학십도》의 마지막 제 10장 숙흥야매잠도(夙興夜寐箴道)의 가르침은 '아침 일찍 일어나 마음을 가다듬고 한순간도 헛되이 보내지 말라'는 가르침이었다. 숙흥야매잠도는 수련생들이 새벽부터 함께 하면서 깨달은 바를 실천하기 위해 무엇을 해야 할지 생각하게 했다.

누가 나서서 그러자고 한 것도 아니었지만 우리는 좀더 많은 시간을 함께 하고 싶어졌고 그것은 서로의 결속을 강화하는 계기가 됐다. 아이들은 토요일 선비수련이 끝난 다음에는 남아서 함께 학교 주변을 청소했고, 주말엔 자발적으로 양로원과 고아원을 방문해 봉사활동을 하기도 했다. 9월 한 달 사이 신성선비수련에 참가하는 아이들이 70명을 넘어섰다.

청순법은 일부 진보적 시민단체의 반대와 갈수록 극렬해지는 아이들의 저항으로 예정보다는 지체됐지만 여당인 정평당과 야당인 상공당이 모두 표를 의식해 찬성 입장을 정함에 따라 빠르면 10월 하순 국정감사가 끝나는 대로 본회의에서 의결될 예정이었다.

두 쌍둥이

PLAY ▶

2015년 9월 30일 수요일 서울 태산고 강당

태산고의 미러클로 불리던 신성선비클럽의 선비수련은 끝내 하버드를 자극했다. 그는 처음에 아이들끼리 자발적으로 모여서 공부하고 체력단련도 하는 모임이라고 해서 대수롭지 않게 여긴 듯했다. 하지만 모임에 참석하는 아이들이 갈수록 늘어나고 그들로 인해 교내 분위기가 술렁이자 신경이 곤두서기 시작한 모양이었다.

추석기간 며칠 쉬었다가 수련을 다시 시작한 날 아침 선비수련이 시작되기 전 하버드의 꼬붕인 엄성호가 강당에 나타났다. 그는 나에게 다가와 뭐라고 말을 하려는 듯하다가 뒤에서 조용히 수련을 지켜봤다.

아무래도 하버드가 뭔가 음모를 꾸미고 있을 것이라고 생각했는데 아니나 다를까 그날 오후 교장선생님으로부터 강당 사용을 중지하라는 전갈이 왔다.

나에게 그 말을 전하던 교장선생님은 몹시 미안해하면서 '다른 건 다 좋은데 네가 아이들을 휘어잡고 멋대로 움직일 수 있다는 걸 성 이사님이 우려하시는 것 같더구나' 라고 귀띔해 줬다.

아마도 엄성호는 '라이언이 마치 종교 교주나 되는 듯이 아이들을 쥐었다 놨다 하더라' 라는 식으로 보고한 것 같았다. 그것이 하버드의 신경을 건드린 모양이었다.

안 그래도 나는 지난봄 그녀에게 '나쁜 남자' 이미지로 대시하다가 그에게 찍혀서 학교를 아주 떠나게 될 뻔하지 않았던가. 그 이후 그는 내가 하는 모든 일을 다 못마땅해 했다. 아니, 내 존재 자체가 태산고에서 사라지길 바라는 눈치였다.

타이거, 재규어와 함께 대책을 고민했다. '이제 겨우 선비수련이 자리를 잡게 됐는데 강당을 뺏기면 어떻게 하지?' 처음엔 당황스러웠지만 곰곰이 생각해 보니 그게 꼭 나쁜 일만은 아니라는 생각이 들었다.

"오히려 전화위복이 될 수 있지 않을까? 어차피 선비수련은 태산고 안에서만 이뤄져서는 안 돼. 그리고 우리처럼 청순법 반대 시위를 벌이기보다 자발적으로 인성수양과 학습에 나서는 청소년들도 있다는 걸 어른들에게 알리려면 학교 안보다는 밖이 유리할 수 있어."

타이거도 거들었다.

"대안이 될 장소를 찾아보자. 학교에서 너무 멀어서는 안 되고 이른 새벽부터 수십 명이 소리 내서 책 읽고 낭송하다 보면 제법 큰 소음이 일어날 텐데 주택가 바로 옆이어도 안 될 거고."

재규어가 모처럼 똘똘한 아이디어를 냈다.

"다산역 앞 광장이 좋겠다. 그 시간에는 그렇게 붐비지 않아서 출근

길에 방해되지 않고 약간 소음이 있어도 어차피 광장이니까 사람들에게 불편을 줄 정도는 아닐 거야. 차가운 아스팔트 바닥이긴 하지만 각자 적당히 깔고 앉을 걸 가지고 나오면 될 거야. 집에 요가매트 같은 거 한 두 개씩은 있을 거 아냐."

수련장소가 다산역 광장으로 바뀌면서 참여 인원은 눈에 띄게 줄었다. 어느덧 새벽 공기가 차가워졌고 상대적으로 학습 의지가 적은 1학년생들이 많이 빠지게 됐기 때문이다.

그 대신 놀랍게도 부르지 않은 화산고 아이들이 하나둘씩 끼어들기 시작했다. 두 학교가 소문난 앙숙이긴 해도 아이들이 대부분 인근 태산중학교와 다산중학교를 같이 다닌 인연으로 알고 보면 다들 친구의 친구 사이였기 때문이다. 10월 둘째 주로 접어들면서 광장에서 열리는 선비수련 인원은 90명을 넘어섰다.

매일 아침 백 명 가까운 아이들이 광장에 모여들자 새벽 출근길 시민들은 긴장했다. 하지만 아이들은 어른들이 걱정하는 대로 청순법 결사반대와 선거연령 인하 등의 구호를 외치지 않고 평화롭게 앉아서 스트레칭을 하고 퇴계의 《성학십도》가 현대적으로 해석된 《신 성학십도》를 낭독했다.

또 앉은 자세로 글씨를 쓰는가 하면 주요 과목의 핵심 내용을 이미지로 정리한 요약노트와 영어 문장 등을 입 맞춰 함께 낭독하는 모습은 실로 진풍경이었다.

청각과 시각을 통해 오감을 일깨우면서 몸 전체를 공부의 세계와 연결하는 선비들의 공부법을 다산역 광장에 모인 신성선비들이 부활시킨 것이다.

"그 아이들이 입을 모아서 낭독을 하는데 처음엔 무슨 랩송인가 했어요. 가만히 들어보니 수학공식도 있고 물리법칙도 있고 역사 연대기도 있는 거예요. 깜짝 놀랐어요."

나중에 뉴스에 나온 출근길 회사원의 반응이었다.

우리들의 경이적이고 감동적인 집단 낭송은 그동안 어른들이 아이들에 대해 가져온 고정관념을 뒤집었다. 시민들의 신고로 출동했던 경찰도 우리의 선비수련을 지켜보고는 고개를 갸웃거리다가 철수했다.

평화로운 시절이라도 화제가 될 만했을 텐데 청순법 반대 시위로 어른들에 맞서는 아이들로 세상이 시끄러운 상황이었다. 여느 아이들과는 정반대로 자발적인 공부모임을 만들어 새벽같이 체력단련과 정신수련을 하는 아이들이 다 있다니 놀라운 일이었다.

누군가 선비수련 장면을 찍어서 유튜브에 올리면서 반향이 일어나기 시작했다. 모임을 주도하는 나는 의도치 않게 주목의 대상이 돼버렸다. 몇몇 인터넷 매체가 나와 신성선비수련을 화제 기사로 보도했다.

《신 성학십도》에 대한 기자들의 질문에 나는 "재야 퇴계학자이자 무속인인 방통장군의 저서"라고 소개했다. 그 보도가 나가고 얼마 안 돼서 방통장군이 내게 전화를 걸어왔다.

"야야, 그걸 내가 썼다 카면 우짜노?"

"장군님, 오랜만이에요. 하하. 장군님이 실제로 쓰신 건 맞잖아요?"

"우예 그게 내가 쓴 기란 말이고. 내한테 강림하신 퇴계 선생님이 쓰신 기재."

"이미 《신 성학십도》를 내리실 때 퇴계 선생님이 정하신 일이니까 그냥 따르시는 게 좋겠어요. 하하."

머잖아 한 인문학 전문 출판사가 방통장군과 《신 성학십도》 출간 계약을 맺었다는 뉴스가 나왔다.

“아, 선생님은 이런 방식으로 방통장군의 수고와 금전적 부담에 보답해 주시는구나. 그러면 그렇지. 그걸 그냥 지나치실 분이 아니지.”

기사의 댓글에는 청순법 사태로 모든 청소년들이 너나없이 힘을 모아 저항해야 할 때 태산고 일진짱 독고라이언이 학교 재단의 사주로 어용모임을 주도하고 있다는 안티 글도 적지 않게 올라왔다. ‘청순법 저지 운동에 찬물을 끼얹기 위한 음모’라는 악플도 있었다.

그러나 몇 개월 전까지 반항아의 아이콘이었던 그가 갑자기 그런 어용집회를 주도할 만한 동기가 없지 않느냐는 반론과 함께, 원래 태산고 강당에서 같은 학교 아이들끼리만 열어오던 수련모임을 재단 상임이사 성하버드가 핍박해서 쫓아낸 바람에 할 수 없이 다산역 앞으로 이동했고, 그래서 지금 같은 풍경을 연출하게 됐다는 사연이 알려지면서 안티도 차츰 누그러졌다.

그러던 어느 날 화산고 조털클럽의 짱인 강희포가 나를 찾아왔다. 대화를 나눠보진 않았어도 우린 구면이었다.

옛 범클 아이들에게 들어서 알고 있던 대로 지난봄 나의 그녀 채민들레 선생님을 추행하려다가 나한테 걸려 얻어터진 그 거한이었다. 그때의 일 때문에 그에 대한 인상은 좋지 않았지만 그래도 수련에 동참하겠다고 하는데 물리칠 수 없었다. 오히려 이런 친구들이 선비수련을 함께 하면서 우리와 뜻을 같이한다면 그보다 더 반가운 일이 없을 것이다.

“라이언, 지난봄의 그 일은 미안하게 됐다. 너는 나에 대해 잘 모르겠지만 난 널 그동안 매스컴에서 많이 봐서 잘 알고 있다. 어쨌든 네가 주도하는 수련에 나도 힘을 보태고 싶단 말이지. 내 친구 중 한 녀석이 모임에 가보더니 이유가 뭔지는 몰라도 하고 나면 정신이 맑아지고 컨디션과 스피드가 좋아져서 싸움도 더 잘하게 된다고 하더라구. 나도 같이 해보고 괜찮으면 적극적으로 도와주고 싶다."

"반갑다, 강희포. 사실 나도 너와 조털클럽에 대한 이야기 많이 들었어. 너 혹시 중국작가 위화가 쓴 《허삼관 매혈기》 읽고서 조털클럽이란 이름을 지은 거 아니냐? 혹시 조털클럽이 이제 눈썹클럽으로 바뀌는 건 아닌가. 하하."

"하하. 맞다. 너도 그 책 봤구나. 범털클럽처럼 우리도 그런 남사스러운 이름 이제 버리기로 했단 말이지. 네가 이끄는 대로 해보고 신성선비클럽에 가입할 생각이다. 신성선비클럽 화산고 지회가 되는 거란 말이지."

인터넷에서 새벽 수련 모임을 본 화산고 교장선생님은 더 많은 화산고 학생들이 참여하도록 하고 날씨가 쌀쌀해지는데 아이들이 몸 상하지 않도록 하라며 학교 강당 사용을 허락했다.

신성선비수련 장소가 화산고 강당으로 바뀌면서 수련생들이 두 학교 아이들을 합해 2백 명을 넘어섰다. 전통적으로 앙숙관계인 두 학교 아이들이 선비수련에서만큼은 '퇴계처럼' 서로를 존중하고 배려해 주는 모습을 보였다.

조클은 강희포가 공언한 대로 듣기 민망한 이름을 '신성선비클럽 화산고 지회'로 바꿨다.

성하버드는 자기가 강당에서 내쫓은 것을 계기로 내가 일약 매스컴의 총아로 떠버린 사실을 뒤늦게 알고 더욱 화가 치민 듯했다. 설상가

상 그 무렵 나와 그녀의 드라마 같은 사연이 성하버드의 귀에까지 들어간 모양이었다.

기질상 입이 간지러운 것을 못 참는 라일락이 자기가 몸소 확인한 사실 일부에 상상을 듬뿍 보태서 이야기를 요리해 냈다.

그것이 여학생들의 입에서 입을 타고 전해지는 동안 한층 미화되고 부풀려져서 하버드의 귀에 들어갈 즈음엔 닭살 돋는 장편 로맨스 소설이 돼 있었다.

라이딩 사고가 이어준 그녀와 나의 우연한 첫 만남, 교생으로 학교를 찾아온 그녀와의 재회, 오해에서 비롯된 나의 일탈 행동이 근신이라는 결과를 초래했으나 그로 인해 내가 위기에 빠진 그녀를 구해주게 되는 극적 반전, 그리고 이 부분은 라일락의 주관적 해석이지만 열흘 동안 내가 행방불명된 사이 불분명했던 그녀의 감정을 비로소 확인하게 된다는 스토리는 당사자인 내가 듣기에도 드라마틱했다.

스토리가 여기까지 진전되는 과정에서 하버드의 기여는 실로 결정적이었다. 그 자신이 고집을 부려서 1주가 아니라 2주 동안 밤 9시까지 도서관에서 근신하도록 하지 않았던가. 그러지만 않았어도 민들레 누나를 위기에서 구해내 지금처럼 친근한 사이로 발전하지 못했을 것이다.

만약 나와 민들레 누나의 그동안의 스토리를 다 듣게 됐다면 그녀에게 지극정성 공을 들여온 하버드로선 복장이 터질 일이었다. 서자로서 평생 형의 그늘에서 치여 살아온 것만도 열 받았을 텐데 이제 자기가 이사로 있는 학교의 학생에 불과한 나한테까지 열패감을 맛봐야 하다니.

의도하진 않았지만 민들레 누나와의 관계를 통해 그의 내면에 있는 악마성을 자극하게 된 건 아닐까 라는 걱정이 들었다.

아닌 게 아니라 최근 엄성호가 며칠간 아이들을 상대로 과거 교내 대표적인 폭력서클 범털클럽의 악행을 탐문하고 다닌다는 소식이 들렸다. 그게 아무래도 예사롭게 들리지 않아서 마음에 걸렸다. 뭔가 내가 억울한 상황에 빼도 박도 못하고 휘말려 드는 것이 아닐까 라는 불길한 예감이 들었다.

역시 예감이란 건 어떤 소설의 제목대로 틀리지 않았다. 며칠 후 수업을 마치고 교문을 나서려는데 형사가 다가왔다.

"지난봄 청운이 자살사건과 관련한 제보를 받아서 조사할 것이 있으니 참고인 자격으로 잠깐 같이 가줄 수 있을까?" 말은 점잖았지만 목소리가 위압적이었다.

말하자면 임의동행이어서 따라가도 되고 싫으면 거부해도 되지만 친구의 죽음과 관련해 미심쩍은 내용을 규명하는 것이니 협조해 주면 고맙겠다는 것이었다. 언뜻 불길한 느낌이 들었지만 청운이의 자살을 생각할 때마다 마음 한구석에서 항상 스멀스멀 피어오르던 의문을 억누르지 못해 고민해 오던 터였다. 이참에 그걸 해소해야겠다고 마음먹었다.

청운이를 생각할 때마다 항상 나를 짓누르던 마음의 빚이 형사의 요구에 응하게 만들었다. 그리고 그 결정은 나를 빠져나오기 힘든 곤경에 몰아넣었다.

경찰은 이미 검찰로부터 수사방향에 대해 구체적인 지침을 받은 듯했다. 성하버드가 틈만 나면 술자리에 데리고 나와 자기 절친이라고 자랑하는 검사가 있다는 말이 기억났다. 형사는 내가 경찰서로 들어서자마자 태도가 돌변해 눈을 부라리면서 호통을 치기 시작했다.

"우린 이미 청운이가 자살한 것이 범털클럽의 이지메 때문이라는 증언을 다 받아놨어. 네가 우두머리로 있었던 범털클럽 아이들이 청운이의 돈을 갈취하고 값비싼 노스페이스 패딩을 강탈한 사실을 너도 알고 있지?"

"그건 나중에 청운이한테 들어서 알게 됐습니다. 제가 아이들에게 시킨 것이 아니에요. 청운이와는 그런 사이가 아니라 어린 시절부터 둘도 없는 친구입니다."

"야, 인마. 범털클럽 아이들은 강탈한 돈이나 물건은 일진짱인 너한테 다 상납됐다고 이구동성으로 증언하고 있는데 어떻게 직접 시킨 것이 아니니까 모르는 일이라고 발뺌할 수 있나. 그리고 다른 친구도 아니고 어릴 때부터 둘도 없는 친구라면서 그런 몹쓸 짓을 할 수 있어?"

빠져나가려고 발버둥 칠수록 더 깊이 빨려드는 늪에 떨어진 것을 비로소 깨달았다.

"자, 너도 눈이 있으면 이 진술조서들을 한번 봐라."

형사가 들이민 조서에는 '라이언의 협박과 강압에 못 이겨 청운이의 돈을 빼앗고 폭행을 가했습니다', '범털클럽 일진인 라이언이 눈 흘기고 바라보기만 해도 다들 쫄아서 설설 기는 분위기라 어쩔 수 없었습니다', '노스페이스는 라이언의 강요로 청운이에게 강탈해서 그의 집까지 가져가 상납했습니다' 라는 진술이 지문 날인과 함께 기록돼 있었다.

진술한 아이들은 이름 정도만 알지 대화를 나눠본 적도 없는 아이들이 대부분이었고, 마지막 진술자는 '시라소니'라고 부르던 전병호였다.

그렇지 않아도 학교 폭력과 이지메를 못 견딘 아이들의 자살이 빈발하는 상황이었다. 폭력서클의 이지메에 대해서는 아무리 청소년일지라도 일벌백계 차원의 엄벌이 필요하다는 주장이 청순법 지지여론과 함께 갈수록 힘을 얻어가는 분위기였다.

그러다 보니 교내 폭력에는 예외 없이 실형이 선고되는 추세였다. 이웃 화산고만 해도 이지메로 한 아이를 자살기도에 이르게 한 사건의 주동자였던 2학년생 2명이 실형을 선고받고 청소년 교정시설로 보내졌다.

이젠 내가 그 신세로 떨어질 위기였다.

아빠가 연락을 받고 황급히 달려왔지만 별 도움이 되지 않았다. 법원이나 검찰, 이른바 재조경력 없이 이혼전문 변호사로만 밥벌이를 해온 아빠는 이럴 때 어떻게 한번 비벼볼 만한 인맥이 미약했다. 그와 허물없이 지내던 몇몇 사법연수원 동기들은 하필 모두 판사로 재직 중이어서, 일단 법정에 서게 된 다음에나 힘이 돼줄 수 있을까 일선 경찰의 수사단계에 입김을 불어넣을 위치가 아니었다.

경찰서에 올 때만 해도 참고인이었던 내 신분은 조사가 진행되면서 피의자로 바뀌어 그날 밤 집에 가는 대신 유치장에 들어가야 했다.

형사들은 다음 날 법원에서 압수수색 영장을 발부받아 우리 집을 뒤졌고 시라소니로부터 돌려받아 놓고 미처 청운이에게 돌려주지 못했던 초록색 노스페이스 패딩을 찾아내 아이들이 강탈한 물건을 상납받았다는 증거로 내밀었다. 그것이 결정적으로 불리하게 작용했다.

범털클럽 아이들이 빼앗은 돈도 내가 상납받아서 탕진해 버린 것으로 조서에 기록됐다.

"아버지가 변호사고 지금은 이혼했지만 엄마도 그동안 작게나마 기업체를 하나 운영해서 가정형편이 넉넉한 편이었는데 친구가 입고 다니던 헌 옷을 강탈할 이유가 도대체 어디 있겠습니까?"

아빠는 형사에게 그렇게 항변했지만 소용없었다.

"그러니까 필요도 없으면서 친구를 괴롭히기 위해서 옷을 빼앗았다는 거잖아요. 죄질이 더 나쁘죠."

형사는 그렇게 답변하더니 한마디 더 쏘아붙였다.

"있는 집 아이들이 원래 더한다지 않습니까?"

명색이 변호사라는 아빠가 경찰 앞에서 무기력한 모습을 보이는 것이 실망스럽다기보다는 측은했다.

나는 임의동행 형식으로 경찰에 온 다음 날 오후, 피의자로서 검찰로 송치됐다. 검찰은 내가 아직 고등학생이고 변호사인 아빠의 신분을 볼 때 도주 및 증거인멸의 우려가 적다고 판단해 일단 구속시키지 않고 돌려보냈지만 폭력과 갈취행위 교사 등의 혐의로 나를 기소했다.

청순법으로 세대갈등이 고조돼 가던 중이라 신성선비수련을 주도해 온 내가 마치 많은 아이들을 멋대로 휘두르고 있는 것처럼 보였던 사실이 잠재적 위험성으로 고려돼 더 불리하게 작용했다.

하지만 실제로 청운이와 다른 많은 아이들을 갈취해 온 시라소니 전병호 등은 경찰이 원하는 허위진술을 해준 대가로 '개전의 정'을 인정받아 훈방됐다.

검찰과 경찰은 내 신병처리 결과를 언론에 흘렸다. 내가 과거 일진 시절 아이들에게 폭력을 휘두르고 돈과 노스페이스 패딩 등 금품을 갈취한 결과 피해학생을 자살에 이르게 한 혐의가 인정돼 형사 기소됐다고 여러 매체에서 제법 눈에 띄는 크기로 보도했다.

나는 어느덧 지난봄 교생선생님 성희롱 사건의 주인공으로서, 그리고 최근에는 태산고의 미러클이라는 화제성 기사가 나가면서 잇따라 매스컴의 조명을 받은 유명인사가 돼 있었기 때문이다.

비교적 보도에 신중한 신문과 지상파 방송 등 전통매체들까지 나를 일종의 공인으로 간주해서 실명을 공개했다. 일부 인터넷 언론들은 '이지메 살인범'이라는 소름끼치는 용어를 만들어 아직 공판 기일조차 안 잡힌 내 혐의내용을 기정사실인 양 보도했다.

포털 사이트에선 '고교생 스타 독고라이언 알고 보니…', '천사인가 악마인가. 라이언의 정체는?' 이라는 자극적인 제목을 내걸고 클릭을 유도했다.

언론 보도가 나간 다음 날부터 선비수련 모임은 중단됐다. 화산고 교장이 강당 사용을 전격 금지시켰기 때문이다. 날씨가 추워져서 다시 다산역 앞 광장을 이용하기도 어려웠다. 아니, 춥지 않다 해도 수련에 나올 만한 아이들은 아주 극소수에 불과했다. 내가 이른바 '비행청소년'으로 법의 심판대에 서게 되자 나를 따르던 아이들도 크게 동요하지 않을 수 없었다.

타이거와 재규어가 이건 정말 억울한 모함일 뿐이라고 변호하고 다녔어도 소용없었다. 만약 이 일로 실형을 선고받게 되면 희망하는 대학에 진학할 수도 없고 모처럼 청소년 사회에 신선한 바람을 일으키던 신성선비클럽도 한바탕 해프닝으로 끝나고 말 것이었다.

라일락은 검찰에서 풀려나 집에 들어온 나를 보더니 "불쌍한 울 오빠, 이제 어떡해" 라면서 나를 붙들고 펑펑 울어댔다.

어쨌든 내 자신에게 닥친 일생일대의 위기를 스스로의 힘으로 돌파하지 않으면 안 될 처지였다.

'청운이의 자살에는 확실히 뭔가 미심쩍은 구석이 있어. 내가 누명을 벗기 위해서라도 그 배후의 비밀을 풀어야만 해. 자살동기가 범털클럽

의 이지메가 아닌 다른 음모 때문이라는 걸 규명해 내야 이 올가미에서 벗어날 수 있어.'

청운이는 노스페이스 패딩쯤은 가난한 친구를 위해 얼마든지 웃으면서 벗어줄 수 있는 너그러운 아이였다. 기꺼이 자신의 호주머니를 털어 아이들의 군것질 비용을 내줬다. 그런 그가 이지메 때문에 자살했다는 건 청운이를 두 번 죽게 하는 악의적인 모함이었다.

그를 자살로 몰고 간 보이지 않는 음모와 밝혀지지 않은 비밀을 반드시 벗겨내야 했다. 그래야만 세상에서 가장 좋아했던 친구를 괴롭혀서 죽게 만들었다는 치 떨리는 누명을 벗어날 수 있었다.

나 자신의 위기탈출을 위해서만이 아니었다. 청운이가 죽어가면서 나에게 맡겨놓은 임무가 있는 것인지도 몰랐다. 그렇다면 그건 청운이를 위해서도 반드시 해결해야 할 일이었다.

오래전부터 내가 품고 있던 의문은 두 가지였다.

"당시 하버드는 왜 청운이의 자살을 그렇게 소리 소문 없이 서둘러 덮으려고 했던 걸까. 그리고 청운이는 자살하기 전에 취한 안무 같은 동작을 통해 뭘 암시하려 한 걸까."

얼마 전 옛 범클의 한 친구가 청운이 자살 동영상이 돌고 있다고 한 말이 기억났다. 두 번 다시 돌이키고 싶지 않은, 끔찍하고 마음 아픈 기억이라 그냥 그런가 보다 묻어두고 있었는데 그 장면을 한번 찬찬히 살펴봐야겠다는 생각이 들었다. 그 친구에게 전화해 동영상을 가지고 있으면 보내달라고 했고 그는 곧 찾아서 보내겠다고 했다.

동영상을 기다리는 동안 지난 3월 초 청운이가 죽기 전에 남긴 문자 메시지를 다시 읽어봤다. 다른 메시지들은 정리하면서 대부분 지웠어도 그것만은 지울 수 없었다.

"라이언, 쌍둥이를 잊지 말고 꼭 찾아줘. 못난 나지만 내 입장에 서서 내 시각으로 살펴봐 주길. 〈식스센스〉에서처럼 난 네 곁에 항상 있을 거야. 내가 못 이룬 일 대신 잘해낼 거라 믿는다. 너와 함께했던 시간들 참 좋았다."

처음엔 슬픔과 충격 때문에 간과했는데 반복해서 읽어볼수록 어딘가 모르게 부자연스러웠다. 자신이 자살할 수밖에 없는 이유를 내 입장에서서, 그리고 내 시각에서 살펴봐 달라고 두 번씩 거듭 강조한 이유가 뭘까. 입장이나 시각이나 같은 뜻 아닌가.

그리고 이런 경우에 적합한 표현은 헤아려 달라거나 생각해 달라는 것이다. 살펴봐 달라는 것도 뜻이 통하기는 하지만 딱 들어맞는다고는 할 수 없는 표현이었다.

쌍둥이를 보살펴 달라거나 돌봐달라고 하지 않고 '찾아달라'는 것도 그랬다.

'아이들이 갑자기 안 보이는 곳에 숨는 것도 아닐 텐데 왜 찾아달라고 한 거지?'

청운이가 못 이루고 간 일이 무엇인지도 그 나이에 안타깝게 죽은 아이가 품었을 법한 청운의 꿈 정도로 치고 넘어갈 수도 있지만, '그게 뭐였지? 내가 청운이 대신 그걸 어떻게 이룰 수 있지?' 라고 물으면 역시 막연하다.

청운이의 문자메시지를 곱씹어 볼수록 청운이가 내게 진짜 하고 싶었던 말이 따로 있다는 느낌이 짙어져 갔다.

'퇴계 선생님은 항상 역지사지, 그 사람의 입장에서 생각해 보라고 가르치셨지. 그렇게만 할 수 있어도 세상의 다툼과 증오는 대부분 사라질 거라고….'

청운이는 문자를 예약전송 했는데 앞에 '〔Web전송〕'이란 표시가 안 붙어 있는 걸 보니 직접 휴대폰을 통해서 보낸 모양이었다. 역지사지라는 가르침이 떠올라 문자메시지를 전송하던 순간의 청운이가 돼보기로 했다.

그래서 내 휴대폰에도 예약전송 기능이 있는지 찾아보았다. 평소 사용할 필요가 없었기 때문에 내 휴대폰에도 그런 기능이 있다는 걸 그때야 비로소 알았다.

예약전송을 위해선 먼저 상대방이 수신하는 날짜와 시간을 설정해야 했다. 그 순간, 머릿속에서 스파크처럼 의문의 불꽃이 튀었다. 처음 문자를 받았을 때는 간과했던 사실이다.

바로 '오후 1시 47분'이라는 수신 시각이었다. 예약전송뿐 아니라 알람시각을 설정할 때도 보통은 정각이나 30분으로 한다. 예외적인 경우라 해도 10진법을 사용해 온 습관에 따라 40분이나 50분을 선택하지, 32분이나 47분처럼 1분 단위로 정하지는 않는다. 그야말로 아주 특별한 사정이 있는 경우가 아니라면. 아마 일생에 걸쳐 그럴 필요를 느끼지 않는 사람도 적지 않을 것이다.

수학을 잘했던 청운이는 숫자감각이 예리한 친구였다. 문자전송 예약시각을 이렇게 설정한 데는 분명히 어떤 사정이 있었고 숫자에 어떤 메시지를 숨겨 남모르게 나한테 전하려는 의도였을 것이다. 숫자 다루는 데 능숙했던 청운이가 무엇인지 몰라도 '숫자 암호'를 사용한 것이라는 생각에 가 닿았다.

청운이가 못 다한 일을 내가 대신 잘해낼 거라는 표현은 막연한 넋두리가 아니다. 나에게 뭔가를 해달라는 구체적인 요청이었다. 내가 청운이 대신 이뤄내야 할 일이란 대체 뭘까.

문자메시지 수신 시각에서 불꽃을 일으킨 의문들은 점차 검은 연기로 피어올라 내 머릿속에서 회오리를 일으키고 있었다.

마침 문자 수신 신호가 울렸다. 친구가 보낸 동영상이 도착했다는 메시지였다. 그 아픈 기억을 다시 돌아보기는 싫었지만 어쩔 수 없었다. 동영상은 청운이가 자살하려고 발가벗은 채 첨탑 바로 아래 올라가 있는 모습에서 시작됐다. 내가 목격했던 그 장면부터였다.

영상 속 청운이는 먼저 다리를 하나로 모은 채 팔을 수평으로 벌리고 서 있었다. 이어서 팔을 30도 정도 위로 올리고 다리를 1미터가량 벌린 자세를 10초 남짓 유지하고 있었다. 그리고는 목격했던 대로 허리를 90도 숙여 자신의 발목과 발목 사이를 역시 10초쯤 응시하더니 본관 바닥을 향해 몸을 던졌다.

'그래, 청운이가 취한 동작은 어떤 메시지를 담고 있는 게 틀림없어.' 그날 청운이의 자살현장을 목격하면서 어떤 그림 속에 있는 사람의 모습이 계속 연상됐다.

'어디서 많이 본 그림인 듯한데 그게 누가 그린 무슨 그림이었지?' 기억을 더듬어 보았지만 뭔가 구체적인 단서가 떠오를 듯 말 듯하면서 잡히지 않았다.

기억과 숨바꼭질을 벌이다가 지쳐버려 침대에 몸을 던진 채 눈을 감았다. 과거 엄마 2와 같이 다녔던 전시회의 그림들을 떠올려 봤다. 서울 삼청동과 인사동의 화랑 골목의 풍경이 하나씩 기억났다.

엄마 2를 친엄마로 알고 있던 그때는 내 인생의 모든 것이 순조로웠고, 이대로 시간이 흘러가기만 하면 가슴 벅찬 미래를 향해 탄탄대로가 펼쳐질 줄 알았다.

아빠의 외도를 계기로 내 출생의 베일이 벗겨지지 않았더라면 난 여전히 아무것도 모른 채 곧 다가올 수능공부에 여념이 없었을 것이다. 수시전형을 통해 SKY 대학에서도 모두가 선망하는 과에 이미 합격증을 받아놓았을지 모른다.

고교생 주제에 벌써 세상의 주목을 받는 피고인이 돼 명문대학의 화려한 교정 대신 춥고 절망적인 교정시설을 향해 한발 한발 다가가야 하는 이런 현실과도 마주치지 않았을 것이다.

'하지만 그랬다면 이토록 내 피를 들끓게 하고, 비로소 나를 소년이 아닌 한 사람의 남자로 태어나게 해준 그녀, 민들레 누나와도 만날 수 없었겠지. 젠장. 그런데 내 생각은 왜 어디서 시작하든 항상 민들레로 끝난단 말인가. 이토록 그녀를 간절히 원하고 있건만 언제쯤이나 그 하얗고 고운 손을 제대로 한번 잡아볼 수 있을까?'

이런 상념에 젖어 있다가 비몽사몽 꿈결에 빠졌다.

내 운명이 롤러코스터를 타기 시작한 그곳, 태산갤러리였다.

그날 그 순간처럼 나는 그녀의 어깨에 오른손을 얹고 있었다. 그녀는 나를 향해 해맑게 웃고 있었고 손을 뻗어 내 얼굴을 어루만졌다. 그런데 그 순간 내가 실오라기 하나 안 걸친 알몸인 것을 발견했다. 깜짝 놀라 얼른 중요한 부위를 두 손으로 가리고 어쩔 줄 몰라 하는데 갤러리 안에 있던 모든 아이들, 특히 여자아이들이 나를 향해 우우 하고 야유

하더니 일제히 휴대폰을 꺼내 내 모습을 촬영하는 것이었다. 그녀는 여전히 나를 향해 미소 짓고 있었다.

어디로든 숨을 곳을 찾기 위해 사방을 두리번거리다 보니 그녀가 유심히 들여다보고 있던, 우리 앞에 걸린 그림에 눈길이 갔다.

순간 그림 속의 인물이 청운이라는 것을 깨닫고 또 한 번 깜짝 놀랐다. 그림 속 청운이는 동그란 원 안에서 팔이 네 개, 다리가 네 개인 나체의 모습으로 묘사 돼 있었다. 분명히 어디선가 보았던 그림 속의 남자 모습이었다.

소스라치며 잠에서 깨어난 나는 꿈속에서 본 그림의 이미지를 떠올려 보았다.

'그래, 막연하긴 하지만 혹시 키워드 검색을 해보면 그 이미지를 찾을 수 있을지도 몰라.'

노트북을 열어 머리에서 떠오르는 대로 '남자', '나체', '그림'이라는 세 개의 키워드를 입력했다.

다비드 상부터 시작해서 남자 나체의 다양한 스케치와 사진들이 끝없이 쏟아져 나왔다. 개중에는 여자의 나체 그림을 들고 있는 남자의 사진도 있었고 나체인 남자가 그림을 그리고 있는 사진도 있었다. 스크롤의 압박을 느끼던 중 눈이 번쩍 뜨이는 그림이 나타났다.

"아, 바로 이거였어."

오래돼서 바랜 듯한 노란 종이 위에 나체로 서 있는 남자가 발을 모으고 양팔을 수평으로 펼친 모습, 그리고 다리를 양쪽으로 약간 벌린 채 두 팔도 30도가량 위로 들어 올리고 있는 모습이 오버랩된 그림.

'비트루비안 맨', 혹은 '비트루비우스의 인체비례'라는 제목이 붙어 있었다. 웹문서에는 레오나르도 다빈치가 1490년, 그의 활동무대였던 피렌체에서 그린 그의 최고 역작 중 하나라는 설명이 나왔다.

로마의 유명한 건축가 비트루비우스가 "인체는 비례의 모범이다. 사람이 팔과 다리를 뻗으면 완벽한 기하학적 형태인 정사각형과 원에 딱 들어맞기 때문이다" 라고 주장한 저서를 읽고 영감을 얻은 다빈치가 드로잉으로 그려낸 것이라고 했다.

청운이가 취한 동작들을 머릿속에서 정지영상으로 추출해 겹쳐 그려 보니 비트루비안 맨의 모습과 정확히 일치했다. 하지만 그것만으로는 청운이가 내게 뭘 말하려 했던 것인지 알 수 없었다.

'청운아. 인마, 다빈치와 비트루비우스가 대체 뭘 어쨌다는 거냐? 너랑 그 영감들이 무슨 상관이 있어?'

무심결에 '다빈치'와 '비트루비우스'라는 키워드를 동시에 검색해 봤더니 가장 빈도수가 높은 건 〈다빈치코드〉라는 영화와 소설 이야기였다. 아예 '다빈치코드'를 검색해 보기로 했다.

영화와 소설만 아니라 '다빈치코드'라는 제목의 음악까지 다양한 콘텐츠들이 쏟아져 나왔고, 심지어 쇼핑 코너에는 소설 〈다빈치코드〉의 스토리를 토대로 한 보드게임까지 있었다.

'헐, 〈다빈치코드〉가 게임으로까지 나온 줄은 몰랐네.'

내가 초등학생 때였던가, 소설로 나왔을 때부터 세계적으로 엄청난 선풍을 일으켰다는 이야기는 들었지만 읽어보지는 못했다. 언젠가 아빠가 소설에 비해 영화는 별로였다고 말했던 것도 기억났다.

책의 저자인 댄 브라운의 소개를 보니 소설가가 되기 전 싱어송 라이터를 꿈꾸고 음반을 3장이나 냈다고 했다.

'1990년대면 청운이나 내가 태어날 무렵인데 댄 브라운이 그때는 소설가가 아닌 가수로서 우리나라를 찾아와 공연까지 했다니. 정말 재주도 많은 사람이네.'

검색을 하다 보니 끝이 없을 것 같았다.

'영화나 소설 속에 힌트가 있을지 몰라.'

이번에는 다빈치와 피렌체, 비트루비우스를 함께 검색해 봤다. 수많은 블로그와 웹문서가 쏟아졌고 그것들을 하나하나 열어보던 중 피렌체에서 다빈치의 고향인 빈치로 가는 길에 세워진 비트루비안 맨의 석상에 눈길이 꽂혔다.

또 한 번 머릿속에서 스파크가 터졌다.

"그래, 그림이 아니야. 청운이가 죽기 전 자신의 몸으로 보여주려고 한 것은 2차원 평면의 그림이 아니었어. 그건 말 그대로 입체적인 신체의 형상이었지."

청운이는 스스로 살아 있는 비트루비안 맨이 됨으로써 나에게 메시지를 전했고 내게 보낸 문자에 무엇인지 몰라도 비트루비안 맨과 연관된 비밀의 열쇠를 담아 보낸 것이다.

"맞아, 청운이의 첫 번째 메시지는 바로 입체적인 비트루비안 맨, 즉 비트루비안 맨의 동상을 암시하는 것이 틀림없어. 그걸 찾아내야 해."

비트루비안 맨 동상이 있을 만한 장소는 일단 태산그룹과 관련 있는 곳일 것이다. 태산그룹이 가진 부동산은 전국 각지에 걸쳐 워낙 다양하게 널려 있어서 어디를 먼저 찍어야 할지 감이 오지 않았다.

주력사인 태산건설의 고급 아파트 브랜드 '베네치안'은 전국의 주요 택지지구마다 가장 살기 좋은 위치에 건설돼 있었고 최고급 골프장과 5

성 또는 6성급 호텔, 테마파크도 여러 개였다. 막연히 그곳들을 다 찾아서 돌아다닐 수는 없었다. 어딘가 하나를 먼저 택해야 한다면 아무래도 청운이 아버지가 부사장으로 있던 태산D&E와 관련된 장소일 가능성이 높다고 생각했다.

태산D&E는 규모가 작은 회사여선지 태산그룹 계열사에 그런 회사가 있었고 얼마 전 부도가 나서 없어졌다는 사실조차 아는 사람이 별로 없었다. 검색해 봐도 뉴스의 소재가 된 일이 거의 없었다.

딱 하나, 지난해 11월 기사 중 태산D&E가 태산건설의 하도급을 받아 테마파크를 짓던 중 부도로 공사가 중단됐다는 내용이 보였다. 그러나 그 기사를 클릭했더니 제목만 남아 있을 뿐 내용이 삭제돼서 볼 수 없었다. 그런 정도의 기사 같으면 몇 군데 매체에서 파고들어 보도했을 법한데 관련 검색어를 입력해도 그것 외에는 다른 기사가 뜨지 않았다.

잠깐 졸았던 시간이 저녁 8시쯤이었던 것 같은데 어느덧 밤 11시 30분이 다가오고 있었다.

휴대폰 벨이 울렸다. 이 시간에 누굴까 하며 받아보았는데 '내사랑 민들레'였다. 뜻밖에도 그녀는 울먹이는 목소리로 말을 잇지 못했다. 애써 울음을 삼키는 소리가 들렸고 그 바람에 내 마음도 짠해져서 눈물이 나려고 했다.

"많이 억울하고 화나지? 난 네가 청운이란 아이를 괴롭혀서 죽게 만들었을 리 없다고 믿어. 나쁜 기자들 같으니라고. 어떻게 고등학생인 네 이름을 실명으로 쓰니…. 꼭 누명을 벗게 될 거야. 변호사인 아빠가 힘이 돼주시겠지만 네가 끝까지 잘 싸워서 결백을 증명하려는 의지가 더 중요하지 않겠니. 내가 도울 수 있는 건 뭐든지 도울게."

“고마워요, 누나. 말만 들어도 기운이 나요.”
“그리고 혹시 이것도 너한테 도움이 될지 몰라서 전화했어.”
“뭔데요?”
“너를 이지메 살인범으로 몰아가는 배후엔 성하버드가 있는 것 같아.”
“왜 그런 생각을 했어요?”
“너도 소문 들어서 알고 있겠지만 그 인간이 나한테 시도 때도 없이 들이댔잖니. 교생 끝난 기념이라고 2백만 원도 넘을 것 같은 황금열쇠를 주지 않나, 만난 지 백 일째라면서 집으로 백 송이 장미꽃을 보내고, 얼마 전엔 주민등록상의 생년월일을 내 생일로 착각하고 장미꽃을 또 보냈지 뭐니. 너한테도 말했다시피 내 생일은 1월이거든. 너무 귀찮게 구는 바람에 부모님들 보기도 민망하고 정말 힘들었어. 우리 아빠도 재벌인지 뭔지는 몰라도 태산그룹과 성찬수 회장의 이미지가 안 좋다고 싫어하시거든.”
“하버드가 뻔뻔스러운 줄은 알았지만 그 정도까지인 줄 몰랐네.”
“근데 오늘 이런 문자가 온 거야. 읽어줄게.
‘우리 학교 아이들 사이에 민들레 씨가 라이언이라는 애송이와 각별한 사이라는 소문이 있던데. 정말? 실망이에요. 하지만 이제 라이언이라는 아이의 실체를 알았겠죠? 사실 그런 애들은 내가 손가락 하나만 까딱해도 죽였다가 살렸다가 할 수 있답니다. 그래도 그 막돼먹은 놈이 우리 민들레 씨에게 해를 끼치기 전에 수습돼서 다행이에요. 그건 그렇고 우리 오랫동안 못 봤는데 언제 한번 연락 줘요. 기다릴게요.’
그리고 어쩌면 하버드가 괜히 허풍 떠는 것일 수도 있겠지만 태산그룹이 정계 관계는 물론 검찰과 경찰에까지 영향력을 행사할 수 있다는 이야기를 들었어."

"누나, 나도 막연히 그런 생각을 했어요. 청운이의 자살은 어쩐지 태산그룹의 비밀과 연관돼 있는 것 같아요. 청운이 아버지가 작년에 부도로 문 닫은 태산D&E 부사장이었거든요."

"어머, 그랬었구나. 태산그룹은 예전부터 정치인들에게 검은 돈을 주고 사업 이권을 따내왔다는 소문이 파다했어. 작년 말 검찰이 그런 의혹들을 수사하다 증거 불충분으로 중단했을 때도 정치권의 외압 때문이라는 의혹이 일었었지."

"만약 청운이가 알려주려고 한 비밀이 청운이 아버지가 남긴 태산그룹의 비리를 입증할 증거라면…."

그녀는 잠깐 침묵했다가 입을 열었다.

"라이언, 너 조심해야겠다. 어쩌면 태산그룹에서는 너한테 청운이를 이지메 해서 죽게 했다는 누명을 씌우는 걸로 끝나지 않고 네 목숨까지 노릴지 몰라.

하버드는 찌질하긴 해도 순진한 인간이야. 태산그룹 핵심조직에서는 네가 청운이를 통해서 알게 된 그룹의 비리 입증 자료를 손에 넣을 수도 있다고 판단되면, 정말 너를 죽이려 들지 몰라. 그동안 태산그룹에서 오래 일해서 내막을 너무 많이 알게 됐거나 태산그룹에 불리한 증언을 하다가 갑자기 행방불명된 사람이 여럿이라잖니. 아니 땐 굴뚝에 연기 날 리 없다고, 그런 소문이 전혀 근거 없이 퍼질 거 같진 않아."

"너무 걱정 말아요, 누나. 내 어깨에는 퇴계 선생님에게 꼭 이루겠다고 약속한 사명이 있어요. 그걸 완수하기 전엔 죽을 수 없는 몸이에요."

“헐, 너 지금 말하는 게 무슨 애늙은이 같은 거 알아?”

“어쩌면 진짜로 누나 도움이 필요할지 몰라요. 가능한 여러 사람이 힘을 모아야만 할 것 같아요.”

난 전화를 끊고 생각에 빠져들었다. 정말 태산그룹이 자신들에게 위협이 될 만한 사람 하나쯤 제거하는 것을 주저하지 않는 무서운 조직이라면? 태산그룹의 생사를 좌우할 중요한 비밀을 담은 문서나 자료가 있다고 가정할 때 그 소재를 청운이 아버지가 알고 있었고 그걸 청운이에게 전했다면?

외국으로 나갔다는 청운이의 아버지는 어쩌면 그 사이에 살해당한 것일지 몰랐다. 청운이도 자살을 결심하기까지 상상 못할 협박을 당하고 극도의 공포에 떨어야 했을 것이다. 그 절망감이 그를 자살로 내몰았을지 모른다는 생각이 들었다. 문득 장례식장에서 얼굴이 사색이 돼 있던 청운이 엄마와 두 여동생의 얼굴이 떠올랐다. 단순히 가족을 잃은 슬픔이 아니라 극단적인 상황에 내몰린 사람들만 지을 수 있는 절망의 눈빛이었다.

‘아, 그 얼굴을 보고서도 어쩌면 말 못할 끔찍한 일을 겪었을지 모른다는 생각을 왜 못했을까.’

청운이가 자살하기 직전에 구체적으로 어떤 일들이 있었는지 궁금했다. 집에 같이 있던 가족들은 모든 걸 목격하고도 공포에 사로잡혀 말을 못 꺼내는 것일지도 몰랐다.

한번 찾아가서 자세히 물어봐야 할 것 같았다. 어쩌면 그동안 짐작조차 못한 엄청난 일들이 있었을 것이다.

‘태산D&E가 짓다 만 테마파크에 대해서도 기사로는 더 이상 확인이

안 되지만 청운이 가족들은 뭔가 아는 게 있을지 모른다.'

청운이 어머니는 항암치료를 받느라 일산 국립암센터에 입원 중이었고, 쌍둥이 여동생들은 이모 집에서 학교를 다니고 있었다.

그가 남긴 문자메시지 중에서 쌍둥이를 잊지 말고 찾아달라는 구절은 이런 상황이 올 것을 예견하고 암시한 걸까. 다음 날 나는 다산중학교에 다니는 청운이의 여동생 청라, 청미를 방과 후 다산역 앞 카페베네에 불러 치즈케이크와 녹차라떼를 사주면서 청운이 자살 전후에 있었던 상황을 될 수 있는 대로 자세히 알려달라고 했다.

둘은 이야기를 해야 할지 말아야 할지 서로 눈짓을 주고받으면서 한참 망설이다가 내 앞에서 서로 귓속말을 하기도 했다.

두 아이가 얼마나 두려움에 얼어붙어 있었던지 말을 꺼낸다는 것 자체가 큰 용기가 필요한 결단이라는 걸 알 수 있었다. 언니인가 동생인가 잘 구별이 안 되지만 왼쪽에 앉은 아이가 먼저 말을 꺼냈다.

"라이언 오빠, 어린 시절부터 우릴 봤지만 여전히 헷갈리시죠? 제가 언니 청라예요. 아빠가 일자리를 찾으러 중국으로 간다고 하면서 떠나신 바로 다음 날, 키가 땅딸막하고 얼굴이 조폭 두목처럼 무섭게 생긴 아저씨 하나랑 오빠 학교의 재단 상임이사라는 사람이 찾아왔어요. 깍두기 머리를 한 깡패들 대여섯 명과 같이요. 엄마는 아파서 꼼짝 못하고 자리에 누워 있는데 자료인지 파일인지를 찾는다며 집안을 온통 뒤지고 다니면서 아빠가 아끼시던 도자기와 접시, 액자들을 다 깨부쉈어요. 우린 너무 너무 무서워서…" 하더니 눈물을 뚝뚝 떨어뜨리면서 말을 잇지 못했다.

쌍둥이들은 한동안 나란히 어깨를 들썩이다가 이번엔 동생 청미가 이야기를 계속했다.

"깡패들이 우리 오빠 멱살을 잡아서 들어 올리더니 너희 아빠한테 들어서 알고 있는 거 지금 다 말하라고, 말 안 들으면 쥐도 새도 모르게 땅에 묻어버릴 거라고, 너 하나 없애는 건 일도 아니라고 협박했어요. 조폭 두목하고 학교 상임이사도 똑같이 말하면서 우리 엿 먹이고 자료를 빼돌린 그놈, 우리 손에 잡히기만 하면 죽는다고 했어요" 하고는 목이 메는지 말을 잇지 못했다.

급기야 청미가 와락 울음을 터뜨리면서 "라이언 오빠, 우리 아빠 정말 어딘가에서 죽은 거 아닐까요. 어떻게 여태까지 한 번도 연락이 안 올 수 있어요? 오빠 장례식에도 못 오시고…. 만약 우리 아빠 죽었으면 불쌍해서 어떡해" 라며 흐느꼈다.

청운이의 장례식에서 그랬던 것처럼 마치 수도꼭지 틀어놓은 듯 펑펑 쏟아내는 두 아이들의 눈물을 보고 있는 나 역시 눈시울이 뜨거워졌다. 너무나 충격적인 일을 당한 데다 자라오면서 한 번도 겪지 않은 경제적 궁핍까지 겹쳐서 힘겨워 할 아이들이 너무 안타까웠다.

언니 청라가 말을 덧붙였다.

"그 사람들은 오빠한테 네가 전화 통화하는 내용은 물론이고 문자메시지나 카톡도 다 도청하고 검열해서 볼 수 있으니 어디다 우리 몰래 서류와 파일을 숨기거나 딴 사람한테 정보를 빼돌리려고 했다간 바로 죽여버릴 거라고 했어요."

그러더니 쌍둥이는 북받치는 설움을 참지 못해 서로 껴안고 엉엉 울어댔다. 그때의 일로 아이들에게 깊은 트라우마가 생긴 모양이었다.

카페베네 매장의 손님들은 '저건 무슨 시추에이션인가' 라는 표정으로 나와 쌍둥이 자매를 흘낏거렸다. 나는 일단 아이들을 진정시킨 다음에 혹시 '테마파크'라는 데 같이 간 적이 없느냐고 물었다. 아마 다 짓기 전이라도 그곳 공사를 관리하던 청운이 아버지는 가족들과 함께 한번쯤 개발현장을 들렀을지 모른다는 생각이 들었기 때문이다.

청라가 고개를 들더니 "기억나요. 경기도 용인 어디인가 공사현장에 같이 간 적이 있어요" 라고 말하자 청미도 "아마 피렌체파크라고 했던 거 같은데. 피렌체 맞아요, 피렌체" 라고 거들었다.

'피렌체'라는 말을 듣는 순간 그 일련의 연속성에 전율하지 않을 수 없었다. 태산그룹의 아파트 브랜드 역시 이탈리아의 지명인 베네치아에서 따온 것이다.

피렌체는 다름 아닌 다빈치가 활동하던 곳이고 그의 역작 비트루비안 맨이 탄생한 곳이었다. 태산그룹이 조성하다가 중단한 테마파크의 이름을 그렇게 지었다면 그 안에 비트루비안 맨의 동상이 있을지 모른다는 생각이 들었다.

쌍둥이들과 헤어지면서 그동안 안 쓰고 모은 용돈을 모두 털어 간식 사 먹으라고 10만 원씩을 손에 쥐어주었다. 집에 돌아와서는 구글 맵을 통해 경기도 용인 일대에서 테마파크가 들어설 만한 입지를 뒤지기 시작했다.

위에서 찍은 거라 자세히 식별하긴 어려워도 공사현장으로 보이는 곳을 찾을 수 있었다. 골프장 서너 개 정도를 합쳐놓은 것 같은 면적에 드넓은 정원과 광장, 워터파크, 승마장까지 한곳에 망라된 거대한 테마파크였다. 비트루비안 맨 동상인지는 파악할 수 없어도 몇 군데 동상 같은 조형물이 보이는 듯했다.

일단 그 안에 들어가야 한다. 하지만 뭔가 중요한 비밀을 감추고 있는 곳이라면 감시가 만만치 않을 것이었다. 게다가 너무 넓은 지역이어서 한두 사람이 그곳을 뒤져 단서를 찾는다는 건 불가능해 보였다.

뜬눈으로 밤을 새다시피 하고 다음 날 학교에 나가는데 아무래도 누군가 내 뒤를 쫓는 것 같은 기분이 들었다. 교실에서도 영 불안감을 떨칠 수 없었다. 태산고는 태산그룹이 마음만 먹으면 얼마든지 손을 쓸 수 있는 곳 아닌가.

나는 수업이 빨리 끝나기만을 기다리다가 방과 후에 타이거와 재규어를 헬렐레 펀치 도장으로 데려갔다. 누군가의 추적과 감시를 피하기 위해선 땀내 젖은 거친 남자들로 가득 찬 그곳이 제격일 것 같았다.

두 친구에게 그동안 파악한 내용과 자살하기 직전 청운이의 신상에 벌어졌던 일들을 들려주었다. 침착하고 과묵한 편인 타이거는 뭔가 골똘한 생각에 빠져들었고, 촐싹대는 편인 재규어는 벌써부터 액션영화의 주인공이 된 양 흥분했다.

"야, 민들레 선생님도 같이 가면 안 될까?"

"안 그래도 누나가 언제든지 필요한 건 돕겠다고 했으니까 말하면 같이 가줄 거 같은데."

둘의 대화를 듣고 있던 타이거가 이의를 제기했다.

"여자가 가기엔 위험하지 않을까. 지금으로선 상상도 할 수 없는 위험에 빠지게 될지 모르는데 말이야. 선생님을 위해서뿐만 아니라 어쩌면 우리에게도 큰 부담이 될지 몰라."

그러나 재규어는 멋진 액션 신을 찍기 위해선 아무래도 여주인공도 하나쯤 있어야 한다는 생각인 듯했다.

"태진아, 지금 우린 맨땅에 헤딩을 해야 하는데 그런 일일수록 여자들의 예민한 직감 같은 게 큰 도움이 돼줄 수도 있어. 그렇지 않냐, 라이언?"

그녀가 따라가든 않든 자초지종을 이야기하지 않을 수 없었다. 아침부터 계속 누군가 나를 미행하거나 도청할지 모른다는 불안감을 지울 수가 없었다. 도장에서부터 자전거를 타고 그녀의 학교 앞까지 가서 문자를 보냈다. 그리고 학교 도서관 안에서 그녀를 만나 커피를 마시면서 이야기를 나눴다.

그녀는 그동안 알아낸 것에 적지 않게 놀란 표정이었다.

"너희들이 거기 가는 걸 안 이상, 한때 선생님이었던 내가 어떻게 모른 척할 수 있겠니. 너희들이 더 큰 위험에 빠지는 걸 막기 위해서라도 같이 가야지. 너도 이미 준비하고 있겠지만 그 일을 위해서는 일단 차가 필요해. 그리고 예상치 못한 상황이 벌어졌을 때 냉철하게 대처해 줄 수 있는 어른이 반드시 하나 있어야 해."

내 머릿속에서는 자연스럽게 오정태 선생님이 떠올랐다.

"오 선생님이라면 우릴 도와주실지 모르겠어요. 한번 이야기해 볼 게요."

다음 날 교무실로 오 선생님을 찾아가 누가 들어선 안 될 긴밀한 이야기라고 했더니 자신의 차 안에서 이야기를 하자고 했다. 딸 넷에 아들 하나를 키우는 그의 차는 가족형 승합차인 카니발이었다. 오 선생님은 차 안에서 그동안의 이야기를 듣더니 긴장한 듯 표정이 굳었다.

"라이언, 잘 들어라. 이건 괜히 겁주려고 하는 말이 아니라 정말 생명의 위협을 무릅써야 하는 일이 될지 몰라. 그리고 지금 너와 내가 대화하는 거, 그전에 민들레 선생님이나 태진이, 재욱이와 대화한 것도 다 그쪽에서 어떻게든 파악해 내려고 할 거야. 너와 함께 네 주변 인물들의 동향이 곧 그들의 정보망에 포착될 게 틀림없어. 어쩌면 우리의 대화내용이나 움직임을 이미 파악해서 추적에 나섰을지도 모르고. 상황이 이렇게 된 이상 머뭇거려선 안 된다. 한시라도 지체 없이 빨리 결판을 내야만 해. 내일이 마침 토요일이니까 바로 피렌체파크에 들어가서 단서를 찾아보자. 내가 학교 앞으로 차를 가지고 나오마."

오 선생님의 과감하고 신속한 결단에 따라 다음 날인 토요일 아침 9시 나와 민들레 누나, 타이거와 재규어 이렇게 다섯 명이 학교에서 만나 용인으로 출발했다.

예상대로 피렌체파크는 내비게이션에서 위치가 검색되지 않았다. 구글 맵을 출력한 사진을 보니 근처에 골프장이 있어서 그곳을 목적지로 찍고 찾아갔으나 분명히 그 일대 어딘가에 있을 줄 알았던 피렌체파크의 이정표는 아무리 봐도 찾을 수 없었다. 인근 순댓국집과 슈퍼마켓, 스포츠용품점을 돌아다니면서 물어보았지만 하나같이 처음 들어보는 이름이라며 고개를 갸웃거렸다.

한참 꼬불꼬불한 비포장도로로 들어가서 이리저리 헤매다가 비로소 테마파크 부지로 보이는 곳을 찾아냈다. 끝없이 이어지는 철조망 인근 건축자재 쓰레기 더미가 쌓여 있는 곳에서 버려진 작은 팻말을 발견했다.

거기엔 '피렌체 리조트 & 카지노'라고 쓰여 있었다.

"리조트는 알겠는데 카지노라니, 이 안에 카지노가 들어선다는 거야? 그런 얘기는 한 번도 뉴스에 나온 적이 없었잖아."

오정태 선생님이 놀란 표정으로 말했다.

“아, 태산그룹이 카지노에 손대려고 한다는 소문은 오래전부터 들었어요. 저희 아빠도 그런 말씀 하신 적 있었거든요.”

“아무튼 여기가 우리가 찾던 곳이 틀림없는 거 같아요.”

민들레 누나에 이어 내가 그렇게 말을 받았다.

그로부터 멀지 않은 곳에서 공사현장으로 들어가는 정문을 찾아냈다. 오후 3시쯤이었다.

공사가 중단됐다고 알려져 있었는데도 안에서는 계속 공사가 진행 중인지 이따금 트럭들이 드나들고 있었다. 빈틈없이 둘러쳐진 철조망에는 고압전류가 흐르고 있다는 경고문이 붙어 있었다. 게다가 50여 미터 간격으로 CCTV가 설치돼 도저히 비집고 들어갈 틈이 보이지 않았다.

우리 일행은 정문에서 20미터쯤 떨어진 빈 컨테이너 건물 뒤에 차를 세우고 몰래 동향을 지켜봤다. 컨테이너 앞에는 ‘대한민국 고엽제 전우회’라는 나무간판이 붙어 있었다. 트럭이 들어갈 때마다 경비원들이 운전사의 신분증을 보면서 무전기로 신원을 확인하는 모습이 보였다.

“확실히 뭔가 수상하다는 생각이 든다, 얘.”

민들레 누나가 말했다.

“우리 진짜 영화 찍으러 온 것 같아요. 이럴 줄 알았으면 이발도 하고 비비크림도 바르고 멋지게 하고 나오는 건데.”

재규어의 말에 다들 겉으로는 웃으면서도 긴장하는 눈빛이었다.

“그런데 기껏 여기까지 와서 들어가지도 못하는 거 아냐?”

“포기하고 경찰에 알려야 하는 거 아닐까?”

“무슨 혐의로? 토요일인데도 안 쉬고 공사한다는 혐의?”

“토요일에 공사하는 건 불법이 아니라 장려사항일 거야. 평일 교통체

증을 줄이고 일자리도 늘릴 수 있으니까. 태산그룹이 경찰, 검찰도 꽉 잡고 있다는데 괜히 단서만 주게 될까 봐 그게 문제지."

대책도 없이 수다를 늘어놓다가 '결국 이 방법밖에 없지 않을까'라는 생각이 떠올랐다.

"좀 위험하긴 하겠지만 이렇게 하는 건 어떨까. 트럭들이 입구에서 신원확인 때문에 항상 1~2분씩 대기하고 서 있잖아. 곧 어두워지고 나면 운전석에서는 트럭 후미가 거의 안 보일 거야. 그때를 틈타 화물칸에 올라타는 거지. 그동안 쭉 지켜보니까 경비실에 앉아서 기계적으로 운전자 신분증만 확인하고 뒤에 실은 화물은 검사하지 않더라구. 이상한 게 오히려 나갈 때는 뭐 훔쳐가는 게 없나 확인하려는 건지 샅샅이 화물칸까지 살펴보고 말이야."

"그래, 위험하긴 해도 지금으로선 그 방법밖에 없을 것 같다."

"그러자면 우리가 뒤에 올라타도 모를 만큼 큰 트럭이어야 하고 다섯 명이 앉을 만큼 여유 공간도 있어야 하는데, 그런 트럭이 들어와 줄까?"

트럭들은 30~40분 간격으로 끊임없이 드나들고 있었다. 크기도 다르고 뒤에 실린 물건도 다양해 보였다. 해가 떨어지고 주변이 완전히 어두워졌을 때쯤 화물칸에 자바라를 친 트럭 한 대가 올라오는 것이 보였다.

나도 모르게 소리쳤다.

"저게 딱이다. 저걸 놓치면 오늘은 더 이상 기회가 없을지 몰라. 저기 올라타자."

예상대로 트럭은 이번에도 출입문에서 신원조회를 위해 몇 분간 머물렀고 2~3미터 앞도 잘 안 보이는 어둠을 이용해 우리 다섯 명은 차례로 트럭 화물칸에 올랐다.

그렇게 일단 피렌체파크에 잠입하는 데까지는 성공했다.

피렌체파크가 구글 맵이나 울타리 밖에서 본 것보다 훨씬 넓기 때문인지, 우리가 너무 긴장한 탓인지 출입문을 통과한 트럭은 제법 오랜 시간을 달리는 듯했다.

잠시 후 트럭이 멈춰 섰다. 그러나 운전사가 트럭을 세운 곳은 종착점이 아니었다. 아직 화장실다운 화장실이 없기 때문인지 어두운 곳에서서 볼일을 보려는 것이었다.

우리는 '때는 이때다' 라는 눈짓을 교환하며 일제히 뛰어내려 캄캄한 풀숲 속에 몸을 감췄다.

재규어가 말했다.

"저 트럭은 어디로 가는 걸까. 쫓아가 봐야 하지 않을까?"

타이거는 역시 신중했다.

"그러기엔 위험부담이 너무 큰 것 같다."

오 선생님이 말했다.

"어렵게 들어오긴 했지만 이제 결정적인 문제는 여길 빠져나가는 거야. 고압전류가 흐르는 철조망을 넘을 수도 없고 정문으로 나갈 수도 없잖아. 들어올 때처럼 트럭에 몰래 올라타는 것이 불가능할지 몰라. 설사 올라탄다 해도 나갈 때는 들어올 때와 달리 화물칸을 검사하기 때문에 십중팔구 걸리게 될 거구. 나는 여길 무사히 탈출할 수 있는 방법을 찾아볼게. 그동안 너희들은 두 명씩 조를 나눠 광장 주변을 샅샅이 뒤져서 우리의 목표인 비트루비안 맨 동상을 찾아보도록 해라."

민들레 누나와 내가 한 조가 돼서 광장을 중심으로 왼쪽 구역, 타이거와 재규어가 광장 오른쪽 구역을 탐색하기로 했다. 휴대용 조명을 가져오긴 했어도 경비들의 눈에 띌까봐 켜지 못했다.

서서히 어둠에 눈이 적응되기 시작한 데다 다행히 달빛이 밝아 그런대로 돌아다닐 만했다. 게다가 인근 골프장들이 야간개장을 하면서 밝혀놓은 불빛이 흘러들면서 군데군데를 대낮처럼 밝혀주고 있었다.

피렌체파크 안에는 광장을 중심으로 꽤 많은 동상이 있었다. 달빛 아래 모습을 드러낸 것은 르네상스 시대 미켈란젤로나 다빈치의 작품 모작들이었다. 다비드상과 포세이돈상, 메디치가문의 기마인물상 등 인터넷 블로그에서 보았던 피렌체 시내의 석상들을 그대로 옮겨놓은 듯했다.

동상 주인공들의 고향인 이탈리아에서 제기할지 모를 저작권 문제를 피하기 위해선지 진품보다 훨씬 더 크게 만들어 웅장한 느낌을 줬다. 건물이든 동상이든 위압적일 만큼 크게 만드는 게 태산그룹의 디자인 콘셉트인 듯했다. 그러나 비트루비안 맨의 동상은 아무리 찾아도 눈에 띄지 않았다.

민들레 누나가 말했다.

"내 예감에 분명히 있긴 있을 거야. 아직 동상을 세우지 않고 동상을 설치할 포디움만 세워놓은 것도 있던데 만약 비트루비안 맨 동상도 아직 설치하기 전이라면 포디움에 비트루비안 맨이라고 새겨놓았거나 동판을 붙여놓았을지도 몰라."

동상들은 테마파크 안 이곳저곳에 산재돼서 광장 주변만 있는 것이 아니라 숲 속에도 있고 다리 위에도 있었다. 비트루비안 맨을 찾기 위해선 결국 넓고 넓은 피렌체파크 전체를 다 뒤지지 않으면 안 될 상황이었다. 만약 설치 전의 포디움만 있을 경우 바로 앞에까지 다가가서 자세히 살펴보지 않을 수 없었다.

그 사정은 광장 오른쪽 구역을 뒤지고 있는 타이거와 재규어도 마찬가지였다. 그때 또 트럭이 들어오는 소리가 들렸다. 숲 속에 숨어 있던 우리 앞으로 다가오는 트럭은 택배회사 트럭처럼 윙바디로 된 짐칸이 붙어 있었다.

"라이언, 아무래도 저 트럭이 가는 곳에 뭔가 있을 것 같아."

"나도 그런 생각이 들어요, 누나."

다행히 길이 좁고 굴곡이 심한 코스라 트럭이 서행하고 있어서 전력을 다해 뛰어가니 얼추 따라잡을 수 있었고, 이내 정지등을 켜는 것이 보였다. 그래도 정지하기까지 3백 미터는 달렸던 것 같다.

까치발을 하고 트럭에 가까이 다가가던 우리는 순간 숨을 멈추고 서로의 얼굴을 쳐다봤다.

트럭이 멈춰 선 곳은 한 건물 앞이었다. 그 건물의 외관은 태산고등학교 본관과 똑같았다. 하나의 설계도로 지은 쌍둥이 건물인 듯했다. 쌍둥이를 찾아달라는 청운이의 문자는 자신의 여동생들만을 말하는 것이 아니라 쌍둥이 건물을 지칭하는 중의적 암시였던 걸까. 그렇다면 저 안에 틀림없이 비밀의 단서가 있을 것이라는 직감이 들었다.

트럭은 지하주차장 앞에 잠시 정지해 다른 트럭 한 대가 주차장을 빠져나오기를 기다렸다가 주차장 안으로 들어갔다. 대형트럭이 드나들고도 남을 만큼 주차장의 문이 높은 걸로 봐서 건물 지하에 뭔가 엄청난 규모의 시설이 지어지고 있는 듯했다. 하지만 그 주변에도 동상은 안 보였다.

"누나, 나는 저 건물 안에 들어가 볼게요. 청운이가 자살하기 위해 서 있었던 그 자리에 서면 뭔가 보일지도 몰라. 내가 거기 서서 신호를 보낼 테니 내 모습이 잘 보이는 곳에서 기다리고 있어요."

태산고 본관과 쌍둥이 건물이라면 옥상에 오르는 비상계단도 같은 곳에 있을 것이었다. 나는 청운이의 자살 후 녀석이 어떻게 그곳까지 올라갔을까 궁금해서 타이거와 함께 건물을 뒤져 비상계단을 찾아냈고 그걸로 청운이가 서 있던 첨탑 바로 아래까지 올라가 본 적이 있었다. 그게 지금 이 순간 큰 도움이 됐다.

희미하게 불이 켜진 현관으로 들어서니 역시나 태산고 본관과 비슷한 높이의 장엄한 천장이 나왔다. 사람들이 두런두런 대화하는 소리와 망치로 뭔가를 두드리는 소리, 전기드릴로 벽을 뚫는 소리가 들렸다. 한눈팔 여유가 없는 긴박한 상황이었지만 궁금증을 이기지 못하고 지하실로 내려가는 계단을 찾아 내려가 보았다.

지하엔 축구장 두 배쯤 돼 보이는 드넓은 홀 안에 크고 작은 전자오락기 같은 기계들이 차곡차곡 들어차고 있었다. 영화에서만 보던 카지노 기계들이었다.

"아, 우리가 타고 들어온 트럭이 싣고 온 나무상자에 들어 있던 것도 바로 이 카지노 기계들이었구나. 그런데 이렇게 토요일 밤까지 작업할 만큼 서두르는 이유는 뭘까."

그런 의문을 품고 옥상을 향해 달려 올라갔다. A자형 첨탑의 석주 앞에 놓인 난간은 길이가 20여 미터나 됐지만 폭은 겨우 70~80센티미터에 불과했다. 살금살금 게걸음으로 그곳을 걸으면서 삐끗하면 떨어질지 몰라 오금이 저려왔다. 자살을 결심했거나 보수공사를 하는 인부가 아니라면 그 위험한 난간을 걸어갈 이유가 없었다.

12개의 석주 중 청운이가 서 있었던 가장 높은 두 개의 석주 사이에 섰다. 건물 아래에서 민들레 누나가 손을 흔드는 것이 보였다. 바로 앞 광장 같은 곳에 동상을 세우려는 듯 3개의 포디움이 보였고 누나는 한가운데 포디움 앞에 서 있었다. 전화벨이 울렸다.

손바닥만큼 작아 보이는 그녀가 한 손엔 수화기를 들고 다른 한 손으로는 엄지손가락과 집게손가락을 붙여서 동그라미를 만들어 보이고 있었다. 수화기 속에서 누나가 흥분한 어조로 속삭였다.

"라이언, 드디어 찾았다, 찾았어. 여기 동판에 비트루비안 맨이라는 글씨가 보여. 거긴 뭐 보이는 거 없니?"

"글쎄요. 아직까진 아무것도 안 보여요."

'쌍둥이를 찾으라고 한 걸 보면 분명 이 쌍둥이 건물 안에 뭔가 단서가 있다는 뜻인 거 같은데 내 입장에서 내 시각에서라는 건 뭘까. 입장이라는 건 이 자리에서 서는 것을 의미할 테고, 시각이라면 청운이가 자살하기 전 고개를 숙인 자세에서 그의 눈이 향하는 각도일 테지.'

만약 내가 시간여행을 떠나기 전처럼 한자에 미숙했다면 청운이의 메시지를 정확하게 읽어내기 어려웠을 것이다. 어쩌면 청운이는 내가 한자의 달인이 되리라는 걸 미리 알고 있었던 걸까.

청운이의 죽기 직전 포즈를 떠올리며 다리를 1미터가량 벌리고 양팔을 수평보다 약간 들어 올린 자세에서 허리를 직각으로 숙였다. 아찔했다. 중심을 잃고 추락할 것 같았다. 멀리서 민들레 누나가 짧게 비명을 지르는 것이 들렸다. 더 고개를 숙였다간 그때 청운이처럼 아래로 떨어질 수밖에 없었다. 목숨을 걸지 않고는 취하기 어려운 포즈였다.

청운이가 고개를 숙여서 발목 아래를 살피는 듯한 모습을 보였던 것이 기억났다. 발목 사이에 뭔가 있지 않을까. 그때였다. 왼발과 오른발 두 발목 사이로 보이는 벽면 아래쪽에 직사각형 필통 같은 모양의 틈새가 보였다. 폭이 좁은 곳을 아슬아슬하게 지나야 하는 구조이다 보니 그 위치에 서서 고개를 숙이고 발목 사이를 살펴보지 않는 이상 육안으로는 위치를 찾아내기가 거의 불가능해 보였다.

발목 사이로 손을 뻗어 틈새의 중심을 누르자 직사각형 전체가 살짝 들어갔다가 서서히 올라왔다. 거기엔 TV 리모컨 모양의 키패드가 있었다. 키패드를 들어올렸다.

'이 키패드를 조작하면 비트루비안 맨 동상 쪽에서 뭔가 움직임이 나타날지 몰라. 그리고 모르긴 해도 청운이가 보낸 문자 수신시각이 십중팔구 그 패스워드일 거야.'

청운이가 자살을 결심할 무렵은 카카오톡 검열문제로 사회적 논란이 일고 나서 얼마 안 지난 때였다. 청운이는 아마도 그 때문에 카톡이 아닌 문자메시지를 보내면서도 태산그룹이 알아낼까 봐 누가 봐도 그저 친한 친구에게 남기는 유언으로 볼 수밖에 없는 내용을 써 보냈다. 그리고 그 안에 여러 가지 암호코드를 넣은 것이었다.

그러면서 나만은 자신이 숨겨놓은 코드를 해독해 낼 수 있을 것이라 굳게 믿었던 것이다. 청운이가 죽음을 결심한 그 순간까지도 나를 얼마나 깊이 신뢰했는지, 얼마나 서로 이심전심 마음이 통하는 친구였던지 새삼 되새겨 보게 됐다.

이제부터 비트루비안 맨 앞에 있는 그녀와의 공조가 중요했다. 그녀에게 다시 전화를 걸었다.

"누나, 아래서도 봤겠지만 청운이가 문자메시지에서 암시한 대로 했더니 숨겨놓은 키패드를 찾을 수 있었어요. 이제부터 청운이가 문자메시지에 숨겨놓은 패스워드를 눌러볼게요. 그쪽에서 무슨 움직임이나 신호가 있으면 바로 나한테 전화해 줘요."

그녀와 통화를 마치자마자 타이거로부터 전화가 왔다.

"야, 왜 이렇게 전화를 안 받아?"

"어, 계속 민들레 누나와 통화 중이다 보니…. 정태진, 지금 기가 막힌 걸 찾아냈다. 피렌체파크 안에 우리 학교 본관이랑 똑같이 생긴 쌍둥이 건물이 있어. 청운이가 문자로 남겨놓은 쌍둥이가 바로 이거였나 봐. 광장에서 왼쪽으로 3백 미터 정도만 올라오면 되니까 너도 빨리 이쪽으로 와라. 민들레 누나가 비트루비안 맨 동상이 세워질 위치를 찾아냈어. 난 건물 안에서 또 다른 단서를 찾았고."

"아, 그랬구나. 근데 지금 상황이 장난 아니게 됐다. 철조망 주변을 따라 돌고 있었는데 멀리 보이는 큰 길에서 태산그룹의 보안경비업체 소속인 것 같은 출동차량들이 올라오고 있어. 경광등을 켜지 않고 대 여섯 대가 줄이어 들어오는 걸로 볼 때 우리가 돌아다니는 사이에 뭔가 감지장치 같은 걸 건드렸거나 CCTV에 모습이 잡혔는지 몰라. 늦어도 3~4분 내에는 테마파크에 진입해서 수색을 시작할 것 같아. 이제 어쩌지?"

"아무튼 일단 한곳에 모여서 방법을 찾아보자."

시간이 없었다. 수신시각인 오후 1시 47분에 분명히 답이 있을 것 같다.

일단 가장 간단하게 떠올릴 수 있는 패스워드는 오후 1시 47분을 24시간 표기로 바꾼 13시 47분의 네 자리 숫자 '1347'이었다. 리모컨의 키패드는 자판 아래 LED 백라이트를 깔아 어두워도 키를 누르는 데 문제가 없게 설계돼 있었다.

그녀로부터 전화를 기다리다가가 궁금해진 나머지 내가 먼저 전화를 걸었다.

"어때요?"

"아무 움직임이 안 보여."

'하긴 이렇게 누구도 상상 못할 아이디어를 짜내서 쥐도 새도 모를 만큼 은밀한 장소에 숨겨 놨으니 패스워드를 단순하게 숫자 네 자리로 설정했을 리 만무하겠지.' 난 속으로 쓴웃음을 지었다.

'그래, 역시 청운이가 말한 식스센스도 단순히 옛 추억이 아니라 의미를 담은 거였어. 아마도 6개의 센서, 즉 6자리 패스워드라는 뜻일 거야. 13시 47분을 영문, 숫자 조합으로 쓴 '13h47m' 그리고 'pm0147'을 눌러보자.

그러나 두 번 다 반응이 없다는 답이 돌아왔다.

'내가 생각해 낼 수 있는 마지막 6자리 패스워드는 0147pm인데 만약 이것도 안 되면 그 다음엔 어쩌지.'

"누나…. 어때요?"

잠깐 침묵이 흐르는 동안 긴장과 초조로 기진맥진해서 쓰러질 것만 같았다. 그때였다. 그녀의 놀란 듯 다급한 목소리가 들렸다.

"어머, 라이언. 포디움에 붙어 있는 동판이 앞으로 젖혀지면서 열렸어."

"정말? 그 안에 조명을 한번 비추어 봐요."

"어, 잠깐만…. 여기 기내용 항공가방 같은 게 있네. 근데 뭔가 무거운 물건들이 꽉 차서 그런지 내 힘으로는 들어 올려지지가 않아."

"잠깐 기다려요. 금방 내려갈게."

내가 내려와서 그녀 곁에 서자마자 타이거와 재규어가 도착했다. 동시에 태산그룹 산하의 보안경비업체 출동차량들이 피렌체파크 안으로 이미 진입한 듯 자동차 엔진소리가 가까이 다가왔다. 그리고 갑자기 피렌체파크 내 모든 가로등에 불이 들어왔다. 우리는 모두 창백해진 서로의 얼굴을 바라보면서 어쩔 줄 몰라 했다.

"이런, 어떡하지. 빨리 숨을 곳을 찾아보자."

그때였다. 아까 민들레 누나와 함께 뒤쫓던 윙바디 트럭이 우리 일행을 향해 전속력으로 돌진해 왔다. 아무래도 그들이 CCTV 같은 걸로 우리의 일거수일투족을 파악하고 있다가 우리가 비밀자료를 찾아낸 사실을 알아낸 듯했다.

이제 알아선 안 될 비밀의 목격자이자 방해자인 우리를 제거하고 자료를 탈취하기 위해 트럭으로 한꺼번에 깔아 없애려는 계산인 것 같았다.

"이렇게 죽는 건가."

우리 모두 하얗게 질린 채 어쩔 줄 몰라 했다.

난 민들레 누나의 어깨를 감싸고 잔디밭으로 뛰어들려고 했고 타이거와 재규어는 반대편으로 흩어지면서 몸을 피하려는 찰나, 클랙슨이 울리면서 차창 밖으로 오정태 선생님이 얼굴을 내밀고 손을 흔들었다.

우리는 가슴을 쓸어내리며 안도의 한숨을 쉬었다. 그녀와 내가 조수석에 오르고 타이거와 재규어는 짐칸에 올라탔다. 차가 출발하자 내가 물었다.

"선생님, 어떻게 하시려고요?"

"어떻게 할 거 같냐? 출입문을 정면으로 돌파하는 수밖에 다른 도리가 없잖아."

출입문 앞에서는 이미 우리 일행의 움직임을 간파하고 있었던 듯 서너 명의 경비원들이 권총을 들고 서 있었다.

"이 자식들 총까지 꺼내들 만큼 급박한데도 경찰을 안 부른 걸 보니 확실히 켕기는 데가 있긴 있는 거야."

순간 오 선생님은 평소 보아왔던 과감한 면모를 유감없이 발휘했다. 정문을 가로막고 있는 경비들을 아랑곳하지 않고 힘껏 엑셀을 밟은 것이다. 총을 겨누면 멈출 줄 알았던 트럭이 전속력으로 달려오자 경비원들은 혼비백산해서 일제히 옆으로 흩어졌다.

높이가 5미터는 될 것 같은 거대한 철제 출입문은 육중한 트럭의 앞 범퍼가 들이받자마자 싱겁게 좌우로 떨어져 나가 버리고 말았다.

우리 일행을 찾으러 피렌체파크에 들어왔던 태산그룹의 보안경비업체 출동차량들이 정문 경비로부터 연락을 받았는지 전속력으로 달려오기 시작했다.

좁고 꼬불꼬불한 산길에서는 출동차량들이 트럭을 뒤쫓기에 급급했지만 4차선 국도로 진입하면서부터는 상황이 달라졌다.

출동차량 한 대가 중앙선을 넘어 우리 트럭을 앞질러 버리더니 진로를 가로막고 트럭을 멈춰 세우려 했다.

"오 선생님, 저 차 피하려고 하시다간 더 큰 사고가 날 거예요. 그냥 들이받아서 날려버리세요."

민들레 누나가 소리쳤다. 순간 나는 깜짝 놀라 그녀의 얼굴을 쳐다봤다. 여리게만 보였던 그녀에게 이런 대담한 면이….

하지만 큰소리치던 것과 달리 그녀의 옆모습에는 긴장하는 기색이 역력했다. 난 슬며시 손을 뻗어 그녀의 손을 잡았다. 그러자 그녀도 내 손을 마주 잡았다. 맥박이 빨라져서인지 양평에서 처음 만나 나를 치료해 주던 손과 달리 따뜻하고 부드러웠다.

난 그녀의 손을 힘주어 꼭 쥐었고 그녀도 내 손을 꼭 잡더니 고개를 돌려 나를 바라보고 미소 지었다. 마침내 그녀의 손을 잡고 서로의 체온을 느껴본다는 내 1단계 목표가 이뤄졌다. 피렌체파크에서 함께 위험을 무릅쓴 모험 끝에 싹튼 동지애가 그녀의 마음을 열어준 듯했다.

오 선생님이 모는 트럭에 오른쪽 측면이 부딪친 출동차량은 그대로 범퍼가 날아가면서 갓길 방호벽과 충돌하더니 미끄러지면서 몇 바퀴를 돌다가 멈춰 섰다.

차 안에 탄 경비업체 직원들이 많이 다치지 않았을까 걱정됐지만 지금은 그런 걸 챙길 경황이 없었다. 다행히 톨게이트가 있는 차도로 진입하면서 차량 흐름이 많아졌고 뒤쫓던 출동차량들도 다른 차들을 의식해서 맹렬하게 따라오거나 충돌을 무릅쓰면서까지 트럭의 진로를 방해하지는 못했다.

일단 출동차량들을 따돌리는 데 성공했지만 안심할 수는 없었다. 영동고속도로 여주휴게소에 잠깐 차를 세워놓은 사이 재규어가 달려가서 요깃거리라고 사온 맥반석 오징어와 감자칩, 메로나를 다섯 명이 모두 짐칸에 모여 먹으면서 가방을 열어보았다. 서류더미와 함께 철제 케이스에 들어 있는 USB와 오래된 카세트테이프 등이 가득 차 있었다.

민들레 누나가 입을 열었다. "선생님, 일단 가까운 경찰서로 가는 게 좋지 않을까요?"

그러나 오 선생님의 생각은 달랐다.

"이쯤 되면 태산그룹 수뇌부에도 상황이 보고됐을 테니 경찰에까지 손 써놨을지 몰라요."

그는 자료를 공신력 있는 시민단체나 언론사로 가져가서 분석하자고 했다. 나도 그 말에 동의했다.

민들레 누나는 아빠가 미래를 여는 시민연대 사무총장으로 계시니까 도움을 줄 수 있을지 모르겠다면서 전화해 보겠다고 했다.

그녀는 곧 바로 아빠에게 전화를 걸어서 상황을 설명했다. 부녀간에 평소 많은 대화를 나누고 있는지 이번에도 이미 전후 사정을 자세히 설명해 두었던 모양이다. 길게 말하지 않았는데도 그녀의 아버지, 채영성 교수는 상황을 모두 파악한 것 같았다.

"아버지가 지금 바로 미시연 본부로 가시겠다면서 그쪽에서 보자고 하셔."

트럭에 탄 우리 일행이 미시연 본부가 있는 서울 여의도의 한 빌딩 앞에 도착한 건 새벽 2시를 조금 넘은 시각이었다. 그 시각 미시연 본부는 입구부터 환하게 불이 밝혀져 있었다.

채 교수와 미시연 직원 세 사람이 우리 일행을 맞이했다.

그녀는 아빠를 만나자마자 극도의 긴장이 한순간에 풀어진 듯 달려가 안기더니 울음을 터뜨렸다.

채 교수는 딸이 위험한 상황에 뛰어드는 것을 알고 있었다. 우리 일행이 벌이는 모험에 기꺼이 동참한 그녀도 그녀지만 딸의 그런 결정을 흔쾌히 허락해 준 아버지도 보통은 아니었다. 역시 일제강점기 항일무장투쟁을 이끌던 독립운동가의 후손들이라 이렇게 대범한 걸까 라는 생각이 들었다.

채 교수는 세계적 명성을 가진 학자답지 않게 소탈했다. 50대 후반의 나이에도 청바지가 잘 어울리는 날렵한 몸매였고 보스턴 스타일의 와인색 뿔테안경을 낀 모습이 패션모델 같아 보였다.

"자네가 독고라이언인가? 우리 민들레한테 이야기 많이 들었네. 나중에 시간여행 갔다 온 이야기 들려주게. 퇴계 선생님은 우리나라의 역사적 위인들 중에서 내가 가장 존경하는 인물이야. 그 어르신 만나고 온 이야기는 꼭 들어야겠네. 지금은 시간이 없으니 확보한 자료부터 분석하고 이야기 나누세."

사진으로 볼 때는 몰랐는데 웃을 때 살짝 눈가에 주름이 잡히면서 눈매가 아래로 처지는 모습은 그녀, 민들레 누나와 똑같았다.

가방을 열어보니 트럭에서 잠깐 확인한 대로 태산건설의 설립 초기부터 기록한 각종 회계장부와 녹취록, 음성 녹음이 담긴 USB 등이 쏟아져 나왔다.

"작년 검찰수사 때 결국 이 자료를 찾지 못해 증거 불충분으로 수사가 중단됐던 것이구만."

미시연 직원 하나가 혀를 차면서 그렇게 말했다.

방대한 자료들은 하나하나가 세상이 몰랐던 태산그룹의 비리들을 폭로하고 있었다.

자료 더미를 정신없이 파헤치다 보니 어느덧 일요일 새벽이 밝아오고 있었다. 일련번호가 붙은 자료를 검토해 나가던 중 성찬수 회장과 최문기 대표의 대화를 담은 녹음 파일과 녹취록이 발견됐다. 아마도 성회장이 친구의 약속도 믿지 못했는지 그들이 회동하던 음식점 주인과 짜고 그와 나눈 대화 내용을 녹음해 두었던 모양이다.

〈비고〉

시간: 5월 21일. 장소: 서울 영등포구 여의도동 **번지 일식당 을숙도

〈녹취기록 2015 가-101〉

성 = 국가 백년대계를 책임지고 있는 교육자의 한 사람으로서 작금의 상황에 분노와 개탄을 금치 못하겠네. 요즘 아이들이 하는 짓을 그대로 둬선 대한민국 전체가 작년에 침몰한 여객선처럼 전복되고 말 걸세.

최 = 따지고 보면 모든 게 다 그놈의 술 때문이네. 한국의 폭음 문화는 어른들에게 원천적인 책임이 있지만 이제 어떤 신문에서 캠페인을 벌였던 대로 주폭은 대를 끊어야 하네. 이 사태를 가져온 김혁준이 아빠도, 그 아들 김혁준이도 술에 취하지 않았으면 그랬겠나. 일단 아이들이 주폭이 되는 것을 방지할 특단의 대책이 필요하네. 아울러 술 취한 아이들이 선동하고 있는 집단행동도 주저앉혀야만 하네.

성 = 그래서 뭐, 생각해 두고 있는 대책이란 게 있기는 한 건가?

최 = 안 그래도 우리 정의평화당 내에서도 진보단체는 물론이고 유권자도 아닌 아이들에게까지 쩔쩔매고 끌려다니다가는 내년 총선에서 가망이 전혀 없다는 걱정의 목소리가 쏟아지고 있네. 아시다시피 여당 지지도가 지금 바닥을 기고 있지 않은가. 공개 안 됐지만 얼마 전 당내 연구소 조사에서는 10%선마저 무너졌어. 이러다가 철없는 아이들을 선동하고 있는 망국적 진보세력들이 국회를 완전히 장악할지 모르네.

우리 사회의 위기를 막아낼 방법은 아이들에게 따끔한 사랑의 회초리를 드는 것밖에 없지. 그리고 그것이 가능하도록 하는 법안을 만드는 것이 절실하게 필요하네. 그래야만 우리 당의 전통적인 지지세력이 결집해서 이 난관을 헤쳐 나갈 수 있다는 결론에 도달했네.

우리당에서 태스크포스를 구성해 청소년들의 인성을 순화시키고 교육적

인 모든 조치를 취할 수 있는 법안을 준비 중이네.

성 = 자나 깨나 이 나라 백년대계를 고민하는 교육자의 한 사람으로서 그 법안을 적극적으로 지지하네. 법안 발의와 통과를 위해 야당의 협조나 여당 내 계파 간 협조가 필요하다면 거기 드는 실탄은 내 얼마든지 지원하겠네.

최 = 대의를 위해서는 자네의 헌신적인 지원이 필요하네. 내 곧 연락함세.

〈비고〉

시간: 8월 29일. 장소: 서울 영등포구 여의도동 **번지 일식당 을숙도

〈녹취기록 2015 다-117〉

최 = 청순법 통과는 우리 정의평화당의 명운이 걸린 일일세. 그런데 여당 내에서도 반대하는 작자들이 적지 않단 말이야. 초선도 아니고 재선, 삼선 의원이라는 자들이 이렇게 눈치가 없어서야.

성 = 나도 언론에서 보도한 걸 보았네. 자네 마음고생 이해하겠네. 철모르고 설치는 아이들이 어디 중고생뿐이겠나. 가만두면 앞으로 국회에 그런 천방지축들이 부지기수로 들어올 텐데 이번에 청순법으로 나라의 기강을 확실히 잡아두지 않으면 우리에겐 미래가 없어.

최 = 우리 당도 당이지만 자네 숙원사업도 잘 풀려야 할 텐데. 우리당 황근우 정책위의장 알지? 왜 사법, 행정, 외무고시 다 패스한 수재 말일세. 그 친구한테 자네의 프랜차이즈형 파칭코 사업과 오픈 카지노 허용법안을 청순법 처리 때 슬쩍 끼워 넣어 일괄처리하는 방안에 대해 이야기했더니 난색을 표하더구먼. 법률 전문가들도 눈치 못 채게 끼워 넣는 것이 기술적으로는 가능하겠지만 통과된 후엔 결국 드러나게 돼 있고, 그 경우 엄청난 후

폭풍이 우려된다는 거야. 중장년층과 고령층의 절대적 지지를 받고 있는 청순법이 통과되기만 하면 그걸 덮는 건 일도 아니라고 했네만, 이 친구가 머리는 좋은데 좀 고지식해서….

성 = 황 의장을 우리 편으로 만드는 건 나한테 한번 맡겨보게나. 도저히 안 넘어가고는 못 배길 정도로 통 크게 베팅해 보겠네. 자네도 한번 잘 타일러 보게. 파칭코가 유발하는 고용창출 효과와 내수진작 효과, 연금으로 생활하는 고령층의 호주머니로 흘러들어간 재정을 다시 국고로 환수할 수 있는 '신의 한 수'라는 점을 왜 간과한단 말인가? 훗날 틀림없이 국가의 재정 건전화와 사회 고령화문제 해결에 기여한 애국적 용단이었다는 칭송을 듣게 될 거라고 설득해 주게.

최 = 그동안에도 상생공영당 중진인 이태규 법사위원장과 정인석 문체관광위원장에게 50억씩 건너갔다고 들었네.

성 = 야당에서도 어디 중진들뿐이겠나. 자네가 비협조적이라고 말한 최성식, 이건혁, 고문덕, 장두리, 김성미, 정현규 등에게도 20~30억씩 돌아갔지. 또 협조가 필요한 사람들은 다 이야기하게.

최 = 명단은 여기 가져왔으니 잘 간수해서 차질 없이 부탁하네.

성 = 이번 청순법 통과와 함께 그동안 우리끼리 암호로 불러온 카파법안, 말하자면 카지노 파칭코 법안도 꼭 같이 통과되도록 힘써주게. 자네만 믿겠네.

두 사람의 대화는 극심한 국론분열과 세대전쟁을 야기한 청순법이 정기국회 통과를 기다리게 된 입법과정은 여당의 지지율을 끌어올리기 위한 정치공작의 산물이었다는 것, 그리고 처음엔 반대하던 야당의원들을 청순법 통과지지 입장으로 유도하기 위해 태산그룹이 조성한 거액의 비자금이 살포됐다는 것을 액면 그대로 증언하고 있었다.

태산그룹은 청순법 통과를 위한 정치공작의 자금을 대주는 대가로 정치권과 정부가 허용하려고 하는 국내 오픈 카지노 사업권과 함께 성찬수 태산그룹 회장이 오래전부터 꿈꿔온 일본식 프랜차이즈형 파칭코 사업권을 편법 인가받기로 밀약이 이뤄진 것이었다.

선비의 부활

PLAY ▶

2015년 10월 25일 일요일 서울 여의도 미시연 본부

모두가 황당한 표정을 지으면서 할 말을 잊고 있었다.

혼자 눈썹을 모으고 뭔가 골똘히 궁리하고 있던 채 교수가 직원 한 사람을 향해 입을 열었다.

"뉴스 좀 확인해 보게. 이번 화요일 날 국회 본회의가 열리는 것 맞지? 다들 피곤하겠지만 오늘 안에 이 자료들을 모두 카피한 후에 잘 분류해서 요지를 정리하도록 하고 지금 즉시 미시연 모든 직원들을 이 건물로 집결하도록 해주게. 십중팔구 태산그룹에서 조직을 동원해 자료를 강탈하려 들 거야. 물리적 침입에 대비해야 해. 여야 막론하고 정치권 중진들과 정부 고위인사들도 연루돼 있기 때문에 이젠 경찰도 믿기 어려워."

채 교수는 학자이면서도 현실적인 상황판단이 기민했다. 그리고 언론과 국회, 검찰, 경찰 등 사정기관을 포함해 사회 전체적인 시스템이 어떻게 돌아가는지 정확히 꿰뚫고 있었다. 과거에 읽은 인터뷰 기사에서 그가 학자가 되려고 영국 유학을 떠나기 전 몇 년간 신문기자로 일했다고 소개돼 있던 것이 기억났다.

"이 상황을 지금 바로 우리 미시연 공동대표 두 분에게 보고해 주게. 그리고 내일 오전에 프레스센터 19층 기자회견장을 이용할 수 있는지 알아봐 주고. 그 내용이 미리 새나가지 않도록 각별히 주의해야 하네. 아, 기자회견 일정도 오늘 말고 회견 당일인 내일 아침 일찍 언론에 알리도록 하게."

앞으로 어떤 상황이 벌어질지 감이 왔다. 나를 믿고 위험한 모험에 기꺼이 동참해 준 두 친구들에게 말했다.

"채 교수님 말씀대로 태산그룹은 우리가 자신들의 소유지에 무단침입해 훔쳐온 자료를 어떻게든 탈취하려고 할 거야. 태산그룹 산하 보안경비업체나 용역업체 직원들을 보내 이 건물에 진입하려고 할 게 틀림없어. 그동안의 움직임을 볼 때 경찰에 알려서 매스컴에라도 나면 일이 복잡해지니까 자기들의 힘으로 해결하려고 하겠지. 미시연 직원들이 얼마 되지 않을 텐데 태산그룹이 동원한 깡패들이 몰려오면 막아낼 수 있을까."

타이거와 재규어가 번갈아가며 말을 이었다.

"아까 직원들끼리 대화하는 것을 들어보니까 한 스무 명 정도밖에 안 되는 것 같던데."

"그 정도로는 어림도 없을 거야. 우리랑 선비수련 같이 했던 아이들을 불러볼까?"

"그래, 지금 연락되는 애들 한번 모아보자. 다행히 학교 안 가도 되는 날이니까 스무 명쯤은 와주지 않을까."

타이거와 재규어가 먼저 분주히 전화를 걸었다. 두 녀석들은 억울한 누명을 쓴 나의 무죄 입증을 위해 도와달라고 애원하다시피 부탁했다. 나도 여기저기 친구들에게 전화를 거는 동안 설득의 노하우가 조금씩 발전해 갔다.

난 친구들에게 이렇게 말했다.

"우리들이 새벽마다 선비수련을 하면서 꿈꿔왔던 아름다운 세상을 만들기 위해 너희들이 꼭 힘을 보태줘야 하겠다. 그때 우리 정말 마음 벅차지 않았니. 내가 누명을 쓰면서 중단된 선비수련이 재개될 수 있도록 도와주라."

구체적으로 어떤 일이 벌어지고 있는지 설명하지 않았어도 아이들은 내 말의 진정성을 믿어주는 듯했다.

미시연 직원들이 도착하기도 전에 태산고 아이들이 먼저 하나둘 모여들기 시작했다. '퇴계처럼'이라는 배지를 가슴에 부착한 아이들은 미시연 현관 앞에 선비수련을 하던 자세로 정좌하고 나란히 앉았다. 그렇게 모여 앉기 시작한 아이들은 우리가 기대했던 것과 달리 순식간에 50명을 넘어섰다. 앉아 있는 아이들도 각자 휴대폰으로 친구들에게 어서 달려오지 않고 뭐하냐며 채근해대고 있었다.

아이들이 집결하자마자 태산그룹의 보안경비업체 차량이 몰려오기 시작했다. 십여 대의 차량에서 30~40명의 건장한 어깨들이 쏟아져 내렸다. 아이들 대여섯 명이 한 사람에게 달려들어도 당할 수 없을 듯한 덩치들이었다. 그들은 모여 앉은 아이들을 보고 황당한 표정으로 자기

들끼리 뭔가 대책을 세우는 것 같더니 지휘자로 보이는 나이 지긋한 어깨가 아이들에게 다가왔다.

그는 누군가를 지목하지 않고 아이들 전체를 향해 "어른들 어디 있냐"고 물었다.

난 그를 향해 말했다.

"무슨 일인지 몰라도 이 건물 안으로는 들어갈 수 없습니다."

그러자 그는 안색이 변하면서 으르렁대기 시작했다.

"우린 너희들 다치게 하고 싶지 않다. 나중에 후회하지 말고 이제 그만 일어서서 길 열어."

그는 여차하면 아이들에게 주먹이라도 휘두를 기세였지만 아이들은 미동도 하지 않고 자리를 지켰다.

그러자 어깨들은 앉아 있는 아이들을 완력으로 끌어내려고 했고 끌려나지 않으려는 아이들이 저항하면서 몸싸움이 벌어졌다. 아이들 중에서는 여학생들도 있었고 잘못하면 그 아이들이 다칠 수도 있는 상황이었다.

한동안 밀고 밀치는 실랑이가 이어지다가 어깨들의 다리를 붙잡고 늘어지던 여학생 하나가 화가 난 어깨가 밀치는 바람에 땅바닥에 쓰러졌다. 쓰러진 아이가 와락 울음을 터뜨리자 주변의 아이들이 일제히 다가가 그 아이를 감싸며 어깨들을 노려봤다.

하지만 앉아 있는 아이들의 저항만으로는 몸싸움에 단련이 된 어깨들을 막아내기엔 역부족이었다. 어깨들은 이제 이판사판이라는 듯 아이들을 사정없이 짓밟고 건물에 진입할 태세였다. 그들의 지휘자가 소리쳤다.

"야, 이 새끼들 아무래도 안 되겠다. 어리다고 봐주지 말고 밟고 들어가."

그 순간 땅바닥이 흔들리는 듯한 요란한 함성이 들려왔다.

미시연 건물 앞에 앉아 있는 것보다 훨씬 많은 숫자의 아이들이 몰려오기 시작한 것이다.

한동안 새벽마다 선비수련을 같이해 온 태산고와 화산고의 아이들이 거의 대부분 달려온 듯했다. 거한 강희포를 포함해서 어림잡아 2백 명도 넘을 듯한 아이들이 약속이나 한 듯 함성을 지르면서 몰려들었다. 비록 고등학생들이라 해도 압도적인 숫자 앞에 자신만만해 보였던 어깨들도 어쩔 줄 모르고 당황해했다.

아이들은 어깨들을 제치고 미시연 건물을 에워싼 채 수련하던 그 자세로 앉았다. 현관 앞 계단에는 일곱 줄, 여덟 줄로 앉아서 바리케이드를 쳤다.

일요일 아침부터 고교생들이 떼 지어 몰려들자 또 시위를 벌이는 것으로 생각한 주변 아파트단지 주민들이 신고했고, 결국 경찰이 출동하자 태산그룹의 경비업체가 동원한 어깨들이 주춤주춤 물러났다.

경광등을 번쩍이며 달려온 패트롤카에서 고위직인 듯한 경찰관이 내렸다. 영등포 경찰서장이 직접 현장을 찾은 것이었다.

그는 아이들을 향해 "너희들 중에서 짱은 누구냐?" 라고 묻더니 일제히 시선이 모아지는 나에게 다가와서 "지금 안에 미시연 대표님들이나 채영성 교수님이 계시면 들어가서 만나야겠으니 길을 열어달라"고 말했다.

채 교수를 찾아가 자초지종을 들은 영등포 경찰서장은 난감해했다.

"그 문건은 사유지에 무단 침입해서 절취한 물건이니 형법상 장물에 해당됩니다. 즉시 소유주에게 돌려주어야 하고 거부하면 인지수사를 통해서 우리가 압수할 수도 있습니다. 하지만 그것이 현재 시국과 관련된 중요한 문건이라고 하시니 어떻게 해야 할지 판단이 잘 안 서는군요. 일단 본청에 보고해서 지시를 받겠습니다."

경찰서장이 돌아가려는데 미시연 주변의 심상치 않은 소동에 감을 잡은 경찰 출입기자들이 몰려들기 시작했다. 기자들은 일제히 경찰서장을 둘러싸고 질문공세를 퍼부었다. 서장은 "아직은 밝힐 수 있는 사항이 없다"고 말하고는 서둘러 현장을 떠났다.

사태의 경위도 경위지만 언론의 눈길을 사로잡은 건 미시연 앞에 펼쳐진 진풍경이었다.

하나같이 가슴에 '퇴계처럼'이라는 배지를 단 고교생 250여 명이 가부좌를 하고 앉아서 건물을 지키고 있는 모습에 사진기자들이 플래시를 터뜨리기 시작했다.

여의도 미시연 상황은 일요일 오후 지상파 TV와 종편채널의 메인뉴스로 보도됐다. 아이들은 경찰이 아무리 그만 집에 돌아가라고 해도 미동도 하지 않았다. 그들 중 하나가 TV 카메라 앞에서 "경찰을 믿을 수 없는 상황이기 때문에 끝까지 건물을 사수할 것"이라고 말했다.

처음엔 미시연 건물 앞에 앉아 있던 아이들이 날이 어두워지면서 땅바닥이 차가워지자 모두 스크럼을 짜고 일어섰다. 서로의 체온으로 추위를 견디기 위해서였다. 신성선비를 자처하는 아이들은 서로 손을 붙잡거나 어깨를 걸고 빈틈없이 건물을 에워쌌다.

250여 명의 신성선비들, 그리고 밤새도록 환하게 불을 밝히며 대기 중인 TV 중계차가 우리 일행이 찾아낸 자료의 수호자가 돼줬다. 세대전쟁으로 치닫는 사회갈등에 결정적인 반전을 가져올 수 있는 자료였다.

트위터와 페이스북에서는 그 아이들이 건물을 에워싸며 서 있는 모습이 화제가 되기 시작했다.

"작년 봄 침몰한 여객선에서 어른들 말만 따르고 앉아 있다가 희생된 아이들이 마침내 일어섰다."

누군가 페이스북에 이런 글을 올렸다. 단순히 비유였을 뿐이지만 많은 사람들의 공감을 일으켰다. 희생된 아이들을 다시 떠올리며 추모하는 글이 줄을 이었다.

"아이들이 일어선 모습에서 진정한 위안을 얻었다."

"비로소 캄캄한 절망을 이겨낼 희망의 빛을 찾았다."

표현은 달랐어도 공감의 메시지는 같았다. 기성세대들의 세대 이기주의가 만연한 경직되고 권위적인 사회에서 어른들의 말에 순종하느라 가만히 앉아 있기만 하던 아이들이 마침내 일어선 것이다. 사회가 파국으로 치닫던 순간에 일제히 일어난 그들은 상황을 좌우할 결정권을 행사하게 될 것이었다.

다음 날 아침 미시연 대변인이 이미 건물 앞에 진을 치고 있던 기자들에게 오전 11시 프레스센터에서 정국과 관련한 기자회견을 한다고 발표하자, 모든 TV 중계차뿐 아니라 내외신 취재차량이 한꺼번에 회견장을 향해 몰려들면서 광화문 일대엔 전운이 감돌았다.

민들레 누나의 아버지 채영성 교수를 비롯한 우리 일행은 자료를 품에 안고 순찰차의 호위를 받으며 기자회견장으로 향했다. 공중에는 방송사 헬기가 떠서 우리 차량의 이동장면을 실시간 중계하고 있었다.

곧 전파를 타게 될 기자회견에 전 국민의 시선이 모아지고 있었다.

마침내 미시연 공동대표 중 한 사람인 정재국 신부가 운집한 사진기자들의 플래시 세례를 받으며 우리가 위험을 무릅쓰고 힘겹게 손에 넣은 자료의 요지를 발표했다.

방송 스크린에 발표내용이 속보로 흘러나가면서 스크린 속의 정 신부에게 이목이 집중됐다. 그와 동시에 포털의 실시간 검색어 순위에서 갑자기 성찬수와 최문기가 상위 10위로 올라서더니 순식간에 1, 2위를 나란히 차지했다.

이어 진행된 기자회견에서는 미시연 사무총장인 채 교수가 사건의 자초지종을 설명하기 위해 마이크 앞에 섰다. 나도 현장에서 문건을 입수한 당사자로서 채 교수 옆에 배석했다.

한 방송기자가 첫 번째 질문을 던졌다.

"그 자료의 신빙성을 과연 어디까지 인정할 수 있을까요? 미시연이 수사기관도 아닌데 개인 사유공간에 무단 침입해서 불법 절취해 온 자료를 검증 없이 언론에 공개해도 문제가 없을까요?"

채 교수가 답변했다.

"사실 처음 그 자료를 접하고 그 문제를 가장 많이 고민했습니다. 앞으로 수사와 재판이 이뤄질 것이고 불법수집증거의 증거능력제한이라는 형사절차법적 문제도 제기될 것입니다.

하지만 자칫 우리 사회의 세대갈등을 폭발시킬지도 모를 청순법을 둘러싼 공개되지 않은 진실이 있는데, 그것을 국민들과 대의기관인 국회가 모르는 상황에서 청순법이 통과돼 우려했던 파국이 현실화된다고 가정해 보십시오. 명백하고 현존하는 위험의 해소는 절차법적 하자보다 헌법해석의 원칙에 따라 우선해야 한다고 판단했습니다."

전문적인 법학지식을 동원한 채 교수의 논리정연한 설명에 질문을 던진 기자도 약간 기가 죽은 눈치였다. 두 번째 질문은 한 인터넷 매체 기자에게 돌아갔다.

"만약 이것이 조작된 증거이고 그 결과 청순법의 통과가 큰 영향을 받게 된다면, 아니 부결된다면 그 책임을 어떻게 지실 것입니까?"

"저는 학자입니다. 이 세상에는 절대적인 진리가 있을 수 없다고 생각합니다. 다만 학자적 양심과 지성에 비추어 명백한 진실이 있다면, 그것을 지키기 위해 목숨을 내던지는 것을 두려워해선 안 된다고 생각합니다.

문건을 발견한 피렌체파크 건설부지는 태산그룹의 사유지입니다. 질문하신 기자님도 그곳에 태산그룹을 하루아침에 붕괴시킬 수도 있는 문건을, 어떤 소설가라도 지어내기 어려울 정도로 정교하게 조작해서 몰래 감추어 두는 일이 현실적으로 가능하리라 생각하시는 건 아니겠지요?"

이번에는 한 신문기자에게 마이크가 돌아갔다.

"성 회장과 이 대표가 나눈 대화 녹취록과 녹음파일이 있다고 하셨는데 그것이 조작되지 않았다는 걸 증명하기 위해 이 자리에서 녹음된 대화파일을 공개하실 용의가 있습니까?"

"기자회견을 열기 전에 수사기관과 상의했습니다. 수사기관에서는 성문(聲紋) 분석을 통해 당사자가 맞는지 과학적으로 입증되기 전에 공개해선 안 된다고 하더군요. 거기에 따를 것인지에 대해 어젯밤 미시연 공동대표, 그리고 집행부가 회의를 열어 깊이 고민하고 논의했습니다. 이제 곧 청순법이 국회 본회의 의결을 통과하게 됩니다. 무엇이 진실인지 국민 여러분이 판단해 주실 것으로 믿습니다. 그리고 어떤 문제가 생기든 거기에 따른 책임은 저와 미시연이 질 것입니다."

이윽고 두 사람이 을숙도에서 나눈 대화가 전파를 타고 생중계되기 시작했다. 순간 대한민국 전체가 정적에 빠졌다. 라디오로 기자회견을 청취하고 있던 전국 곳곳의 시내버스와 택시 안에서, TV를 보고 있던 전국의 모든 기업, 관공서 사무실과 은행 창구, 보험사 객장에서 모든 대화가 중단되고 오로지 두 사람이 나직한 톤으로 느릿느릿 주고받는 대화만 들려왔다.

인터넷과 트위터, 페이스북에는 뉴스 보도와 관련한 댓글이 폭주하기 시작했다.

"깜놀…. 기가 막혀서 말도 안 나오네."

"성찬수, 최문기 너희들 이제 다 망했어."

"근조 청순법. 우리의 투쟁, 이제는 끝났도다."

"조작이다. 채영성, 수사결과 사실이 아니면 자폭하라."

문건을 찾아낸 당사자인 나에게도 한 기자가 질문을 던졌다.

"독고라이언 학생에게 묻겠습니다. 만약 문건의 내용이 사실일 경우 앞으로 엄청난 후폭풍이 일어날 것으로 보이는데요, 고교생의 신분으로 이런 사건에 개입하게 된 배경은 무엇입니까? 그리고 현재 검찰에 의해 기소된 상태인데 본인의 혐의에 대해서는 어떤 입장입니까?"

TV 카메라의 앵글이 내 얼굴을 향했다. 타타타타. 신문기자들의 카메라가 기관총 소리를 내면서 터졌고 갑자기 쏟아지는 조명에 눈이 부셔 잠시 머뭇거려야 했다.

"지난봄 제가 초등학교 때부터 절친했던 친구 청운이가 자살했습니다. 그때 청운이가 죽기 전 저에게 문자메시지로 유언을 남겼습니다.

그리고 학교재단의 대응을 보면서 미심쩍은 부분이 있었지만 그때는 그걸 파헤칠 엄두를 내지 못했어요. 그리고 얼마 전 청운이의 죽음이 저의 이지메 때문이라는 혐의로 수사를 받고 기소됐습니다. 순간 억울하다는 생각보다는 이제 정말 청운이가 자신의 자살을 통해 전하려고 한 메시지가 무엇인지 알아봐야 할 때가 왔다고 생각했습니다. 문자가 암시해 준 여러 가지 비밀코드를 풀어나갔습니다. 청운이가 만약 저를 원망해서 자살에 이르게 된 것이라면 이런 중요한 코드를 담은 메시지를 죽으면서 저에게 남기지 않았겠지요. 그것을 추적하다가 도달한 곳이 바로 공사가 중단됐다고 알려진 피렌체파크였습니다. 그리고 그곳에서 조금 전 국민 여러분 앞에 공개하게 된 자료들을 찾아내게 됐습니다. 이제 제가 혐의를 벗게 된 것보다는 청운이가 죽어가면서 저에게 남긴 숙제를 해결하게 된 것이 무엇보다 기쁩니다."

우리 일행이 찾아낸 자료는 미시연 대표들의 발표 직후 검찰에 넘겨졌고 검찰은 기자회견이 진행되는 도중에 서울중앙지검 특수1부에 사건을 배당했다. 특수1부는 그날 오후 법원으로부터 영장을 발부받아 곧 바로 태산그룹 본사에 대한 압수수색에 착수했다.

태산그룹과 함께 직격탄을 맞은 곳은 국회였다. 전국에 생중계된 녹취 음성파일에서 거론된 의원들은 여당인 정의평화당뿐 아니라 야당인 상생공영당 의원들이 비슷한 숫자로 섞여 있어 여야 모두 빗발치는 여론의 포화를 피할 수 없었다.

청순법이 의결되는 화요일 아침, 보수지와 진보지를 막론하고 모든 신문의 사설은 일제히 '무엇이 정의인가, 진실을 외면하는 국회는 파산해야' 등 청순법이 통과되는 것은 시대정신에 반한다는 논조를 폈다.

국회의장 직권으로 검찰수사가 종결된 이후로 의사일정을 연기해야 한다는 주장도 있었으나 여러 민생법안과 일괄타결하기로 한 여야합의를 뒤집어 다시 일정을 논의하기 쉽지 않다는 반론이 대세여서 꼬리를 내렸다.

정치자금을 받은 것으로 거명된 여러 의원들은 일신상의 이유를 핑계로 본회의에 불참했다. 그러나 국민들의 심판을 집행하지 않는 국회의원은 자격이 없다는 여론에 밀려 유고된 의원 외에는 전원 참석해 의사정족수를 무난히 채웠다. 그리고 예상대로 청순법은 압도적인 표차로 부결됐다.

태산그룹 성찬수 회장이 청순법 통과를 지원해 주는 대가로 여러 민생법안 중에 슬쩍 끼워 넣은 카지노 파칭코 법안, 이른바 카파법안도 당연히 부결됐다.

세대전쟁으로 비화되면서 일촉즉발로 치닫던 사회갈등은 벼랑 끝에서 극적으로 멈춰 섰다.

교총과 전교조 등 양대 교원단체는 공동성명을 통해 이제 중고생들은 우려했던 청순법 파동이 해소된 만큼 학생 본연의 자세로 돌아가 자중해 줄 것을 당부했다.

아울러 언론에 대해서도 태산고와 함께 사건에 관련된 학생들에 대한 지나친 관심으로 곧 수능을 치러야 할 학생들이 심리적 스트레스를 받지 않게 해달라고 요청했다.

검찰은 나에 대한 기소를 철회했다. 아버지 성찬수, 형 성병준과 함께 검찰수사 대상이 된 성하버드는 이튿날 재단에 사표를 제출했고, 명실상부한 교장의 지위를 회복한 교장선생님은 선비수련을 위한 강당 사용을 허락했다.

신성선비수련이 재개되자 태산고 앞은 서울과 수도권 일대에서 몰려든 여중생, 여고생들로 인산인해를 이뤘다. 나는 쑥스럽게도 아이돌 스타처럼 주목받는 존재가 돼버렸다. 그날 선비수련에는 태산고에서만 5백여 명, 화산고에서 3백여 명의 아이들이 모여들어 강당의 플로어는 물론 복도까지 입추의 여지없이 가득 찼다. 실시간 동영상 중계로 집에서 수련을 한다는 아이들도 있었다.

순식간에 전국 2,200여 개 고등학교 중 1천여 개 학교에 신성선비클럽 지부가 생겼다. '퇴계처럼'이라는 배지를 단 신성선비클럽 아이들을 어디에서나 쉽게 찾아볼 수 있었다. 청순법 저지를 위해 일치단결했던 아이들의 결집된 에너지가 이번에는 '퇴계처럼'과 신성선비에 대한 열광으로 표출되기 시작했다.

진득한 발효과정 없이 졸속 진행되는 모든 일이 그렇듯이 신성선비 열풍도 부작용을 낳기 시작했다. 단지 수련을 위한 모임을 넘어서 조직화를 통한 소속감 고취와 일종의 세력과시 양상으로 변질되기 시작한 것이다.

신성선비를 자처하지 않으면 유행에 뒤떨어진 걸로 받아들이는 분위기였다. 《신 성학십도》의 가르침이 뭔지 모르면서도 '퇴계처럼'이라는 로고가 새겨진 티셔츠를 입고 모자를 쓰는 것이 유행이었다. 신문광고에는 '퇴계처럼'이라는 프랜차이즈 커피점이 오픈한다는 광고도 나왔다.

언론에서는 개별 학교를 넘어 확산되기 시작한 신성선비클럽 전체를 총칭해서 '신성선비세대'로 부르기 시작했다. 언론이 한 세대 전체를 조명하면서 특별한 의미를 부여하는 것이 아이들을 더욱 들뜨게 했다.

어느덧 11월도 중순으로 접어들어 수능시험을 치르게 됐다. 난 연초에는 꿈도 꿀 수 없었던 성적을 거뒀다. 고교 2년부터 한동안 부진했지만, 수능에서 워낙 높은 점수를 얻어 어느 대학 무슨 과든 원하는 곳으로 갈 수 있었다. 초기부터 수련을 함께 해서 공부법을 어느 정도 터득한 태산고 아이들 모두 기대 이상의 성적을 얻었다.

사학비리 온상으로 주목받았던 태산고가 이번에는 수능점수 최상위권 수험생들을 대거 배출하면서 화제가 됐다.

난 수능결과를 보면서 지난 3월 세상을 떠난 청운이를 떠올렸다. 살아서 함께 수련도 하고 공부도 했더라면 녀석도 충분히 좋은 성적을 거두고 지금쯤 기쁨에 벅차 있었을 텐데.

어느 날 휴대폰이 울리면서 낯선 번호가 떴다.

받아보았더니 어떤 남자가 울먹이면서 말을 잇지 못했다. 혹시 하는 예감이 적중했다. 청운이 아버지였다.

그 무렵 발표된 검찰수사 결과 태산그룹의 숱한 탈법 비리행각과 함께 의혹으로 떠돌던 청부살인 행위도 사실로 드러났다. 다행히 중국으로 피신해 내륙의 오지를 떠돌고 있던 청운이 아버지는 태산그룹의 집요한 추적을 피할 수 있었고, 태산그룹에 대한 검찰수사가 시작됐다는 보도를 접하고 귀국해서 수사를 돕고 있었다.

당시 청운이 아버지는 피렌체파크 공사를 지휘하면서 문서의 원본을 빼돌려 누구도 상상하기 어려운 비밀의 공간, 즉 우리가 헤매던 끝에 찾아낸 비트루비우스 동상 포디움 아래의 그곳을 설계하고 만들어서 숨겨둔 것이었다. 그리고 청운이에게 그곳의 위치와 함께 키워드를 알려준 뒤 "내년 총선 이후 지금 정권의 힘이 빠진 뒤에 공개해라. 잘못하면 네가 다칠 수 있으니 이 말 명심해야 한다"라고 당부했다고 한다. 그리고는 태산그룹의 추적을 피해 출국했다.

"라이언, 고맙다. 네가 우리 청운이가 해야 할 일을 대신해 주었구나. 청운이가 살아 있었더라면 얼마나…" 라고 말하던 청운이 아버지는 말을 끝내지 못하고 오열을 터뜨리고 말았다.

"청운이 아버님, 제가 뭐라고 말씀드려도 위로가 되지 않으실 줄 압니다. 청운이 몫까지 제가 열심히 살게요. 청운이는 언제나 제 곁에 있어요. 전 청운이를 볼 수 있고 그 아이 목소리를 들을 수 있어요. 제가 살아 있는 건 청운이가 살아 있는 것과 다름없어요."

"그래 정말 고맙다, 라이언. 사건이 정리되는 대로 곧 한번 만나자. 할 말이 너무나 많을 것 같구나."

청라와 청미가 말해준 대로 그날 밤 청운이네 집에 들이닥친 성병준과 동생 성하버드, 태산그룹이 고용한 어깨들은 청운이에게 자료가 보관된 곳과 아버지의 행방을 털어놓으라고 협박했고, 끊임없이 청운이를 도청하고 추적했다. 마음 여린 청운이는 아무래도 자신이 그 비밀을 끝까지 지키지 못하고 아버지를 위험에 빠뜨릴 수도 있다는 생각, 그리고 당장 경제적 위기에 처한 엄마와 여동생들을 살릴 수 있는 길이라는 생각에 자살을 선택한 것으로 검찰은 추정했다.

너무나 무감정하고 무미건조하게 수사결과를 전하는 기사들에 가슴이 먹먹해지면서 속절없이 부아가 치밀었다. 사건 관련사진 중에는 청운이 아버지가 쌍둥이 딸들과 함께 청운이의 납골당을 찾아 오열하는 모습도 있었다. 나도 모르게 코끝이 찡하고 눈시울이 뜨거워졌다.

청운이네의 안타까운 사연과 달리 내 주변의 상황은 급박하게 돌아갔다. 수능을 통해 선비공부법의 위력이 입증되면서 신성선비클럽은 더욱 주목받게 됐다. 포털 다음과 네이버에 신성선비라는 동명의 카페가 만들어졌고, 양쪽을 합산한 가입자가 순식간에 1백만 명을 넘어갔다.

작용이 있으면 저항과 반작용도 따르는 법이다. 고교생들 사이에서 대대적인 신드롬을 형성한 신성선비 열풍은 안티세력을 낳기 시작했다. 신성선비를 자처하는 아이들이 독선에 빠지기 시작하면서 그들을 못마땅해 하는 아이들도 많아졌다.

"지들이 선비는 무슨 선비, 정말 재수 없다."

"새벽같이 학교 나와서 설치는 애들 때문에 집에서 너희들은 뭐 하냐는데 난 정말 그렇게 유난 떠는 거 싫거든."

"그거야말로 우리가 선비질이라고 하던 위선 아니냐고요."

신성선비클럽 또는 신성선비세대를 비판하는 안티 글들이 카페에 자주 올라왔고 그때마다 예외 없이 거친 표현이 섞인 반박과 입씨름이 벌어졌다.

《신 성학십도》를 세상에 차고 넘치는 이른바 공자님 말씀과 다를 게 뭐가 있냐고 폄하하는 글들이 난무했다. 항상 어진 마음으로 사람을 대하라는 제 8장 인설도의 가르침이나, 예의와 겸양으로 감정을 다스리라는 제 6장 심통성정도의 가르침은 막무가내 식 비판 앞에 무색했다.

서로 간의 갈등이 고조되면서 급기야 몸싸움이 벌어지기 시작했다. 신성선비클럽 아이들을 눈꼴시다고 혐오하던 다른 아이들이 집단폭행하는 사건이 발생했다.

세대갈등을 촉발시켰던 청순법은 좌초됐지만 이번엔 신성선비클럽을 둘러싼 갈등으로 교육현장에 긴장이 고조돼 갔다. 어디나 세상이 어지러워지면 그 기회에 명망이나 잇속을 챙겨보려고 나서는 사람이 생기기 마련이다. 첫 대면에서 나와 한바탕 빽적지근한 주먹싸움을 벌였다가 나중엔 조력자로 변신한 친구, 강희포가 그랬다.

그는 인터넷 카페에 올린 메시지에서 "신성선비클럽은 행동하는 집단이 돼야 한다. 나약해져서는 안 된다"면서 제멋대로 '신성선비군단'이라는 것을 조직하고 자신을 군단장이라고 칭했다.

나와는 한마디 상의도 없었다. 강희포의 그런 선동적인 주장에 화산고 아이들을 중심으로 동조하는 아이들이 확산돼 갔다. 두드러지게 존재감이 강한 외모에다가 나름 영리한 머리를 가진 그는 어떻게 하면 아이들을 부추기고 선동할 수 있는지를 알았다.

그는 매일 카페에 메시지를 올려서 "앞으로 신성선비를 폄하하거나 비방하는 조직에 대해 전쟁을 선포한다"고 했다. 그러나 강희포의 과격한 돌발행동은 결과적으로 안티를 더욱 가속화시켰다. 12월 중순으로 접어들면서 두 전선 사이의 갈등은 더욱 깊어져 갔다.

한편, 한국에서 벌어진 한 편의 영화와도 같은 흥미로운 스토리에 세계 언론이 주목하기 시작했다. 유튜브에 우리가 함께 모여 책을 낭독하는 모습이 올라오고, 우리가 일으킨 새로운 바람이 하나의 트렌드를 형성하면서 '선비'(Sun Bee)라는 단어는 순식간에 세계적 유행어가 돼버렸다.

새벽마다 모여서 군무를 하듯 신체를 단련하고 유교의 가르침을 낭독하는 신성선비클럽, 일명 신클은 싸이의 〈강남스타일〉이 그랬던 것처럼, 전광석화와 같은 선풍을 일으키면서 새로운 한류 바람을 일으켰다.

〈뉴욕타임즈〉가 '한국 태산고의 미러클'이라는 전면 2개면 특집기사를 게재했다. 〈르몽드〉와 〈파이낸셜타임즈〉는 한발 더 나아가 "인간성 회복을 통해 자본주의의 한계를 극복할 유일한 희망은 한국의 선비사상"이라고 보도했다. K-드라마, K-팝, K-푸드에 이어 K-스피릿이라는 새로운 한류가 태동하기 시작했다.

과거 케케묵은 조선왕조시대의 유물로 치부되던 선비사상은 이제 대한민국 10대를 상징하는 아이콘이자 한류의 새로운 키워드가 됐다. 해외에서 K-스피릿이 커다란 선풍을 일으키기 시작한 것과는 대조적으로, 국내에서 신성선비를 둘러싼 지지와 배척의 진영 싸움은 더욱 골이 깊어져 갔다. 선거연령 인하 등 미래세대를 위해 진지하게 고민해야 할 과제들도 대립과 갈등이 야기한 혼란 속에 묻혀버렸다.

이 모든 찬사와 각광, 혼란과 갈등의 원인 제공자는 다름 아닌 나, 독고라이언이었다. 나더러 이 사태를 해결하라고 요구하는 사람은 없었지만 난 스스로 책임을 느끼지 않을 수 없었다.

'이대로는 안 되겠다. 이건 퇴계 선생님이 원하시던 방향이 아니야. 선생님은 과연 지금 이 현실을 어떻게 보고 계실까. 보고 계시다면 바로잡을 지혜를 주실 것인가. 어떻게 하면 선생님의 뜻을 알 수 있을까?'

지난봄과 여름, 그러니까 불과 몇 개월 전의 일이었다. 난 퇴계라는 위대한 영혼과 휴대폰 동영상을 통해 대화를 나눌 수 있었다. 그의 시대로 가서 그를 가까이서 접해 보기도 했다. 그때는 그 현실을 마냥 신기해하면서도 그게 얼마나 소중한 순간인지 몰랐었다. 그 시절이 사무치게 그리워졌다.

문득, 선생님의 영혼과 처음 대화를 나눴던 방통장군의 집이 떠올랐다. 괴짜인 듯하면서도 충직했고, 누구보다도 선생님을 존경했던 방통장군님. 요즘 잘 지내시나. 혹시 방통장군이 선생님으로부터 계시를 받은 것은 없을까.

난 크리스마스 한 주 전이던 12월 19일 토요일 날 고속버스를 타고 경북 봉화군의 청량산을 향했다. 차창 밖으로 눈발이 날리는 듯하더니 도착 무렵엔 제법 눈발이 굵어지면서 사방이 온통 하얀 눈 세상으로 변하고 있었다.

미끄러운 눈길 탓에 비상등을 켜고 엉금엉금 기어가는 시외버스에서 내려 방통장군집 앞 소나무 숲에 도착한 건 어둠이 내리기 시작하는 저녁 무렵이었다. 소담스러운 눈송이가 하얀 담요처럼 내려 쌓이고 있는 방통장군의 집 앞마당에는 내 키만 한 크리스마스트리가 점등돼 있었다.

그의 방에서인지 담장 너머 이웃집에서인지 몰라도 서울 거리에선 좀처럼 들을 수 없었던 크리스마스 캐럴이 잔잔하게 흘러나왔다. 나도 모르게 웃음이 나왔다.

'역시 방통장군님은 신세대 무당이라니까.'

"계세요? 장군님."

큰 소리로 불렀는데도 기척이 없었다.

"장군님, 저 왔어요. 라이언입니다."

이윽고 방문이 열리는 소리가 들렸다.

"방에 계셨군요. 들어가겠습니다."

툇마루에 오르려고 눈이 묻은 신발을 털고 디딤돌에 발을 디디려던 순간, 난 그만 '앗' 하고 소리를 지르고 말았다.

나를 맞으러 나오는 사람은 방통장군이 아니라 스무 살의 청년 퇴계, 광상이었다.

"어떻게 이런 일이…. 제가 지금 꿈을 꾸고 있는 건 아니겠죠?"

그는 얼굴 가득 환한 미소를 지으면서 디딤돌 아래로 내려오더니 나를 껴안고 내 등을 두드렸다.

"그때 잘 돌아갔는지 궁금했습니다. 꼭 다시 한 번 보고 싶어서 그 쪽지에 적힌 주문을 기억해 냈고, 이렇게 오게 됐습니다."

난 무슨 말을 해야 할지 알 수 없었다. 그를 다시 만나게 되다니.

내게 너무나도 강렬한 인상을 남겼던 스무 살의 광상을, 그 깊은 울림이 아직도 내 심장에서 고동치고 있는 청년 퇴계를.

딱 한순간만이라도 좋았다. 그를 너무도 만나고 싶었지만 있을 수 없는 일이었기에 밀쳐두었던 그리움이 감격이 되어 밀려들었다.

꿈이 아니라는 것을 확인하려고 그의 얼굴을 다시 쳐다보았다. 그리고 떨리는 손으로 그 얼굴을 매만졌다. 나도 모르게 뜨거운 눈물이 솟구쳐 올랐고 얼굴에 쏟아지는 눈송이와 함께 볼을 타고 흘러내렸다.

청운이의 죽음 이후 4년 가까운 파란만장한 시간 동안 울컥했던 순간은 많았지만 한 번도 제대로 울어본 기억이 없었다. 그 시간 전체가 마치 이 순간을 위해서였던 듯 하염없이 눈물이 쏟아졌다.

그를 와락 껴안았다. 흐르는 눈물을 닦을 생각도 하지 못한 채, "선생님, 선생님"이라고만 되뇌고 있었다.

방통장군이 다가와 우리 어깨를 감싸 안았다.

"자, 이제 고마 방에 드가서 이야기 나누입시더."

그를 놓을 수가 없었다. 껴안고 있던 손을 내려놓는 순간 그가 사라지는 건 아닐까 두려웠다.

"하고 싶은 말이 많았지요? 나도 그랬습니다."

위로하듯 나직하게 건네는 그의 말을 듣고서야 내가 흐느껴 울고 있었다는 걸 깨달았다.

우리 셋은 방통장군에게 빙의된 퇴계 선생님과 내가 처음 대화를 나누던 그 방에 들어갔다. 신위가 모셔진 제단 앞에는 'Merry Christmas'라는 글씨가 그려진 카드가 세워져 있었다. 방 한가운데 놓인 밥상에는 피자와 치킨, 케이크 등 크리스마스 분위기에 맞춘 음식들과 몇 병의 와인이 준비돼 있었다.

광상과 나, 그리고 방통은 상 앞에 둘러앉아 이야기보따리를 풀어놓기 시작했다. 건지산 일대를 헤매며 다람쥐 솔개 동굴을 찾아내기까지의 사연, 우리들이 체험한 시간여행과 영화 〈인터스텔라〉에서 묘사된 시간여행의 차이, 다큐멘터리 〈코스모스〉….

창문 너머는 하얀 눈꽃송이 천지였다. 휴대폰에 연결된 스피커에서는 따사로운 캐럴이 쉬지 않고 흘러나왔다. 그리고 우리가 앉아 있는 방의 천장에는 1520년 여름의 그 밤처럼 은하수가 영롱하게 빛나고 있었다. 스무 살 청년시절 퇴계 선생님이 품고 계시던 시간과 공간, 마음의 조화가 아로 새겨진 우주의 지혜가 별무리처럼 쏟아져 내렸다.

다음 날 서울로 돌아온 나는 침대 위에서 노트북을 열고 글을 쓰기 시작했다. '소원선인다(所願善人多), 선한 사람이 많아지는 세상을 소원하며'라는 제목이었다. 누구에게 보이기 위해서라기보다는 먼저 내 생각을 정리하고 싶었다.

"퇴계 선생님이 우리 10대, 미래세대를 통해 실현하려던 인본주의의 이상은 높고 큰 곳에 있는 것이 아닙니다. 본연의 선한 인성을 회복한 사람들이, 선하게 살아가려는 사람들이 많아지면 저절로 이루어지는 것입니다. 그리고 선해지는 길은 인내나 노력, 절제와 같은 딱딱하고 어려운 단어가 아니라 즐거움을 찾는 데 있습니다. 바로 공부하는 즐거움입니다. 그 즐거움은 각자 내면의 수양을 통해서 찾아가야 합니다. 인간을 구속하는 조직이나 세력을 만드는 일은 진정한 즐거움을 방해합니다. 그래서 선생님은 살아생전 모든 사회조직의 정점인 국가가 부여하는 벼슬을 줄곧 마다해 오신 것이지요. 그리고 선한 사람을 만들기 위한 교육에 평생 매진하셨습니다.

선생님이 희구하신 필생의 소원은 바로 선한 사람들이 많아지는 세상을 이루는 것이었습니다. 그래서 늘 '소원선인다'를 입버릇처럼 말씀하셨습니다. 공부를 통해 자신을 더 선한 인격으로, 더 높은 차원으로 고양시키는 즐거움을 얻기 위해 제시하신 잠언이 '경'과 '신독'이었습니다. 선인다의 소원을 이루는 과정에서 잠언으로 삼아야 할 네 글자가 있으니, 바로 '사해춘택'(四海春澤) 입니다. 도연명의 시 〈사시〉에 나오는 '춘수만사택'을 선생님의 후손들이 좀더 간결하게 다듬은 잠언이 사해춘택입니다. 우리가 사는 세상을 생명의 기운이 약동하는 봄날의 온화한 연못처럼 되도록 하자는 뜻입니다. 그 인간적 온기가 탐욕과 시기, 편 가르기와 증오, 그리고 모든 가치 위에 군림하는 물질만능주의, 금전만능주의를 녹아내리게 하자는 것이 사해춘택의 정신입니다.

새로운 시대감각으로 왕성하게 일어선 선비, 곧 우리 신성선비들이 해야 할 일이 바로 그 정신을 세상에 펼치는 사해춘택 운동입니다. 요즘 신성선비클럽은 그 정신과는 반대로 가고 있습니다. 우리를 너와 나로 갈라놓는 '클럽'이라는 용어도 이제 버려야 할 때가 됐습니다. 세상은 우리를 신성선비세대라고 부르지만, 언젠가는 '세대'라는 용어도 버려야 할 것입니다. 특정한 세대를 넘어 모든 세대가 신성선비가 되고 사해춘택의 기운이 세상에 만연하게 해야 합니다. '퇴계처럼'이 개인의 수양을 위한 모토라면, '사해춘택'은 선인의 사회를 만들기 위한 모토겠지요."

글을 써내려 가다보니 글쓰기가 생각을 정리할 뿐 아니라 마음을 정화시키는 힘도 있다는 것을 느끼게 됐다. 정리된 내 생각을 공유하고 싶어졌다. 3년간의 시간여행 때문인지 나도 모르게 한자 단어를 많이 사용했다. 가능한 쉬운 말로 고치고 발표해도 좋을 정도로 표현을 다듬다 보니 어느덧 월요일 새벽 2시가 돼가고 있었다. 페이스북, 카톡 대화방과 함께 네이버와 다음의 신성선비 카페에도 글을 올렸다.

그날 아침 학교에서 선비수련을 마치고 휴대폰을 열어 반응을 확인해 보니 불과 대여섯 시간 사이 수천 건의 댓글이 달려 있었다.

그중에는 '오글거리게 잘난 척하긴….', '선비는 개뿔, 라이언은 희대의 위선자'라는 악플도 있었지만 완전 공감한다는 내용이 압도적 대세였다. 댓글은 어느 순간 '퇴계처럼! 사해춘택!'이라는 구호로 바뀌었고 똑같은 구호들이 끝없이 이어져 있었다.

점심시간에 '신성선비군단장'을 자처하는 강희포가 카톡 메시지를 보내왔다.

"네 글을 읽으면서 처음엔 현실을 모르는 헛소리라고 비웃었다. 다 읽고 나서 곰곰이 생각해 봤다. 그리고 결심했다. 눈썹을 휘날리려고 나댈 것이 아니라 '은밀하고 다정하게'라는 그 털의 초심으로 돌아가기로 했단 말이지. ㅎㅎ"

이제는 내가 결심할 차례였다. 당장 무슨 대학 무슨 과를 선택해서 어떤 길을 걸을 것인가를 결정하는 것이 발등에 떨어진 불이었다.

하지만 내 관심은 내 자신의 진로보다 지난 백여 년간 천덕꾸러기 취급을 받다 우여곡절 끝에 다시 희망의 싹을 틔우기 시작한 우리 선조들의 가치관, 선비정신을 어떻게 살려가야 할까. 하늘의 별처럼 다양한 철학과 이데올로기 중에서 선비정신이란 과연 어떤 존재가치, 어떤 의미를 가지고 있을까라는 질문에 더 기울어 있었다.

과학과 IT 기술의 발전에 따라 사람들의 라이프스타일과 철학도 끊임없이 바뀌고 있는데 머나먼 미래에도 선비정신이 변치 않는 가치를 가질 수 있을 것인가. 어느 방향으로 흐를지 알 수 없는 도도한 변화의 물결 속에서도 지켜나가야 할 것이 있다면 어떤 것인가.

눈 내리던 지난 토요일 저녁 청년시절의 퇴계 선생님과 재회하던 순간의 감격, 그와 나눈 대화를 떠올렸다. 그리고 그동안 막연히 '이건 어떨까'라는 생각으로 품고 있던 내 진로에 대해 점차 확신을 갖게 됐다.

"그래, 결심했어."

5년 후

에필로그

FAST FORWARD ▶▶▶ & PLAY ▶

2020년 10월 17일 토요일 한 방송의 대담 프로그램이 진행 중인 스튜디오.

앵커 = 시청자 여러분 안녕하십니까. 5년 전 우리 사회는 세대전쟁의 소용돌이에 빠져들었습니다. 지금은 지난 일을 차분히 돌아볼 수 있게 됐지만 당시는 한 치 앞을 내다보기 어려운 상황이었지요. 일촉즉발의 위기 속에서 갈등의 뇌관이던 청소년인성순화특별법 제정 추진 배후의 음모를 밝혀내 세대전쟁을 극적으로 막아낸 독고라이언 씨.

당시 서울 태산고 3학년이었던 라이언 씨는 알려진 대로 그해 수학능력시험에서, 어떤 대학이든 원하는 곳을 골라갈 만한 점수를 얻었습니다. 여러 명문대학들이 신성선비 신드롬을 일으켜 세계적인 주목을 받는 라이언 씨를 입학시키려고 경쟁을 벌였습니다.

하지만 대학진학 대신 경북 안동의 도산서원 선비문화수련원에서 선비들의 공부방법과 선비사상을 전하는 강사가 돼 또 한 번 세상을 놀라게 했습니다. 신성선비 신드롬을 계기로 현대화된 선비사상은 이제 새로운 한류, K-스피릿으로 불리면서 전 세계인들에게 희망과 위안을 전하고 있습니다. 한국의 선비사상이 세계인들에게 평화롭고 행복한 사회 공동체를 만들기 위한 담론을 일으키고 있는 것입니다.

한국을 정신문명의 메카로 흠모하는 외국인들이 급증하면서 국내 컨벤션산업과 관광산업이 비약적으로 성장하고 있습니다. 이제 한국의 인바운드 관광수입은 내후년이면 이탈리아 수준에 도달하게 될 전망입니다. 전자와 자동차, 중공업 등 주력산업이 위축되면서 한동안 위기에 빠졌던 우리 경제가 선진국형 마이스(MICE) 산업을 새로운 성장동력 삼아 다시 도약할 수 있게 된 것입니다.

악화일로였던 한일 관계도 변화시켰죠. 과거 개화기 일본 지식인 사회를 풍미했던 퇴계 신드롬이 다시 일어나면서, 독도 영유권 주장이나 교과서 왜곡 등에 대해 일본인들 스스로 '예의와 염치를 회복하자'고 자성하기 시작한 것입니다. 덕분에 한일 관계도 정상화의 전기를 맞게 됐습니다.

더 중요한 것은 자발적인 기부가 급증하면서 빈곤구제기금이 조성됐고, 사해춘택 운동의 확산으로 빈곤층과 소외계층에 대한 관심과 배려가 높아졌다는 것입니다. 10년 넘게 OECD 국가 중 1위를 지켜오던 자살률도 매년 큰 폭으로 줄어들고 있습니다. 선거권 행사 연령이 세계적 추세에 발맞춰 18세 이상으로 낮춰진 것도 빼놓을 수 없겠죠.

라이언 씨는 도산서원 선비문화수련원에서 2년간 강사로 활동하다 현역으로 군 복무를 마치고 지난해 또 한 번 새로운 선택을 했습니다. 뇌과학을 공부하기 위해 미국 스탠퍼드대학에 진학한 것인데요. 올해 한국에서 열리는 국제퇴계학회에 초청돼 잠시 귀국한 그를 스튜디오에 모셨습니다. 안녕하십니까? 라이언 씨.

라이언 = 안녕하십니까. 반갑습니다.

앵커 = 5년 전 고등학생일 때의 앳된 모습만 기억하고 있었는데 어느덧 이렇게 장성한 청년이 되셨군요. 시청자 여러분께 한마디 인사 부탁드립니다.

라이언 = 많은 분들의 기대에 부응해야겠다는 책임감을 안고 살아오다 보니 어느덧 5년이라는 시간이 흘렀습니다. 여전히 저를 기억하고 성원해 주신 모든 분들께 깊이 감사드립니다.

앵커 = 좀 부드러운 이야기부터 시작해 볼까요. 요즘도 그렇게 라면을 좋아합니까?

라이언 = 아, 물론입니다. 제가 선비수련원 시절 라면의 추억과 단상, 다채로운 레시피를 주제로 쓴 시들을 묶어 시집 《라면별곡》을 펴냈었죠. 그 책이 독자들의 과분한 사랑을 받아 베스트셀러 종합 1위에 오르면서, 기억하시는 대로 시집의 이름을 딴 신상 라면 '라면별곡'의 모델로도 활동하지 않았습니까. 라면 사랑 덕분에 뱃살이 좀 늘긴 했습니다만 그래도 라면에 대한 제 사랑은 일편단심입니다.

앵커 = 시집과 같은 제목의 시 〈라면별곡〉은 랩송으로 만들어져 히트치기도 했죠. '뱃살 그까짓 거 이 순간만은 무시하자. 영원과도 맞바꿀 입맛의 절정인데' 라는 그 구절, 저도 무척 좋아합니다. 덕분에 뱃살이 많이 늘었습니다. 하하하.

라이언 = 책임을 통감합니다. 하하.

앵커 = 라이언 씨는 라면 전도사이기 전에 신성선비라는 신조어를 유행시킨 현대적 선비사상의 아이콘이기도 합니다. 계속해서 선비사상을 전파하는 지도자로 활동할 줄 알았는데 갑자기 뇌과학이라는 분야로 진로를 바꾸게 된 동기는 무엇입니까?

라이언 = 선비수련원에서, 그리고 군복무 기간 '선비정신이 추구해야 할 한 궁극의 목표는 무엇일까' 라는 생각을 끊임없이 해왔습니다.
선비정신의 요체는 자신에 대한 성찰과 수양입니다. 스스로 선한 사람이 되고, 선한 사람을 늘려나가는 것이죠. 그것은 공부를 통해서 가능해집니다. 학위를 받고 명예를 얻기 위한 공부가 아니라 희열을 얻기 위한 공부입니다.

저는 그 희열의 실체가 무엇인지 궁금했습니다. 막연하고 추상적인 것이 아니었습니다. 제가 아는 조선시대의 한 유학자는 '퇴계 선생이 위대한 것은 그가 가장 행복한 사람이기 때문'이라고 말했습니다. 제대로 공부한 선비들은 서로가 어떤 경지에 있는지 직관적으로 알게 되는 것 같았습니다. 그것이 어떻게 가능해지는지 과학적으로 규명하고 싶었습니다.

선비들은 끊임없는 공부를 통해 일반인들이 갖지 못한 일정한 뇌파에 도달하게 되는 것 같았습니다. 그 뇌파에 도달하면 중독과 같은 희열에 빠집니다.

그런 중독의 경지는 본인을 구원할 뿐 아니라 선한 세상을 만드는 원천적 에너지를 만들어 냅니다. 그런 정신적인 상태를 유지해야 하고 그런 사람들을 늘려나가야 합니다.

성리학이 퇴계와 율곡의 시대를 정점으로 더 발전하지 못하고 퇴보한 것은 경전을 해석하고 암송해서 출세의 수단으로 삼으려는 방향으로 변질돼 버렸기 때문입니다. 공부를 통해 희열을 얻을 수 있는 방법을 잃어버린 것이지요. 뇌과학을 통해 잃어버린 희열의 실체를 밝혀내고 싶었습니다.

앵커 = 라이언 씨의 말은 마치 조선시대 선비로서 살아본 사람이 하는 이야기처럼 들립니다. 당시 고3이었던 라이언 씨가 신성선비수련을 주도하는 모습에 많은 사람들이 놀랐습니다. 어떻게 그 나이에 조선시대 선비들의 정신세계를 깊이 이해할 수 있었는지 궁금해하고 있습니다. 한때 라이언 씨가 조선시대로 시간여행을 다녀왔다는 인터넷 매체들의 황당한 보도도 있었지요. 하하.

라이언 = 저도 그 보도를 보았습니다. 글쎄요, 시간여행이라…. 사실은 저도 그동안 많이 고민해 온 화두입니다.
고3 초반까지 저는 학교의 문제아였습니다. 알고 계시겠지만 교생선생님께 실수를 저질러 근신처분을 받기도 했습니다. 그때 《퇴계처럼》이라는 책을 접하게 됐죠. 그리고 그때까지 잘 모르고 있던 퇴계라는 인물에 빠져들었습니다. 러시아 시인 푸시킨에 열광하던 고2 때도 그랬지만, 이번에는 퇴계에 미쳐서 그에 관한 책을 모두 사 읽었고 그가 지은 시에도 탐닉했습니다. 길을 가다가 나도 모르게 그의 시를 흥얼거리기도 할 정도였죠. 그것도 일종의 중독이었을까요.

혹시 내게 퇴계 선생의 영혼이 빙의된 것이 아닐까 하는 의심도 들었습니다. 나도 모르는 사이에 퇴계처럼 말하고 행동하는 나를 발견할 때가 종종 있었습니다.

고민하던 끝에 경북 봉화의 용하다는 무당 방통장군을 찾아가서 그에게 빙의된 퇴계 선생과 대화를 나누기도 했습니다. 서울로 돌아와서는 한동안 날마다 퇴계 선생의 꿈을 꾸었습니다. 꿈속에서 그와 많은 대화를 나누고 때로는 토론을 벌였습니다. 그것이 꿈이었는지, 실제로 제가 퇴계의 영혼과 대화를 나눈 것인지, 무당 방통장군 역시 퇴계에 심취한 끝에 일종의 다중인격 상태에 빠졌던 것인지는 아직도 잘 모르겠습니다.

앵커 = 역시 그건 호사가들의 엉뚱한 상상이라는 거죠? 물론 그런 보도를 믿을 사람도 없겠지만 라이언 씨가 워낙 화제의 인물이다 보니 그런 억측까지 나돌게 된 것이겠죠.

라이언 = 글쎄요. 솔직히 말해 저 자신도 거기 대해 명확한 결론을 못 내리고 있습니다. 아무튼 고3이던 그해 저는 갈수록 퇴계라는 인물에 깊이 빠져들게 됐고, 그의 시대로 가서 그를 만나고 싶다는 간절한 열망에 사로잡혔습니다.

그해 여름방학이 시작되자마자 퇴계 선생의 발자취를 찾아 나섰습니다. 경북 안동시의 퇴계 종택 앞에 복원된 계상서당 터에서 혼자 잠을 자기도 하고 퇴계 선생이 나와 비슷한 나이인 20세에 주역을 공부하러 들어갔다는 청량사를 찾아가 그 일대를 헤매고 돌아다니기도 했습니다.

질풍노도의 열정에 사로잡힌 청년 퇴계의 모습을 그리다 보니 그가 너무나도 만나고 싶었고, 그와 만나 대화하는 꿈을 현실인 듯 생생하게 꾸기도 했습니다.

어딘가에 그 시대로 이동하는 동굴 같은 통로가 있을 거라고 믿고 청량산과 건지산 일대를 속속들이 뒤지고 다녔습니다. 내가 이러다가 정말 정신착란에 빠지는 게 아닐까 걱정될 정도였죠.

퇴계와 8년간 사단칠정 논쟁을 벌인 고봉 기대승 선생에게도 깊이 심취했습니다. 그 시대 인물인 고봉만 아니라 정일스님, 배순, 학덕 등 책에서 읽었던 사람들과 실제로 만나 대화를 나누는 것 같은 착각에 빠지기도 했습니다.

심한 열병을 앓듯 열흘을 보내고 돌아와서는 기적처럼 달라진 내 자신을 발견했습니다. 무엇이 내 두뇌 회로에 변화를 일으켰는지 알 수 없었습니다.

그 열흘간의 몰입과 감정이입이 잠깐 스쳐간 환각이었는지 실제로 제가 시간여행을 다녀온 것인지 혼란스러울 때가 있습니다. 더 시간이 흐르면 무엇이 진실인지 깨닫게 될까요.

신화와 역사, 상상과 인식, 믿는 것과 아는 것 사이의 경계는 생각보다 모호할 때가 많습니다. 과학의 시대에도 종교가 여전히 존재할 수 있는 이유이기도 하죠. 그 경계지대의 문제는 앞으로 뇌과학을 통해 연구해 보고 싶은 주제입니다.

앵커 = 같은 책을 읽는다고 누구나 다 라이언 씨처럼 심취할 수 있는 것은 아니지요. 혹시 퇴계와 선비사상에 빠져들게 된 어린 시절의 자극이라든가 체험 같은 것이 있지 않았나 궁금해집니다만.

라이언 = 그냥 우스갯소리입니다만 아마도 제 이름의 언 자가 선비 언 자이기 때문이 아닐까 하는 생각을 해봤습니다. 저는 이름에 대한 애착이 많았습니다.

그래서 저희 세대들은 잘 모르는 영화배우 멕 라이언도 좋아하게 됐죠. 혼자 자전거를 타다 영화 속에서 하늘을 바라보며 손을 벌린 채 자전거를 타는 그녀의 흉내를 내곤 했어요. 그러다가 가드레일을 들이받아 다친 적이 있습니다. 돌이켜 보면 그때의 사고가 모든 변화의 출발

점이었지요. 그로 인해 저는 어떤 여인을 만나게 됐고, 나름 멋진 남자가 돼보려는 노력도 하게 됐습니다. 처음엔 섹시한 나쁜 남자로 그 여인에게 대시하려다 실패한 뒤에, 정반대 유형인 조선시대의 선비, 그 중에서도 상징적 인물인 퇴계 선생을 롤 모델로 삼게 된 거죠.

앵커 = 하하하, 저도 기억합니다. 라이언 씨의 극적인 반전 러브스토리는 당시에도 큰 화제를 모았죠. 좀 전에 말한 그 여인이 라이언 씨가 다니던 태산고등학교에 교생선생님으로 오게 됐고, 자신을 알아보지 못하는 데 화가 나서 교생선생님에게 짓궂은 장난을 걸었다가 전국적인 문제아가 됐죠? 그러나 그 선생님을 위기에서 구해내면서 가까운 사이가 됐고요. 그리고 피렌체파크에서의 모험을 통해 세대전쟁을 막아낸 스토리는 TV 미니시리즈로도 만들어질 만큼 국민적 화제였지 않습니까? 그 이후 채민들레 선생님과는 어떻게 됐는지, 그리고 그분의 근황도 좀 소개해 주시죠.

라이언 = 채민들레 선생님과는 여전히 사제지간으로 서로를 공경하면서 잘 지내고 있습니다만….

앵커 = 에이, 그러지 말고 솔직하게 털어놔 봐요. 시청자 여러분들도 이미 잘 아는 사실을 가지고….

라이언 = 하하, 그런가요? 어느 매체에선가 보도된 것으로 압니다만, 사실 그분과 함께 미국 유학길에 오르게 됐습니다. 사랑이라는 것이 간절히 원한다고 해서 다 얻을 수 있는 것은 아닌데 저는 참 행운아였다고 생각합니다. 공부를 통해 제 자신을 변화시키겠다는 각오도 사랑을 얻으려는 열망 때문이었습니다. 그것이 선비라는 존재에 심취하고 선비가 되는 공부에 저를 몰아넣은 힘이었던 것 같습니다. 무언가를 꼭 얻고자 하는 열정, 이루고자 하는 열망이 그 사람을 어디까지 바꿔놓을 수 있는지가 뇌과학도로서 탐구하려는 주제이기도 합니다. 강한 열정은 그 사람의 생리적인 뇌구조까지도 바꿔놓을 수 있다는 것이 저의 가설입니다. 열정의 힘은 아름답기도 하지만 위험하기도 하죠.

앵커 = 아름답고도 위험한 열정이 기적을 만든다, 의미심장한 말이군요. 라이언 씨가 뇌과학도로서 이루고 싶은 기적적 성과가 있다면 어떤 것인지 궁금하군요. 혹시 어떤 구체적인 목표를 가지고 있나요?

라이언 = 꼭 이루고 싶은 목표가 있습니다. 인공지능에 선비정신의 코드를 심는 일입니다. 지금 인공지능은 눈부신 속도로 발전하고 있습니다. 많은 과학자들이 머잖아 스스로 생각하는 단계를 넘어 인간과 같은 감정과 자아를 가진, 강력한 인공지능이 등장하게 될 거라고 예견합니다.

'인간보다 월등한 지능을 가진 기계가 자아를 갖고 스스로 판단 주체가 됐을 때 인간은 계속 지구상에 살아남을 수 있을 것인가?', '40년 전에 나온 영화 〈터미네이터〉에서 그랬듯이 환경파괴와 전쟁을 일삼는 인간을 제거하려고 하지는 않을까.'

빌 게이츠나 스티븐 호킹, 일론 머스크 같은 선구적 혜안을 가진 분들이 7~8년 전부터 크게 걱정해 온 문제이기도 합니다. 저는 뇌과학 연구를 통해서 연민과 배려, 예의와 염치, 분별과 존중 같은 인본주의적 가치를 최우선에 두는 선비사상의 코드를 인공지능에 심고 싶습니다. 그것은 많은 종교들이 공통적으로 지향하는 바이기도 하지만 특정 종교의 이념은 자칫 갈등과 분쟁의 소지가 있지 않습니까? 물론 인공지능이 자신에게 코딩해 놓은 선비정신을 수용할지, 그것마저도 해체해

버리고 예측불허의 존재로 진화할지는 모르겠습니다.

제가 바라는 기적은 선한 인간을 만들고 선한 인간을 늘려 나가려는 '소원선인다'의 정신이 뇌과학을 통해 인류에게 궁극적인 희망을 주는 것입니다.

앵커 = '소원선인다', 우리 사회를 변화시킨 키워드였지요. '소원선인다'라는 제목의 글을 발표했을 때도 고등학생 같지 않았는데 지금도 20대라고는 믿기 어려운 이야기를 하는군요. 하하.

라이언 = 그렇습니까? 스무 살의 나이에 마음속에 우주를 담으려는 거대한 열정에 사로잡힌 청년 퇴계의 모습을 늘 새기고 살아왔습니다. 그것이 지금과 같은 생각을 갖게 하지 않았나 싶습니다.

앵커 = 인류의 더 나은 미래를 위해 그 열정 꼭 간직하기 바랍니다. 감사합니다.

라이언 = 초대해 주셔서 감사합니다.

"울 오빠 자아알했스. 생방송인데도 카메라 조명 앞에서 쫄지도 않고 말 잘하네? 옛날 프레스센터 기자회견 때는 쪼매 버벅거려서 불안했는데."

스튜디오 밖에서 나를 기다리고 있던 라일락이 활짝 웃으면서 다가왔다. 한 1년 안 본 사이 스타일이 완전히 바뀌어 개량한복 차림이었다.

"야, 그때는 고딩이었잖아. 내가 선비수련 강사로 무대에 선 경험이 얼만데 이 정도도 못하면 되겠냐?"

언제나 돌직구인 라일락이 잘했다고 하면 정말 잘한 것이리라. 동생의 칭찬에 괜히 우쭐해졌다.

라일락은 패션 감각이 뛰어난 엄마 2의 재능을 물려받아선지 뒤늦게 미술에 소질을 발휘하기 시작했고 재수를 거쳐 미대에 진학했다. 그런데 전공이 서양화가 아닌 동양화였고, 특히 신사임당의 그림에 푹 빠져 있다고 했다.

"오빠는 왜 맨날 죽자 사자 퇴계 선생 얘기만 할라 그러네? 이젠 율곡 선생한테도 관심 좀 가져보라니까는. 내 아, 아니 참 내가 좋아하는 율곡한테도."

"갑자기 율곡은 왜?"

"율곡이 더 쿨하고 멋지잖나. 더 잘 생기기도 했고. 조선 최고의 천재를 길러낸 엄마 신인선, 아니 사임당 신씨의 교육도 배울 기 많을 거래요. 요즘 같은 시대엔 퇴계보다 율곡이 마카 더 먹힌다니까는."

"그런데, 너 말투가 왜 그래? 갑자기 웬 강원도 사투리? 재밌으라고 그러는 줄 알았더니 표정 보니까 그게 아닌 것 같네."

"나도 몰라. 언제부텀인가 대구씩 튀 나올 때가 있더라구."

"요즘 눈만 뜨면 신사임당 그림을 따라 그린다더니, 혹시 너 사임당 그림에 입을 맞추거나 그 위에 엎어져서 잔 적 있었어?"

"거야, 맨날 그럭하지 머."

"헐, 뭐야…. 그, 그러면 너도 이제…."

- 끝 -

작가후기

이 이야기를 쓰기까지

실명으로 등장하는 도산서원 선비문화수련원 김병일 이사장님을 만난 건 지난해 1월 중순이었습니다. 엘리트 경제관료가 '퇴계 전도사'로 변신한 사연을 들으러 안동에 내려갔습니다. 1박 2일 수련을 통해 지아비로서, 스승으로서, 부모로서 퇴계의 인간적 면모를 접했습니다. 여운이 오래 남았습니다.

아버지뻘인 퇴계와 학문적 동지로서 8년간 사단칠정 논쟁을 펼친 고봉 기대승의 매력에 끌렸습니다. 저의 집 앞 고봉산과 고봉로가 고봉의 유래이고, 직장은 퇴계를 기리는 퇴계로에 있습니다. 지금도 두 분이 주고받았던 편지마냥 퇴계로와 고봉로를 매일 오가고 있습니다. 결과적으로 이 책을 쓰게 되는 숙명의 복선이었습니다.

두 달 후 서울을 찾으신 김병일 이사장님과 이런 대화를 나눴습니다. "퇴계 이야기를 젊은 세대들이 호응할 영상콘텐츠로 만들고 싶네." "재주는 없지만 제가 밑그림이 될 스토리를 한번 써보겠습니다." 그렇게 시작됐습니다.

일단 독특한 개성의 천재 고봉을 지루한 이미지의 퇴계에게 다가가는 길잡이 삼기로 했습니다. 플롯을 고민하던 중 세월호 사태를 맞았습니다. 퇴계는 타계하기 직전 17세의 선조를 교육하기 위한《성학십도》를 지었습니다. 희생된 단원고 2학년 아이들이 바로 선조와 같은 나이였습니다. 그 우연의 일치가 기대치 않은 모티브가 됐습니다.

'퇴계가 하늘나라에서 내려다보았다면 한층 더 연민을 느꼈으리라. 그 아이들을 찍어 누른 권위주의적이고 경직된 세대구조에도 일말의 책임을 느꼈으리라.' 퇴계가 안타깝게 희생된 아이들을 일으켜 세우기 위해 그 또래 아이를 택해 빙의가 된다는 설정을 떠올렸습니다. 세대 이기주의, 세대갈등의 문제해결이라는 큰 줄거리를 엮어보았습니다.

퇴계와 고봉의 이야기가 세월호의 슬픔 속에 잠겨 발효됐습니다. 세대 간 갈등의 해소를 넘어 새로운 한류 'K-스피릿'을 탄생시키는 이야기로 뻗어나갔습니다. 대강의 구상을 끝낸 뒤 애초 동기가 된 영상콘텐츠를 염두에 두고 '이미지 연결 작법'을 고안했습니다. 영화나 드라마를 보듯 쉽게 읽히고 스피디한 스토리 전개에 치중하게 됐습니다.《성학십도》의 함의나 주인공의 내면적 성숙을 심도 있게 담지 못한 것은 작가로서의 아쉬움입니다.

장르상 판타지 소설로 분류되겠지만 최대한 고증된 역사적 사실에 기초하려고 했습니다. 다만 고봉이 1558년 대과 응시 직전에 안동 계상서당을 방문하고 장원급제한다는 설정, 퇴계와 율곡의 만남에 등장하는 서애 류성룡의 이야기, 고봉과 두향의 만남 등은 허구임을 밝힙니다.

이야기 속 세대갈등의 발전적 해결을 모색하면서 '시니어 오블리주'와 '주니어 오블리주'라는 용어를 만들었습니다. 본격적인 소설 집필에 들어간 뒤인 2014년 10월, "세월호 세대와 세니오르 오블리주" 라는 제목의 칼럼에 그 용어를 사용했습니다. '세니오르'는 노블레스의 패러디이자 '시니어'의 프랑스식 발음입니다.

그 칼럼이 《아프니까 청춘이다》의 작가 김난도 교수님과의 인연을 불러왔습니다. 저도 이야기를 써가는 내내 《아프니까 청춘이다》의 주제의식을 품고 있었습니다. 김 교수님이 제 칼럼에 시선을 던진 것은 이심전심의 교감이었을 겁니다. 그 '란도샘'이 서울대 입학식 축사에 세니오르 오블리주를 소개하겠다며 메일을 보내오셨습니다. 영광스러운 일이었습니다. 인연이구나 싶어 이 책의 추천사도 써달라고 졸랐습니다. 란도샘이 원칙을 깨고 예외적으로 추천사를 허락해 주셨습니다.

지난 1년간 끊임없는 중단의 유혹과 싸웠습니다. 이야기 전개가 막힐 때마다 투지를 발휘하게 해준 사람은 "소설 창작이야말로 가장 위대한 일"이라고 동기를 부여한 어머니, "자기는 해낼 수 있어" 라고 격려한 아내였습니다.

완성도를 끌어올려 준 일등공신은 신찬옥 후배입니다. 시점의 중요성을 깨우쳐 주고 이야기가 탄력을 갖도록 애정어린 조언을 아끼지 않았습니다. 한마음으로 도와준 홍성윤 후배도 잊을 수 없습니다.

장경덕, 이준수 선배의 '고래도 춤추게 할 만한' 칭찬 덕에 감히 출판할 용기를 낼 수 있었습니다. 초짜 작가의 미숙한 작품을 출판하기로 통 크게 결정해 주신 나남출판 조상호 회장님과 고승철 주필 겸 사장님, 어설픈 가제본을 읽고 유용하고 소중한 조언을 해준 강가람, 김상범, 김한종, 김태성, 박상현, 이현정, 이희주, 윤성원, 양다빈 님에게도 감사드립니다.